Wilhelm Michel
**Friedrich Hölderlin. Eine Biographie**

**Michel, Wilhelm:** Friedrich Hölderlin. Eine Biographie
**Hamburg, SEVERUS Verlag 2013**
Nachdruck der Originalausgabe von 1967


ISBN: 978-3-86347-650-2
Druck: SEVERUS Verlag, Hamburg, 2013


Der SEVERUS Verlag ist ein Imprint der Diplomica
Verlag GmbH.

**Bibliografische Information der Deutschen
Nationalbibliothek:**
Die Deutsche Nationalbibliothek verzeichnet diese
Publikation in der Deutschen Nationalbibliografie;
detaillierte bibliografische Daten sind im Internet über
http://dnb.d-nb.de abrufbar.

**SEVERUS**

# Friedrich Hölderlin

von

Wilhelm Michel

Die Stammesgliederung des deutschen Volkes hat seit alten Tagen Gewicht und lebendige Bedeutung. Gerade bei dem Stamme, dem Friedrich Hölderlin angehört, bei den Schwaben, leuchtet das hervor. Von den umgebenden Stämmen Süddeutschlands – vom Norden nicht zu reden – hebt sich ihr Wesen sehr bestimmt ab. Namentlich ist seit alters die schwäbische Geistesregung mit charaktervollen Zügen hervorgetreten. Ein breites Natur- und Volksgefühl zeigt sich in diesem Stamm, doch stets in eigenartiger Verbindung mit einer grüblerisch-ideellen, ichbetonten Gesamtrichtung. Sie liegt der schwäbischen Willensausbildung (Zähigkeit, Treue, bis zu dem vielberufenen schwäbischen Eigensinn) zugrunde, und sie stiftet andrerseits jene reich ausgebauten schwäbischen Denk- und Dichtungswelten, in denen die wagemutige Spekulation und die reine kindliche Seele gleichzeitig ihr Recht durchsetzen. Um nur die jedem geläufigen Namen zu nennen: Denker wie Hegel, Schelling, Oetinger, Dichter wie Schiller, Uhland, Kerner, Mörike bezeugen den außerordentlichen schwäbischen Beitrag zum deutschen Geistesleben. Eine steilere Ichgestalt, ein unzugänglicheres Innenleben, ein unmittelbareres Verhältnis zu den ewigen Bezugspunkten Gott, Natur, Idee zeichnet die Welten dieser Männer aus.

Auch bei Hölderlin ist durch sein Schwabentum vieles, was sein Wesen und sein Schicksal ausmacht, schon benannt oder doch angeleuchtet, namentlich jenes Verwiesensein auf das innere Gesetz, das Vorwiegen der von innen her wirkenden Bestimmungsgründe seiner Weltbearbeitung. Ebenso kann man als ein Stammeserbe Hölderlins die innige Naturbeziehung nennen, die ja jener Innerlichkeit keineswegs entgegengesetzt, sondern ihre erste reine Ausatmung ist. Scheint Natur auch zum »Außen« zu gehören, so wirft sie doch der Innerlichkeit keinen realen Widerstand entgegen, wie es die eigentliche Menschenwelt immer tut. Vielmehr nimmt die »Natur« alle Innerlichkeit liebend in sich auf und fügt sich, mitklingend und seelenhaft, ihrem Gesetz, ihrer Forderung. Die Rückbeziehung Hölderlinscher Wesenszüge auf sein Schwabentum findet sich oft schon bei seinen Zeitgenossen, angefangen von Schiller, der ihn »seinen liebsten Schwaben« nannte, bis zu dem Tischlermei-

ster Zimmer, bei dem er im Tübinger Hölderlinturm seine letzten
Jahrzehnte verlebte und der die »Hartnäckigkeit«, mit der Hölderlin in seinem unfaßlichen kranken Wesen verharrte, erklären zu
dürfen glaubte: »Ja, dafür ischt er a Schwab; was a Schwab ischt,
das ischt er gründlich« (Äußerung zu dem Schriftsteller F. Gustav
Kühne im Sommer 1836).
Hölderlins Vorfahren erscheinen enggeschart im Landschaftsraum
des schwäbischen Stammes. Der erste bezeugte Ahne, Hans Hölderlin (1525–1585), war Bürgermeister und Vogtamtsverweser in
demselben Städtchen Nürtingen, in dem Hölderlin seine Kindheit
verlebt hat. Neuerdings hat Hans Wolfgang Rath (in noch ungedruckten Forschungen) savoyardische Vorfahren der Familie
nachzuweisen gesucht. Wie dem auch sei, die Urkunden zeigen die
Vorfahren väterlicherseits durchgehends im schwäbischen Land. Wiederholt erscheinen unter ihnen Geistliche; der Beruf eines Kloster-
hofmeisters, d. h. eines Verwalters der Einkünfte von ehemaligen
Klostergütern für die protestantische Kirchenbehörde, kommt in
mehreren Generationen vor. Klosterhofmeister war auch der Vater
des Dichters, Heinrich Friedrich Hölderlin (1736–1772) in Lauffen
am Neckar, dessen felsen- und strombelebtes Landschaftsbild, mit
alter Geschichte bedeutsam durchwirkt, von großem Reiz ist. Mit
dem Ort ist die rührende Legende des heiligen Kindes Regiswindis
verbunden. Ihr zu Ehren entstand 990 ein Benediktinerkloster, das
1551 eingezogen und seitdem von einem Klostervogt für das Stuttgarter Konsistorium verwaltet wurde. Das Kloster verfiel; der
schöne Kirchenbau war zu Hölderlins Zeit schon längst Ruine. Heute steht auch das Verwaltungsgebäude, das Hölderlins Geburts-
haus war, nicht mehr; es mußte 1918 wegen Baufälligkeit abgetra-
gen werden. Eine Bleistiftzeichnung von Julius Nebel zeigt es in
dem Stande von etwa 1800, ein stattlicher dreigeschossiger Bau vom
Ende des 17. Jahrhunderts mit steilem Dach und schlichter Frei-
treppe, von hohen Bäumen überschattet, unmittelbar an einem
mäßigen Felsenhang gelegen. Ein Zaun friedet den Hausgarten ein,
Hühnervolk treibt sich umher; ländlich-dörfliche Züge hat das
Ganze und ist mit der Nachbarschaft des verfallenen Klostergemäu-
ers und des Maßwerks seiner Spitzbogen gut denkbar als eines
Dichters früheste Kinderwelt.
Vom frühverstorbenen Vater Hölderlins, von seiner menschlichen
Art, ist fast nichts überliefert. Ein Bildnis von ihm aus dem Jahr
1767, eine leere, kunstlose Handwerkerarbeit, die nirgends an See-

lisches rührt, zeigt Züge von bürgerlicher Tüchtigkeit, Aufgeweckt-
heit und Energie. Bestimmter ist eine Bemerkung Hölderlins in
einem Brief an die Mutter aus seiner geistesmächtigsten Zeit, dem
ersten Homburger Aufenthalt, vom 18. Juni 1799: »Wie herzlich
dank' ich Ihnen auch für die lieben Worte von meinem seeligen
Vater. Der Gute, Edle! Glauben Sie, ich habe schon manchmal an
seine immerheitre Seele gedacht, und daß ich ihm gleichen möchte.«
Er hebt diesen Zug beim Vater, den er als zweijähriges Kind verlor, diese gleichbleibende Heiterkeit, heraus im Gegensatz zu seiner
eignen Neigung zu grundloser Trauer. Aber er findet in sich doch
auch einen Einklang mit dieser väterlichen Eigenschaft: »Ich habe
aber auch in der Tiefe meines Wesens eine Heiterkeit, einen Glauben, der noch oft in voller wahrer Freude hervorgeht, nur lassen
sich zu dieser so leicht nicht Worte finden, wie zum Laide.«
Läßt sich also Hölderlins Vater als ein tüchtiger Mann von natürlichem Frohsinn denken, so treten bei der Mutter, Johanna Chri-
stiane Heyn (1748–1828) andre Züge hervor. Von ihrem Wesen
haben wir nach den zahlreichen erhaltenen Briefen ihrer Hand und
nach Hölderlins Antworten einen zulänglichen Begriff. Tochter
eines Pfarrers, des aus Friemar in Sachsen-Gotha stammenden Johann Andreas Heyn zu Cleebronn, stellt sie ein Bild schweigsam-
braven und doch empfindsamen Menschentums dar, wie es im Bereich des einfachen Lebens und pietistischer Frömmigkeit erwächst.
Ein Hauptzug dieses Menschentums ist Strenge gegen sich selbst,
die ihre breite und ganz bestimmte Grundlage hat: für den in solcher Art frommen Menschen hat die Forderung, die an *ihn* gestellt
ist, stets den Vorrang vor der Forderung, die er selbst, als ein Ich,
zu stellen hat. Da liegt die gültige religiöse Einsicht vor, daß das
negative Ich, das Ich des Individualismus, das zu Überwindende
ist. Aber es verbindet sich damit leicht der Fehler, daß auch diejenigen Forderungen, die der Mensch als positives Ich, als die ein-
malige, lebendige Seele zu stellen hat, geringgeachtet werden.
Es ist wahrscheinlich, daß Hölderlins Mutter bei aller tiefen, ja
grenzenlosen Liebe zum Sohn diesen Fehler in ihrer erzieherischen
Einwirkung und auch in der Behandlung des Erwachsenen nicht
vermieden hat. Wenn diese tiefgütige, aber mehr herzensweite als
geistesweite Frau dem Sohn ständig anliegt, sich in das Pfarramt
wie in das Leben überhaupt zu schicken, wenn ihre Briefe an den
unermüdlich besorgten Freund Sinclair sich so zaghaft, umständlich
und fast unterwürfig ausdrücken, wenn sie immer in erster Linie die

Verpflichtungen vor Augen hat, in denen sie selbst und der Sohn
gegenüber anderen stehen – namentlich auch gegenüber dem größten »Anderen«, Gott – so ist dies begründet in einer durchgängigen Gewohnheit, das Objektive stärker zu fühlen als das Eigne,
die Abhängigkeit stärker zu fühlen als die Erlaubnis zum freien
Verfügen.

Es ist, wie gesagt, in dieser Gewohnheit viel Lebensrichtigkeit. Es
kann sich auf sie vieles an jener menschlichen Tüchtigkeit gründen,
die eine selbstvergessene Pflichterfüllung zur Richtschnur hat. Es
können aus ihr feste Charaktere erwachsen, die mit einer gewissen
Härte gegen sich selbst das Leben tapfer bestehen. Aber an Hölderlin, dem eine »wächserne Weichheit« des Wesens mitgegeben war,
dessen ständiges Problem es blieb, wie er sich *gegen die Welt* behaupten könne, wirkte sich die Hinlenkung auf die von der Mutter
lebensvoll gedachte »Demut« gegensinnig aus. Er wurde durch sie
nicht härter, sondern waffenloser, als er es schon war. Ihm, dem viel
eher ein hingegebenes Behorchen als ein geflissentliches Verleugnen
des eignen Seelengrundes zur Pflicht gemacht war, fügte diese Hinlenkung auf die »Demut« Schwierigkeit zu Schwierigkeit.

Man hat oft gesagt, er sei durch seine vaterlose Erziehung verzärtelt
worden, die Mutter und die Großmutter, denen er von seinem neun-
ten Lebensjahr an allein anvertraut war, hätten den Knaben zu
weiblich-weichlich erzogen. Wenn dies richtig ist, dann sicher nicht
in dem Sinne, daß ihm zuviel nachgegeben, sondern daß er zu sehr
angehalten wurde, über sich selbst hinwegzugehen, sich selbst zu-
rückzustellen; und freilich ist auch dies Verzärtelung. Er selbst hat
die Einschüchterung, die er später immer wieder in seinem Wesen
vorfand, öfters auf Kindheitseinflüsse zurückbezogen. So in einem
Brief an den Halbbruder Karl vom 2. Juni 1796, wo er spricht von
der »Knechtschaft, die von allen Seiten auf unser Herz und unsern
Geist in früher Jugend und im Mannesalter hereindringt«. Dazu
gehört auch die in späteren Briefen häufige Klage, er habe immer
geglaubt, sich beugen und verleugnen zu müssen, um in Frieden mit
der Welt zu leben. Der Gedanke, damit der geliebten Mutter einen
Vorwurf machen zu wollen, streift ihn nie; die Liebe, die zwischen
ihnen lebt, überglänzt auch dies. Aber der Betrachter kann nicht
übersehen, in welch verhängnisvoller Beziehung diese frühe *Ablenkung* vom *Eignen* zur bleibenden, ungelösten Frage des Hölderlinschen Lebens steht, zur Frage der Persönlichkeitsschließung nach
außen. Diese Beziehung ist gewiß nicht als verursachend anzusehen;

ein härter angelegter Charakter würde diese Einflüsse im Sinn eines diesseitigen, plastischen Lebens verarbeitet haben. Für Hölderlin, der eine Tapferkeit und Härte ganz andrer Art zu bewähren hatte, der nicht das Leben aller zu leben, sondern das große Wort darüber zu sprechen hatte, wirkten sie im Sinne seines Schicksals.

Die Mutter hat ihm sein ganzes Leben hindurch Außerordentliches bedeutet. Im Spätsommer 1793 schreibt er ihr als Student aus Tübingen: »Täglich lern' ich mer den Geist und das Herz kennen und ehren, dem ich alles im Grunde danke, was ich bin.« Dem Bruder Karl schreibt er 1795: »Wäre sie auch nicht unsre Mutter, ich müßte doch ewig mich freuen, daß eine solche Seele auf Erden ist.« Sehr viele Äußerungen dieser Art gehen durch seine Briefe und Gedichte, eine inniger als die andre, alle eingegeben nicht nur von kindlicher Zärtlichkeit, sondern von einem *Wertgefühl*, angesichts der selbstlosen Pflichterfüllung der Mutter, ihrer nie versagenden Liebe und Hilfsbereitschaft, die das Leben der Kinder ständig umfaßt und trägt. Für Hölderlin tritt in dieses Verhältnis noch etwas Tieferes ein: Die Mutter ist Herzpunkt jenes Kreises der »Meinigen«, der ihm eine geistige Lebenshilfe ersten Ranges bedeutet. Denn in diesem Kreise – Mutter, Großmutter, Bruder, Schwester – findet er wiederholt Rettung aus der Überfremdung seiner Seele durch Welt und Menschen. Auch wenn er ferne ist, stehen die Seinigen vor ihm als das Heimatliche, an dem das angefochtene Gemüt sich immer wieder selbst »kennt«. Der Kreis der Verwandten hat für Hölderlin die Bedeutung, daß er in ihm die ernstlich verbindende Liebe, das »gründliche Herz« verwirklicht findet, nach denen er die ganze Welt durchforschte, weil sein All-Einheits-Gefühl sie dringend forderte, weil ihm das Leben nur da realisiert war, wo die Verbindungskraft der Liebe eine wirkliche Erscheinung hatte.

Ein besonders hervortretender Zug im Bild der Mutter ist ihre Neigung zu ängstlicher Sorge, ihre unausgesetzte Bekümmerung, die man wohl eine Leidsüchtigkeit nennen kann. Hölderlin spricht zwar – ein einziges Mal – von der »natürlichen Lebhaftigkeit ihres Geistes« (Brief vom 10. Juli 1797), aber es gibt viele Briefe von ihm an die Mutter, in denen er sie bitten muß, das Leben heiterer zu nehmen, ihrer Neigung zu einer trüben Weltbetrachtung zu wehren. Er hat dafür, in dem genannten Brief, die nur ihm eigne und mögliche Wendung: »Sie sollten nicht in einem geheimen Bund sich mit dem Schmerz einlassen und nicht zu generos ihn in sich walten lassen.« Wir wissen, daß dieser Frau, die nach dreijähriger Ehe

ihren ersten Mann, nach sechsjähriger Ehe ihren zweiten Mann und
aus beiden Ehen vier kleine Kinder verlor, eine trübe Lebens-
betrachtung wohl nahegelegt war. Aber jene Mahnung Hölderlins
gegen das geheime Bündnis mit dem Schmerz, gegen die zu weit
getriebene Großmut im Geltenlassen des Schmerzes benennt doch
wohl einen *Wesens*zug an ihr; und er konnte ihn erblicken, weil er
ihn von sich selbst kannte. Er beklagt zu vielen Malen in seinen
Briefen sein »allgefälliges Herz«, welches das Leid und die Verwundungen der Welt zu großmütig annimmt, er beklagt und bekämpft
seine Neigung, das »Unreine, Dürftige der Menschen« stets »unendlich«, d. h. unbegrenzt und total zu empfinden und mit totalem,
»unbestimmtem Schmerz« darauf zu reagieren. Es ist also wahrscheinlich, daß in diesem Zug eine mütterliche Erbschaft vorliegt,
nur daß er bei Hölderlin, dem Rang seines Wesens entsprechend,
in unvergleichlich bedeutendere metaphysische Bezüge eintritt, seinen Schicksalsgedanken bauen hilft und ihn schließlich zu der großen positiven Bewertung des Schmerzes durchbrechen läßt, die Panthea im »Empedokles« ausspricht (W. III 169):

> Nicht in der Blüth und Purpurtraub
> Ist heilge Kraft allein, es nährt
> Das Leben vom Laide sich, Schwester!

# Kindheit und Studienjahre (1770–1793)

Johann Christian *Friedrich Hölderlin* wurde am 20. März 1770
geboren, in Lauffen, wie schon gesagt. Der Ehe entsprossen noch
zwei Töchter. Davon starb die erste, 1771 geborene, schon in zartem Alter. Die andre ist die 1772 geborene Marie Eleonore *Hein-
rike*, in den Briefen oft »Rike« genannt, die uns später als eine
gute, heitre, redselige Frau geschildert wird. Zwischen ihr und dem
Bruder bestand, wie in der Familie überhaupt, ein nie getrübtes
Verhältnis des innigsten Zusammenhalts. In Hölderlins Briefwechsel spielt sie eine bedeutende Rolle. Sie heiratete 1792 den Professor
Bräunlein in Blaubeuren und erreichte ein hohes Alter; sie starb
1850. Eine Familienüberlieferung besagt, daß sie in späteren Jahren
geistig nicht ganz vollwertig gewesen sei.
Sechs Wochen vor der Geburt dieser Schwester – Hölderlin war
etwas über zwei Jahre alt – verlor die Familie den Vater durch
einen plötzlichen Tod. Der Klosterhofmeister Heinrich Friedrich
Hölderlin wurde bei einem »Besuche in der Oberamtei allda (Lauffen) vom Schlage betroffen und ging in etlich Stunden dahin«. Er
erreichte nur ein Alter von 36 Jahren. Nach einer Witwenschaft von
über zwei Jahren ging die Mutter eine neue Ehe ein mit dem Bürgermeister des Städtchens Nürtingen, Gock, der den Titel eines
Kammerrats führte. Wir haben schon gesagt, daß mehrere Vorfahren Hölderlins in Nürtingen ansässig gewesen waren, zwei davon
als Bürgermeister. Die Ehe war glücklich, die schwergeprüfte Frau
durfte in der neuen, größeren Umgebung eine freundliche Wendung
ihres Geschicks erhoffen. Bürgermeister Gock hatte kurz vor der
Heirat ein neues Anwesen (Neckarstaige 1, heute verschwunden)
nebst einigem landwirtschaftlichem Besitz erworben. Hölderlin hat
also seine Kinderjahre in einem Lebenskreis verbracht, in den auch
Erde und bäuerliche Arbeit hereingriffen. An seinem zweiten Vater
hing er mit Zärtlichkeit. Nürtingen überhaupt wurde ihm, wie es
natürlich ist, zur eigentlichen Heimat und blieb es lebenslang, wennschon er sich späterhin, als Erwachsener, an der Enge der Verhältnisse stieß und er seiner Mutter sogar einmal von Frankfurt aus
raten konnte, das »fatale Nürtingen« zu verlassen. Aber wahrscheinlich würde er diese Enge auch an jedem andern vergleichbaren

Ort empfunden haben. Nürtingens Lage zwischen obstreichen Hügeln, über die von ferne die Höhen der Schwäbischen Alb hereinragten, brachte ihm das erste Erlebnis einer stillen landschaftlichen Schönheit. Einzelzüge von ihr begegnen uns vielfach in Hölderlins Naturbildern; Gartenbäume, unter denen er als »zufriedener Knabe« lag, durch deren Zweige ihn der »Äther« zuerst anschien, Blumen, unter denen er »lieben lernte«, die Uferweiden und das Wellenspiel des Neckars, in dessen Tal ihm »das Herz aufwachte«, der Ulrichstein bei Hardt, auf dem er – später – seinem Halbbruder Karl die »Hermannsschlacht« von Klopstock vorlas, dieses Hardt selbst, dem er einen seiner letzten Gesänge in der von abseitigen Beziehungen durchpflügten Sprache der Spätzeit gewidmet hat (»Winkel von Hahrdt«).

Der Halbbruder Karl (Christian Friedrich) Gock, der dem Dichter lebenslang in echter Brüderlichkeit verbunden bleiben sollte, kam als erstes Kind der neuen Ehe am 29. Oktober 1776 zur Welt. Aber von da an verdüsterte sich das Geschick. Drei weitere Kinder starben schon im Säuglingsalter, und diese Kette des Unheils schloß sich mit dem frühen Tode des Vaters. Kammerrat Gock erlag im März 1779, im Alter von nicht ganz 34 Jahren, einer Lungenentzündung, die er sich »in eifriger Pflichterfüllung bei einer Überschwemmung« zugezogen hatte.

Es scheint, daß das Gemüt der Mutter durch diesen Schlag, der sie so kurz nach dem ersten traf, jene Beschattung erfahren hat, die erst als Trauer, dann als ständige Bänglichkeit und zaghafte Lebensansicht auf ihr liegen blieb. Man hat dabei bestimmt nicht an eigentlichen Trübsinn zu denken, doch an einen dauernden Leidmut, wie er sich mit der ernsten, kargen Frömmigkeit dieser Seele vertrug. Hölderlin betrachtete später den Verlust des zweiten Vaters und die Betrübnis der Mutter als den Anlaß, bei dem zum erstenmal sein »Hang zur Trauer« hervorgetreten sei. Am 18. Juni 1799 schreibt er der Mutter: »Da mir mein zweiter Vater starb, dessen Liebe mir so unvergeßlich ist, da ich mich mit einem unbegreiflichen Schmerz als Waise fühlte, und Ihre tägliche Trauer und Thränen sah, da stimmte sich meine Seele zum erstenmal zu diesem Ernste, der mich nie ganz verlies und freilich mit den Jahren nur wachsen konnte.« Fein und genau deutet dieser Satz auf das Tatsächliche: nicht Ursache des »Hanges zur Trauer« war jenes Erlebnis, sondern es brachte eine erste Einstimmung seiner Seele auf die ihr zugeordnete Haltung, auf den Ernst, auf jene Trauer, die kein

Objekt hat und *vor* aller Erfahrung liegt. Das Erlebnis hat ihn die in seinem Wesen eingewurzelte Trauer entdecken lassen.

Die Mutter nahm nach dem Todesfall zunächst keine Veränderung ihrer äußeren Lage vor. Die Bestimmung über Hölderlins Berufsausbildung war schon gefallen. Er sollte Geistlicher werden. Er besuchte die Lateinschule Nürtingens und hatte in dem Präzeptor Kraz einen ausgezeichneten Lehrer. Daneben genoß er noch besonderen Unterricht bei dem zweiten Pfarrer der Stadt, dem Diakonus Nathanael Köstlin, dem er späterhin eine aufrichtige Dankbarkeit bewahrte. Die Theologenlaufbahn empfahl sich aus mehrfachem Grund: sie war Familienüberlieferung, sie galt der damaligen Zeit als der gleichsam führende Typ des akademischen Berufs überhaupt, und sie war unentgeltlich, weil durch staatlichen Freiunterricht und mannigfache Stipendien getragen. Das mußte der Familie, deren Vermögensverhältnisse behaglich-bescheiden waren, willkommen sein.

In diesen Jahren steht Hölderlin vor uns als ein Knabe von zartem Wesen, braunäugig und braunhaarig, nicht etwa schwächlich, aber von empfindlicher Gesundheit. Spätere Beschreibungen sprechen – aus dem Mannesalter stammend – von breiten Schultern, länglicher Gesichtsform, gerader Nase und hoher Stirn (Paß des Oberamts Nürtingen vom 28. September 1802). Ein Schattenriß aus der Studentenzeit zeigt eine ausgesprochen steile Stirn; der gleiche Zug kehrt in späten Bildnissen von 1826 und 1843 wieder. Mehrfach ist in den Schilderungen von der Gefälligkeit seiner Gebärde und von großer Anmut der Gestalt und Bewegung die Rede. Diese Einzelheiten können, als bleibende, zu den eigentlichen Jugendbildnissen (zwischen dem 16. und 18. Lebensjahre) hinzugehalten werden. Im übrigen tragen diese Jugendbildnisse alle Züge natürlich in weicherer, fließender Ausformung vor. Das bei weitem ansprechendste unter ihnen ist ein Profilbrustbildchen in feiner Bleistift- und Kreidezeichnung mit leicht angetuschtem Wangen- und Lippenrot, unten mit einem zart angegebenen grünen Zweig abgeschlossen. Es trägt die Jahreszahl 1786 und ist in der Landesbibliothek Stuttgart aufbewahrt. Ohne jede Sentimentalität stellt sich hier ein Ausdruck von ergreifender Kindlichkeit dar, ein früher Ernst, ein noch traumgebundenes Sinnen. Übereinstimmend betonen diese drei Bildnisse die leicht vorragende Oberlippe, die an leichtes Sprechen, auch ein wenig an Eigensinn denken läßt. Zeigt das besprochene Bildchen mehr den Träumer, so heben die zwei andern mehr eine außer-

ordentliche geistige Regsamkeit hervor. Die Liebesfähigkeit und
Liebesbedürftigkeit seiner Natur glaubt man in einem sehnlich zu
nennenden Charakter aller Linien, besonders um Mund und Auge,
hingeschrieben zu sehen.

Der eingeschlagene Bildungsgang brachte es mit sich, daß Hölderlin
im Herbst 1784 in die »niedere Klosterschule« zu Denkendorf eintreten mußte. Der erste Abschied von Hause, die erste Begegnung
mit jener Welt und jenen Menschen, die er nach seiner eignen Aussage nie »verstand«. Ein Gedicht der Rückerinnerung an die Kna-
benjahre, aus der Frankfurter Zeit (1795–1798), zeigt, wie es um
dieses Nicht-Verstehen der Menschen bestellt war; nicht so, als ob
ihm Herz oder Sinn gegen die Menschenwelt versperrt gewesen
wären, sondern so, daß er aus seinem Verkehr mit Erde und Him-
melslicht, mit Bäumen und Blumen um ein Verstehen von ganz
*andrem* Rang wußte, um ein geradezu lebenstiftendes gegenseitiges
Innewerden, gegen welches das unter Menschen übliche Verstehen
ihm als ein Nichts erscheinen mußte. Das Gedicht lautet:

> Da ich ein Knabe war,
> Rettet' ein Gott mich oft
> Vom Geschrei und der Ruthe der Menschen,
> Da spielt' ich sicher und gut
> Mit den Blumen des Hains,
> Und die Lüftchen des Himmels
> Spielten mit mir.
>
> Und wie du das Herz
> Der Pflanzen erfreust,
> Wenn sie entgegen dir
> Die zarten Arme strecken,
>
> So hast du mein Herz erfreut
> Vater Helios! und, wie Endymion,
> War ich dein Liebling,
> Heilige Luna!
>
> O all ihr treuen,
> Freundlichen Götter!
> Daß ihr wüßtet,
> Wie euch meine Seele geliebt!

Zwar damals rieff ich noch nicht
Euch mit Namen, auch ihr
Nanntet mich nie, wie die Menschen sich nennen,
Als kennten sie sich.

Doch kannt' ich euch besser
Als ich je die Menschen gekannt,
Ich verstand die Stille des Äthers,
Der Menschen Wort verstand ich nie.

Mich erzog der Wohllaut
Des säuselnden Hains
Und lieben lernt' ich
Unter den Blumen.
Im Arme der Götter wuchs ich groß.

Wie gesagt, Rückerinnerung ist dies, ein Bild der Jugend nach bereits geschehenem Zerfall der Kinderform, daher nicht etwa als biographisch gültiger Tatsachenbericht zu nehmen, doch vollgültig als Zeugnis für Hölderlins inneres Werden. Die Kindheit mit der unzerspaltenen Geschlossenheit ihres Wesens blieb stets vor Hölderlins Auge stehen als die Form des wahrhaft erfüllten Lebens. In zahllosen Anrufungen durch Werke und Briefe hin erscheint die Kindheit, die Jugend als Idealzustand, namentlich mit ihrem Merkmal der »Ruhe«, des »Friedens«, worunter Hölderlin immer die kindliche Seins-Einheit, die Abwesenheit eines Widerstreits der Kräfte versteht. So wenig der erwachsene Hölderlin in den Irrtum verfiel, eine buchstäbliche Sehnsucht nach der Kindheit in sich zu pflegen, so innig hielt er am Bilde der Kindheit fest als an der Leitform jedes zur Harmonie gelangten Daseins. Ein schönes Wort darüber steht in einem Brief an die Schwester, aus Homburg, im Juli 1799: »So sehr mich mein Gemüth auch vorwärts treibt, so kann ich es doch nicht verläugnen, oft mit Dank und oft mit Sehnsucht an die Jugendtage zu denken, wo man noch mehr mit seinem Herzen als mit dem Verstande leben darf, und sich und die Welt noch zu schön fühlt, als um seine Befriedigung fast allein im Geschäfft und im Fleiße suchen zu müssen. Aber ich denke, wenn ich fühle, daß man nicht immer jung seyn kann, und denk' es oft gerne, daß alles seine Zeit hat, und daß der Sommer im Grunde so schön ist, wie der Frühling, oder vielmehr daß weder der eine, noch

der andre *ganz* schön ist, und daß die Schönheit mehr in allen
Lebenszeiten zusammen... besteht, als in einer einzigen.« Dies zeigt
den Gesichtspunkt, unter dem seine zahlreichen Anrufungen der
Jugend zu sehen sind: tiefe Willigkeit zu allem Reifen, aber zugleich ein ständiges Sich-Orientieren an jenem Begriff und Bild der
durchgängigen *Lebensfülle*, die in der Kindheit verwirklicht ist.


Denkendorf, in dessen Klosterseminar er 1784 eintrat, liegt zwei
Wanderstunden von Nürtingen entfernt, ein Dorf von damals 1000
Einwohnern, von üppigem Obstland umgeben, zum Teil von Steil-
hängen eingefaßt; Wald streift nahe heran. Kloster und Kirche haben eine lange, wechselvolle Geschichte und bieten eindrucksvolle
Bilder romanischer und gotischer Baukunst, wie die Krypta, das
Paradies (Vorhalle), den Kreuzgang mit seinem Netzgewölbe. Für
uns bemerkenswert, doch durchaus im Zug jener Zeit liegend ist es,
daß Hölderlin weder hier noch im Kloster Maulbronn, das er später
bezog, eine Berührtheit von den mittelalterlichen Kunstformen
zeigte.
Der Leiter der Denkendorfer Klosterschule, Prälat Erbe, wird als
ein engherziger Greis geschildert, eine jener Gestalten, in denen sich
das Kirchentum der Zeit von seiner dürren, erstarrten Seite her
darstellte und die Hölderlin noch so oft begegnen sollten. Die pietistische Frömmigkeit, einst mit Spener und Francke als mächtig auf-
rüttelnde Kraft angesetzt gegen eine orthodoxe Verstockung des
religiösen Lebens, hatte in Württemberg ein breites Feld gefunden.
Ihre Hinlenkung auf das religiöse Innenleben, auf eine nach innen
und außen *tathafte* Bewährung des Glaubens, hatte belebend gewirkt. Aber die Ausdorrung, die überall damit einherkommt, daß
ein lebendiger Antrieb unter die Fremdherrschaft des buchstäblichen
Gebrauchs gerät und »Rezept« wird, war ihr nicht erspart geblieben. Lebensvolle Begriffe wie Bußkampf, Gnade, Wiedergeburt,
christliche Lebenspraxis verdarben zu einem trockenen Heils-For-
malismus. Das Mißverstehen christlicher Askese führte zu einer finsteren Naturscheu, der Spiel, Tanz, Theater, oft sogar das Lachen,
der Scherz, das Wandern in freier Natur mißfällig waren. Wir werden später sehen, wie Hölderlin durch die so getrübte Gestalt, in
der ihm das Christentum von Jugend an begegnete, in langdauernde
Konflikte geriet, in Einklemmungen zwischen seiner schicksalhaften
Naturfrömmigkeit (die sich mit der »natürlichen Christlichkeit« sei-

ner Seele leicht paarte) und der Herz und Sinne verleugnenden
Naturscheu der ihm berufsmäßig nahegerückten Theologie. Es ist
jener Konflikt, der sich in vielen zeitgenössischen Geistern abspielt,
wenn auch in sehr verschiedener Art der Austragung. Wir sehen ihn
seit Lessing, Herder, Hamann in allen geistigen Lebensträgern der
Zeit erscheinen, wir sehen ihn zwischen der »Religion des Idealismus« und dem Christentum tiefreichende Strudel bilden, die alles
aufwühlen; Strudel, die wir vielleicht erst heute freier überschauen und in ihrer weiterführenden, heilsamen Bedeutung würdigen können.

Der pedantischen Wesensart des Denkendorfer Schulleiters ent-
sprachen Lehrgang und Tageseinteilung der kleinen Alumnen. 59
Lehr- und Lernstunden in der Woche, peinlich genaue Regelung des
Taglaufs zwischen 5 Uhr morgens und 8 Uhr abends, zwei ein-
stündige Pausen im Tag nach dem Mittag- und Abendessen. Wer
mehr an »Rekreation« haben wollte, mußte dies ausdrücklich be-
antragen und bekam höchstens zweimal wöchentlich eine karg be-
messene »Erquickung im Felde« bewilligt. Spiele waren, wenn nicht
verboten, so doch ungern gesehen.

Es wäre verkehrt, für eine solche Erziehungsweise, geübt an 14- bis
15jährigen Kindern, ausschließlich die damalige Form der Religiosität verantwortlich zu machen. Es darf nicht vergessen werden, daß
Zwangsgeist, Naturferne, Überbetonung der Autorität, Gewalttat
gegen Gewissen und Einzel-Ich damals auch außerhalb des kirchlichen Raumes die Führung hatten, namentlich auch im Bereich des
Politischen, der Sitte, der Familie, der Erziehung, selbst der Kunst.
Es ist die Zeit, deren politische Marke der Absolutismus ist, in
Württemberg dargestellt durch den fast grotesken Tyrannen Herzog Karl Eugen (1737–1793). Sie steht geistesgeschichtlich vor uns
als eine Zeit, in der, trotz »Sturm und Drang«, das Menschenleben
immer noch vorwiegend von den übermächtigen *Objektivbindungen*
her gestaltet wird und in der die große Durchbruchsschlacht des
deutschen Idealismus noch laufendes Gefecht ist. Es kommt gerade
für ein Verstehen Hölderlins darauf an, daß diese Durchbruchsschlacht des Idealismus, an der er teilnimmt, in ihrem Ausgangspunkt
und Ziel richtig begriffen wird: Sie wendet sich gegen Bindungen,
die das deutsche Leben nicht mehr behüten, sondern erdrücken, sie
zielt ab auf eine erste *geistige* Realisierung des deutschen Menschen,
die die unerläßliche Voraussetzung seiner späteren politisch-natio-
nalen Realisierung ist.

Aus der Denkendorfer Zeit stammt der erste erhaltene Brief Hölderlins. Er ist an seinen Nürtinger Lehrer Diakonus Köstlin gerichtet, 1785, und verdient Beachtung, weil er, eine Art Beichte und Bitte um Seelenführung, mit überraschender Genauigkeit eine Reihe
von Grundmotiven anschlägt, die sich in Hörderlins Beziehung zu
Welt und Menschen noch lange abzeichnen. Er schildert seine Erlebnisweise, in der es »gute Rührungen« und ein volles Gefühl zur Natur gibt. Aber er hat sich der »Unbeständigkeit« zu bezichtigen
und vor allem eines schwankenden Verhältnisses zu den Menschen
seines klösterlichen Lebenskreises: »Ich konnte niemand um mich
leiden, wollte nur immer einsam seyn ... und der kleinste Umstand
jagte mein Herz aus sich selbst heraus.« Wir haben hier eine erste
Bezeugung jener Empfindlichkeit vor uns, die alles von außen Her-
zutretende, sofern es kalter Natur ist, als tiefe Störung erfährt. Das
Herausgejagtwerden des Herzens aus sich selbst, die Erschütterbar-
keit des Eigenlebens durch Äußeres, so daß es immer lange dauert,
bis er wieder in den Rhythmus des eignen Daseins eingeschwungen
ist, spielt bis zuletzt eine Hauptrolle in seinen Begegnungen mit der
Welt. Will er sich aber gegen die äußeren Einwirkungen festmachen,
dann läuft diese Abschließung erst recht schief: »Wollte ich klug sein
(d. h. wollte er an sich halten, sich sparen), so wurde mein Herz
tückisch, und die kleinste Beleidigung schien es zu überzeugen, wie
die Menschen so sehr böse, so teuflisch seyen ... und wie man die
geringste Vertraulichkeit mit ihnen meiden müsse; wollte ich hingegen diesem menschenfeindlichen Wesen entgegenarbeiten, so be-
strebte ich mich, vor den Menschen zu gefallen, aber nicht vor Gott.
So wankte ich immer hin und her.« Auch diese Schutzstellung und
ihr Fehllauf lassen sich durch viele seiner späteren Briefe hin verfolgen; er bearbeitet dieses wichtige Thema denkerisch und praktisch; aber selbst wo er zu hohen Formulierungen der Selbstbehauptung kommt, leistet er sie praktisch nicht. Die Verunreinigung
des eignen arglosen Herzens durch die versuchte »Klugheit« (»Mein
Herz wurde tückisch«) spricht er oft aus, ebenso auch das versäumte
Bestehen »vor Gott«, wenn dieses auch später erscheint als ein Verleugnen des Gottes »in uns«. Der Brief an Köstlin spricht dann von
seinem Entschluß, sich in Ordnung zu bringen, »ein Christ und
nicht ein wankelmüthiger Schwärmer, klug, ohne falsch und men-
schenfeindlich zu werden«. Dazu erbittet er die Erlaubnis, dem
»Herrn Helffer« alle seine Schwierigkeiten vortragen zu dürfen, damit dieser ihm beistehen könne. Gewiß bewegt sich also diese Beich-

te in der festgelegten Form einer pietistischen Selbstprüfung und Bußübung wie in einer Fremdform. Aber in ihrem Gehalte, wie gesagt, ist sie mehr. Sie hat mit der Wirklichkeit seiner stets problematischen Weltbegegnung zu tun. Daß freilich diese Problematik noch warm eingebettet ist in ein festes kindliches Dasein, bezeugen die gleichzeitigen Briefe an die Mutter mit ihrem echt kindlichen, fröhlichen Ton.

Erhalten ist aus der Denkendorfer Zeit auch der Entwurf eines »Prooemium habendum d. 27. Dec. 1785 die Joannis, in caput primum Epistolae ad Ebraeos«, einer Vesperansprache über die ersten Worte des Hebräerbriefs; es ist die formale Redeübung eines Knaben, in der man selbständige Prägungen nicht wird suchen wollen.

Wichtiger sind die ersten dichterischen Versuche, die in die Denkendorfer Jahre fallen. Schon 1784 hören wir, daß »tausend Entwürfe zu Gedichten« ihn beschäftigen. Ein »Dankgedicht an die Lehrer« liegt vor, das die Haltung des dankbaren Schülers auf eine dem Vierzehnjährigen angemessene Weise in Verse bringt; auch ein Gedicht an einen Schulkameraden, dessen Name uns noch später begegnen wird, »Meinem Bilfinger«, das religiöse, dem Katechismus angepaßte Frühempfindungen vorträgt. Allmählich aber hebt sich die Sprachbewegung und wird eine Spur eigener. In der Elegie »Die Nacht« und in der Anrede »An meinen Bilfinger« regt sich leise etwas persönlicher Erlebtes: die scharfe Abgrenzung vom »falschen Schein«, von der »eitlen Welt«, wo Leidenschaft, Neid, Torheit herrschen, denen sich ein erster Begriff von Reinheit, Unberührtheit der jugendlichen Seele entgegenstellt. Der Schwung in dieser Kontrastierung steigert sich, erreicht einen zügigen Ausdruck in der Elegie »Das menschliche Leben«, die in ihrem bemerkenswert breiten Eingang:

> Menschen, Menschen! was ist euer Leben,
> Eure Welt, die thränenvolle Welt...

ein Mächtigerwerden des Wortes, eine genauere, erlebtere Benennung des Kontrastes zeigt. Man sieht, daß dieser Kontrast ihn wahrhaft angeht. Gewiß steht er noch in einem zwiefach übernommenen Ausdruck: Hölderlin verwendet die fertige pietistische Bewertung der »Welt«, er spricht die Sprache der zeitgenössischen Dichtung und der aufklärerisch-moralistischen Gesellschaftskritik. Aber das Abgrenzungs*gefühl* ist echt; es gehört der Erfahrung seiner Seele an. Wenn er von den »Thorenfreuden«, den »mißgunstvollen Lästerungen« der Welt spricht, wenn er klagt, daß die Welt

dem Reinen das »zufriedene Herz« nicht gönne, so tritt dies in eine
deutliche Beziehung etwa zu seiner späteren Kritik an den »Frankfurter Gesellschaftsmenschen« und zu seiner oft wiederholten Klage über tiefe Lebensstörung von außen. Der verdienstvollste Erfor-
scher von Hölderlins Jugenddichtung, Paul Böckmann, sagt mit
Recht: »Was der Glaube seiner Jugend in ihm aufgeregt und gestärkt hat – das Bemühen um die Reinerhaltung der einfachen und
unmittelbaren seelischen Beziehungen – wird immer der eigentliche
Mittelpunkt seines geistigen Lebens bleiben, wenn auch die kirchlich-
protestantische Grundlage früh genug erschüttert und Hölderlin
dadurch einer lang andauernden und tiefgreifenden inneren Revolution ausgesetzt wird.«
Es läßt sich also von den Dichtungen des Fünzehnjährigen ähnliches
sagen wie von dem ersten Brief an den »Helffer« Köstlin: Dauer-
motive des Hölderlinschen Lebens kündigen sich an, noch mit
Fremdworten benannt, aber so treffend hingestellt, daß sie als
Grundformen gelten können, die noch in den eigensten und höchsten Prägungen späterer Zeit durchscheinen.


Im Herbst 1786 bezog Hölderlin die höhere Klosterschule in Maulbronn, unter 29 Übersiedelnden eingereiht als Sechster, mit einem
Abgangszeugnis, das seine Gaben als »recht gut«, seinen Fleiß und
seine Sitten als »gut« bezeichnete. In die Situation des Eintrittstags
versucht eine Schilderung von Dr. Gustav Lang (»Schwäbischer
Bund«, I, 6) einzuführen: »Mitte Oktober 1786 war wieder einmal
der alle zwei Jahre wiederkehrende festliche Tag der ›Einlieferung‹
neuer Zöglinge ins ›höhere Kloster‹ Maulbronn angebrochen. Acht-
undzwanzig hoffnungsvolle Jünglinge kamen, nach kurzen Um-
zugsferien, vom ›niederen Kloster‹ Denkendorf bei Hohenheim . . .
Sie waren bereits durch die vom Staat gelieferte schwarze Kutte als
Klosterschüler und einstige Geistliche gekennzeichnet. Doch fühlten
sie sich noch nicht so erwachsen, daß sie nicht gern auch hier noch
sich durch Eltern und Verwandte einführen und empfehlen ließen.
Das einzige Wirtshaus am Ort hatte nicht Raum genug für die
Menge der Gäste, und so übten nach alter schöner Sitte die ansässi-
gen Familien weitherzige Gastfreundschaft an Bekannten und Unbekannten. Die Anstalt übernahm dafür die Verpflegung: Gastge-
ber und Gäste vereinigten sich mit den neuen Zöglingen zu fröhlichen Mahlzeiten im Kloster.«

Eine mächtige, weitläufige Gebäudegruppe tat sich auf, die Neulinge zu empfangen, das ehemalige Zisterzienserkloster mit Kirche, Klausur und großen Wirtschaftsgebäuden, östlich der Stadt gelegen. 1146 gegründet, 1558 in eine evangelische Klosterschule umgewandelt, war und ist Maulbronn die schönste und besterhaltene alte Klosteranlage Deutschlands. Die Abteikirche aus dem 12. Jahrhundert, als dreischiffige Pfeilerbasilika angelegt, später überwölbt, im 15. Jahrhundert mit einem reichen Chorgestühl versehen, vereinigt romanischen Ernst mit leichteren gotischen und späteren Elementen zu einem starken Gesamtbild. Berühmte Einzelheiten sind das Paradies, das zweischiffige Herrenrefektorium, die hochgotische Brunnenkapelle, der weite Kreuzgang.

Den Insassen mag freilich diese großartige Anlage mehr mit den Schattenseiten ihres Altertums als mit seinen Reizen und Werten entgegengetreten sein. Die Klosterzucht wurde zwar nicht gar zu starr gehandhabt. Die Zöglinge erhielten leicht die Erlaubnis, die Stadt oder die Umgebung aufzusuchen. Sie durften in den angeseheneren Familien des Ortes verkehren, auch in den Pfarrhäusern der umliegenden Dörfer. Auf die Woche waren 19 Lehrstunden verteilt; dazwischen waren reichlich viele Stunden für eigne Arbeit angesetzt. Hört man aber, daß diese Arbeitsstunden nur von dem jeweiligen Professor des Wochendienstes in einem Durchwandern der Säle überwacht wurden, so entsteht nicht gerade das Bild einer einschnürenden Kontrolle. Gleichwohl mußte im Schulbetrieb noch manches an straffer Regelung bestehen bleiben, und von dem Nachteil jedes Internatlebens, daß dem einzelnen kaum ein Alleinsein gegönnt war, konnte Maulbronn nicht frei sein. Einen Anlaß zu vielen Klagen bot die Verpflegung. Ein Brief Hölderlins an die Mutter (vom Sommer 1787) wirft, nicht ohne Humor, auf diese Schwierigkeiten ein Licht. Das Essen sei wieder einmal so schlecht gewesen, daß er »beinahe vor Ärger die Schüssel an die Wand geworfen hätte«. Sein Wunsch an die immer erfüllungsbereite Mutter ist: Kaffee und Zucker! »Denn das sind doch ordentliche Nahrungssorgen, wenn man so nach einem Schluck Caffee, oder nur einem guten Bissen Suppe hungert, und nirgends, nirgends nicht auftreiben kan.« Dann schreibt er von Mitschülern, die noch Schulden haben und sich daher gar nichts mehr nebenbei leisten können: »Es ist zum lachen, wenn die Leute aus lauter Unmuth nicht ins Bett gehen, und die halbe Nacht auf dem Dorment (Schlafsaal) auf und absingen:

Auf, auf, ihr Brüder und seid stark
Der Gläubiger ist da
Die Schulden nehmen täglich zu
Wir haben weder Rast noch Ruh
Drum fort nach Afrika –

(das wäre das Cap) und so gehts fast all Nacht, da lachen sie am
Ende einander selbst aus, und dann ins Bett. Aber freilich ist diß
eine traurige Lustigkeit!« Der nächtliche Trutzgesang der armen
Schlucker ist eine Parodie auf Schubarts Kaplied, auf dem Hohen-
asperg gedichtet beim Ausmarsch des 1. Bataillons des Kapregiments,
das aus lauter Württembergern bestand; der Herzog Karl Eugen
hatte sie, nach der damaligen schimpflichen Übung etlicher deutscher Fürsten, die ihre Spuren auch in Schillers Dichtung (Kabale
und Liebe) wirft, an die Engländer verschachert.
Doch wurde dem sechzehnjährigen Hölderlin das äußere Leid in
etwas vergütet durch die Liebe. Der Verwalter des Maulbronner
Klosters, Kammerrat Nast, hatte eine Tochter, Luise. Sie war zwei
Jahre älter als Hölderlin, doch ward dieser sogleich, »beim ersten
Blick«, von dem anmutigen, warmherzigen Mädchen angezogen und
fand Gegenliebe. Ein gemeinsamer Verwandter, Sohn eines Klo-
sterfamulus[1], vermittelte die Bekanntschaft und ermöglichte sogar ein Stelldichein in seines Vaters Garten. Er schied zwar bald
darauf aus dem Kloster; aber der Zufall wollte, daß ein Neffe des
Kammerrats Nast, Immanuel Nast, Gehilfe auf der Ratsschreiberei
zu Leonberg, zum Oheim auf Besuch kam. Die Freundschaft, die
zwischen ihm und Hölderlin entstand, wurde fortan zur geheimen
Brücke zwischen den Liebenden; kein Zweifel, daß Hölderlin diese
Freundschaft mit dem jungen Stadtschreiber vornehmlich auch um
der niedlichen Base willen gepflegt hat. Aller Überschwang jugend-
licher Herzen strömt sich in dem teilweise erhaltenen Briefwechsel
zwischen Hölderlin und Luise (der »Stella« seiner gleichzeitigen
Gedichte) aus; doch kam es zu diesem Briefwechsel erst später, denn
Hölderlin hielt vorerst seine Liebe geheim, selbst vor dem unwissend hineinverflochtenen Immanuel Nast; er gestand sie ihm erst ein

---

1 Für diese Maulbronner Famuli gilt wohl, was W. Betzendörfer über die Tübinger
Famuli sagt (»Hölderlins Studienjahre im Tübinger Stift«, Heilbronn 1922): »Zur Beaufsichtigung der Stiftler dienten nicht bloß die Repetenten, sondern auch die Famuli. Sie
waren akademische Bürger, meist Söhne von »verarmten Handwerkern zu Tübingen und
auf dem Lande«, hatten die Repetenten und Stiftler zu bedienen, bei Tisch aufzuwarten,
das Stiftstor zu öffnen und zu schließen. Im übrigen waren sie angewiesen, die Studieren-
den des Stifts in ihrem Tageslauf zu überwachen ... Ganz besonders hatten sie darauf
zu achten, ob die Stiftler sich auch des verbotenen Tabakrauchens enthielten.«

Jahr darauf, nachdem er schon viele Briefe mit ihm getauscht hatte.

Was sagen diese und andre Briefe über Hölderlins damalige Verfassung aus? Wir werden bei genauer Befragung manche Aufschlüsse von Gewicht in ihnen finden. Zwar steht das jugendliche Leben unter eignen, jahreszeitlichen Gesetzen, die man bei der Würdigung mancher Einzelheiten nicht vergessen darf. Aber der Überblick über das Gesamtleben lenkt dafür auf andres hin, das als Frühform bleibender Züge Beachtung verdient.

Häufig sind in Maulbronn (1786–1788) die Klagen über innere und äußere Vereinsamung. Die gelegentliche Menschenscheu der Denkendorfer Zeit tritt auf. Sie wählt manchmal starke Ausdrücke, bei deren Bewertung mit einiger Vorsicht verfahren werden muß. Denn offensichtlich hat es um Hölderlin damals auch viel gute Gefährtenschaft gegeben, in der es sich für ihn fröhlich und kindlich leben ließ. Drängen sich trotzdem immer wieder die Klagen über Vereinsamung und Verwundungen hervor, so liegt dies an der besonderen Bedeutung, die er selbst geringfügigen Störungen seines Lebensgefühls beimißt. An Immanuel Nast schreibt er im Januar 1787: »Ich will Dir sagen, ich habe einen Ansaz von meinen Knabenjahren – und der mir noch der liebste – das war so eine *wächserne Weichheit* ... aber eben dieser Theil meines Herzens wurde am ärgsten mißhandelt so lang ich im Kloster bin – selbst der gute lustige Bilfinger kan mich ob einer wenig schwärmerischen Rede geradehin einen Narren schelten – und daher hab ich nebenher einen traurigen Ansaz von Roheit – *daß ich oft in Wuth gerathe* – ohne zu wissen, warum ... wann kaum ein Schein von Beleidigung da ist.«

Hier spricht sich jene Störbarkeit aus, von der schon die Rede war und die sich immer so bekundet, daß sein Leben von sich aus dazu neigt, warm und unmittelbar aus sich hervorzugehen und sich überschwenglich mitzuteilen, daß es dabei auf den völlig verschiedenen Lebensrhythmus der Kameraden stößt und urplötzlich dadurch abgeschnitten wird, wie ein Wärmestrom, der an eine Mauer von Kälte prallt, ohne daß die andern auch nur eine Ahnung von diesem Begebnis haben. Ihm gibt das, was seitens der andern höchstens augenblickliche Achtlosigkeit oder simples Nichtmitkönnen ist, die Empfindung: »Hier mag mich keine Seele – izt fang' ich an, bei den Kindern Freundschaft zu suchen.« Er bezieht das Nichtverstehen der andern gern auch tiefer, auf Unterschiede des Naturells:

»Bilfinger ist wohl mein Freund – aber es geht ihm zu glücklich,
als daß er sich nach mir umsehen möchte ... er ist immer lustig –
ich hänge immer den Kopf.« Die Forderung eines tieferen als des
gewöhnlichen Mitschwingens verbirgt sich hier, Ausfluß einer unvergleichlich höheren Lebensberufung, aber zugleich auch einer tieferen Bedürftigkeit, die das Maß dessen, was Menschen üblicher-
weise einander sind und voneinander fordern, weit übersteigt. Wir
werden diese Forderung in Hölderlins Leben oft wiederkehren sehen, immer höher gefaßt, in Werbungen um ein geheimes Bündnis
der Edlen, um das lebenstiftende »Wort« im Brief und Gespräch, um
die »Liebe«, die erst der Realisierungsfall des »menschlichen (d. h.
menschengemäßen) Lebens« ist.

Ein Brief an Nast vom Februar 1787 spricht die Empfindung des
so begründeten Abstands von den Gefährten mit Radikalität aus:
»Und diß sei die Zeit, sagen sie, wo wirs am besten haben! Du lieber Gott! *bin ichs dann allein?* jeder andere glücklicher als ich? Und
was hab' ich dann gethan?« Gewiß flieht auch diese Stimmung
vorüber, gewiß ist auch sie in manchem andern Leben denkbar,
über dem ein weniger strenges Geschick stünde; aber gerade von
Hölderlins Geschick aus gewinnt sie eine mehr als jahreszeitliche
Bedeutung.

Es gibt für die Störbarkeit des ihm eignen Lebens im unschuldigen
Herausgang noch ein andres Zeichen in den frühen Briefen. Es liegt
darin, daß er sein briefliches Sprechen fast gewohnheitsmäßig durch
Selbsteinwürfe unterbricht, in denen immer das Denken an den
Widerspruch der andern aufspringt. So im ersten Brief an Nast,
Ende 1786: »Ach, wie manchmal hab ich ihm (Schiller) schon in
Gedanken die Hand gedrückt, wenn er seine Amalia von ihrem
Carl schwärmen läßt –! Du wirst denken, ich sei ein Narr ...«
Fast regelmäßig in den Augenblicken, wo er ein Wort recht aus
seiner Seele gesagt hat, stellt sich dieses plötzliche Bewußtwerden
des vermuteten und gewohnten Widerspruchs ein mit Wendungen
wie »lach mich nur recht aus« oder »Ich sehe schon, Du lachst mich
wieder aus« oder »Du wirst vielleicht böse über das kindliche Ge-
winsel«; und so in vielfacher Abwandlung, bald offener, bald
leiser.

Man kann in diesen Selbsteinwürfen eine psychologische Grundlage
von entscheidenden Elementen seiner späteren Dichtung erblicken.
Wie bei Hölderlin vieles, das in unmittelbarer Lebenswirklichkeit
*zunächst* als Leiden, als Versagen erscheint, auf der Gegenseite zum

Wert wird, so auch hier. Die Selbstunterbrechung, das dialektische Verhalten zum eignen Gefühlsstrom bestimmen später den in Gegensätzen sich entfaltenden, antithetischen und dreischrittigen Bau seiner Hymnen. Sie bilden den Ausgangspunkt jener großen Zwischenschaltungen und Inversionen (vgl. W. III, 241), auf denen die Spannungsharmonie seiner Dichtungen beruht. Die Allgegenwart und die prunkvolle Ausstattung dieser Zwischenschaltungen sind der Grund, weshalb seine Oden und Hymnen schlechterdings nicht mit dem gewöhnlichen Atem vorgetragen werden können. Sie verlangen, wie sie aus einem athletischen, die Gegensätze umgreifenden Geiste stammen, eine athletische Brust.

Zugleich zeigen die frühen Briefe auch, verhängnisvoll und schicksalsgerecht, den Behelf, mit dem er sich gegen die Welt schützt: Er geht in den Raum der Phantasie; er »entrückt« sich der Umwelt und begibt sich in eine Bilderwelt, die ihm entspricht: »Wieder eine Stunde wegphantasirt«, schreibt er an Nast, »ich war auch bei Dir... Ich war auch noch anderswo« (bei Luise). Bald darauf heißt es: »Ich bin immer noch lieber allein... und da fantasire ich mir eins, im Hirn herum« oder ein drittes Mal: »Eine ganze Stunde war ich in meiner Fantasie Einsiedler.« Als Ausweg gerade des jugendlichen Alters ist solche Phantasietätigkeit bekannt und geläufig. Aber man horcht doch auf bei der Art, wie Hölderlin von solchen Selbstentrückungen spricht; sie tragen eine gewisse zusätzliche Bedeutungsschwere, sie führen in Lagen, die man als eine Gabelung des Lebens in ein inneres und ein äußeres ansehen muß, ja selbst als eine vorübergehende und wieder leicht aufhebbare Gabelung der Persönlichkeit.

Vielleicht ist es gut, über die von Hölderlin erwähnten Ausbrüche von »Wuth«, von »Toben«, wie er ein andermal schreibt, noch ein Wort zu sagen. Daß sie nichts mit »Roheit« zu tun haben, liegt auf der Hand. Aber sie deuten, gerade mit der Nichtigkeit ihrer Anlässe, auf psychologisch Tieferes. Sein Leben, sagten wir, will frei und warm in die Äußerung gehen; es erfährt an der »Kühle«, an der durchaus üblichen Stumpfheit der andern einen Widerstand, und dieser Widerstand wirkt sich bei ihm als Lebensbrechung, als plötzliche Umsteuerung der Gefühlsströme aus und führt zum Zorn. Es genügt, daß die Kameraden ihn wegen seines Ernstes, seiner gelegentlichen Schwermut hänseln, und er »tobt«.

Der Grund dieser heftigen Reaktion ist nicht schwer zu erkennen. Wer sich nur bedingt bei der Äußerung einsetzt, wird auch den Wi-

derspruch bedingt und läßlich nehmen können. Wer sich total aus-
gibt, wird sich von ihm auch total in Frage gestellt fühlen und wird
schwere Kränkung empfinden, wo »kaum ein Schein von Beleidigung da ist«.

Es gibt in Hölderlins Leben, soweit seine Begegnungen mit Menschen in Betracht kommen, eine Temperaturfrage; sie ist gegeben
durch das von Jugend an erfahrene Auftreffen des mit voller unge-
schützter »Körperwärme« hinausgehenden Eigenlebens auf die Tem-
peratur der Welt, die sich durchgängig als zu kühl erweist, um diesem Leben die ihm zusagende Umluft zu geben. »Ich friere und
starre in den Winter, der mich umgibt« – diese Äußerung aus späterer, Nürtinger Zeit ist kennzeichnend für seine Weltbegegnung;
sie steht neben zahlreichen andern Aussagen, die ebenfalls die Kälte,
den Winter, die frostige Nacht, das Eis als Zeichen für das ihm
Feindliche verwenden. Nicht umsonst nennt nachmals die Ode »Der
Winter« den Boreas, den Wintersturm seinen »Erbfeind«; er weiß
selbst in einem späteren Brief von einem »moralischen Boreas« zu
reden, von dem Geist des Neides, der in der Tiefe das Urbild eines
kalten, lebentötenden Affektes ist.


Aber es gilt, wie gesagt, diese Züge in ein Jugend- und Studiosen-
leben hineinzudenken, das im übrigen von mancherlei Freundschaft,
Liebe, Kunst- und Geistesfreuden durchwärmt war. Außer Nast
und dem »guten lustigen« Bilfinger nennt er unter seinen Freunden
Märklin und Franz Karl Hiemer, der uns später von andrer Seite
nahetritt: Er hat 1792 das einzige Bildnis Hölderlins gemalt (in
Pastell), das den Versuch einer bestimmteren Charakteristik unternimmt; es wird im Marbacher Schillermuseum aufbewahrt.[1] So hat
die mehrfach bezeugte geheime Anziehungskraft in Hölderlins Wesen, auch seine früh hervortretende geistige Bedeutung hier wie noch
oft danach herzliche Neigung um ihn entstehen lassen.

Klosterprofessoren waren u. a. die Prälaten Weinland, Mayer, Hiller.
Hölderlin galt unter den Mitschülern bald als »fermer Grieche« und
guter Lateiner. Die Zeugnisse geben seinen Gaben die Note »gut«;
seine Sitten werden als »fein« bezeichnet. Weniger hervorragend,
nämlich nur »mittelmäßig«, sind die Leistungen in Mathematik und
Französisch; aber in allen anderen Fächern erzielt er eine I. Die

---

1 Hiemer (1768–1822) war zu Hölderlins Maulbronner Zeit Zögling der Stuttgarter
Karlsschule.

Musik hat ihn früh angezogen. Sein Flötenspiel wird öfters gerühmt; in Tübingen trat noch das Geigenspiel hinzu. Auch am Klavier stand er seinen Mann, wennschon er selbst seine Leistungen
auf diesem Instrument nur bescheiden einschätzte. Die Musik ist es
auch, mittels deren er dem Genius Schillers eine erste Huldigung
darbringt. In seinem ersten erhaltenen Brief an Nast, Ende 1786,
äußert er die Absicht, zu Schillers Ehren »eine Musik zu Brutus und
Cäsar einzustudieren« – »so hart es gehen mag mit meinem Ge-
klemper«. Der gewaltige Eindruck, den ihm die »Räuber« gemacht
haben, ist nicht nur hier bezeugt. Er ist bedeutsam festgelegt in
einem späteren Brief an Schiller (September 1799), wo er vom
Standpunkt seiner damals durchbrechenden Gesetzeserkenntnis der
Tragödie die »Räuber« bewundert, namentlich in ihrer »Composi-
tion«, in der Szene an der Donau, die in Hölderlins Sinn die »Zäsur« des Dramas ausmacht.
In der Maulbronner Zeit beginnt aber, zunächst noch wenig sichtbar, die Einwirkung der Lyrik Schillers, der in Tübingen als neuer
Leitstern zu Klopstock und Schubart hinzutreten sollte. Weiterhin
lernte er in Maulbronn die berühmten »Nachtgedanken« von Ed-
ward Young (1681–1765) kennen, die das Lebensgefühl ganzer
Dichtergenerationen bestimmen halfen, und mit überströmender
Freude begrüßt er den nordischen Sänger, an dessen Namen eine
noch höhere Zaubergewalt hängt: Ossian. Hölderlin schreibt an
Nast, Pfingsten 1787 (der Brief führt, wie manche andre aus diesen
Jahren, eine kraftgenialische Sprache, er hat einen mutwilligen,
alles frei ausbrausenden Ton, wie er seit Sturm und Drang vielfach
zu bemerken ist): »Eine Neuigkeit! eine schöne herzquickende
Neuigkeit! Ich habe den Ossian, den Barden ohne seinesgleichen,
Homers großen Nebenbuhler hab' ich wirklich unter den Händen.«
Und im selben Brief weiter: »Der gute blinde Ossian schwadroniert
mir immer im Kopf.« Wir werden dieses Entzücken keineswegs
bloß aus der Ossianbegeisterung der Zeit verstehen. Die schwer-
mütige ossianische Hingerissenheit in den Einklang mit dem großen
Naturleben begegnete einer in Hölderlins Seele gegebenen Grundrichtung. Die Verherrlichung des druidischen Naturgeistes, die ossianische Menschenschau mit ihrer Überrauschtheit vom elementaren
Leben rührte tief Verwandtes in ihm an. Noch spät, in der Zeit
seines ganz symbolisch gewordenen Denkens, taucht die Beziehung
zu Ossian auf, in Anknüpfung an seine eigne Ausdeutung einer
Pindarstelle: »Die Gesänge des Ossian besonders sind wahrhaftige

Centaurengesänge, mit dem Stromgeist gesungen, und wie vom
griechischen Chiron, der den Achill auch das Saitenspiel gelehrt«
(W. V, 273).

In das Bild der Maulbronner Jahre gehört wesentlich das hier zuerst auftretende Rütteln an der theologischen Berufsbestimmung.
Es ist vorerst nur ein augenblicklicher Unmut, ein Scheuen, das sich
durch mütterliche Mahnung leicht wieder umlenken läßt: »Ich sehe
jetzt! man kann als Dorfpfarrer der Welt so nützlich, man kann
noch glücklicher sein, als wenn man, weis nicht was? wäre.« (Brief
an die Mutter, Frühjahr 1787.) Aber die Abneigung kehrt wieder,
der Einspruch der Mutter kehrt wieder; und fortan zieht sich durch
sein ganzes Leben dieses Ringen, dem von beiden Seiten die edelsten
Antriebe zugrunde liegen, ohne daß diese Antriebe sich auf gleicher
Ebene begegnen und aussprechen könnten. Die Mutter sah den
Sohn ein für sie einzig werttragendes Amt verschmähen und sah
ihn damit gleichzeitig ohne Schutz und Rückhalt in das feindliche
Leben gestellt; sein Wehren mußte ihr als schwere Selbstgefähr-
dung und überdies als Untreue an dem in seinem Heilswert uner-
setzlichen Glauben erscheinen. Der Sohn sah einen fortgesetzten
Zwang zur Verleugnung des eigenen Lebens herandrohen, noch ehe
er bewußt den theologischen Inhalten entfremdet war. Er sah vor
sich ein Dasein in grundsätzlicher Unwahrheit und Untreue gegen
den *Wert*, wie er ihm in seiner dichterischen Berufung erschien. Die
Furcht der Mutter vor einem ungesicherten Leben, die Angst des
Sohnes vor Lebenserstickung, beide wie blind gegenübergestellt,
konnten sich nicht gegenseitig austragen. Der Sohn konnte der Mutter sein Lebensziel nicht deutlich machen, die Mutter konnte dem
Sohn nicht annehmbar machen, was ihr Pflicht und Liebe zu vertreten befahlen, und die Zärtlichkeit, die zwischen ihnen lebte, war
eher Erschwerung als Erleichterung. Die Zwischenlösung der Hofmeisterei, des Hauslehrertums, ward zwar von Hölderlin ergriffen;
sie war häufig in damaliger Zeit, wo viele Dichter, Schriftsteller,
Philosophen als Theologen und Hauslehrer beginnen mußten. Aber
während sie bei einem Hegel, einem Fichte die Pause war, in der
die produktiven Kräfte sich zur wirtschaftlichen und ethischen
Tragfähigkeit entwickeln konnten, tat sie das bei Hölderlin nicht.
Der augenblickliche Beifall der Zeitgenossen, der hierzu unentbehrlich gewesen wäre, blieb ihm versagt, weil er ein weiter hinaus zie-
lender Einsatz der Nation war, ein Dichter der prophetischen, nicht
der unmittelbar zeitgestaltenden Anrede an sein Volk.

Im Herbst 1787 gesteht Hölderlin dem Freunde Nast endlich seine
Liebe zu Luise, nachdem er sie fast ein Jahr lang unter allerlei
Maskenspiel von Launen und halben Andeutungen versteckt gehalten hat. Er strömt plötzlich das Geständnis hin in Briefen, die kaum
einen Punkt, nur Gedankenstriche zwischen die Worte setzen; und
die Worte selbst sind mehr kurze hastige Ausrufe als Sätze: »Ich
kam hieher – sah' sie – sie mich – Beide fragten wir jedes nach
dem Charakter des andern – wie's oft geht – Blos aus Zufall tats
vieleicht Louise – beide fragten Deinen guten Vetter, des Famulus
Sohn – der damals hier war – den Gang unsrer Liebe will ich Dir
nicht beschreiben – Dein lieber guter Vetter brachte uns schon im
ersten Monath meines Hierseins zusammen. Wies da in meinem
Herzen tobte – wie ich beinah kein Wort reden konnte – wie ich zit-
ternd kaum das Wort – Louise hervorstammelte – das weist Du
– Bruder – das hast Du selbst gefühlt.« Eine schier ergötzlich an-
mutende Eifersuchtsgeschichte zwischen ihm und Bilfinger schiebt
sich ein, der auch ein »Anbeter von Louisen« war, mit dem er deshalb »stündlich raste«, bis Bilfinger ihr »freiwillig entsagt«, wobei
sich herausstellt, daß Bilfinger »noch kein Wort mit ihr gesprochen
hatte«. Die ganze Mitteilung gipfelt in der Versicherung, er sei
jetzt der Glücklichste auf Erden und die Liebe zu Luise werde ewig
dauern. Briefe von Luise Nast an Hölderlin zeigen den gleichen
kindlichen Überschwang. Sie haben bei aller Bedeutungslosigkeit
einen Reiz in ihrem treuherzigen, verliebten Geplauder und in
ihrer stimmungsmäßigen Rechtschreibung. Es ist ihr (Brief vom
Spätherbst 1789) »nirgents wöhler als wann ich Abends auf den
Kirchhof ganz allein spazieren gehe ... o Friez lieber da ist mirs
so wohl, da ist mirs lieber unter den Todten als lebendig sie nehmen
doch meine Thränen auf, diese Gräber, Menschen wurden lachen
über mich«. Ein Schattenriß von ihr, 1789, zeigt ihr niedliches jun-
ges Gesichtchen mit gradegeschnittenem Stirnhaar und einem dufti-
gen Hauptschmuck aus Spitzen.
In der Art, wie Hölderlin diese erste Liebessache nahm, ist ein Zug,
der Beachtung verdient, weil er das für ihn bezeichnende Ausgreifen
der Liebe (als Privaterlebnis) zur All-Liebe andeutet. »Ich blikte so
heiß in die Gegend«, schreibt er ihr Anfang 1788, »ich hätte die
ganze Welt umarmen mögen.« Die gleiche Erlebnisdehnung erscheint
in seinem »Lied an die Liebe«, Frühjahr 1790. Aus persönlichem
Erlebnis entstanden, faßt es sogleich die Liebe als kosmisch-ver-
bindende Macht, in gleicher Art wie Schillers »Lied an die Freu-

de«, dem es nachgebildet ist; und die einzige unterstrichene Zeile
darin (»Singt das heiligste der Lieder – *Von dem hohen Wesen-
band*«) hebt dies ausdrücklich hervor. Die durchgehende *ideenhafte*
Erlebnisform Hölderlins hat hier eine frühe Bekundung. Er kann
Liebe nicht anders als unter ideenhafter Resonanz erfahren; über
seiner Erlebnisweise steht der Name Platos, nicht als Lehrer dieses
Verhaltens, sondern als frühgewählter Ahne und Eideshelfer.
Eine vergleichbare Prägung weist auch das Landschafts- und Natur-
erlebnis seiner Jugendjahre auf. Eine erste größere Reise führte ihn
am 2. Juni 1788 auf fünf Tage an den Rhein, verbunden mit einem
Besuch bei Verwandten in Speyer. Ein Reisetagebuch, von dem er
Teile an die Mutter sendet, gibt Auskunft über Einzelheiten und
Eindrücke. An einem »schönen belebenden Morgen« reitet er über
Knittlingen zunächst nach Bruchsal. Nachdem er sich dort »unter
dummen Pfaffen und steiffen Residenzfrazen« wenig gefallen hat,
durchquert er »schauerliche Waldungen«, die ihm einen lebhaf-
ten, nicht ganz behaglichen Eindruck machen: »So dik habe ich in
Wirtemberg noch keine Wälder gesehen. Kein Sonnenstrahl drang
durch.« Man erinnert sich daran, daß auch der junge Goethe mit
gewissen Ablehnungsgefühlen von unübersichtlichen Waldungen
spricht, die er durchreisen muß, und dagegen seine Freude an der
sauberen Kulturlandschaft um den Main äußert. Auch Hölderlin
findet sein Entzücken an der dann sich auftuenden Ebene: »Ich
hielt lange still. Der neue, unerwartete Anblick einer so ungeheuren
Ebene rührte mich. Und diese Ebene war so voll Segens. Felder,
deren Früchte schon halb gelb waren – Wiesen, wo das Gras, das
noch nicht abgemäht war, sich umneigte – so hoch, so reichlich
stand es – und dann der weite, schöne, blaue Himmel über mir –
Ich war so entzückt, daß ich vieleicht noch dort stünde mit meinem
Roß, wenn mir nicht gerade vor mir das fürstlich bischöfliche Lustschloß Waaghäusel in die Augen gefallen wäre.« Am Rhein, bei
Rheinhausen, muß er lange auf die Überfahrt warten. »Aber so
gerne hab ich noch nie gewartet, als damals ... Man stelle sich vor
– ein Strom, der dreimal breiter ist, als der Nekar, wo er am brei-
testen ist – dieser Strom von oben herab an beiden Ufern von
Wäldern beschattet – und weiter hinab die Aussicht über ihn so
lang, daß einem der Kopf schwindelte – das war ein Anblick –
ich werd' ihn nie vergessen, er rührte mich außerordentlich.« In
Speyer gibt es dann ein stürmisches Wiedersehen mit Rike und
Blum, mit der Frau Blumin und deren Tochter, Frau Pfarrer Maje-

rin, und dem Pfarrer Majer selbst. Ein Ausflug nach Schwetzingen (wo ihm besonders die türkische Moschee interessant ist), nach Heidelberg (wo er namentlich bei der Kuriosität des großen Fasses verweilt), nach Mannheim wird gemacht. In Oggersheim ist er völlig mit Beschlag belegt von dem Gedanken, daß das hier der Ort und gar das Wirtshaus war, in dem Schiller sich nach seiner Flucht aus Stuttgart lange aufgehalten hat; von dem dort befindlichen Lustschloß der Kurfürstin kann er nichts sagen, weil er vor lauter Denken an Schiller nichts davon behalten hat. So tritt auch bei der Schilderung des Rheins bei Speyer durchaus die ideelle Anteilnahme, die geistig erfaßte Totalanschauung in den Vordergrund, viel weniger die bestimmten einzelnen Züge. Der ganzen Reiseschilderung ist zu entnehmen, daß ihn Natur nicht unmittelbar sinnlich, sondern mehr über seine begriffliche Zwischenschaltung hinweg anredet. Namentlich seine ausgesprochene Lust am freien Fernblick -- die im Grunde eine Lust am Selbstgenuß durch das Mittel der Landschaft ist -- scheint das zu bezeugen.

In Maulbronn sammelt sich nun auch seine dichterische Arbeit zu größerem Schwung und Ertrag. Wir sehen sie wachsen mit dem Menschen; aber nicht nur mit ihm. Schon beim jungen, noch mehr beim älteren Hölderlin wird klar, daß Dichtung höheren Ranges niemals völlig »erklärt« werden kann, auch aus dem Menschen nicht, der sie hervorbringt. Die Inhalte lassen sich abtasten, die Form läßt sich beziehen, aber ihre Gewalt, ihre eigentliche tönende Lebenserfassung läßt sich nicht auf »Bekanntes« zurückführen.
Was wir hier Wachstum genannt haben, erscheint beim Maulbronner Hölderlin hauptsächlich darin, daß sich zunehmend die *Groß-zusammenhänge* in seine Dichtung drängen. Lyrik ist ihrem Wesen nach Sprache des ergriffenen Einzel-Ichs. Hölderlin baut diese Sprache seit Maulbronn in der Richtung aus, daß er immer Größeres, Zusammengesetzteres an Gegenständen, Wesenheiten, Gefühlen vor die innere Schau bringt. Die geheime Richtung zum Totalgefühl, zum Totalgedanken kündigt sich an. Er faßt den *ganzen* Kreis seiner Anverwandten zusammen und bringt ihn in fürbittendem Gebet vor Gott (»Die Meinige«). Er zieht eine durchgehende Grundlinie seines Daseins und Strebens aus in Gedichten wie »Mein Vorsaz«, »Die Heilige Bahn«, »Der Lorbeer«. Er stellt in der »Unsterblichkeit der Seele« die grundsätzliche Herausgehobenheit des Menschen aus

der Reihe der andern Wesen hin. Er spricht in dem stimmungs-
verwandten Gedicht »Männerjubel« den solidarischen Menschen-
stolz über die Teilhabe an den großen Ideen und Gefühlsgewalten
Gerechtigkeit, Freiheit, Vaterlandsliebe aus, mit der bedeutsamen
idealistischen Wendung: »Es glimmt in uns ein Funke des Göttlichen!« Die Hymne »Die Bücher der Zeiten« wirft einen Blick auf
die ganze Erde, wie sie durch die Geschichte hin vor Gott liegt. Das
Gedicht »An die Vollendung« dringt zur höchsten Idee der menschlichen Daseinserfüllung vor; es feiert in mythischer Erblickung den
Sieg, den der Held in kämpfender Selbstangleichung an die höchsten
Werte erringt; der Achtzehnjährige hört schon den Ruf seines Schicksals, das ihm eine »nach Vollendung dürstende Seele« gegeben hat.
Im Begriff, im Bilde der »Vollendung« haben so verschiedene Hal-
tungen, wie sie einerseits »Mein Vorsatz«, »Der Lorbeer« (Ehrgeiz,
Ringen, Kampf) und andrerseits »An die Stille« aussprechen, ihren
Vereinigungspunkt.

Wir sind mit diesen Gedichten durchaus schon im Vorhof des Hölderlinschen Hymnenstils und seiner mythischen Lebensfeier. Wie
steht diese Sprache in der Zeit?

Lessing ist seit 1781 tot, Hamann seit 1788. Es lebt, neben den
»Titanen« Goethe und Schiller, noch Klopstock (1724–1803), der
»Sänger Gottes«, der mächtige Sprachumformer, der erste Quellhüter
des begeisterten, einem ganz neuen Menschengefühl zugeordneten
Wortes. Es lebt Herder (1744–1803), ebenfalls Spracherneuerer
hohen Ranges, mit seinem Blick für die Wirklichkeit der verschiedenen Völkerseelen und seiner die Gegensätze echt umfassenden
Weltschau – wichtig namentlich als ein Neuentdecker Griechenlands. Nachzügler des Sturms und Drangs, dem sich die beiden
Großen so weit entschwungen haben, stehen da in Fr. Maximilian
Klinger (1752–1831), in dem unglücklichen Lenz (1750–1792), in
dem Wagner der »Kindesmörderin«. Der Göttinger Hainbund ist
vertreten mit Johann Heinrich Voß (1751–1826), dem Homer-
übersetzer, mit Bürger (1747–1794), mit dem Verfasser des »Sieg-
wart«, Miller, mit Matthias Claudius (1740–1815). Wieland lebt,
der »deutsche Voltaire«, noch sehr wirksam durch seine Zeitschrift
»Der teutsche Merkur«, vom Ruhm seiner Anfänge umglänzt, ferner die Einzelgänger Jean Paul (1763–1825) und Seume (1763
bis 1810). Näher an Hölderlin sind die schwäbischen Dichter und
Schriftsteller gerückt, so Christ. Fr. Daniel Schubart, der Feuergeist,
damals gerade aus zehnjähriger Einkerkerung auf dem Hohenas-

perg befreit (1787); ferner Conz, in Tübingen Hölderlins Repetent,
Haug und der in Schwaben lebende Friedrich Matthisson (1761 bis
1831), den Schiller durch seine Kritik 1794 bald so nachdrücklich
der Nation vor Augen rücken sollte. Viele Namen, viele Strömun-
gen, die einen abklingend, die andern aufstrebend, ein Gesamtbild,
das noch Reste der Aufklärung, Reste der Gegenbewegung gegen sie
und Ansätze des neuen Dritten in sich faßt; Zeichen der Überalte-
rung und Zeichen einer unvorstellbaren Verjüngung, Schwingungen
der Triebverehrung und des Kulturpessimismus neben höchstem
Schwung geistiger Erkühnung im neuen Geschlecht des Idealismus.
In keiner deutschen Zeit tritt vielleicht so wie in dieser hervor, wie
dicht die einander folgenden Tendenzen in sich verwoben sind, wie
deutlich das Entgegengesetzte in polarer Gleichzeitigkeit sich darbieten kann.

Zur Führung wurde Hölderlin das, was dem Berufenen, in ein
Schicksal Eingesetzten den Weg schließlich doch sehr genau bestimmt, auch da, wo die Möglichkeiten des Anschlusses äußerlich
verwirrend zahlreich scheinen: die generationsmäßige Verweisung
und das eigne Wesensgesetz. Wobei »Anschluß« bedeutet: ein erstes Eingehen auf eine gewisse Sprachhandhabung und Gefühls-
stilisierung, damit sich daraus dann das im strengeren Sinn eigne
Wort bilden kann. Man sieht bei Hölderlin die Spuren Schubarts
in der Einstimmung auf einen vaterländischen Ton, in der Abwehr-
stellung gegen Knechtschaft und Tyrannei, in einer muskelstarren-
den Bildlichkeit, in der wir noch Barockzüge zu erkennen meinen.
Dazu kommen Elemente, zu denen wir uns den zarten, stillen, bürgerlichen Hölty als Quelle denken möchten; dann Spuren Matthissons
in dem gefühligen Mitschwingen mit gelösten, harmonisch hin-
gewölkten Naturstimmungen. Wir haben weiterhin schon angedeutet, wie das Lebensgefühl des jungen Hölderlin, von Natur zu einer
völlig unironischen Welttrauer gestimmt, zusätzliche Dunkelfarben
aus Youngs »Nachtgedanken« bezog, die in Verbindung mit der
Friedhofspoesie eines Thomas Gray (1716–1771) einen Strom
prunkvoller englischer Gefühlstrübnis durch Europa führten; die
Wirkung Ossians, der hier gleichfalls schon genannt wurde, schloß
sich seelenverwandt an.

Doch sind mit diesem allem vorwiegend »Färbungen« der Jugenddichtung Hölderlins benannt; zum Teil Haltungen, die Hölderlin
bald wieder verlassen hat. Unendlich Wesenhafteres knüpft sich an
seine Beziehung zu Klopstock. Klopstock steht in der Geschichte

unsrer Dichtung als ein wirklicher Angelpunkt, als der erste Sänger
des großen Atems und der selbständigen, wenn auch durchaus religiös gebundenen Persönlichkeit. Sein Lied bewegt sich aus *einem*
seeleneignen Zug; es stellt das neue Ich, um das die kommende Zeit
ringen sollte, tatsächlich hin – das Ich, das die Welt der Werte
persönlich trägt und verantwortet. 1771 war die erste Sammlung
der Klopstockschen Gedichte erschienen. Die Haltung des Men-
schenstolzes in der Teilnahme am Wert, das Ich als voll widertönen-
den Resonanzkörper für das Lebenslied fand Hölderlin zuerst bei
Klopstock verwirklicht; auch den freien räumigen Schritt und Fal-
tenwurf der Sprache, das Erhabene als die Haltung des weltverant-
wortlichen Menschen, das feierliche Rauschen des Satzes, unter-
mischt mit der harten, knappen »Setzung« kurzer Aussagen, und
den ersten Hinweis auf die Dichtung in freien Rhythmen. »Einflüsse« solcher Art fallen gewiß nie als Fremdkörper in die Lebens-
zusammenhänge dessen, der sie aufnimmt. Aber eine unschätzbare
Hilfe zum alsbaldigen Finden des eignen Typus ist Klopstock für
Hölderlin ohne Zweifel gewesen.
Was es mit diesem Typus Klopstock-Hölderlin auf sich hat, wird
am ehesten klar, wenn man den Typus Goethe danebenhält. Goethes Lyrik stellt das Ich in hoher Unschuld als gesetzlichen Erleb-
nisort des ganzen Daseins auf. Weil die Verbindung des Goethe-
schen Ichs zur Fülle des Daseins tief und seinsmäßig gewährleistet
ist, steht jedes Einzelerlebnis für das Welterlebnis, der lyrische Augenblick steht für die Fülle der Zeit, das Einzelgefühl für das Welt-
gefühl. All das beruht auf dem Vertrauen: »Ist nicht Kern der
Natur / Menschen im Herzen?« Dagegen weiß sich das Ich bei Klopstock stets darauf verpflichtet, das Ganze im *Bewußtsein* zu haben,
sich zum Ganzen ausdrücklich zu *bekennen*. Goethe verwirklicht
den Großzusammenhang jedesmal durch einfaches Sein und Erleben, infolge der Seinsgeschlossenheit seines Wesens, das der Großbeziehung unmittelbar gewiß ist. Goethes Existenz ist eine »unge-
trennte Existenz« (Brief an Schiller, 6. Januar 1798), seine Natur
ist so geartet, daß sie »wie getrennte Quecksilberkugeln sich so
leicht und schnell wieder vereinigt« (Brief an Schiller, 10. Februar
1798). Eben damit steht er im schärfsten Gegensatz zu dem Typus
Hölderlin. Dieser muß, infolge der Nicht-Geschlossenheit des Ichs
bei gleichzeitiger glühender Verweisung auf ein Ganzes, die Teilhabe an diesem Ganzen durch ausdrückliche Anrufung desselben,
durch ein mächtiges Nennen und Bekennen der Großbeziehung ver-

wirklichen. So leistet der Typus Hölderlin vornehmlich die große *Verkündigung*, er handhabt das Wort »im Ernst«, er ist prophetisch, wo der andre unmittelbar lebensteilnehmend und lebensgestalterisch ist. Tief reicht in diesen Sachverhalt das Wort hinein, welches Hölderlin wenige Jahre später im Thalia-Fragment des Hyperion schrieb: »Mir wuchs ja nur darum kein Arkadien auf, daß das Dürftige, das in mir denkt und lebt, sich ausbreiten sollte und das Unendliche umfassen.«

An den Wesensgegensatz zwischen Goethe und Hölderlin dürfen wir denken, wenn wir in seinen Selbstzeugnissen jede tiefere Berührtheit von Goethes Dichtung vermissen. Er erwähnt gelegentlich einzelne Werke von ihm, aber eine Anknüpfung an diese tritt in keiner Weise hervor. Hölderlin hat Goethe wahrscheinlich nie vollkommen »erblickt«. Die Verschiedenheit ihrer Naturen war so geartet, daß eine organische Hereinnahme Goethescher Elemente für Hölderlin ein Ding der Unmöglichkeit war. Und wer von denen, die damals jung waren, hätte sich einer solchen Hereinnahme unterfangen sollen, wo Goethes Wesen kaum von dem Größten, Schiller, in seinen verborgenen Antrieben erfaßt worden war! Hölderlin mußte die Trennungen durchlaufen und über sie zu einem Natur- und Schicksalsglauben durchbrechen als zu wichtigen Elementen einer neuen Einheitsschau, die er jeder künftigen deutschen Zeit zu verkündigen hatte; Held und Opfer alles deutschen Werdens, während Goethe diese Einheit in Person lebte und ihr zum unvergänglichen, nie erschöpfbaren Leitbild wurde.

Schiller aber, der ebenso wie Hölderlin in die innere Kräftegabelung der Zeit hineingerissen war, wurde von Hölderlin sogleich bei der ersten Berührung erkannt. Hölderlin erfaßte ihn glühend. Er verstand, daß hier eine ihm verwandte Natur war und vor allem eine weitgehende Gleichartigkeit der Ausgangspunkte – nämlich ein Ausgehen vom Geist, eine ursprüngliche Armut der Struktur, die Schiller zunächst rein auf den Geist verwies und ihn zwang, »aus Wenigem Vieles zu machen« – doch mit dem einen Unterschied, daß in Schiller ein titanischer Wille lebte, der mit gewaltigen Zurüstungen der Erkenntnis die Brücke zu den Vitalwerten zustande brachte. Schiller kam so auf den Weg, der ihn mit dem von andrer Seite entgegenwandernden Goethe zusammentreffen ließ wie einen, der vom Geiste zur Natur geht, mit einem, der von der Natur zum Geiste geht – so daß fortan beide in dritter Richtung gemeinsam weitergelangen konnten. In Hölderlin war seinsmäßig

der Ansatzpunkt zu solcher Willensausbildung, nämlich die lebens-
dichte Persönlichkeit, nicht gegeben; oder wenn man das mythisch
ausdrücken will: das Schicksal sparte ihn, indem es ihn wehrlos
und offen ließ, für alle diejenigen deutschen Augenblicke auf, in
denen eine tönende Verkündigung der Götter nötiger ist als das
schwerer deutbare Vorbild. Aber der großen Sache, der die beiden
Großen lebensgestalterisch dienten, blieb er gleichwohl zugeordnet,
eben als prophetischer Verkünder und als heldisches Opfer, als
ständiger Hüter der offenbaren Geschichtskräfte, die in den gelei-
steten Leben Goethes und Schillers notwendig latenter zugegen
sind.

Im Herbst 1788 trat Hölderlin als Stipendiat ins Tübinger Stift
ein; dritter und letzter Abschnitt der theologischen Berufsvorberei-
tung. Diesem Zwecke diente das altehrwürdige Stift, ehemals ein
Augustinerkloster, seit den Zeiten des Herzogs Ulrich, 1547. Die
Keimzelle der Stiftung war eine Anordnung desselben Herzogs,
zehn Jahre vorher, wodurch die Stadt Stuttgart verpflichtet wurde, auf ewige Zeiten drei Stuttgarter Bürgersöhne und »armer,
frommer Leut Kinder, ains fleißigen, christenlichen gotzferchtigen
Wesens und anfangs und zu Studieren geschickt« auf der Tübinger
Universität zu erhalten. Dieser Erlaß ist im Sommer 1536 ergan-
gen; darum ist am 7. und 8. Juni 1936 das 400jährige Bestehen des
Tübinger Stifts gefeiert worden. Mit dem Werden vieler schwäbischer Denker und Dichter ist das Tübinger Stift eng verbunden.
Kepler und Frischlin, Bengel, Andreä und Oetinger, Hegel und
Schelling, Mörike, Hauff, D. Fr. Strauß und Fr. Th. Vischer, K.
Chr. Planck und Christoph Schrempf – kaum eine deutsche Bil-
dungsanstalt kann unter ihren Zöglingen eine so stattliche Reihe
berühmter Namen aufführen als diese »feste Burg des württembergischen Protestantismus und des schwäbischen Wesens«, deren
Heim gleichwohl mit Recht als »Gott und den Musen geweiht«
bezeichnet werden konnte (»Aedes Deo et Musis sacra«, Inschrift
seit 1619). Eine geistige Freiheit, wenn auch zu verschiedenen Zeiten verschieden verstanden, war dem Tübinger Stift seit je eigen.
Blieb auch die theologische Zielsetzung beherrschend, so ging das
Streben doch auf eine weite Allgemeinbildung. W. Betzendörfer
sagt in seiner schon genannten Schrift: »Jener württembergische
Herzog, der sich um die Förderung des Stifts so sehr verdient ge-

macht hat, war sich wohl bewußt, daß dieses Evangelium, dessen
ewige Gültigkeit ihm feststand, doch jeder Generation auf immer
neue Weise verkündigt werden muß, daß mithin jede Theologie ...
in Beziehung zu treten hat zur weltlichen Bildung ihrer Zeit.«
Was insbesondere den Stiftsgeist zu Hölderlins Zeit angeht, so lautet das Urteil eines Zeitgenossen: »Der gegenwärtige Ephorus (ober-
ster Leiter der Anstalt) Christian Fr. Schurrer befördert die Frey-
heit im Denken, soviel er kann, d. h. er hindert sie nicht ... Man
darf lesen, was man will, und man würde nichts zu befürchten
haben, wenn man auch über Voltairen betroffen würde.« Daß sich
diese Einstellung nicht nur aufs Geistige, sondern auch auf die
Handhabung der Stiftszucht erstreckte, geht aus einem Inspekto-
ratsbericht vom Mai 1789 hervor (das Inspektorat war das leitende
Kollegium des Stifts, bestehend aus dem Ephorus und zwei Super-
attendenten): »Ueberhaupt trägt der Ephorus kein Bedenken, frei-
müthig zu bekennen, daß er bei solchen Stipendiariis, die bei ihm
einmal in der Achtung stehen, daß sie nicht Wirthshäuser und anderen unerlaubten Dingen nachgehen, auch in Rücksicht auf das Ausbleiben, viele Nachsicht gebraucht, um durch eine solche liberale
Behandlung auch andere zur Beobachtung eines gesezten und wohl-
anständigen Betragens anzureizen.«
Trotzdem blieben aber in den Zuständen des Stifts wie in seiner
statutenmäßigen Lebensregelung so viele Schattenseiten bestehen,
daß das Dasein den Stiftlern nicht gerade zur Lust ward. Das Gebäude war in verwahrlostem Zustand, in vielen Teilen schadhaft,
die Zimmer unzweckmäßig eingerichtet, die ganze Anlage »winke-
licht und an Bequemlichkeit, Heiterkeit und Reinlichkeit mangel-
haft«; dazu kam eine veraltete Stiftsordnung, die nicht nur von
den Stipendiaten, sondern auch von der Leitung oft gerügt wurde.
Ihre Freiheitsbeschränkungen waren vielfach von jener besonders
empfindlichen Art, die sich auf Nebensachen und Äußerlichkeiten
des jugendlichen Lebens erstreckte: kein Ausreiten, Schlittenfahren,
Waffentragen, kein Tanzen, Rauchen war erlaubt. In der Überwachung der Stiftler waren außer den Repetenten (Lehrer akademischen Grades, die mit den Stiftlern zusammenwohnten und sie
wissenschaftlich und sittlich zu beraten hatten) die Famuli tätig,
die den Insassen als Spione und »Polizeispürhunde« des Ephorus
ein Dorn im Auge waren. Da wurde Beaufsichtigung fast notwendig zur Bespitzelung, Zucht zur Gängelung oder zum törichten
Druck.

Hölderlin hat unter diesen Zuständen gelitten. Schon im ersten
Semester spricht er, in einem Ferienbrief an den neugewonnenen
Stiftlerfreund Christian Ludwig Neuffer (Ostern 1789) von »Ver-
drießlichkeiten, Chikanen, Ungerechtigkeiten«, die er erdulden muß.
Im Herbst 1789 verdichtet sich diese Mißstimmung so, daß er der
Mutter den Entschluß kundgibt, das Stift zu verlassen und Rechts-
wissenschaft zu studieren; er führt als Gründe an: ungesunde Luft
im Stift, schlechte Kost, Mißhandlungen, Druck, Verachtung. Aber
bezeichnend für die schroffen Stimmungsumschläge seiner Natur ist
der Widerruf dieses Plans, den er sehr bald danach ausspricht, nicht
nur mit Rücksicht auf die Seinen, sondern auch im Hinblick auf
»das ekle Studium der Juristerei, die Allfanzereien, denen ich mich
beim Advokatenleben ausgesetzt hätte«, ferner auch im Gedanken
an die Freunde im Kloster, die er in dieser Art »schwerlich irgendwo finden würde«.
Ein Wort, das in der Tübinger Zeit ständig seine Briefe durchzieht,
ist das Wort von seinen »Grillen«, seinen »Launen«, seinem »Trübsinn«. Er bezeichnet damit die häufigen Umschläge seiner Selbst-
und Weltempfindung, das unablässige Hin und Her zwischen Hingabe und Abschließung, Heiterkeit und Verdruß. Es genügt nicht,
wenn wir für diese Grillenhaftigkeit einen seelischen Allgemein-
grund namhaft machen, etwa die bekannte Unruhe der jugendlichen
Psyche in den Entwicklungsjahren. In Hölderlins Falle wird hinreichend deutlich, daß seine Launen in bestimmter Weise mit seinem dichterischen Streben zusammenhängen, mit dem Ja oder Nein
von außen, mit seiner eignen Befriedigung oder Nichtbefriedigung
daran. Es entwickelt sich damals in ihm, mit der Gewalt einer
unwiderstehlichen Naturkraft, jener »Ehrgeiz«, der sofort bei seinem Auftreten alle geläufigen Maße und Grade übersteigt; er sollte
erst durch die Schicksalsfrömmigkeit seiner ersten Homburger Zeit
und den damit verbundenen Glauben an den »Gott in uns« zur Ruhe
kommen. Zur Tübinger Zeit ist dieser Ehrgeiz ein wirklicher Stachel
in seiner Seele; nicht nur ein Ansporn zu immer erhöhter Leistung,
sondern ein Stachel der Qual, die selten Ruhe läßt, die sich in sein
Erlebnis von Landschaft, Freundschaft, Liebe und selbst der Kunst
jederzeit hineindrängt. Der Qualstachel dieses Ehrgeizes ist nicht ein
abgesteckter Vorbegriff der Hochleistung, die er von sich verlangt;
er entstammt einer tiefen metaphysischen Bedürftigkeit. Hölderlins Ehrgeiz lebt von der dringenden Angewiesenheit, eine verborgene Seinslücke auszufüllen, sich selbst durch Leistung erst ein-

mal zur Existenz zu bringen, oder, wie noch ein später Brief sagt,
»sich selbst einen Wert zu geben«. Steht er auf der Burg Teck (Herbst
1788, von Nürtingen aus), so holt er angesichts der Gebirgsnatur,
sich in die Seele des hier vormals herrschenden Herzogs Ulrich ein-
fühlend, die Empfindung heraus:

Unerträglich! stärker als ich die trozende Felsen,
Ewiger, als mein Nahme, die tausendjährige Eichen!
Bis ich dreimal gesiegt, verlaß’ ich das stolze Gebirge.
Und er ging und schlug, der feurige Fürst des Gebirges.

Er fühlt also aus der Begegnung eines Menschen mit heroischer Natur die Verpflichtung heraus, durch *Leistung* dieser Natur sich an-
zugleichen, durch Taten eine solche Existenz zu gewinnen, daß er
vor der Natur bestehen kann. Die Ode aus der Maulbronner Zeit
»Mein Vorsaz« ruft zwar im Beginn das Glück der Freundschaft
aus: »O Freunde! Freunde! die ihr so treu mich liebt!«; aber im
Fortgang spricht sie lediglich den Gedanken aus, daß er sich nur
dann als berechtigten Empfänger dieser Freundschaft betrachtet,
wenn ihm »Pindars Flug« oder »Klopstoksgröße« gelungen ist. Das
Ich, das Freundschaft hinnehmen kann, ist gleichsam erst dann zur
Existenz gebracht, wenn die große Dichtung geschaffen ist. Noch
deutlicher legt den Fall die Ode »Der Lorbeer« dar, die zweite dieses
Namens, aus der Tübinger Zeit stammend, das erste vollwertige,
echt hölderlinische und ihm ganz eigne Gedicht, das wir kennen. Es
ist ein heftiger Ausbruch der Ungeduld, »die kurzen vorgemeßnen
Schritte / Täglich zu wandeln«. Einerlei, ob dies das allgemeine
Menschenlos ist oder nur sein eignes:

Ich trag’ es nicht,
Mich reizt der Lorbeer, – Ruhe beglükt mich nicht!

Kurz vorher hat er ein Lied zum Preis der Ruhe gesungen, der
»göttergesandten Ruhe«, die »Riesenkräfte dem Verachteten
schenkt«. Das ist nur ein scheinbarer Widerspruch; er scheidet zwischen der toten Ruhe, die ein feiges Sich-Bescheiden einschließt, und
der lebensvollen Ruhe, die entweder eine »Ruhe nach der Schlacht«
ist oder Quelle der Kraft, womit die Siege erstritten werden. Entscheidend ist das Wort »Mich reizt der Lorbeer«; denn in ihm liegt,
daß es nicht nur die Leistung an sich ist, was sein Ehrgeiz will, sondern der *Ruhm*. Ehre, Lorbeer, ausdrückliche Zustimmung eines
ganzen Volkes muß er erstreben, weil nur damit jene Seinslücke
ausgefüllt ist, die sich in ihm aufgetan hat, die ihn so grenzenlos
empfänglich für die Anerkennung, so grenzenlos empfindlich für

jede Ablehnung und »Verachtung« macht. Von allem, was Eitelkeit
heißt, ist diese Empfänglichkeit für das Ja und Nein von außen
radikal unterschieden. Lob, Wärme, die ihm entgegenkommen, begrüßt er nicht, weil sie ihm etwa schmeicheln, sondern aus dem viel
tieferen Grunde, weil sie ihm überhaupt erst die Gewißheit und
die Empfindung des Da-Seins geben, welches auf dem sonst tragen-
den Grunde der ungebrochenen Geschöpflichkeit damals nicht mehr
für ihn gewährleistet ist. Leben ohne Ruhm ist für den damaligen
Hölderlin etwas, das *weniger* als Leben ist, sein Ehrgeiz ist Kampf
um das »nackte« Sein, die Leistung hat ihn als Menschen erst zu verwirklichen. Freunde, Frühling, Natur, Wein – die Ode nennt das
alles – sind ihm wesenlos, gespenstisch, wofern ihm nicht vorher
die ihn selbst realisierende Tat gelungen ist. Wir haben oben davon
gesprochen, daß der Typus Hölderlin darauf verwiesen sei, die
lebensnährende Teilhabe am »Ganzen« durch ausdrückliches Nennen und Bekennen der Ganzheitsbeziehung herzustellen. Das ist es,
was in seinem auf die »ausdrückliche« Tat gerichteten Ehrgeiz wieder erscheint.

Von jener »Seinslücke«, die sich in ihm aufgetan hat, spricht in
andrer Weise die Ode »An die Ehre«. Sie ist das erste Gedicht, in
dem der Achtzehnjährige von einer in seinem Innern bestehenden
Kluft spricht: sie stellt sein Jetzt einem vormaligen Einst scharf
gegenüber und gibt somit die Grundform der zahlreichen späteren
Gedichte, die über eine tiefe Spaltung hinweg zum Frieden der
Kindheit zurückblicken.

> Einst war ich ruhig, schlummerte sorgenfrei
> Am stillen Moosquell, träumte von Stellas Kuß,

beginnt die Ode an die Ehre. Da Stella (Luise Nast) genannt ist,
kann sich das »Einst« nicht auf ein früheres als das 16. Lebensjahr beziehen. In den Frieden dieses Einst, der Kinderzeit, bricht
der Ruf der Ehre herein:

> Da riefst du, daß der Waldstrom stille
> Stand und erbebte, vom Eichenwipfel. –
> Auf sprang ich, fühlte taumelnd die Zauberkraft,
> Hin flog mein Athem, wo sie den Lieblingen,
> Die schweisbeträufte Stirn im Haine
> Kühlend, die Eich und die Palme spendet.

Es ist der Ruf, den jede Knabenseele einmal vernimmt; aber bei
Hölderlin hat er die entscheidende Bedeutung, daß er sein Leben
sogleich von der naturgegebenen Basis fortnimmt und nicht nur

dessen höhere Erfüllungen, sondern schon sein bloßes Existieren mit
Essen, Trinken, Schlafen, Fröhlichsein von einer *tathaften Bezie-
hung zum Wert* abhängig macht. Hier ist die Frage des Ruhms »im
Ernste« gestellt – wie überhaupt das Fragen »im Ernste« oft bei
Hölderlin erscheint, als Frage nach der Liebe, nach der Freundschaft und Gemeinschaft, womit jedesmal etwas ganz andres benannt ist, als diese Worte gemeinhin angeben; nämlich nicht ein
Schmuck des Daseins, ein zusätzlicher Überfluß, sondern etwas
Seinsmäßiges und Stoffliches, eine Lebensnahrung. So weit in jedem
Betracht der Abstand ist, der Hölderlin und Heinrich von Kleist
trennt, so sind sie doch in dem Typus ihres »Ehrgeizes« einander
vergleichbar: die dichterische Tat als Lebensuntermauerung, als Genüge für eine existentielle Bedürftigkeit.

Klar stellt dann nochmals die Ode »Einst und Jetzt« den empfundenen Abstand zwischen dem ungebrochenen Kinderleben und der
Gegenwart heraus, wieder beginnend mit dem Bilde der Kindheit,
das aus der innern Distanz immer deutlicher gesehen wird:

> Einst, tränend Auge! sahest du hell empor!
> Einst schlugst du mir so ruhig, empörtes Herz!
>
> .  .  .  .  .  .  .  .  .  .  .  .  .  .  .  .
>
> Zurük denn in die Zelle, Verachteter!
> Zurük zur Kummerstätte, wo schlaflos du
> So manche Mitternächte weintest,
> Weintest im Durst nach Lieb' und Lorbeer.

Es ist die Lage, die er später geschildert hat in der gereimten Diotima-
Hymne, wo er die vier Hauptstadien seines Lebens auseinanderlegt:
Kindheit, Jünglingszeit, Neubelebung durch das Ideal, Begegnung
mit Diotima. Dem Jünglingsalter, also der in Tübingen beginnenden
Zeit, gibt er die Züge:

> Ach! und da wie eine Sage
> Mir des Lebens Schöne schwand,
> Da ich, vor des Himmels Tage
> Darbend, wie ein Blinder, stand,
> Da die Last der Zeit mich beugte,
> Und mein Leben, kalt und bleich,
> Sehnend schon hinab sich neigte
> In der Schatten stummes Reich . . .

Mag auch erst die Jenaer und dann die erste Nürtinger Zeit die
volle Verschärfung dieser Lage gebracht haben, so beginnt sie sich
doch schon in Tübingen mit erkennbaren Zügen abzuzeichnen.

In das Bild dieser Gesamtlage fügt sich nun die Entwicklung seines
Verhältnisses zu Luise Nast ein. Im Winter 1789 schreibt er ihr
einen gefühlvollen Brief, der das künftige Glück an ihrer Seite aus-
malt. Aber kurz darauf schickt er ihr, ohne daß sie ihm irgendwie
Anlaß gegeben hat, Ring und Briefe zurück und bricht die Beziehung ab. Daß etwas Derartiges bevorstand, läßt sich mittelbar erschließen aus der voraufgegangenen Vernachlässigung seines Brief-
wechsels mit Immanuel Nast, worüber sich dieser in einem Brief
vom 17. April 1789 leise beklagt hatte; vielleicht wirkte auch der
Einspruch des besonnenen, treuen Neuffer mit, unter dessen Gedichten es eine »Warnung vor früher Liebe« gibt mit den Zeilen: »Er-
gib zu früher Liebe nicht dein Herz, / Sie möchte dich durch losen
Tand bethören.« Luisen gegenüber gibt Hölderlin als Grund des
Bruches an den »unerschütterlichen Vorsaz, Dich nicht um Deine
Hand zu bitten, bis ich einen Deiner würdigen Stand erlangt habe«.
Aber dann geht er eigentlicher auf die Sache, indem er hinzufügt:
»Der unüberwindliche Trübsinn in mir – aber lache mich nicht
aus – ist wol nicht *ganz*, doch *meist* – unbefriedigter Ehrgeiz.
Hat dieser einmal, was er will, dann und bälder nicht, werd' ich
ganz heiter, ganz froh, und gesund sein.« Da ihm die Erreichung
dieses Ziels ungewiß ist, muß er das Verhältnis lösen. Er unter-
zeichnet diesen Brief: »Lebe wohl, teures einziggeliebtes Mädchen!
Ewig Dein Hölderlin.« Wer hier nur auf den äußeren Wortklang
hört, steht wohl in Versuchung, von mildherziger Vorspiegelung,
wenn nicht von Lüge zu sprechen. Aber die eigenartige Ausdrucksweise klärt sich, wenn man auf Hölderlins Seite das Gefühl einer
tiefliegenden Lebenshinderung einsetzt. Er spricht uneigentlich, da
er selbst noch nicht eigentlich Mensch ist. Er gebraucht die Worte des
Lebens, und steht doch erst in dessen Vorhof. Es klingt wahrlich
wie die Rede eines Menschen, der noch nicht »Ich« zu sagen gelernt
hat, wenn er Luisen die von außen ungeheuerliche Sophisterei vorträgt: »Aber treulos kan ich nie werden. Und wirst auch Du nie.
Denn das ist nicht treulos, wann Du auf Bitten Deines Geliebten,
der aus Überzeugung, daß er Dich nie so glüklich hätte machen
können, als der Würdigere – Dich bittet! wann Du alsdann den
würdigern wählst. Das ist nicht treulos!« In einer solchen Darstellung zeigt sich das uneigentliche Sprechen eines Menschen, in dem
das »Sein« noch nicht vollzogen ist, der gleichsam anonym im
menschlichen Verhältnis steht.
Luise scheint wenig unternommen zu haben, um den Geliebten um-

zustimmen. Im Winter 1791 gibt sie C. R. Ludwig ihr Jawort. Hölderlin vermerkt das kurz in einem Brief an die Schwester, Anfang
Dezember 1791: »Jfr. Nastin in Maulbronn ist mit einem Bruder
ihres verstorbenen Schwagers versprochen, wie ich höre.« Der Mutter gegenüber nimmt er die Kunde zum Anlaß weiterzielender Erklärungen (Brief vom Dezember 1791): »Die Neuigkeit, die Sie
mir schreiben, *beruhigt* mich ser – aus Gründen, die Sie werden
wol errathen können. Alte Liebe rostet nicht! Das gute Kind dachte
immer noch an mich, wie ich mermalen erfuhr – und hätte mich
meine 21jährige Klugheit nicht geleitet, so wär ich vieleicht manchem Rezidiv ausgesezt gewesen. Freilich gesteh ich auch mitunter,
daß mir die Nachricht auf einige Augenblicke das Herzgen pochen
machte! Doch das gehört nicht hieher! Bei Gelegenheit muß ich
Ihnen sagen, daß ich seit Jar und Tagen fest im Sinne habe, nie zu
*freien.* Sie können's immerhin für Ernst aufnemen. Mein sonderba-
rer Karakter, meine Launen, mein Hang zu Projekten, und (um nur
recht die Wahrheit zu sagen) mein Ehrgeiz – alles Züge, die sich
ohne Gefar nie ganz ausrotten lassen – lassen mich nicht hoffen,
daß ich im ruhigen Ehestande, auf einer friedlichen Pfarre glüklich
sein werde. Doch das ändert vieleicht die Zukunft.«
Von andrer Seite her deutet auf Hölderlins damalige Gemütslage
ein Vorfall, der ihm sechs Stunden Karzer »ob publicas injurias
erga ludimagistrum« eintrug. Im Protokollbuch des Stifts findet
sich unterm 16. November 1789 folgender Bericht: »Vorigen Diens-
tag, den 10. dieses, brachte bei mir dem Ephoro bei einbrechendem
Abend der hiesige Mägdleinprovisor Majer folgende Klage an. Er
sei die Münzgasse herunter gegangen, neben ihm her sei ein Stipendiat gekommen, vom Neuen Bau gegenüber sei dieser von einer Seite der Straße auf die andere auf ihn zugeloffen, und hab' ihm den
Hut von dem Kopf auf den Boden geschlagen mit den Worten:
›weiß Er, daß es Seine Schuldigkeit ist, vor einem Stipendiaten
den Hut abzunehmen?‹ Er, Kläger, habe sich sodann gegen den
Stipendiaten erklärt, er wolle sogleich eine Anzeige bei dem Ephoro
machen, der Stipendiat habe erwidert, es sei ganz recht, er wolle mit
ihm gehen. So seien sie beide durch den Burschhof gegen das Epho-
ratshaus gegangen, unter dem Haus aber habe sich der Stipendiat
getrennt und sei zum Klostertor hereingegangen. Er, Provisor, habe
gleich unter dem Thor gefragt, wer der Stipendiat sei und zur Antwort bekommen: er heiß cand. Hölderlin. Da er doch in einer
öffentlichen Schule stehe, so sei ihm darum zu thun, Satisfaktion zu

haben. Ich, der Ephorus, ließ sogleich nach geendetem Abendessen
den Cand. Hölderlin vortreten. Er leugnete auch die Sache nicht
und berief sich nur darauf, daß der Provisor sichs ganz eigentlich
zur Gewohnheit mache, vor keinem Stipendiaten den Hut abzunehmen. Überhaupt aber bezeigte sich der Beklagte bei seiner Entschuldigung anständig und bescheiden. Incarceretur horas 6 ob injurias u.s.w. Dem Provisor soll aber auch durch den Herrn Spezial
Dr. Märklin beditten werden, daß er es künftig an der Höflichkeit
gegen die Stipendiaten nicht ermangeln lassen soll.« Eine heitere,
farbige Miniatur aus studentischem Leben! Aber ganz zufällig ist
es wohl nicht, daß Hölderlin hier zum Kämpen für ein Grußprivi-
leg der Stiftler wurde; die Empfindlichkeit für das, was andre ihm
an Achtung oder Nichtachtung bezeugten, liegt dem Vorfall er-
sichtlich zugrunde.

Im übrigen wird gerade sein Benehmen und sein Auftreten als betont gefällig und fein bezeichnet. Hatte es schon seit Maulbronn
(nach Chr. Schwabs Zeugnis) den Mitschülern, wenn er durch den
Raum ging, geschienen, »als schritte Apollo durch den Saal«, so
nennt auch das Abgangszeugnis von Tübingen seine gestus (Bewegungen) »placentes« (gefällig), seine Sitten »boni et placidi« (gut
und sanft), seinen Wuchs (statura) übermittelgroß und »venusta«
(anmutig). Den gleichen Eindruck, ins Geistige vertieft, hat ein Er-
innerungsblatt von L. A. v. Rehfues festgehalten, der als Singknabe
bei Konzerten der Universität wirkte und später als Schriftsteller
und Kurator der Universität Bonn bekannt wurde: »Merkwürdi-
gerweise ist mir niemand davon im Gedächtnis geblieben, als der
unglückliche Hölderlin. Er spielte die erste Violine, und ich hatte als
erster Sopran neben ihm meine Stelle. Seine regelmäßige Gesichts-
bildung, der sanfte Ausdruck seines Gesichts, sein schöner Wuchs,
sein sorgfältiger, reinlicher Anzug und jener unverkennbare Ausdruck des Höheren in seinem ganzen Wesen sind mir immer gegenwärtig geblieben. Ich bin ihm nicht näher gekommen, und ich habe
ihn später nie wieder gesehen. In meinem Gedächtnis steht er mit
der Violine in der Hand und dem Ausdruck der nickenden Hinwendung zu mir, wenn ich mit meiner Stimme einfallen sollte.«

So ist die Wirkung, die Anziehungskraft seiner Person noch vielfach bezeugt. Es ist keine bundesbrüderliche Übertreibung, wenn
Rudolf Magenau in seinen Gedenkblättern schreibt: »Wer ihn sah,
liebte ihn und wer ihn kennen lernte, der blieb sein Freund.« In
Hölderlins eignen Aussagen erscheinen die Freunde, »die ihr so treu

mich liebt«, oft genug; daß in ihm selber eine starke Begabung der
Freundschaft vorhanden war, ja eine außergewöhnliche Verwiesenheit auf die geistige Lebenshilfe, die das Freundschaftsbündnis
gegenüber der von Trennungskräften beherrschten Welt bietet, steht
in Briefen und Gedichten häufig zu lesen; und auch sein fröhliches
Teilnehmen an studentischer Gemeinschaft, an geistdurchglühtem
Zechen und »Tumultuieren« wird vielfach sichtbar. Nur daß er,
wie schon gesagt, von der Freundschaft *mehr* als das übliche verlangen mußte – eben dieses bestimmte »Mehr« und »Eigentlichere«,
das überall seine Forderungen an das Leben auszeichnet –, ver-
schiebt das Bild mit den häufigen Klagen über Einsamkeit, Verlassenheit und gar »Verachtung«.

Im Stift waren es besonders zwei Freunde, mit denen er engen und
brüderlichen Austausch hatte, Neuffer und Magenau. In Chr. Ludwig Neuffer, 1769 geboren, seit 1786 schon im Stift, seit September
1788 Magister, haben wir den lebenslangen Freund Hölderlins zu
ehren, an den er sich auch in späteren Jahren immer wieder aus
Glück und Not wandte, mit Briefen, die teilweise zu Hölderlins
wichtigsten Niederschriften gehören. Aus Neuffers sämtlichen
Äußerungen leuchtet eine treue, gediegene und auf stille Weise mu-
sische Natur. Seine dichterischen Arbeiten zeigen echte Begabung,
doch nicht zeitüberdauernde Bedeutung, und sind mehr Bildungs-
als unmittelbarer Lebensausdruck. Er begegnete sich mit Hölderlin
namentlich in der unbedingten Liebe für das Griechentum; auch
andre Hauptrichtungen des Geistes hatte er mit Hölderlin gemeinsam, wie die Verwiesenheit auf die Natur, auf die Heldenvereh-
rung. Obwohl auch er mit einer Abneigung gegen die theologische
Laufbahn zu kämpfen hatte, gelang ihm doch die Einfügung in den
Beruf. 1803 finden wir ihn in Stuttgart als Vikar an der dortigen
Waisenhauskirche, von 1819 bis zu seinem Tode 1839 wirkte er als
Stadtpfarrer in Ulm. Mit seinen zahlreichen Schriften hatte er zum
Teil Glück. Seine anonym erschienene Idylle »Ein Tag auf dem
Lande« (1809) erregte beträchtliches Aufsehen und wurde zuerst
Voß zugeschrieben; auch seine Vergilübersetzung (1815) fand Be-
achtung.

Als echter, tatbereiter Freund ist Neuffer auch äußerlich in Hölderlins
Leben mehrfach wichtig geworden. Er vermittelte dem Freunde die
persönliche Bekanntschaft mit Schubart, dem »merkwürdigen geist-
reichen Manne«, dem die Frühdichtung Hölderlins (wie auch diejenige
Schillers und anderer) manchen hervorstechenden Zug verdankt.

»Ich habe« – so schreibt er im Frühjahr 1789 an Hölderlin –
»bald auch die Rede auf Dich gebracht: Es werde in der Vakanz
ein sehr guter Freund von mir, der mit vollem Enthusiasmus für
Dichtkunst eingenommen sei, hieherkommen, und werde seinen
Wunsch, den Herrn Professor, den er in seinen Schriften so sehr
verehre, persönlich verehren zu können, ein Genüge thun. Das waren meine Worte. Deinen Namen weiß er, und er hat Verlangen
Dich zu sehen. Meine Schilderung, die ich ihm ferner von Dir machte,
war aufrichtig und wahr. Du seiest besonders fürs Ernsthafte, Erhabene und etwas Schwärmerische eingenommen. Fürs Tändelnde habst
Du eine gewisse Antipathie und dem Epigram seist Du Todfeind. Griechische Literatur sei Dein Steken Pferd. Der Jüngling verspricht viel,
war seine Gegenrede, er soll zu mir kommen, so bald er hier ist.«
Der Besuch Hölderlins bei Schubart kam bald zustande. Ende April
1789 schreibt Hölderlin an seine Mutter: »Daß ich bei Schubart
war, und daß er mich so freundschaftlich, mit solcher Väterlichen
Zärtlichkeit aufnahm, werden Sie schon wissen! Er erkundigte sich
auch viel nach meinen Eltern, fragte mich, ob ich auch zu den oft
großen Ausgaben eines Poeten gehörig unterstützt werden könne –
und als ichs ihm mit ja beantwortete, empfahl er mir so inständig,
Gott so hoch ich könnte dafür zu danken, daß ich ganz gerührt darüber wurde. O es ist eine Freude, so eines Mannes Freund zu sein.
Einen ganzen Vormittag bracht ich bei ihm zu.« Die freundliche
Anerkennung des berühmten Mannes war dem jungen Dichter gewiß
viel wert. Zu äußerer Bedeutung kam sie nicht mehr, da Schubart
schon 1791 starb.
Einen großen Dienst hat Neuffer dem Freund weiterhin erwiesen,
indem er ihn mit Gotthold Friedrich *Stäudlin* (1758–1796) bekannt machte. Es ist jener Stäudlin, der auch in Schillers Biographie erscheint, im Durchfechten einer Literaturfehde gegen diesen;
sie wurde 1791 öffentlich beigelegt durch Stäudlins warmherziges
Gedicht »An Schiller, als eine falsche Nachricht von seinem Tode
erschollen war«. Stäudlin wird für Hölderlin wichtig als Herausgeber verschiedener Musenalmanache (unter den Titeln: »Schwäbische Blumenlese«, »Schwäbischer Musenalmanach«, »Poetische Blumenlese«), in deren zwei letzten Bändchen auf die Jahre 1792
und 1793 Hölderlins Erstlinge gedruckt wurden. Ostern 1789 war
Hölderlin zum erstenmal Gast in Stäudlins Hause, empfing auch
kurz darauf Stäudlins Besuch in Tübingen und fand in ihm einen
»warlich herrlichen Mann«. Stäudlins Förderung verdankt Höl-

derlin eine entscheidende Ermutigung in den Werdejahren. Sie war hoch anzuschlagen, da Stäudlin als Anführer der literarischen Jugend und als »Oberpriester der Schwäbischen Musen« eine gewichtige Stimme führte. Es ist offenbar, daß Stäudlin nicht nur aus einer Freundlichkeit des Herzens, sondern auf Grund eines echten Wertwissens auf Hölderlin eingegangen ist. Hölderlin hat diesem Manne eine der wichtigsten persönlichen Begegnungen seines Lebens zu danken: Seine Bekanntschaft mit Schiller ist durch Stäudlin vermittelt worden. Einen wesentlichen Verbindungspunkt mit Stäudlin bildete dessen schwärmerische Verehrung für das alte Griechenland; darum hat Hölderlin ihm seine eigene Elegie »Griechenland« gewidmet. Dem vielseitig gebildeten und lebensprühendem Manne, der neben seinem juristischen Berufe als Kanzley-Advocatus extraordinarius eine ausgebreitete schriftstellerische Tätigkeit entfaltete, war ein trüber Lebensausgang beschieden. Stäudlin hatte, wie fast das gesamte geistige Deutschland von damals, dem ja die Gegnerschaft gegen die widerdeutschen, volksfremden, ja volksverräterischen Seiten des politischen Despotentums geradezu aufgezwungen war, aus seiner anfänglichen Anhängerschaft an die französische Revolution kein Hehl gemacht. Er wurde, als sich nach dem Tode des Herzogs Karl Eugen 1793 in Württemberg ein betont konservatives Regiment auftat, als enragé des Landes verwiesen, fand aber auswärts keinerlei Tätigkeitsfeld mehr und suchte am 17. September 1796 aus Not den Tod im Rhein bei Straßburg.

Von anderer Wesensart als Neuffer, heiterer, sanguinischer und nach eigenem Zeugnis »fideler« als dieser und Hölderlin, war Rudolf *Magenau*, 1767 geboren, seit 1786 im Tübinger Stift. Er zeigt sich in Leben und Dichten als weltgewandter, unproblematischer, dabei geistig sehr belebter Mensch. Sein Fühlen strömt leicht und ungebrochen aus. Seine Muse, »der stillen Einfalt hold«, bringt anmutige Reimereien vom kleinen Glück hervor, in denen manchmal noch Töne der Barocklyrik anzuklingen scheinen. Er starb 1846 als Pfarrer in Hermaringen.

Hölderlin, Neuffer und Magenau wählten eine ihrem Alter und mancherlei studentischer Übung angemessene Form für die Betätigung ihrer Freundschaft. Sie taten sich als ein Bund der »Aldermannsfreunde« auf, ihre Zusammenkünfte, die jeden Donnerstag stattfanden, hießen Aldermannstage. Der Becher Bier oder Wein durfte bei keinem dieser Tage fehlen, aber die Hauptsache war der jedesmalige Austausch der neu entstandenen Gedichte, die kritisiert

und nach günstigem Befund ins Bundesbuch eingeschrieben wurden.
Es wurden Bücher gemeinsam gelesen und besprochen, und außerdem war jedem Versammlungstage ein bestimmtes Thema gesetzt,
das einer der Brüder vortragsmäßig behandeln mußte. Auch den
Gedichten wurde manchmal ein solches abgegrenztes Thema vor-
geschrieben, so einmal »Freundschaft«, dann »Liebe«, dann »Einsamkeit und Stille«. So enthält das Buch von Hölderlin das »Lied
der Freundschaft«, das »Lied der Liebe«, das Gedicht »An die Stille«.
Sie verraten alle den neuen Einfluß Schillers, der nun mächtig vordringt und den Klopstockschen Ton fast plötzlich auslöscht. Mit
der erwähnten Aufgabenstellung dieser Gedichte hängt es zum Teil
zusammen, daß die drei Beiträge Hölderlins, namentlich das Gedicht »An die Stille«, den jeweiligen Gegenstand in fast abhand-
lungsmäßiger Art anpacken. Nicht das Erlebnis und die persönliche
Aussage, sondern die ideelle Anschauung hat die Führung – jene
Anschauung, aus der sich in schnellen Übergängen Hölderlins
mythische Feier der Lebensmächte, der Quasi-Polytheismus seiner
Hymnen an die Ideale der Menschheit entwickelt.
Hölderlin hat, nach Magenaus Zeugnis in seinen späteren »Gedenkblättern«, diese von Poesie überleuchteten, von brüderlichem Einklang durchwärmten Zusammenkünfte über alles geliebt.
»Eine Seele in drei Leibern waren wir«, sagt Magenau. Bildhaft
kommt ihm die Erinnerung an einen besonders beschwingten Abend
»im Garten des Lammwirts« herauf: »Ein niedliches Gartenhäuschen
nahm uns da auf, und an Rheinwein gebrach es nicht. Wir sangen
alle Lieder der Freude nach der Reihe durch. Auf die Bowle Punsch
hatten wir Schillers Lied an die Freude aufgespart. Ich ging sie zu
holen. Neuffer war eingeschlafen. Hölderlin stand in einer Ecke
und rauchte. Dampfend stand die Bowle auf dem Tisch und nun
sollte das Lied beginnen. Hölderlin begehrte, daß wir erst an der
kastalischen Quelle uns von allen unseren Sünden reinigen sollten.
Nächst dem Garten floß der sogenannte Philosophenbrunnen, der
war Hölderlins kastalischer Quell; wir gingen hin durch den Garten und wuschen das Gesicht und die Hände; feierlich trat Neuffer
einher; dies Lied von Schiller, sagte Hölderlin, darf kein Unreiner
singen! Nun sangen wir; bei der Strophe ›dieses Glas dem guten
Geist‹ traten helle klare Tränen in Hölderlins Augen, voll Glut hob
er den Becher zum Fenster hinaus und brüllte: ›dieses Glas dem guten Geist‹ ins Freie, daß das ganze Neckartal widerscholl.«
Mit keinem bezeichnenderen Zug konnte wohl der junge Hölderlin

in der Erinnerung der Freunde festgehalten bleiben, als mit diesen Tränen, mit dieser Glut und dem ungestümen Aufschrei bei der Huldigung an den »guten Geist«. Was den meisten, die Schillers Lied »An die Freude« gelesen haben, blasse Abstraktion, ungefährer Wortklang blieb, war für ihn Realität erster Ordnung: Der Geist, der belebt, der Geist, der verbindet. Ihn hat er gerade aus der »Bedürftigkeit« seiner Wesensverfassung heraus als die eigentlich lebenstiftende Kraft wahrgenommen. Denn nur der Bedürftige erfährt die Wirklichkeit der Geistesmächte, weil er ihnen unmittelbar sein Leben verdankt, wohingegen sie in den dichten Leben, in den metaphysisch geschlossenen Persönlichkeiten meist unansichtig bleiben. In den dichten Leben sind die Götter einwohnend, immanent, lebensverschlungen. Nur in den aufgebrochenen Leben werden sie sichtbar und nennbar.

Magenau ist es auch, der uns mit einer ergötzlichen Schilderung, seinem heiteren, flotten Temperament entsprechend, den Freund unmittelbar bei der Tätigkeit des Dichtens vorführt. Hölderlin wohnte Herbst 1790 mit Hegel und anderen im sogenannten Ochsenstall, einem »großen Raum des 5. Stocks, gegen Süden gelegen, mit Aussicht auf den Neckar und den inneren Hof« (Betzendörfer). Magenau schreibt Neuffer am 15. November 1790 eine Reimepistel, die einen scherzhaften Ausschnitt aus dem Stiftsleben gibt:

> Nur hie und da erschallt der Ochsenstall von Holzens
> Centaurähnlichen Poeten Schritt, wenn allenfalls aufs Wört-
> chen: Fluch Tal:
> Der schwere Reim ihm noch gebricht. Auch sieht ihn
> oft der welke
> Wöhrd in deinem Schlafrock durch des hohen Stalles
> nidre Fenster Pforte bliken, gen Himmel schaut er, ob
> ihm nicht des Gottes Salbung möcht hernider fließen.

In engem Zusammenhang mit diesen nächsten Freunden, weil namentlich mit Hölderlin und Neuffer geistig nahe verbunden, steht der Repetent Carl Philipp *Conz*, der Hölderlin betreute und nur acht Jahre älter war als er. Mit seiner Begeisterung für Griechenland, wovon seine »Schildereyen aus Griechenland« (1785) und seine vielfache wissenschaftliche Beschäftigung mit antiken Schriftstellern Zeugnis ablegen, hat er Hölderlins Liebe zu Hellas ohne Zweifel gestärkt und breiter unterbaut. Hölderlin hörte im Sommer 1790 Conzens Vorlesung über Euripides und fand in ihm »den besten Mann von der Welt«. Wenn Conz in der Vorrede zu dem

erwähnten Buche schreibt: »Was mich am meisten anzieht, sind
entweder die kolossalischen Schönheiten der Morgenwelt, oder mehr
und öfter die großen Anfänge der Menschenkraft unterm schönen
jonischen Himmel, auf jenen lieblichen Inseln, im Lande, das die
Mutter Cytherens ward, weil es das Land der Schönheit und ihr
großer allgemeiner Altar war, ich meine – Griechenland« – so
schlagen sich, in der Anschauungsweise wie im Ausdruck, bis in die
Kadenz des Satzes hinein, Brücken zu Hölderlins »Hyperion« und
zu seiner Elegie »Griechenland«. Das äußere Bild des Mannes hat
Gustav Schwab, der ebenfalls sein Schüler war, in seiner Schiller-
Biographie gezeichnet: behaftet mit einem fettgepolsterten Kopf,
dem die Wangen zu Mund und Augen kaum Platz ließen, mit
einem dicken Leib, der sich nur schwerfällig rührte, mit einer
Sprechweise, die nur mit Mühe artikulierte Töne hervorbrachte;
doch auch mit jener Begeisterungsfähigkeit, die ihn ins Feuer kommen ließ und gewürzte Scherze, feine Bemerkungen, sprühende Gei-
stesfunken hervorbrachte. Daß diesem Manne ein feines dichterisches Gefühl eigen war, zeigen seine rein dahinfließenden Verse;
daß er ein Herz hatte, beweist die lebenslange treue Freundschaft,
die er Hölderlin bewahrte.

Neuffers und Magenaus Abschied vom Stift (Herbst 1790) ließ in
Hölderlins innerer und äußerer Welt eine Lücke, die er schmerzlich
empfand. Zwar waren noch Menninger und Hiller da, mit denen
Hölderlin im Herbst 1791 einen Ausflug in die Schweiz gemacht
hat. Das dichterische Ergebnis dieser Reise, die Elegie »Kanton
Schwyz«, hat Hölderlin dem Freund Hiller gewidmet. Aber entscheidender für sein weiteres Leben im Stift, weil geistig gleich-
artig angetrieben, wurden die beiden Stiftler *Hegel* und *Schelling*,
die später zu so mächtiger, welterfüllender Wirksamkeit kommen
sollten.

Seit Herbst 1790 stand Hölderlin mit ihnen, seinen Zimmergenos-
sen, in engerer Verbindung. Hegel war mit Hölderlin nahezu
gleichaltrig, den um fünf Jahre jüngeren Schelling setzte seine viel-
bestaunte Frühreife leicht in den Stand, mit den Freunden gleichen
Schritt zu halten. Für Hölderlin haben beide zunächst die nicht hoch
genug zu veranschlagende Bedeutung, daß im Verkehr mit ihnen
der philosophische Eros aufwachte, die Ansätze zu einer systema-
tisch-denkerischen Weltbearbeitung sich bestimmter herausbildeten.
Dicht ineinandergewoben erscheinen zwischen den Freunden die
wechselseitigen Beeinflussungen, die schon deshalb schwer auseinan-

derzuhalten sind, weil alle drei zugleich im einheitlichen geistigen Kraftfeld des zeitbewegenden Denkens standen, der Schriften Rousseaus und der Kantischen Philosophie. Alle drei lasen, gemeinsam und für sich, die Schriften dieser beiden. Sie lasen Kants Anhänger, Fortbildner und Gegner, wie Schiller, Jacobi, Herder; sie gerieten später alle drei auf eine gewisse Zeit unter Fichtes mächtigen Einfluß. Sie haben im Tübinger Stift gewissermaßen ein kleines, selbständiges Aneignungs- und Verarbeitungszentrum der zeitgenössischen Denkströme gebildet, so wie diese immer mehr durch Kant und den Streit um ihn bestimmt wurden.

Sicher steht, daß Hölderlin in dieser gemeinsamen philosophischen Arbeit keineswegs bloß der Empfangende, der Angeregte war. Zwar wäre er aus eigenen Antrieben nie ein strenger Methodiker geworden; zwar liegt überhaupt die Denkweise des Kritizismus keineswegs ursprünglich in seiner fromm-realistischen Natur; und daher mußte er sich in allem, was straffes Verfahren und eigentliche Reflexion im Idealismus war, als Empfangender verhalten. Aber zu tief war die Einheitsschau, das Einheitsgefühl in ihm angelegt, zu streng war er als Mensch wie als Dichter auf das Verbindende verwiesen, als daß er nicht den zwei Freunden ein lebendiges Leitbild in dem großen Kampf hätte darstellen sollen, der sich um Kant, um die Konkordienformel der von ihm zerspaltenen Menschenwelt entspann. Darüber für jetzt nur dies, daß Hegel in einer großen Elegie »Eleusis«, die er Hölderlin im August 1796 gewidmet hat und in der er sich mit den Adepten der eleusinischen Mysterien vergleicht, weitgehend die mythische Betrachtung übt, die wir von Hölderlin kennen. Er spricht darin von der Rückkehr der Götter zum Olymp, von den entheiligten Altären und von der entweihten Menschheit, die sie zurückließen, genau in der Weise, wie es Hölderlin tut in den großen Gesängen seiner mittleren Zeit. Was ihn besonders mit Hölderlin verbindet, ruft er an im Gedenken

> Des Bundes, den kein Eid besiegelte,
> Der freien Wahrheit nur zu leben,
> Frieden mit der Satzung,
> Die Meinung und Empfindung regelt, nie nie einzugehn.

Was Schelling anlangt, so stehen die philosophischen Arbeitspläne, die Hölderlin am 4. September 1795 von Nürtingen aus in einem Brief an Schiller vorträgt, in einem geradezu auffallenden, wörtlichen Einklang mit Gedankengängen der Schellingschen Schriften von 1795, betitelt: »Vom Ich als Prinzip der Philosophie« und »Phi-

losophische Briefe über Dogmatismus und Kriticismus«. Die Übereinstimmung mit Schelling bezieht sich auf das Problem (Vereinigung des Subjekts und Objekts, wozu Schelling noch setzt den
Übergang vom Unendlichen zum Endlichen), auf die Lösung (im
absoluten »Ich oder wie man es nennen will«), auf die Methode
(intellektuale Anschauung) und, was besonders wichtig ist, auf
deren Einschränkung (daß nämlich die intellektuale Anschauung
das Problem nur ästhetisch löst, während die praktische Lösung
einherkommt mit der Forderung der unendlichen Annäherung
durch Handeln).[1] Es ist schlechterdings unvorstellbar, daß Schelling und Hölderlin nicht gemeinsam an diesen Gedankengängen
gearbeitet haben sollten; nur daß sie von Schelling alsbald in einer
Arbeit niedergelegt wurden, während Hölderlin in der dumpfen
Qual des Nürtinger Halbjahrs 1795 weder zu dichterischen noch zu
denkerischen Fassungen gelangen konnte. Abzuweisen ist jedenfalls
der Gedanke, daß Hölderlin die Niederschriften des Freundes von
1795 schon kannte, als er den Septemberbrief an Schiller schrieb;
er hätte sonst diese Gedanken nicht so bestimmt als eigne, ihm gehörige vortragen können.
Hegel wird von Hölderlin in den Briefen zuerst kurz erwähnt im
Mai 1790, wo er der Mutter schreibt: »Daß ich in der Lokation
(Zensur) um die zwei Stuttgarter, Hegel und Märklin, hinuntergekommen bin, schmerzt mich eben auch ein wenig.« Aber das Verhältnis zwischen beiden wurde bald vertrauter, selbst über die große
Verschiedenheit der beiderseitigen Temperamente hinweg. Denn
Hegel war in seinem Wesen langsam, zähe, er war verständig und
bedächtig, namentlich auch in seiner Arbeitsweise gründlich, mit
Geduld aufbauend und Kenntnisse zu Kenntnissen häufend. Wie
er noch im Alter selbst beim Zeitunglesen den Stift, womit er sich
Notizen machte, nie aus der Hand legte, so verfuhr er schon als
Lernender. Er war unermüdlich im Anlegen von Auszügen, mit
dem erklärten Ziele, seine Lebensarbeit vorerst durch breites Wissen
zu unterbauen. Den Stiftsgenossen galt er als »lumen obscurum«,
er hieß unter ihnen ob seiner Bedachtsamkeit der »alte Mann«, genoß aber frühe schon einen Ruf als behaglicher Zecher und ausdauernder Tarockspieler.
Im vollendeten Gegensatz dazu stand das fröhliche, sprühende, le-

---

1 Genaues Verständnis der Sachlage kann sich nur aus dem Nachlesen der »Philosophischen Briefe über Dogmatismus und Kriticismus« ergeben (Schellings Werke, her. von
Manfred Schröter, München 1927, I, 205).

bensvolle Wesen Schellings, das bis heute allen seinen Bildnissen aus den überhellen Augen blitzt. Er überraschte eben den Präzeptor Kraz, der auch Hölderlins Lehrer in Nürtingen gewesen war, schon am ersten Tage durch die erstaunliche Fülle seiner Kenntnisse. Anderthalb Jahre darauf schickte der Präzeptor den Schüler seinem Vater wieder heim, weil er bei ihm nichts mehr lernen könne. Innig entwickelte sich namentlich das Verhältnis zwischen Hölderlin und Hegel. Sichtbar wird dies in einer Einzelheit wie dem Nachtgang auf die Wurmlinger Kapelle. Im Herbst 1790 schreibt Hölderlin seiner Schwester: »Heute haben wir großen Markttag. Ich werde, statt mich von dem Getümmel hinüber und herüber schieben zu lassen, einen Spaziergang mit Hegel, der auf m. Stube ist, auf die Wurmlinger Kapelle machen, wo die berühmte schöne Aussicht ist.« Auf einen solchen Abendgang mag sich das Bruchstück »Communismus der Geister« beziehen, welches Zinkernagel in seiner Hölderlinausgabe (Band 5) mitteilt. Es gibt ein Gespräch wieder, das zwei Jünglinge auf der abendlich bestrahlten Kapellenhöhe miteinander führen. Die Fassung hat nicht Hölderlins Stil, sondern weist eher auf Hegel. Aber Hölderlins Geist und das, was ihn mit den zwei Freunden verband, ist deutlich in der Niederschrift zugegen. »Erfaßt dich nicht auch«, heißt es da, »ein geheimer Schmerz, wenn das Auge des Himmels aus der Natur genommen ist und so die weite Erde da liegt, wie ein Rätsel, dem das Wort der Lösung fehlt, siehe, nun ist das Licht dahingegangen und schon hüllen sich auch die stolzen Berge in's Dunkel, diese Bewegungslosigkeit ängstigt und die Erinnerung an die vergangne Schönheit wird zum Gift; es ist mir hundertmal ebenso ergangen, wenn ich aus dem freien Äther des Altertums zurükkehren mußte in die Nacht der Gegenwart, und ich fand keine Rettung, als in starrer Ergebung, die der Tod der Seele ist; es ist ein peinigendes Gefühl um die Erinnerung verschwundener Größe, man steht, wie ein Verbrecher, vor der Geschichte ... Sieh' diese Kapelle an; was war es für ein kolossaler, kraftvoller Geist, der sie erschuf, mit welcher Macht zwang er die weite Welt, den stillen Hügel krönte er mit dem friedlichen Heiligtum, in die Ebene des Thals stellte er sein Kloster und in's Gewühl der Stadt den majestätischen Dom ... und wo ist es Alles? Du verstehst mich, ich frage nicht nach dem, was uns jenes Zeitalter überliefert hat, ich frage nicht nach dem todten Stoffe, sondern ... nach jener Energie und Consequenz, die sich in's Unendliche zu verlieren schien und dennoch auch in das Entfern-

teste die Übereinstimmung mit dem Mittelpunct trug, die in jeder
Variation den Klang der ursprünglichen Melodie festhielt.«
Diese Gedanken gehören teils der ganzen Zeit an, sofern sie eine
Kritik an der verlorenen Fassungskraft der Kirche enthalten; teils
gehören sie in besondrer Weise den beiden Freunden an, insofern
sie keine Absage an das Christentum enthalten, sondern auf das
ihnen gemeinsame Ziel »Reich Gottes« gerichtet sind, das sich »auf
Liebe« gründen und damit die fassende Kraft der Christusgestalt
erneuern soll. In dritter Linie sind es Gedanken oder vielmehr Stimmungen, die allein Hölderlin zu eigen sind, insofern hier sein gei-
stesgeschichtlicher Nacht- und Tagmythus anklingt, in seiner ersten
schroffen Gestalt, die dem vormaligen »Tag« allen Wert und alle
Theophanie, der jetzigen »Nacht« allen Unwert und alle Gottesbergung zuspricht. Sprachlich verlautet dabei etwas, das aufmerken
läßt: Die Wendung, daß »die Erinnerung an die vergangene Schönheit zum Gift wird«, deutet hinüber zu der späten Ode »Chiron«,
die das Wort »Gift« genau im gleichen Sinne für vergiftete und
vergiftende Erinnerung verwendet.
Ebenso ist ein Zeichen für das Verbindende, das zwischen beiden
stand, ein Blatt in Hegels Stammbuch, wo sich Hölderlin am 12.
Februar 1791 mit dem Goethe-Zitat »Lust und Liebe sind die Fit-
tige zu großen Thaten« eingetragen hat. Hegel hat dieses Blatt, wie
um das Losungswort ihrer Freundschaft anzugeben, mit dem Zusatz
'Εν καὶ πᾶν versehen, dem pantheistischen »Eins und Alles« des
Spinoza, das in der damaligen Geisteswelt der Freunde eine zentrale Wichtigkeit hat. Hölderlin hat es sich, unter ausführlichen
Auszügen, herausgeschrieben aus der von ihm und den Freunden
gemeinsam gelesenen Schrift »Über die Lehre des Spinoza in Briefen an Moses Mendelssohn« (1785) von Friedrich Heinrich Jacobi
(1743–1819), dem Jugendfreunde Goethes. Diese Schrift wurde
viel bemerkt und lebhaft umstritten, da Jacobi in ihr mitteilte,
Lessing habe sich im Gespräch kurz vor seinem Tode als Anhänger
des spinozistischen Pantheismus bekannt. Hölderlins Auszüge aus
dieser Schrift – die zweifellos eine der tiefsinnigsten Äußerungen
der Zeit ist und mit ihrer Enthüllung des unausweichlich weltauf-
lösenden, fatalistischen Endergebnisses alles spinozistischen Denkens
dieser Zeit weit vorauseilt – halten sich unparteiisch in der Streit-
sache. Doch geben sie zu erkennen, daß ihn Jacobis Einwände gegen
das 'Εν καὶ πᾶν nicht eigentlich getroffen haben. Immerhin klingen gewisse Wendungen Jacobis auf Grund einer unterirdischen

Verbindung bei ihm an. Er schließt seine Auszüge mit der Notiz: »Jacobi zieht sich aus einer Philosophie zurük, die den vollkommenen Skeptizismus macht. Er liebt den Spinoza, weil er ihn mer als ein anderer Philosph zu der vollkommenen Überzeugung geleitet hat, daß sich gewisse Dinge nicht entwiklen lassen; vor denen man die Augen darum nicht zudrüken muß, sondern sie nemen wie man sie findet. Das größte Verdienst des Forschers ist, Daseyn zu enthüllen und zu offenbaren. Erklärung sei ihm Mittel, Weg zum Ziele, nächster – niemals letzter Zweck. Sein letzter Zweck ist, was sich nicht erklären läßt: Das Unauflösliche, Unmittelbare, Einfache.«

Es ist, als ahne hier Hölderlin seine eigenen Erfahrungen mit der Philosophie der Zeit voraus. Dem »Unauflöslichen, Unmittelbaren, Einfachen« war seine gläubige Seele von Grund her zugeordnet. Durch Kant, Fichte und die philosophischen Freunde geriet er – so wollte es nicht etwa zufällige Beeinflussung, sondern sein eigenes Denkschicksal – in die große Umkehrung auf das Ich hin, erfuhr davon erst eine befreiende, dann eine tief störende Wirkung und fand sich schließlich zum »Unauflöslichen« wieder zurück, zu den Göttern, zum Natur- und Schicksalsglauben. Dies ist jedoch nicht ein Ablauf in klar geschiedenen Absätzen, sondern die Tendenzen schlingen sich zu jeder Zeit ineinander, und nur in der Akzentuierung verläuft die allmähliche Umwandlung.

In seiner Lektüre erscheinen weiter Plato, Herder, namentlich Schiller, und gleich seiner ganzen Zeit und Umwelt erfuhr er, wie schon angedeutet, den mächtigen Einfluß Rousseaus, des Rufers zur Freiheit, zur Natur, zum Gefühl; des Kämpfers gegen die falsche Bildung, gegen die verschlackten Gesellschaftszustände, gegen die gewalttätige Erziehung; des Urhebers einer abenteuerlich neuen Staatstheorie, in deren Konstruktion zwar keineswegs ein Mehr an geschichtlicher Wahrheit, desto klarer aber der übermächtige Wille der Zeit zur Durchbrechung alter Formen hervortrat. Wie Rousseaus Gedanken eine von naturlosen Fremdbestandteilen verkrustete Welt aufpflügten, wie sie mitwirkten zur Entfesselung menschlicher und höllischer Mächte in der französischen Revolution, gehört der Geschichte an. In Deutschland haben sie kaum einen der geistigen Lebensträger unberührt gelassen, und diese sind den Impulsen Rousseaus selbst bis dahin gefolgt, wo die französische Revolution sich zu ihnen zu fügen schien wie die Tat zum Wort. Nur wenige konnten von sich sagen, wie Jacobi: »Meine Freude an der französischen Revolution hörte schon im August 1789 auf, und ich bin seitdem nur immer trostloser geworden.«

Auch Hölderlin also hat die Begeisterung für Rousseau glühenden Herzens geteilt, weil er in ihm die Stimme vernahm, die das Leben aus der Verfremdung unter entseelten, blind und dinglich gewordenen Autoritäten zu sich selbst heimzurufen schien. Es kommt zum Verständnis der ganzen Zeit, namentlich dieser begeisterten Anteilnahme an den Freiheitsregungen jenseits des Rheins, entscheidend darauf an, daß diese Gefühle von ihren Voraussetzungen aus begriffen werden, nämlich von dem Freiheitskampf aus, der schon seit Jahrzehnten in Deutschland ging und der gerade den besten Deutschen durch die genannte Verschlackung des ganzen öffentlichen Lebens aufgezwungen war. Ein Staatserlebnis konnte diese Zeit, in der ein Karl Eugen erklären durfte, er sei das Vaterland, nicht haben. Der absolutistische Staat zeigte sich dem Untertan nur als Gegenspieler; er war unzugänglich für eine beseelte Teilnahme; seiner verstockten Mittelbarkeit galt der lebendige Mensch als ein Nichts. Und ähnlich wie um das Staatserlebnis stand es um das Volkserlebnis. Das Volkserlebnis ist zwar in der deutschen Seele nie erloschen. Es regt sich auch damals in Klopstock, in Schubart, in Herder und Hamann, in Schiller, es spricht stark und jugendlich trotzig auch bei Hölderlin. Aber jedes völkische Fühlen fand als ersten und unversöhnlichsten Gegner den Staat, das Fürstentum vor sich. Wenn Goethe im »Faust« das alte Reich als ein Gebilde bezeichnete,

> wo Mißgestalt in Mißgestalten schaltet,
> das Ungesetz gesetzlich überwaltet,
> und eine Welt des Irrtums sich entfaltet,

so gilt dies hauptsächlich für die schauerliche Verkehrung, daß gerade das völkisch-deutsche Fühlen unausweichlich genötigt war, sich zunächst in der Feindschaft gegen die widervölkische Staatsautorität zu bekunden; auflösend also, zerstörerisch, freiheitlich. Alles, was den lebendigen deutschen Menschen wollte, was von Volksseele und Gemeinschaft des Blutes wußte, war von vornherein auf den Kampf gegen den Absolutismus verwiesen. Auf der anderen Seite waren mit der »Freiheit« noch keinerlei Erfahrungen gemacht. Man glaubte der Rousseauischen Verkündigung, daß der Mensch von Natur gut und nur durch die Unnatur verdorben sei. Der jahrhundertlange Druck der Autorität hatte den Menschen so unbekannt mit seinem eigenen Wesen gemacht, daß er dem Wahn ver-

fiel, es genüge, den äußeren Druck fortzunehmen, um eine freiwillig
zur Ordnung strebende Menschheit erscheinen zu lassen. Die Zeit
war so unentrinnbar in diese Illusion eingewiesen, daß sie ihre edelsten Kräfte – unter anderm die Kräfte, die im deutschen Idealismus wirkten – und ihre teuersten Wahrheiten hätte verleugnen
müssen, wenn sie anders hätte denken wollen. Es ist hier nicht der
Ort, das in der Breite zu entrollen. Was Hölderlin anlangt, so läßt
er noch seinen Empedokles sagen:

> »denn liebend giebt
> Der Sterbliche vom Besten, schließt und engt
> den Busen ihm die Knechtschaft nicht –«

ein Wort, das eine leuchtende Wahrheit ist unter Hölderlins Voraussetzung (»Und hebt die Augen auf zur *göttlichen* Natur«), aber
ein schlimmes Irrlicht unter den gegebenen Prämissen des geschichtlichen Menschen, vor dessen Augen und in dessen Herzen die Göttlichkeit der Natur erloschen ist.

Von der Teilnahme der Stiftler an den stürmischen Zeitereignissen,
besonders an der Revolution, hören wir mancherlei. Gerade in
Württemberg war ja besonderer Anlaß, die Sache der Freiheit zu
verfechten. Die schauerliche Verkehrung der Lage beleuchtet der
trübselige Trost, den Hölderlin seiner Mutter im November 1792
glaubt bieten zu dürfen, angesichts des auch Württemberg bedro-
henden Krieges: »Es ist wahr, es ist keine Unmöglichkeit, daß sich
Veränderungen auch bei uns zutragen. Aber Gottlob! wir sind nicht
unter denen, denen man angemaßte Rechte abnehmen, die man wegen Gewalttätigkeit und Bedrükung strafen könnte. Überall, wohin sich noch in Deutschland der Krieg zog, hat der gute Bürger
wenig oder gar nichts verloren, und viel, viel gewonnen.« Ein Ge-
heimklub wurde im Stift gegründet, ein Freiheitsbaum wurde errichtet und von den Stipendiaten umtanzt. Von Schelling wird erzählt, daß er die Marseillaise übersetzt habe, worauf der Herzog
1793 sich selbst ins Stift begab und dem jugendlichen Missetäter das
Blatt unter die Nase hielt: »Da ist in Frankreich ein sauberes Lied-
chen gedichtet worden, wird von den Marseiller Banditen gesungen,
kennt Er es?« – Schelling leugnete nicht, sah dem Herzog gerade
ins Gesicht. Der Herzog erteilte den Versammelten eine kurze kräf-
tige Rüge und fragte dann Schelling, ob ihm seine Tat leid sei, worauf Schelling keck und anzüglich zur Antwort gab: »Durchlaucht,
wir fehlen alle mannigfaltig.«

Wesentlich aber an der Verarbeitung der Zeitereignisse durch Höl-

derlin und seine Freunde ist, daß sie sich, wenn sie auch Freiheits-
hoffnungen auf eine französische Revolution setzten, in keiner Weise
mit ihrem wirklichen Leben auf das politische Gebiet abdrängen
ließen.


Im Betreiben der Studien ging Hölderlin den vorgeschriebenen
Weg, mit allem Fleiß, den er neben der Pflege seiner Dichtung aufbringen konnte. Er wurde Baccalaureus, durchlief seine vier philosophischen Semester und machte dann seinen Magister, den Tübinger Doktor, der außerhalb Württembergs nicht besonders viel galt.
Gemeinsam mit seinen Compromotionalen Hegel, Fink, Auenrieth
verteidigte er eine von Prof. Böck verfaßte Dissertation »De limite
officiorum humanorum seposita animorum immortalitate« (»Über
die Grenze der menschlichen Pflichten in Absehung von der Unsterblichkeit der Seele«). Von einer solchen Tübinger Promotion
gibt ein Zeitgenosse ein erheiterndes Bild: »Zwanzig bis dreißig
Kandidaten stehen vier Stunden lang in einer dreifachen Reihe auf
dem Katheder aneinandergereiht, wie Ruderknechte, und fächeln
sich aus Langeweile mit dem Bogen Papier, auf dem die Theses
gedruckt stehen, um den Schweiß abzutrocknen, der ihnen von den
Einwürfen der Opponenten ausgepreßt wird.«
Um zur Promotion zugelassen zu werden, hatte der Kandidat zwei
selbständige Arbeiten (Specimina) einzureichen. Die beiden von
Hölderlin verfaßten sind uns noch erhalten. Ihre Titel lauten »Parallele zwischen Salomos Sprichwörtern und Hesiods Werken und
Tagen« und »Geschichte der schönen Künste unter den Griechen«.
Die erste Arbeit geht ruhig einen gebundenen Gang, kommt nach
kurzen textkritischen Bemerkungen zu einer Heraushebung forma-
ler und inhaltlicher Ähnlichkeiten bei beiden Schriftstellern, wird
aber persönlich und anziehend in der Art, wie sie die rein sinnliche
und populäre Sittenlehre der beiden geschichtlich zu erklären versucht. In den Bemerkungen gegen die Systeme in der Philosophie
wandelt die Schrift mit offenbarem Anteil Gedanken von Jacobi
und von dem holländischen Philosophen Hemsterhuis ab. Eigner,
weil schon der ganzen Anlage nach lockerer, ist die Arbeit über die
Geschichte der griechischen Kunst. Sie wiegt wissenschaftlich wohl
nicht allzu schwer, aber es spricht in ihr persönliche Liebe, persönliches Erlebnis und eine mehr als ästhetische Einstimmung auf den
Gegenstand. An verschiedenen Stellen erscheinen Gedanken, denen

Hölderlin lebenslang treu blieb, so die Art, wie Hellas und der alte
Orient einander entgegengesetzt werden, die besondere Einstufung
von Homer, Sappho, Sophokles und Pindar, von dem er sagt: »Ich
möchte beinahe sagen, sein Hymnus seye das Summum der Dichtkunst.« Ebenso ist seine Bemerkung über Sophokles (»Ganz die
Mischung von stolzer Männlichkeit und weiblicher Weichheit, der
reine überdachte, und daher so warm hinreißende Ausdruck, der
den Periklëischen Zeiten eigen war«) kennzeichnend für seine lebenslange Sophokles-Verehrung. Die Abhängigkeit von Winckelmann, gelegentlich auch Lessings Anschauung schlägt vielfach durch,
so namentlich in den Ausführungen über die systematische Idealität
der attischen Bildhauer.

In den theologischen Semestern, die nun folgten, hörte Hölderlin
neben Flatt und Lebret namentlich Storr, den berühmten Lehrer der
Dogmatik, Kantianer und Supernaturalist; dessen Verwertung der
Wundertaten Jesu als Gründe für seine Göttlichkeit scheinen auf
Hölderlin Eindruck gemacht zu haben; auch Schelling zeigt sich in
seinen Erstlingsschriften (Über die Mythen) von Storr beeindruckt.

Ein Wort über Hölderlins religiöse Stellung mag hier Platz finden.
Nichts ist in dieser Sache nötiger als schonender Zugriff, nichts ist in
ihr unangebrachter als eine Schwarzweiß-Betrachtung mit schroffen
Entgegensetzungen. Hölderlin ist im Raum pietistischer Frömmigkeit aufgewachsen. Die zu ihr gehörigen Formen und Anschauungen haben seine Kindheit beherrscht. Seit Maulbronn läßt sich bemerken, daß er ihnen langsam entwächst, im Verlauf eines selbst-
verständlichen Lebensvorganges, der den Jüngling gegenüber dem
Übernommenen (das daher nie im strengen Sinne angeeignet und
verbindlich war) die seeleneigenere Regung stärker fühlen läßt. Es
wäre verkehrt, ein solches Geschehen unter dem Gesichtspunkte der
Erwachsenenpsychologie zu betrachten und es als Verlassen einer
alten Position, als Beziehen einer neuen Position hinzustellen; denn
Position im Sinne der Erwachsenenwelt war der Kinderglaube bei
ihm nicht gewesen. »Position« war ihm der eingewurzelte Glaube
an alles echt Umfassende und Geistige, die Richtung auf ein Ganzes,
das Vertrauen zur Natur, das Leben aus Liebe, die »offene« Seele,
das unverbrüchliche Haften an den positiven weltbauenden Kräften; vor allem der Dank, dieses Grundgefühl seines Daseins, von
dem er später sagte, daß es allein den Vater »kennt«, während der
Verstand nie bis zu ihm vordringt. Von einer gewissen Zeit an hört
er auf, dies alles vom kirchlichen Wort erschöpfend benannt zu füh-

len, weil er die ungeheure Zumutung nicht erfüllt, die da gestellt
wäre, nämlich das Gelebte und das ganze Wirkliche im allesenthal-
tenden Wort der christlichen Verkündigung wieder zu erkennen –
so wenig wie diese Zumutung erfüllt wurde von einem Goethe oder
Schiller, einem Kant, einem Schelling oder Fichte, oder auch von
dem »Christen« Hegel, der doch Philosophie als Theodizee (Erweis
und Rechtfertigung Gottes) und Jesus als die Lebensfülle schlechthin
begriff. Aber lebten sie etwas, das Widerchristentum war?

Ohne Zweifel hat Jacobi, unter den damals Führenden der einzige
Aussprecher eines das Christentum erschließenden religiösen Erlebnisses, recht mit seiner Brandmarkung des Spinozismus als Atheis-
mus. Als einziger hat er dem Idealismus in großartiger Prägung
entgegengehalten, daß der Mensch »die eine Wahl hat: das Nichts
– oder einen Gott. Das Nichts erwählend, macht er sich zu Gott –
das heißt: er macht zu Gott ein Gespenst; denn es ist unmöglich,
wenn kein Gott ist, daß nicht der Mensch und alles was ihn umgibt
bloß Gespenst sei. Ich wiederhole: Gott ist, und ist außer mir: ein
Lebendiges, für sich bestehendes Wesen – oder Ich bin Gott. Es
gibt kein Drittes.« Kein Zweifel, daß Jacobi damit einen entscheidenden Punkt aller späteren Kritik zum Idealismus vorweggenommen hat. Aber was ist, wenn wir Goethe über alles die Ehrfurcht stellen sehen? Wenn wir aus seinem Werk jene Lebensdich-
tigkeit sich erheben sehen, die sonst nur dem wahrhaft gläubigen
Menschen zuteil wird? Was ist, wenn wir von dem Nichtchristen
Schiller hören, daß er »nichts Gemeines berührte, ohne es zu ver-
edlen«? Was geht vor, wenn Fichte die Beschuldigung des Atheis-
mus zornig abweist und die »Bestimmung des Menschen« schreibt,
die diese Beschuldigung wohl wenig widerlegt, aber sehnliche Arme
zur Höhe streckt, um sie von oben ergreifen zu lassen?

Die Theologie hat über die Religion dieser Männer ein Wort zu
sagen, und wir haben es achtsam zu hören. Aber wir haben auch das
Wort des stummen Lebens zu hören, das nicht Bekenntnis, doch
Sehnsucht ist, mit den Zungen der einstweiligen Zeiten gesprochen,
die Gott einsetzt, damit an der Aufbereitung des Abgrunds ein
Weiteres geschehe, jenes Abgrunds, in den nach Hölderlins Wort
die Sterblichen eher als die Himmlischen hinabreichen.

Für Hölderlin steht fest, daß er niemals ein schroffes, systematisches
Nein gegen die christliche Religion gelebt hat, sondern stets ein
solches Ja zum ganzen Leben, das sich auch gegen das Christentum
nicht verschloß. Entscheidend ist für ihn, daß seine Seele eine mit

Unschuld »offene Seele« war, in der es keine Verschließungskräfte
gegen die oberen Mächte gab. Hölderlin hat die Götter geliebt, d. h. er
hat die mit Geist und Dank erspürten Natur- und Schicksalsmächte
mit persönlichen Herzkräften geliebt. Er hat die Natur verehrt, d. h.
er hat den allumfassenden Lebenszusammenhang, der wirklich das
totale Leben jedes einzelnen Geschöpfs in sich faßt, mit ganzer Macht
des Gemüts und Geistes angeschaut und verehrt. Aber er hat die Götter und die Natur nicht gegen Gott und nicht gegen Christus verehrt.
Er hat aus seinem Dank an die göttliche Natur kein System gemacht,
das sich dem »System« des Christentums entgegensetzte, sondern
sein Streben war Heimrufen und Versammeln, Einfassung aller Verehrung in einen großen Dankzusammenhang, der mit makelloser
Klarheit auf das reine Leben ausgerichtet war. Wir können heute auch
eine Einzelheit nicht mehr übersehen wie die, daß er mit seiner Ehrung
der Götter sehr viel näher am christlichen *Schöpfungs*glauben blieb
als das zeitgebundene christliche Bewußtsein seiner Umwelt.
Es ist daher nicht Lüge und nicht Vorspiegelung, wenn er seit Maulbronn der Mutter gegenüber seinen Glauben oft noch in christlichem
Sinne ausdeutet, obzwar das christliche Bekenntnis seine *ausschließ-
liche* Bedeutung damals für ihn nicht mehr besitzt. Das entspricht
genau seiner inneren Lage. Was er lebt, ist nicht gegen den Gott der
christlichen Verkündigung gemeint, und die Abgrenzung, die er
setzt, richtet sich gegen *menschliche* Torheit. Wie er später einmal
aussprach, nicht den Menschen sei er feind, sondern der Menschen-
feindschaft, so läßt sich sagen: Er stand in Maulbronn und Tübingen nicht gegen das Christentum, sondern gegen die Enge des zeitgebundenen christlichen Bewußtseins. Doch auch dies geschah nicht
in streitbarer Neinhaltung, sondern von seiner Freude aus mußte er
die Grämlichkeit, von seinem liebenden, lichten Wesen aus mußte er
das Finstere, Naturscheue in der christlichen Lebenspraxis ringsum
wahrnehmen, ob er wollte oder nicht. Jede Seele hat ihren Weg, in
jeder Seele hat auch das Christentum seinen Weg; und dieser Weg
wird immer eine Wiederholung des großen Weges sein, den Gottes
Werk selbst in der wirklichen Geschichte zurückgelegt hat.
Einen Einblick in die Zwischenstufen, die Hölderlin in seinem all-
mählichen Heraustreten aus der christlichen Anschauungswelt
durchläuft, gewährt ein Brief an die Mutter vom Februar 1791. Er
schreibt darin über seine letzte Predigt und unterstreicht aus deren
Inhalt: »Ohne Glauben an Christus finde ... gar keine Religion,
keine Gewißheit von Gott und Unsterblichkeit statt.« Ist dies offen-

sichtlich dem Theologieprofessor ohne inneren Anteil nachgespro-
chen, so erscheint eigneres in den begleitenden Ausführungen: wie
durch Kants Bestreitung der Gottesbeweise Zweifel in ihm erregt
worden seien; wie er Spinoza kennengelernt habe, »einen großen
edeln Mann aus dem vorigen Jahrhundert, und doch Gottesläugner
nach strengen Begriffen«; wie man bei genauer Prüfung mit der
kalten, vom Herzen verlassenen Vernunft auf seine Ideen kommen
*müsse*, »wenn man nämlich alles erklären will«. In dieser Zweiteilung erscheint wieder Jacobis Einfluß. Es ist jene Zweiteilung, die
man öfters auftauchen sieht in den Behelfen, womit die Zeit der
großen Einklemmung zwischen Herz und Kopf (Hegel) Herr zu
werden sucht, dieses Dilemmas, das durch Kant so sehr verschärft
worden war und an manche Geister geradezu die Gefahr der »doppelten Wahrheit« heranstreifen ließ. Noch den Fichte der »Bestimmung des Menschen« gewahrt man in diesem Zwischenfeld und
sieht ihn eine Lösung nur finden durch den Hechtsprung aus dem
leeren Wissen in das Glauben und Wollen.


Wir haben nun von denjenigen Dichtungen Hölderlins zu sprechen,
die im eigentlichen Sinne das Zeichen der Tübinger Jahre sind, von
den *Hymnen an die Ideale der Menschheit*. Sie sind der Schluß- und
Höhepunkt der Tübinger Entwicklung. Diese liegt zwischen Hölderlins 18. und 23. Lebensjahre. Sie führt ihn aus den Bereichen
Klopstocks und Schubarts in das Kraftfeld der Schillerschen Lyrik.
Dieser Übergang ist nicht etwa als ein lückenloses Herüberwech-
seln auf gleicher Ebene anzusehen. Er stellt sich vielmehr so dar,
daß durch Schillers Lyrik und Philosophie (im Zusammenhang mit
dem systemstrebigen Denken der Freunde Hegel und Schelling)
etwas Neues und sogar etwas ihm Fremdes an ihn herankommt,
eine ganz neue Geisteshaltung und selbst eine in gewissen Zügen
veränderte Seelenhaltung.
Seine Klopstock nachgeformte Odendichtung, wie sie erscheint in
Der Lorbeer, An die Ehre, Einst und Jetzt, Weisheit des Traurers,
hatte Hölderlin mit ihrer horchenden, selbstprüfenden Haltung,
mit ihrer genauen seelischen Bestandaufnahme, mit ihren sachtreuen
Aussagen über innere Entzweiung und Strudelbildung schon recht
weit geführt auf einem Weg, der seiner Natur wie seiner Begabung
entsprach. Es ist, als enthalte die antike Odenstrophe schon in ihrer
Sprachbewegung, in ihrer Gliederung, in ihrem Tönewechsel zwi-

schen Ballungen und Entspannungen etwas, das sich Hölderlins
Seelenrhythmik einzigartig anpaßt – und nicht der letzte Beweis
dafür ist, daß er später wieder auf diese Bahn zurückgekehrt ist.
Mit den Rhythmen der Schillerschen Reimstrophe kommt aber nun
ein Antrieb in neuer Richtung einher, der wie eine Totalumkehrung
aussieht: statt des Horchens nach innen eine rednerische Wendung
nach außen, statt der Selbsteinwürfe ein freies Ausströmen, geistig
geprägt von einer nun gewonnenen Möglichkeit, vom problematischen Ich abzusehen und sich ungehemmt auf ein Außerhalb zu
richten, auf das Ideal. Statt der invulsiven Gebärde erscheint die
evulsive, statt des Haftens am inneren Zerwürfnis erscheint eine
strebende, einlinige Ausrichtung auf ein objektives geistiges Ge-
staltenreich. Dies bringt, nachdem die erste kindliche Daseinsgewißheit sich aufgelöst hat, eine zweite von durchaus geistiger Grundlegung.
Diese neue Daseinsgewißheit erfüllt sich in der Weise, die wir oben
zu bezeichnen versucht haben mit dem Wort, daß der Typ Hölderlin seine Teilhabe am Ganzen durch ein ausdrückliches Nennen und
Bekennen des Großzusammenhanges herstellen müsse. Dieses Nennen und Bekennen übt er nach dem Bruch in den Hymnen an die
Ideale der Menschheit zum erstenmal. Wir haben vorhin an die
gereimte Diotimahymne erinnert, welche die Lage nach dem inneren
Bruch bezeichnete als Zeit des Darbens, der Blindheit, der Todes-
sucht. Der dort angeführten Strophe folgt unmittelbar eine andere,
welche lautet:

> Da, da kam vom Ideale,
> Wie vom Himmel, Muth und Macht,
> Du erschienst mit Deinem Strale,
> Götterbild, in meiner Nacht!
> Dich zu finden, warf ich wieder,
> Warf ich den entschlafnen Kahn
> Von dem stummen Porte nieder
> In den blauen Ocean.

Dies ist die Lage, aus der die Hymnenreihe an die Ideale entstand.
Einige Dichtungen gehen hier voraus, die gleichsam nur als Vor-
übungen des eigentlichen Tübinger Hymnenstils zu betrachten sind.
Hierher gehören die schon genannten Beiträge Hölderlins zum Bundesbuch der Aldermannsfreunde, die an die Freundschaft, die Liebe,
die Stille gerichtet sind. Die neue »Befreiung« ist darin deutlich

spürbar, aber zugleich eine Verdünnung der dichterischen Substanz,
die gegenüber den viel dichter gewobenen vorhergehenden Oden
auffällt. Diese Gedichte muten streckenweise wie gereimte Aufsätze
an, sie wirken im einförmigen Hüpfen der Verse unpersönlich, tragen gleichsam ein leeres Lächeln zur Schau. Auch die folgende Hymne an die Unsterblichkeit erscheint mehr als eine großzügige Deko-
rationsmalerei mit opernhaften Szenerien. Echtere Züge trägt »Meine Genesung« (an Lyda gerichtet, die neue Geliebte Elise Lebret,
Spätherbst 1790), biographisch wichtig als echte Vorform der späteren Reimhymne an Diotima, indem hier schon die rettende, den
Lebensmangel heilende Kraft der Liebe, der Übergang vom Ver-
nichtungszustand zum Leben benannt ist. »Melodie an Lyda« bekundet deutlich eine Abhängigkeit von Schillers Laura-Gedichten.
Dann nimmt die Hymne »An den Genius Griechenland« (1790)
den hymnischen Ton mit neuem kühnerem Anspruch auf. Sie bringt
Hölderlins erste freie Rhythmen, weist damit noch einmal auf
Klopstock zurück und läßt doch den künftigen Meister der frei
wallenden, nur nach eigenen geschöpflichen Maßen bewegten Vers-
sprache schon ahnen. Dieses Gedicht macht Aussagen über Griechenland, die später unverkürzt auf Deutschland übertragen werden in
den Hymnen »Germanien« und »Gesang des Deutschen«. Das gilt
namentlich von der Kernanschauung, daß Griechenland sein »Reich
auf Liebe« gegründet hat (von Deutschland: »Sinnest ein freudig
Werk, das ... aus Liebe geboren und gut wie du sei«), und es gilt
sogar von einzelnen besonderen Wendungen wie »Lange säumtest
Du unter den Göttern« oder »Da staunten die Himmlischen alle«,
die sich in genau gleicher Sinnverbindung ein Jahrzehnt später in
»Germanien« und »Gesang des Deutschen« wiederfinden. Auf den
hier waltenden Begriff der »Liebe« wird noch zurückzukommen
sein.
Endlich aber gelingt eine vollere Herübernahme der Schillerschen
Reimstrophe, wie sie seit dem Lied »An die Freude« und »Den Göttern Griechenlands« dasteht, in Hölderlins Welt. Die Hymne »An
die Göttin der Harmonie« weist als erste in der Reihe dieser von
Schiller angeregten Dichtungen eine bestimmtere Zeichnung und ein
gesprocheneres Wort auf. Ihre ersten Zeilen geben das neue Lebensgefühl, die Befreiung in der neuen Richtung auf das Ideal mit Worten an, die nicht nur äußerlich tönend sind:

> Froh, als könnt ich Schöpfungen beglüken,
> Kün, als huldigten die Geister mir,

Nahet, in dein Heiligtum zu bliken,
Hocherhab'ne! meine Liebe dir;
Schon erglüht der wonnetrunkne Seher
Von den Ahndungen der Herrlichkeit,
Ha, und deinem Götterschoose näher
Höhnt des Siegers Fahne Grab und Zeit.

Ein stolzes Ich stellt sich dar, das sich mit den weltgestaltenden
Kräften verknüpft weiß, ein Ich, das *in sich* die Bilder und Mächte
der Lebensfülle findet, hier angeschaut als Urania, die Walterin der
Eintracht, die das verknüpfende Prinzip gegenüber dem Zwistprin-
zip des Chaos ist.

Wir haben schon angedeutet, auf welche Weise diese neue Haltung
Befreiung bringt: Im Absehen vom eigenen Lebensleid, in einem
fast vermessenen Hinausgehen über sein konkretes Ich liegt diese
Befreiung. Um es noch deutlicher zu sagen: Diese Hymne und die
ihr folgenden sind nicht von dem vielfach gestörten und bedrohten
Selbst aus gesungen, das Hölderlin in sich kennt, sondern von dem
philosophischen Ich aus, in das er sich wie ein Flüchtender rettet,
ja das er sich gleichsam erborgt. Es ist das Ich des Idealismus, Träger
der Werte, Träger jener intellektualen Anschauung, der sich das
mächtige Ganze in seinen vielgliedrigen Bezügen strahlend erschließt, das Ich als der Erschauer des Ideals. Indem Hölderlin diese
Hymnenreihe niederschreibt, nimmt er für sich, über Schiller, das
idealistische Denken an. Er nimmt dessen Stolz auf den gesetzgebenden Menschengeist an und versucht, mit ihm zu leben. Stürmisch, fast prahlend kommt dieser Stolz einher in einer Sprache,
die hundert Fahnen wehen läßt, die das Wort »trunken« wahrlich
nicht umsonst braucht, neben dem Wort »höhnen«, mit dem sie sich
hochfahrend gegen das Widerstehende und gegen die Schwere in der
eigenen Brust wendet. Wir sind hier weitab von der heiligen Nüchternheit, in der sich später Hölderlins Lebensgeheimnis so hoch und
richtig erfüllen sollte; wir sind auf gejagter und, wie uns ein Gefühl
sagt, gefährlicher Fahrt.

Hölderlin feiert in dieser Hymnenreihe die zum Ganzen lenkenden
Strebenskräfte, er übt an ihnen jenes kultische Nennen und Bekennen, das sein Weg zur Teilhabe am Ganzen ist. Gegen die übliche
Bezeichnung »Hymnen an die Ideale der Menschheit« wäre zu sagen,
daß es näher an der Sache bliebe, sie als Hymnen an das Ideal zu
bezeichnen. Denn sie verherrlichen in durchaus mythischer Schau
die Geniuskräfte, die in der Menschenwelt auf das Ideal, das heißt

auf die lebensvolle, alle Gegensätze umgreifende Fülle und Eintracht
hinwirken. So feiert er die »Göttin der Harmonie«, die wirkende
Liebe, dann die Muse, die die Kräfte des hohen Bildes verwaltet,
die Freiheit, welche die lebenfälschende Knechtschaft verdrängt
und den Weg zur wahren Ordnung bahnt, die »Menschheit«,
worunter zu verstehen ist der Gedanke der Menschlichkeit und
der Menschenwürde. In der Hymne an die Schönheit freilich ist
das Ideal unmittelbar angeredet, da Schönheit bei Hölderlin ein
wahrer Eigenname des Ideals ist, wie bei Schiller, von dem er (vgl.
»Die Künstler«) entnommen ist. Eine zweite Hymne »An die Freiheit« wandelt das Thema von der Freiheit, die unmittelbar gleichbedeutend ist mit schöner, vollendeter Naturordnung, nochmals ab,
und ebenso wiederholen die Hymnen »An die Freundschaft«, »An
die Liebe«, »An die Kühnheit« in unerschöpflich neuen oder doch
neu zusammengebauten Wendungen, was dieser ganzen Reihe gemeinsam ist: Begeisterte Anschauung der lebensvollen Totalität, des
Gegenstrebenden und Hemmenden (Übermut, Tyrannei, Lüge,
Chaos, Zwist, Dürre), des Durchbrechenden und Ordnungsstiften-
den (Liebe, Begeisterung, Tapferkeit). Von großer Bedeutung ist es,
daß in keinem dieser Gedichte die Anrufung der Natur fehlt als der
geheimen Herzgewalt und derjenigen Seinssphäre, der im Grunde
alles Lob gilt und die mit dem Ideal ohne sichere Grenzlinien in
eins fließt. Die Natur steht hier schon zu den mythischen Genius-
kräften der Liebe, Freiheit, Freundschaft usw. in einem ähnlichen
Verhältnis wie später zu den »Göttern«.

Nur die letzte der Hymnen, »An das Schicksal« gerichtet, bringt
in das symphonische Gesamtgefüge einen entlegeneren Ton. Sie
feiert jenes Widerstehende, auf das bisher nur Schatten gefallen
sind, als ebenfalls naturverordnet; »Die weise, zürnende Natur« ist
es, die durch Not die Seelen spornt und die großen Taten des Durchbruchs zeugt.

Entscheidender Einfluß bei der Ausformung der den Hymnen zugrunde liegenden Einheitsschau haben Schillers »Philosophische Briefe« geübt. Die Theosophie des Julius, diese romantischste Verlaut-
barung des Schillerschen Geistes, schlägt den Grundton an, aus dem
Hölderlins Hymnenreihe lebt. In der Theosophie des Julius atmet
das Einheitsgefühl in tiefen Zügen, der Traum von der Identität
Gottes mit der Natur wird geträumt, die Liebe als Organ der gelebten Einheit, der Menschengeist in seiner göttlichen Angemessenheit
an die »hohe idealische Einheit« wird gefeiert. Bilder wie das vom

Ineinanderfließen »aller Akkorde in *einer* Harmonie« oder vom »Aufhören aller Bäche in *einem* Ozean« haben Hölderlin derart ergriffen, daß er sie viele Male wieder heraufgehoben hat.

Hatten wir auf die Typik in Hölderlins Leben hinzuweisen, die ihn ähnliche Gedanken auf Elise Lebret und Diotima, Griechenland und Deutschland anwenden ließ – so, als sei die Erlebnis*form* bei ihm schon vor der einzelnen Erfahrung festgelegt – so ist auch von der Hymnenreihe zu sagen, daß sie fast alle für Hölderlin später wichtigen Motive enthält. Das ist es, was hauptsächlich ihre Bedeutung ausmacht. Unter diesen Motiven sind vor allem zu verstehen: Die Richtung auf das in intellektualer Anschauung erblickte Ideal, die Betonung der Liebe als Verknüpferin und Weltbaumeisterin, der Schönheit als Erscheinung des Ideals; ferner der Schicksalsgedanke als Einbeziehung der widerständigen Elemente in die Einheit, der Preis der Natur als des geheimen Totalzusammenhanges und die durchaus mythische Gesamtschau.

Diese *mythische Schau* bekundet sich so, daß Hölderlin die zum Ideal, das heißt zum Totalleben wirkenden Einzelmächte mit plastischem Sinne erschaut und verehrt. Sie sind ihm, indem er sie anredet, mehr als Personifikationen. Eben von seinem gestörten, heilungsbedürftigen Dasein aus erblickt er sie als wahrhaft waltende, rettende Genien. Seine Anrufung dieser Genien ist nicht eine Tat philosophischer Erwägung, wie etwa bei Hegel in »Eleusis«, wo das als Gedanke Entstandene ins mythische Kleid gehüllt wird. Sondern Hölderlins Anrufung ist ein Akt kultischer Feier, sie hat religiöses Gewicht: »Betet an, was schön und herrlich ist!« Denn religiös ist im geistigen Haushalt alles, was auf die Seinsfrage und nicht bloß auf Fragen weltanschaulicher Konstruktion bezogen ist. In diesen Hymnen sieht man Hölderlin zum erstenmal, wenn auch nicht aus endgültigem Stoffe, Altäre bauen und Götterbilder errichten. Weil seine Not echt ist, begegnet ihm die Errettung aus der Not, das Wirken der Geniuskräfte, ebenfalls als Wirklichkeit.

Sieht man genauer zu, so ist Hölderlin von dem idealistischen Menschentyp wesentlich unterschieden durch die Wirklichkeit seines *Lebensmangels*; und dies ist ein tiefgreifender Unterschied. Während der echte Idealist immer auf dem Weg ist, das Göttliche in sich hineinzunehmen und, wie Jacobis Scharfblick sah, das reine Ich zu vergöttlichen, ward Hölderlin durch die Wirklichkeit seiner Daseinsnot auf den Weg der Göttersuche verwiesen. Er ward auf die Begegnung mit der rettenden Macht, nicht auf den systembildenden

Gedanken verwiesen, und somit auf den Weg des Mythus. Der Idealismus lebt aus der Vernunft als dem Vermögen der gültigen Einheitsschau und der zu ihr hindringenden Tat; er muß damit die geistige Welt entmythisieren und im Enderfolg selbst entgöttern. Seine
Voraussetzung ist geradezu die Unbedürftigkeit des reinen Ichs.
Sein Streben kann nur sein, die Herrlichkeit des Menschengeistes
zu erhärten. Hölderlin aber muß zur Natur streben als zu dem, was
die reale Zusammenfassung und Heimholung des real bedürftigen
Ichs stiftet. Der Idealismus hat den Durst nach Freiheit, weil er alle
Ordnungsprinzipien im reinen Ich findet und daher nicht dulden
kann, daß dieses durch irgendeine Heteronomie gehemmt werde.
In Hölderlin lebt der Durst nach Bindung, weil hierin »seine Schwäche« lag. Und nur weil er die *echte* Bindung wollen mußte, nicht
die abgeleitete der alten starren Autoritätsform, nimmt er am
idealistischen Freiheitskampf teil. Anders, ganz anders als Schiller,
Kant, Fichte ist er in ihn eingefügt, wenn auch auf durchaus echte
Weise. Mit unübertrefflicher Klarheit hat Paul Böckmann diesen
Unterschied gekennzeichnet in seinem Buch über »Hölderlin und
seine Götter«. Es heißt da:

»Schon in diesen Hymnen wird demnach sichtbar, daß Hölderlin
letztlich auf den Mythos hinzielt und dadurch in eine Auseinandersetzung mit dem Idealismus eintreten muß, auch da, wo er ihm zu
folgen sucht. Denn idealistisches und mythisches Denken stehen sich
gegensätzlich gegenüber und sind schwer miteinander zu vereinigen.
Der Mythos richtet sich auf den Bestand des Lebens als solchen, auf
dessen gleichbleibende Verhältnisse; er nimmt die Situation, in der
der Mensch sich vorfindet, ganz ernst und sucht sie als geistige Wirklichkeit gestalthaft zu fassen. Der Idealismus dagegen tritt aus der
gegebenen Situation heraus, nimmt sie als ein Unwirkliches gegenüber dem geistigen Selbstbewußtsein und tritt ihr von diesem aus
gebietend und fordernd gegenüber. Indem er so in einen Gegensatz
zum unmittelbaren Dasein kommt, steht er dauernd in Gefahr,
wirklichkeitsfremd und bloß spekulativ zu werden. Er kann sich
nur behaupten, wenn er sich immer wieder an den Gegebenheiten
erprobt und zur Wirksamkeit drängt. Er ist notwendig aktiv, vollendet sich überhaupt erst in der gestaltenden, schaffenden Tätigkeit,
ist »reine Tätigkeit«, wie Fichte formuliert, und lebt nur in der
Spannung von Stoff und Form, Sinnlichkeit und Sittlichkeit, Materie und Geist. Weil er auf diesen Dualismus angewiesen ist, ver-

nichtet er das situationsgebundene mythische Denken und wird un-
fromm. Denn jede Frömmigkeit setzt doch die Anerkennung des
Gegebenen voraus, das Bejahen der einfach mitgegebenen Lebensform und ist die freiwillige Vorausgabe des Nie-Überschaubaren.
Der Idealismus dagegen will sich in seiner Würde behaupten; er
greift der Fremdheit des Lebens gegenüber auf seinen eigenen geistigen Besitz zurück und findet in ihm den wesentlichen Wert. Der
Ergebenheit des Gläubigen steht das Bemühen um die Würde des
Menschen gegenüber. In Hölderlins Hymnen »An die Ideale der
Menschheit« wird beides zusammenzunehmen versucht und zunächst
nur der Gegensatz fühlbar. Weil die Verehrung des Göttlichen die
eigentliche Absicht ist, kann die Hinwendung auf die Tat und das
Streben sich nicht behaupten ... So wird an der Unausgeglichenheit,
die sich in diesen Hymnen zeigt, die Problematik sichtbar, in die
Hölderlin gestellt ist und die er zu überwinden hat. Um dieser
Spannung willen verfolgt er den Idealismus immer weiter und sucht
dessen extremste Möglichkeiten auf, wie er andererseits dadurch
angetrieben wird, sich um eine neue Verehrungsmöglichkeit zu bemühen. Mit den von Schiller beeinflußten Hymnen beginnt die verhaltene Dramatik, die in Hölderlins Leben wirksam ist und die ihn
in dem Gegensatz von idealistischem Streben und religiöser Verehrung in immer weitere Tiefen des Geistes hineintreibt.«

Wir wählen eine schroffere Ausdrucksweise, wenn wir nochmals
darauf hinweisen: Hölderlin hat die Geniuskräfte, die Götterbilder
seiner Hymnen nicht mit seinem vollen biographischen Ich, sondern
mit dem aktiv vorgeschobenen Ich des Idealismus aufgespürt. In
Absehung von einem Teil seiner Wirklichkeit hat er sie errungen. Er
hätte sie seinen Voraussetzungen nach *erleiden*, nicht mit gleichsam
fremden Waffen erobern müssen, weil Götter immer nur mit dem
Echten im Menschen gesucht werden dürfen. Darum wurde seine
Götterschau erst echt, als er ihr seine Wirklichkeit, nämlich sein Leid,
seinen Lebensmangel zugrunde legte, in der Homburger Zeit.
Es stehe hier schon ein Wort, das sich bis zum Ausgange des Hölderlinschen Schicksals vortastet. Hölderlin wird mit seinem wirklichen Dasein und mit dessen Not auf die Findung des wirklichen
Gottes verwiesen; denn nur in Gott hätte sich die Fragwürdigkeit
seiner Existenz teilen können. Daß er nicht Gott fand, sondern nur
die Götter und die um das Ich nicht wissende Natur, wendet sein
Geschick endgültig ins Tragische und gibt seinem Leben das über-

mächtige Gefälle zum Elementaren. Daß er aber die Götter wahrhaft fand, daß er die den Göttern gehörige Strecke unserer menschlichen und nationalen Wirklichkeit wie kein andrer plastisch erfuhr
und aussprach, dies reiht ihn unter die Mehrer unsrer Wirklichkeit
und unter die schicksaltragenden Sprecher der Nation ein. Er gewann
für sich damit die Möglichkeit eines großen, heilbedeutenden Unter-
ganges. Er gewann die Möglichkeit eines Gesanges, an dem in alle Zukunft der Begriff des echten Dichtertums sich wird orientieren können.

Ein Wort über die Aufnahme der Hymnen bei den Zeitgenossen
mag hier Platz finden. Sie war zwiespältig. Am 27. Juni 1792 trägt
Hölderlin die Hymne an die Kühnheit Friedrich Matthisson vor
und wird von diesem zum Dank stürmisch umarmt. Schubart wür-
digt den »Ernst« von Hölderlins Muse und ihre edlen Gegenstände,
findet aber die Hymnen »sehr eintönig«. Die Nürnberger Gelehr-
tenzeitung bezeichnet sie als Treibhausprodukte; andre Besprechungen finden in ihnen »Phantasie und Harmonie, aber viel abenteu-
erliche Stellen und echten Bombast«. Von Stäudlin, von Conz und
manchen der Freunde dürfen wir freudige Zustimmung als gewiß
annehmen. Doch immer ist bei der Frage des zeitgenössischen Ur-
teils festzuhalten, daß sein Standpunkt von dem unsrigen grundlegend verschieden sein muß. *Wir* dürfen diese Dichtungen ansehen
als Stufen zu dem einzigartigen Wert, den Hölderlins Werk darstellt. Was sie mit ihrer Zeit, mit zeitbedingten Haltungen, Ein-
flüssen, Konvenienzen verband, steht für uns, auf die Wertfrage
bezogen, an letzter Stelle. Gerade dieses aber, also das Zufällige,
Vergängliche, das, was vom durchgedrungenen Werk am ehesten ab-
fällt, weil es das technisch Allgemeine ist, steht für die Zeitgenossen
im Vordergrund. Sie sehen, was das entstehende Werk mit dem Tag
verknüpft, aber sie sehen nur sehr selten, was das Neue, Nieda-
gewesene an ihm ist und was es in die höhere Dauer hebt. Daran
werden wir sogar dann zu denken haben, wenn wir von Goethes
und Schillers Urteil über Hölderlin zu sprechen haben. Denn auch
sie haben nur ein zeitgebundenes Wort über ihn zu sagen vermocht.

Die Verehrung für antike Kunst und Dichtung hat Hölderlin auch
auf jenen besonderen Weg zu den alten Meistern gewiesen, der sich
im *Übersetzen* ihrer Werke bietet. Schon von Maulbronn an hat er

sich in Übertragungen aus dem Griechischen und Lateinischen versucht. Was die deutsche Sprache je und je aus diesen dienenden Begegnungen mit den alten Sprachen gewonnen hat, ist schlechterdings unschätzbar. Im besonderen Falle Hölderlins hat diese Begegnung vollends einzigartige Bedeutung, und schon die Übersetzungen der Jugendzeit geben Anhaltspunkte zur Würdigung dieser Bedeutung (Homers Iliade 1788, Lukans Pharsalia 1792, Dejanira, Hekabe, Nisus und Euryalus, Phaeton 1795). Freilich ist es von vornherein eine wirkliche *Begegnung* seines eignen Sprachgenius mit der fremden Zunge, kein einseitiges Nehmen, sondern eine lebendige Ehrfurcht im Empfangen des fremden Lauts, das klar zu den in diesem Laut geborgenen »Göttern« durchhorcht. Man sieht das besonders an der früheren Übersetzungsarbeit von 1788, die – in Prosa – den ersten Gesang der Ilias und den zweiten bis zum Schiffskatalog umfaßt. Hier tut sich im Hölderlinschen Wort eine durchleuchtete südliche Welt auf, eine feingliedrige helltönige Sprache bewegt sich mit gymnastischer Leichtigkeit in einfachen Verbänden; Luft der Haine und des jonischen Himmels spielt durch sie hin. Wenn Vossens Hexameter barocke Profile, nordische Körperspannungen in Homers Sprache einweben, trägt sich diese bei Hölderlin entspannt vor im Geist der attischen Flöte, im unmittelbaren Körpergeist der griechischen Plastik. Ein Bauen ohne Mörtel, ein Streben nach einfacher Wörtlichkeit und aufgehellter Artikulation des Satzes tritt hervor, und damit eine Welt, in die unverstellt der Äther mit mildblauem Feuer einstrahlt; im ganzen eine sprachliche Linie, die ohne Zweifel mit Hölderlins höchster späterer Stilform zu tun hat.

Einige Einzelheiten des Lebensablaufs, die in die Tübinger Zeit fallen und hier auftreten müssen, sind im Zusammenhang mit Hölderlins Dichtung schon kurz gestreift worden. So die neue Liebesbeziehung zu Lyda, Elise Lebret, der Tochter eines seiner Professoren. Sie war vier Jahre jünger als er. Man kannte sich schon vom Sehen, von flüchtiger gesellschaftlicher Begegnung. Wie sich das nähere Verhältnis anspann, deutet ein Brief an Neuffer vom Dezember 1790 an: »Aus Gelegenheit einer Auction, wo ich freilich keinen Beruf hatte, kam ich Ihr nahe – erst kalte Blike – dann versönliche – dann Complimente – dann Erinnerungen und Entschuldigungen –! So wars von beiden Seiten. Seelenvergnügt gieng ich

hinweg, nahm mir aber doch bei kälterem Blute vor, wie zuvor, den
Zurückhaltenden zu spielen.« Diese Beziehung ist von Anfang an
belastet mit einem Zögern, einer Scheu von Hölderlins Seite, veranlaßt durch das Mißtrauen, das er von der Stella-Episode her in
ein eignes Gefühl, in seine Anlage zu Ehe und Amt setzen muß,
aber auch durch das Wesen des Mädchens selbst, das offenbar von
einer jugendlich-spielerischen Gefallsucht nicht frei gewesen ist.
Es klingt nicht eben liebesbeschwingt, wenn Hölderlin das Geständnis an Neuffer einleitet mit den Worten: »Warum ich Dir so lange
nicht geschrieben habe, hat Dir gewiß längst geahndet – Laider!
laider! aus bösem Gewissen. Video meliora proboque / Deteriora
sequor« (Das Bessere sehe und billige ich, dem Schlechteren folge
ich). Denn Neuffer war es ja, der ihn vor »früher Liebe« gewarnt
hatte. Und so ist es weiterhin durchaus Entschuldigung, wenn er
anfügt: »Ich bin zum Stoiker ewig verdorben. Das seh' ich wol.
Ewig Ebb' und Fluth. Und wann ich mir nicht immer Beschäftigung
verschafte – oft aufzwänge, so wär ich wieder der Alte« (wie zu
Luisens Zeit).
Die Entwicklung und der Ausgang des kurzlebigen Verhältnisses
hat dem Zögern Hölderlins recht gegeben. Zwar wird die Beziehung, wie es nicht fehlen kann, zunächst wärmer. Die »holde Gestalt« ist ihm ein Schmuck seiner »helleren Stunden«, er nennt sie
seine Herzenskönigin, rühmt ihre Sanftheit, ihr stilles Wesen gegenüber andern jungen Damen, »die überall bemerkt und immer wizig
sein, und ewig nichts als lachen wollen«. Elise erwidert seine Neigung; ihren Eltern leuchtet aber der künftige Schwiegersohn nicht
ein. Und Hölderlin drang fortschreitend durch zu der Einsicht, daß
ihm Elise nichts Lebenswichtiges bedeutete. Als er schon in Jena ist,
schreibt er der Mutter am 26. Dezember 1794, daß er noch Briefe
mit Elise wechsele, aber »ich gestehe Ihnen, daß ich nach allem, wie
ich sie beurteilen muß, nicht wünschen kann, ein engeres Verhältnis
mit ihr geknüpft zu haben, oder noch zu knüpfen. Ich schäze manche
Eigenschaften an ihr. Aber ich glaube nicht, daß wir zusammen
taugten. Und so schreib ich *ohne irgend eine Ursache* als aus der
einzigen, weil ich indessen oft unbefangen über ihren Karakter und
ihr ehmaliges Benehmen gegen mich nachdachte. Nicht, als wär' es
je schlimm gewesen, aber es war nicht so, um mich zu einer unwiderruflichen Wahl bestimmen zu können.« Ist hier die innere Ablösung schon vollzogen, so kommt die entscheidende geistige Durch-
schauung der Sache in einem Brief an Neuffer zum Ausdruck (19.

Januar 1795): »Ich sagte Dir noch vor meiner Abreise, wenn ich mich recht erinnere, daß ich mit dem guten Kinde manche frohe Stunde gehabt, auch freilich manche bittre, daß ich aber, so wie ich sie näher hätte kennen lernen eine engere Verbindung nie hätte wünschen können. Ich hab' ihr vor kurzem noch geschrieben, so wie man aber in der Welt manche Briefe schreibt. Guter Gott! es waren seelige Tage, da ich, ohne sie zu kennen, mein Ideal in sie übertrug, und über meine Unwürdigkeit trauerte.« Elise Lebret wurde 1799 die Gattin des Pfarrers W. Fr. Ostertag. Hölderlins Wort aber, das er hier aussprach über die Übertragung seines Ideals auf sie, muß beherzigt werden bei der Würdigung der Gedichte, die er an Lyda gerichtet hat. Was sie aussagen, geht ausschließlich Hölderlin an, und auch dies nicht als eigentliche Gefühlsaussage, sondern als ideelle Bestimmung *seiner Erlebnisform* der Liebe, die hochrangig und wertverbunden bleibt, auch wo der weibliche Beziehungsteil wenig persönliches Gewicht hat. Wir werden später bei der Liebeserfüllung durch Diotima auf diese ideelle Unterbauung und Durchwirkung seines Liebeserlebnisses noch hinzuweisen haben.

Gedacht wurde hier auch schon des Ausflugs in die Schweiz, den Hölderlin im Herbst 1791 mit den Stiftsfreunden Memminger und C. F. Hiller unternahm, bewaffnet mit seinem Dornenstock, der ihm »ein unentbehrliches Meuble« ist, im Felleisen »3 Hembder, 3 Schnupptücher und 3 paar Strümpfe (wegen dem Verreißen)«, wie er der Mutter schreibt. Die Frucht dieser Fahrt zum Vierwaldstätter See ist die kurz nach der Heimkehr entstandene Elegie »Kanton Schwyz«, in Hexametern, mit der Widmung »An meinen lieben Hiller«. Kühn und zügig gebaut, voll großartiger Farben, dabei sehr bestimmt, beherrscht in der Zeichnung, gibt diese Rückschau den Geist der Reise an: Die Schweiz als das Land der erkämpften Freiheit, zugleich der großen Natur, in der das Heroische und das durchleuchtet Friedliche wunderbare Begegnungen haben. Die Freude am Sinnlich-Gegenwärtigen und die Begeisterung am Heldenkampf der Schweizer treten in eine freie, natürliche Erlebnisbindung, wie sie nur Hölderlin eigen ist, zu großen Formen aufsteigend in den Elegien vom Typ des »Archipelagus«; lediglich in Schillers »Spaziergang« bietet die Zeit einen vergleichbaren Gegenwert.

Für »Kanton Schwyz« bleibt bezeichnend, wie zum Schluß das politische Motiv wieder durchbricht, eigenartig verknüpft mit der

empfundenen Verpflichtung zu persönlicher Tat, die ihm Ehre und
Freiheit bringen soll:

> Könnt' ich dein vergessen, o Land der göttlichen Freiheit!
> Froher wär' ich; zu oft befällt die glühende Schaam mich,
> Und der Kummer, gedenk' ich dein, und der heiligen Kämpfer.
> . . . . . . . . . . . . . . . . . . . . . . . . . . .
> Doch ich vergesse dich nicht! ich hoff' und harre des Tages,
> Wo in erfreuende That sich Schaam und Kummer verwandelt.

Es sind die eigentümlichen Gefühlswendungen von »An die Ehre«,
»Der Lorbeer«, »Die Tek«, in die das Gedicht ausklingt.
Noch in einem zweiten Gedicht leben die Schweizer Erinnerungen
auf, in dem Abschiedsgesang an Hiller, als dieser 1793 eine Auswanderung nach Amerika plante. Die Schweiz erscheint da als »das
liebe heilge Land der Einfalt und der freien Künste«. Doch ergreift
das Gedicht vornehmlich durch diejenige Stelle, die in bescheidener,
nur ahnender Weise die Dauerfrage des Hölderlinschen Lebens ausspricht:
> Denn traun! ein Räthsel ist des Menschen Herz!
> Oft flammt der Wunsch, unendlich fortzuwandern,
> Unwiderstehlich herrlich in uns auf;
> Oft deucht uns auch im engbeschränkten Kreise
> Ein Freund, ein Hüttchen und ein liebes Weib
> Zu aller Wünsche Sättigung genug.

Wie oft, wie allgegenwärtig sollte sich diese Ausspannung zwischen
Endlichem und Unendlichem, zwischen dem »Teil« und dem »Ganzen«, zwischen »Beschränkung« und »Ausdehnung«, zwischen Sterblichkeit und Götterweite noch in seinem Werk und Leben darstellen!
Ein Hölderlinsches »Auswandern« haben wir zur Tübinger Zeit
in seinem unvermittelt auftretenden Interesse für die Astronomie.
Es ist nicht ein wissenschaftliches Interesse, sondern eine verehrende
und sehnliche Freude an den Wundern der Sternenwelt. »Sonst
hab' ich noch wenig gethan«, schreibt er an Neuffer am 28. November 1791, »vom großen Jean Jacque mich ein wenig über Menschen-
recht belehren lassen, und in hellen Nächten mich an Orion und
Sirius, und am Götterpaar Kastor und Pollux gewaidet, das ist's
all! Im Ernst, lieber! ich ärgre mich, daß ich nicht bälder auf die
Astronomie gerathen bin. Diesen Winter soll's mein angelegent-

lichstes sein.« Wie weit ihn diese astronomischen Studien geführt haben, wissen wir nicht. Doch füllen sich die Tübinger Hymnen fortschreitend mit Anrufungen der Orione und der Plejaden, der Tyndariden, des Löwen; er sieht die Gestirne nicht als astronomische Tatsachen, sondern als Bilder, die ihm die große liebende Ordnung der Natur vor Augen bringen, als Gestalten, in denen er die Heroenkräfte verehrt, auf welche die Sterne mit ihren Namen bezogen sind. Die symbolische Schau, in die er später immer tiefer hineingeführt wurde, zeigt sich hier schon angelegt, als eine Erlebnisweise, die das zeichenhafte Aufeinanderdeuten von Gestalten und Kräften anschauend zu erfassen weiß, so daß Beziehungen und Analogien endlos walten, »Sinn« sich an jede Erscheinung heftet und die logische Verknüpfung, die in der Längsrichtung läuft, von einer Querverbindung immer entschiedener durchschlungen wird.

Daß Hölderlins Lebensstimmung im Stift oft von Trübnis durchsetzt war, besonders nach Neuffers und Magenaus Fortgang, wurde schon angedeutet. »Bettelarm an Herzensfreude« nennt er sich in einem Brief an Neuffer vom Winter 1791/92. Das Stift »ekelt ihn an«, und stoßen ihn die Mädchen ab, die immer witzig sein und lachen wollen, so ist auch die jugendliche Vergnügtheit der Gefährten, die der Geist nicht adelt, seinem Lebensrhythmus schlechthin zuwider: »Weil ich mich nicht in die Narren schike, schiken sie sich auch nicht in mich«, schreibt er dem Freund im November 1792. Aus diesem Gegensatz stammt gewiß das Epigramm, das er den »Scherzhaften« gewidmet hat:

Immer spielt ihr und scherzt: ihr *müßt?* o Freunde! mir geht dies
In die Seele, denn dies müssen Verzweifelte nur.

Hält man sich vor Augen, auf welcher entlegnen Ebene allein dies *wahr* ist (da nämlich, wo jede Art des Humors als eine Absperrung, eine Sicherung des Ichs gegen bedrohliche oder unerwünschte Strekken der Lebenswirklichkeit erkannt wird), so kann dieses Hölderlinsche Fremdgefühl vor der Heiterkeit der Gefährten blitzartig seine konstitutionelle Ferne von ihrem Daseinsbezirk erhellen. Die vielberufene »Humorlosigkeit« Hölderlins ist das Zeichen eines Lebens, das sich den großen Daseinsmächten immer »stellt«, frontal und ohne List, weil ihm die Absicht, das kleine Ich unbeschädigt davonzubringen, vollkommen fremd bleibt. In Leben solcher Art gibt es wohl die Hybris, das Leiden, die fromme Beugung; aber das Gelächter als Behelf des Ausweichens kann es darin nicht geben.

Im übrigen muß man den Geltungsbereich dieser Hölderlinschen
Klagen einschränken im Gedanken daran, daß die letzten Stifts-
jahre auch die Zeit seines näheren Verkehrs mit Hegel und Schelling waren. Doch mußte, von der ganzen Umwelt abgesehen, das
Stift ein unerwünschtes Einstweilen bleiben für einen Jüngling, der
zur eignen Tat strebte, der seiner Abneigung gegen das theologische
Amt endgültig sicher war und die Augen schon hoffnungsvoll nach
Jena richtete, wo die großen Geistesschlachten der Zeit geschlagen
wurden. Als endlich das Schlußexamen herannaht, schreibt er aus
den Herbstferien 1793 an Neuffer: »Ich zäle die Augenblike, bis ich
erfare, daß ich in die Welt hinaus darf.« Bezeichnend für Art und
Grad seiner Unzufriedenheit mit den Stiftsverhältnissen ist seine
Anteilnahme an der geplanten Änderung der Stiftsordnung. »Gott
weis«, schreibt er der Schwester Ostern 1792, »wie lieb mir die Meinigen sind, und wie ser ich wünsche, nach ihrem Gefallen zu leben,
aber unmöglich ist's mir, mir widersinnische zweklose Geseze aufdringen zu lassen, und an einem Orte zu bleiben, wo meine besten
Kräfte zu Grunde gehen würden ... Wir müssen dem Vaterlande,
und der Welt ein Beispiel geben, daß wir nicht geschaffen sind, um
mit uns nach Willkür spielen zu lassen«.

Es sind die durch Kant erregten Gesinnungen und Begriffe der un-
veräußerlichen Menschenwürde, die hier sprechen, aber auch zugleich die politischen Stimmungen der Zeit, denen sich Hölderlin,
namentlich auch in der Art, wie er den kriegerischen Ereignissen
folgt, stark ausgesetzt zeigt. Der innerpolitische Gesichtspunkt des
Kampfes gegen den volksverderbenden Absolutismus, der philoso-
phisch-geistige Gesichtspunkt des Kampfes um den freien deutschen
Menschen – weil erst die Freiheit den Weg zur unverfälschten Naturordnung öffnet – stehen ihm beherrschend im Vordergrund.
So sieht er während des ersten Krieges zwischen Österreich und
Frankreich in den Franzosen immer die Verfechter der Menschen-
rechte und befürchtet von einem Sieg der Österreicher das Aufleben
eines »schröklichen Mißbrauchs der fürstlichen Gewalt«.

In die Zartheit seines eignen Gefühlslebens leuchtet ein Brief an die
Schwester hinein (Sommer 1792): »Meinen kleinen Liebling, das
Eichhörnchen, hätt' ich freilich auch gerne wiedergesehen. Es thut
dem Herzen so weh, wenn etwas in der Natur untergeht. Ich will
ihm eine Grabschrift machen, ich gesteh' es, ich bin kindisch weh-
mütig geworden über den Tod des guten Thierchens.« Dieses liebende Ernstnehmen der Tiere, die zur häuslichen Lebensgemein-

schaft zählen, bekundet sich in den Briefen später noch einmal, beim Tod des Hündchens Filou, den ihm die Schwester meldet. Man darf dazu die innig-liebreiche Art stellen, mit der er immer auf Kinder eingeht. Sie bezeugt sich in der schon angeführten Äußerung, daß er »bei Kindern Freundschaft suche«, sie ist aus dem bezaubernden Kinderbrief zu schließen, den ihm sein Frankfurter Zögling Henri Gontard nach dem bitteren Abschied von Diotima schreibt. Sie bekundet sich auch in dem reizenden Spiel, das er, der Onkel, mit dem kleinen Töchterchen der Schwester treibt, das ihn nach Kinderart zum künftigen Gatten ausersehen hat. So läßt er die kleine ABC-Schützin als seine »Jfr. Braut« oft grüßen und zu Fleiß, Artigkeit und allerlei Kindertugenden ermahnen. Man erkennt in diesem Verhältnis zu Kindern und Tieren einen Sonderbereich seiner wesenhaften Beziehung zur Natur, wo sie ungebrochen, unverstellt, unschuldig ist.

Von einem äußeren Ereignis aus dem vorletzten Jahr seines Stiftslebens gibt er eine farbige briefliche Schilderung, in der ein Bild des alten winkeligen Gemäuers, aber auch ein grotesker Mangel an Vorsorge für besondere Fälle auftaucht. »Lezten Samstag nach 9 Uhr Abends«, schreibt er der Schwester Anfang Dezember 1791, »gieng Feuer aus im Kloster. Es war auf dem alten Bau in einer entlegenen lange gar nicht gebrauchten Kammer, die voll Stroh lag. Aller Warscheinlichkeit nach fiel ein Funke von vorübergehendem Licht hinein (denn die Kammer hatte keine Thüre) und so hatte sich eine Rauchwolke über dem Kloster versammelt, die den Thürmer aufmerksam machte, ehe wir was wußten. Plötzlich wird von einem Franzosen, der unser *Feurio* nicht auszusprechen wußte, ganz ungeheuer geschrien an einem Zimmer auf dem alten Bau, wo ich gerade Besuch machte – wir hinaus – und die Treppe mit ihm hinab, denn was er wollte, wußten wir noch nicht – aber kaum waren wir die Treppe hinunter, so sahn wir schon am Ende des Ganges, den wir erreicht hatten, Feuer zu der Kammer herausschlagen. Wir sprangen drauf los, die Flammen hatten schon die Balken ergriffen, und durch Feuer und Rauch war schon mein guter Rotacker und einige andere vor uns hineingedrungen, warffen eine Thüre auf das brennende Stroh, und räumten den übrigen Quark vollens heraus... Keine Gefäße hatten wir nicht außer Bouteillen, wir schrien um Hülffe – sie kam von denen in der Stadt, die das Feuer vor uns bemerkt hatten. Man bedurffte meiner nimmer so notwendig, als mir das Einpaken notwendig war... Denn vor Gedränge dacht' ich, würde man bald nicht zum Thor hinaus können mit

Bagage, und es war zu befürchten, daß der Brand äußerst schnell sein werde. Bald wurde gerufen, daß es vorbei seie ... Ich gestehe, daß ich minder erschroken war, als ich mir von derlei Unglük vermutet hätte ... Keiner gab nur einen Laut von Jammer oder Schreken von sich, außer daß freilich ein ungeheures Feuriogeschrei wegen dem Wassermangel gegen die Stadt hin schallte.«

Ehe wir nun mit Hölderlin von Tübingen Abschied nehmen, muß des großen Werkes gedacht werden, das sich ihm in Tübingen anspann und das ihn als wichtigstes Anliegen, als bedeutungsschwere Forderung in die Welt hinausbegleitete. Es ist der »*Hyperion*«. Seit 1792 hören wir in den Briefen Hölderlins und der Freunde von einem Roman, den er plant. »Du willst Romanist werden«, schreibt ihm Magenau am 3. Juni dieses Jahres, und im Herbst heißt es in einem Briefe desselben Freundes an Neuffer: »Holz schreibt wirklich (schwäbisch für »gegenwärtig«) an einem 2. Donamar, an Hyperion, der mir Vieles zu versprechen scheint. Es ist ein freiheitsliebender Held und ächter Grieche, von kräftigen Prinzipien, die ich vor mein Leben gern höre.« Dann schreibt Hölderlin im Juli 1793 an Neuffer: »Das nächstemal schik' ich Dir vieleicht ein Fragment meines Romans zur Beurteilung.« Das geschieht Ende Juli mit einem Brief, der über die Idee des Hyperion und über die Stelle, die das übersandte Stück im Ganzen einnimmt, die ersten ausführlichen Äußerungen bringt. Hölderlin gibt hier an, daß er den Charakter des Helden und die Umstände, die auf ihn wirken, genau überdacht habe; er betont das, weil das Bruchstück als »ein Gemengsel zufälliger Launen« wirken könnte, was darin seinen Grund habe, daß diese Dichtung bei allem festen inneren Zusammenhang »mehr das Geschmaksvermögen durch ein Gemälde von Ideen und Empfindungen (zu ästhetischem Genusse), als den Verstand durch regelmäßige psychologische Entwiklung« beschäftigen wolle.

Eigenartig berührt die Begründung, die Hölderlin für die Entstehung des Romanplanes anführt: »Ich fand bald, daß meine Hymnen mir doch selten in dem Geschlechte, wo doch die Herzen schöner sind, ein Herz gewinnen werden, und diß bestärkte mich in meinem Entwurfe eines griechischen Romans.« Scheint dies von geläufigen Vorstellungen über die Entstehung von Dichterplänen weit abzuliegen, so hat es doch seine Einbettung in der besonderen Dringlichkeit, von der Hölderlins Werben um Liebe immer betont ist, zum Teil gewiß auch in der außerordentlichen damaligen Bedeutung der Frau als Leserin.

Der Hyperion weist im übrigen mit Klarheit aus, daß er notwendig und freiwillig aus Hölderlin herausgewachsen, herausgeblüht ist, weil ihm die zurückgelegte Entwicklungsstrecke mit ihrem Vorher und Nachher, mit ihrem kindhaften »Einst« und ihrem durchstürmten »Jetzt« etwas zu »sagen« aufgegeben hatte und weil damit ein fortgehender Kampf um das eigne Leben angesponnen war. Ein Erzählen und ein Kämpfen findet nebeneinander im Hyperion statt; ein Rückblick auf die geschehene innere Entzweiung, die fortan den »Stoff« seiner Selbstbearbeitung bildet, und ein Ringen um die neue Fassung seines Daseins und seiner geistigen Welt. Nicht ein irgendwie Feststehender hat diese Romanidee gefaßt, nicht ein Gesicherter führt sie aus, sondern ein Werdender, dem diese Dichtung selbst Spiegelung und Werkzeug seines fortgehenden Werdens ist. Wie der »Faust« in jungen Jahren von Goethe erwählt wurde als Bild und Gefäß für nächste bedrängende Erlebnisse innen und außen, und wie er dann eine dem ganzen weitergehenden Leben gewachsene Fassungskraft offenbarte, so daß der Greis ihn noch aufnahmefähig fand für ein »Hineingeheimnissen« verborgener und offenbarer Lebensmassen – so hat auch der Hyperion, weil er aus Grundmotiven entsprang, viel mehr an Daseinsstoffen aufgenommen, als bei der Entstehung des Plans vorhanden war. Der entscheidende Inhalt des Hyperion ist der werdende, der lebende, sich durchringende Hölderlin, sein wesentliches Ausdrucksmittel ein vom Dichter geschaffenes Idealbild griechischen Menschentums, an dem Hölderlin seine eigne innere Wirklichkeit entwickelt. Denn Hölderlin stand seinsmäßig in der »griechischen Situation«.

Daß zu der inneren und äußeren Form des Hyperion auch Beispiele der zeitgenössischen Dichtung hingelenkt haben, liegt klar zutage. Eine Jahrhunderttendenz der Verjüngung stand über der Zeit; genauer gesagt: eine Verwiesenheit, das Leben als ein Heraustreten aus gealterten Bindungen und somit in *Jünglings*form zu erfahren. Mit Jünglingsgestalten ist die Dichtung der Zeit erfüllt, der Entwicklungsroman wird ein beliebter Dichtungstyp, und mit betonter Neigung geht die literarische Äußerung in die Form der Ich-Aussage, des Briefes oder des Tagebuchs, die mit ihrer Subjektivität dem Jugendzustande besonders zugeordnet sind. Das ergibt jene Reihe von Werken, die mit Rousseaus Neuer Heloise beginnt und mit Goethes Werther, Jacobis Woldemar, Bouterweks Graf Donamar, Heinses Ardinghello, Tiecks William Lowell weitergeht. Ihr hat die Romantik noch manches ähnliche Werk angefügt. In diese

Reihe stellt sich Hölderlins Briefroman ein und weist auf einige der
genannten Dichtungen mit bestimmteren Spuren hin. Für die Schilderung der griechischen Landschaft, wie sie sich im abgeschlossenen
Hyperion darstellt, wird eine gewisse Abhängigkeit von Abbé
Barthélemys »Voyage du jeune Anacharsis en Grèce« behauptet,
einem 1779 erschienenen Werke, das auf anschauliche Weise Griechenlands öffentliches und privates Leben im 4. Jahrhundert schildert.

Den Ausgangspunkt der Idee zum Hyperion – eben jenes Grundmotiv, dem der Roman entspringt – gibt das im Sommer 1794
niedergeschriebene sogenannte Thaliafragment an; es ist das erste
Hyperionbruchstück, das zum Druck kam, in Schillers »Thalia«.
Die einleitenden Sätze desselben lauten: »Es giebt zwei Ideale unseres Daseyns: einen Zustand der höchsten Einfalt, wo unsre Bedürfnisse mit sich selbst, und mit unsern Kräften, und mit allem,
womit wir in Verbindung stehen, *durch die bloße Organisation der
Natur,* ohne unser Zuthun, gegenseitig zusammenstimmen, und
einen Zustand der höchsten Bildung, wo dasselbe statt finden würde bey unendlich vervielfältigten und verstärkten Bedürfnissen und
Kräften, *durch die Organisation, die wir uns selbst zu geben im
Stande sind.* Die exzentrische Bahn, die der Mensch ... von einem
Punkt (der mehr oder weniger reinen Einfalt) zum andern (der
mehr oder weniger vollendeten Bildung) durchläuft, scheint sich,
*nach ihren wesentlichen Richtungen,* immer gleich zu seyn. Einige
von diesen sollten, nebst ihrer Zurechtweisung, in den Briefen, wovon die folgenden ein Bruchstück sind, dargestellt werden.«

Ein Grundmotiv des Hölderlinschen Daseins enthalten diese Sätze
insofern, als es sich für ihn seit dem großen Bruch stets nur um die
»zweite Organisation« gehandelt hat, um die zweite Einheit, wie
wir sie aus einer andern deutschen Prägung als die »zweite Unschuld« kennen. Aus der Verwurzelung des Hyperion in einem
Daueranliegen des Hölderlinschen Daseins erklärt es sich, daß diese
Dichtung ihm zu einem neuen Haftpunkt seines besonderen »Ehrgeizes« wurde. April 1794 schreibt er an Neuffer: »Überhaupt
hab' ich jezt nur noch meinen Roman im Auge. Ich bin vest entschlossen, von der Kunst zu scheiden, wenn ich mich auch hierüber
am Ende auslachen muß.«

Wie weit der Roman in Tübingen gediehen ist, welche Gestalt er
dort erlangte, muß wohl, da jenes an Stäudlin übersandte Stück
nicht erhalten ist, im Dunkel bleiben. Tatsache ist jedenfalls, daß
wir zum erstenmal in einem Brief an Neuffer von Ende Juli 1793

die Spuren des weit ausschwingenden Hyperionstils vorfinden, in Nachklängen seiner Begeisterung für Plato, namentlich für das »Gastmahl«. Er spricht von den Götterstunden, »wo ich, unter Schülern Platons hingelagert, dem Fluge des Herrlichen nachsah, wie er die dunkeln Fernen der Urwelt durchstreift, oder schwindelnd ihm folgte in die Tiefe der Tiefen, in die entlegensten Enden des Geisterlands, wo die Seele der Welt ihr Leben versendet in die tausend Pulse der Natur, wohin die ausgeströmten Kräfte zurükkehren nach ihrem unermeßlichen Kreislauf«. Sichtbar zeigt sich hier eine neue Prosasprache, die zum Thaliafragment gehört und eine Art Übertragung der Hymnensprache in die ungebundene Rede darstellt. Dies ist zeichenhaft wichtig. Der Hyperion setzt das Denken der Hymnen zunächst geradlinig fort, um dann bald zum Kampfplatz der aufwühlenden Wirbel zu werden, die sich zwischen der idealistischen Geistfreude und dem Hölderlinschen Zuge zur religiös erblickten »Natur« bilden.

Doch konnte es bei der autobiographischen Befrachtung des Hyperion nicht ausbleiben, daß sich von Anfang an verschiedene Sehweisen in den Plan hereindrängten und zeitweise um die Führung kämpften. Daher kommen in der Frühzeit die verschiedenen Ansätze zur Gesamtfassung, in der Spätzeit die verschiedenen Versuche zur Fortsetzung, bis zu jenem nur gerüchtweise bekannten Plan, dem abgeschlossenen Hyperion einen dritten Teil mit christlicher Wendung folgen zu lassen. Am Anfang hat jedenfalls der Gedanke einer *metrischen Fassung* den Dichter wiederholt beschäftigt, die in dem ruhigen Fall und Gang des Jambenverses eine geklärt-elegische Erzählung der Ereignisse bringen sollte. Wir können wohl nicht anders, als diesen Gedanken für eine Täuschung des Dichters über den eigentlichen »Willen« seines Planes anzusehen. Denn die vorliegenden metrischen Fragmente zeigen genugsam, wie sehr der Jambenvers den Rhythmus dessen, was im Hyperion zu »sagen« war, hätte überkreuzen und stören müssen. Biographisch aber sind sie von Bedeutung; so schon jenes metrische Bruchstück, das als ein Teil »Aus Hyperions Jugendgeschichte« bekannt ist und für welches eine sehr frühe Entstehungszeit (vielleicht schon 1792) vermutet wird. Es gibt Ausschnitte aus einer Knabenjugend, in der das Element Phantasie stark, fast lebenstörend vorwaltet. Offenbar sind Züge aus Hölderlins Nürtinger, Denkendorfer, Maulbronner Kinderzeit hineingearbeitet. So ist es gewiß eigne Kindheitserinnerung, wenn dieses Bruchstück sagt:

Oft sah und hört' ich freilich nur zur Hälfte,
Und sollt' ich rechtwärts gehn, so gieng ich links,
Und sollt (ich) eilig einen Becher bringen,
So bracht' ich einen Korb, und hatt' ich auch
Das richtige gehört, so waren, ehe noch
Gethan war, was ich sollte, meine Völker
Vor mich getreten, mich zum Rath, und Feinde,
Zu wiederholter Schlacht mich aufzufordern,
Und über dieser größern Sorg' entfiel mir dann,
Die kleinre, die mir anbefolen war.
Oft sollt' ich straks in meine Schule wandern,
Doch ehe sich der Träumer es versah,
So hatt' er in den Garten sich verirrt,
Und saß behäglich unter den Oliven,
Und baute Flotten, schifft' ins hohe Meer.

Aber dasselbe Bruchstück bringt auch eine Wesensaussage von bedeutender Tragweite, erstaunlich klar in der Art, wie sie die Unangemessenheit Hölderlinscher Lebensantriebe an die Norm der Umwelt und selbst an ihre wohlgemeinten Korrekturen herausstellt:

Das beste Wort verwirrt den Menschen oft
Wenn er den treuen Tadel nicht versteht.
Er soll sich reinigen von einer Schlake,
Er möcht' es wohl, und weis nicht wie und wo?
Und fällt sein Gutes an im Misverstande.
Besiegt er es, so fühlt er wohl, er thue
Nicht recht daran, und siegt die Meinung nicht,
Behält ihr Recht die bessere Natur,
So straft er sich doch auch und zwiefach quält
Im Kampfe mit sich selbst, der Arme sich.

Diese Lage einer Einklemmung zwischen berechtigten und doch sich
widersprechenden Anforderungen hat sich in Hölderlins Leben oft
wiederholt. Soll er die Norm der Umwelt (das Wort »Meinung«
Zeile 7 ist die Meinung der *Andern*) annehmen? Soll er sein Eignes
gegen sie behaupten? Führt aber diese Selbstbehauptung nicht noch
tiefer in die Lebensunfähigkeit? Und wenn er sich *nicht* behauptet,
heißt das nicht Untreue am eigenen Gott? Es ist jene sperrige Ver-
flechtung, die wir schon im ersten Denkendorfer Brief an Köstlin
hervortreten sahen. Sie stellt sich immer wieder ein, vor den Leh-
rern, den Studiengenossen, vor der Mutter, vor Schiller, auch vor
den »Gesellschaftsmenschen« in Frankfurt. Der Tadel steht falsch

gegen sein Leben, weil er dessen heilige verborgene Antriebe angreift. Die Selbstbehauptung steht falsch gegen den Tadel, weil sie
trotzig auch ihr Fehlerhaftes verteidigt. Das Gehorchen steht falsch
zur eignen »besseren Natur«, weil es diese verleugnet. Das Nicht-
gehorchen steht falsch zu jenem Trieb in der eignen Brust, der auf
liebenden Zusammenhang mit den Menschen drängt. Als Ursache
dieser fast ausweglosen Verkettungen erweist sich stets die unberei-
nigte Frage seines Ichs, das über seiner Hinausgerufenheit in ein
beispielloses Helden- und Opferschicksal die Paßform zu den Maßen des irdischfesten Daseins verfehlen mußte.

Zunächst aber wurde nun die Arbeit am Hyperion durch Ereignisse
des äußeren Lebens unterbrochen. Die letzten Briefe aus Tübingen
zeigen ein ungeduldiges Hinaushoffen in die »Welt«; und gestei-
gert wurde diese Ungeduld durch ein kärgliches Leben mit Schulden
und mancherlei Entbehrungen. Er drängt, wie schon gesagt, nach
Jena, aber, schreibt er der Mutter im Spätsommer 1793, »kann ich
eine gute Hofmeisterstelle bekommen, so bescheid' ich mich gerne so
lange, mit meinem Jenaischen Project, bis ich vieleicht selbst (wenigstens) die Hälfte des Erforderlichen zusammen gehofmeistert –
und zusammen geschrieben habe«. Wie ein Heben der jungen Brust,
wie ein strahlender Ausblick in herrliche Raumweite voller Ziele
und Arbeitswege mutet das strömende Bekenntnis an, das er dem
Bruder im Spätsommer 1793 ablegt: »Ich hange nicht mehr so
*warm an einzelnen* Menschen. Meine Liebe ist das Menschengeschlecht, freilich nicht das verdorbene, knechtische, träge, wie wir es
nur zu oft finden auch in der eingeschränktesten Erfahrung. Aber
ich liebe die große schöne Anlage auch in verdorbenen Menschen.
Ich liebe das Geschlecht der kommenden Jahrhunderte. Denn diß
ist meine seeligste Hofnung, der Glaube, der mich stark erhält und
thätig, unsere Enkel werden besser sein als wir... Wir leben in
einer Zeitperiode, wo alles hinarbeitet auf bessere Tage. Diese Keime von Aufklärung, diese stillen Wünsche und Bestrebungen Einzelner zur Bildung des Menschengeschlechts werden sich ausbreiten
und verstärken, und herrliche Früchte tragen... Diß ist das heilige
Ziel meiner Wünsche, und meiner Thätigkeit – diß, daß ich in unserm Zeitalter die Keime weke, die in einem künftigen reifen werden... Ich möchte ins Allgemeine wirken, das Allgemeine läßt uns
das Einzelne nicht gerade hintansezen, aber doch leben wir nicht so
mit ganzer Seele für das Einzelne, wenn das Allgemeine einmal ein
Gegenstand unserer Wünsche und Bestrebungen geworden ist.«

Es sind Hoffnungen, Ziele, siegesgewisse Erwartungen, von denen
das ganze geistige Deutschland ergriffen ist. Das bestimmte Gefühl
eines bevorstehenden mächtigen Umschwungs lebt in allen Gemü-
tern, dieses Gefühl, das ein Wirkliches ahnte, wenn es sich auch –
wie fast überall, wo ein Geschlecht seine »Ahnungen« rational bearbeitet – über Zeit und Art der Verwirklichung täuschen sollte.

# Waltershausen und Jena 1794

Der vornehmste Verkünder dieser Hoffnungen, Schiller, Hölderlins Vorbild und Meister, sollte für des Dichters nächste Zukunft entscheidend werden. Seit Mai 1793 war Schiller von Charlotte von Kalb, der Freundin und früheren Geliebten, mit dem Auftrag betraut, einen Hofmeister für ihren neunjährigen Sohn Fritz zu suchen. Stäudlin empfahl ihm Hölderlin, »den gewiß nicht wenig versprechenden Hymnendichter«, und vermittelte Hölderlin die persönliche Bekanntschaft mit Schiller, als dieser im Spätsommer nach Schwaben kam. Nach einer Unterhaltung mit Hölderlin in Ludwigsburg (September 1793) schrieb Schiller an Charlotte (1. Oktober): »Ich habe ihn persönlich kennen gelernt und glaube, daß Ihnen sein Äußeres sehr wohl gefallen wird. Auch zeigt er vielen Anstand und Artigkeit. Seinen Sitten gibt man ein gutes Zeugnis; doch völlig gesetzt erscheint er noch nicht und viele Gründlichkeit erwarte ich weder von seinem Wissen, noch von seinem Betragen.« Einen Brief, den Hölderlin Anfang Dezember an Charlotte v. Kalb richtet, findet diese vortrefflich, »so hellsehend über Fritz – so würdigend seinen Beruf«.

Hölderlin ging, seiner nächsten Zukunft in erfreulicher Weise gewiß, Anfang Dezember ins Konsistorialexamen. Er errang ein Zeugnis, das seinen Eifer in den theologischen Studien anerkannte und das hervorhob, daß er »die Philologie, namentlich die griechische, die Philosophie, namentlich die Kantische, sowie die schöne Literatur eifrig gepflegt« habe.

Am 20. Dezember 1793 reiste er nach kurzem Ferienaufenthalt in Nürtingen nach dem Kalbschen Gute in Waltershausen (Thüringen) ab, dem ersten Versuch entgegen, sich in einem bürgerlichen Beruf zu bewähren. Es war ein Beruf, den er für annehmbarer hielt als das Pfarramt, ohne zu ahnen, daß die »Hofmeisterei« bei ihrer doppelgesichtigen Stellung zwischen Schüler und Eltern, bei ihrem unumschriebenen Pflichtenkreis und ihrer unklaren gesellschaftlichen Einstufung mit eignen Schwierigkeiten beladen war. Der Hauslehrer ist das, was er aus sich macht, ja was er einer Umgebung, die naturnotwendig geheim gegen ihn verbündet ist, durch Gaben und Charakter abtrotzt. Hölderlin sah nur die relative Frei-

heit gegenüber der Amtsbindung, die er floh. Aber er konnte nicht
wissen, daß der Hauslehrerberuf an die Festigkeit des Wesens, an
die Weltläufigkeit und Streitbarkeit des einzelnen höhere, nicht geringere Ansprüche stellt als ein Amtsverhältnis; Ansprüche also,
denen gerade Hölderlin besonders wenig gewachsen war. Während
ein Fichte als Hauslehrer bald die ganze Familie miterzog und schier
tyrannisierte, mußte sich Hölderlin immer in der unübersichtlichen
Situation verfangen. So begannen mit der Tätigkeit in Waltershausen bittere Erfahrungen, die sein Selbstgefühl oft schwer gedrückt, sein dichterisches Werden gehemmt haben.

Ein Bild von der Reise und von seiner Ankunft in Waltershausen
gibt ein Brief vom 30. Dezember 1793, an Stäudlin gerichtet, für
die »Freunde« bestimmt. Die Teilnahme am politischen Zeitgeschehen blitzt kurz auf in einer ironischen Bemerkung über »die wohl-
thätige preußische Regierung«; ein Heimweh meldet sich, wie es
stets seine Ausfahrten begleitet, aber auch eine Stimmung der Auf-
frischung und selbst Erheiterung, infolge des Neuen und Fremden,
das ihn immer belebend anspricht: »Über meine Reise von Stutgard
bis Nürnberg kann ich noch nichts sagen. Ich schloß meist die Augen, und ließ euch, und was mir sonst lieb ist, vor mir erscheinen.
In Nürnberg lebt' ich auf. Mit Hrn. Ludwig (Sohn des Dichters
Schubart) wurde ein rechtes gespaßt und getumultuiert. Zum Journal will er nur wenig beitragen, weil ihm seine Englischen Blätter
so viel zu schaffen machen. Er verspricht einen Verleger für das
Journal aufzubringen, wenn er, wie er sich ausdrükte, eine recht
beträchtliche Anzal von Mitarbeitern aufweisen können werde. Sein
Mund ist leibhaftig die Posaune des Egoismus. Übrigens war ich,
wie gesagt, recht vergnügt mit ihm. Dienstags (denn Sonntags kam
ich in Nürnberg an) fuhr ich nach Erlangen hinüber und feierte da
den Christtag in der Universitätskirche, wo Probst Ammon eine
herrliche schön und hell gedachte Predigt hielt, womit er wenigstens
zehen Scheiterhaufen und Anathema's verdiente. Mittwoch Abends
reist' ich wieder von Erlangen ab, kam spät nach Mitternacht in
Bamberg an, auf einem verdamt kalten und unsichern Wege, wo
man uns wegen den Diebsbanden in den Wäldern einen Husaren
entgegenschikte. Von Bamberg bis Koburg, wo ich Donnerstag
Abends ankam, hatt' ich den ganzen Tag über das himmlische Thal,
das von der Ize durchflossen wird, vor und hinter mir... In Koburg reist ich Freitags Morgens um 3 Uhr mit Extrapost ab, und
kam Abends hier an, traf Hrn. *Major* von Kalb, (der in französi-

schen Diensten war, und unter Lafayette den Amerikanischen Krieg
mitmachte,) den humansten gebildetsten Mann, eine Freundin der
Frau von K., die noch mit zwei Kindern in Jena ist, meinen künftigen Zögling, einen schönen guten Buben, aber *auch noch den Hof-*
*meister* an, der, wie das ganze Haus noch kein Wort von meiner
Ankunft wußte, und mich ungeachtet seines klugen edlen Beneh-
mens in große Verlegenheit sezte. Sprechen Sie doch mit Schiller
über dieses, lieber Doktor! Der Major tröstet mich so gut er kann
über die gespannte Lage.« Eine kurze Nachschrift sagt dann noch:
»Gegen den Pfarrer und Verwalter hier bin ich ein Zwerge puncto
der Bouteillenhälse, die Sie, lieber Doktor, *so gerne herunter-*
*schlugen!!*«
Daraus geht also hervor, daß Hölderlin in Waltershausen nicht
angekündigt war und die Hausfrau, über die seine Berufung gelau-
fen war, nicht antraf; sie kehrte erst eine Woche vor Ostern von
Jena zurück. Aber im übrigen ließ sich für Hölderlin zunächst alles,
was zur neuen Umgebung gehörte, freundlich an. Der gute Eindruck
von seinem Zögling hielt längere Zeit vor. »Meinen Kleinen muß
man lieb haben, so ein guter gescheider schöner Bube ist er«, schreibt
er am 3. Januar 1794 der Mutter, und noch später: »Die junge schöne Seele hat meine ganze Liebe.« Er findet in dem Kinde Eignung,
»nach humaneren Grundsätzen der Erziehung gebildet zu werden«, wie dies auch den von Rousseau und Schiller beeinflußten
Anschauungen Charlottens entsprach. Anregend mußte dann auf
Hölderlin der neue herrschaftliche Lebenszuschnitt im Kalbschen
Hause, der Eintritt in die ungewohnte höhere Gesellschaftsschicht
wirken. Er hat außerdem viel freie Zeit, findet Zuvorkommen und
herzliche Gefälligkeit, kann auf die Jagd gehen, zecht mit Pfarrer
und Verwalter, empfängt von der Majorin Briefe, die »von ebenso
vielem Verstande wie Herzensgüte zeugen«. Ein aufgeräumter Brief
an die Schwester spricht recht mutwillig von der »interessanten Figur« der Gesellschafterin und setzt hinzu, der Schwester brauche
aber nicht bange zu werden für ihr »reizbares Brüderlein«, da die
besagte Dame schon versprochen sei. Eine besonders rosige Schilderung der Gesamtlage gibt er der Mutter vor Ostern 1794. Er erlebt
an der Kalbschen Tafel einen Herzog von Meiningen, den er – im
Gegensatz zu seinem offenbaren Vorurteil – sehr populär und
»dem eigentlichen Ceremonienwesen abgeneigt« findet. Ein in den
Briefen seltener Zug von Laune bricht durch, wenn er der Mutter
schreibt: »Ich finde jezt, daß die Sorgen und Grillen doch auch für

etwas gut sind. Seit ich keine mehr habe, beginn' ich dik zu werden.« Einen besonders anziehenden Ausdruck findet die günstige
Stimmung jener Monate in einem Brief an Neuffer Anfang April
1794. Aus einem inneren Ruhig- und Glücklichsein schaut er das
ganze Wesen des strebenden und doch auch stilbesonnenen Freundes
an und gibt ihm sein brüderliches Ja. Freudig glaubt er zu sehen,
daß es auch mit der ganzen Nation vorangeht, daß sie »etwas mer
an Teilnemung an Ideen, und Gegenständen, die außer dem Hori-
zonte des *Unmittelbarnüzlichen* liegen, gewöhnt worden« ist. Dem
Briefe liegt das in der Haltung tieffreundliche, lebensdankbare Wid-
mungsgedicht »An Neuffer. Im Merz 1794« bei, das in Erinnerung
an erfahrenes Lebensleid neuen Mut ausspricht: »Noch kehrt in mich
der süße Früling wieder / Noch altert nicht mein kindischfrölich
Herz.«
In diesem Brief sagt Hölderlin auch, daß ihn jetzt fast einzig sein
Roman beschäftige. Es ist das bereits erwähnte *Thaliafragment*, das
in dieser Zeit entsteht, nach den Tübinger Ansätzen ein neuer Griff
zu dem Stoff, der ein gewandeltes und erfrischtes Erfassen der ganzen Idee in sich schließt. In diese Neugeburt des Werkes ging offenbar die freie schöne Geistesverfassung dieser Monate ein. Sie gab
dem Thaliafragment die Kraft mit, die dieses zum wirklichen Keim
des endgültigen Hyperion machte. Damit haben diese wenigen lichten Monate ein bleibendes Ergebnis geliefert.
Wie Hölderlin seine besondre Waltershauser Aufgabe aufgefaßt und
angefaßt hat, führt er in einem Brief an Schiller Ostern 1794 aus.
Es ist eine fast ängstliche Rechenschaft über Ziele und Verfahren
seiner Erziehung. Der wesentliche Punkt liegt darin, daß Hölderlin
sich dem Knaben, den er natürlich nicht sogleich der Autorität der
Vernunft überliefern konnte, zum Freunde machte und die Forderungen der Vernunft zunächst als Forderungen des Freundes an ihn
herantrug. Daß dem Kinde nicht das unverkürzte Rousseauische
»Naturevangelium der Erziehung« (Goethe) gebracht werden konnte, war dem Erzieher klar; denn der Zögling befand sich nicht mehr
im Naturstande; es war sogar, wie Hölderlin später entdeckte,
reichlich mit der »Prügelmethode« an ihm gearbeitet worden. Aber
die Abstammung von Rousseau verrät doch der Gedanke, mit einem
Gefühl (Freundschaft) zu beginnen und die auf dieses Gefühl auf-
gebaute Autorität allmählich durch die Autorität der Vernunft zu
ersetzen: ein weitangelegtes Programm, das zu seiner Durchfüh-
rung Jahrzehnte gebraucht hätte, das aber der Erzieher selbst so-

gleich übereilt hat, indem er schon nach wenigen Monaten jenen Übergang zur sich selbst bestimmenden Persönlichkeit – bei einem Neunjährigen – glaubte anbahnen zu können. Es kommt schon in dieser unorganischen Eilfertigkeit die geheime Strenge und Starre des Programms zum Vorschein, sein Mangel an wirklicher Duldung für das Einstweilige kindlicher Zustände, seine Unfähigkeit, mit den wirklichen Anlagen des Zöglings zu rechnen, und sein übertriebenes Vertrauen auf die Allmacht der verstandesmäßigen sittlichen Einwirkung.

Bemerkenswert ist dieser Brief aber vor allem, weil er als erster das einzigartige, schwierige, zwiespältige Verhältnis anzeigt, das sich zwischen Hölderlin und Schiller anbahnte. Der Brief spricht von der tiefen Achtung gegen Schiller, »mit der ich aufwuchs, mit der ich so oft mich stärkte oder demüthigte«, und bricht dann plötzlich, ohne sichtbaren Anlaß, in die peinvolle Frage aus, die mehr ein Aufschrei ist: »Warum muß ich so arm sein und so viel Interesse haben an dem Reichtum eines (des Schillerschen) Geistes! Ich werde nie glüklich sein.« In sämtlichen Briefen Hölderlins an Schiller erscheint diese aus Bewunderung und Angst, aus Anziehung und Abstoßung oder vielmehr Selbstdemütigung zusammengebaute Haltung. Wenn Hölderlin den Dichter der »Räuber« und des »Carlos« bewundert, so ist dies eine Bewunderung, die den Atem anhält, die den Bewunderten kaum zu lieben wagt, weil sie sich ihm zu wenig gleichwertig fühlt. Sie ist mit einem Minderwertigkeitsgefühl verbunden, das oft wie Verzweiflung aussieht. Schillers Wert erblicken, hieß für Hölderlin stets zugleich den eignen Unwert schmerzlich spüren. Schiller bedeutet ihm eine ständige richterliche Mahnung an das, was er selbst von sich fordern muß. Das wirkt als Ermutigung, solange er die *Werke* des Meisters vor sich hat. Aber es wirkt als hoffnungslose Niederschlagung, als Zernichtung, sobald er als Briefschreiber vor die mächtige *Person* des Meisters tritt und die beugende Gewalt dessen, was dieser lebt, auf sich einbrechen fühlt. Die Fragwürdigkeit des eignen Seins bricht automatisch auf angesichts der ungeheuren, heroischen Lebensfestigkeit des Gegenübers. Zu wissend, um dessen Wert zu verkennen, zu zart und objektiv zu unerfüllt, um sich innerlich ihm gleich zu fühlen, zu rein aber auch, um diesen Wert zu verleugnen und sich vor ihm in die Burg der negativen Ichheit, des trotzigen »So bin ich!« zurückzuziehen, sieht sich Hölderlin vor Schiller stets in die grundlegenden Einklemmungen seines Daseins geschnürt. Mit Saugkraft gleichsam lockt Schillers

Wesen das Geständnis der eignen Unzulänglichkeit aus Hölderlin
hervor. So kommen diese Briefe an Schiller zustande, die dem
Schreiber eine Qual, dem Empfänger eine Last sind und die noch
den heutigen Leser, der in ihnen die Zeichen eines Schicksals sieht,
tief ergreifen. Jene »Zernichtung«, die er vor Schiller erlebt, hat
ihren Stachel gerade darin, daß sie trotz allem von einem Gefühl
des eignen Wertes begleitet ist; vom Gefühl, daß das »Maß« der
Großen insgeheim auch sein Maß ist. Hätte er dieses Gefühl nicht,
so wäre er an die Großen nicht gebunden. Aber da er sich auf das
Maß der »Titanen« verpflichtet weiß, gibt es für ihn kein Ausweichen, keinen Nachlaß an der Forderung. Wenn auch alle ihn von der
Forderung lossprächen: er selbst darf sie sich nicht erlassen, weil er
damit sich selbst aufgäbe. Er kann wohl zuzeiten die Nähe der
Großen fliehen, wie er selbst nachmals seinen Fortgang aus Jena
1795 als »Flucht« bezeichnet hat. Er kann sogar (in späteren Briefen an Neuffer) trotzige Abgrenzungen aussprechen, die das Recht
seiner Generation gegen die Älteren mit sehr kaltsinnigen, fast
feindlichen Wendungen verteidigen – Wendungen, die bei der
Frage, ob Hölderlin Schiller »geliebt« haben könne, sehr beachtet
werden müßten. Aber im Ernst bleibt das Maß der Titanen für ihn
streng verbindlich, und jeder Brief an Schiller stellt die quälende
Situation, den Geständniszwang, das Gefühl eines als Schuld empfundenen Versagens wieder her.
Wir sind mit den schweren Spannungen dieser Situation ohne Zweifel wieder im Felde jenes metaphysisch unterbauten »Ehrgeizes«,
von dem wir oben gesprochen haben. Wir haben jenen Hölderlin
vor uns, für den es bezeichnend ist, daß er vor der Natur, vor Gebirg und Gefels, namentlich aber auch vor erfülltem Menschentum
leicht »seine Freiheit verliert« und vor einem tüchtigen, nicht einmal
ungemeinen Mann schwer »um seine Fassung ringen« muß. Denn
alles erfüllte Leben gibt ihm im Gegenschlag unmittelbar den eignen
Seinsmangel zu fühlen. Wir haben jenen Hölderlin vor uns, der
selbst der Geliebten zürnen kann, weil sie »nicht bedürftig« ist wie
er, der sie mit Trotz, mit hintergründiger Empfindlichkeit peinigt,
weil ihr Sein zu harmonisch, zu friedvoll ist. Diese Harmonie ist
zwar gerade das, was Hyperion an Melite und Diotima, Hölderlin
an Susette Gontard als das Höchste verehrt. Aber sie ist zugleich
das Trennende, das die Geliebte seinem eignen unerfüllten Dasein
entrückt und ihn tief in das Gefühl des eignen Mangels stürzt. Das
Verhältnis zu Schiller, das den Großen zu seinem Freund und zu

seiner Qual macht, hat sein Spiegelbild in jenen Strecken des Verhältnisses zu Diotima, die in der umgearbeiteten Diotima-Hymne
erscheinen:

> Zürnend unter Huldigungen,
> Hab' ich oft, beschämt, besiegt,
> Sie zu fassen schon gerungen,
> Die mein Kühnstes überfliegt;
> Unzufrieden im Gewinne,
> Hab' ich stolz darob geweint,
> Daß zu herrlich meinem Sinne
> Und zu mächtig sie erscheint.

Mit noch ernsteren, bestimmteren Zügen wird dieser Liebesgroll
im Thaliafragment, in »Hyperions Jugend« sichtbar, als das Aufbrausen des Mangels vor dem Wesen, das die Erfüllung darlebt und
ihm selbst die Erfüllung darzureichen sich anschickt – nur daß die
Liebe die Gabe wirklich spendet, die den Verdüsterten zur Teilhabe
an der Fülle bringt, während diese Gabe im Verhältnis mit Schiller,
mit Goethe nicht erscheint. Deshalb kam die Liebe für ihn zu sakramentaler Bedeutung. Deshalb wuchs sein Verhältnis zu Schiller niemals ins Entspannte und Menschlich-Positive.
Dabei ist aber im Auge zu behalten, daß die zwischen Hölderlin
und den »Titanen« waltende Absperrung mit dieser psychologi-
schen Erklärung noch keineswegs nach ihrem tiefen geschichtlichen
Sinn aufgehellt ist. Es stehen sich hier auch Generationen gegenüber in echter geschichtlicher Verfeindung. Nicht nur ist Hölderlin
Schiller nicht gewachsen, sondern Schiller samt Goethe sind auch
Hölderlin nicht gewachsen. Die beiden Großen hatten die Überwind-
barkeit jener Seinsstörungen, wie sie aus der Lage des Sturms und
Drangs oder aus der Werther-Lage erwuchsen, in sich erfahren; sie
hatten den Durchbruch zur Klärung geleistet. Sie *mußten* Hölderlins Fragwürdigkeit rückwärts beziehen, sie mußten sie als ein
Noch-Nicht deuten, wie es einst auch auf ihrem eignen Weg gestanden hatte. Sie mußten blind sein dafür, daß in Hölderlin eine
völlig *neue* Unruhe sich regte, die in weite Zukunft hinauszielte,
nicht nur über Klassizismus und Idealismus, sondern auch über die
kaum in Umrissen angedeutete Romantik hinaus. Schiller aber
glaubte Hölderlin als einen Fall verkrampfter Subjektivität fassen
zu können, nach Analogie seiner eignen Jugend, er sah ihn in der
Nähe Jean Pauls. Er behandelte – und Goethe tat es nicht anders
– Hölderlins Dichtungen, welche dieser ihm sandte, durchaus nach

Kriterien von gestern (was ja das gute Recht eines Selbstkämpfers und Siegers ist) und gab ihm Ratschläge, die ratlos an äußeren Eigenschaften herumtasteten. Ein Land jenseits dessen, was er und Goethe erreicht hatten, hob sich ihm aus Hölderlins Schau und Rhythmus nicht empor. So ist die Begegnung von *beiden* Seiten zur Frucht- und Folgenlosigkeit verurteilt – ein Beispiel für den Ernst der Schranke, welche an Wendepunkten die Generationen trennt. Weder der Wert der Leistung noch die gemeinsame Höhe der Gesinnung und des Menschentums können in solchen Fällen ein Sichvertragen stiften; nur durch realen Kampf und kalte Verkennung geht der Weg weiter.

Wir lenken aber den Blick nochmals auf diesen ersten Brief Hölderlins an Schiller zurück, um hier schon eine für Hölderlins gesamten Briefwechsel bezeichnende Besonderheit hervorzuheben: Er stellt sich jedesmal in bestimmter Weise auf den Menschen ein, dem der Brief zugedacht ist, und er hat fast ebenso viele verschiedene *Briefstile* wie Briefempfänger. Die Briefe an Neuffer, an den Bruder Carl strömen frei hin; die allezeit lebhafte Vorstellung, die er sich vom Leser des Briefes macht, belastet ihn nicht. Der Mutter gegenüber äußert er sich meist mit schonender Bedachtsamkeit und zeigt ein auf bestimmte Wirkungen abzielendes Streben. Er bemüht sich, einfühlsam auf die Anschauungswelt der Mutter einzugehen und »übersetzt« sein inneres und äußeres Erleben in ihre Sprache, um sich dann von der so gewonnenen Grundlage aus oft mit werbender Kindesart an ihr mütterliches Herz zu drängen. Hegel gegenüber zwingt er sich zu möglichst positiven, fast trockenen Aussagen, in Annäherung an den hohen Grad souveräner Durchdenkung alles Sprechens, den er bei dem Freunde gegeben weiß. An Schiller schreibt er (ausgenommen die Frankfurter Zeit) in einem figurenreichen Satzbau, der in jeder, auch der geringsten Einzelheit einschneidende Bewußtseinsakte verrät; es finden sich um- und umgewendete Prägungen von »ängstlicher Offenheit«, häufig auch jene antithetischen Wendungen, welche freilich, der französischen Schreibweise entnommen, den Briefstil der Zeit auch sonst weitgehend charakterisieren. Einer ganz eigenen Welt tagferner Leidenschaft gehören die wenigen Briefe an Susette Gontard an; sein Ausdruck nähert sich da am meisten der unmittelbaren Sprache seiner Dichtung.

Diese Vielheit der Töne hat ihren Grund in der Empfindung Hölderlins für die besondere »Welt«, die ihm mit dem jeweiligen Briefempfänger gemeinsam ist. Er hat das Auge für den Genius, der in einer bestimmten Menschenbeziehung erscheint. Nicht zweckhafte Einstellung auf den Briefleser, sondern Ehrfurcht vor dem »Gott« in dieser Verbindung führt jeweils zu dem besonderen Briefton. Es ist Hölderlins Erlebnis, daß sich zwischen zwei Menschen, die echt zueinander gefügt sind, eine Liebeswesenheit von bestimmtem, fast plastischem Charakter bildet; dies gehört zu dem natürlichen Polytheismus in Hölderlins Wesen. Die Lebensverdichtungen, wie sie sich in einer bestimmten Zeit (Augenblick, Kairos), an einem bestimmten Ort, zwischen bestimmten Menschen ereignen, sind ihm vor dem Hintergrunde der Lebensverlöschungen (die er mit gleicher Deutlichkeit kennt) etwas Gestalthaft-Göttliches. Dieses ehrt er als den Gott der Zeit (Zeitgeist), als den Gott unsrer Liebe (Diotima-Ode »Abschied«), als den Gott der Freundschaft; und das Briefwort ist ihm, in kultischem Ernst, das Opfer, welches dem Genius einer bestimmten Menschenbeziehung gebracht wird. Es gilt, diesen Ernst zu spüren in Sätzen, wie er sie etwa an den Bruder schreibt, in einer Zeit der Not (28. Nov. 1798): »Wir haben wirklich diesmal länger, als zu irgend einer Zeit, unsere schöne Freundschaft ohne Nahrung gelassen. Aber die Götter, wenn sie schon das Opfer nicht bedürfen, fordern es doch der Ehre wegen. So müssen wir auch der Gottheit, die zwischen mir und Dir ist, doch wieder von Zeit zu Zeit das Opfer bringen, das leichte, reine, daß wir nemlich zueinander sprechen von ihr, daß wir das Ewige, was uns bindet, feiern in den lieben Briefen, die nur darum unter uns so selten sind, weil sie aus dem Herzen und nicht, wie so Manches, aus der Feder gehen.«

Bis in den Herbst 1794 hielt die gute Stimmung der Waltershausener Anfänge vor. Im Frühjahr las er Schillers »Anmut und Würde« und fand sich so glücklich berührt, daß er an Neuffer schreiben konnte, er erinnere sich nicht, »etwas jemals gelesen zu haben, wo das beste aus dem Gedankenreiche und dem Gebiete der Empfindung und Fantasie so in Eins verschmolzen gewesen wäre«. Erfrischte ihn körperlich ein genußreicher Ausflug über die Rhön ins Fuldaerland, so half ihm eine erneuerte Beschäftigung mit Spinoza und besonders mit Kant zu geistigen Fortschritten, die ihn in ein »Reich der Warheit und Freiheit« vordringen ließen. »Hier leb' ich ser still«, schrieb er am 21. Mai dem Bruder: »Ich erinnere mich nur weniger Perioden aus meinem Leben, die ich immer so mit gleicher Fassung und Ruhe zugebracht hätte . . . Meine einzige Lektüre

ist Kant für jezt. Immer mer enthüllt sich mir dieser herrliche
Geist.«

Bedeutsam fällt in den Sommer 1794 auch Hölderlins Berührung
mit der Welt Herders: in einem Brief vom Juli verweist er den
Freund Neuffer auf Herders Aufsatz »Tithon und Aurora«, der
in freier Weise mit vielen Ausblicken das Thema der Verjüngung behandelt. Eine Hauptrolle spielt darin die Selbstverjün-
gung im einzelnen Menschenleben durch stufenweise Entwicklung
der in uns schlummernden Kräfte; darin sieht Herder geradezu ein
Überleben unsrer selbst. Dem mit den Wandlungen seines Helden
Hyperion beschäftigten Hölderlin mag die Herdersche Arbeit wichtig geworden sein durch die darin lebende Werdelust, durch ihr
Vertrauen auf das Schicksal, welches »den Guten nicht verlässet, so
lange er sich nicht selbst verläßt, und unrümlich an sich verzweifelt«
(dieser Satz steht in dem Abschnitt aus »Tithon und Aurora«, den
Hölderlin als Ermunterung für den zaghaften Freund abschreibt).
Das Bedeutsame dieser Berührung Hölderlins mit dem Herderschen
Denken liegt für uns darin, daß dieses Denken mit seinem Wissen
um den großen *Lebenszusammenhang* – d. h. um »Leben *als* Zu-
sammenhang«, welcher mit dem »Geist« zugleich alle Natur (Volk,
Erde, Geschichte) in sich faßt – der Art Hölderlins sehr tief entsprach, tiefer und inniger als die Denkwege Schillers, Kants und des
Idealismus. In Herder leiten sich die Linien, die von Sturm und
Drang, Hamann, Ossian, Rousseau ausgehen, zu Jean Paul und
schließlich zur Romantik fort und gehen mit dieser in weite deutsche
Zukunft. Quer trifft auf diese Linie die andre, die des freien, gesetzgebenden Geistes, bezeichnet durch Kant, Schiller, Fichte, und
aus Wirbeln, die sich zwischen ihnen bilden, hebt sich Goethe als
großes Ergebnis, Hölderlin aber als Held der Krisis und *Sänger* der
Mächte. Der Idealismus, gegen den sich Herder richtet, ist auch Hölderlins Gegenspieler, aber Hölderlin muß die Probleme der Zeit in
andrer Weise erleben und durchfechten als Herder und sein Kreis.
Führte von Herder und von dem romantischen Wissen um Natur,
Erde, Lebenszusammenhang ein Weg zum Nordisch-Organischen,
zum Wurzelsuchen im Wachstümlichen und Vitalen, so blieb Hölderlin streng verwiesen auf den *Wert,* wie er in der griechischen
Menschenform erschienen war. Um das Lebendige ging es auch ihm;
aber er ist dafür eingesetzt, beim Ausgreifen des deutschen Geistes
zur Lebenstotalität die Verbindung zur Antike zu wahren, das Bewußtsein wachzuhalten, daß kein Begriff von deutscher und euro-

päischer Kultur erlaubt sei, in dem nicht die Elemente der Antike als das Höchste ihren bestimmten Platz einnähmen. Hölderlins Bindung an den Höchstwert begründet einerseits seine Bindung an die Antike, andrerseits seine Bindung an das Denkschicksal des Idealismus, und es begründet zugleich seine notwendige Fremdheit gegenüber aller eigentlich romantischen Haltung, obwohl er der Romantik im Lebensbegriff nahesteht. Er arbeitet *einsam* die Fragen und Spannungen durch, welche die Zeit erfüllen, nicht unterstützt durch sichtbare geistige Kameradschaft oder durch den Schwung einer »Schule«; und oft, wenn er als Denker spricht, muß er das ihm Eigene, Neue in der Sprache des Gegners zu sagen versuchen.

Dies alles ist in Betracht zu ziehen zur Erklärung der Tatsache, daß Herders Wort in »Tithon und Aurora« ihm zunächst nicht deutlich wird mit dem, was es an *Lebensvertrauen* mit sich führt. Zwar sagt dieser Aufsatz, die Philosophie könne uns »ein vestes Beruhen auf uns selbst mitteilen«, und dies ist gewiß der Sinn gewesen, in welchem Hölderlin damals sich um das Kantische Denken bemühte. Aber Herder knüpft daran den wichtigen Hinweis: »Überhaupt hält uns unsre Brust, unser Charakter viel mehr und länger aufrecht empor, als alle Spitzfindigkeit des Kopfes.« Das sollte nach langen Leiden auch Hölderlins Wissen werden; jedoch in Waltershausen war er dafür noch nicht zubereitet. Wir hören ihn, namentlich in einem Brief an den Bruder vom 21. August, einen überschärften sittlichen Rigorismus vortragen, wir hören ihn von Pflicht, Entsagung, rastloser Tätigkeit, von Unerschütterlichkeit, kalter Prüfung und radikaler Selbständigkeit des Werturteils sprechen wie mit fremder Zunge, in einer Sprache, die nicht nur von Kant, sondern schon von Fichte mitgeprägt ist. Denn mit Fichte, der seit Mai 1794 im benachbarten Jena weilte, hatte er sich damals eingehend beschäftigt, besonders mit dessen eben erschienenen Schriften »Grundlage und Grundriß der gesamten Wissenschaftslehre« und »Über die Bestimmung des Gelehrten«.

Zugleich mag die fremdartige Schärfe dieser Begriffe und Forderungen zu jener Wendung beigetragen haben, die Hölderlins Tätigkeit in Waltershausen beenden sollte. Vom Herbst 1794 ab gestaltete sich seine Erziehungsarbeit immer schwieriger und unerfreulicher. Das erste günstige Urteil über die geistigen und sittlichen Anlagen des Zöglings erwies sich als unzutreffend. Kind einer hochbegabten, doch phantastischen und überspannten Mutter, deren unausgeglichenes Naturell sich in einem Lebenslauf von erregten, oft abenteuerlichen Umrissen spiegelt, Sproß einer widerwillig ertragenen Ehe, aufgewachsen in einem Hauswesen voller Unruhe und sicherlich nicht verschont von den Störungen, die sich aus den elterlichen Eheirrungen ergaben, mit neun Jahren schon Objekt wechselnder, undurchdachter Erziehungskünste – so stand der kleine Fritz v. Kalb unter ererbten und erworbenen Belastungen, die wohl auch einem geschulteren Erzieher das Leben sauer gemacht hätten. Der 24jährige Hölderlin war gewiß der Mann, der einem glücklich veranlagten Knaben Außerordentliches bedeuten konnte, zumal unter erzieherischer Mitwirkung einer pflichttreuen Mutter. Aber in Waltershausen waren diese Bedingungen nicht gegeben.

»Mein jeziger äußerer Beruf wird mir oft ser schwer«, sagt ein Brief an Neuffer vom 10. Oktober 1794: »Ich muß doch wol gewissenhaften, oft ser angestrengten Bemühungen Erfolg wünschen. Es mus mir also wehe thun, wenn dieser Erfolg beinahe gänzlich mangelt, durch die ser mittelmäßigen Talente meines Zöglings, und durch eine äußerst fehlerhafte Behandlung in seiner frühern Jugend, und andere Dinge, womit ich Dich verschonen will.« Welcher Art diese »anderen Dinge« waren, erfahren wir aus einem Brief an die Mutter vom 16. Januar 1795: »Sein Vater hatte mich ... auf ein Laster aufmerksam gemacht, wovon zuweilen Spuren an dem Kinde bemerkt worden waren. Der Zustand seines Gemüts und Geistes machte mich endlich noch aufmerksamer, und ich entdekte leider! zum Theil auch durch sein Geständnis, mehr als ich fürchtete. Ich kann mich unmöglich deutlicher gegen Sie erklären, ich ließ ihn keinen Augenblik beinahe von der Seite, bewachte ihn Tag und Nacht aufs ängstlichste, sein Körper wie seine Seele schien sich zu erholen, und ich hoffte wieder. Aber er wußte am Ende doch meiner Aufmerksamkeit zu entgehen, und seine Verstoktheit, die Folge jenes Lasters, stieg beonders zu Ende des Sommers zu einem Grade, der mir beinahe auch meine Gesundheit, alle Heiterkeit, und so auch meinen Geisteskräften ihre gehörige Thätigkeit raubte.«

Dieser letztere Punkt, die Lähmung des eignen Schaffens, fiel für Hölderlin sehr ins Gewicht, da ihm Gestalt und Problem seines Hyperion immer mächtiger heraufgewachsen waren und ihn den ganzen Sommer über nicht losließen. Daß seine Lage in Waltershausen schließlich unhaltbar wurde, hat seinen Grund in der begreiflichen Ungeduld, ja Pein, welche ihm die geschilderten Schwierigkeiten erregten, nicht etwa in der Ungeduld anderer. Charlotte v. Kalb namentlich wußte seine Bemühungen zu ehren, und sie war geistig bedeutend genug, um darüber hinaus den hohen Rang seines Wesens zu würdigen. Weder sie noch auch ihr Gatte ließen es an häufig wiederholten Ermutigungen fehlen. »Das einzige Wesen, das manchmal mit Hölderlin unzufrieden ist, ist er selbst«, schrieb sie an Schiller. Man hat der damals 33jährigen Frau dieses Verhältnis zu Hölderlin als eine Liebesbeziehung ausgelegt, entsprechend jenen Beziehungen, welche sie 1785–1789 mit Schiller und später (seit 1796) mit Jean Paul verbunden haben. Aber man sieht ihre Stellung zu Hölderlin wohl richtiger, wenn man sich Charlotte v. Kalb vergegenwärtigt als eine Frau, für welche Verständnis und Verehrung, Bewunderung und Herzensteilnahme nahe beieinander liegen, ohne daß die so entstehenden Gefühlslagen immer unter eindeutige Rubriken wie die erwähnte zu bringen wären.

Ohne Zweifel war es echtes, bis ins Herz gehendes Verständnis, welches Charlotte v. Kalb dem Dichter entgegenbrachte. Ihr eigner schwieriger Charakter, die ungelösten Widersprüche in ihrem Wesen hatten sie mit seelischen Nöten verschiedener Art bekannt gemacht. Aus Hölderlins Schaffen, gewiß auch aus vielen seiner Mitteilungen stellte sich ihr eine schmerzliche Selbstentzweiung dar, welcher sie, zugleich mit der Ehrerbietung für den Adel des Hölderlinschen Wesens, die tiefe Sympathie einer Leidensgenossin zuwenden mußte. Für sie wie für Hölderlin sind jene Briefworte bezeichnend, welche sie mit Beziehung auf dessen Klagen über sich selbst an Schiller richtete: »Ich kenne – durch mich, – ich hörte oft die Klagen über den Verlust oder Nichtbesitz des selbständigen Glücks oder innern Seins, der reinen unbefangenen Aufnahme und Einwirkung, – der Gegenstände außer uns, so wenig getrübt durch Affekte, als Vorurteile... und dieser Rückblick, dies in sich Schaun ist wirklich ein Übel, eine Krankheit, die der besseren Menschen Art anklebt, aber ich möchte mit Herder sagen... es ist die übelste, dies ärmste Sein, welches ich in Betrachtungen über mich selbst hinbringe.«

Was Hölderlin anlangt, so ist gewiß das geistige Verständnis, welches ihm aus weiblichem Herzen entgegenkam, nicht ohne tiefen Eindruck auf sein Gemüt geblieben. Er hat später geschrieben, er sei in Waltershausen förmlich vergöttert worden. Aber er bezog dies nicht auf Charlotte allein, sondern auch auf den Hausherrn und andre Personen. Sonst fehlt in seinen Arbeiten und Briefen jeder Anhaltspunkt dafür, daß ihn ein erklärteres Gefühl mit Charlotte verbunden habe. Die einzige Spur, die in diese Richtung deutet, ist

die Regung von Eifersucht, welche später Diotima in einem ihrer
Briefe (Dezember 1799) bekundete, als Hölderlin Neigung zeigte,
einen Wirkungskreis in Schillers Nähe – und damit auch in der
Nähe Charlottens – zu suchen. Hat Hölderlin der Geliebten in
vertrautem Gespräch die Beziehung zu Charlotte mit Zügen geschildert, die zu dieser Eifersucht Anlaß gaben? Wir wissen es nicht.
Eifersucht einer Liebenden kann sich von Geringem nähren. Biographisch faßbarer Stoff ist jedenfalls nicht gegeben.

Aber, wie gesagt, alles Verständnis, alle Duldsamkeit, welche das
Haus Kalb für Hölderlin bereit hatte, konnten diesen nicht mit
einer Lage versöhnen, die ihm schwere Beeinträchtigungen des eigenen Daseins abforderte, ohne dieses Opfer durch erzieherische Erfolge zu lohnen. Diese Erfolglosigkeit, namentlich auch in dem vergeblichen Kampfe gegen das genannte Übel, entmutigte ihn, reizte
ihn zu überschärfter und schiefer Reaktion, so daß selbst Charlotte
gelegentlich gegen ihn kritisch wurde und sich klarmachte, daß doch
nicht alle Schuld am Mißlingen des Erziehungswerkes auf ihren
Sohn fiel. »Hölderlin ist sehr empfindlich«, schrieb sie an Schiller,
»ich vermute, Hölderlin ist – etwas überspannt – und so sind
auch vielleicht seine Forderungen an das Kind.«

Zunächst wurde aber noch ein Ausweg versucht, indem man Hölderlin mit seinem Zögling im November 1794 nach Jena schickte.
Man erhoffte von einer neuen, belebteren Umwelt eine günstige
Einwirkung auf beide. Über diese Wochen des ersten Jenaer Aufenthalts berichtet der erwähnte Brief an die Mutter: »Um mich
einigermaßen für so manche verlorene bittere Stunde zu entschädi-
gen, auch um den Knaben zu zerstreuen, und durch Tanzstunden
pp. in mer Bewegung zu sezen, schikte man uns nach Jena. Durch
unsägliche Mühe, fast beständiges Nachtwachen, und die dringend-
sten Bitten und Ermahnungen, und durch gerechte Strenge gelang
mir's, auf einige Zeit das Übel seltener zu machen, und so waren
die Fortschritte in der moralischen und wissenschaftlichen Bildung
wieder recht schön. Aber es hielt nicht lange an, die ganze Unmöglichkeit, auf das Kind reel zu wirken und ihm zu helffen, griff meine
Gesundheit und mein Gemüth auf das härteste an. Das ängstliche
Wachen bei Nacht zerstörte meinen Kopf, und machte mich für
mein Tagwerk beinahe unfähig.«

Wenn diese Schilderung – man erinnere sich, daß sie am 16. Februar 1795 geschrieben ist, nach Beendigung des Verhältnisses zum
Hause Kalb – die Schwierigkeiten unterstreicht, so läßt ein Brief

an Neuffer vom November 1794 andre Seiten dieser ersten Jenaer
Zeit hervortreten: die Eindrücke der ersten Begegnungen mit Schiller, Goethe, Fichte, die eigenartig zwiespältige Wirkung, die er davon erfährt, den tiefen Ernst, mit dem er seine Berufung ins Auge
faßt angesichts eines Kreises von Männern, die der Ruhm schon
krönt und denen er nachzueifern gezwungen ist.

Was das kleine Jena im Zusammenhang mit Weimar damals als
Herdpunkt deutschen Geisteslebens bedeutete, läßt sich mit heutigen
Begriffen kaum noch veranschaulichen. Schiller, W. v. Humboldt,
Fichte, Friedrich Immanuel Niethammer, K. Leonhard Reinhold in
Jena, Goethe, Herder, Wieland in Weimar – so drängten sich
Gipfel an Gipfel geniale und bedeutende Persönlichkeiten auf eng-
stem Raum. Dazu kamen die besonderen Impulse des Augenblicks:
Schiller, soeben erfrischt zurückgekehrt von einem längeren Aufenthalt in der schwäbischen Heimat (August 1793 bis Mai 1794),
bereitete die »Horen« vor, die 1795 zum erstenmal herauskamen;
im Sommer 1794 waren sich Schiller und Goethe freundschaftlich
nahegetreten, namentlich seit Schillers herrlichem Brief an Goethe
(23. August 1794); Niethammer rüstete sich zur Herausgabe des
»Philosophischen Journals«, das 1795 zu erscheinen begann; Fichte
hatte seine ersten Vorlesungen begonnen (»Über die Moral für Ge-
lehrte«, auf der Grundlage seiner kurz zuvor erschienenen »Bestimmung des Gelehrten«) und wirkte wie ein Sturm von Geist
und Feuer. Er zeigte der staunenden Welt jenes befehlerische Denk-
temperament, das wir noch heute seinen nachgelassenen Bildnissen
aus dem Auge glühen sehen; Geist im strengen Stolz seines Herren-
tums, verbunden mit einem Titanenwillen, der aus dem Nichts eine
Welt emporhob; eine lodernde Flamme revolutionären Freiheits-
gefühls bei unlöslicher Bindung an die sittliche Forderung und an
kämpferische Tatbereitschaft; eine Verklammerung von unerhört
kühner Theorie mit einer praktisch-sittlichen Auswirkung, die jedes
empfängliche Herz hinreißen mußte.

Hölderlin schrieb über ihn an Neuffer (November 1794): »Fichte
ist jezt die Seele von Jena. Und gottlob! daß ers ist. Einen Mann
von solcher Tiefe und Energie des Geistes kenn' ich sonst nicht. In
den entlegensten Gebieten des menschlichen Wissens die Prinzipien
dieses Wissens, und mit ihnen die des Rechts aufzusuchen und zu
bestimmen, und mit gleicher Kraft des Geistes die entlegensten kün-
sten Folgerungen aus diesen Prinzipien zu denken und troz der Gewalt der Finsternis sie zu schreiben und vorzutragen, mit einem

Feuer und einer Bestimtheit, deren Vereinigung mir Armen one diß Beispiel vieleicht ein unauflösliches Problem geschienen hätte, – diß lieber Neuffer! ist doch gewis viel, und ist gewis nicht zu viel gesagt von diesem Manne. Ich hör' ihn alle Tage. Sprech' ihn zuweilen.«

So beginnt Hölderlins unmittelbare Berührung mit einem Manne, der eine noch lange spürbare Wirkung, im Guten wie im Schlimmen, auf ihn ausüben sollte. Sehr viel gutes, väterliches Entgegenkommen fand er andererseits bei Schiller. Dieser zog ihn oft in sein Haus, ebnete ihm die Wege, wo er konnte, vermittelte ihm persönliche Beziehungen, öffnete ihm seine Zeitschriften, sorgte für die Anknüpfung mit dem Verleger Cotta. Eindrucksvolle Bilder von dem Verhältnis Schillers zu Hölderlin gibt der erwähnte Novemberbrief an Neuffer: »Auch bei Schiller war' ich schon einigemale, das erstemal eben nicht mit Glük. Ich trat hinein, wurde freundlich begrüßt, und bemerkte kaum im Hintergrunde einen Fremden, bei dem keine Miene, auch nachher lange kein Laut etwas besonders ahnen ließ. Schiller nannte mich ihm, nannt' ihn auch mir, aber ich verstand seinen Nahmen nicht. Kalt, fast one einen Blick auf ihn begrüßt' ich ihn, und war einzig im Innern und Äußern mit Schillern beschäftigt. Der Fremde sprach lange kein Wort. Schiller brachte die Thalia, wo ein Fragment von meinem Hyperion und mein Gedicht an das Schiksaal gedrukt ist, und gab es mir. Da Schiller sich einen Augenblick darauf entfernte, nahm der Fremde das Journal vom Tische, wo ich stand, blätterte neben mir in dem Fragmente und sprach kein Wort. Ich fült' es, daß ich über und über roth wurde. Hätt' ich gewust, was ich jezt weis, ich wäre leichenblas geworden. Er wandte sich drauf zu mir, erkundigte sich nach der Frau von Kalb, nach der Gegend und den Nachbarn unseres Dorfs; und ich beantwortete das alles so einsylbig, als ich vieleicht selten gewohnt bin. Aber ich hatte einmal meine Unglüksstunde. Schiller kam wieder, wir sprachen über das Theater in Weimar, der Fremde lies ein paar Worte fallen, die gewichtig genug waren, um mich etwas ahnden zu lassen. Aber ich ahndete nichts. Der Maler Majer aus Weimar kam auch noch. Der Fremde unterhielt sich über manches mit ihm. Aber ich ahndete nichts. Ich gieng und erfuhr an demselben Tage im Klubb der Professoren, was meinst Du? daß *Goethe* diesen Mittag bei Schiller gewesen sei. Der Himmel helfe mir, mein Unglük, und meine dummen Streiche gut zu machen, wenn ich nach Weimar komme. Nachher speist ich bei Schiller zu Nacht, wo dieser mich so viel möglich tröstete, auch durch seine Heiterkeit und seine Unterhaltung, worin sein ganzer kolossalischer Geist erschien, mich das Unheil, das mir das erstemal begegnete, vergessen ließ.« Hat Hölderlin dieses »Unheil« gewiß überschätzt, so reicht es andrerseits in seine Wesenstiefe, was er dem Freund über die innere Spannung sagt, in welche er sich durch die persönliche Berührung mit den geistigen Führern der Nation versetzt sieht: »Die Nähe der wahrhaft großen Geister, und auch die Nähe wahrhaft großer, selbtätiger, mutiger Herzen schlägt mich nieder und erhebt mich wechselsweise, ich mus mir heraushelfen aus Dämmerung und Schlummer, halbentwickelte, halberstorbne Kräfte sanft und mit Gewalt weken und bilden, wenn ich nicht am Ende zu einer traurigen Resignation meine Zuflucht nehmen soll, wo man sich mit andern Unmündigen und Unmächtigen tröstet, die Welt gehen läßt wie sie geht, dem Untergange und Aufgange der Warheit und des Rechts, dem Blühen und Welken der Kunst, dem Tod und Leben von allem, was den Menschen, als Menschen interessirt, wo man dem allem aus seinem Winkel mit Ruhe zusieht, und wenns hoch kömmt, den Forderungen der Menschheit seine negative Tugend entgegenstellt. Lieber das Grab, als diesen Zustand! Und doch hab' ich oft beinahe nichts anders im Prospect.« Wir sehen hier den aus Jugendjahren bekannten »Ehrgeiz« Hölderlins, der ihn mit metaphysischem Ernst auf die große Leistung verweist und der angesichts der »Titanen« nur mächtiger aufsteht, quälender, ungeduldiger. Hölderlin bietet in der Gegenwart der Großen, die ihm wohlwollen, nur um so deutlicher das Bild eines jungen Helden, der seine eigne Berufung zum Großen ahnt, ohne sie doch als eine ruhige Gewißheit in sich zu hegen, ohne sich selbst gegenüber geduldig sein zu können. Gerade jenes Wohlwollen, an dem es Schiller in keiner Weise fehlen ließ, mußte seine innere Lage verschärfen; denn es war ihm eine schreckliche Mahnung, daß die *Gleichberechtigung* auf Grund der Leistung noch nicht errungen war. Man hat den Agon, den Wettstreit, das Herz der antiken Hochkultur genannt. In Hölderlin wird er wieder lebendig, doch mit einer Gewalt und Unbedingtheit, die selbst gerechte Lebensverhältnisse tief zu stören vermag. Es kann ihm »eine Woche verderben«, wenn er irgendwo liest, daß die deutsche Dichtkunst mit Wielands Schaffen begonnen habe und mit diesem *untergehe* (vgl. den mehrfach angezogenen Brief an Neuffer). Welch einen Blick lassen solche Züge tun in die Schwere der Aufgabe, die Hölderlin lebenslang gestellt war

und die er *gelöst* hat: immer wieder einzuschwingen in die welt-
tiefe, feiernde Ruhe, in den atemreichen Frieden der Urbilder und
Urbegebenheiten, in den Bereich der Quellen, woher allein seine
Dichtung stammt!

Dieser erste Aufenthalt in Jena brachte aber im übrigen nicht die
günstige Wendung, die Frau v. Kalb sich mit Hinblick auf ihren
Sohn versprochen hatte. Hölderlin, der sich die unerfüllbare Aufgabe gesetzt hatte, seinen Zögling durch fortgesetztes Nachtwachen
von jenem »Übel« zu befreien, sah seine Bemühungen scheitern
und seine Gesundheit immer bedenklicher angegriffen (»Ich fieng
auch an auf eine gefährliche Art an meinem Kopfe zu leiden«).
Ohne Zweifel war er bei sich selber damals des Verhältnisses zum
Hause Kalb schon herzlich überdrüssig und entschlossen, es um
jeden Preis zu lösen. Noch einmal aber ließ er sich durch Charlottens und Schillers Zuspruch bewegen. Die Kalbsche Familie faßte
den Entschluß, nach Weimar überzusiedeln, und diesen Umzug
machte Hölderlin samt seinem Zögling mit (Ende Dezember 1794).
Die wenigen Tage in Weimar brachten Hölderlin wichtige persönliche Bekanntschaften. »Ich kam zu Herdern«, schrieb er am 19. Januar an Neuffer, »und die Herzlichkeit, womit mir der edle Mann
begegnete, machte auf mich einen unvergeßlichen Eindruck ... auch
mit Göthen wurd' ich bekannt. Mit Herzpochen gieng ich über
seine Schwelle. Das kannst Du Dir denken. Ich traf ihn zwar
nicht zu Hauße; aber nachher bei der Majorin. Ruhig, viel Majestät im Blike, und auch Liebe, äußerst einfach im Gespräche, das
aber doch hie und da mit einem bittern Hiebe auf die Thorheit
um ihn, und eben so bittern Zuge im Gesichte – und dann wieder
von einem Funken seines noch lange nicht erloschnen Genies ge-
würzt wird – so fand ich ihn. Man sagte sonst, er sei stolz; wenn
man aber darunter das Niederdrükende und Zurükstoßende im Benehmen gegen unser Einen verstand, so log man. Man glaubt oft
einen recht herzguten Vater vor sich zu haben.«

Nach zwei Wochen Weimar wurde die Situation endlich im Sinne
Hölderlins reif. Die Majorin sah selbst, daß es Zeit war, dem »Jam-
mer ein Ende zu machen«, und obschon sie nicht an eine sofortige
Trennung dachte, wußte sich Hölderlin doch diesmal durchzusetzen.
Er ging Mitte Januar 1795 nach Jena zurück, zum erstenmal im
Leben ein »freier Mann«, Herr seiner Zeit und seiner Beschäfti-
gungen, mit einem Lebensplan, welcher vor allem ein halbes Jahr
Kolleghören bei Fichte vorsah, um dann, im Herbst, zur Habilita-

tion an der Jenaer Universität oder zu neuer Hofmeistertätigkeit
zu führen. Die erste greifbare Grundlage dieses Lebensplanes bildeten die sieben Karolin, mit welchen Charlotte v. Kalb ihn beim
Abschied ausstattete, 77 Goldgulden also, die bis Ostern 1795 aus-
reichen sollten. Wie es nach Ostern weitergehen sollte, verrät ein
Brief, den Frau v. Kalb am 17. Januar 1795 – offenbar in Ver-
abredung mit Hölderlin – an dessen Mutter richtete: Die Mutter
soll den Sohn von Ostern bis Herbst durch Zuwendungen aus seinem künftigen Erbteil unterstützen. »Ich mögte nicht«, schreibt
Charlotte der Frau Kammerräthin, »das H. je durch Umstände in
den Fall versezt würde wieder eine Erziehung zu übernehmen. Sein
Geist kann sich zu dieser kleinlichen Mühe nicht herablassen. –
Oder vielmehr sein Gemüth wird zu sehr davon afficirt... Jena
und eine Stelle bey der Universität wäre das Ziel seiner jetzigen
wünsche, und ich glaube es wird nicht so schwer für ihn sein. –
Erleichtern Sie ihm also so viel in Ihren Kräften steht seinen jetzigen Aufenthalt, und diese wichtige Epoche seines Lebens! – Er hat
wenig Bedürfnisse – er wird selbst durch literarische Arbeiten dafür einiges thun können; – Aber entfernen Sie alle kleinlichen
Sorgen von ihm – das keine unnüze Bekümmernis – seine Zeit
trübe, und seine Bildung verzögere! – Das Pfund welches Sie ihm
jetzo von seinem Eigenthum geben wird tausendfältig wuchern.«


Werfen wir hier, am endgültigen Abschluß der Waltershausener
Episode, einen Blick auf Hölderlins Schaffen in dieser Zeit. Die Tübinger Hymnenreihe hatte einen gewissen Abschluß gefunden in
der Elegie »Griechenland«, die Gotthold Stäudlin gewidmet wurde; sie war 1793 in Schillers Neuer Thalia, Band IV erschienen.
Hatten die Tübinger Hymnen – auch die »An den Genius Griechenlands« – aus dem Preise der ewigen, unalternden Lebensmächte gelebt, so klingt in diesem Gedichte deutlich ein Ton des
elegisch gestimmten Gechichtsbewußtseins, des Abstandserlebnisses
an. In den Hymnen war die immerwährende Gegenwart der Götter
aufgeleuchtet; der lebendige Olymp hatte sich der mythisch feiernden Schau dargestellt, und das Zeitgeschehen der 90er Jahre, der
Freiheitskampf auf geistiger und politischer Ebene, wurde weitgehend gedeutet als Einleitung zu einer neuen Menschenverwirk-
lichung nach dem ewigen olympischen Maß. »Griechen und Römer
zu werden« auf dem Wege jenes Freiheitskampfes, war die sieges-

gewisse Hoffnung Hölderlins wie vieler Zeitgenossen diesseits und jenseits der Grenzen. Nun ist zwar keine Rede davon, daß der Gedanke des ewigen Olymp jemals in Hölderlin verblaßt sei; er bleibt immer das eigentliche Herz seiner Welt. Aber die Gegenwart, in dem schroffen Kontrast ihres Lebensgesetzes gegen das Lebensgesetz des Altertums, begann sich vor den Augen und in der Erfahrung des 24jährigen nun bestimmter emporzuheben. Auf lange Jahre hinaus, fast bis zum Ende, ward es sein Problem, wie sich nebeneinander denken lasse, was Geschichte und *Schicksal* auseinandergestellt haben: die fortdauernde Lebenswirklichkeit und die herrlich-maßstäbliche, alte Form. Hölderlins Dichtung gewinnt in der ständigen Bearbeitung dieser Aufgabe ihre auszeichnende Grundbewegung, jene antithetische Innenform, die sich auf ein nie ruhendes »Gespräch« zwischen Trauer und Zuversicht *gründet* und deren Skelett als ein Gerüst von Disjunktiven (Zwar – Aber – Nämlich – Dennoch – Indessen usw.) oft zu greifen ist. Die Elegie »Griechenland« vom Sommer 1793, vielleicht miterregt von Schillers »Göttern Griechenlands« (März 1788) gehört zu den Ausdrücken der Trauer, der freien Sehnsucht in die vergangene, unmittelbare Fülle; sie ist Totenopfer, Absage an das Licht des Tages und an den »Tagesgott«. Aber nicht nur zeitlich, sondern vor allem innerlich dialektisch ist der Elegie die Waltershausener Hymne »Das Schiksaal« benachbart, Ausdruck des Mutes, des Bekenntnisses zu Zeit und Geschichte, Kampf und Sieg: »Schiksaal« und »Griechenland« bilden innerlich ein Paar, eine harmonische, nicht eine verfeindete Zweiheit, die sich in Hölderlins Bewußtsein zu einer gelebten Einheit bindet. Wäre dafür ein ausdrückliches Zeugnis nötig, so liegt es vor in der unmittelbar folgenden Reimode »Der Gott der Jugend« (Anfang 1794). Sie spricht, leicht hingesungen, fast wie ein Lautenlied – man hat Matthissons Einfluß vermutet – eine Zusammenfassung aus des Inhalts: *Noch heute* ist es auf Erden so schön wie zu den Zeiten des Horaz und des Plato; in der Lebensstärke der Jugend und in der Natur ist das gegenwärtig, was damals in erfüllter Kulturform erschien.

Wir haben mehrfach von den Erlebnistypen bei Hölderlin, von frühen Vorformen späterer großer Bildungen seiner Dichtung gesprochen. Man kann in der Ode an den »Gott der Jugend«, wenigstens in ihrem Grundgedanken, eine bescheidene Vorform späterer hymnischer Ideenfolgen erblicken; etwa der Hymne »Germanien« oder des »Gesangs des Deutschen«, wo die Schau erst auf dem Un-

tergang der alten Götter verweilt, um sich dann auf ihre Fortdauer
in Natur und Geschichte des Abendlandes zu richten.

In besondrer Art wird dieses Fortdauernd-Ewige gefaßt in der
gereimten Hymne »An die Unerkannte« (wohl aus der ersten
Jenaer Zeit, Ende 1794). Eigentümlich fremd berührend durch eine
verhaltene philosophische Marmorkühle und eine klare Höhen-
schau, wendet sich das ruhevoll strömende Gedicht an eine unerkannte zentrale Wesenheit im Empyreum, welche, gleich der dort
beheimateten Platonischen Idee, Begriff *und* Wirkbild ist, Quelle
und Norm alles menschlichen Strebens *und* zugleich die über-
schwengliche Erfüllung selbst. In der Anschauung wie im Ton kann
dieses Gedicht, trotz durchaus andersartiger Konstruktion, an Schillers »Das Ideal und das Leben« erinnern. Es steht andrerseits noch
in Fühlung zu Hölderlins Tübinger Hymnen, überschreitet aber
deren geistigen Raum – Ruhm der Genien und Dämonen aus lei-
denschaftlich-überspannter Erregung der Einzelseele – durch die
Haltung ruhiger Feier vor einer sonnenhaft-göttlichen Instanz. Die
Frage, was mit der »Unerkannten« gemeint sei, ist wohl nicht eindeutig zu beantworten. Doch ist klar, daß die lange Reihe von Aussagen, welche Hölderlins Gedicht über die »Unerkannte« macht,
sich nur auf eine Instanz von der Art der »göttlichen Schönheit«,
der »ewigen Schönheit« oder des »Ideals der Schönheit« beziehen
kann. Diese Namen finden sich im kulturphilosophischen Schlußkapitel des ersten Bandes des »Hyperion«; und sie bezeichnen dort
die Eine Quelle von Kunst, Religion und Philosophie, weiterhin die
»Einigkeit des ganzen Menschen« und sein »Maß«, schließlich die
»Vereinigung von Menschheit und Natur in Einer allumfassenden
Gottheit«. Entstammt dieses Kapitel auch einer späteren Zeit, so
hat doch damals, nach Schillers Vorgang, die Schönheit in Hölderlins Welt – man denke an die Tübinger Hymne an die Schönheit
– schon lange den Rang eines führenden, vielumfassenden Begriffs.
Freilich sind solche Hölderlinschen Hochbegriffe immer nur durch
ungewisse Grenzlinien von ihren Schwestern im Empyreum geschieden. Dürfen wir bei der »Unerkannten« an die Schönheit denken,
so kann dies doch nur geschehen in dem Wissen, daß sich andre
Ideen, Geister und Mächte, wie die »Harmonie« (Urania) oder die
»Eine allumfassende Gottheit«, liebend um sie drängen.

Die neue Lage in Jena, die erste Zeit eines wirklich freien Lebens ließ sich zunächst für Hölderlin sehr vielversprechend an. Die Mutter gab, freilich nicht ohne schwere Sorge, ihre Zustimmung zum einstweiligen Verbleiben in Jena. Hölderlin richtete sich mit ängstlicher Sparsamkeit ein. Fünf Taler kostet die Wohnung bis Ostern, das Essen wöchentlich 14 Groschen; dazu kommt täglich das Frühstück (6 Pf.) und ein Krug Bier (3 Pf.), als Ersatz für den geliebten Neckarwein. Um Holz zu sparen, welches in Jena sehr teuer ist, sitzt er oft im kalten Zimmer, doch warm in Kleider eingepackt. Seine Briefe sagen, daß er sehr stille und ganz nach seinem Wunsche lebe und trotz der eingeschränkten Verhältnisse sich sehr glücklich fühle.

Der Umgang mit Schiller setzte sich in den herzlichsten Formen fort. Obwohl das Thaliabruchstück des Hyperion, im November 1794, gänzlich unbeachtet geblieben war, nahm Schiller doch deutlichen Anteil an der Arbeit. Mit einem Schreiben vom 9. März 1795 empfahl er Hölderlin dem Verleger Cotta. Er sagte da, daß der Roman »recht viel genialisches« habe und würdigte den jungen Dichter mit den Worten: »Ich rechne überhaupt auf Hölderlin für die Horen in Zukunft, denn er ist sehr fleißig und an Talent fehlt es ihm gar nicht, einmal in der litterarischen Welt etwas rechtes zu werden.« Auf das Honorar für den Hyperion – in der Tat zahlte ihm Cotta im April hundert Gulden voraus – und für die Mitarbeit an den Horen stützte Hölderlin seinen Plan, so lange in Jena zu bleiben, bis sich neue Grundlagen ergeben würden: entweder eine Professur an der Universität oder eine neue gute Hofmeisterstelle.

Eine weitere Begegnung mit Goethe hinterließ bei Hölderlin die freundlichsten Eindrücke: »Göthen hab' ich gesprochen, Bruder! Es ist der schönste Genuß unseres Lebens, so viel Menschlichkeit zu finden, bei so viel Größe. Er unterhielt mich so sanft und freundlich, daß mir recht eigentlich das Herz lachte und noch lacht, wenn ich daran denke.« Wir finden hier Goethes persönliche Wirkung in ähnlicher Weise bezeichnet, wie in einem Brief Johann Heinrich Mercks an Wieland, 1778: »Das ganze Geheimniß warum Goethe, wo er ist, unentbehrlich ist, das ist seine wahre Liebe gegen die Menschen, und darin wird's ihm niemand gleichthun.« Auch mit Herder, zu dessen Denken ihn seine spätere Entwicklung in so offenkundige Beziehung bringen sollte, ferner mit dem schwäbischen Landsmann Niethammer hatte er mannigfache Fühlung.

Unter den sonstigen persönlichen Beziehungen, die Hölderlin in Jena gewann, hebt sich aber namentlich das Verhältnis zu dem Studenten Isaak v. Sinclair heraus. Es entwickelte sich zu einer Freundschaft, die sich nachmals in einzigartiger Weise bewährte und die für Hölderlins äußeren Lebensweg wie auch für den Gang seines Geistes mannigfach wichtig wurde. Schon in Tübingen war der um fünf Jahre jüngere Sinclair – er ist am 3. Oktober 1775 zu Homburg geboren – auf Hölderlin aufmerksam geworden. Er hatte ihn damals seinem Homburger Freunde Hofrat Franz Wilhelm Jung in einem Briefe vom 25. Oktober 1793 für eine Hofmeisterstelle empfohlen: »Dann aber habe ich an den Magister Hölderlin gedacht, der wie man mir versichert hat, gut französisch kann. Er ist ein junger Mann vom besten Charakter und mit der besten Aufführung, über dies hat er sich schon durch mehrere Gedichte gezeigt.« Seit Mai 1794 war Sinclair in Jena als Student der Rechte immatrikuliert, von Anfang an ein feuriger, ja fanatischer Parteigänger der französischen Revolution und der demokratischen Sache, seine ganze Jugendzeit hindurch ausgesprochener Weltbürger und glühender Anhänger des Humanitätsideals. In Jena wurde er bald ein leidenschaftlicher Verehrer Fichtes, dessen Philosophie ihm eine »Feuertaufe« bedeutete. »Ihre Hauptzüge«, schrieb er an Jung im März 1795, »sind, daß sie unausgesezte Thätigkeit, ewigen Kampf heischt, niemahls Ruhe erlaubt, und immer als Ziel nicht Glückseeligkeit, sondern Gerechtigkeit vorsezt. Aus den Tiefen der menschlichen Erkenntnis steigt er empor und sagt: Ruhe und Glück sind nicht Worte des Menschen, zum Kampf, zum Streben zum Unendlichen sind wir bestimmt.« Sinclair wußte seine Neigung zu den Gedanken der französischen Revolution auf eine eigenartige, jedoch aus den damaligen Zuständen und Geistesverfassungen wohl verständliche Weise zu vereinigen mit seiner Herkunft aus einer alten schottischen Adelsfamilie sowie mit seinen engen Beziehungen zum hessen-homburgischen Hofe. Dort war sein Vater Prinzenerzieher gewesen, und er selbst war in Erziehungsgemeinschaft mit den Prinzen aufgewachsen. Ihm galt die Sache der Demokratie ohne weiteres als eine Sache der Menschheit überhaupt, und es führt rasch an die Denkwege dieser neunziger Jahre heran, wenn man in einem Briefe Sinclairs liest (16. September 1792 an Jung), er kenne die Grenze des Vaterlandes nicht: »Mein Vaterland ist die Menschheit. Ihr will ich nüzen. Jedes weniger umfassende Band, jede weniger generelle, individuellere Liebe muß, glaube ich,

blos deßwegen dem mehrumfassenden Band, der mehr generellen,
weniger individuellen Liebe (weichen), weil es mehr umfaßt und
sie genereller und weniger individuell ist... Unsere Sache ist ja
nicht Sache einer Zeit, nicht eines Volkes, einer Partei, nicht Sache
der Whigs and Torys, der Hüte und Mützen, sie ist Sache der
Menschheit, *Gottes*, auf ewige unveränderliche Naturgesetze gegründet. Er hat die Menschen zur Glückseligkeit erschaffen, zu
dieser ist Vervollkommnung und zu dieser Freiheit, bürgerliche
Freiheit nötig.« Das ist noch die Stimme Rousseaus, und es ist natürlich auch schon die Stimme des frühen Fichte, wie sie in der
Schrift »Zurückforderung der Denkfreiheit« erklang (1793).
Auch in Jena nahm Sinclair starken Anteil an den revolutionären
Erregungen und Bünden, die an der Universität im Schwange waren; einem derselben, dem »Bund der freien Männer«, stand er so
nahe, daß er in dessen Prozeß verwickelt wurde. Den Kampf gegen
diese und andre studentische »Orden« führte vor allem Fichte
selbst. Tumulte und Relegationen, Verhöre und Gerichtsverfahren
waren die Folge. Die Gegenwehr der Studentenschaft äußerte sich
in einer so heftigen Weise, daß Fichte im Frühsommer 1795 für
einige Zeit die Universität verlassen mußte. Sinclair verlor im Zusammenhang mit diesen »Ordensgeschichten«, wie er im März 1795
an Jung schrieb, viele Bekanntschaften: »Für diese Legion von Bekannten, die ich verlohr, habe ich aber die Zeit einen Herzensfreund
instar omnium erhalten, den M. Hölderlin. Er ist Jung und Leutwein in einer Person: seine Bildung beschämt mich, und gibt mir zur
Nachahmung einen mächtigen Reiz; mit diesem strahlenden, liebenswürdigen Vorbild werde ich künftigen Sommer auf einem einsamen Gartenhaus zubringen. Von meiner Einsamkeit und diesem
Freund verspreche ich mir viel. Ich habe seinetwegen an die Hofmeisterstelle bei den Prinzen gedacht, ich möchte um alles ihn wenigstens in unserer Nähe einst haben.«
Zu Sinclairs Jenaer Bekanntenkreis, den diese Briefstelle uns ins
Blickfeld rückt, gehörten auch einige junge Männer, die uns deswegen angehen, weil sie später in nähere Beziehung zu Hölderlin
traten; an Jakob Zwilling, Muhrbeck, Casimir Ulrich Boehlendorff, der Empfänger eines der wichtigsten Briefe, die Hölderlin
geschrieben hat (4. Dezember 1801), schließlich der Friedberger
Siegfried Schmid, dem Hölderlins Elegie »Stutgard« (Herbstfeier,
Herbst 1800) gewidmet ist.
Angesichts des herzlichen Gefühls aber, das Sinclair hier für Höl-

derlin bekundet und das dieser erwiderte, müssen wir uns darauf besinnen, daß es dieser Freundschaft von Anfang an nicht an einer inneren Spannung gefehlt hat. Sinclairs Denken war scharf und bestimmt, sein Herz schwungvoll und begeisterungsfähig, sein Temperament lebhaft und tätig. Seine Sinnesweise zeigt durchgehends hohen Adel; Züge der Treue, der Aufopferung und tiefen Wertwissens werden überall bei ihm bemerkbar, und das von ihm erhaltene Bildnis kann sie uns heute noch physiognomisch bestätigen, zusamt der körperlichen Zartheit, die von ihm berichtet wird. Aber als eine Natur, die straffe Folgerungen zog und rasch vom Gedanken zur Tat ging, mußte er dem Freunde Hölderlin, dem ein Zögern und Verweilen aufgegeben war, weil er nur so zur *dichterischen* Tat gelangen konnte, auch Seiten zeigen, die diesem weniger vertraut waren. Man hat vermutet, daß Alabanda, der »wilde Freund« Hyperions, Züge Sinclairs aufgenommen hat. Er ist der Stürmische, der Tätige und vom Zeitengotte zu politischer Leidenschaft Gerufene, der oft mit dem Feuer der Rede den Freund überwältigt und »federleicht hinwegreißt« – so, wie Hölderlin sich in der späteren Ode an Eduard (= Sinclair) als die »leichte Beute« bezeichnet, welche der Freund dem im Zeitgewitter gegenwärtigen Gotte entgegenträgt. Aber eben aus dieser Ode muß man auch den Ton eines heimlichen Widerstrebens hören, wie er klingt aus der Wendung, er sei dem Freunde »unterthan« und er sei bereit, ihm auch sein Kostbarstes, sein Saitenspiel, zu opfern. Sinclairs Tatsachenblick, seine aktivistische Wirklichkeitsbeziehung, angelegt in seiner Abstammung, erzogen durch die höfische Umwelt, vertieft durch die praktische Richtung des Fichteschen Denkens, überhaupt seine ganze Art, das Ideelle als Aufforderung zur persönlichen Tat zu verstehen und vor den Bedingungen der Tat nicht zurückzuschrecken; seine Bestimmtheit, das zu *wollen* und aktivistisch zu *bewirken*, was sich für Hölderlin nur erreichbar darstellte durch ein tiefes Frommsein vor der mütterlichen und reinen Natur innen und außen – hierin mußten gegensätzliche Momente liegen, die wir zu beherzigen haben, wenn wir ein volles Bild dieser Freundschaft gewinnen wollen. Eine Störung der Freundschaft ist durch diese Momente gewiß nicht bewirkt worden. Sie haben ihr im Gegenteil zur Würze gedient, haben auf der einen Seite Hölderlin vor Sinclairs Augen als das Reine und Hohe erscheinen lassen, dem seine Grundverpflichtung galt, und haben auf der anderen Seite dem auf das Ewige gerichteten Blicke Hölderlins die Welt der alltäglichen, der politischen und

namentlich auch der geschichtlichen Wirklichkeit so energisch dargeboten, daß sich daraus ein echter Zuwachs an Weltbewußtsein
ergab. Es will uns namentlich scheinen, daß die Geschichtsschau Hölderlins, wie sie sich nach der Frankfurter Zeit erweitert und vertieft
zeigt, den von Sinclair her einströmenden Elementen Entscheidendes verdankt.

Unter den dichterischen Arbeiten, die Hölderlins Zeit in Jena aus-
füllen, spielt bei weitem die wichtigste Rolle die Fortsetzung und
die Neubearbeitung des *Hyperion-Romanes*. Wir haben zunächst
einen Blick zurückzuwerfen auf jene erste Niederschrift, die den
relativ so glücklichen Frühlings- und Sommermonaten in Waltershausen ihre Entstehung verdankte. Wir nennen dieses Bruchstück,
wie schon gesagt, das Thalia-Fragment, weil es im vierten Stück von
Schillers Neuer Thalia erschienen war. Die meisten seiner Morgen-
stunden, hatte er am 10. Oktober 1794 an Neuffer geschrieben, seien
ihm in diesem Sommer über seinem Roman vergangen, wovon der
Freund die fünf ersten Briefe in der Thalia finden werde: »Ich bin
nun mit dem ersten Teile beinahe ganz zu Ende. Fast keine Zeile
blieb von meinen alten Papieren. Der große Übergang aus der Jugend in das Wesen des Mannes, vom Affekte zur Vernunft, aus dem
Reiche der Phantasie ins Reich der Wahrheit und Freiheit scheint
mir immer einer solchen langsamen Behandlung wert zu sein. Ich
freue mich übrigens doch auf den Tag, wo ich mit dem ganzen im
reinen sein werde.« Stellte hiernach schon das Thalia-Fragment
eine fast völlige Neufassung älterer Niederschriften dar, so erwies
sich auch die Annahme, daß es bei der Thalia-Fassung bleiben
werde, als irrig. Der Stoff behielt seine innere Unruhe, sein Drängen zur Aufnahme der laufend herzuströmenden Erlebnis- und Ge-
dankenmassen; schon ein Brief an Hegel vier Monate später (26.
Januar 1795) redet vom Thalia-Fragment als von einem Teil der
»rohen Massen«, aus denen er die endgültige Form aufbauen
wolle.
Es ist die große Bedeutung des Thalia-Fragments, daß es die
Grundanlage festlegt, zu welcher die Dichtung nach mancherlei Um-
wegen in der Endfassung zurückkehren sollte. Das Thalia-Fragment
legt die *Briefform* des Romans und die eigenartige Handhabung der
Zeiten fest. In fünf Briefen wird das Geschehen des Thalia-Fragments vorgetragen. Aber schon zur Zeit des ersten Briefes liegt das

gesamte Geschehen vollständig und abgeschlossen vor. Die Lage ist
so, daß der Briefschreiber Hyperion, ein kleinasiatischer Grieche der
Neuzeit, nach bitteren und seligen Jugenderfahrungen sein Vaterland verlassen hatte, um »jenseits des Meeres« in einem Lande der
Forschung und der Vernunft philosophische »Wahrheit« zu finden.
Daß dieses Land Deutschland sei (wie in der Endfassung), wird nicht
ausdrücklich gesagt. Jedenfalls hat diese Reise dem jungen Wanderer nicht das Erhoffte gebracht: »Worte fand ich überall; Wolken,
und keine Juno.« Nur einen Gewinn hat er davongetragen, die
Freundschaft mit dem jungen Bellarmin, dem er einmal, »über den
Trümmern des alten Roms« begegnet war. Enttäuscht ist dann Hyperion in das heimatliche Jonien zurückgekehrt und beginnt nun –
hier setzt die Dichtung ein – dem fernen Freunde in Briefen sein
ganzes vergangnes Leben darzulegen. Es wird also vorausgesetzt,
daß Hyperion dem Freunde beim persönlichen Zusammensein die
eigentlichen Geheimnisse seines Lebenslaufes noch nicht mitgeteilt
hatte. Als Grund für dieses Verschweigen gibt der erste Brief an,
daß der Schreiber sich damals noch »vor gewissen Erinnerungen
gefürchtet habe«, offenbar weil sie ihm noch so schmerzlich nahe-
gelegen hatten. Jetzt aber, nach der Heimkehr aus der vergeblich
durchwanderten Fremde, fühlt er sich ruhiger und fähig, »manchmal zu spielen mit den Geistern vergangner Stunden«. Die Briefe
I–IV, von verschiedenen Orten Griechenlands datiert, entwickeln
also einen von Anfang an fertigen, epischen Zusammenhang, und
nur der letzte (»auf dem Cithäron«) schildert Briefgegenwart im
üblichen Sinne.
Mit dieser eigenartigen Komposition – briefliche Darbietung einzelner Momente aus einem erinnerungsmäßigen Verfügen über den
Gesamtablauf – ist das Thalia-Fragment für die Endfassung maßgebend geworden. Aus welchen Gründen hat Hölderlin diese Dar-
stellungsweise gewählt? Er hätte das ganze Geschehen in epischer
Erzählung darbieten können (wie er es tatsächlich in dem späteren
Bruchstück »Hyperions Jugend« versucht hat). Aber dann hätte
ihm etwas gefehlt, was zu aller Hölderlinschen Mitteilung erfor-
derlich war: das lebendige Gegenüber, das angeredete Du, die Vorstellung des besonderen »Gottes« der Mitteilungssituation. Nicht
umsonst sind schon die frühen Hymnen Hölderlins mit Anrufen
gefüllt. Hölderlin brauchte die Vorstellung eines unmittelbar Zu-
hörenden, um ein vergangnes »Damals« darzubringen. Denn zu
diesem »Damals« gehörten ja vor allem auch die Beiklänge der

Empfindungen und Gedanken, unter denen er es erlebt hatte; und
sie ließen sich nur einem empfangenden Du gegenüber ausbreiten.
Diese Beiklänge des Empfindens, diese Ausbrüche hymnisch-allge-
genwärtiger Reflexion, mit denen Hyperion seine Briefe an Bellarmin durchwirkt, sind überhaupt kein »Damals«, das einmal war
und nun nicht mehr ist. Es gibt für Hölderlins persönliches Erleben
keine im strengen Sinn abgetane Vergangenheit. Alle Vergangenheit behält für ihn eine mythische Gegenwart, und so wenig es in
der Mythe der Völker eine echte Vergangenheit gibt – so daß Zeus
*einmal* den Vater Kronos gestürzt und sich dadurch auf ewig zum
Herrn gemacht hätte, oder, daß die frühen Naturungeheuer *einmal*
von Herakles besiegt und dadurch für immer vertilgt wären – so
wenig gibt es für Hölderlin-Hyperion ein abgeschlossenes Einst.
Wir sagten an früherer Stelle, daß er sich in Dauererlebnissen bewege. Diotima ist für ihn schon Gegenwart, lange ehe er Susette
Gontard kennenlernt; ebenso bleibt alles Gewesene in gegenwärtiger Geltung, nachdem es lange vergangen ist. Dieser unverlösch-
lichen mythischen Gegenwärtigkeit alles Ehemaligen will die briefliche Entfaltung des Hyperion-Romanes entsprechen.
Wenn aber so die Briefform sich anbot, warum hat Hölderlin nicht
– nach Art des »Werther« und zahlloser Brief- und Tagebuch-
romane – das Gesamtgeschehen in einzelne Abschnitte aufgelöst
und diese als jeweilige Gegenwart von Brief zu Brief dargestellt?
Jeder Brief hätte dann einen Augenblick der Vergangenheit unmittelbar vor die Anschauung gebracht, und allmählich hätte sich daraus ein immer höheres und umfassenderes Bewußtsein vom Gesamtablauf entwickelt. Aber eben diese Aufteilung in einzelne Abschnitte,
deren jeder von allen folgenden Abschnitten *kein Bewußtsein
gehabt hätte,* war für Hölderlin unmöglich. Eine solche willentliche
Verkürzung oder Abblendung des Bewußtseins auf die jeweilige
Briefgegenwart wäre eine mimische Künstelei gewesen, die ihm das
lebendige Wort im Mund erstickt hätte – ihm, der stets nur aus
dem Pathos des Vollbewußtseins, wie ein Kind und Held, sprechen
konnte, weil er nur in diesem Pathos ein wirklicher und redefähiger
Mensch war. Das Wort stellte sich ihm immer nur zur Verfügung
als dem Menschen, dem alle seine Erinnerungen und Vergangenhei-
ten, alle seine Erfahrungen mit Göttern und Menschen lückenlos
gegenwärtig und bewußt waren, als einem totalen, hymnischen
Subjekt.
So erklärt sich der technische Aufbau des »Hyperion«. Die Brief-

form, wie sie hier gehandhabt ist, gibt Hölderlin auf der einen Seite die Möglichkeit, die Rede an ein lebendiges Du zu richten und die Situation eines gegenwärtigen Gespräches mit unverkürztem Selbsteinsatz zu schaffen. Auf der andern Seite gibt ihm die Voraussetzung eines vom Anfang an abgeschlossenen Geschehens die Möglichkeit, jeden vergangenen Augenblick unter den Bogen seines *wirklichen* Bewußtseins, seiner wirklichen Totalerfahrung zu stellen. Und eine ähnliche Bedeutung hat auch die Wahl des Helden. Hyperion ist ein Grieche des 18. Jahrhunderts, Sproß eines ehedem herrlichen Volkes, Erbe großer Erinnerungen, die in Ruinen deutlich vor seinen Augen stehen; also ständig zurückbezogen auf eine untilgbare Vergangenheit, auf die unvergeßliche Kindheit seiner Nation, die doch wieder Gegenwart werden soll. Im Sein dieses Helden ist somit dasselbe Zeitverhältnis gegeben, wie in der Briefform, nämlich eine Verknotung von Gegenwart und Jugend mit dem Bewußtsein einer abgeschlossenen und doch noch wunderbar gültigen Vergangenheit. In der Endfassung des Romans entwickelt sich dies noch zu weiterer tieferer Symbolik: Die politische Fremdherrschaft, unter die Hyperion sein Griechenvolk gebunden sieht, läßt sich betrachten als Entsprechung zur Ausgesetztheit Hölderlins in eine Spätzeit, eine »Nachtzeit«, in welcher sich nun ordnungslos »die Orkane« zanken; und in der Teilnahme Hyperions am griechischen Freiheitskampf gegen die Türken kann man Hölderlins ewiges Streben um die Rettung der Kindheit, der Liebe, des Diotimaprinzips und des Uraniageistes im Mannes- und Alltagsleben gespiegelt sehen. So zeigt sich das Äußere, Physiognomische des Thalia-Bruchstücks überall mit den inneren Gegebenheiten des Hölderlinschen Wesens verbunden.

Die fortwirkende Bedeutung des Thalia-Fragments liegt weiter darin, daß es wesentliche Grundthemen des Romans mit Nachdruck vor das Auge bringt. Sofort mit Beginn des ersten Briefes ergreift eine »durstende Seele« das Wort. Sie spricht von einem mißglückten Versuch, diesen Durst durch ein Forschen nach philosophischer Wahrheit zu stillen. Dann entwickelt sich in raschen, energischen Strichen das Bild der Lage: inwendige Seinsdürre, Erfahrung des Nichts im unverwirklichten Leben. Die »Armut unseres Daseins« wird erklärt aus der Vereinzelung; als Ziel des Strebens wird die Ruhe im Lebensgrunde genannt, die Wiederherstellung des Friedens der Kindheit. Dann wird das vergebliche Bemühen geschildert, durch Verbrüderung mit Menschen dieses Ziel zu erreichen; aber es ergibt sich daraus nur der verstärkte Rückfall in das »Zernichtungsgefühl«, das »einem Dasein ohne Bedeutung« entspringt. Unschwer ist zu erkennen, daß hier die Erfahrungen Hölderlins mit den Maulbronner Schulkameraden einen Niederschlag finden; an Hauptthemen der Maulbronner Odendichtung ist man vielfach erinnert, namentlich auch da, wo dieser erste Brief von den vorübergehenden *Momenten einer Belebung* durch die Begeisterung oder durch den Zorn eines verzweifelten Widerstandes spricht.

Die Errettung kommt durch eine Mädchengestalt, durch Melite, die Vorstufe der Diotima. Melite wird die Retterin in einem fast religiösen Sinne; sie ist der sakramentale Mensch, der durch Erweckung der Liebe »vom Tode errettet«. Sie bringt unter alle den »Geist«, d. h. sie stiftet den Gemeingeist, der als Geist der Liebe allen Einzelleben den Anschluß an das Ganze und damit zugleich die höchste individuelle Belebung bringt. Mit »schauderndem Herzen« erfährt der Gerettete, daß ihm Melite allein sein Nichts, seine Unwirklichkeit aufhebt, und deshalb schlingt sich sofort in das Erlebnis der Rettung etwas Schreckliches an *Angst.*

Die Rettungskraft im Sein Melites beruht darauf, daß dieses ein dichtes, geheiltes Sein ist, ein unbedürftiges, ein allgenügsames und somit ein göttliches Leben. Aber wenn dies das Rettende ist: Liegt nicht in der Unbedürftigkeit der Retterin die Gefahr, daß sie ihrerseits des armen, zerrütteten Lebens, das sich flehend zu ihr kehrt, nicht bedarf, daß sie nicht an den Zerstörten gebunden ist durch eine echte Liebe? Es ergibt sich so, mitten aus dem überschwenglichen Dank für die empfangene Belebung, eine Angst der ungesicherten und einseitigen Abhängigkeit, ein banger Liebeszorn darüber, »daß das Herrliche, was ich liebte, so herrlich war, daß es mein nicht bedurfte«. Je deutlicher aus der Erfahrung des Nichts das Wunder der von Melite ausgehenden Lebensspende sich heraushob, desto quälender stellte sich dazu das Bewußtsein: »Aber was ich war, war ich durch sie. Die Gute freute sich über dem Lichte, das in mir leuchtete, und dachte nicht, daß es nur der Wiederschein des ihrigen war. Ich fühlte nur zu bald, daß ich ärmer wurde, als ein Schatten, wenn sie nicht in mir, und um mich, und für mich lebte, wenn sie nicht mein ward; daß ich zu nichts ward, wenn sie sich mir entzog. Es konnte nicht anders kommen, ich mußte mit dieser Todesangst jede Miene, und jeden Laut von ihr befragen, ihrem Auge

folgen, als wollte mir mein Leben entfliehen, es mochte gen Himmel
sich wenden, oder zur Erde; o Gott! es mußte ja ein Todesbote für
mich seyn, jedes Lächeln ihres heiligen Friedens, jedes ihrer Him-
melsworte, das mir sagte, wie ihr an ihrem, ihrem Herzen genüge.«
Dies führt zu einem Wirbel der Gefühle, der so ausweglos ist, daß
Hyperion weder Melites Gegenwart noch ihre Abwesenheit ertragen
kann; ihre Gegenwart läßt die Empfindung des eigenen Lebensmangels wild aufbrausen, ihr Fernsein stürzt ihn in die Zernichtung.
Die Lösung kommt dadurch, daß Melite ins Wesenlose verschwindet,
und als großer »Ersatz« bietet sich dem Verlassenen die Liebe zur
Natur an, die Liebe zur Lebensfülle des Alls.

Wir haben diese Einzelzüge hier knapp angegeben, weil sie bio-
graphisches Gewicht haben und für die Endfassung des Hyperion
maßgebend geblieben sind. Hölderlins Seinslage, vor allem das, was
wir seinen Lebensmangel genannt haben, findet sich hier mit Zügen
geschildert, die weit über die Selbstbekundung in den Briefen und
Gedichten hinausführen. Die feste Landschaft seines Lebensspieles
und die bewegenden Kräfte in ihr erscheinen hier in einer kargen,
großzügigen Schlichtheit. Wenn gesagt worden ist, daß Hölderlins
Dichtung in Grundwellen des menschlichen Seins bewegt sei, so gilt
für sein Leben, daß es sich in sehr »frühen«, altertümlichen Fragen
bewegt, in Leiden, die der reinen, typischen Form des Schöpfungs-
schmerzes sich nähern. Als Hauptsache gleichsam, nicht als Neben-
motiv begibt sich in diesem Leben der reine Vorgang: Entwirkli-
chung durch inneren Zwist, Verwirklichung durch Liebe, schließlich,
nach Melites Verschwinden, die Großbeziehung zur Natur als
Liebesersatz, der Weltgewinn auf dem Weg des begeisterten Leidens.
Was wir hier das Reine, das Frühe und Altertümliche der Hölderlinschen Lebensproblematik nannten, steht in Beziehung zu dem,
was oben über die Typik, über die Wiederkehr seiner Grunderleb-
nisse zu sagen war. Es fehlt seinem Erleben weithin das Zufällige.
Das Element der gesetzlichen Entfaltung beherrscht das Bild. Daher
das Prophetische im engeren Sinne, welches in Hölderlins Dichtung
mehrfach auftritt: Lyda deutete auf Melite, Melite auf die Diotima
*vor* Frankfurt und diese wieder auf die Diotima der Endfassung,
welche das warme wirkliche Leben der Susette Gontard in sich aufgenommen hat.

Es wird ewig erstaunlich bleiben, wie die Traumgeliebte Melite von
1794 mit der wirklichen Diotima der Endfassung sich deckt fast bis
zur völligen Identität. Die wirkliche Begegnung kann nur bestätigen, was der Traum vorausgeschaut hatte. Susette Gontard brauchte bloß in das schon stehende Bild der Melite-Diotima einzuwan-
dern wie in ein fertiges Haus. Der liebliche Schatten Melite, den
Phantasie aus dem Stoffe eines wunderbaren Lebensmangels gebildet hatte, wurde in Diotima ohne jede grundsätzliche Veränderung
der Umrisse mit einem Schlage plastisch, schlug lebendige Augen
auf und ward atmende Gestalt. Melite ist Hölderlins Vorauswissen
von Diotima, und die Lebenserfüllung durch Melite ist Hölderlins
Vorauswissen von dem Amt der Liebe in seinem Leben; und dies
kann sie sein, weil sie zugleich Hölderlins Urwissen vom Amt der
Liebe auf Erden überhaupt ist. Es ist dieses »überhaupt«, worin die
Identität der Wunschfrau Melite mit der wirklichen Susette-Dioti-
ma ihre Begründung findet; das »überhaupt« des heiligen, ewigen
Lebensmangels, von dem Hölderlin ausgeht, gibt die Erklärung. Die
Ausgestoßenen, die Menschen mit dem heiligen Lebensmangel sind
es, die – wenn ihre Seele rein geblieben ist – das Gültigste von
der Liebe wissen. Denn sie stehen in der schärfsten Angewiesenheit
auf das Rettende. Sie erblicken das Rettende mit dem wahrhaft
kundigen Blick, gerade weil ihnen die freundlichen *mittleren* Le-
benshilfen fehlen, welche sonst in jedem Menschendasein vorhanden
sind, als Bindungen durch Beruf, Familie, Herkommen, Heimat.
Hölderlin erfuhr mit einer Deutlichkeit, die wir sonst nur den Tatsachen der physischen Welt beimessen, daß allein die Liebe den
Geist und die Natur aneinanderbindet, daß allein die Liebe gleich
groß angesetzt ist gegen den großen Bruch. Sie stiftet damit im
Einzelmenschen die *Einheit der Person*, jene Ruhe im Seinsgrunde,
welche Hölderlin meint, sooft er vom Frieden der Kindheit spricht.
Sie stiftet, indem sie den Geist zum liebenden Mitspieler des Lebens macht, den *Sinn und die Bedeutung* ins Dasein. Sie bindet in
der äußeren Welt den Stoff an Geist und Seele und stiftet damit
*Form, Gestalt* und *Schönheit*. Wo irgend Leben sich erfüllt in seinem entscheidenden Charakter, nämlich als Beieinander von Oben
und Unten, Ich und Du, Außen und Innen, überall da ist Liebe zugegen. Deshalb wird ihm schon frühe, wie wir gesehen haben, zum
eigentlichsten Namen der Liebe »Urania«, und in ihr finden sich
Eros, Amor, Aphrodite zusammen; er sieht Uranias Wesen wirksam in Diotima und ebenso im deutschen Vaterland, wenn es im

geistigen und politischen Feld »ein freudig Werk sinnet, das aus
Liebe geboren und gut sei« wie die Seele Deutschlands selbst.
Es sei hier, ehe wir uns zu Hölderlins weiterer Arbeit am »Hyperion« wenden, zu dem Roman etwas Allgemeines bemerkt. Er steht
für viele Leser Hölderlins im Schatten seiner hohen Oden- und
Hymnendichtung. Die Zärtlichkeit seiner Sprache, ihre innige lyrische Melodie wurden immer wieder zum Anlaß, daß der Roman
unverbindlich und »musikalisch« gelesen wurde, genießerisch
gleichsam in bezug auf die schöne, elegische Gefühlsbewegung oder
auf die schwärmerisch-pantheistische Naturverherrlichung, in der er
ausklingt. Aber in Wirklichkeit ist der Wert des Romans anderswo
zu suchen. Der »Hyperion« schließt sich nur dann auf, wenn er
vor allem auf die große sachliche Genauigkeit hin gelesen wird,
womit er die Grundprobleme des Hölderlinschen Lebens ausbreitet.
Gerade mit der Entfaltung der Einzelstationen, der verschiedenen
Versuche zur Selbstverwirklichung, des Hinausgreifens einer eigenartig organlosen Seele zur Welt, und mit der gewissenhaft studierten malerischen Darstellung der seelischen Witterungswechsel ist der
»Hyperion« in Hölderlins Werk einzigartig und unersetzbar. Niemals kann der Umfang desjenigen Bewußtseins, aus dem nachmals
die Hymnen und der »Empedokles« hervorgingen, voll ermessen
werden, wo nicht zuerst an Hand des Romans das Werden dieses
Bewußtseins beobachtet worden ist. Begriffe wie Liebe, Schicksal,
Ideal, Natur, Vernichtung, Jugend, Geist sind – und freilich gilt dies
für Hölderlins Sprache überhaupt – bei ihm jedesmal mit einem
bestimmteren Inhalt gefüllt als sie im Tagesgebrauch mit sich führen, und im »Hyperion« sieht man diese Inhalte sich bilden und
differenzieren. Auch greifbare Einzelheiten kommen in Betracht;
so wird sich z. B. kaum ein zulänglicher Begriff von der »Wortsünde« des Empedokles gewinnen lassen – namentlich auch von
der Weise, in der sie Hölderlin *persönlich* angeht – wenn man nicht
das zu Hilfe nimmt, was die metrische Hyperionfassung und »Hyperions Jugend« über die Periode der Geistestyrannei wider die
Natur berichtet.
Hölderlin nahm in Jena alsbald den »Hyperion« von neuem vor
und brachte in angespannter Arbeit zwischen November 1794 und
Januar 1795 die sog. metrische Hyperionfassung zustande. Sie berührt sich mit der Thaliafassung in keinem Punkte, es sei denn, daß
man diese Berührung in dem Motiv der »Reise« finden will, das in
beiden Fassungen vorkommt. Vielleicht knüpft die Jenaer metrische

Fassung an jenen frühen Versuch an, den Stoff in einer Verserzählung zu behandeln; wir haben diesen Versuch erwähnt und gesagt, daß er verlorengegangen ist. Anscheinend war aber doch beabsichtigt, das Material des Thalia-Fragments in diese neue metrische Fassung einzuarbeiten, etwa in der Art, wie es die Nürtinger Prosaerzählung »Hyperions Jugend« (1795, Sommer) kurz darauf geleistet hat.

Man darf annehmen, daß Hölderlin die Arbeit an der metrischen Fassung im Auge hatte, als er am 26. Januar 1795 dem damals in Bern weilenden Freunde Hegel schrieb: »Meine produktive Thätigkeit ist beinahe ganz auf die Umbildung der Materialien von meinem Roman gerichtet. Das Fragment in der Thalia ist eine dieser rohen Massen. Ich denke bis Ostern damit fertig´zu seyn, laß mich indeß von ihm schweigen.« Möglicherweise bezieht sich Hegel auf diesen Brief Hölderlins, wenn er an Schelling – der sich über Hölderlins Briefschweigen beklagt hatte – Ende Januar schreibt: »Hölderlin schreibt mir zuweilen aus Jena, ich werde ihm wegen Deiner Vorwürfe machen; Er hört Fichte'n und spricht mit Begeisterung von ihm als einem Titanen, der für die Menschheit kämpfe und dessen Wirkungskreis gewiß nicht innerhalb der Wände des Auditoriums bleiben werde.«

Hier ist der Name des Mannes genannt, der mit dem metrischen Fragment des Hyperion in bedeutsamer innerer Beziehung steht. Denn eine Auseinandersetzung Hölderlins mit gewissen Seiten der Fichteschen Lehre ist im metrischen Hyperion ohne Zweifel gegeben. Wir haben an früherem Ort gesagt, daß schon ein in Waltershausen geschriebener Brief an den Bruder (21. August 1794) die Sprache des schroffen sittlichen Rigorismus Fichtes spreche. Dieser Brief ist bezeichnend für die außerordentliche, überfallartige Wirkung, die Fichtes Denken schon in Waltershausen auf Hölderlin geübt hat. Er ließ sich in Jena, wo er die mächtige Mannesgestalt täglich vor Augen hatte, noch viel entschiedener von dieser Wirkung gefangennehmen. Die Bewunderung, die ihm der gewaltige Mensch abzwang, mag ihm eine Zeitlang den Konflikt verdeckt haben, der hier für ihn herandrohte. Der Konflikt, den wir hier meinen, ist der zwischen Fichtes radikaler Autonomie der Vernunft, für welche das Ich begann mit der Tathandlung der eignen Ich-Setzung, woran sich als freiwillige Selbstbeschränkung dieses Ichs die Setzung des Nicht-Ichs (der Natur) schloß – und der Hölderlinschen Verwiesenheit auf ein kindlich-gläubiges Verhalten zur Natur als der Lebensfülle, aus der jenes Ich sein Dasein erst empfing. Das mächtig realisierte Ich Fichtes ertrug leicht die Strecken metaphysischer Ich-Vereinsamung, die auf seinem Wege der Weltkonstruktion zu durchwandern waren. Für Hölderlin aber war gerade die Ich-Werdung, die Ich-Verfestigung *das* Problem.

Fichte gewann durch die Seinsgewalt, mit der sein Ich begabt war, aus lebensfernster Abstraktion schließlich doch wieder die ganze Welt, durch den erstaunlichen Schritt zum Nicht-Ich, durch den gewagten Übergang zum »Glauben«, wie ihn die fünf Jahre später verfaßte Schrift »Über die Bestimmung des Menschen« schilderte: erst schlägt der »Geist« mit dem kritizistischen Hammer die Welt des Menschen zu Trümmern; dann zaubert ein Ich will! des im Ich drängenden Triebs zur freien Selbsttätigkeit sie wieder hervor. Weil das Ich sich nur bejahen kann in Bejahung dieses sittlichen Tätigkeitstriebes, bedeutet die Setzung des Ichs zugleich die Ergreifung der Realität der Welt »in der sich uns natürlich darbietenden Ansicht, weil wir nur bei dieser Ansicht unsre Bestimmung erfüllen können«. So gehen zwar Welt und Natur aus der Zerstörung wieder hervor, aber die Spuren dieser Art Wiedergeburt bleiben an ihnen haften: die Natur ist für Fichte »roh und wild«, nichts lebt in ihr an Eigenwürde und Bedeutung, und nur als Gegenstand menschlicher Bearbeitung hat sie einen Wert. »Handeln! Handeln! Das ist es, wozu wir da sind.« Worte wie diese standen schon in Fichtes »Bestimmung des Gelehrten«, die Hölderlin in Waltershausen kennengelernt hatte. Den fünften Abschnitt dieser Schrift hatte Fichte ausdrücklich einer Sache gewidmet, die Hölderlin, den Verehrer Rousseaus, nahe anging, nämlich einer »Prüfung der Rousseauschen Behauptungen über den Einfluß der Künste und Wissenschaften auf das Wohl der Menschheit«. Da fand sich das Ideal des Naturstandes, welches für Hölderlin einen so wunderbaren Inhalt gehabt hatte, als ein Trägheitsideal entlarvt; und Rousseau, mit dem er den Glauben an die Natur geteilt hatte, fand sich durch eine glänzende Beweisführung als Opfer verschiedener Fehlschlüsse bloßgestellt, als ein Mensch, der mehr Energie des Leidens unter den Übeln besaß als Energie der Kraft, welche ihnen widerstreitet. Roh und wild – das *mußte* die Natur sogar sein, damit der Mensch gezwungen würde, über den untätigen Naturstand hinauszugehen und sie zu bearbeiten. Nur so konnte er »aus einem bloßen Naturproducte ein freies vernünftiges Wesen werden«.

Es ist für die Betrachtung von Hölderlins Leben nicht die Frage, ob Fichte mit seiner Bekämpfung Rousseaus im Rechte war oder nicht. Da unsere Zeit *gegen* Rousseaus Grundtendenzen leben muß und nicht mit ihnen, werden wir ihm dieses Recht weitgehend zusprechen. Aber das ändert nichts daran, daß Fichtes Gedanken widrig und störend auf Hölderlins damalige Seelenlage treffen mußten. Ihm ging es um Frieden mit der Natur, nicht um Krieg – um Anteil an ihrer Lebensfülle, nicht um ein Geltendmachen des freien Geistes gegen ihren Widerstand. Sein Problem stand in der religiösen, nicht in der ethischen und metaphysischen Fassung. Er brauchte die Einwanderung in die Schöpfung, nicht die schroffe Unterscheidung von ihr. Eben das *eine* Feste, wovon Fichtes Denken ausging, das Ich, war für ihn das einzig Problematische. Fichte zwang ihn, zu denken und zu leben aus einem »Fühlen der eignen Kraft«, und eben diese Kraft war in ihm nicht erwacht. Fichte riß ihm die Welt auseinander, aber an diesem Riß litt Hölderlin schon längst als an einer unerträglichen Wunde. Nicht das Handeln, sondern ein Empfangen, ein Horchen tief hinab, bis aus den Tiefen Antwort kam, die beglückende Gewißheit des Einen Lebens, das alles und auch sein eignes bedürftiges Ich liebend umfaßte – das war sein Weg zur Rettung. Das Thalia-Fragment hatte schon vorausgewußt: »Umsonst hab' ich mein Vaterland verlassen, und Wahrheit gesucht. Wie konnten auch Worte meiner durstenden Seele genügen? Worte fand ich überall – Wolken, und keine Juno.« Geschrieben *vor* der Begegnung mit Fichte, erwies sich dies als rechte Bezeichnung des Endergebnisses, das ihm diese Begegnung bringen sollte. Nicht Wahrheit des philosophischen Denkens konnte seinem Mangel abhelfen, sondern etwas real Heilendes, Wirksam-Wirkliches: Liebe, die faktisch das Verfeindete zusammenbringt, »Ruhe« wie im Leben der Kinderzeit, und in jedem Falle etwas, das viel mehr einem lebendigen, liebenden Menschen als einem denkerischen System ähnlich sah. Fichtes Denken begann mit dem Ich und seiner Selbstgewißheit. Hölderlins Bedürfnis griff weit hinter dieses Ich zurück und fragte nach dem Weg, der allererst zu einer Lebensgewißheit führt.

Warum war Hölderlin gleichwohl dem Denken Fichtes willig bis zu einem Grade, den er später fast als einen Verrat am eignen Wesen empfand und der zu dem Zusammenbruch am Ende der Jenaer Zeit beitrug? – Es geht nicht an, dies aus der persönlichen Übermacht Fichtes allein zu erklären. Hier tritt das wieder vors Auge,

was wir schon an einer früheren Stelle berührten: Hölderlin war
echt und wahrhaftig in das Denkschicksal seiner Zeit eingesetzt. Er
war untrügerisch, wenn auch nur für eine gewisse Strecke, auf den
Weg des Kritizismus und des Idealismus verwiesen.

Halten wir hierzu vor allem fest, daß Hölderlin echter »Denker«
war. Zwar wurde ihm das Philosophieren nach Art der Schulen niemals zur primären, sich selbst genügenden Lebenserfüllung. Doch
hat die denkerische Lebensbearbeitung bei ihm bis zum Schlusse
größtes Gewicht. Es muß dabei gesehen werden, daß Hölderlins
Denken sein eigentliches und volles Ergebnis nicht in einem abstrakten Begriffsgefüge liefert, sondern im Gedicht. Hölderlins Hymnus
ist durch und durch »Geist«. Was seine Hymnen bewegt, sind Ur-
schritte des Geistes, und wenn das Absolute seiner Hymnenwelt
auch nicht die Vernunft ist, sondern der »Heilge Lebensgeist« oder
die Gottheit, so hat die Geistbewegung in ihr doch eine Beziehung
zu dem Hegelschen Dreischritt in der Entfaltung der Vernunft. In
Hölderlins Dichtung ist etwas Außerordentliches an Wissenschaft
verleibt. Ihre Melodien sind nicht aus »Tönen«, sondern aus Er-
kenntnissen gewoben. Sie binden Gedanken zu Akkorden und
Landschaften, ja es sind geradezu »die Gedanken des gemeinsamen
Geistes«, die in der Seele des Dichters zusammenkommen und Bewußtsein werden. Des Menschen Vernunft ist für Hölderlin nicht
etwas, das er *gegen* die Natur besitzt, sondern er hat sie *aus* ihr und
*mit* ihr. Der autonomen Vernunft der kritischen und idealistischen
Philosophie stellt sich Hölderlins Erkenntnis entgegen, die auf ein
großes Leben *hinter* Ich, Geist und Vernunft weist: »Aus blosem
Verstand ist nie verständiges, aus bloser Vernunft ist nie vernünf-
tiges gekommen.« Sein philosophisches Denken hat die Art jener
Zeiten, in denen der Weise noch mit dem Priester und dem Sänger
zusammenhing. Es entspricht mehr der frühgriechischen Naturphilo-
sophie, dem Denken eines Heraklit und Empedokles als dem der
Eleaten, des Aristoteles oder gar der Abendländer seit Descartes.
Das eigentliche Urbild des Hölderlinschen Philosphierens ist das
Denken Pindars, ein angewandtes, in Lebensbildern gebundenes
Denken, welchem Hölderlin in den späten Pindarfragmenten sich
auf große Weise gewachsen zeigt.

Besteht somit ein innerer Gegensatz zwischen dem Denken Hölderlins und dem eines Fichte oder Kant, so bleibt es doch wahr, wovon
wir hier ausgehen: daß sein Denkschicksal ihn zunächst mit Notwendigkeit an deren Seite und auf ihre Wege führte. Ihr Freiheits-

kampf *mußte* zunächst auch seine Sache sein, denn nur so konnte
der Durchbruch durch alte, undurchleuchtete Bindungen zu endgültigen Wesensbestimmungen geleistet werden. Dieser Durchbruch
brachte die neue Freiheit der Persönlichkeit, sie zerstörte die abgeleiteten Bestimmungen und legte auf der einen Seite wohl den Weg
zum autonomen Geist, auf der andern Seite aber auch den Weg zur
Natur frei. So kam es, daß das idealistische Denken für Hölderlin
wahre Autorität gewann, und sein Weg zweigte erst da von diesem
Denken ab, wo sich erwies, daß es ihm um eine neue Möglichkeit
der Naturverehrung und nicht um den selbstherrlichen Geist ging.
Fichtes Philosophie hat bleibende Spuren in Hölderlins Denken und
Sprache hinterlassen; darin wirkt sich die erwähnte Schicksalsgemeinschaft dauernd aus. Aber wie feindlich er Fichtes Entwertung
der Natur empfand, wird in dem metrischen Fragment des Hyperion sichtbar.


Der *metrische Hyperion* ist auf sonderbare Weise entstanden. Hölderlin schrieb auf Folioblättern, die in der Mitte gebrochen waren,
zur Linken einen Prosatext auf als Entwurf für das, was zu sagen
war; auf der Spalte zur Rechten schrieb er danach die Übertragung in fünffüßige Jamben nieder. Sogleich am Beginn führt diese
Fassung in die gepreßte, naturfeindliche Geisteslage ein, die unter
Fichtes Einwirkung sich herausgebildet hatte: Tyrannei des Geistes
gegen die Natur, Unglaube und Undankbarkeit vor ihren Gaben,
Kampf gegen sie aus Lust an ihrer Knechtung, Ablehnung alles
Kindlichen, Abfall von Homer und seiner Götterwelt. In dieser
Lage trifft Hyperion (der die Vorgänge im Ich-Ton erzählt) einen
weisen Mann, der ihm durch freundliche Lehre wieder den Weg zu
einer ehrenden Würdigung der Natur weist. Der reine Geist soll
zwar, sagt er ihm, das hohe Maß bewahren, nach welchem er die
Dinge mißt und die Natur gestaltet. Aber dieses Ringen mit der
Natur darf nicht als ein bedingungsloser Kampf gegen sie aufgefaßt werden. Es gilt zu erkennen, daß sie selbst uns hilft; Natur
ist nicht mit dem Geiste verfeindet, und was beide geheim verbindet, kommt in der *Schönheit* zum Erscheinen.
Es ist Schillers Schönheitsbegriff, an den sich hier Hölderlin hält,
um sein eingewurzeltes Gefühl für die Natur gegen Fichte zu retten. Schon in Schillers Schrift »Über Anmut und Würde« (1793),
die Hölderlin mit größter Anteilnahme gelesen hatte, war das

Eigenrecht der Natur, der vom Geiste unabhängige Wert ihres Seins, klar anerkannt und verteidigt worden. Schiller hatte selbst zu sehr unter der Spannung Geist – Sinnlichkeit gelitten, um nicht zu sehen, daß eine wirkliche Menschenwelt sich nur auf der wechselseitigen Zuordnung der beiden Partner errichten konnte; und auf ein Denken dieser Zuordnung ging sowohl sein Schönheitsbegriff wie sein Freiheitsbegriff aus.

Diese Würdigung der Natur legt der »weise Mann« (der unverkennbar Schillers Züge trägt) dem jungen Hyperion dar, und als schillerisch beeinflußt darf auch die Ergänzung dieser Gedanken durch den angeschlossenen Mythos von der Entstehung der Liebe gelten. Hölderlin hat hier die platonische Erzählung von der Erzeugung des Eros durch die Eltern Überfluß und Armut tiefsinnig verbunden mit der gleichzeitigen Geburt der Schönheit (Aphrodite) und des menschlichen Bewußtseins. Er baut dies zu einem gnostischen Schöpfungsmärchen aus, in dem auch Elemente von Fichtes Denken Aufnahme finden: Überfluß, der Vater der Liebe, steht zugleich für den reinen Geist, Armut, die Mutter, für die Stofflichkeit, und beide stehen zueinander in Wechselwirkung unter dem Gesichtspunkt der Fichteschen Lehre vom Widerspruch der Triebe, deren Vereinigung durch die Liebe bewirkt wird. Der Begriff der Liebe, der sich hier bildet, wirkt noch lange, ja bis zum Ende in Hölderlins Welt nach; er ist hier schon geschmückt mit der Nebenbestimmung, welche Hölderlin als die »Verirrungen der Liebe« nachmals mehrfach ausgebaut hat und in denen wir einen der ergreifendsten Ausdrücke gewisser ganz persönlicher Lebenserfahrungen zu erblicken haben.

Aber wenn Hölderlin auch im metrischen Hyperion einen Weg zur kindlichen Naturverehrung zurückgebahnt zu haben scheint – mit Schillers Hilfe und ohne völlige Preisgabe des Fichteschen Denkens – so blieb doch die Verschärfung seines Lebensleides durch dieses Denken bestehen und half dazu, ihn schließlich aus Jena fortzutreiben. Das metrische Fragment gibt selbst zu erkennen, wie wenig die Ehre, welche der weise Mann der Natur zubilligt, in wirkliche Tiefe geht. Hölderlin legt dem weisen Manne wohl den schillerischen Hinweis in den Mund, daß wir die schöne Natur als Zeichensprache des idealischen Lebens zu ehren haben. Aber sogleich läßt er ihn die sterile Rückwendung tun, welche das wieder entwertet:

»Ich weiß, es ist Bedürfnis, was uns dringt,
Der ewig wechselnden Natur Verwandschaft
Mit dem Unsterblichen in uns (zu) geben,
Doch dies Bedürfnis giebt das Recht uns auch.
Auch ist mir nicht verborgen, daß wir da,
Wo uns die schönen Formen der Natur
Die Gegenwart des Göttlichen verkünden,
Mit unsrem Geiste nur die Welt beseelen.«

Da ist die Kluft wieder aufgerissen, das Glauben wieder unmöglich
gemacht. Was konnte Hölderlins Seele mit der kläglichen Besinnung
anfangen, daß die Natur uns bloß deshalb Zeichen des höheren
Lebens zu lesen gibt, weil das Auge diese Zeichen schon auf der
Netzhaut trägt? Wer ihn dies zu denken zwang, verengerte seinen
inneren Lebensraum, preßte eine Seele, der die Unendlichkeit gerade genügte, in die verwundende Enge einer Kerkerzelle. Die Wirklichkeit zu finden, die *nicht* aus menscheneignem Besitz stammte,
war diese Seele angewiesen; und nun gipfelte die Lehre der höchsten Autoritäten darin, daß es diese Wirklichkeit nicht gab. Wenn
Hölderlin später schrieb, aus Franken (Waltershausen) hätten ihn
»Höllengeister« vertrieben, aus Jena aber »die Luftgeister mit metaphysischen Flügeln«, so kann das gedeutet werden auf das leere
Nichts, in welches ihn Fichtes naturloses, nur mit einer *geforderten*
Welt umwandetes Ich-Denken versetzte. »Meine ganze Seele sträubt
sich gegen das Wesenlose«, sagte das Thalia-Fragment, und fügte
daran die Klage, daß er nur »Worte« gefunden habe, wo er Wahrheit suchte. Nicht als ob diese Ablehnung der »Worte« eine Ablehnung des Wissens, Forschens, Denkens, Sprechens bedeute. Aber
sie bedeutet, daß das Wort, welches Liebe *ist* und Leben *wirkt,* das
wesenhafte und rettende Wort, die menschenbildende Stimme ihm
aus den Schulen der Weisen nicht entgegenklang.


Bei Hölderlins Art, gerade das Tiefste an Pein kindlich verschwie-
gen zu tragen – schon deshalb, weil die Sprache es ungern ausdrückt –, darf es nicht wundernehmen, daß die Briefe aus Jena nur
Weniges von den inneren Störungen verlauten lassen. Hölderlin
setzte sein eingezogenes, sparsames Leben fort (mit einer Mahlzeit
täglich), und als er fand, daß er sich »den Winter über ziemlich
müde gesessen« habe, unterbrach er im April die angespannte Arbeit durch eine siebentägige Fußreise, die ihn nach Halle und Des-

sau, von da über Leipzig zurückführte. In dem Brief an seine Schwester (20. April 1795), der über diese Reise berichtete, hob er besonders seine im ganzen ungünstigen Eindrücke von Franckes berühmtem Waisen- und Erziehungshaus in Halle hervor. Man hört da den Schüler Kants und Fichtes sprechen, dem die pietistische Grundrichtung und die praktisch-sinnliche Methode der dortigen Erziehungsweise nicht gefallen konnten: »Da herrschte ganz die kleinliche, spielende, pedantische und doch kindische Manier der Pädagogen, die eine Weile so großen Lärm machten. Es ist freilich schwer gegen das Kind in Belehrung und Behandlung sich so zu äußern, wie es der Menschheit würdig ist, und wie man einen edlen männlichen Geist und keinen egoistischen, faden arbeitscheuen Schwächling aus ihm zu bilden hoffen kann, also mit reinen Begriffen und strengen aber gerechten Forderungen, und doch darüber nicht zu vergessen, daß man es mit einem Kinde zu thun hat, aber es ist doch auch zu arg, im Wesentlichen kindisch, in Nebensachen pedantisch zu seyn, kleinliche Begriffe so vorzutragen, daß das Kind kein Wort versteht von dem feierlichen Bombaste, und armseelige Forderungen so wichtig zu nehmen, als ob an ihnen das Heil der Welt läge.«

Um dieselbe Zeit nahm er eine Wohnungsveränderung vor. Er bezog ein »sehr angenehmes Gartenhaus« am Rande der Stadt, wohl dasjenige, von dem Sinclair in dem angeführten Briefe März 1795 geschrieben hatte. Daß Sinclair in der Tat seine Einsamkeit da oben geteilt hat, läßt sich aus der einzigen brieflichen Erwähnung schließen, die auf Sinclair zu deuten ist: »Man lernt sehr, sehr viel in der Fremde«, schreibt er der Mutter am 22. Mai. »Man lernt seine Heimath achten. Wie ein Kind erzähle ich oft meinem Freunde von meinem Hauße, wie mirs da immer so wohl gieng, von meiner Mutter und Großmutter – und meinen Geschwistern.« In einem Aprilbrief an Neuffer schildert er die neue Wohnung und seine Lebensweise: »Jezt genieß' ich den Frühling. Ich lebe in einem Gartenhause auf einem Berge, der über der Stadt liegt, und wovon ich das ganze herrliche Thal der Saale überschaue. Es gleicht unserem Nekarthale in Tübingen, nur daß die Jenaischen Berge mehr Großes und Wunderbares haben. Ich komme beinahe gar nicht unter die Menschen. Zu Schillern mach' ich immer noch meinen Gang, wo ich izt meist Göthen antreffe, der sich schon ziemlich lange hier aufhält.« Wenige Wochen später hatte er denselben Jugendfreund über den Tod seiner schon lange erkrankten Braut, des guten edlen

Röschens, zu trösten. Er tat es als »leidiger Tröster« in einem empfindsamen, sonderbar gequälten Briefe vom 8. Mai, der im Mitschwingen mit dem fremden Leid auch das Unbefriedigte des eigenen Lebensgefühls andeutet.

Zu dieser geheimen Unzufriedenheit trug die nie ablassende Geld-
sorge nach wie vor ihr Teil bei. Den Gedanken an die Professur
hatte er schon aufgegeben. Aber er hegte noch die undeutliche Hoffnung, vielleicht in absehbarer Zeit von literarischer Arbeit leben zu
können, wenn es nur gelänge, den Aufenthalt in Jena noch auf
einige Monate auszudehnen. Das war aber nur möglich, wenn die
Mutter bereit war, weiterhin gelegentlich aus der Not zu helfen.
Der erwähnte Brief an die Mutter vom 22. Mai gewährt einen Einblick in die unerquickliche, von allen Seiten unfreie und einge-
klemmte Lage. Er habe, schreibt er, eine Frankfurter Hofmeisterstelle angeboten bekommen, habe einstweilen zugesagt, stelle aber
der Mutter die endgültige Entscheidung anheim. Die hier nicht ausgesprochene Hoffnung, daß die Mutter ihm durch Zusage ihrer
weiteren Hilfe das Verbleiben in Jena ermöglichen werde, erwies
sich als trügerisch. Er mußte Jena verlassen.

# Nürtingen 1795

Im Juli 1795 finden wir Hölderlin im heimatlichen Nürtingen, ärmer um fast alle Hoffnungen, die ihn nach Jena geführt hatten. Statt in der Nähe der Großen sich größer und von ihnen gefördert zu fühlen, war eher eine Verschärfung des Empfindens vom eignen Mangel die Folge. Statt durch die Philosophie Befestigung und Ausbau seiner geistigen Welt zu gewinnen, sah er sich durch sie im empfindlichsten Punkte seines inneren Lebens gestört und bedrängt. Statt daß Jena ihm den Weg zur wirtschaftlichen Selbständigkeit, zu einem der inneren Berufung angemessenen Dasein eröffnet hätte, sah er sich von dort in eine aussichtslosere Abhängigkeit denn je zurückgeworfen. Das halbe Jahr in Nürtingen (Juni bis Dezember 1795) wurde ihm zu einer unfrohen Zeit, bedrückt vom »Mißfallen an mir selbst und dem, was mich umgiebt«, von viel Maladie und Verdruß, vom freudlosen Ausspähen nach einer Hofmeisterstelle, der er ohne Illusionen entgegenging und die eben doch das einzige Mittel war, dem immer drohenden Zugriff des Stuttgarter Konsistoriums zu entgehen.

Am Anfang nutzte er die Mußezeit zu fleißiger Arbeit. Aber der Mutter gelang es nur wenige Monate hindurch, ihm das Gefühl, »ein lästiger Gast zu seyn«, zu ersparen, und so wurde ihm schließlich ein richtiges Ausnutzen der äußerlich freien Zeit verwehrt. Die Bedrückungen, die er von Jena mitnahm, fanden einen eigenartigen Ausdruck in einem Brief an Schiller vom 23. Juli 1795, (dem eine auf Schillers »unmittelbaren Antrieb« vorgenommene Arbeit beilag[1]): »Ich wußte wohl, daß ich mich nicht, ohne meinem Innern merklichen Abbruch zu thun, aus Ihrer Nähe würde entfernen können. Ich erfahr' es izt mit jedem Tage lebendiger . . . . . . . Ich hätt' es auch schwerlich mit all' meinen Motiven über mich gewonnen, zu gehen, wenn nicht eben diese Nähe mich von der andern Seite so oft

---

[1] Vgl. Hölderlins Brief an Neuffer, April 1795: »Ich begreiffe jezt, wie Du so gerne übersezen magst. Schiller hat mich veranlasst, Ovids Phaeton in Stanzen für seinen Allmanach zu übersezen, und ich bin noch von keiner Arbeit mit solcher Heiterkeit weggegangen, als bei dieser«. Später dachte er anders. Schiller druckte die Übersetzung nicht ab, und Hölderlin schrieb darüber an Neuffer (Frankfurt, März 1796): »Dass Schiller den Phaeton nicht aufnahm, daran hat er nicht Unrecht gethan, und er hätte noch besser gethan, wenn er mich gar nie mit dem albernen Probleme geplagt hätte«.

beunruhigt hätte. Ich war immer in Versuchung, Sie zu sehen, und sah Sie immer nur, um zu fühlen, daß ich Ihnen nichts seyn konnte. Ich sehe wohl, daß ich mit dem Schmerze, den ich so oft mit mir herumtrug, nothwendigerweise meine stolzen Forderungen büßte; weil ich Ihnen so viel seyn wollte, mußt' ich mir sagen, daß ich Ihnen nichts wäre.«

Die gleichen drückenden Mangelgefühle spricht ein Brief an Schiller vom 4. September aus, auch er wieder begleitet von einem Beitrag für Schillers Zeitschriften, wahrscheinlich dem »Gott der Jugend« und »An die Natur«: »Ich fühle nur zu oft, daß ich eben kein seltener Mensch bin. Ich friere und starre in dem Winter, der mich umgibt. So eisern mein Himmel, so steinern bin ich.« Erstarrung, Mattigkeit, Leblosigkeit, Leere innen und feindlicher Druck von außen; keine ausgesprochenen Schläge und Feindseligkeiten des Geschicks, nur Mangel an atembarer Luft, Verlassenheit und Hunger. Den jungen Rossen vergleicht er in einem Brief an Neuffer sich und den Freund, die früher ihren Weg flogen und jetzt oft beinahe die Peitsche brauchten: »Freilich werden wir auch so ziemlich mit Stroh gefüttert.« Ebenfalls Neuffer gegenüber (Dezember 1795) ist die grämliche, leere Verdrußstimmung dieser Zeit ausgesprochen: »Ich bin überhaupt wie ein hohler Hafen, seit ich wieder hier bin, und da mag ich nicht gerne einen Ton von mir geben. Das Unbestimmte meiner Lage, meine Einsamkeit und der Gedanke, daß ich hier allmälig ein lästiger Gast seyn möchte, drükt mich nieder, und so wird mir meine Zeit fast unnüz ... Wär ich doch geblieben, wo ich war. Es war mein dummster Streich, daß ich ins Land zurükging. Jetzt find ich hundert Schwierigkeiten nach Jena zurükzugehn, man konnte mir keine Gewalt anthun, wenn ich blieb, jezt müßt ich Wunderdinge hören, wenn ich wieder hin wollte.« Es entspricht diesen Selbstberichten, wenn der Jugendfreund Magenau, welcher Hölderlin in dieser Zeit einmal sah, ihn schilderte als »abgestorben allem Mitgefühl mit seines Gleichen, ein lebender Todter«.

Eine äußere Unterbrechung dieser monatelangen Lebensöde brachten nur einige mehrtägige Aufenthalte im benachbarten Tübingen und Stuttgart. In Tübingen fand ein Wiedersehen mit Schelling statt (August 1795). Schelling begleitete den Freund auf dem Heimweg nach Nürtingen. Sie unterhielten sich von philosophi-

schen Dingen, und als Schelling klagte, daß er sich in der Philosophie noch weit zurück fühle, tröstete ihn Hölderlin: »Sei du nur
ruhig, du bist grad so weit als Fichte, ich habe ihn ja gehört.« In
Stuttgart traf Hölderlin Ende November mit Neuffer und andern
Freunden zusammen; darunter auch mit dem Kaufmann Gustav
Landauer, der als ein geselliger, lebensfroher und allzeit hilfsberei-
ter Mensch im Lebenskreise des Dichters auftritt. Ihm widmete Höl-
derlin später zwei Gedichte, welche eine echte, tiefgehende Herzensbeziehung zwischen beiden bekunden (»An Landauer« 1800,
»Der Gang aufs Land« 1801).
In dieser so mannigfach leidensvollen Zeitspanne galt Hölderlins
Arbeit vor allem der Weiterführung des »Hyperion« und einer vertieften Beschäftigung mit der Philosophie. Beides griff mit gewissen
Grenzberührungen ineinander. Die Fassung »Hyperions Jugend«,
die in Nürtingen entstand, vereinigt in neuem Gestaltungsansatz die
Elemente der Thaliafassung und des metrischen Hyperion und füllt
beide hauptsächlich mit philosophischem Gedankenstoff auf. Daneben wurden einzelne philosophische Gedankengänge selbständig
ausgeführt, und manches spricht dafür, daß die Bruchstücke »Hermokrates an Cephalus«, »Über den Begriff der Strafe« und »Über das
Gesez der Freiheit« zu den Ergebnissen dieser Bemühungen gehören.
Wir haben an früherem Ort schon auf den Brief an Schiller vom
4. September 1795 verwiesen, wo Hölderlin den Plan zu einer solchen
Einzelabhandlung entwickelt: »Das Mißfallen an mir selbst und dem,
was mich umgiebt, hat mich in die Abstraktion hineingetrieben;
ich suche mir die Idee eines unendlichen Progresses der Philosophie
zu entwikeln, ich suche zu zeigen, daß die unnachlässige Forderung,
die an jedes System gemacht werden muß, die Vereinigung des Subjekts und Objekts in einem absoluten – Ich oder wie man es nennen
will – zwar ästhetisch, in der intellektualen Anschauung, theoretisch aber nur durch eine unendliche Annäherung möglich ist,
wie die Annäherung des Quadrats zum Zirkel, und daß, um ein
System des Denkens zu realisiren, eine Unsterblichkeit eben so nothwendig ist, als sie es ist für ein System des Handelns.« Dieser Plan-
skizze könnte das Bruchstück »Hermokrates an Cephalus« entsprungen sein; denn es setzt unverkennbar dazu an, der Meinung,
als ob die Wissenschaft in einer bestimmten Zeit »vollendet werden
könnte«, entgegenzutreten und auch für sie, wie für die Erfüllung
der sittlichen Forderung, den Raum eines unendlichen Fortschreitens
zu reklamieren. Daß für diese Ausführungen die Briefform ge-

wählt wurde, kann in Zusammenhang gebracht werden mit den
Schlußsätzen des Briefes an Hegel aus Jena vom 26. Januar 1795:
»Ich gehe schon lange mit dem Ideal einer Volkserziehung um, und
weil Du Dich gerade mit einem Theil derselben, der Religion be-
schäftigest, so wähl' ich mir vielleicht Dein Bild und Deine Freundschaft zum Conductor der Gedanken in die äußere Sinnenwelt und
schreibe, was ich vielleicht später geschrieben hätte, *bei guter Zeit*
in Briefen an Dich, die Du beurtheilen und berichtigen sollst.« So
könnte das Fragment »Hermokrates an Cephalus« als Versuch
einer solchen Briefdiskussion entworfen sein, und in der Tat wäre
Hegel als Vertreter des von Hölderlin angefochtenen »scientivi-
schen Quietismus« nicht übel gewählt.

Die drei Stücke gelangen übrigens nicht wesentlich über einleitende
Gedanken hinaus. »Hermokrates an Cephalus« gibt nur gerade
das Thema an, das zweite kommt nur bis zur Unterscheidung zwischen Erkenntnisgrund und Realgrund der Strafe, das dritte zu
einer Abgrenzung der Moralität des Instinkts (natürliche Unschuld)
und der des gebietenden Sittengesetzes. Die geistige Führung hat in
allen Fällen das Denken Fichtes und Kants. Was Hölderlin *eigen*
ist, zeigt sich am meisten in »Hermokrates an Cephalus«: da wird
Fichte gleichsam mit seinen eignen Waffen begegnet, es wird Raum
gefordert für das unendliche Werfen in einem Feld, wo dieser Raum
von Fichte wohl ungern zugestanden werden würde.[1]

Das einzige Gedicht Hölderlins, das bestimmt in diesem Nürtinger Halbjahr entstanden ist, lebt völlig aus der Klage über die
seelische Verarmung, mit der er aus Jena heimgekehrt war. Es ist
die hymnische Elegie »An die Natur«. Sie lag, wie oben erwähnt,
vermutlich dem Septemberbrief an Schiller bei. Dieser hielt sie
anscheinend nicht für des Abdrucks wert, durchstrich die Niederschrift und sandte sie an Wilhelm v. Humboldt, der am 2. Oktober
1795 antwortete, das Gedicht scheine ihm, ob es gleich gewiß nicht
ohne poetisches Verdienst sei, im ganzen matt und erinnere sehr
an die »Götter Griechenlands« – »eine Erinnerung, die ihm sehr
nachteilig ist«.

Auch von neueren Beurteilern ist eine nahe Beziehung zwischen
dem Hölderlinschen und jenem Schillerschen Gedicht hervorgehoben
worden. Doch geschieht damit Hölderlin Unrecht. Seine Elegie »An

---

[1] Bei alledem muß offen bleiben, ob nicht wenigstens die Stücke über Strafe und über
Freiheit früherer Zeit entstammen. Christoph Schwab versetzt sie alle »in die Univer-
sitätszeit oder bald nachher.«

die Natur« stimmt wohl äußerlich in den Ton der »Götter Griechenlands« ein, scheint sich ihnen auch im Thema – Gegenüberstellung einer ehemals lebensvollen und einer nun erloschenen Naturbeziehung – zu nähern. Aber im eigentlichen Sinn ist »An die Natur« durchaus selbständig und dem Schillerschen Gedicht fast entgegengesetzt.

Schiller stellt das antike Weltbild gegen das moderne, er stellt mythische Naturschau gegen die Naturerkenntnis der modernen Naturwissenschaften. Seine »Götter Griechenlands« sind eine kulturphilosophische Elegie, mit einer Spitze gegen Wissenschaft und Christentum, von der sich Schiller kaum klargemacht hat, wie schief sie gefaßt ist und wie sie sich gegen Teile seiner eignen Position kehrt. Schiller trauert einem mythologischen Scheine nach, von dem er selbst aussagt, daß er niemals etwas andres war als Schein. Sein Gedicht sagt: »Und was nie empfinden wird, empfand« und weiter: »An der Liebe Busen sie zu drücken / Gab man höhern Adel der Natur«. Diese Aussagen stellen sich selbst auf die Seite der Meinung, daß Bäume, Quellen, Felsen empfindungslos *sind* und es von jeher waren, daß alle höhere Würde der Natur ihr von uns *verliehen* ist, nicht ihr innewohnt.

In Hölderlins Gedicht handelt es sich nicht um eine kulturphilosophische Allgemeinbetrachtung mit der Farbe einer vergeblichen regressiven Sehnsucht, sondern um ein streng persönliches Erlebnis mit durchaus realem Gegenstand: um den Gegensatz zwischen der Naturverschwisterung seiner Kindheit und der Lebensdürre, die sich nun als eine wachsende Wüste in ihm aufgetan hat. Nicht das Verschwinden eines schönen, tröstlichen *Scheines* beklagt er, sondern die geschwundene Fühlung mit einer *Wirklichkeit,* der »Seele der Natur«, die ewig war und ewig sein wird. Die Natur in ihrer Lebensfülle und Schönheit bleibt ihm wahr, herrlich und seelenvoll wie je. Nur er selbst findet sich von ihr geschieden. Es ist nicht sein Glaube, daß die Welt nun tot ist, sondern die jugendliche Teilhabe an ihrem fort und fort strömenden Leben ist ihm zerstört. Die Brust des Menschen, nicht die Natur, ist nun »todt und dürftig wie ein Stoppelfeld«. Der Frühling singt sein Lied wie einst und immer, aber des »Herzens Frühling ist verblüht«. Was ihn aber welken ließ und »die liebste Liebe ewig darben« macht, ist der Wahn (dem er sich durch Fichte und den Idealismus damals ausgeliefert sieht), daß das, was wir lieben, »nur ein Schatten« sei. Es ist der Wahn, daß »nur Bedürfnis uns dringt, der Natur eine Verwandtschaft mit dem

Unsterblichen in uns zu geben und in der Materie einen Geist zu
glauben« (Metrische Hyperionfassung, Prosakonzept). Schillers
Gedicht nennt die Götter die »schönen Wesen aus dem *Fabel-
lande*«; Hölderlin weiß um den lebendigen und ewigen Olymp. In
Schillers Zusammenhängen sind die Götter für ewig abgetan;
furchtbarer als der »Eine«, der sie verdrängt hat, steht ihrer Wiederkehr die göttliche Vernunft des idealistischen Denkens entgegen,
die niemals Götter neben sich dulden kann; und denen, die ihr hul-
digten und dennoch die Namen der alten Götter glaubten brauchen
zu dürfen, rief Hölderlins rechtmäßiger Zorn eines Tages entgegen:

> Ihr kalten Heuchler, sprecht von den Göttern nicht!
> Ihr habt Verstand! ihr glaubt nicht an Helios,
>      Noch an den Donnerer und Meergott;
>    Todt ist die Erde, wer mag ihr danken?

Dieses Wort hat gewiß nicht an Schiller gedacht; aber objektiv gehört es mit zur Bezeichnung der Grenzlinie, die Hölderlin von der
Welt des Idealismus trennt. Seine Elegie »An die Natur« sagt von
den Göttern kein Wort. Aber von ihrem Leben und von dem, was
ewig wieder von ihnen aufleuchten kann, enthält sie mehr als das
Gedicht, dem sie hier gegenübergestellt wurde.

Das Gedicht wurde, wie gesagt, von Schiller nicht gedruckt; Hölderlin schrieb darüber später (Frankfurt, März 1796) an Neuffer:
».. . daß er aber das Gedicht an die Natur nicht aufnahm, daran
hat er, meines Bedünkens nicht recht gethan«.

Den eigentlichen Einblick aber in die Welt von Gedanken, die sich
in Hölderlin während der Nürtinger Monate bewegten, gibt die
damals entstandene Neufassung des Hyperion, die Erzählung
»*Hyperions Jugend*«. Hölderlin versuchte hier, die Materialien
des Thaliabruchstückes und der metrischen Fassung zu verschwei-
ßen. Er machte daraus einen in Kapitel eingeteilten epischen Ablauf, der einem jungen Griechen der Neuzeit als Ich-Erzählung
in den Mund gelegt ist. Diese Erzählerperson schildert zunächst ihre
Verstrickung in die harte, naturfremde Geistigkeit, wie sie am Anfang der metrischen Fassung dargestellt war. Daran schließt sich die
Begegnung mit einem »guten Manne«, der von ähnlicher Verstrickung herkommt, aber sie in einem erfüllten Leben zu überwinden vermochte. Dieser »gute Mann« wird nun zum Lehrer des
Erzählers, indem er ihm die Geschichte seiner Kämpfe, seines Werdens und die Summe seiner denkerischen Ergebnisse entfaltet. Damit wechselt die Dichtung auf die Linie des Thaliabruchstückes

über; in dem »guten Manne« haben wir also den gereiften Hyperion zu erblicken, der einem Jüngeren, dem Ich der Rahmenerzählung, hilfreich zu werden sucht durch das Beispiel eigenen Irrens und Ringens. In dem Ich der Kernerzählung, dem »guten Manne«, welcher der gereifte Hyperion ist, übernimmt gewissermaßen der wissende Hölderlin, der Lehrer und Weise, den er *auch* in sich fühlte, die Führung; ähnlich wie er sich in seinem Drama später in einen Lehrer (Empedokles) und einen Schüler (Pausanias) auseinandergelegt hat.

Hölderlin hat bei dieser schwierigen Verschmelzungsarbeit die beiden Bestandteile wesentlich breiter und intensiver behandelt. Wichtig ist vor allem der Ausbau, welchen er dem Einleitungskapitel gegeben hat. Innerhalb der Erzählung bedeutet dieses Einleitungskapitel die denkerische Quintessenz des Lebens der Romangestalt Hyperion, durchweg auf den mahnend-erzieherischen Ton gestellt. Biographisch bedeutet es die Frucht des angespannten, grüblerischen Ringens, mit dem Hölderlin gegen Fichte und Kant, mit Schiller als dem einzigen Beistand, um die Rettung seiner Naturfrömmigkeit gekämpft hat.

Hätten wir aus den Nürtinger Monaten nichts als dieses erste Kapitel von »Hyperions Jugend«, so würde dies gleichwohl genügen, die ängstliche Bedrängnis zu veranschaulichen, in der sich Hölderlins Gemüt befand. Hier der Anspruch des Geistes mit seinen eigenständigen Maßen und naturentrückten Forderungen, mit seinem schroffen, zur Tyrannei verlockten Herrentum, das Hölderlin durch Kant und Fichte von der erkenntniskritischen und ethischen Seite her aufgetan, ja aufgezwungen war – dort der Anspruch der Natur, der schon deshalb ein ungeheures Gewicht haben mußte, weil sich ein Bewußtsein des Geistes nur am *Widerstand* der Natur entzünden konnte.

Im Felde dieser Spannung trieb sich Hölderlins Denken um, ruhelos, insgeheim sicher wissend um die Zueinanderordnung der beiden Mächte und doch noch in schwerer Verlegenheit, wie diese Zueinanderordnung *fehlerfrei* zu *denken*, wie sie zu *leben* sei. Am Beginn von »Hyperions Jugend« steht ein symbolisches Bild, wir kennen es schon von der metrischen Fassung: der Erzähler besucht den »guten Mann« und trifft ihn in seinem Pappelwalde. »Er saß an einer Statue, und ein lieblicher Knabe stand vor ihm. Lächelnd streichelt' er diesem die Loken aus der Stirne und schien mit Schmerz und Wohlgefallen das holde Wesen zu betrachten, das so ganz frei

und traulich dem königlichen Mann in's Auge sah.« Diese Gruppe
bindet Geist und Natur, Alter und Jugend, Bewußtsein und Unschuld so aneinander, wie es Hölderlins Verlangen und geheimem
Wissen entsprach. Wohlgefallen von oben begegnet der Zutraulich-
keit von unten, der Geist und die Schönheit, die Einfalt und die königliche Würde erkennen einander als verwandt, sie wissen um die
Liebe, die zwischen ihnen gestiftet ist. In diesem Bild suchte Hölderlin den Sprengkräften im idealistischen Philosophieren und im eigenen Gemüt zu begegnen; er suchte sie zu beschwören. Diese Gruppe
im Pappelwalde trägt denselben Sinn wie die Gruppierung Empe-
dokles-Pausanias oder wie Sokrates-Alcibiades in der Ode:

> »Warum huldigest du, heiliger Sokrates,
>    Diesem Jünglinge stets? kennest du Größers nicht,
>       Warum siehet mit Liebe,
>          Wie auf Götter, dein Aug' auf ihn?«

> »Wer das tiefste gedacht, liebt das Lebendigste,
>    Hohe Tugend versteht, wer in die Welt geblikt,
>       Und es neigen die Weisen
>          Oft am Ende zu Schönem sich.«

Man muß an die Nürtinger Elegie »An die Natur« denken, um die
Pein des durch Fichte-Kant verschärften Naturverlustes zu ermessen und um die sorgenreiche Bemühung zu verstehen, mit welcher
Hölderlin in »Hyperions Jugend« um die Konkordienformel zwischen Geist und Natur ringt. Vier-, fünfmal setzt er dazu an. Immer scheint ihm, es sei noch etwas vergessen von dem Recht, das
dem einen oder dem andern der Partner zukommt. Keine Aussage
ist ihm innig genug. Und eben dies führt zu dem Fortschritt, den
die hier gebrachten Formulierungen ergeben: er breitet die tod-
und lebenbergende Dialektik reicher und genauer aus als im metrischen Fragment, er faßt jede Position bestimmter. Besonders entwickelt er das platonische Verbindungsstück »Liebe« zu einem
durchgeformten Gedankenkunstwerk von ergreifender Schönheit.
Der freie, bindungslose Geist verlor sich ins Irdische – so sagt er
hier in der Sprache gnostischer Mythik. Reichtum verband sich mit
Armut. Was beide zueinander zog, war Liebe; und so ist im Begegnen des Oberen mit dem Unteren Liebe zum erstenmal erschienen.

Aber zugleich mit dem Eingang des Geistes ins Stoffliche begann auch sein eigentliches Bewußtsein; und mit diesem Bewußtsein begann auf der einen Seite für uns die Dürftigkeit des irdisch gefesselten Lebens, auf der andern Seite aber »die schöne Welt« (die vorher »sich selbst unbekannt war«). Diese Grenzpfähle Bewußtsein, Schönheit, Mangel bestimmen fortan das Feld, in dem die Liebe ihr Wesen hat, wunderbar von Erinnerungen an vormaligen Reichtum und göttliche Freiheit durchglänzt, bescheiden zum Dürftigen und zur Dienstbarkeit verlockt, und im geheimen Streben, beides zu verbinden, stets jenen Irrungen ausgesetzt, welche schon die metrische Fassung benannte und welche nun hier als eine reichgegliederte Landschaft erscheinen.

Was Hölderlin von den Schicksalen der irrenden, der selbstvergessenen Liebe sagt, ist das ihm Eigenste und Erfahrenste innerhalb dieses auf die große Verbindung gerichteten Gedankengefüges. Weder Fichte noch Kant noch Schiller waren ihm zur Seite in der Deutung und Fassung der »Verirrungen der Liebe«; nur Platos Geist überschwebt sie, und manchmal der Geist jener spätantiken Systeme, die von den Irrfahrten der in den Abgrund des Stoffs hinabgestürzten oder hinabgelockten »Weisheit« (oder Klarheit oder Seele) zu erzählen wissen. Auch bei Hölderlin scheint es oft, als verstehe er hier unter der Liebe geradezu die Menschenseele; *seine* Seele, wie sie die Verstrickungen des Daseins durchwandert, manchmal »uneingedenk des Ursprungs«, dienend und arm, dann wieder der hohen Abkunft sich erinnernd, sei es in Zorn, sei es in der Begeisterung.

Andrerseits wird ihm das Wort Liebe hier schon zu einem Gleichwort für die begeisterte Hingabe, für die Selbstentäußerung vor dem Göttlichen. Er benennt mit ihm den Enthusiasmus, in welchem er sich mit den Griechen verbunden weiß, mit dem »für kurze Zeit geborenen« Achill, mit Empedokles, der »seinen Reichtum in den gärenden Kelch« des Ätna opfert. Durch Hölderlins ganzes Werk geht der Begriff der Liebe, hier geheimer, dort offener; und welch großes Feld er umfaßt, leuchtet auf, wenn die Ode »An Eduard« den nationalen Opfertod als »Zeichen der Liebe« verherrlicht, wenn als politisch-geschichtliche Grundkraft des Deutschtums die Liebe genannt wird. Von der »Urania« der Tübinger Hymnen, welche die Liebe als kosmisches Element feiert, bis zu der späten Ode »Thränen«, welche der griechischen Wunderwelt gedenkt als eines Reiches der Liebe – der himmlischen, der dienenden, der ab-

göttischen, der allzudankbaren, stets übervorteilten und albernen[1]
Liebe, die das schöne Griechenland »erbärmlich zugrunde gehen«
ließ – da spannt sich ein großer Bogen, unter dem wir Hölderlins
eignes Geschick sich als ein echtes Geschick der Liebe vollziehen
sehen.

Bei alledem fehlt der Konkordienformel, welche Hölderlin hier in
»Hyperions Jugend« für die Zuordnung des Geistes zur Natur
findet, das eigentlich Lösende, der letzte Frieden. Sie bewegt sich in
einem Sowohl-als-auch, sie *betont* die Spannung, statt sie auszu-
gleichen. Vor allem: sie bleibt belastet mit dem idealistischen Fluch,
daß sie das, was dem Geiste von draußen zu antworten scheint,
nur als Eigentum und Ausstrahlung des Geistes, als Ausgeburt eines
in ihm wirkenden »Bedürfnisses« anerkennen kann. Die Qual des
auf sich selbst reflektierenden Bewußtseins wirkt in dieser Konkordienformel weiter. Die kindlich-gläubige Hinauswendung zu einer
objektiven Welt, die Möglichkeit, Dank und Opfer auf festen Altären und mit freiem Herzen darzubringen, war durch sie nicht gegeben. Der Klage, welche die Elegie »An die Natur« erhob, war kein
Trost gereicht. Eine Weisheit, die darauf hinauslief, daß das Ich sich
nie vergessen dürfe, konnte Hölderlins Lebensleiden nur verschärfen.

Unzähligen seiner Zeitgenossen hat die Botschaft, daß aller Wert
in unsrem Geiste ist, Beglückung und Befreiung bedeutet. Für Hölderlin konnte sie, am Ende wenigstens, nur eine Schreckenskunde
sein. Nicht die Thronerhebung des Ichs konnte seinen Lebensmangel
heilen. Ihn konnte nur retten, was ihm die Einbettung dieses
Ichs in den großen, objektiven Lebenszusammenhang eröffnete.
Nicht *die* Natur, die als totes Nicht-Ich das Bewußtsein zu erwecken
hatte und die günstigenfalls im Stammeln ihrer »schönen Formen« etwas ausdrückte, was wir als Wahrheit, als Ideal längst
schon und besser kennen, sondern die Natur, an der unser Leben
»wie eine Blüte hängt«, in deren Fülle sich das Ich selig »verlieren« konnte als im Vaterhaus – konnte ihm Befreiung bedeuten.
Freuden ungeahnten Maßes, Leiden von umstürzender Gewalt
mußten über ihn kommen, ehe er den neuen Durchbruch zur
Wirklichkeit der Natur und damit zu seinem Kinderglauben an sie
fand.

[1] albern, ahd. ala-wâri gütig, freundlich, zugeneigt, wahrhaftig, »ganz wahr«, mhd.
al-waere allzu offen, einfältig (Karl *Bergmann*, Deutsches Wörterbuch, Leipzig 1923).
Hölderlin gebraucht das Wort »albern« hier mehr in der ursprünglichen, sonst auch in der
modernen Bedeutung.

Es bedeutete für Hölderlin eine Befreiung aus inneren und äußeren Nöten, als gegen Ende 1795 endlich eine neue Hofmeisterstelle, nach welcher er monatelang Ausschau gehalten hatte, in greifbare Nähe rückte. Es war die Erzieherstelle im Hause des Frankfurter Bankiers Jakob Friedrich Gontard, dessen Gattin Susette, geborene Borkenstein, unter dem Namen Diotima in Hölderlins Dichtung und Leben steht, schicksaltragend wie kein anderer Mensch, der in dieses Leben eingewoben ist. Die Vermittlung geschah durch den Frankfurter Arzt und Schriftsteller Dr. Johann Gottfried Ebel. Hölderlin hatte dessen Bekanntschaft im Juni 1795 gelegentlich seiner Heimreise von Jena nach Nürtingen gemacht. Ebel, 1764 in Züllichau geboren, hatte 1788 in Bad Ems Johanne Margarete Gontard, die damals 18jährige Schwester Jakob Friedrich Gontards, kennengelernt. Von ihr, der Schwägerin Diotimas, wird erzählt, daß sie als Kind schön gewesen sei. Spätere Bildnisse zeigen sie von Blattern entstellt, als eine ungefällige, eckige Gestalt; doch besaß sie Eigenschaften des Herzens und Geistes, welche Ebels hochsinnige Natur so nachdrücklich ansprachen, daß er zu dem Mädchen (das im Familienkreise »Gredel« genannt wurde) eine tiefe, herzlich erwiderte Neigung faßte. Nach Wanderjahren, die ihn nach Wien, dann in die Schweiz führten, machte sich Ebel, um der Geliebten nahe zu sein, 1792 in Frankfurt seßhaft und nahm dort 1794 eine ärztliche Praxis auf. Enge Beziehungen verbanden ihn mit dem ganzen Hause der Gontards, und durch Gesinnungsfreundschaft stand er, der leidenschaftliche Parteigänger der französischen Revolution, zugleich den Homburger »Hofdemokraten« nahe, darunter dem genannten Hofrat Franz Wilhelm Jung und Sinclair.

Dieser hat denn auch – so dürfen wir annehmen – das Zusammentreffen des von Jena nach Nürtingen reisenden Hölderlin mit Ebel vermittelt, und manches spricht dafür, daß die Begegnung in Heidelberg zwischen dem 13. und 20. Juni stattgefunden hat. Hölderlin selbst gedenkt dieser Reisebegegnung in einem Brief aus Nürtingen an Ebel, 2. September 1795: »Sie haben die Güte, sich nach dem Ausgang meiner Reise zu erkundigen. Er war größtentheils sehr unterhaltend für mich, denn er war größtentheils das Echo von dem, was Sie mir in den Paar guten Stunden mit getheilt hatten«. Dieser Brief Hölderlins war die Antwort auf ein Schreiben Ebels, worin dieser wegen Übernahme einer Erzieherstelle in einem befreundeten Hause angefragt hatte. Hölderlin gab mit Freuden seine einstweilige Zusage; und wie er sich seinerzeit vor Waltershausen

eine Art Erziehungsprogramm vorgesetzt hatte, so fügte er auch
jetzt seiner Zusage eine grundsätzliche Äußerung bei.

Sie ist wichtig nach verschiedenen Seiten hin; so mit ihrem Abrücken von der Ungeduld, die den Erzieher »tyrannisch und unge-
recht« macht und die er so klar als seinen eigenen Fehler kennengelernt hatte; so mit der Kritik an Rousseaus Forderung, daß die
»erste Erziehung rein negativ sein müsse«, also sich auf eine Abwehr verderblicher Einflüsse zu beschränken habe im Vertrauen auf
das natürlich Gute im Menschen; so mit dem ständigen Anknüpfen
an kindliche Lebensbeobachtungen und Triebe (Nachahmungstrieb,
Neugierde) als an Verlockungen zur Wissenserweiterung. Gereifter,
belehrter über Methoden und Ziele, vorsichtiger in der Richtung
alles »Aufdrängens«, bescheidener im Vertrauen auf planmäßiges
Wollen, gehorsamer vor der erkannten Stufung, in welcher Vernunft bei einem werdenden Menschen vorausgesetzt werden darf –
so steht Hölderlin, der Erzieher, vor uns in dem Briefe, dessen wichtigste Abschnitte lauten:

»Ich weis zu gut, wie viele Inkonvenienzen jede Verfahrungsart
in der Erziehung besonders hat, und wie sehr oft bei mir die Ausführung unter dem Plane bleibt, um Wunder von mir zu erwarten.
Ich weis zu gut, daß die Natur nur stuffenweise sich entwikelt, und
daß sie den Grad und den Gehalt der Kräfte unter die Individuen
vertheilt hat, um von dem Kinde Wunder zu erwarten. – Ich
glaube, daß die Ungedult, womit man seinem Zweke zueilt, die
Klippe ist, woran gerade oft die besten Menschen scheitern. So auch
in der Erziehung. Man möchte so gerne in sechs Tagen mit seinem
Schöpfungswerke zu Ende seyn; das Kind soll oft Bedürfnisse befriedigen, die es noch nicht hat und vernünftige Dinge anhören und
fassen, ohne Vernunft! und das macht denn die Erzieher, weil sie
auf dem rechten Wege ihre Absicht nicht erreichen, tyrannisch und un-
gerecht, das macht den Erzieher und den Zögling gleich elend . . .
Ich würde deswegen von meinem Zögling nicht eher ein (im strengen Sinne) vernünftiges Verfahren fordern, bis er Vernunft hätte,
bis er einmal zum Bewußtseyn oder Gefühl seiner höhern und höchsten Bedürfnisse gekommen wäre. Würd' ich aber von ihm nicht
eher Vernunft fordern, bis sie hätte, so würde ich von ihm *gar
nichts* fordern, bis er einmal mir das Recht gegeben hätte, ihn als
vernünftiges Wesen zu betrachten. . . . Rousseau sagt mit Recht:
la première et plus importante éducation est, de rendre un enfant
propre à être élevé.

Ich muß das Kind aus dem Zustande seines schuldlosen aber eingeschränkten Instinkts, aus dem Zustande der Natur heraus auf den
Weg führen, wo es der Kultur *entgegenkommt,* ich muß seine
Menschheit, sein höheres Bedürfniß erwachen lassen, um ihm dann
erst die Mittel an die Hand zu geben, womit es jenes höhere Bedürfniß zu befriedigen suchen muß. Ist einmal jenes höhere Bedürfniß in ihm erwacht, so kann und muß ich von ihm *fordern,* daß es
dieses Bedürfniß ewig lebendig in sich erhalten und ewig nach seiner Befriedigung streben soll. Aber darinn hat Rousseau Unrecht,
daß er es ruhig abwarten will, bis die Menschheit im Kinde erwacht, und indeß sich gröstentheils mit einer negativen Erziehung
begnügt, nur die bösen Eindrücke abhält, ohne auf gute zu sinnen. Rousseau fühlte die Ungerechtigkeit derer, die das Kind wo
nicht mit dem Flammenschwerd doch mit der Ruthe aus seinem
Paradiese, aus dem glüklichen Zustande seiner Thierheit heraus-
jagen wollten und gerieth, wenn ich ihn anders recht verstehe auf
das entgegengesezte Extrem. Wenn das Kind von einer andern
Welt umgeben wäre, als die gegenwärtige ist, dann möchte Rousseau's Methode zweckmäßig seyn. Mit dieser anderen besseren Welt
muß ich das Kind umgeben, sie ihm nicht aufdringen, ohne alle Prä-
tension, wie die Natur ihm entgegenkömt, muß ich ihm die Gegenstände zuführen, die groß und schön genug sind, sein höheres Bedürfniß, das Streben nach etwas Besserem oder wenn man will seine
Vernunft in ihm zu erweken. Ich glaube, daß die Geschichte besse-
rer Zeiten diese Welt des Kindes werden kann, wenn sie mit *Aus-*
*wahl* und einer *Darstellung* behandelt wird, wie sie dem Kinde
überhaupt und dem Individuum angemessen ist, das ich vor mir
habe, z. B. die römische Geschichte mit dem lebendigen Detaile des
Livius und Plutarchs. Ich würde aber das Kind nie fragen, ob es
das Gesagte behalten hätte, denn es wäre ja nicht um die Geschichte sondern um ihre Wirkungen aufs Herz zu thun, und so
bald das Kind die Geschichte als ein Mittel zur Gedächtniß- oder
auch Verstandesübung betrachten müßte, so würde die beabsichtigte Wirkung wegfallen.
Weil ich aber in dieser Periode, wie gesagt, nichts *fordern* möchte
von meinem Zöglinge, und es doch nothwendig scheint, ihm einen
Unterricht zu geben, den er später nicht gerne anhören würde, so
müßte ich die Triebe, die schon da und zu diesem Zweke hinreichend
sind, in Anspruch nehmen, wie den Nachahmungstrieb, den Neu-
igkeitstrieb p. p. Ich glaube, daß nicht leicht ein Kind ist, dem nicht

auch einfiel, was wohl hinter seinen Bergen liegen möchte. Wenn
die Geographie nicht, wie gewöhnlich, so eine todte papierne Geographie ist, wenn die Karte mit zwekmäßig bearbeiteten Reisebe-
schreibungen belebt wird, so wird sich dieser Unterricht ohne Forderung und Zwang, wie ich glaube, dem Kinde mittheilen lassen.
Wenn das Kind täglich bemerken kann, wie die Arithmetik ein
wesentlicher Bestandtheil nüzlicher Beschäftigungen ist, so wird es
auch wohl gerne so etwas treiben, und ich gestehe, daß ich auf diesen Artikel des Unterrichts viel rechne, weil er dem Lehrlinge, wie
Mathematik überhaupt, ein Bild strenger Ordnung mehr, wie etwas anderes, giebt.«
Der Brief drückt am Schlusse eine Erwartung aus, welche, sehr bescheiden gefaßt, seiner eigenen Person gilt: »An Kräften würd' es
mir wohl auch nicht immer fehlen, wenn ich nur des Tags ein paar
Stunden zur ruhigen Bildung und Pflege meines eignen bedürftigen
Wesens gewinnen könnte. So und in der Gesellschaft der Gebildeten, die mich aufnähmen, würd' ich mich für meine Zöglinge erheitern und stärken.«
Schmerzliche Wochen des Wartens vergingen, nachdem dieser Brief
abgesandt war. Ebel zögerte mit dem Ja oder Nein der Gontards,
weil diese sich wegen der Kriegswirren nicht zu entscheiden ver-
mochten. Mainz war von den Franzosen belagert, ebenso Mannheim; Jourdans Vorgehen am Niederrhein ließ eine Einbeziehung
Frankfurts ins Gebiet der Kriegshandlungen voraussehen, wie dies
in der Tat auch später eintrat. Hölderlin geduldete sich viele Wochen lang, aber am 9. November gestand er Ebel in einem neuer-
lichen Schreiben die Verlegenheit, in welche er sich gesetzt sah:
»Es ist Ihnen wohl unbekannt, wie sehr wir Würtembergischen
Theologen von unserem Konsistorium dependiren; unter anderem
disponiren diese Herrn auch über unsern Aufenthalt. Weil ich nun
nicht gerade in einer öffentlichen Beschäftigung begriffen bin, so
muß ich erwarten, mit nächstem, besonders, da die Weihnachts-
feiertage heranrüken, zu einem Pfarrer geschikt (zu) werden, um
ihn zu unterstützen, wenn ich nicht indeß oder doch unmittelbar
nach diesem Termin irgend ein ander legitimes Verhältniß eingehe.
Nun ist mir zwar seit kurzem wieder eine Erzieherstelle in Stutgard
angetragen worden; Sie mögen aber selbst beurtheilen, wie sehr es
mich Verläugnung kosten würde, den Hoffnungen zu entsagen, zu
denen Sie mich berechtigten.«
Am Schlusse dieses Briefes treten dann wichtige Seiten der gehei-

meren Lebens- und Selbstempfindung hervor, welche in Hölderlin damals gegeben war. Aus der geistigen Verödung der Nürtinger Lage hebt sich ein Gemeinschaftsbedürfnis von besonderer Art und eindringlicher Prägung. Hölderlin bittet Ebel um nähere Mitteilungen von dessen literarischen Arbeiten und fügt hinzu: »Sie wissen, die Geister müssen überall sich mittheilen, wo nur ein lebendiger Othem sich regt, damit aus dieser Vereinigung, aus dieser unsichtbaren streitenden Kirche das große Kind der Zeit, der Tag aller Tage hervorgehe, den der Mann meiner Seele, (ein Apostel, den seine jezigen Nachbeter so wenig verstehen, als sich selbst) *die Zukunft des Herrn* nennt.«

Wir haben des weiteren Einbaus zu gedenken, in welcher für Hölderlin die hier berührte Idee der »unsichtbaren Kirche« stand. Sie hing eng zusammen mit Gemeinschaftsbegriffen, die schon in Stiftszeiten um ihn her aufgewachsen waren. Von ihnen sprach der Brief, den er von Waltershausen am 10. Juli 1794 an Hegel geschrieben hatte: »Lieber Bruder! Ich bin gewiß, daß Du indessen zuweilen meiner gedachtest, seit wir mit der Losung – Reich Gottes! voneinander schieden.« Hegel gebraucht den gleichen Ausdruck in einem Brief an Schelling, Januar 1795, der im Gedenken an Hölderlin mit den Worten schloß: »Das Reich Gottes komme, und unsere Hände seyen nicht müßig im Schoose.« Auch durch den »Hyperion« sehen wir später den Gedanken der im freundschaftlichen Geistesverkehr sich bildenden »neuen Kirche« seine Spuren ziehen; und »Kirche« heißt da stets: Verwirklichungsfall der liebenden, daher gotterfüllten Gemeinschaft. In der Nähe dieser Idee stehen weiterhin jene Gemeinschaftsbegriffe, die im Hölderlinschen Freundeskreise unter dem Stichwort »Kommunismus der Geister« oder »Kommerzium der Geister« erscheinen (letzterer Ausdruck findet sich schon in einem Briefe Sinclairs an Jung vom Jahre 1792). Unter allen diesen Begriffen schauen Hölderlin und seine Freunde auf etwas Allgemeingültiges an liebender Totalorganisation aus, die dazu berufen ist, am Ende »sichtbare Kirche« zu werden.

Wesentlich ist aber, daß dabei stets eine private Vorstufe der großen Liebesverwirklichung ins Auge gefaßt ist: persönlicher Austausch, Freundschaft, Gespräch und Liebe sind die kostbaren Ansatzpunkte für lebendige Volksgemeinschaft und eben damit für Einkehr des Göttlichen (»Zukunft des Herrn«). Was sich da privat ereignet, wird von Hölderlin immer gesehen als berufen zu einer letzthin politischen, d. h. volksgestaltenden Auswirkung. Da im gel-

tenden öffentlichen Zustand der Gesellschaft und des Staates die
Gemeinschaftskräfte keine Gegenwart haben, muß der Ansatz für
den echten neuen »Gemeingeist« im Felde der persönlichen und
persönlichsten Beziehungen gesucht werden. Dies ist es, was in Hölderlins Bereich auch der anscheinend privatesten Verwirklichung
der Liebe die tiefe Resonanz gibt.

Zur weiteren Geschichte dieser Gemeinschaftsidee bei Hölderlin
gehört es, daß die Vorstellung der neuen Kirche, des kommenden
Reiches Gottes, der Zukunft des Herrn aufgesogen wurde vom alles
überstrahlenden Bilde des deutschen Vaterlandes, sofern Hölderlin
dieses berufen sah, aus dem Geiste der Liebe das »neue Gebild«,
die neue Gemeinschaft und Göttereinkehr zu verwirklichen. Dieser
Übergang konnte sich ereignen, weil »Kirche« bei Hölderlin nichts
rein Geistliches und das neue Germanien nichts rein Weltliches bedeutete; sondern in beiden Fällen war auf etwas Ganzes an Leben
gezielt.

Nahezu einen Monat blieb Hölderlin auch auf diesen Brief vom
9. November ohne Bescheid. In den ersten Dezembertagen schrieb
er verzweifelt an Neuffer: »Ich weiß mir nicht zu helfen, wenn ich
bis Sonntag keinen Brief von Frankfurt erhalte.« Und dieser Sonntag – es muß der 6. Dezember gewesen sein – scheint ihm in der
Tat das sehnlich erwartete Schreiben gebracht zu haben. Denn vom
7. Dezember 1795 ist der Brief Hölderlins an Ebel datiert, worin er
dessen Einladung nach Frankfurt mit Dank annimmt und die Hoffnung ausspricht, »mit nächster Woche abreisen zu können«. In Eile
traf er die nötigen Vorbereitungen; sie betrafen namentlich die Vervollständigung der Kleiderausstattung, die mit Landauers und
Neuffers Hilfe besorgt wurde.

# Frankfurt 1796 – 1798

Anfangs der bezeichneten »nächsten Woche« (13.–20. Dezember) reiste Hölderlin von Nürtingen ab. Er machte zunächst kurze Station in Stuttgart, um von den Freunden Abschied zu nehmen, und traf dabei auch Schelling, der ihm Briefgrüße an Niethammer in Jena zu bestellen aufgab. Dann hielt er sich einige Tage in Löchgau auf, das an seinem Reisewege nach Heilbronn – Heidelberg lag und wo sein »Herr Oncle«, Pfarrer Majer, im Amt war. Dort verlebte er die Weihnachtstage und setzte gemeinsam mit Majers Sohn, seinem »Freund und Vetter«, der sich zum Studium nach Jena begeben wollte, die Reise fort. Sie war »langwierig und beschwerlich«. Montag, den 28. Dezember, trafen die Vettern in Frankfurt ein. Majer fuhr schon am nächsten Tage weiter, mit einem Empfehlungsbrief Hölderlins an Niethammer ausgerüstet; Hölderlin nahm Wohnung in dem Gasthofe Zur Stadt Mainz, wo Ebel für ihn vorgesorgt hatte, weil sein Zimmer im Gontardschen Hause noch nicht fertig war. Am 30. Dezember besuchte ihn dort sein künftiger Zögling, der achtjährige Henri Gontard; das meldete er dem Oheim Majer, offensichtlich vom Wesen des Jungen angenehm berührt, doch mit einem leisen Mißtrauen zum oft enttäuschten Urteil: »Gestern abends besuchte mich mein künftiger Zögling, und ich habe für jetzt allen Grund, zu glauben, daß er mich in nicht geringem Grade schadlos halten wird für die traurige Zeit, die mir mein ehemaliger machte.«
Am 31. Dezember 1795 betrat Hölderlin zum erstenmal das Gontardsche Haus, um sich den Eltern vorzustellen. Er sah an diesem Tage Diotima zum erstenmal. Den Eindruck, den er gewann, faßte er (Brief an den Bruder vom 11. Januar 1796) in Worte, die abermals jene Vorsicht gegenüber dem eignen Urteil erkennen lassen: »Aber um mich ist indeß manches vorgegangen, wovon das Neueste ist, daß ich nun wirklich mein Verhältniß angetreten, daß ich, nach meinem, freilich noch nicht festen, unwiderruflichen Urtheil, die besten Menschen zu Freunden, und an den Kindern dieser Menschen Zöglinge habe, wie man sie wohl nicht leicht wieder finden dürfte, wenn man Unbefangenheit, reine Natur, ohne Rohheit sucht.«
Die Muße zwischen Ankunft und Dienstantritt benutzte Hölderlin

zu einem Ausflug nach dem nahen Homburg, auf Einladung Sinclairs, der auch in der Folgezeit den Freund so oft als möglich zu solchen Besuchen veranlaßte. Der eben erwähnte Brief an den Bruder spricht von »sehr interessanten Menschen, die ich kennen lernte, besonders während meines Aufenthalts in Homburg bei Sinclair, der Dich grüßen läßt«. Das war Hölderlins erste Berührung mit einem Orte und einem Menschenkreise, die später so große Bedeutung für ihn gewinnen sollten, als zweimalige Zuflucht an schwersten Gefahrenstellen seines Lebensweges. Unter jenen »sehr interessanten Menschen« befanden sich ohne Zweifel der Hofrat Franz Wilhelm Jung, Sinclairs besonderer Freund, und der Pfarrer Philipp Jakob Leutwein, ein gebürtiger Schwabe – beides Männer von bedeutender Bildung, hohem menschlichem Wert und starker Anregungskraft bei sehr verschiedenem Temperament: ersterer feurig und schwungvoll, weltmännisch und politisch, glühender Anhänger der französischen Revolution, letzterer stiller und innerlicher, herzensfreundlich und seelenvoll auf das Dauernde gerichtet. Ihnen war Hölderlin nicht nur durch seine Dichtungen und durch Sinclairs schwärmerische Schilderungen bekannt, sondern auch nahegerückt durch die gemeinsame Verehrung für Fichte (welchem Jung überdies persönlich befreundet war) und durch die Begeisterung für die Sache der Freiheit. So fand Hölderlin im Kreise der Homburger Hofdemokraten offene Arme und Herzen.

Was ihn von *ihrer* Art des politischen Einsatzes trennte, blieb wohl bei diesen ersten Begegnungen und noch auf einige Zeit hinaus im Hintergrund. Vorerst überstrahlte die Hoffnung auf einen »Frühling der Völker«, der sich von Paris her anzukündigen schien, noch alle Schatten. Die Freiheit hatte für ihre deutschen Anhänger noch das Glänzende, Leichte, Unverbindliche der Idee. Die Frage der Bewirkung hatte diese Anhänger noch nicht Mann für Mann vor persönliche Entscheidungen gestellt. Es sei hierzu noch einmal das unterstrichen, was bereits gestreift wurde und was sich bei Hölderlins Naturell von selbst verstand: daß *seine* Hoffnungen auf den kommenden Völkerfrühling nichts zu tun hatten mit Zielsetzungen, die durch Gewalttat verfolgt werden mußten; daß es ein freiwilliges Aufblühen und politisches Geltendwerden der *Liebe* war, welches er von der Freiheit erwartete; daß er völlig unzugänglich war für ein aktivistisches Denken, welches irgendeinem Zweck zuliebe die Seele in der eignen Brust, die Menschenwürde im andern zu zertreten bereit war. Was ihn von diesem Denken schied, ist –

abgesehen davon, daß es in jeder Zeile seiner Schriften zu lesen
steht – zum ausdrücklichen Bild geworden in der Endfassung des
»Hyperion«, da, wo er die Verschwörergruppe um Alabanda schildert (Bd. I, 1. Buch, 7. Brief). Die auffallend bestimmten Züge dieser Schilderung, die eine ihm durchaus fremde und auch durch Überlieferung unergreifbare Menschenart betrifft, legen die Vermutung
sehr nahe, daß er hier nach wirklichen Vorbildern gezeichnet hat.
Sie können ihm kaum auf andere Weise vor Augen gekommen
sein als durch Sinclair und sind wahrscheinlich in den Mainzer Klu-
bistenkreisen zu suchen, zu denen die Homburger enge Fühlung hatten.[1] Die revolutionären Aktivisten, die da als kalte, erloschene
Krater von Menschen um Alabanda stehen, zeigen sich bereit, in
der Dämonie des politischen Handelns »der Verwesung zu opfern«,
sich ganz und gar zu entmenschen, als blinde harte Werkzeuge das
Tagewerk zu tun und so über dem Ringen nach dem Ziel das Ziel
selbst preiszugeben – und deshalb erscheinen sie Hyperion als »Be-
trüger«. Der heftige Abscheu, den Hyperion gegenüber diesen Gestalten ausdrückt, ist ohne Zweifel zugleich der Abscheu, welchen
Hölderlin insgeheim vor gewissen Seiten der Sinclairschen Welt und
des Homburger politischen Treibens empfand. Ihm ging es letzthin
um Wachstum, nicht um Gemächte; ihm ging es um das Unerzwingbare an Leben.

Dieses Unerzwingbare, dieses Leben aus Liebe begann nun für ihn
in Frankfurt wirklich zu werden, in einer Art und von einer Seite,
die längst nicht mehr Gegenstand seiner Hoffnung waren. Der Vorgang der erst zögernden und staunenden, dann immer bestimmteren Einwanderung in eine neue Lebensfülle, wie er sich in seinen ersten Frankfurter Briefen spiegelt, kann in der Tat nur mit einem
naturhaften Vorgang, mit einem Keimen, Wurzelschlagen, Aufblühen verglichen werden. Gewarnt durch viele Enttäuschungen, hält
er sich im Aussprechen zurück: »Glaube übrigens deßwegen nicht,
als wäre meine neue Lage nicht so, daß man nicht gewißermaßen
damit zufrieden seyn könnte«, schreibt er an Neuffer unterm 15.
Januar 1796; »Ich lebe, wie es scheint, unter sehr guten und wirk-

---

[1] Hierzu vgl. die sehr verdienstvollen Forschungen von Christian Waas (Bad Nauheim),
besonders den Aufsatz »Franz Wilhelm Jung und die Homburger Revolutionsschwärmer
1792–1794« (Festschrift Heinrich Jacobi zum 70. Geburtstag, 1936, Bad Homburg v. d.
Höhe, Staudt's Buchhandlung).

lich, nach Verhältniß, seltnen Menschen.« Er knüpft daran eine
tiefe zentrale Einsicht in das Gesetz seines Wesens und seines Dichtertums: »Du verstehst mich gewiß, wenn ich Dir sage, daß unser
Herz auf einen gewissen Grad immer arm bleiben muß. Ich werde
mich auch wohl noch mehr daran gewöhnen, mit Wenigem fürlieb
zu nehmen, und mein Herz mehr darauf zu richten, daß ich der ewigen Schönheit mehr durch eignes Streben und Wirken mich zu nähern suche, als daß ich etwas, was ihr gliche, vom Schiksaal erwartete.«
Hölderlin hatte, als er dies schrieb, Susette Gontard seit Tagen
schon ständig vor Augen. Wenn er sich hier die Erwartung verweist,
als könne die Ewige Schönheit je in seinem Lebensraum wirklich
werden – ist das nicht gerade ein Anzeichen dafür, daß diese Erwartung schon in ihm erwacht ist? Wurde ihm seine Verpflichtung
zur »Armut« nicht gerade dadurch bewußt, daß er in Susette Gontard die Erfüllung von Melite-Diotima erblickt hatte, aber als etwas Verwehrtes und Unerreichbares? Und liegt daher in diesem
Niederschlagen des kaum erhobenen Blickes nicht die erste Huldigung an sie? Er war bereit, zu verzichten. Er betrachtete den Verzicht als das ohne weiteres Notwendige und Selbstverständliche. Er
hatte keine Organe des bewußten Ergreifens, er lebte sein Wesen und
seine Seele dar, wie er es immer getan hatte, absichtslos, kaum noch
wissend um das Fragende und »Bedürftige«, welches in ihm lag.
Auf dieses Leben erfolgte nun von drüben eine Antwort, von der
Seite Susettens. Die Antwort erging ebenso schuldlos und einfach
wie die Frage. Hölderlin blickte das Bild und Dasein Susettens an,
wie ein lichtbedürftiges Geschöpf die Sonne anblickt. Er sah in ihr
die Allgenügsamkeit einer Himmlischen, also das befriedete und
geheilte, das vollkommene und mangellose Leben, welches als verwirklichte Schönheit seinem eigenen Seinsmangel die Heilung versprach. Susette gab den Blick rein zurück, aus jener *weiblichen* Bedürftigkeit, welche Hölderlin nicht kennen konnte und welche nach
Erweckung und geistiger Anrufung verlangte, nach Einbeziehung
des eigenen dumpfen Wesens in die hohe geistige Schau, in die
klare, männlich erblickte Wertwelt. Wie Susette Hölderlin ein
ruhiges, um den eigenen Mittelpunkt schwingendes Sein vorlebte,
so leuchtete ihr aus Hölderlins Ringen und Leiden der geistige
Kosmos auf, auf den sie ihr eigenes Sein bisher nur dunkel bezogen gefühlt hatte. Bei gleichem Rang des Wesens trafen hier von
der Seite des Mannes wie der Frau Mangel und Spende wechselsei-

tig genau aufeinander. Aus diesem Zusammentreffen reifte für beide Teile eine Erfüllung, die sich, alles wohl erwogen, nicht vollendeter denken läßt.

Im Hause des Frankfurter Bankiers Heinrich de Bary – des heutigen Inhabers der Firma Heinrich Gontard, welche Hölderlins Zögling Henri 1815 begründet hat – steht unter einem Glassturz die kleine Marmorbüste Susette Gontards, welche aus vielfachen Wiedergaben bekannt ist. Sie stammt von dem Bildhauer Landolin Ohmacht; der Stein ist rein weiß und hat nur eine geringe schwarze Ader in der Scheitelgegend; die Höhe der Büste ohne Sockel mag 12–13 cm betragen. In feiner geläufiger Meißelarbeit sind die Züge herausgeholt; Züge eines beseelten Frauenantlitzes, in dem das Mädchenhafte noch deutlich anklingt, das Ganze in sehr zarten und melodiösen Formen bewegt. In der Haltung des Kopfes liegt eine Linie, die auf durchgängige Anmut in der körperlichen Gebärde schließen läßt. Der Ernst der jungen Stirn, der Stolz um den Mund, die edle, sanfte Prägung aller Einzelheiten deuten auf einen Menschen mit »rasch erzitternder« Seele, doch auch mit einem edlen Selbstgefühl und allseitig entwickelter Bildung. Gemeinsam ist allen Einzelzügen, daß sie ein Vorwalten des Seelischen über das Vitale angeben, ja sogar Merkmale einer geringen Lebensintensität; wozu bemerkt werden möge, daß nicht nur Susette selbst mit 33 Jahren starb, sondern daß auch keines von ihren vier Kindern zu höheren Jahren kam: zwei davon erreichten ein Alter von 41, zwei ein Alter von nur 30 Jahren. Ein Miniaturbildnis im Besitze der Familie Schmidt-Polex gibt als Haarfarbe einen rötlich-kastanienbraunen Ton an.

Als Hölderlin das Haus Gontard betrat, war Susette seit nicht ganz zehn Jahren die Gattin Jakob Friedrich Gontards. Ihr Geburtsort war Hamburg, sie stammte aus einer begüterten Familie, welche sich schon in einer früheren Generation mit den Gontards in Frankfurt versippt hatte. Ihr Vater war der Kaufmann Hinrich Borkenstein (1705–1777). Dieser heiratete 1768 als 63jähriger Susanne Bruguier (1741–1793), deren Mutter aus Frankfurt stammte. Der Ehe entsprangen nach Susette, welche das erste Kind war, noch ein Sohn und zwei Töchter. Borkenstein selbst ist als Verfasser eines Hamburger Lokalstückes »Der Bookesbeutel« (Buchbeutel, übertragen Schlendrian) bekannt geworden (geschrieben 1741). Nach Borkensteins Tode lebte die Mutter als Witwe in Hamburg, verlegte dann aber 1786 ihren Wohnsitz nach Frankfurt, und noch im gleichen

Jahre, am 18. Juni, wurde die 17jährige Susette die Gattin Jakob Friedrich Gontards, welcher schon vorher um sie geworben hatte. Gontard (1764–1843) stand damals im 22. Lebensjahre. Aus der Geschichte seiner Familie sei hier nur bemerkt, daß der in Grenoble ansässige Kaufmann Peter Gontard (1662–1725) nach der Aufhebung des Ediktes von Nantes (1685) nach Deutschland ausgewandert war und sich hier mit Sophie Katharina von Stein vermählt hatte. Das Gontardsche Haus in Frankfurt betrieb Bankgeschäfte, verbunden mit Spedition und Kommission in Woll- und Baumwollgarnen; ein Familienwappen zeigt, in fehlerhafter Ausdeutung des zweifellos deutschen Namens, eine Türangel (gond) und eine untergehende Sonne (tard). Die Gesichtszüge Jakob Friedrich Gontards (innerhalb der Familie Cobus genannt) sind nur in Bildnissen aus späteren Lebensjahren, nach Susettens Tod, erhalten. Ein flaches Gipsrelief in Medaillonform zeigt ihn als einen etwa 50jährigen Mann mit gelichtetem Haar und runder Kopfform. Die Züge deuten auf Eigenschaften, wie sie zu einem Manne des praktischen Lebens gehören. Kühle Überlegung, Wille, bürgerliche Tüchtigkeit können daraus gelesen werden. Eine Stiftzeichnung aus noch späterer Zeit – es könnte sich um einen Mann Ende der 60 handeln – deutet gebückte Kopfhaltung an; im Ausdruck liegt viel Gutmütiges neben einer gewissen kaufmännischen Verschlagenheit. Die Familienüberlieferung hat Jakob Friedrich als einen großen, stattlichen Mann in der Erinnerung, der freilich in der Jugend kränklich gewesen sein soll; im übrigen hält diese Familienüberlieferung seine Person und namentlich seine treue Sorge für das Wohl des Hauses in Ehren. Er war das vorletzte unter sieben Geschwistern; das mag beitragen zur Erklärung der scherzhaften Notiz im Tagebuch der Frau von Stael (1803): »Francfort est une très jolie ville; on y dîne parfaitement bien; tout le monde parle français et s'appelle Gontard.«

Das Wohnhaus, Weißer Hirsch genannt, lag in der Gegend des heutigen Hirschgrabens und ist seit langem verschwunden. Der Lebenszuschnitt im Hause entsprach dem der führenden Frankfurter Gesellschaftsschicht, in der seit Jahrhunderten ein gelassener Bürgerstolz, gehobene Lebensansprüche, eine feste Schätzung des Kaufmannstandes zu Hause waren; dies alles auf der Grundlage eines Volksschlages von rheinfränkischer Geisteswachheit, viel Mutterwitz und viel Sinn für eine tatsachentreue Weltbetrachtung und greifbare Daseinswerte. In dem Gegensatz dieser Umgebung zum

Wesen Hölderlins, der sich selbst als »schwerfälligen Schwaben«
kannte, lagen Keime zu Konflikten. Sie sollten sich später störend
bemerkbar machen. Doch sei hier schon bemerkt, daß diese Konflikte durchaus keine entscheidende Bedeutung für die Schlußwendung von Hölderlins Geschick in der Frankfurter Zeit besaßen.
Der Bekanntenkreis des Hauses war groß und brachte Hölderlin in
Berührung mit manchen wertvollen Menschen, so mit dem jüngst
gewonnenen Freunde Dr. Ebel, so mit dem bedeutenden Anato-
men Samuel Thomas von Sömmering (1755–1830), der dem Hause
Gontard nahestand und dem Hölderlin zwei Xenien über das Seelenorgan widmete; er schrieb sie dem Gelehrten ins Handexem-
plar einer 1796 erschienenen Schrift, welche die Zirbeldrüse als das
Seelenorgan behandelte.

Wir haben schon erwähnt, daß vier Kinder im Hause waren: außer
dem 1787 geborenen Henri die kleine Jette (Henriette, später verehelichte Manskopf, 1789–1830), ferner Lene (Johanna Helene,
später verehelichte Schlosser, 1790–1820) und Male (Friederike
Amalie, 1791–1832). Hölderlin hatte zunächst nur Henri als Zögling, beschäftigte sich aber späterhin auch in angemessener Weise
mit der Erziehung der kleinen Geschwister.

Die Beziehung zu Susette trat sehr rasch in diejenige Form, welche
sie zum zentralen Ereignis in Hölderlins Leben machte. Es ging
zwischen diesen beiden Menschen um eine Entscheidung, die ihrer
Natur nach in *einem* Augenblick, und zwar im ersten, fallen mußte.
Drei Wochen nach jenem Bekenntnis zur mönchischen Armut, welches Hölderlin dem Freund Neuffer gegenüber ausgesprochen hatte,
schrieb er dem Bruder von der Verjüngung, von dem neuen Glück
und der fröhlichen Periode, die er jetzt erlebe (11. Februar 1796)
und fügte hinzu: »Mein Wesen hat nun wenigstens ein paar überflüssige Pfunde an Schwere verloren und regt sich freier und schnel-
ler.«

Anfang Juni strömte er dann Neuffer gegenüber die ungeheure
Veränderung des äußeren und inneren Zustandes in volltönenden
Worten aus, die eine tiefe Resonanz in seinem ganzen Wesen haben: »Ich bin in einer neuen Welt. Ich konnte wohl sonst glauben,
ich wisse, was schön und gut sey, aber seit ichs sehe, möcht' ich lachen über all' mein Wissen. Lieber Freund! Es giebt ein Wesen auf
der Welt, woran mein Geist Jahrtausende verweilen kann und
wird, und dann noch sehn, wie schülerhaft all unser Denken und
Verstehn vor der Natur sich gegenüber findet. Lieblichkeit und Ho-

heit und Ruh und Leben, und Geist und Gemüth und Gestalt ist
Ein seeliges Eins in diesem Wesen. Du kannst mir glauben, auf
mein Wort, daß selten so etwas geahndet, und schwerlich wieder
gefunden wird in dieser Welt. Du weist ja, wie ich war, wie mir
gewöhnliches entlaidet war, weist ja, wie ich ohne Glauben lebte,
wie ich so karg geworden war mit meinem Herzen, und darum so
elend; konnt' ich werden, wie ich jezt bin, froh, wie ein Adler,
wenn mir nicht dies, dies Eine erschienen wäre, und mir das Leben,
das mir nichts mehr werth war, verjüngt, gestärkt, erheitert, verherrlicht hätte, mit seinem Frühlingslichte? Ich habe Augenblike,
wo all' meine alten Sorgen mir so durchaus thöricht scheinen, so
unbegreiflich, wie den Kindern.« Bestimmtere Züge von Susettens
Erscheinung werden sichtbar in einem Brief aus späterer Zeit: »Ich
gehe lieber so hin in fröhlichem, schönem Frieden, wie ein Kind,
ohne zu überrechnen, was ich habe und bin, denn was ich habe, faßt
ja doch kein Gedanke nicht ganz. Nur ihr Bild möcht' ich Dir zeigen
und so brauchte es keiner Worte mehr! Sie ist schön, wie Engel. Ein
zartes geistiges himmlisch-reizendes Gesicht! Ach! ich könnte ein
Jahrtausend lang in seeliger Betrachtung mich und alles vergessen,
bei ihr, so unerschöpflich reich ist diese anspruchslose stille Seele in
diesem Bilde! Majestät und Zärtlichkeit, und Fröhlichkeit und
Ernst, und süßes Spiel und hohe Trauer und Leben und Geist, alles
ist in und an ihr zu Einem göttlichen Ganzen vereint.«
In die Liebe zu dieser Frau ging alles ein, was an Vorstellungen des
erfüllten Lebens, des verwirklichten Seins in Hölderlin angelegt
war. Sie brachte ihm ein Konkretwerden des Daseins, eine Heilung
des inneren Zwiespalts und damit geradezu eine Wiedergeburt. Wie
Dante am Tage, da er Beatrice zum erstenmal sah, in sein Tagebuch
schrieb: »Incipit vite nova«, so sagt Hyperion: »Mit dir, Diotima,
begann ich. Sie sind der Worte nicht werth, die Tage, da ich noch
dich nicht kannte.«
Wir haben an früherer Stelle davon gesprochen, daß Hölderlin
das, was die Liebe in seinem Leben sein und wirken werde, vorausgewußt hat in einem prophetischen Wissen, welches unmittelbar aus
seinem Lebensleiden aufstieg. Dieses Lebensleiden bestand in dem
inneren Zwist, den er als Gabelung zwischen Geist und Leben, als
Riß zwischen Wertbereich und Wirklichkeitsbereich erfuhr. Aus der
Erfahrung dieses Zwistes und der durch ihn bewirkten Lebensstörung wuchs das Wissen um die einzige Kraft, die das Getrennte
gesellen und somit das Leben bewirken kann: Liebe. Aus diesem

Vorwissen um die Liebe hat Hölderlin jene Traumgestalt gebildet, die als Melite und als Diotima in den ersten Hyperionfassungen steht; ja er hat es sogar schon, wie wir sahen, an »Lyda« (Elise Lebret) herangetragen und dadurch die ideelle Vorgeformtheit jeder ihm vom Geschick möglicherweise bestimmten Liebeserfüllung erhärtet.

Auch der Name Diotima, welchen er der Wunschfrau gab, deutet auf das uranisch-erlösende Element, das für Hölderlin in der Vorstellung einer »Gliebten« den Hauptton hatte. Bei dem ersten Namen Melite mag ihn der Beiklang »meli« (Honig, Süße) geleitet haben. Als er zum Namen der mantinëischen Seherin aus Platons Gastmahl überging,[1] dachte er an die Geliebte als die Lehrerin der Liebe oder die Lehrerin durch Liebe; also an die Geliebte als Stifterin der urbelebenden, rettenden Liebeserkenntnis (wie auch Goethe sie als die »Allbelehrende« kannte) und zugleich der rettenden Liebe selbst. Urania, die Walterin der großen Eintracht, die Göttin der kosmischen Schönheit, des weltbauenden Einklangs, wurde ihm in der Geliebten anschaubar. Der neue Name Diotima birgt die *erlösende* Liebe oder, wie wir an früherer Stelle gesagt haben, die Geliebte als den heilbringenden, sakramentalen Menschen; dies lange, ehe er von Susette Gontard wußte.

Was sich ihm nun in Frankfurt in den ersten Monaten des Jahres 1796 erfüllte, war, daß nicht nur ein Frauenherz sich ihm liebend zuneigte, sondern daß diese Frau sich dem bereits stehenden Diotimabilde gewachsen zeigte; und mehr als dies: daß ihr warmes Leben dieses Bild weit überwuchs durch den einzigartigen Wert, den die Wirklichkeit vor aller Phantasieanschauung des Ideals voraus hat.

Die erste umfassende Auskunft über Susettens Bedeutung in Hölderlins Leben gibt die Reimhymne »Diotima«, die in ihren ersten Ansätzen auf das Frühjahr 1796 zurückgeht. Hier ist Diotima ausdrücklich in ihrer ewigen Gestalt angerufen, als die Segenskraft, die in allen erfüllten Lebenszeiten des Dichters wirksam war. Es ist der Sinn und die strenge innere Führung des Gedichtes, die verschiedenen Erscheinungen Diotimas (genauer: der Diotimakraft) nacheinander herauszustellen, wie der Dichter sie erfuhr, aus unbewußter Verbundenheit mit ihr. Zuerst hat sie ihn mit der friedlichen Lebensfülle der Kindheit gesegnet:

---

1 Es ist nicht nötig, sich diese Namenwahl zu erklären als Anleihe bei Franz Hemsterhuis (1720—1790), der die Fürstin Amalie Galizyn in Briefen und Schriften als Diotima angeredet und verherrlicht hatte.

> Da ich noch in Kinderträumen,
> Friedlich wie der blaue Tag,
> Unter meines Gartens Bäumen
> Auf der warmen Erde lag,
> Und in leiser Lust und Schöne
> Meines Herzens Mai begann,
> Säuselte, wie Zephyrstöne,
> Diotimas Geist mich an.

Nach dem Eintritt der inneren Entzweiung, welche die Kindheitsform zerbrach, wurde die Diotimakraft wirksam als das Ideal, als das im Geiste Tätige, Ziehende, zur neuen Lebensfülle Treibende:

> Da, da kam vom Ideale,
> Wie vom Himmel, Muth und Macht,
> Du erschienst mit deinem Strale,
> Götterbild, in meiner Nacht!
> Dich zu finden, warf ich wieder,
> Warf ich den entschlafnen Kahn
> Von dem stummen Porte nieder
> In den blauen Ozean.

Diotimas dritte Erscheinung ist alsdann Susette: nicht mehr ein Göttliches in der Unbenanntheit, sondern die Göttin selbst, leibhaftig eingewirkt in diese irdische Welt und ausdrücklich abgehoben gegen den lieblichen Schatten, den die Phantasie vorher an ihren Ort gesetzt hatte:

> Nun, ich habe dich gefunden,
> Schöner, als ich ahnend sah,
> In der Liebe Feierstunden –
> Hohe! Gute! bist du da.
> O, der armen Phantasieen!
> Dieses Eine bildest nur
> Du in ew'gen Harmonieen,
> Froh vollendete Natur!

Neben diesen drei Erscheinungen Diotimas bildet sich sodann bereits eine vierte ab: Diotima-Urania als ewige Gewalt im Bereich der dauernden Dinge, nicht nur unvordenklich schon bestehend und bekannt, sondern auch zur Zukunft hin unausdenklich weiterlebend; denn das Unzerstörbare an sich, die »wandellose Schöne« und der reine Wert selbst sind in ihr dargestellt:

> Da, wo keine Macht auf Erden,
> Keines Gottes Wink uns trennt,
> Wo wir Eins und Alles werden,
> Da ist nun mein Element;
> Wo wir Not und Zeit vergessen
> Und den kärglichen Gewinn
> Nimmer mit der Spanne messen,
> Da, da weiß ich, daß ich bin.

Dies bezeichnet die mit Diotima verwirklichte Seinssphäre, nachdem vier vorangehende Strophen das Drama der Begegnung, das Aufbrausen des zornigen Nichts angesichts der Fülle und die Befriedung in der gläubigen Annahme geschildert haben. Zwei Schlußstrophen geben die Apotheosis, als rhythmisch wiederholten »Untergang« gepaarter Sterne im Meer der »Begeisterung« und rhythmische Wiederkehr in das getrennte und bewußte Leben.

In der Gesamtentfaltung gleicht das Ganze am meisten der Hyperiondichtung, insofern es gleich dieser vom Frieden der Kindheit in episch-lyrischem Gang weitergeht zum frühen Lebenszerfall, zur Erscheinung der rettenden Liebe, zu den Herzenswirren, welche sie bringt, und dann zum Dauerergebnis, dem Eintritt in das währende Sein, der hier wie dort, bezeichnenderweise, die Merkmale des enthusiastischen Untergangs trägt. Mit Recht hat man andrerseits darauf hingewiesen, daß die Diotima-Hymne in einer inneren Beziehung zu Schillers Gedicht »Das Ideal und das Leben« steht. Denn es setzt gleich diesem – nur eben nicht philosophisch reflektierend, sondern in lyrisch-persönlicher Aussage – ein Reich des erfüllten und dauernden Seins dem Reich der Lebensangst, des chaotischen Zwistes, der »Not« und der »Zeit« entgegen.

Doch darf daneben etwas Wichtiges nicht vergessen werden; das nämlich, daß die Diotima-Hymne doch auch einen weiteren Punkt der Grenzlinie festlegt, welche Hölderlin von Weg und Welt der Idealisten scheidet. Es gilt den starken Akzent zu vernehmen, den er hier auf die »froh vollendete *Natur*« legt im Gegensatz zu den »armen Phantasieen«, welche vordem am Bild der Geliebten gearbeitet hatten. Noch schärfer hebt diesen Gegensatz ein Wort Hyperions hervor: »O Diotima! so stand ich sonst auch vor dem dämmernden Götterbilde, das meine Liebe sich schuff, vor dem Idole meiner einsamen Träume; ich nährt' es traulich, mit meinem Leben belebt' ich es, mit den Hoffnungen meines Herzens erfrischt', erwärmt' ich es, aber es gab mir nichts, als was ich ihm gegeben,

und wenn ich verarmt war, ließ es mich arm, und nun! nun hab'
ich im Arme dich, und fühle den Othem deiner Brust . . . die schöne
Gegenwart rinnt mir in alle Sinnen herein.«

Hier wird deutlich, in welcher Weise das Diotima-Erlebnis Hölderlin zu Hilfe kam bei dem großen Anliegen, das er ungelöst nach
Frankfurt mitgenommen hatte: bei der Durchbrechung der idealistischen Einmauerung in das selbstherrliche, für ihn so bedürftige Ich.
Noch in »Hyperions Jugend« war es bloß »Bedürfnis, was uns
dringt, der ewig wechselnden Natur Verwandtschaft mit dem Unsterblichen in uns zu *geben*«. Der »große, reine, unbezwingliche
Geist« hatte sich nie der Naturgewalt zu beugen, und stimmte
»hie und da nach ihrer eignen Weise die Natur in seine Töne«, so
war es sein höchstes Zugeständnis an sie, »sich der freundlichen Ge-
spielin nicht zu schämen«. Es konnte dem freien Geiste begegnen,
daß er »im Sinnenlande wie in einem Spiegel sein Ebenbild be-
schaute«, daß »die Formen der Natur zum einsamen Gedanken
sich schwesterlich gesellten«; dann durfte er sich freuen und durfte
lieben – aber die oberste Pflicht blieb auch dann, sich nie zu vergessen, sein Steuer nie zu verlassen. Denn das Eigentliche, das Beste,
den Wert hatte er doch in sich selbst. – Nun aber wurde ihm Diotimas Leben sehr deutlich »von draußen«, aus dem Bezirk der
»Natur« dargereicht, als etwas, das durchaus nicht vom Geiste gestiftet war. Eine genaue Vorahnung von dieser rettenden Wirklichkeit Diotima hatte die Phantasie wohl bilden können – so, wie ein
in Ertrinkensnot befindlicher Mensch genaue Vorstellungen eines
möglichen Rettungsvorgangs bilden kann. Aber retten konnte Diotima nur, weil sie Wirklichkeit war. Der freie Geist, der Traum, das
»Bedürfnis« mochten dem Idol soviel *geben*, wie sie wollten – das
Idol konnte nichts spenden, als was es empfangen hatte, es ließ
seinen Bildner, wenn Armut ihn drückte, arm. Es war und blieb
ein Schatten. Mit der Erfahrung von der rettenden Wirklichkeit
Diotimas, so wie sie aus der Hand der schaffenden Natur ihm dargereicht wurde, war für Hölderlin auf einmal der Kindheitsglaube
an die Natur wiederhergestellt. Sie allein zeigte sich noch mächtig
und an Lebenskräften überschwenglich reich, wo der Geist mit all
seinen Gütern und Gewalten versagt hatte.

Blicken wir von hier aus auf Schillers Gedicht zurück, so zeigt es
manche Linien, die sich mit denen der Diotima-Hymne überschnei-
den. »Fliehet aus dem engen, dumpfen Leben / In des Ideales
Reich!«, mahnt Schiller, und später: »Aber flüchtet aus der Sinne

Schranken / In die Freiheit der Gedanken«. Für Hölderlin ist es gerade das Entscheidende, daß ihm Diotimas »schöne Gegenwart in alle Sinnen hereinrinnt«, daß ihm Leben unter *Überwindung* der schroffen Schillerschen Antithese Sinnenglück – Seelenfrieden realisiert wird als eben die »Götterjugend«, welche Schillers Gedicht als menschenunerreichbar hinstellt. So ließe sich, ginge eine Untersuchung auf dieser Linie weiter, aus einer Vergleichung der beiden Gedichte vieles entwickeln, was auf der einen Seite Hölderlin mit Schiller gemein ist, vieles auch, was Schillers ungeheure Persönlichkeit in ihrer Größe gegenüber der frommen Bedürftigkeit des damaligen Hölderlin heraushebt – aber daneben auch vieles, was Hölderlins Lebensfrage in ihrer religiösen, göttersuchenden Artung unterscheidet von der idealistischen Ichvergottung, die keine Mangelempfindung nötigt, nach der Gründung dieses Ichs zu fragen, und die sich krönt in dem vermessenen Wort: »Mit des Menschen Widerstand verschwindet / Auch des Gottes Majestät.«

Was Hölderlin an vielen Stellen in Briefen und Werken seine Bedürftigkeit nennt – der echte Hunger nach realer, von draußen kommender Belebung –, das ist es, was ihn in der Tiefe von der idealistischen Lebenshaltung scheidet. Diese Bedürftigkeit macht ihn grenzenlos abhängig von der jeweiligen, geschehenden Belebung durch die Göttermächte; ja sie verhindert ihn, sich jenseits der Göttersphäre, wo Gott beginnt, dauernd im Dasein zu befestigen; ihn halten wahrhaft die Götter in »Gängelbanden«. Aber diese Bedürftigkeit läßt ihn den Wahn des autonomen Geistes durchbrechen. Sie läßt ihn Götterkräfte wirklich schauen und spüren, da, wo dem Idealismus Götter und Gott im alles verschlingenden Ich zu verschwinden drohen. Sie läßt ihn den Vorgang der Lebensrettung, von dem der Idealismus nichts weiß, weil er ja überhaupt nur das gerettete und rettungsunbedürftige Ich kennt, real erfahren. Sie ermöglicht ihm einen Dank, eine Ehrfurcht für die Seinsgewalten und damit einen Gesang, der in seiner bestimmten Art von Größe in Europa nicht seinesgleichen hat. Indem sich ihm Ideal und Natur in Diotima binden, legt er eine erste Überwindung der im Idealismus geschehenden Lebenszerspaltung an und begründet die Bedeutung seines Werkes für alle späteren Zeiten, in denen Ideal und Leben, Geist und Natur in ihrer wechselseitigen Zuordnung gelebt werden wollen; Zeiten der Liebe ...

Hier muß ein Blick auf Diotima geworfen werden mit der schon gestreiften Frage, wie dieses Liebeserlebnis sich von *ihrer* Seite aus dargestellt habe. Von den Dokumenten, die hierfür in Betracht kommen, den Briefen, welche Susette in der Zeit nach der plötzlichen Trennung bis Mitte 1800 geschrieben hat, werden wir erst später zu sprechen haben. Doch geben einige ihrer Äußerungen Anhaltspunkte für die Art, wie sie von Anfang an diese Liebe beantwortet hat. In Hölderlins Dichtungen, in Hyperion sowohl wie in den Oden und Elegien, erscheint sie, gerade im Zusammenhang dieser Liebe, geschmückt mit allen Zeichen einer allgenügsamen, göttlichen Existenz, mangellos und erhaben über die Sterblichkeit, geist- und lebenspendend nach allen Seiten. Nur einige Züge in den Abschiedsbriefen, welche die Diotima des Romans an Hyperion schreibt, zeigen auch von ihrer Seite eine Bedürftigkeit, die der seinen antwortet. Susettens Leben war, als sie Hölderlin begegnete, zweifellos ein ruhiges Leben, ihre Ehe von der Art, die man glücklich nennen darf, weil die junge Frau bei schlafender Seele und der natürlichen Fügsamkeit eines gutgearteten und feingebildeten Frauenwesens einen klar umschriebenen Pflichtenkreis um sich hatte, der sie ausfüllte; und daß Jakob Friedrich Gontard ein rücksichtsvoller Gatte war, geben selbst Susettens Briefe aus der bitteren Zeit des von ihm verursachten Grams zu erkennen. Gerade aber, wenn man dies im Auge behält, wird der Blick frei für das, was diese Liebe ihr gebracht hat: nicht die Stillung eines empfundenen Mangelgefühls, sondern die Erweckung der schlafenden Seele, die Bewußtwerdung der *geistigen* Wertwelt, die zu ihrem Sein gehörte. *Sie* wurde Hölderlin einzigartig wichtig durch das fromme, klare Sein, welches sie ihm darreichte und welches ihm »den Sinn heilte«; *er* aber wurde ihr wichtig durch die Erweckung der *Schau*, des hohen Bewußtseins, in dem ihr kindlich gebundenes Wesen zum Erblicken des eignen Sinnes kam.

Rückschauend auf die Zeit des Aufkeimens dieser Liebe, schrieb Susette 1799 an Hölderlin, ihre Zeit sei schon vorbei gewesen, als er zu ihr kam: »Mit mir ist das ganz anders, ich habe meine Bestimmung zum Theil erfüllt, habe genung zu thun in der Welt, habe *durch* Dich mehr bekommen als ich noch erwarten durfte.« Dies ist ein entscheidendes Wort: während Hölderlin sich »mit zerrissener Seele in ihre Arme rettete« und die Eintracht stiftende Uraniakraft ihres Wesens erfuhr, lebte sie in angstloser Dumpfheit, frei von jeder Pein des »Erwartens«. Aber als Hölderlins Welt sich vor ihr

auftat, *mußte* sie erkennen, daß hier der Sinn zu ihrem Sein stieß,
daß die ganze *andre* Seite des Menschseins sich ihr öffnete, das Wissen
um Götter und Gewalten, Dank und Begeisterung, um Tiefen
und Höhen des Lebens. Als die edle Natur, die sie war, *konnte*
sie dies nicht ausschlagen, d. h. sie konnte den Geist nicht verstoßen,
der ihr hier zur menschlichen Verwirklichung helfen wollte.

Empfangen des Seins hier, Empfangen des Geistes dort – das bildete
den Inhalt des Geschehens zwischen Hölderlin und Susette
Gontard; und es ereignete sich bei beiden als ein Vorgang der
Menschwerdung, ausgezeichnet durch eine ungeheure Nachdrücklichkeit,
welche durch Hölderlins extreme Bedürfnislage hineingetragen
wurde. In dieser extremen Bedürftigkeit liegt zugleich die
Erklärung dafür, daß das Geschehen zwischen den beiden Menschen
in der geistig-seelischen Kommunikation überschwenglich erfüllt
war. Das Erlebnis der radikalen inneren Vernichtung, der schrecklichen
Nüchternheit und Dürre im Seinsgrund war Hölderlins Ausgangspunkt.
Stellte sich ihm durch die Liebe, plötzlich und schlechthin
in der Weise eines Wunders, die Möglichkeit des Daseins, die
*Erlösung* zum Leben dar, so war dies ein so unvergleichliches, in alle
Gründe hinabreichendes Glück, daß kein Wunsch darüber hinaus
gehen konnte. Im ersten Augenblick, das sagten wir oben, war
erfüllt, worum es hier ging, unverlierbar, unvertiefbar, unveränderlich.
Stufen und Grade spielen in solchen Fällen keine Rolle mehr,
selbst nicht Haben und Nicht-Haben, Leben und Tod. Über Diotimas
Grab setzt Hyperion die triumphierende Frage: »Wer mag die
Liebenden scheiden?« Da sie sich in den Tiefen der Welt gefunden
haben, ist ihre Verbindung fortan durch die Einheit des Alls gewährleistet;
sie steht unter kosmischer Garantie und ist hierin
schlechthin auf einem Gipfel von Erfüllung und Sicherung.

Jeder Gedanke, als habe es für Hölderlin ein »Mehr« bedeuten
können, diese Verbindung auch als ein Liebesverhältnis zu leben, ist
abzuweisen. Dies wäre ihm nicht eine Steigerung, sondern eine
schwere Belastung und eine schuldhafte Zerstörung des Wesentlichen
in der Verbindung geworden. Niemals hätte später in »Menons
Klagen um Diotima« das Bild: »aber wir, zufrieden gesellt,
wie die liebenden Schwäne« so wahr erscheinen können, wenn
diese Liebe den ihr zugehörigen Bezirk überschritten hätte. Wir
müssen daran denken, daß im damaligen Hölderlin zwischen der
Sphäre der Seele und der des Leibhaft-Wirklichen (die ihm zur
Frankfurter Zeit noch weitgehend das »Gemeine« war) eine

Grenze von Verboten bestand, die nicht einmal ein liebend-ge-
schöpfliches, geschweige denn ein zynisches Hinüber und Herüber
zuließ. Es sind jene Verbote, die sein Verhältnis zur Wirklichkeit
unaufhörlich störten, die seine irdische Befestigung im Beruf, Ehestand, Hausvatertum bis zuletzt sperrten. Sie zwangen ihm innerhalb aller Systeme, in die er geriet, eine hohe Fremdlingschaft auf;
und jenes vollkommen plastische, geist- und stoffgesättigte Menschenleben ging gerade deshalb so überschwenglich in seinen Gesang
ein, weil er es nicht gelebt hat.

Es ist nicht Zufall, sondern wesentlich für ihn, richtig und gesetzlich,
daß im einzigen Fall, da er eine Liebe *leben* konnte, mit täglichem
Sehen und Hören der Geliebten, nicht *er selbst* dieses Verhältnis
bürgerlich und verantwortlich trug, sondern daß er bloßer Teil-
nehmer an einem von andern geschaffenen und getragenen Zustande
war. Im gleichen Sinne ist es wesentlich und gesetzlich, daß er die
Geliebte in strenger, unlösbarer Beanspruchung, nämlich als Gattin
und Mutter, vorfand. Hier ist nichts zu bedauern, nichts einzuwen-
den; sondern es ist zu erkennen, daß die nahe und zugleich verwehrte Diotima alle ihm mögliche Liebeserfüllung darstellt, und
es ist zu staunen, wie außerordentlich weit diese Erfüllung trotz
allem ging. Mit fremden, unhölderlinischen Gedanken ist alles gedacht, was in alter und neuer Zeit an diesem Schicksal glaubte krit-
teln zu können. Im Thalia-Fragment und in »Hyperions Jugend«
schon hatte Hölderlin die Geliebte durch Abreise ins Unfaßbare
verschwinden lassen. Im endgültigen »Hyperion« ließ er sie sterben (ins All-Leben hinaus sterben): dies ist Hölderlins Erkenntnis
von der irdischen Unergreifbarkeit der ihm zugedachten Geliebten,
vom eigentlichen Sinn seines Liebens, welches niemals darauf zielen
kann, daß er sich durch die Geliebte und mit ihr als Person und Bürger verwirklicht, sondern stets darauf, daß er sich mit ihr in das geheiligte »Es« des All-Lebens verliert. Nicht umsonst bleibt das dem
Gefälle folgende Wasser, der Strom, der ganymedisch ins Allgemeine enteilt, in allen Bezügen Hölderlins letzte und höchste Erfahrung vom menschlichen Leben.

Vorerst brachte ihm aber nun das Erlebnis dieser Liebe ein außerordentlich beschwingtes Daseinsgefühl. Er erfuhr es als »das herrliche Selbstgefühl«, das uns zum Lohne wird, wenn wir trotz der
von Jugend an auf uns eindringenden Erstickung unserer edelsten
Kräfte »dennoch unsere besseren Zweke durchführen«. Er durchlebte wieder Hochstimmungen, die seiner Seelenlage zur Zeit der

Tübinger Hymnen glichen. Er nahm im Briefstil, im Denken und Tun eine Haltung männlichen Selbstbewußtseins an. Wenn die Reim-Hymne »An Herkules« als an den aus *eigner* Kraft sein Leben gestaltenden Helden nicht schon aus der ersten Jenaer Zeit stammt, so kann sie gut zu diesen frühen Frankfurter Stimmungen gedacht werden. »Du bist glücklich, mein Karl«, belehrt er Anfang Juni 1796 den Bruder, der eine bescheidene Schreiberstelle in Nürtingen hat, »durch das, was Du Dir selbst bist, und ich wollte, Du sähest das ein, wie ich.« Er meint damit nicht die triviale Wahrheit, daß alles wahre Glück aus dem Innern stammt, sondern mit einem trotzigen und gleichsam rächerischen Übermut meint er, daß dem höheren Menschen das Glück als etwas zuteil wird, das er verdient und das er auf Grund seines Wertes zu beanspruchen hat, als sein Recht: »Sieh! deswegen finden auch die meisten Menschen überall wunderschöne Dinge, wundergroße, wundererfreuliche Dinge, weil sie alles, was (ihnen) begegnet, an ihrer inneren Armut und Beschränktheit messen, weil sie so gar nicht verwöhnt sind durch sich selbst. Weil sie sich selbst zum Sterben Langeweile machen, dünkt's ihnen überall so amüsant, und weil sie fühlen, es sei eigentlich nicht so sehr der Mühe werth, daß sie das Glück begünstige, sind sie auch so äußerst dankbar gegen dieses, und nennen auch höflicherweise das weise und gerechte Schiksaal *gnädig*.«
Dieses Wort »gnädig« ruft ihm das geschwellte Eigengefühl alsbald noch mächtiger herauf, und er wagt das vermessene Wort: »Bei Gelegenheit! ich möchte doch wissen, was eigentlich Gnade wäre?« Es tut sich in einem solchen Wort deutlicher als sonst die ihm drohende Gefahr der Hybris auf, die Tantalusgefahr, infolge der »Verwöhnung« durch die Götter nur »sich selbst« zu fühlen und, ganz im Sinn der Antike, die Besonnenheit zu verlieren. Stieg in den Tübinger Hymnen aus solcher Seelenlage mehrfach das Wort von dem triumphierenden »Hohn« des Siegers auf, so wirft er auch jetzt (vgl. die Briefstelle an Neuffer) seine »alten Sorgen« als etwas durchaus Törichtes und selbst Unbegreifliches von sich, ungedenk dessen, daß ihm mit diesen alten Sorgen sein eigentliches Lebensproblem gesetzt war.
Aus dem neuen Lebensgefühl erteilt er dem Bruder, souverän verfügend, den Rat, nach Jena zu gehen und eine Weile Philosophie zu studieren, um »den Genuß der Wahrheit und der Freundschaft« zu erfahren; selbst seine finanzielle Mithilfe stellt er dazu in Aussicht. An Neuffer richtet er aus dem Überschwang des Glückes die

Worte: »Ohne Freude kann die ewige Schönheit nicht recht in uns
gedeihen. Großer Schmerz und große Lust bildet den Menschen am
besten. Aber das Schustersleben, wo man Tag für Tag auf seinem
Stuhle sizt, und treibt, was sich im Schlafe treiben läßt, das bringt
den Geist vor der Zeit ins Grab.« Selbst Schiller gegenüber wird die
Haltung gelassener. Er kommentiert (Brief an Neuffer, März
1796) Schillers Ablehnung des Gedichtes »An die Natur« auf über-
legte, ruhige Art und setzt selbstbewußt hinzu: »Übrigens ist es
ziemlich unbedeutend, ob ein Gedicht mehr oder weniger von uns
in Schillers Allmanache steht. Wir werden doch, was wir werden
sollen.« Ein Brief an Schiller (24. Juli 1796) spricht zwar die alte
Ergebenheit aus, doch fühlbar freier und ohne den Hintergrund von
Pein, der diesen Briefen früher niemals fehlte.


In glücklichster Weise wurde die seelische Hochstimmung durch
äußere Vorgänge gefördert. Seit Ende Mai waren die Kriegshandlungen beiderseits des Niederrheins wieder in Gang gekommen.
Jourdan rückte auf dem rechten Rheinufer gegen die Österreicher
unter Erzherzog Karl vor, und es war vorauszusehen, daß auch
Frankfurt Kriegsgebiet werden würde. Jakob Gontard wollte Frau
und Kinder den drohenden Beunruhigungen entziehen und schickte
sie samt dem Hofmeister auf Reisen. Am 10. Juni schrieb Hölderlin an den Bruder: »Die Kaiserl. Armee ist jezt auf ihrer Retirade
von Wezlar her begriffen, und die Gegend von Frankfurt dürfte
wohl zunächst einen Haupttheil des Kriegsschauplatzes abgeben.
Ich reise deswegen mit der ganzen Familie noch heute nach Hamburg ab, wo sich Verwandte meines Hauses befinden. Herr G. bleibt
allein hier.« Gontards Voraussicht erwies sich als richtig. Zwar
konnte Erzherzog Karl den Franzosen am 15. Juni bei Wetzlar
eine Niederlage beibringen und sie über den Rhein zurücktreiben;
doch wurden durch Napoleons Erfolge in Italien starke österreichische Kräfte nach dorthin abgezogen, und Jourdan konnte wenige
Tage darauf den Rhein wieder überschreiten und sich in der ganzen
Rhein-Main-Ecke ausbreiten, wobei die Stadt Frankfurt ein Bombar-
dement und eine erhebliche Brandschatzung zu überstehen hatte.
Susettens Flucht führte nicht bis nach Hamburg. Sie nahm zunächst
in Kassel Quartier. »Ich lebe seit drei Wochen und drei Tagen sehr
glüklich hier in Cassel«, schreibt Hölderlin am 6. August dem Bruder. »Wir reisten über Hanau und Fuld – ziemlich nahe bei dem

französischen Kanonendonner, doch noch immer sicher genug, vorbei.« Dieser Brief geht auch auf die Lage der schwäbischen Heimat ein, die durch das Vordringen der Franzosen in Süddeutschland stark in Mitleidenschaft gezogen war: »Dir, mein Karl, kann die Nähe eines so ungeheuern Schauspiels, wie die Riesenschritte der Republikaner gewähren, die Seele innigst stärken. Es ist doch was ganz leichtes, von den griechischen Donnerkeulen zu hören, welche vor Jahrtausenden die Perser aus Attika schleuderten über den Hellespont hinweg bis hinunter in das barbarische Susa, als so ein unerbittlich Donnerwetter über das eigne Haus hinziehen zu sehen.«

Die bewußte Bindung an die revolutionäre Ideologie zeigen solche Sätze noch sehr lebhaft; doch regt sich daneben fast nachdrücklicher eine *dichterische* Anteilnahme am Zeitgeschehen. Es wird eine überpolitische Ergreifung der Seele durch die kriegerischen Vollstreckungen sichtbar, und dieser Ergreifung scheint hier ein dunkler Dank zu antworten. Es lebt darin wohl eine vordergründige Freude an der Erregung, aber dahinter deutet sich etwas Weites an Geschichts- und Zeitgefühl an, eine überparteiliche Hereinnahme der Ereignisse in den dichterischen Geist, wie sie sich später bei Hölderlin groß entfalten sollte. Wenn Hölderlins Hymnendichtung von Geschichte durchtränkt ist, ja Geschichte schließlich zum eigentlichen Gegenstande gewinnt, so haben daran die nahe vorüberstreifenden Kriegseindrücke dieser Monate einen vorbereitenden Anteil. Obschon dieser Brief ganz im Stil der Freiheitsfreunde die Fortschritte der Republikaner begrüßt und von der Emigrantenarmee des Prinzen Ludwig Josef von Bourbon unglimpflich spricht als von den »Condéischen Unthieren, die noch die Erde verunreinigen und so häßlich unter Euch hausen«, so wird doch im Laufe des Jahres 1796 immer sichtbarer, daß Hölderlin nicht aus dem Stoffe ist, aus dem Parteigänger und Aktivisten sich bilden. Er konnte sich jahrelang für einen Freund der von Paris verkündeten Freiheit halten, auf Grund einer jener Gleichsetzungen, die in Umbruchszeiten oft vollzogen werden; aber er war nie etwas andres als ein Freund jener ewigen Freiheit, welche über jede Art von tauber Strukturschlacke hinausstreben muß, ins flutende Leben an sich.

Von Kassel ging dann die Reise weiter nach Bad Driburg, unweit Paderborn, am Teutoburger Wald gelegen. »Von da reisten wir in das deutsche Böotien, nach Westphalen, durch viele schöne Gegenden über die Weser, über kahle Berge, schmuzige, unbeschreiblich ärmliche Dörfer und noch schmuzigere, ärmlichere, holperige Wege.

Das ist meine kurze und getreue Reisebeschreibung. In unserem
Bade lebten wir sehr still, machten weiter keine Bekanntschaften,
brauchten auch keine, denn wir wohnten unter herrlichen Bergen
und Wäldern und machten uns selbst den besten Cirkel aus. Heinse
reiste und blieb mit uns. Ich brauchte das Bad ein wenig und trank
das köstliche, stärkende und reinigende Mineralwasser und befand
und befinde mich ungewöhnlich gut davon. Was Dich besonders
freuen wird, ist, daß ich sagen kann, daß wir wahrscheinlich nur
eine halbe Stunde von dem Thale wohnten, wo *Hermann* die Le-
gionen des Varus schlug. Ich dachte, wie ich auf dieser Stelle stand,
an den schönen Sonntagnachmittag, wo wir in dem Walde bei
Hahrd bei einem Kruge Obstwein auf dem Felsen die Hermannsschlacht zusammen lasen« (Brief an den Bruder vom 13. Oktober
1796, nach der Heimkehr).
Zu den glücklichen Ereignissen der Reise gehörte die Bekanntschaft
mit dem Manne, dessen Name hier fällt: *Wilhelm Heinse.* Schon
in Kassel hatte sich »der berühmte Verfasser des Ardinghello« der
Familie angeschlossen, und Hölderlin hatte dem Bruder von ihm berichtet: »Er ist wirklich ein durch und durch treflicher Mensch. Es
ist nichts Schöneres, als so ein heiteres Alter, wie dieser Mann hat.«
Schon die Tübinger Hymne an die Göttin der Harmonie (1791)
hatte einen Satz aus Heinses Ardinghello in leichter Umgestaltung
zum Leitwort genommen: »Urania, die glänzende Jungfrau, hält
mit ihrem Zaubergürtel das Weltall in tobendem Entzücken zusammen.« Noch ein Bruchstück aus späterer Zeit spricht von Heinse
in der Andeutung: »Dort drüben, in Westphalen mein ehrlich Meister.« Der Roman »Ardinghello und die glückseligen Inseln« war
1787 erschienen, Heinse selbst lebte seit 1789 in Mainz als Lektor des
Kurfürsten und hatte, wie sich von selbst versteht, Fühlung zu den
geistigen Kreisen, aus denen sich zum Teil später die Klubisten re-
krutierten, damit auch Fühlung zu den Homburger Revolutions-
anhängern.
Sein Ardinghello wurde für Hölderlins Hyperion wichtig, vielleicht
schon für die frühen Planungen des Romans, für die Briefform, für
die bestimmte Prägung mancher führenden Gedanken. Wenn es
auch nicht möglich sein wird, klar zu scheiden zwischen dem, was
Heinse bei Hölderlin angeregt haben mag, und dem, was schlecht-
weg dem Zeitdenken allgemein angehört, so gibt es doch zwischen
Ardinghello einerseits und dem Hyperion, sowie dem »Empedokles« andrerseits eine Reihe von Gleichklängen, die ins Ohr fal-

·

len. Dafür kommt namentlich in Betracht das »jugendliche Gespräch« zwischen Ardinghello und Demetri, diese »Streiferei in
die Metaphysik« der Renaissance, »wo Aristoteles nur auf dem
Throne saß«. Heinse entwickelt hier eine pantheistische Metaphysik und Kosmogonie, in der sich auf der Linie Xenophanes, Heraklit, Plato über Lukrez bis Giordano Bruno viele Gedankenele-
mente zu einem in allen Farben sprühenden und schillernden Bilde
zusammenfinden. Das »Eins und Alles« des Xenophanes, von
dessen Bedeutung für Hölderlins Jugenddenken wir gehört haben, steht obenan. In dem entscheidenden Gefühl für dieses »Eins«
(von Heinse das »Wesen« genannt), in dem Gefühl für das übermächtige Gefälle jedes Sonderdaseins zur Fülle und Tiefe dieses
Eins hinab, damit in der Tendenz zur Verflüchtigung von Leben
und Tod, die nur als wechselnde Phasen des All-Lebens eine schat-
tenhafte Wirklichkeit haben, besteht zwischen Ardinghello und Hyperion eine Ähnlichkeit der Grundstimmung. Unmöglich ist es, nicht
an Hölderlinsche Prägungen zu denken, wenn man bei Heinse
liest: »Wie Kinder scheuen wir Tod und Vergehen; wir würden bei
beständiger Dauer in immer einerlei Zusammensetzung vor Langeweile endlich auf ewiger Folter liegen in unsrer kleinen Eingeschränktheit. Die Natur hat sich aus eigenen Grundtrieben dies
Spiel von Werden und Auflösen so zubereitet, um immer in neuen
Gefühlen selig fortzuschweben.« Von selbst drängen diese Grund-
anschauungen zu einem ästhetischen Weltbild: »Pythagoras hatte
recht: die Welt ist eine Musik! Wo die Gewalt der Konsonanzen
und Dissonanzen am verflochtensten ist, da ist ihr höchstes Leben,
und der Trost aller Unglücklichen muß sein, daß keine Dissonanz
in der Natur kann liegen bleiben.«
Als Hintergrund dieses Weltbildes ergibt sich, daß das »prächtige
Getümmel« der Gestaltenvielfalt einer Freude des »Wesens« entspringt, die aber dem Ich wie überhaupt aller Individualität keinen
letzten Ernst geben kann. Das Ich ist »ein Spiel, ein Mutwille
des Wesens«, eine »Stockung im unsterblichen Flusse der Glückseligkeit«. Ergibt sich dabei auch die großartige Gewißheit »Alles
Wesen ist frei, sobald es frei sein will« (vgl. Hölderlins spätere
Briefäußerung, daß alles Leben noch in seiner tiefsten Knechts-
form seinem Wesen nach frei bleibt), so wird doch die außerordentliche Belastung der ichhaften Persönlichkeit in diesem Weltbilde
spürbar. Diese Freiheit bleibt eine trotzige, eine antike Freiheit,
d. h. eine Freiheit zur Selbstauslöschung, zum enthusiastischen Un-

tergang im göttlich Unbekannten. Es gibt das Ich in diesem Denken
nur als »Trotz«, als tapferes Widerstreben gegen jenes Gefälle;
und dies ist vornehmlich der Punkt, wo Heinse und Hölderlin, namentlich auch der Hölderlin des Empedokles, echt in der vorchristlichen Situation stehen und wo sich antikes Schicksal wahr in ihnen
wiederholt.

An Hölderlin fühlen wir uns auch gemahnt, wenn der Ardinghello
die Verehrung des Äthers anklingen läßt, der für die antike Philosophie gleichsam die Substanz des göttlichen Einen darstellte. Euripides wird von Heinse zitiert: »Siehst du über und um uns den
unermeßlichen Äther, der die Erde mit frischen Armen rund umfängt?«, und daneben Aristophanes mit der Anrufung: »Vater
Äther, heiligster, Aller Lebengeber!« Es liegt nahe, zu denken,
daß Hölderlins Ätherverehrung (am deutlichsten im »Wanderer«, wo Äther, Erde und Licht stehen als die »einigen Drei, die
walten und lieben«) durch Heinse bestärkt worden sei. Bei Heinse
steht ferner die Verehrung der Schönheit als des kosmischen »Maßes« neben der Verehrung der Liebe als der kosmischen Verknüp-
fungskraft, wie bei Hölderlin. Der Dreischritt im Denken meldet
sich bei Heinse an, wie er auch bei Hölderlin Grundfigur der Gei-
stes- und Seelenregung ist, und schließlich sehen wir bei Heinse eine
geschichtsphilosophische Gesamtschau angelegt, die an Hölderlins
später entwickelte Geschichtsschau erinnern kann. Der Versuch, das
Leben der Welt als einen in sich schwingenden Seinswirbel und die
einzelnen Gestaltungen darin als vorübergehende Momente zu denken, die große Sache der Individuation unter Begriffen zu erfassen,
die das Ich doch im Grunde nicht kennen, weil sie ichfremder Art
sind (Ausdehnung-Beschränkung, Ganzheit-Teilheit, Freiheit-Ge-
fangenschaft), damit zusammenhängend die Auffassung des All-Lebens als eines Tanzes oder einer ewigen Melodie, in der alles Individuelle nur augenblicklicher Akkord ist – dieser Versuch, unter einer
Es-Gottheit trotzdem das Ich festzuhalten und somit im Ernst hinter
den Augenblick Christi zurückzugehen, zeigt sich bei Heinse angelegt, wie er auch das ursprünglich Treibende bei Hölderlin ist.

Ein tiefgehender Unterschied aber offenbart sich in der üppigen vitalen Ausstattung der Persönlichkeit Heinses gegenüber der frommen Wehrlosigkeit Hölderlins, welche diesen allen Gefahren der
Es-Welt bloßstellte. Offensichtlich begibt sich der in Gefahr, der ein
Ich zu leben unternimmt unter ausdrücklicher Unterwerfung unter
eine Gottheit, welche dieses Ich nicht kennt und sich im entschei-

denden Fall nur ironisch zu ihm stellen kann (der Punkt, wo Hölderlins Begriff der »göttlichen Untreue« entspringt). Dieser Gefahr gegenüber gibt es die Schutzwaffe der Ausrüstung mit Vitalität oder des Verzichtes auf höchstes Bewußtsein, und die Trutzwaffe des tragisch-heroischen Athletentums, der dämonischen Ich-Behauptung. Heinse mit seiner schwellenden Lebenskraft, mit seinem sinnlichen, blühenden Naturell, das bis in seine angreiferische Sprechweise wirkt und ihm die eines Stendhal würdige Phrase ermöglicht von »der großen starken Selbständigkeit, die Leiden anderer außer sich zu fühlen« – Heinse ist mit Waffen beider Art reich begabt. Er besteht die Gefahr, und indem er sie besteht, unterschlägt er sie und bindet die Auswirkung seiner genialischen Begabung an den Augenblick, der mit seinem Vergehen auch ihn dahinnimmt.

Hölderlin aber ist »wehrlos«, und er sagt, indem er sich zu den Wehrlosen, Zärtlichen, leicht Zerstörbaren rechnet, Entscheidendes über sein Wesen aus, wie er auch den griechischen Helden schlechthin, Achilles, als den »für kurze Zeit Geborenen« bezeichnet. Aber er leistet das Große, daß er im frommen Nichtbestehen der Gefahr neuerlich über den Bezirk der Es-Gottheit, ernst wie die Weltgeschichte selbst, hinausweist. Weil er als Mensch des neuen Abendlandes mit dem Gotte der alten Welt Ernst macht, zeigt diese alte Welt in ihm noch einmal die Grenzen ihrer Tragweite, ihrer Möglichkeiten. In Hölderlin ist die Wahrheit der Götterwelt neu am Maße unserer Wirklichkeit gemessen worden. Die Götter sind durch ihn neu in ihrer Ehre erschienen, doch so, daß sie die Übersphäre Gottes nicht mehr verstellen. In Hölderlins Dichtung und Sein bewirkt sich eine neue Zusammenfügung des alten und des neuen, christlichen Europa. Es geschieht eine gereinigte Wiederholung dessen, was in geschichtlicher Wirklichkeit sich schon einmal begeben hatte; gereinigt in *der* Weise, daß die alten Götter nicht mehr der Verteufelung unterliegen, die das Mittelalter an ihnen vornehmen mußte, und nach der andern Seite hin, daß der »Gott eines Apostels« nicht mehr als Feind der Natur begriffen wird, vor welchem der Mensch »die Sonne nicht sieht« und nur »mühsam die himmlischen Lüfte atmen« darf.

Hölderlin ist durch sein Nichtbestehen jener Gefahr offen geblieben für das, was mit Christus in die Welt trat, ohne daß er sich dadurch für die alte Ehre der Natur verschließen mußte. Durch dieses Offenbleiben nach beiden Seiten hin hat er auf das Maß gewiesen,

das Gott selbst zwischen Christus und den alten Göttersöhnen gesetzt hat, in ewiger wie in geschichtlicher Welt. Es ist das Maß, das
er, der Dichter, niemals so trifft, wie er wünscht (vgl. die Hymne
»Der Einzige«). Aber er hat es erblickt als ein Maß, welches Europa zugeordnet und vorbestimmt ist (»Ein Gott weiß aber / Wenn
kommet, was ich wünsche das Beste«) und in dem sich als in einem
erfüllten Schöpfungsglauben die menschliche Naturgewißheit mit
dem Glauben an den Vater verschlingen soll; genauer: in dem sich
verbinden sollen Gottes Offenbarung in der Natur mit Gottes
Offenbarung in Christus, womit »sein Äußerstes that / Der Vater
und sein Bestes unter / Den Menschen wirkete wirklich«.
Mit dem Deuten auf dieses Maß, mit dem liebenden Umfassen der
Göttersphäre und der Sphäre Gottes zeigt sich Hölderlin eingesetzt
für eine neue geistige Grundlegung Europas. Seine Dichtung vertritt
ein Bewußtsein, welches zum ersten Male der ganzen Erbschaft und
Wirklichkeit des abendländischen Menschen gewachsen ist. Deshalb
bewährt er eine Geltung weit über seine Zeit hinaus.

Der Aufenthalt in Driburg dehnte sich bis zu Beginn des Herbstes
aus. Anfang Oktober kehrten die Reisenden, nach etwa dreimonati-
ger Abwesenheit, nach Frankfurt zurück, das inzwischen, wie gesagt, mancherlei Kriegsunbilden erfahren hatte. Hölderlin brachte
von der Reise eine weitere Klärung seiner politischen Stellungnahme mit, in der Richtung, die wir schon angedeutet haben. »Mir geht
es gut«, schrieb er dem Bruder am 13. Oktober 1796; »Du wirst
mich weniger im revolutionären Zustand finden, wenn Du mich
wieder siehst; ich bin auch sehr gesund. Ich mag nicht viel über die
politischen Sachen sprechen. Ich bin seit geraumer Zeit sehr stille
über alles, was unter uns vorgeht.«
Dieser gleiche Brief zeigt auch die Fortdauer der echt brüderlichen
Teilnahme am Geschick des Stiefbruders, aus der schon sein Vorschlag, Karl solle eine Zeitlang in Jena Vorlesungen hören, hervorgegangen war. Wie auch die Mutter über diesen Plan entscheiden
möge: »Philosophie *mußt* Du studieren, und wenn Du nicht mehr
Geld hättest, als nöthig ist, um eine Lampe und Öl zu kaufen, und
nicht mehr Zeit, als von Mitternacht bis zum Hahnenschrei ... Professoren und Universitäten kannst Du freilich im *Nothfall* entbehren, aber ich möchte Dir denn doch gönnen, lieber Junge! daß Du
weniger leiden müßtest, um Dein edelstes Bedürfnis zu befriedigen.«

Diese Äußerung hat ernsten Anspruch, bei der Beurteilung von Hölderlins Verhältnis zur Philosophie in Ansatz gebracht zu werden. Sie ändert zwar nichts an der Tatsache, daß das philosophische Denken kein führender und erfüllender Ausdruck des Hölderlinschen Geistes ist. Aber sie wirft ein Licht auf die geistige Klärung, die er ihm verdankt und die er sich deshalb auch für den Bruder verspricht. Ein Hilfsdienst, ein *Lebens*dienst der Philosophie ist es, was diese Mahnung an den Bruder meint, und deshalb kann der Brief auch fortfahren: »Geht es nicht nach Jena, so soll es wenigstens nach Frankfurt gehn. Du sollst Dich einmal tüchtig mit mir freun.« Auf diese *Freude*, d. h. auf eine Befreiung und Erhebung des Geistes aus der ermüdenden Untätigkeit, in der er »durch die meisten bürgerlichen Geschäfte erhalten wird«, ist es hier abgesehen. Darum empfiehlt er dem Bruder auch zunächst das Naturrecht Fichtes und dann die »herrliche Wissenschaft« der Mathematik, weil beide als reine, mit Empirischem nicht vermengte Wissenschaften diese Befreiung am sichersten versprechen. Hölderlins Beziehung zur Philosophie zeigt sich auch hier eingebaut in das, was wir oben sein Freiheitsstreben genannt haben. Er suchte die Freiheit zu ergreifen als eine Freiheit des selbstherrlichen Geistes, er ging daher eine Strecke Hand in Hand mit dem philosophischen Idealismus, er betrat mit ihm die freien Höhen, wo das Gesetz und die Schau des menschlichen Geistes in reiner Geltung erschienen. Aber die verborgene Problematik seines Daseins ließ dabei nicht ab, ihn auf eine andre Erfüllung seines Freiheitsstrebens zu verweisen. Es ist die Freiheit des erfüllten, schwungvollen *Lebens*, die sein Tiefstes sucht, die Freiheit eines *dichterischen* Bestehens des Daseins, wobei das Widerstrebende in den übergreifenden Liebesrhythmus eingeht und denkend-faktischer Gesang wird. Es gibt bei Hölderlin ein Austauschverhältnis zwischen Philosophie und Dichtung, derart, daß die dichterische Ergreifung des Lebens für ihn den Vorrang hat, weil sie allein Totalergreifung ist, daß aber in schwunglosen Zeiten ihm als einziger Ersatz die Philosophie dient. Die Briefworte vom Herbst 1795 »das Mißfallen an mir selbst und dem was mich umgibt, hat mich in die Abstraktion hineingetrieben« (an Schiller) und: »Jetzt habe ich wieder zu Kant meine Zuflucht genommen, wie immer, wenn ich mich nicht leiden kann« (an Neuffer) betonen dieses Austauschverhältnis zwar nur nach der negativen Seite, lassen es aber auch nach der positiven Seite hin bestehen.

Dieser Herbst 1796 rückte eine höchst bedeutsame Bereicherung
von Hölderlins Frankfurter Umgang in greifbare Nähe: durch
Hölderlins Vermittlung kamen die Verhandlungen zum Abschluß,
auf Grund deren der Jugendfreund Hegel Anfang 1797 als Hofmeister in das Haus des Frankfurter Kaufmanns Gogel kommen
sollte. Schon zu Beginn des Sommers hatte Hölderlin sich in diesem
Sinne bemüht. Jetzt, am 24. Oktober 1796 konnte er dem Freunde,
der als Hauslehrer in der Schweiz (Tschugg bei Erlach) lebte, Go-
gels Zusage melden in einem Briefe, der seine treue Liebe zu dem
Stiftsfreunde zeigt und daneben seine tiefen Abstandsgefühle gegenüber der Frankfurter Atmosphäre erkennen läßt: »Vorgestern
kommt Herr Gogel ganz unvermuthet zu uns und sagt mir, wenn
Du noch frey seyst und Lust zu diesem Verhältnis hättest, würd' es
ihm lieb seyn. Du würdest zwei gute Jungen zunächst zu bilden
haben, von neun bis zehn Jahren ... Du wirst an Herrn und Frau
Gogel anspruchslose, unbefangene, vernünftige Menschen finden,
die, so viel sie Beruf zum geselligen Leben haben durch ihre Jovialität und ihren Reichtum, doch größtenteils sich selbst leben, weil
sie und besonders die Frau mit den *Frankfurter Gesellschaftsmenschen* und ihrer Steifigkeit und Geist- und Herzensarmuth nicht sich
befassen und verunreinigen und ihre häusliche Freude verderben
mögen. Glaube mir, durch das Letztere ist alles gesagt! Endlich,
Lieber, laß mich auch das Dir ans Herz legen – ein Mensch, der
unter ziemlich bunten Verwandlungen seiner Lage und seines Charakters dennoch mit Herz und Gedächtniß und Geist Dir treu geblieben ist und gründlicher und wärmer, als je Dein Freund seyn
wird und jede Angelegenheit des Lebens willig und freudig mit Dir
theilen, und dem zu seiner schönen Lage nichts fehlt als Du, dieser
Mensch wohnt gar nicht weit von Dir, wenn Du hieherkömmst.
Wirklich, Lieber, ich bedarf Deiner und glaube, daß Du auch mich
wirst brauchen können.«
Hegel ergriff mit Freuden die dargebotene Gelegenheit, warm berührt von des Freundes Anhänglichkeit. »Liebster Hölderlin«, antwortete er ihm, »So wird mir doch einmal die Freude, wieder etwas
von Dir zu vernehmen; aus jeder Zeile Deines Briefes spricht Deine
unwandelbare Freundschaft zu mir, ich kann Dir nicht sagen, wie
viel Freude es mir gemacht hat, und noch mehr die Hoffnung, Dich
bald zu sehen und zu umarmen ... Versichere ihn indeß, daß ich
mir alle Mühe geben werde, um Deine Empfehlung zu verdienen.
Wieviel Antheil an meiner geschwinden Entschließung die Sehn-

sucht nach Dir habe, wie mir das Bild unseres Wiedersehens, der
frohen Zukunft, mit Dir zu seyn, diese Zwischenzeit vor Augen
schweben wird – davon nichts. Lebe wohl. Dein Hegel.«
Es ist wie eine Ausführung dessen, was dieses »Davon nichts« verschweigt, wenn wir in der Elegie »Eleusis«, welche Hegel im August 1796 mit der Widmung »An Hölderlin« niedergeschrieben
hatte, die Zeilen lesen:

»Dein Bild, Geliebter, tritt vor mich,

Und der entfloh'nen Tage Lust; doch bald weicht sie

Des Wiedersehens süßern Hofnungen –

Schon mahlt sich mir der langersehnten, feurigen

Umarmung Scene; dan der Fragen, des geheimern

Des wechselseitigen Ausspähens Scene,

Was hier an Haltung, Ausdruk, Sinnesart am Freund

Sich seit der Zeit geändert, der Gewisheit Wonne,

Des alten Bundes Treue, fester, reifer noch zu finden,

Des Bundes, den kein Eid besiegelte,

Der freien Wahrheit nur zu leben,

Frieden mit der Satzung,

Die Meinung und Empfindung regelt, nie nie einzugehn.

Nun unterhandelt mit der trägern Wirklichkeit der Wunsch,

Der über Berge, Flüsse leicht mich zu dir trug,

– Doch ihren Zwist verkündet bald ein Seufzer, und mit ihm

Entflieht der süßen Phantasieen Traum.«

Das Gedicht bewegt sich in wenigen großen Motiven, die sich in
schlichter Abfolge aneinanderschließen: Selbstverlust in einem Anschauen der Unendlichkeit, Fassung des Ewigen unterm Bilde der
Ceres und ihrer Mysterien, Klage um die entschwundene Götterwelt (»Geflohen ist der Götter Kreis in den Olymp«), Eingang des
Mysteriums ins unaussprechbare Geheimwissen der Adepten und
seine stumme Fortdauer im reinen Leben. Für den Philosophen ist
dabei bezeichnend, daß er zwischen der Anrufung der Ewigkeit und
der Anrufung der Demeter ein rational begründendes Zwischen-
stück einschiebt; er erklärt darin, wie der Gedanke (das Bewußtsein), der die berauschte Totalanschauung nicht erträgt, mit Hilfe
der Phantasie das Ewige in mythischer Gestalt zu fassen sucht; man
erkennt den »Polytheismus der Einbildungkraft« aus dem hier
sogleich zu behandelnden »Systemprogramm«. Die Motive selbst
aber stehen in unzweideutiger Beziehung zu Hauptmotiven der
Hölderlinischen Hymnen und Elegien. Namentlich drängt sich für

uns die Erinnerung an »Brod und Wein« (1802) herzu, mit dem sich
»Eleusis« auch in der einleitenden Nachtszenerie berührt:

>»Um mich, in mir wohnt Ruhe, – der geschäft'gen Menschen
Nie müde Sorge schläft, sie geben Freiheit
Und Muße mir – Dank dir, du meine
Befreierin, o Nacht! Mit weißem Nebelflor
Umzieht der Mond die ungewissen Gränzen
Der fernen Hügel.«

Wichtig ist aber hier in erster Linie, daß das Gedicht die Grundlagen der jugendlichen Geistesfreundschaft zwischen Hegel und
Hölderlin in fortdauernder Geltung zeigt: als Ausgangspunkt ein
Erleben und Anschauen der großen Einheit des Unermeßlichen;
eng damit verbunden das Erlebnis der Entweihung durch Individuation und Bewußtsein, durch Lebensverdorrung und Gemeinschafts-
verfall; daran ansetzend ein neues Streben nach der Synthese, deren
erster Begriff sich an der Antike bildet, um von da weiter zu gehen
zum *ewigen* Olymp, zum neuen Gemeingeist, zur neuen Kirche.

Wie sehr Hölderlin sich auch gemüht hatte, auf den Wegen Kants
und Fichtes ein Denken der Synthese zu erringen, er war nicht zum
Ziel gelangt; denn er sah sich hier gewiesen, den einheitstiftenden
Begriff, Punkt und Aktus in einer Richtung zu suchen, in der er für
ihn niemals zu finden war. Verheißungsvoll aber blieb, was ihn mit
Hegel und Schelling verband: Das Symbolum des Hen kai Pan mit
seiner Richtung auf ein lebendiges Bewirken der neuen Einheit, für
welches die Schönheit das ästhetische Maß, die Liebe die zwistüber-
windende Kraft war. Der Hegel des Gedichtes Eleusis offenbart
die weiten, schönen Möglichkeiten echten Gespräches und gegenseitiger Förderung, die zwischen ihm und Hölderlin bestanden. Man
erblickt die Einigkeit in der geheimen Abwehr gegen das, was Hegel und Schelling noch fünf Jahre später als die »Reflexionsphilo-
sophie« in Jena bekämpften, um ihr gegenüber die esoterische Artung der echten Philosophie zu verteidigen; wobei ihnen als esote-
risch eben jener Ausgangspunkt des Philosophierens gilt: die mit
»völlig mißtrauenloser Selbstgenügsamkeit« erfaßte und keines Be-
weises bedürftige Einsicht in die absolute Identität der höchsten
Idee und der vollkommenen Wirklichkeit.

Auf Hölderlins Seite ist dieser Ausgangspunkt mit noch viel größerer Nachdrücklichkeit und Bestimmungskraft gegeben. Er steht im
Mittelpunkt seines Daseins als Gefühl für die schöne Lebensallfülle,
welches bei ihm durch keinen ursprünglichen Reflexionstrieb gebro-

chen ist. Vielmehr bedeutete ihm die Reflexion von vornherein etwas Zweitrangiges gegenüber der lebendigen Totalbeziehung; sie war eine Rechenschaft über sie oder gar nur eine Ersatzfunktion für ihr Ermatten. In seiner Jugend hatte er diese lebendige Totalbeziehung unvergeßlich erfahren als das friedliche, reine, erfüllte Dasein, und seine Vernunft hatte dieses Dasein als das Ideal der Schönheit erfaßt. Diesen Begriff der Schönheit als des idealischen Seins, in welchem (vgl. den Brief an den Bruder vom 2. Juni 1796) der Widerstreit des Strebens nach Absolutem und des Strebens nach Beschränkung sich vereinigt finden, hatte Hölderlin als kostbares Gut in das bevorstehende Gespräch mit Hegel zu stiften.

Er war damit auch schon fruchtbar geworden für das Denken Schellings. Dessen philosophischer Arbeitsplan vom Jahre 1796, der in einer Abschrift von Hegels Hand erhalten ist und den wir nach ihrem ersten Bearbeiter das »Älteste Systemprogramm des deutschen Idealismus« nennen, entwickelt eine künftig auszuarbeitende Philosophie als eine »Ethik«, die ein vollständiges System aller Ideen zu sein habe. Unter den Ideen werden dabei die sämtlichen praktischen Postulate, die sämtlichen führenden »Werte« der Menschenwelt verstanden, die mit der Selbstsetzung des Ichs ins Dasein treten, »die einzig wahre und gedenkbare Schöpfung aus Nichts«. Kant mit seiner Kritik der praktischen Vernunft und Fichte mit dem schroffen Idealismus der Wissenschaftslehre bilden somit die entscheidenden Grundlagen des Arbeitsplanes. Im Stufenbau dieser Ideenwelt erscheint (Zeile 32 bis 36 der Hegelschen Niederschrift) »zuletzt die Idee, die alle vereinigt, die Idee der Schönheit, das Wort in höherem platonischem Sinne genommen. Ich bin nun überzeugt, daß der höchste Akt der Vernunft, der, in dem sie alle Ideen umfaßt, ein ästhetischer Akt ist und daß Wahrheit und Güte nur in der Schönheit verschwistert sind.« Im Rückblick auf das Gedankengut der bis 1796 vorliegenden Schriften Schellings kann angenommen werden, daß diese Thronerhebung der Schönheit unmittelbar zurückgeht auf eine Anregung Hölderlins. Denn er war der einzige von den dreien, dem um 1796 die Schönheit als Inbegriff, Maß und Zeichen der »seeligen Einigkeit«, des »Seyns im einzigen Sinne des Wortes«, des »friedlichen Hen kai Pan der Welt«, des »Friedens alles Friedens« deutlicher geworden war. Vielleicht war jene Begegnung Schellings mit Hölderlin, die zu Frankfurt im April 1796 stattfand, der unmittelbare Anlaß zu der Schellingschen Formulierung.

Bei alledem – und es ist wichtig, daß dies klar bleibt – zeigt auch
diese Formulierung den Abstand, der die Denkweise des Idealismus
und namentlich dieses Schellingschen Systemprogramms von Hölderlins Denkweise scheidet. Schelling spricht von der Idee der
Schönheit als von einem »Akte« der Vernunft. Er begreift die
Idee der Schönheit als eine schöpferische Tat des Menschengeistes,
eingereiht in jene Schöpfung aus nichts, welche das große Objekt
dieses ganzen Programms bildet. Hat Schelling diese Idee aus Hölderlins Gedankenwelt übernommen, so hat er sie doch sogleich unter das Gesetz seines schroffen Idealismus gebracht, hat sie also
durchaus unhölderlinisch eingebaut. Denn für Hölderlin ist die
Schönheit etwas Objektives, sie ist das idealische Sein. Die Lösung
des ewigen Widerstreites, die in ihr stattfindet, geschieht nicht als
freier Akt der Vernunft. Sie geschieht als eine versöhnte Heimkehr
des Menschengeistes in ein »unendliches Ganzes«, aus dem er sich
losgerissen hatte. Sie geschieht als Wiederbringung des »Friedens
alles Friedens, der höher ist, denn alle Vernunft«, steht also unter
dem Zeichen einer Rückbeziehung der Vernunft auf eine höhere, ge-
meinsamere Instanz, die von Hölderlin gedacht ist als objektiv vorhanden, ausgestattet mit selbständiger, unauflösbarer Realität. Dies
geht klar hervor aus den entscheidenden Abschnitten der sogenannten ersten Vorrede zum Hyperion, welche wahrscheinlich aus dem
zweiten Halbjahre 1796 stammt und von Karl Vietor 1920 aus dem
Nachlasse des Halbbruders veröffentlicht wurde. Die Stelle lautet:
»Die seelige Einigkeit, das Seyn, im einzigen Sinne des Worts, ist für
uns verloren und wir mußten es verlieren, wenn wir es erstreben
erringen sollten. Wir reißen uns los vom friedlichen Hen kai Pan
der Welt, um es herzustellen, durch uns Selbst. Wir sind zerfallen
mit der Natur, und was einst, wie man glauben kann, Eins war,
widerstreitet sich jezt, und Herrschaft und Knechtschaft wechselt
auf beiden Seiten. Oft ist uns, als wäre die Welt Alles und wir Nichts,
oft aber auch, als wären wir Alles und die Welt nichts. Auch Hyperion theilte sich unter diese beiden Extreme. Jenen ewigen Widerstreit zwischen unserem Selbst und der Welt zu endigen, den Frieden
alles Friedens, der höher ist, denn alle Vernunft, den wiederzu-
bringen, uns mit der Natur zu vereinigen, zu Einem unendlichen
Ganzen, das ist das Ziel all' unseres Strebens, wir mögen uns darüber verstehen oder nicht. Aber weder unser Wissen noch unser
Handeln gelangt in irgend einer Periode des Daseyns dahin, wo
aller Widerstreit aufhört, wo Alles Eins ist, die bestimmte Linie

vereinigt sich mit der unbestimmten nur in unendlicher Annäherung. Wir hätten auch keine Ahndung von jenem unendlichen Frieden, von jenem Seyn, im einzigen Sinne des Worts, wir strebten gar
nicht, die Natur mit uns zu vereinigen, wir dächten und handelten
nicht, es wäre überhaupt gar nichts, (für uns) wir dächten selbst
nichts, (für uns) wenn nicht durch jene unendliche Vereinigung,
jenes Seyn, im einzigen Sinne des Worts vorhanden wäre. Es ist
vorhanden – als Schönheit; es wartet, um mit Hyperion zu reden,
ein neues Reich auf uns, wo die Schönheit Königin ist. –« Das
Wesentliche ist, daß hier nicht gesprochen wird von einem ästhetischen Akte, in welchem die Vernunft selbsttätig den Ideenkosmos
überwölbt, sondern von einem »vorhandenen« Sein, aus welchem
erst der Anlaß für alle Tätigkeit der Vernunft und des Willens
erfließt. Dieselbe Anschauung sahen wir die Elegie »An die Unerkannte« beherrschen. Die Scheidelinie zwischen der religiösen
Fragestellung Hölderlins und dem idealistischen Beharren auf der
autonomen Vernunft leuchtet also auch hier auf.
Nicht minder Wichtiges stand von Hegels Seite als Beitrag für den
bevorstehenden Austausch zu erwarten: der Hinweis auf die Würdigkeit des Stofflichen, Sinnlichen, Geschichtlichen vor dem Hori-
zont des Absoluten; der Hinweis auf das Konkretwerden des Geistes in der Wirklichkeit. Hatte sich Hölderlin den Blick für das
Ewige und für dessen göttlich-reelle Vorgegebenheit rein und groß
bewahrt, so wurde es ihm mühsam, von da die Brücke zum Gemeinen zu schlagen, dem Besonderen, dem Partikularen, Teil-
haften und Politischen denkerisch Raum zu schaffen innerhalb des
Allgemeinen und des Ganzen, des Seins und des Ideellen. In Hegels
Denken ist aber dieser Schritt zur Verkörperung durch einen
Grundbetrieb gewiesen und angelegt. Obwohl er bei seiner Übersiedlung nach Frankfurt (Januar 1797) noch nicht als Schriftsteller
hervorgetreten ist, so hat doch sein Denken schon die Richtung genommen, die nachmals in seinen theologischen Jugendschriften zuerst hervortrat, namentlich als Blick für die Bedeutung des Staates.
Sehen wir Hölderlin zum Schlusse der Frankfurter Zeit fast mit
einem neuen Organ zur Ergreifung des Widerstrebenden, des Geschichtlichen und des Werdens überhaupt ausgestattet, so dürfen wir
darin eine bleibende Spur der jahrelangen Berührung mit Hegel erblicken. Wie sich diese mit einer gleichsinnigen Einwirkung von
Sinclairs Seite verband, wurde an einer früheren Stelle angedeutet.
Der Mutter gegenüber hatte Hölderlin in diesen Monaten zwei

Versuche, ihn ins Amt zu bringen, abzuwehren. Das eine Mal handelte es sich um eine Lehrstelle in Nürtingen, wo er vierzig Knaben zu unterrichten gehabt hätte, das andere Mal um eine Pfarre und den damit verbundenen Eintritt in den Ehestand. »Liebe Mutter!« schrieb er am 30. Januar 1797 mit Bezug auf das zweite Angebot, »man begehrt einen tauglichen Menschen. Bin ich denn das, wenn ich ehrlich seyn will? Ist das alter und die Stimmung, worin ich lebe, tauglich zu irgend einem festen häuslichen Verhältniß? Wie viele Bedürfnisse, mich zu bilden und zu wirken, hab' ich noch, die in einer Lage, wie meine künftige seyn würde, unmöglich sich befriedigen lassen würden? Wie viele Forderungen mach' ich an den Menschen überhaupt, wie unendlich viele würd' ich machen, an das Wesen, das ausschließlich und daurend mich interessiren sollte? Man muß älter, muß durch mancherlei Versuche und Erfahrungen genügsamer geworden seyn, um sich zu sagen: hier will ich stehen bleiben und ruhn. Ich bitte, halten Sie diß für keine Grillen, keine Phantasien, wie man gewöhnlich unter meinen Landsleuten derlei Äußerungen zu nehmen pflegt. Es ist kein Unverstand, daß ich hierin der Natur folge, und in jener Rücksicht mich frei erhalte, so lang ich kann; gerade weil ich mich und jeden, der mir hierin gleicht, besser, als gewöhnlich ist, verstehe, gerade darum folg' ich der Natur.«

Das sind ruhige, bescheidene und durchaus wahre Worte; und eben in ihrer Bescheidenheit unterstreichen sie den unüberbrückbaren Abstand, der Hölderlin von der Art der Tauglichen, der bürgerlich verwendbaren Menschen trennte. An früherer Stelle haben wir gesagt, daß die Mutter von ihrem Standpunkt aus nicht fehlgriff, wenn sie unablässig auf die Einwanderung des Sohnes aus dem ihr unheimlichen Abseits in ein bürgerlich gebundenes Dasein bedacht war. Hätte Hölderlin diese Einwanderung aus echter innerer Einstellung leisten können, so würde sie in der Tat die Rettung aus *seiner* Gefahr bedeutet haben. Die Verbote aber, die sich in Hölderlins Seele einer Vergewaltigung seiner »Natur« entgegenstellten, vermochte die Mutter nicht zu erkennen. Indem er sich in der Berufsfrage normwidrig verhielt, handelte er lebensrichtig im Sinne *seiner* Gegebenheiten.

Wie sehr es sich bei diesem Zusammenstoß seines unerkannten Lebensgesetzes mit den Begriffen der Umwelt um eine unausweichliche, natürliche Tragik handelt, bezeugt sich auf höherer Ebene in der Art, wie Schiller sich zu Hölderlins damaligen Dichtungen stell-

te. Beispiele bieten die redaktionellen Änderungen und Einwürfe
Schillers an den Gedichten »Der Jüngling an die klugen Rathgeber«
und »Diotima«; und diese Beispiele sind bedeutsam, weil namentlich das erstgenannte Gedicht Hölderlins Lebensgesetz in kämpfe-
rischem Widerstreit gegen die Umwelt herausstellte.

Die erste Fassung von »*Der Jüngling an die klugen Rathgeber*«
wurde im Sommer 1796, vermutlich mit dem Brief vom 24. Juli, an
Schiller gesandt. Schiller hat in dieser Niederschrift Veränderungen
eingetragen oder vorgemerkt. Die Stellen, an denen Schiller Anstoß nahm, enthalten wohl z. T. beseitigungswerte Härten, Suevis-
men usw.; aber im ganzen der Schillerschen Bearbeitung zeigt sich
etwas viel Weitergehendes, nämlich die Tendenz, die Schärfe des
Zusammenstoßes zwischen dem Jüngling und den Ratgebern zu
mildern, den Zorn, das Aufbrausen, die Gefühlshitze, das Unver-
söhnliche der Antithese zu entfernen und in das Ganze eine Be-
wußtseinslage, eine Urteilskühle einzukorrigieren, die dem Wesen
des Gedichtes fremd sind. Denn dieses lebt eindeutig von der Auflehnung gegen die drohende Verfälschung seines Lebens durch den
Schergen »Verstand«, gegen den Todesdolch des verständigen Ra-
tes, den der kluge Mann in meuchlerischer Hand führt; und manche
Einzelheiten klingen wörtlich an die berühmte Strafrede gegen die
Deutschen im Hyperion an. Schiller möchte diese Empörung ab-
kapseln und ein reifes Abwägen in den Text hineintragen; er
möchte das Spezifische des Gedichtes, die Spuren von Hölderlins
grundlegender Lebensproblematik, tilgen oder doch abdämpfen.
Führt Hölderlins Niederschrift den reinen Geist als den Richter, als
den Rächer ein, so setzt Schiller dafür die Bezeichnung »Schöpfer«.
Das Bild von dem furchtbaren Schergen Verstand verblaßt zu einer
Entzweiung zwischen Verstand und Vernunft; starke Ausdrücke
wie der erwähnte »Todesdolch« oder das »ungeschändete« Menschenherz werden zur Änderung vorgemerkt.

Schiller nahm das Gedicht nicht auf und sandte es erst auf Hölderlins ausdrückliche Bitte am 20. November 1796 an diesen zurück.
Hölderlin mühte sich um eine Neufassung, die im August 1797 an
Schiller zurückging, begleitet von einem Brief, welcher dartut, wie
richtig der Dichter Schillers Einwände in ihrer Tendenz verstanden
hat: »Ich hab' es gemildert und gefeilt, sogut ich konnte.« Doch
auch diese Neufassung fand Schillers Beifall nicht, der sich offenbar
mit der trotzig streitbaren Haltung des Ganzen nicht befreunden
konnte.

Ähnliches hat sich in Beziehung auf die Reimhymne »*Diotima*« ab-
gespielt. Von ihr sind – außer Bruchstücken einer Vorstufe in Susettens Handschrift – zwei vollständige, unter sich abweichende
Fassungen erhalten, die erste bestehend aus fünfzehn Achtzeilern,
die zweite aus sieben Zwölfzeilern. Zwischen beiden Fassungen liegt
jener Schillerbrief vom 24. November 1796, welcher die erste Ausführung als zu weitschweifig tadelte und hinzufügte: »Wenige bedeutende Züge in ein einfaches Ganzes verbunden, würden es zu
einem schönen Gedichte gemacht haben.« Diesem Tadel und Rat
suchte die zweite Fassung zu entsprechen[1], nicht durch die Kür-
zungen, sondern vor allem wieder durch Milderungen starker Bilder, greller Empfindungen. Die Ausdrücke des Ungenügens werden
gedämpft, die der Erfüllung werden der Strenge entkleidet. Fast
überall wird den einzelnen Motiven etwas von ihrem Ernst genommen, und das Schlußbild der neuen Fassung opfert sogar seinen wesentlichen Kern. Das selige Grab in der Begeisterung, der frohlok-
kende Untergang in der Lebensfülle werden getilgt, das Bild von
den verschwisterten Sternen, die aus dem enthusiastischen Versinken täglich ins Menschenleben zurückkehren wie in eine »kurze
Nacht«, verblaßt zu einer Vorstellung von vager, lächelnder Heiterkeit.
Aber auch hier blieb das von Hölderlin gebrachte Opfer unbelohnt;
Schiller konnte sich nicht zum Abdruck entschließen.
Es möge hier der mehrfach erwähnte Brief folgen, mit welchem
Schiller am 24. November 1796 die ersten Fassungen von »Diotima«
und »Der Jüngling und die klugen Rathgeber« an Hölderlin zu-
rücksandte. Der Anfang bezieht sich auf die ängstliche Frage, die
Hölderlin am 20. November 1796 an Schiller gerichtet hatte: »Haben Sie Ihre Meinung von mir geändert? Haben Sie mich aufgegeben?« Schiller antwortete: »Ich habe Sie keineswegs vergessen, lieber Freund, wie Sie denken! bloß Zerstreuungen und Geschäfte,
neben meiner gewöhnlichen Briefscheu haben die Antwort auf Ihre
freundschaftlichen Briefe so lange verzögert. Ihre neuesten Gedichte
kamen für den Almanach um mehrere Wochen zu spät, sonst würde
ich von dem einen oder andern gewiß Gebrauch gemacht haben.

---

[1] Wenn die Handschriftenforschung auch Grund zu der Annahme zu haben glaubt, daß
schon die 15strophige Fassung eine unter Schillers Einfluß vorgenommene Änderung dar-
stelle, so besteht doch zwischen dieser und der 7strophigen unverkennbar das Verhältnis
einer breiteren Ursprungsfassung zu einer in Schillers Sinn abgekürzten und gemilderten
Ausführung, so daß wir sagen: die siebenstrophige Fassung veranschaulicht genau das,
was Hölderlin aus Schillers Einwänden und Ratschlägen glaubte entnehmen zu müssen.

Dafür, hoffe ich, sollen Sie an dem künftigen desto größeren Anteil haben. Da es mir heute an Muße fehlt, diese letztübersandten Stükke durchzugehen, so behalte ich sie vor der Hand noch da, um meine Bemerkungen beizuschreiben. Große Freude machte mirs, wenn ich in dem nächsten Almanach einige reife und bleibende Früchte Ihres Talents aufstellen könnte. Nehmen Sie, ich bitte Sie, Ihre ganze Kraft und Ihre ganze Wachsamkeit zusammen, wählen Sie einen glücklichen poetischen Stoff, tragen ihn liebend und sorgfältig pflegend im Herzen, und lassen ihn, in den schönsten Momenten des Daseyns, ruhig der Vollendung zureifen; fliehen Sie wo möglich die philosophischen Stoffe, sie sind die undankbarsten, und in fruchtlosem Ringen mit denselben, verzehrt sich oft die beste Kraft; bleiben Sie der Sinnenwelt näher, so werden Sie weniger in Gefahr seyn, die Nüchternheit in der Begeisterung zu verlieren, oder in einen gekünstelten Ausdruck zu verirren. Auch vor einem Erbfehler deutscher Dichter möchte ich Sie noch warnen, der Weitschweifigkeit nämlich, die in einer endlosen Ausführung und unter einer Fluth von Strophen oft den glücklichsten Gedanken erdrückt. Dieses thut Ihrem Gedicht an Diotima nicht wenig Schaden. Wenige bedeutende Züge in ein einfaches Ganzes verbunden, würden es zu einem schönen Gedichte gemacht haben. Daher empfehle ich Ihnen vor allem eine weise Sparsamkeit, eine sorgfältige Wahl des Bedeutenden und einen klaren einfachen Ausdruck desselben. Doch wie kann ich alles das specificiren, was ich wünschte? Sie haben Moses und die Propheten; halten Sie sich an die schönsten Muster und bilden sich daraus die Regeln selbst, die ohne das nur Worte seyn würden. Verzeihen Sie mir diese Aufforderungen, diese Warnungen, theilnehmende Freundschaft hat beide eingegeben. Leben Sie recht wohl und lassen mich fleißig von sich hören. Ihr aufrichtig ergebener Schiller.«

Der Brief ist mit dem, was er enthält, und mit dem, was er nicht enthält, das erste klare Zeugnis dafür, daß Schiller den Dichter Hölderlin niemals erblickt hat. Was der Brief nicht enthält, ist ein irgendwie geartetes Ja zu dem Lebenskeim der beiden Gedichte, ein Bekenntnis zu dem, was in ihnen treibt und ringt. Was er enthält, ist eine allgemeine Anerkennung des Talents und eine Versicherung teilnehmender Freundschaft, beides überschattet von einer Unzufriedenheit, welche, obschon sie ohne Zweifel dem Briefschreiber selbst unerwünscht ist, diese Anerkennung des Talents geradezu gegen die eingereichten Gedichte ausspielt – fast das Schmerzlich-

ste, was einem Schüler wie Hölderlin von seiten des Meisters angetan werden konnte.

Aber die eigentlichen Ratschläge verfehlen durchaus Hölderlins
Situation; so der Hinweis auf die »Sinnenwelt«, die sich für Hölderlin noch keineswegs als ein ruhiger Objektbereich abgegliedert hatte; so die Mahnung an ein Zusammenraffen aller Kraft und Wachsamkeit, worin Hölderlin stets eher zuviel als zuwenig getan hatte,
so die oberflächliche Rüge der Weitschweifigkeit gegenüber der Diotimahymne, die in Wahrheit ein Meisterstück knappster Entrollung des Notwendigen ist. Der Brief bezeugt aber zugleich, daß es
eine echte Schicksalsfügung war, welche Schiller das Erblicken Hölderlins verwehrt hat. Die Entscheidung darüber ist besiegelt seit
dem Augenblick, da Schiller durch den Ausdruck der radikalen
Angst und Urgefahr bei Hölderlin *nicht* geheim angerufen und auf
den einsamen, beispiellosen Ernst dieses Lebenslaufes gewiesen
wurde.

Hatte schon das Thalia-Fragment mit sehr genauen Strichen das
Besondere dieser Gefahr angegeben, so brachte die Diotimahymne
noch präzisere Bezeichnungen einer Seelenverfassung, die eindeutig
dadurch bestimmt war, daß sich hier ein Kampf um das Leben in
objektiven Grundformen austrug. Aber der Anblick dieses Geschehens, der Verzweiflungen und Rettungen, die es in sich schloß, rief
Schiller nicht an Hölderlins Seite, sondern stieß ihn zurück. Schiller
mußte die Verstrickungen Hölderlins beurteilen als Verstrickung in
eine für ihn soeben überwundene jugendliche Subjektivität, Über-
spanntheit und Einseitigkeit (dies sind Ausdrücke, die er in seinem
Briefwechsel mit Goethe auf Hölderlin anwendet).

Gerade, daß Schiller in Hölderlins Dichtungen so viel von seiner
»eigenen sonstigen Gestalt« fand und daß er durch Hölderlin so
oft an sich selbst gemahnt wurde, belastete sein Urteil. Zwar erwuchs auf dem Boden dieser geheimen Verbundenheit die Sympathie, die väterliche Güte, welche Schiller für Hölderlin bereit hatte.
Aber zugleich wurde er dadurch erst recht veranlaßt, Hölderlins
Lebensmangel nach Analogie seiner eigenen Unfertigkeitszustände
zu deuten, statt ihn in seinem mythischen Ernst und Tiefgang zu
erkennen. Zwei Jahre waren erst verflossen, seit Schiller in seiner
berühmten Auseinandersetzung mit Goethe (August 1794) die
eigene Subjektivität hatte durchschauen und korrigieren lernen; und
dies auf eine Weise, die ihn förmlich nötigte, fortan jedes problematische Weltverhältnis als törichtes Verharren in einer unentwickel-

ten Frühsituation abzuwerten. Es war nur eine Frage der Entwicklung, der rechten Erziehung, des guten Willens, daß der spekulative und der intuitive Geist zueinanderfanden, daß sich die Menschenkräfte harmonisch vereinten in der freien, souveränen, vernünftigen Persönlichkeit. Dadurch verlor Schiller die Möglichkeit, anzuerkennen, daß ein Lebensversagen wie das hölderlinische einen eigenen, unvergleichbaren Wert mit sich führen könne, daß es der Ort eines Göttereinbruches, der Quellpunkt eines großen Gesanges sein könne; daß es eine Leere sein könne, in welcher eine tiefere Wirklichkeitsschicht – nämlich eben diejenige, die von der autonomen Persönlichkeit des Idealismus verdeckt und verdrängt wird – in mythischer Leibhaftigkeit zutage tritt.

Schiller hat wohl ein Lebensversagen in sich erfahren, das sich ähnlich aufbaut wie bei Hölderlin. Aber Schiller hat sich zu diesem Versagen niemals bekannt, entsprechend der bald in ihm ausgebildeten Tendenz, aus dem Machtwillen des siegreichen vernünftigen Ichs die Nachtseite des Lebens und der Dinge als das Nichtseiende zu verleugnen – während Hölderlin dem Leiden in frommer seelischer Offenheit standhielt, schon deshalb, weil dieses Leiden mit seinem Dichtertum geheimnisvoll verknüpft war. Dichten hieß Leben, und Leben hieß Offenbleiben für das Leid, unbeschadet der Tapferkeit, mit der er um Selbstbehauptung rang und die genau der Tapferkeit der griechischen Tragödienhelden entspricht.

Man darf sagen, daß Schillers bewußtes Verstehen ebenso weit von Hölderlin entfernt war, wie es notwendig entfernt war von der Wirklichkeit des griechischen Altertums, von dessen gefährlichem Enthusiasmus, von der Tragödie, dem Mythus, dem Schicksal, dem Mysterium. Es wiederholte sich schattenhaft zwischen Schiller und Hölderlin, was sich acht Jahre vorher zwischen Goethe und Schiller begeben hatte. Wie Goethe damals, heimgekehrt von Italien, gefestigt in seinem Einsatz für ein weltgewisses und wertsicheres Menschentum, in Schillers »Räubern« einen barbarischen Angriff auf den edelsten Wert empfand, so mußte Schiller in Hölderlins Problematik bloß einen Rückfall in Überwundenes sehen, etwa in die Erregung des Sturms und Drangs, dessen Impulse in beispielhaften Lebensläufen völlig aufgearbeitet, völlig zum Ziel gelangt schienen. Waren dem Ergebnis nicht sogar die ungeheuren Kräfte des Widerspiels, der kritischen Philosophie, einverleibt? War nicht der schöne Mensch mit seinem Palmenzweig, wie ihn Schiller erreicht sah, das schlechthin Unüberbietbare? Welche Unmöglichkeit, zu denken, daß

das Strudeln mit Recht von neuem beginnen könne, daß ein Gott
wohnen könne im neuen Aufstand einer weltschmerzlichen Fragestellung, die man vollständig zu kennen glaubte als etwas Überwundenes und Überwindbares?

Im Verhältnis Schillers zu Hölderlin waltet also mit Ernst eine
schicksalhafte Versperrung, und dies tritt deutlich hervor auch in
den Briefen, welche Schiller mit Goethe ein Jahr später, Sommer
1797, über Hölderlin gewechselt hat. Sie betrafen die Gedichte »An
den Äther« und »Der Wanderer«, welche Hölderlin im Juni 1797
an Schiller gesandt hat. Des sachlichen Zusammenhangs wegen sei
auf diesen Briefwechsel und seinen Anlaß schon hier eingegangen.


Das Jahr 1797 brachte in Hölderlins Lyrik eine Wendung. Die Haltung der Tübinger Hymnen findet in dem Diotima-Gedicht ihre
Krönung und ihren Abschluß. Damit zugleich wurde die Reimstrophe endgültig aufgegeben; sie kehrt erst in der Zeit der Umnachtung wieder, mit einziger Ausnahme des Geburtstagsgedichtes
»An Landauer« (11. Dezember 1800), das an Schlichtheit und Tiefe
des Tones wie an geheimnisvoller Resonanz wohl unvergleichbar in
unsrer Dichtung steht. Die neuen Gestaltungen – es ist zunächst
die Gruppe »Die Eichbäume«, »An den Äther« und »Der Wanderer«
– haben von außen und innen die elegische Form. Ihr Vers ist der
Hexameter, und zwar zeigt sich dieses Maß hier zum erstenmal in
der vollen Atembreite, von der es in Hölderlins reifster Dichtung
getragen ist. Den Vers füllt ein ebenbürtiger Sprach- und Gedankenstoff bis zum Rande, die Gesamtgliederung erreicht die für Hölderlin charakteristische Größe und Bewegung; es ergeben sich ra-
gende, plastische Gedichtgestalten von ausschwingender Linienfüh-
rung. Dies alles sind Zeichen für die neue Seelenlage, aus der die
drei Gedichte hervorgehen: die wiedergewonnene Gewißheit im
gläubigen Anschauen des Lebens der Natur. Vergangen sind die
bitteren Ängste, die aus der Nürtinger Klage »An die Natur« gesprochen hatten. Treu und der Götter gewärtig kehrt sich das Gefühl, ohne kritische Brechung, zu der Lebensfülle der Natur als zu
einer objektiven, immer erquickenden Wirklichkeit. Ja, es tritt sogar eine übermächtige Anziehung durch das große, freie Sein der
Natur als das Primäre hervor.

Die Eichbäume reden den Dichter an als gigantische Gestalten voll
des Selbstvergnügens der Naturgeschöpfe. Sie sind Vorbilder des

eigenmächtigen, unbedingten Lebens, das für Hölderlin seit je die stärkste Lockung ist: Lockung ins Endgültige, in eine Unermeßlichkeit von Fülle und Freiheit, vor der das begrenzte Leben als »Gefangenschaft« erscheint. Dazu stellt sich als Gegenkraft die mit der Menschenwelt verbindende Liebe, die hier ein eigenartiges gnostisches Zeichen trägt:

> »Könnt' ich die Knechtschaft nur erdulden, ich neidete nimmer
> Diesen Wald und schmiegte mich gern ans gesellige Leben.
> Fesselte nur nicht mehr ans gesellige Leben das Herz mich,
> Das von Liebe nicht läßt, wie gern würd' ich unter euch wohnen!«

Die Liebe als Fessel, als das Zurückhaltende, ja Niederziehende steht ähnlich in der Ode »Empedokles«:

> »Und folgen möcht' ich in die Tiefe,
> Hielte die Liebe mich nicht, dem Helden.«

Ferner in der Ode »Lebenslauf«: »Hochauf strebte mein Geist, aber die Liebe zog / Bald ihn nieder . . .«, wofür eine spätere Fassung setzt: »Größers wolltest auch du, aber die Liebe zwingt / All uns nieder . . .«.

Auch die Elegie »An den Äther« erblickt den Gott nur, um dieselbe Verlockung zur unendlichen Selbsthingabe zu erfahren und auszusprechen: was die Pflanzen und Tiere alle zum Lichte zieht, wird in der Menschenseele als schwärmerische Unruhe des Wanderns zu einem unendlichen Ziel, des himmlischen Heimwehs erfahren:

> O wer an die goldnen
> Küsten dort oben das wandernde Schiff zu treiben vermöchte!

Doch auch hier erfolgt die Rückwendung zum irdisch gebundenen Leben; der Äther selbst ist es, der sich durch blühende Baumwipfel zum sehnsüchtigen Herzen herabneigt und ihm so ein Bleiben unter den Blumen der Erde ermöglicht. Dem, was Hölderlin hier und anderwärts unter dem Äther versteht, kommt in deutscher Sprache am nächsten der Begriff »Luft« im Sinne des oberen, licht- und feuerdurchstrahlten Luftbereichs, wozu sich als wichtige weitere Bestimmung gesellt: Luft in Bewegung, also heranwehende, anhauchende Luft, die himmlisch-geistiger Art ist und Leben spendend, Geist spendend, begeisternd ins Menschenland herabwirkt (wie sich Hauch und Geist auch in Pneuma und Spiritus altertümlich ver-

binden).[1] So wächst dem Äther die Bedeutung der himmlisch-gei-
stigen Lebensquelle und der letzten, unendlichen Lebenseinheit zu.
Er wird höchster Repräsentant des Göttlichen, entraffend und zum
enthusiastischen Tod verlockend, zugleich aber sich ans bedürftige
Menschenleben so verschenkend, daß dieses spürt: es ist ihm ein
irdisches Bleiben und Dauern gegönnt.

Wie die »Eichbäume«, bringt also auch das Gedicht an den Äther
eine seelische Doppelbewegung: eine Auswanderung und eine
Heimkehr, im ganzen ein Ringen um Heimat und Mitte oder, nach
dem Ausdrucke Goethes, der freilich den Ernst der Lage verfehlt,
»ein sanftes, in Genügsamkeit sich auflösendes Streben«.

Dieselbe Grundbewegung stellt der »Wanderer« in seiner ersten
Fassung und deren Vorstufe dar (die spätere Umarbeitung von
1800, gedruckt in der »Flora« 1801, zeigt sich von dem wesentlichen geistigen Fortschritt der Jahre 1798 bis 1800 geprägt). Die
Auswanderung ist hier eine doppelte. Eine führt in die von Sonnen-
glut verbrannte Wüste des Südens, die andere ins Eis des Nordens.
Die Vorstufe faßt dies noch ganz autobiographisch:

Süd und Nord ist in mir. Mich erhizte der Ägyptische Sommer
        Und der Winter des Pols tödtet das Leben in mir.
(Oft ist mir, als ständ' ich verirrt in Arabiens Wüste
        Und aus einsamer Luft reegnete Feuer herab.)

Hölderlin will im »Wanderer« seine wechselnde, maß-lose Ver-
locktheit in die Extreme und sein immer wiederholtes Gewinnen
der Mitte sagen, die zugleich Maß, Heimat und Leben ist. Die Extreme verbildlichen sich in klimatischen Gegensätzen: Zone der
sonnverbrannten südlichen Wüste, Zone des nördlichen Eispols, beide leer von den vertrauten Erscheinungen des Lebens. Die Anschauung der in den Eingangszeilen entworfenen Situation treibt nun
den Dichter alsbald dazu, die beiden Extreme in Form eines epischen
Nacheinander naturmythisch aufzurollen. Die Fassung I tilgt die
eben erwähnten Eingangszeilen und führt mit ihrem neuen Anfang
sogleich in die Wüstenszenerie ein: »Einsam stand ich und sah in
die Afrikanischen dürren / Ebnen hinaus; vom Olymp reegnete
Feuer herab.« Symmetrisch schließen sich die Bilder der Eiswelt
und dann der gemäßigten Heimatzone an.

1 Äther hängt mit »aithein«, brennen, zusammen; der Gegensatz im Griechischen ist »aer«
als die untere, dunstige Luft, ja Finsternis.

Zur Erfassung dessen, was diese doppelte Auswanderung in Wüste und Eis für Hölderlin bedeutet, leistet das kulturphilosophische Schlußkapitel des ersten Buches des »Hyperion« eine unmittelbare Hilfe. Es entwickelt, den Kerngedanken Rousseaus mächtig hervorhebend, als Grund aller Werte und Wertbegriffe den ungestört und rein sich aus der Naturmitgift bildenden Menschen. Hervorgetreten ist er zuerst im Athener, der eine lange, unbeirrte Kindheit in mäßigem Klima durchlebte und langsam reifte, ungeschwächt von Eroberern, unberauscht vom Kriegsglück, unbetäubt von fremden Götterdiensten, »frei von gewaltsamem Einfluß aller Art, recht bei mittelmäßiger Kost«. Wo ein Volk oder ein Mensch so wachsen kann, von der Wiege an ungestört, nicht herausgetrieben aus der eng vereinten Knospe seines Wesens, aus dem Hüttchen seiner Kindheit und spät erst darüber belehrt, »daß es Menschen, daß es irgend etwas außer ihm giebt«, da nur entsteht reines Menschentum: »So nur wird er Mensch. Der Mensch ist aber ein Gott, so bald er Mensch ist. Und ist er ein Gott, so ist er schön.« Ist so durch ungestörtes Walten der Natur die Schönheit erschienen (Schönheit als »vollendete Menschennatur«, als der »göttliche Mensch«, die »menschliche, göttliche Schönheit«), so ist in ihr die Quelle gegeben für Kunst, Religion und Philosophie, also für alles, was Kultur im höchsten Sinne ist. Kunst: »In ihr verjüngt und wiederholt der göttliche Mensch sich selbst. Er will sich selber fühlen, darum stellt er seine Schönheit gegenüber sich.« Religion: sie ist Liebe der Schönheit; »Der Weise liebt sie selbst, die Unendliche, die Allumfassende; das Volk liebt ihre Kinder, die Götter, die in mannigfaltigen Gestalten ihm erscheinen«. Philosophie: zergliedernde Ausfaltung dessen, was in der mangellosen Schönheit als Einheit gegeben ist, als das heraklitische Hen diapheron heauto, das in sich selbst unterschiedene Eine.

Am Maße des schönen Menschen, der einig lebt mit Himmel und Erde und einig in sich selbst, werden nun die Maßverfehlungen bestimmt. Dies geschieht in kulturgeschichtlicher und kulturgeographischer Sprache, die den Ägypter und den Nordländer ebenso gegenüberstellt, wie der »Wanderer« in autobiographischer Sprache die Wüste und die Eisregion: »Süden kenn ich und Nord. Mich erhizte der Sommer Ägyptens / Und der Winter des Pols hauchte versteinernd mich an« (handschriftliche Variante, W. II, 477). Die Maßüberschreitung nach dem Süden kennzeichnet die Hyperionstelle in folgenden Sätzen: »Wie ein prächtiger Despot, wirft

seine Bewohner der orientalische Himmelsstrich mit seiner Macht
und seinem Glanze zu Boden, und, ehe der Mensch noch gehen gelernt hat, muß er knien, eh' er sprechen gelernt hat, muß er beten;
ehe sein Herz ein Gleichgewicht hat, muß es sich neigen, und ehe
der Geist noch stark genug ist, Blumen und Früchte zu tragen, zie-
het Schiksaal und Natur mit brennender Hizze alle Kraft aus ihm.
Der Ägyptier ist hingegeben, eh' er ein Ganzes ist, und darum weiß
er nichts vom Ganzen, nichts von Schönheit, und das Höchste, was
er nennt, ist eine verschleierte Macht, ein schauerhaft Räthsel; die
stumme finstre Isis ist sein Erstes und Leztes, eine leere Unendlichkeit und da heraus ist nie Vernünftiges gekommen. Auch aus dem
erhabensten Nichts wird Nichts geboren.«
Die Maßüberschreitung nach dem Norden wird charakterisiert:
»Der Norden treibt hingegen seine Zöglinge zu früh in sich hinein,
und wenn der Geist des feurigen Ägyptiers zu reiselustig in die Welt
hinaus eilt, schikt im Norden sich der Geist zur Rükkehr in sich
selbst an, ehe er nur reisefertig ist. Man muß im Norden schon verständig seyn, noch eh' ein reif' Gefühl in einem ist, man mißt sich
Schuld von allem bei noch ehe die Unbefangenheit ihr schönes Ende
erreicht hat; man muß vernünftig, muß zum selbstbewußten Geiste
werden, ehe man Mensch, zum klugen Manne, ehe man Kind ist;
die Einigkeit des ganzen Menschen, die Schönheit läßt man nicht in
ihm gedeihn und reifen, eh' er sich bildet und entwikelt. Der blose
Verstand, die blose Vernunft sind immer die Könige des Nordens.
Aber aus blosem Verstand ist nie verständiges, aus bloser Vernunft
ist nie vernünftiges gekommen.«
Beider Maßüberschreitungen weiß sich Hölderlin der »Wanderer«
schuldlos schuldig; sie lassen sich in ihrer biographischen Bedeutung
nun näher bestimmen. Die Wüste des Südens bezeichnet das Übermaß der Extraversion, das heißt der zerstörerischen Hingegebenheit, des Selbstverlustes an unbekannte, opferfordernde Mächte.
Das Verbrennende der dumpfen, unendlichen Ergriffenheit ist damit bezeichnet, die Semele-Erfahrung, das Tödliche der ungehemm-
ten oder unorganisch verfrühten Entraffung ins Allgemeine. Man
hat dabei an alle Hölderlinischen Aussagen über das Verzehrende
der ganymedischen Anziehung, über das Hitzige und Feurige maß-
loser Göttergegenwart zu denken; ja vielleicht können Sätze wie:
»Eh' er sprechen gelernt hat, muß er beten« usw. auf Hölderlins
bekannte Erfahrungen mit dem Christentum seiner Kindheit zurückbezogen werden. Das Eis des Nordens bezeichnet das Übermaß

der Introversion, das heißt des verfrühten Insichgehens, die Lebensberaubung durch verfrühte Reflexion. Hölderlins Erfahrung mit dem Fichteschen Idealismus tritt ins Blickfeld, und zu dem Worte vom Winter des Pols, der ihn »versteinernd angehaucht« hat, stellen sich als fast buchstäbliche Anklänge die Briefsätze aus der Nürtinger Zeit: »Ich friere und starre in dem Winter, der mich umgiebt. So eisern mein Himmel, so steinern bin ich.«[1] Nach Aufzeigung der beiden extremen Zonen kehrt der Wanderer in jene Bezirke zurück, die alles zugleich sind: gemäßigtes Klima, Zonen des Maßes und des Genügens, reich an allen Bildern verbrüderten Lebens, mildere Sonne, heimatliche Landschaft.

Die Eichbäume, An den Äther, Der Wanderer sind drei Findungen des Menschenlandes, des Menschenmaßes und des Menschenlebens, ermöglicht und geführt durch die heimrufende Kraft im Erleben des ersten Frankfurter Jahres. Sie sind innerhalb Hölderlins Lyrik die ersten Entwürfe von Totalbildern seines wirklichen Lebensgefühls. Sie sind die ersten grundlegenden Entfaltungen des Streites zwischen »Ausdehnung und Beschränkung« als seines biographischen Grundmotivs. Während in den »Eichbäumen« der Streit unentschieden stehenbleibt, zeigen die zwei anderen Gedichte den Durchbruch zur genügsamen Mitte der lebendigen Schönheit.[2]

Am 20. Juni 1797 schickte Hölderlin diese Gedichte samt dem ersten Bande des Hyperion an Schiller mit einem Briefe, der die alte ängstliche Befangenheit erkennen läßt, wenn er im übrigen auch die neu errungene Sicherheit einer gereifteren Selbstempfindung andeutet: »Mein Brief und, was er enthält, käme nicht so spät, wenn ich gewisser wäre, von dem Empfang, dessen Sie mich würdigen werden. Ich habe Muth und eigenes Urtheil genug, um mich von andern Kunstrichtern und Meistern unabhängig zu machen, und insofern mit der so nötigen Ruhe meinen Gang zu gehen, aber von Ihnen dependir' ich unüberwindlich; und weil ich fühle, wie

[1] Vgl. 5. Mose 28, 23: »Dein Himmel, der über deinem Haupte ist, wird ehern sein und die Erde unter dir eisern.«

[2] Nicht beweisbar, aber durch Anzeichen nahe gerückt ist die Annahme, daß Hölderlin beim »Wanderer« und »An den Äther« die bestimmte Absicht verfolgte, die Anweisungen des Schillerbriefs vom 24. November 1796 in die Tat umzusetzen. Es ist wie eine Antwort auf die Mahnungen »Bleiben Sie der Sinnenwelt näher« und »Fliehen Sie womöglich die philosophischen Stoffe«, wenn sich beide Gedichte weitgehend in sinnlichen Anschauungsmotiven bewegen, ja fast überladen scheinen mit einer Bilderfracht, die in einer bei Hölderlin seltenen Weise aufzählungsartig ausgebreitet wird. Das trug ihm von seiten Goethes die Bemerkung ein, der »Äther« erinnere »an die Gemälde, wo sich die Thiere alle um Adam im Paradiese versammeln«.

viel ein Wort von Ihnen über mich entscheidet, such' ich manchmal
Sie zu vergessen, um während einer Arbeit nicht ängstig zu werden.
Denn ich bin gewiß, daß gerade diese Ängstigkeit und Befangenheit
der Tod der Kunst ist, und begreife deßwegen sehr gut, warum es
schwerer ist, die Natur zur rechten Äußerung zu bringen, in einer
Periode, wo schon Meisterwerke nah um einen liegen, als in einer
andern, wo der Künstler fast allein ist mit der lebendigen Welt« ...
»Möchten die Gedichte, die ich beilege, doch einer Stelle in Ihrem
Musenallmanache gewürdigt werden können! – Ich gestehe Ihnen,
daß ich zu sehr dabei interessirt bin, als daß ich ohne Unruhe mein
Schiksaal bis zur öffentlichen Erscheinung des Musenallmanachs abwarten könnte, und bitte Sie deßwegen, etwas Übriges zu thun, und
mir mit ein paar Linien zu sagen, was Sie der Aufnahme werth gefunden haben.«
Schiller kam diesen Gedichten gegenüber nicht zu einem klaren Gefühl. Er sandte den Wanderer und An den Äther einen Tag nach
dem Empfang (27. Juni) an Goethe und erbat dessen Urteil ohne
Nennung des Verfassers: »Über Producte in dieser Manier habe
ich kein reines Urtheil« – eine Zurückhaltung, die begründet ist in
einem Schwanken zwischen seinem wenig günstigen Eindruck von
den beiden Stücken, seiner Neigung zu dem von ihm seither geför-
derten Dichter und der Empfindung einer geheimen Verwandtschaft
des Hölderlinischen Naturells mit dem eigenen. Goethe schrieb zurück, er sei den Gedichten nicht ganz ungünstig und empfahl ihre
Annahme: »Freylich ist die Afrikanische Wüste und der Nordpol
weder durch sinnliches noch durch inneres Anschauen gemahlt, vielmehr sind sie beyde durch Negationen dargestellt, da sie denn nicht,
wie die Absicht doch ist, mit dem heiteren, deutsch-lieblichen Bilde
genugsam contrastiren. So sieht auch das andere Gedicht mehr na-
turhistorisch als poetisch aus, und erinnert einen an die Gemählde
wo sich die Thiere alle um Adam im Paradiese versammeln. Beyde
Gedichte drücken ein sanftes, in Genügsamkeit sich auflösendes
Streben aus. Der Dichter hat einen heitern Blick über die Natur, mit
der er doch nur durch Überlieferung bekannt zu seyn scheint.«
Schillers Antwort vom 30. Juni lautet: »Es freut mich, daß Sie
meinem Freunde und Schutzbefohlenen nicht ganz ungünstig sind.
Das Tadelnswürdige an seiner Arbeit ist mir sehr lebhaft aufgefal-
len, aber ich wußte nicht recht, ob das Gute auch stichhalten würde,
das ich darinn zu bemerken glaubte. Aufrichtig, ich fand in diesen
Gedichten viel von meiner eigenen sonstigen Gestalt, und es ist

nicht das erstemal, daß mich der Verfasser an mich mahnte. Er hat eine heftige Subjektivität, und verbindet damit einen gewissen philosophischen Geist und Tiefsinn. Sein Zustand ist gefährlich, da solchen Naturen so gar schwer beyzukommen ist. Indessen finde ich in diesen neuen Stücken doch den Anfang einer gewissen Verbesserung, wenn ich sie gegen seine vormaligen Arbeiten halte; denn kurz, es ist Hölderlin, den Sie vor etlich Jahren bei mir gesehen haben. Ich würde ihn nicht aufgeben, wenn ich nur eine Möglichkeit wüßte, ihn aus seiner eignen Gesellschaft zu bringen, und einem wohlthätigen und fortdauernden Einfluß von außen zu öfnen. Er lebt jetzt als Hofmeister in einem Kaufmannshause zu Frankfurth, und ist also in Sachen des Geschmacks und der Poesie bloß auf sich selber eingeschränkt, und wird in dieser Lage immer mehr in sich selbst hineingetrieben.« Goethe sagt in einem Antwortbrief, er habe auch seinerseits etwas von Schillers Art und Weise in den Gedichten erkannt, »allein sie haben weder die Fülle, noch die Stärke, noch die Tiefe Ihrer Arbeiten. Indessen recommandirt diese Gedichte, wie ich schon gesagt habe, eine gewisse Lieblichkeit, Innigkeit und Mäßigkeit und der Verfasser verdient wohl, besonders da Sie frühere Verhältnisse zu ihm haben, daß Sie das mögliche thun, um ihn zu lenken und zu leiten.«

Zu einer weiteren wichtigen Äußerung Goethes über Hölderlin führte eine persönliche Begegnung, die kurz darauf zwischen beiden stattfand. Am 31. Juli fuhr Goethe von Weimar ab zu einer Reise, die ihn über Frankfurt nach der Schweiz führen sollte. Drei Tage vorher, am 28. Juli 1797, schrieb Schiller an Goethe: »Ich habe meinen neuen Friedberger Poeten Schmidt[1] und auch Hölderlin

---

[1] Es handelt sich um den oben erwähnten Siegfried Schmid aus Friedberg, dem Hölderlin später die Elegie »Stutgard« (1800) gewidmet hat. Schiller hatte von ihm für seinen Musenalmanach einige Gedichte erhalten, über die er ihm am 28. Juli 1797 Bescheid gab: »Unter den vielen Gedichten, die der Fleiß der deutschen Musen täglich zeugt und für die Almanache einschickt, ist die Erscheinung eines Mannes von ächtem Beruf und Talent eine eben so seltene als erfreuende Erscheinung. Das waren mir Ihre Gedichte, Werthester; ich erkenne darin das Gepräge wahrer Empfindung und die Grazie eines schönen Gefühls . . .« Daß es Schiller mit dieser Anerkennung ernst war, bekundet der Brief, mit dem er die Schmidschen Manuskripte am 24. Juli Goethe vorgelegt hatte: »Er sitzt zu Friedberg bei Frankfurt, heißt Schmidt, und wie ich aus seinem ganzen Habitus schließe, muß er recht in der wilden Einsamkeit und vielleicht in einer niederen Kondition leben. Aus einigen Proben, die ich beilege, werden Sie sehen, daß an dem Menschen etwas ist, und daß aus einer rauhen, harten Sprache echte, tiefe Empfindung und ein gewisser Schwung des Geistes herausblickt. Wenn dieser Halbwilde seine Sprache und den Vers recht in der Gewalt haben und sich eine äußere Anmut zu einem inneren Gehalte verschafft haben wird, so hoffe ich, für die künftigen Almanache eine Akquisition an ihm zu machen.« Die persönliche Bekanntschaft zwischen Hölderlin und Schmid datiert seit dem

von Ihrer nahen Ankunft in Frankfurt Nachricht gegeben; es
kommt nun darauf an, ob die Leutchen sich Muth fassen werden,
vor Sie zu kommen. Es wäre mir sehr lieb, und auch Ihnen würden
diese poetischen Gestalten in dem prosaischen Frankfurt vielleicht
nicht unwillkommen sein.« Am 3. August 1797 traf Goethe in
Frankfurt ein. Am 8. August führte Schmid seinen Besuch bei
Goethe aus, der so unglücklich als möglich verlief. Goethe fand an
dem Manne, mit dem Schiller keineswegs ohne Grund eine Akquisition gemacht zu haben glaubte, den »philisterhaften Egoismus eines
Exstudenten«, bei dem »doch auch gar nichts allgemeines noch besonderes angeklungen, auch nichts über Reinhold und Fichte, die er
doch beide gehört hat« ... »die Gesichtszüge klein und eng beisammen, kleine schwarze Augen, schwarze Haare nah am Kopf sans-
culottisch abgeschnitten. Aber um die Stirne schmiedete ihm ein
ehernes Band der Vater der Götter« ... »ich fürchte, es ist nicht
viel Freude an ihm zu erleben«.
Nachdem Goethe den vernichtenden Eindruck, den Schmid bei ihm
hinterließ, am 9. August 1797 an Schiller mitgeteilt hatte, antwortete dieser am 17. August: »Ich bin einmal in dem verzweifelten
Fall, daß mir daran liegen muß, ob andere Leute etwas taugen, und
ob etwas aus ihnen werden kann; daher werde ich diese Hölderlin
und Schmidt so spät als möglich aufgeben ... Ich möchte wissen, ob
diese Schmidt, diese Richter, diese Hölderlin absolut und unter allen
Umständen so subjectivisch, so überspannt, so einseitig geblieben
wären, ob es an etwas primitivem liegt, oder ob nur der Mangel
einer ästhetischen Nahrung und Einwirkung von außen und die
Opposition der empirischen Welt in der sie leben gegen ihren idealischen Hang diese unglückliche Wirkung hervorgebracht hat. Ich bin
sehr geneigt das letztere zu glauben, und wenn gleich ein mächtiges
und glückliches Naturell über alles siegt, so däucht mir doch, daß
manches brave Talent auf diese Weise verloren geht.«
Hölderlin selbst sprach am 22. August bei Goethe vor. Der Bericht,
den dieser am nächsten Tag an Schiller sandte, lautete wesentlich
günstiger als im vorher erwähnten Falle: »Gestern ist auch Hölderlin bey mir gewesen; er sieht etwas gedrückt und kränklich aus,
aber er ist wirklich liebenswürdig und mit Bescheidenheit, ja mit
Ängstlichkeit offen. Er ging auf verschiedene Materien, auf eine

18. Oktober 1797; sie entwickelte sich zu einer herzlichen Freundschaft (Christian Waas,
Siegfried Schmid, der Freund Hölderlins, 1774–1859; Hess.-Volksbücher, herausgegeben
von Wilhelm Diehl, Darmstadt 1928).

Weise ein, die Ihre Schule verrieth, manche Hauptideen hatte er sich recht gut zu eigen gemacht, sodaß er manches auch wieder leicht aufnehmen konnte. Ich habe ihm besonders gerathen, kleine Gedichte zu machen und sich zu jedem einen menschlich-interessanten Gegenstand zu wählen. Er schien noch einige Neigung zu den mittleren Zeiten zu haben, in der ich ihn nicht bestärken konnte.«

Diesem Urteil ist durchaus zuzubilligen, daß es aus einem reinen, offenen Blick auf den Menschen entsprang, der sich da für eine halbe Stunde im Haus »Zum Goldenen Brunnen« darstellte. Nur war dieser Mensch eben nicht Hölderlin, sondern bloß das Wenige, was Hölderlin in einer solchen Audienz- und Examensituation von seinem Ich zur Geltung bringen konnte. In der bescheiden-ängstlichen Offenheit, die Goethe an Hölderlin findet, ist leicht die skrupulöse, befangene Redlichkeit wiederzuerkennen, mit der sich Hölderlin in seinen Briefen an Schiller darstellt. Die »Neigung zu den mittleren Zeiten« dürfte mit dem nach dem Hyperion und unter Hegels Einfluß einsetzenden, vertieften Geschichtsdenken Hölderlins zusammenhängen. Denn dieses bereitete sich damals vor, über den bisherigen Einheitsbegriff der Schönheit als der Mitte des verwirklichten Maßes hinauszugreifen zu der größeren Einheit des »Lebens«, unter dessen Bogen sich Maß und Unmaß, Ruhe und Unruhe, Tagzeiten und Nachtzeiten, Antike und neues Abendland zusammenfinden sollten. Auch darf dabei an die Art gedacht werden, wie schon seit Tübingen zwischen Hölderlin und Hegel die mittelalterliche Lebenseinheit unter der Führung der Kirche als eine echte Verwirklichung des Gemeingeistes in Ehren stand (vgl. den Entwurf »Communismus der Geister«). Von dem Rat zu »kleinen Gedichten«, mit dem Goethe Hölderlin entließ, wird nur zu sagen sein, daß er so gut und so schlecht ist, wie ein Ratschlag unter so ungenügenden Voraussetzungen sein konnte. Die Absperrung zwischen Hölderlin und Schiller übertrug sich auch auf das Verhältnis zu Goethe; das olympische Auge ruhte auf dem 27jährigen Dichter mit Wohlwollen, doch gebunden durch seine eigene Optik, die nur eine Beziehung zum Gegenwärtigen und Plastischen gab. Im Austausch zwischen Schiller und Goethe war fortan von Hölderlin nicht mehr die Rede.

Schiller teilte jedenfalls Hölderlin die Annahme des »Wanderers« für die Horen, des »Äthers« für den Almanach mit und begleitete diese Mitteilung mit erneuten freundlichen Ratschlägen in der Richtung der früheren. Er empfing für beides Hölderlins tiefbewegten

Dank (August 1797): »Ihr Brief wird mir unvergeßlich seyn, edler
Mann! Er hat mir ein neues Leben gegeben. Ich fühle tief, wie treffend Sie meine wahrsten Bedürfnisse beurtheilt haben, und ich folge
um so freiwilliger Ihrem Rath, weil ich wirklich schon eine Richtung
nach dem Wege genommen hatte, den Sie mir weisen. Ich betrachte
jetzt die metaphysische Stimmung, wie eine gewisse Jungfräulichkeit
des Geistes, und glaube, daß die Scheue vor dem Stoffe, so unnatürlich sie an sich ist, doch als Lebensperiode sehr natürlich und auf
eine Zeit so zuträglich ist, wie alle Flucht bestimmter Verhältnisse,
weil sie die Kraft in sich zurückhält, weil sie das verschwenderische
jugendliche Leben sparsam macht, so lange, bis sein reifer Überfluß
es treibt, sich in die mannigfaltigen Objecte zu theilen . . . Sie sagen,
ich sollte Ihnen näher seyn, so würden Sie mir sich ganz verständlich machen können; von Ihnen bedeutet mir ein solches Wort so
viel! Aber glauben Sie, daß ich denn doch mir sagen muß, daß Ihre
Nähe mir nicht erlaubt ist. Wirklich, Sie beleben mich zu sehr, wenn
ich um Sie bin. Ich weiß es noch ganz gut, wie Ihre Gegenwart mich
immer entzündete, daß ich den ganzen andern Tag zu keinem Gedanken kommen konnte. So lang ich vor Ihnen war, war mir das
Herz fast zu klein, und wenn ich weg war, konnt' ich es gar nicht
mehr zusammenhalten. Ich bin vor Ihnen, wie eine Pflanze, die man
erst in den Boden gesetzt hat. Man muß sie zudeken um Mittag.
Sie mögen über mich lachen, aber ich spreche die Wahrheit.«


Bis ungefähr zum Zeitpunkte dieses Briefes dauerte ohne Unterbrechung der glückliche Gemütszustand, in welchem Hölderlin seit
Beginn 1796 lebte, getragen von der »Wooge« eines immerfort in
gegenwärtiger Fülle schwellenden Daseins. Das Geheimnis dieses
Glückes hieß Diotima. Den höchsten Ausdruck dieser lebensvollen
Zeit gab Hölderlin in einem Brief an Neuffer, 16. Februar 1797,
der begleitet war von einer Abschrift der Diotima-Hymne und von
der Ankündigung des zu Ostern erscheinenden Hyperion: »Ich
habe eine Welt von Freude umschifft, seit wir uns nicht mehr schrie-
ben. Ich hätte Dir gerne indeß von mir erzählt, wenn ich jemals
stille gestanden wäre und zurükgesehen hätte. Die Wooge trug mich
fort; mein ganzes Wesen war immer zu sehr im Leben, um über
sich nachzudenken. Und noch ist es so! noch bin ich immer glüklich,
wie im ersten Moment. Es ist eine ewige fröhliche, heilige Freundschaft mit einem Wesen, das sich recht in diß arme geist- und

ordnungslose Jahrhundert verirrt hat! Mein Schönheitssinn ist nun
vor Störung sicher. Er orientirt sich ewig an diesem Madonnen-
kopfe. Mein Verstand geht in die Schule bei ihr, und mein uneinig
Gemüth besänftiget, erheitert sich täglich in ihrem genügsamen
Frieden . . . Ich wollte Dir so viel schreiben, bester Neuffer! aber die
armen Momente, die ich habe dazu, sind so sehr wenig, um das Dir
mitzutheilen, was in mir waltet und lebt! Es ist auch immer ein Tod
für unsre stille Seeligkeit, wenn sie zur Sprache werden muß. Ich
gehe lieber so hin in fröhlichem, schönem Frieden, wie ein Kind,
ohne zu überrechnen, was ich habe und bin, denn was ich habe, faßt
ja doch kein Gedanke nicht ganz . . . Gute Nacht, mein Theurer!
›Wen die Götter lieben, dem wird große Freude, großes Laid zu
Theil.‹ Auf dem Bache zu schiffen, ist keine Kunst. Aber wenn
unser Herz und unser Schicksal in den Meersgrund hinab und an
den Himmel hinauf uns wirft, das bildet den Steuermann.«
Die äußere Wirklichkeit fügte dieser Lebensbeschwingung weiteres
hinzu, das förderlich und erfreulich war. Hegel trat Mitte Januar
1797 seine Hauslehrerstelle bei Kaufmann Gogel an, und Hölderlin
begann alsbald die Wohltaten des Austauschs mit ihm zu spüren.
»Hegels Umgang«, sagt der eben angeführte Brief an Neuffer, »ist
sehr wohlthätig für mich. Ich liebe die ruhigen Verstandesmenschen,
weil man sich so gut bei ihnen orientiren kann, wenn man nicht recht
weiß, in welchem Falle man mit sich und der Welt begriffen ist.«
Im April kam endlich der lang beredete und ersehnte Besuch des
Halbbruders Karl in Frankfurt zustande. Er wurde mit stürmischer
Freude von Hölderlin empfangen, von Susette mit aller Gast-
freundlichkeit aufgenommen, mit Hegel und Sinclair bekannt gemacht und in einen Wirbel von philosophischen Gesprächen gerissen, so daß er sich später zu beklagen hatte, seine Person sei dabei
manchmal völlig vergessen worden. Gleich am Tag nach der An-
kunft ging es nach Homburg, tags darauf auf die Taunushöhen
mit ihrem weiten Fernblick über Ströme, Gebirgsstöcke, Städte und
Ebenen. Vor allem wurde Karl aber nach eigener Aussage »Zeuge
des glücklichen Verhältnisses, in welchem Hölderlin damals lebte«.
Durch das Herannahen einer französischen Heeresabteilung wurde
Karl zur vorzeitigen Abreise genötigt.
Daß Neuffer nicht lange darauf in Frankfurt gewesen sei, wie
Schwab meldet, findet im Briefwechsel Hölderlins keine Stütze.
Dagegen wird wohl in diese Zeit das herrliche Gedicht-Fragment
»An Neuffer« fallen. Die wenigen Zeilen, die davon erhalten sind,

haben einen Goldklang von Glück, der in dieser Reinheit selbst bei
Hölderlin selten ist. Die Stimmung des erwähnten Briefes an Neuffer belebt sie ganz und gar. Die dort bezeichnete Verdrängung der
philosophischen Reflexion durch eine gegenwärtige Lebensfülle
kehrt hier wieder in den Zeilen:

> »Freund! ich kenne mich nicht, ich kenne nimmer den Menschen,
>     Und es schämet der Geist aller Gedanken sich nun.
> Fassen wollt' er auch sie, wie er faßt die Dinge der Erde,
>     Aber ein Schwindel ergriff ihn süß, und die ewige Veste
>         Seiner Gedanken stürzt' . . .«

Zur zeitlichen Bestimmung dieses Gedichtes trägt vielleicht ein Satz
bei, der sich in einer Handschrift der »Eichbäume« findet und der
als ein Selbsteinwurf gegenüber dem Inhalt der zitierten Zeilen gelten kann. Dieser Satz sagt in ergänzender Wiedergabe: »O daß der
Gedanken unter den Menschen, der Lebenszeichen keins mir unwert
wäre, daß ich seiner mich schämte, denn alles braucht das Herz, damit es Unaussprechliches nenne.« Man wird daraus schließen können, daß dieses Gedicht an Neuffer in die Zeit der »Eichbäume«
gehört. Zum Inhalt der angeführten Zeilen selbst ist zu sagen, daß
das Wort von dem »Schwindel«, der die Veste des Geistes stürzt,
die Vorstellung von einer im Denken liegenden Hybris mit sich
führt; dies ist für Hölderlins Struktur bedeutend und kann auch als
beziehungsvoll für sein Endgeschick gelesen werden.
Von anderer Seite her bezeugt sich die glückliche, gehaltene Stimmung dieser Monate in einem Briefe Hölderlins an Doktor Ebel,
der von Paris aus Ende 1796 seiner schweren Enttäuschung an der
dortigen republikanischen Wirklichkeit Ausdruck gegeben hatte, mit
der Nutzanwendung: Man solle von nun an dem Vaterlande leben.
Wir sehen Hölderlin in seinem Antwortbriefe vom 10. Januar 1797
in eine Auseinandersetzung mit der chaotisch-widersprüchlichen
Wirrnis eintreten. Aber wir sehen ihn das Haupt zugleich *über* die
Zone der zeitgebundenen Widersprüche erheben und den Blick auf
künftige Verwirklichungen richten, für die das gegenwärtige Chaos
unentbehrlich und geradezu vorbereitend ist. Der Brief kann uns
bezeugen, wie Hölderlin die schwere, ihm gesetzte Aufgabe erkannt
und angegriffen hat, die Aufgabe nämlich, in seine Schau des Ewigen die »Weise« der Zeit und der Geschichte, in seinen Begriff der
Erfüllung (des Ideals) das Wechseln der Momente als notwendig

und zugehörig einzuordnen und so die bei ihm grundgegebene Scheu
vor dem Unerfüllten und Widerständigen, dem Stofflichen und
Transitorischen zu bearbeiten aus dem immer mächtigeren Denken
des Ganzen. Wir sehen hier sich Brücken schlagen zu den späteren
philosophischen Arbeiten der ersten Homburger Zeit; denn diese
sind durchgängig getragen von dem Streben, aus einer Totalanschauung dem einzelnen sein Recht zu geben und von allem einzelnen (wie es sich in der Dichtung als besonderer Ton, Stoff, Gehalt,
in der Geschichte als übergehender Moment voller Realität und
zugleich voller Nichtigkeit darstellt) die Erlösungslinie zu ziehen,
die Linie zur Totalverknüpfung.[1]
Die wichtigsten Stellen an Dr. Ebel lauten: »Es ist herrlich, lieber
Ebel! so getäuscht und so gekränkt zu seyn, wie Sie es sind ... Ich
weiß, es schmerzt unendlich, Abschied zu nehmen, von einer Stelle,
wo man alle Früchte und Blumen der Menschheit in seinen Hoffnungen wieder aufblühen sah. Aber man hat sich selbst, und wenige
Einzelne, und es ist auch schön, in sich selbst und wenigen Einzelnen
eine Welt zu finden. Und was das Allgemeine betrift, so hab' ich
Einen Trost, daß nemlich jede Gährung und Auflösung entweder
zur Vernichtung oder zu neuer Organisation nothwendig führen
muß. Aber Vernichtung giebts nicht, also muß die Jugend der Welt
aus unserer Verwesung wiederkehren. Man kann wohl mit Gewißheit sagen, daß die Welt noch nie so bunt aussah, wie jezt. Sie ist eine
ungeheure Mannigfaltigkeit von Widersprüchen und Kontrasten.
Altes und Neues! Kultur und Rohheit! Bosheit und Leidenschaft!
Egoismus im Schaafpelz, Egoismus in der Wolfshaut! Aberglauben
und Unglauben! Knechtschaft und Despotism! unvernünftige Klugheit! unkluge Vernunft! geistlose Empfindung, empfindungsloser
Geist! Geschichte, Erfahrung, Herkommen ohne Philosophie, Philo-

---

1 Vgl. besonders den Homburger Aufsatz »Das Werden im Vergehen«, der den vaterländischen Umschwung vom besonderen Standpunkte des dichterischen Betrachters entrollt,
vom Standpunkte also der nachschaffenden Erinnerung und des vollkommenen, über
Anfang und Ende verfügenden Bewußtseins. Während im *wirklichen* Vollzug einer solchen Auflösung Anfang, Ende und Mittelwerte unbekannt, und nur von einem »irdischen Feuer« durchwirkt sind, leuchtet die »idealische« Auflösung von einem »himmlischen
Feuer« und geht einen »präcisen, geraden, freien Gang« von Leben zu Leben. Sie ist ein
schöpferischer Akt, der die Liebe und den Geist im ängstlichen Geschehen sichtbar macht.
Dieser Aufsatz huldigt dem Totalbewußtsein, aus dem Hölderlins Hymnen und die
großen Elegien hervorgehen. Er kann selbst als eine Hymne in rational-diskursivem Stoffe
betrachtet werden; er erklärt den Wert, den der Begriff »Erinnerung« für Hölderlin hat
und wirft hintennach ein Licht auf das, was in der verwickelten technischen Konstruktion
der Hyperion-Dichtung beabsichtigt war: das totale Bewußtsein von dem Gotte im blinden Geschehen.

sophie ohne Erfahrung! Energie ohne Grundsätze, Grundsätze
ohne Energie! Strenge ohne Menschlichkeit, Menschlichkeit ohne
Strenge! heuchlerische Gefälligkeit, schaamlose Unverschämtheit!
altkluge Jungen, läppische Männer! – Man könnte die Litanei
von Sonnenaufgang bis um Mitternacht fortsetzen und hätte kaum
ein Tausendtheil des menschlichen Chaos genannt. Aber so soll
es seyn! dieser Charakter des bekannteren Theils des Menschengeschlechts ist gewiß ein Vorbote außerordentlicher Dinge. Ich
glaube an eine künftige Revolution der Gesinnungen und Vorstel-
lungsarten, die alles Bisherige schaamroth machen wird. Und dazu
kann Deutschland vieleicht sehr viel beitragen. Je stiller ein Staat
aufwächst, um so herrlicher wird er, wenn er zur Reife kömmt.
Deutschland ist still, bescheiden, es wird viel gedacht, viel gearbeitet, und große Bewegungen sind in den Herzen der Jugend, ohne
daß sie in Phrasen übergehen, wie sonstwo. Viel Bildung, und noch
unendlich mehr bildsamer Stoff! Gutmütigkeit und Fleiß, Kindheit
des Herzens und Männlichkeit des Geistes sind die Elemente, woraus ein vortreffliches Volk sich bildet. Wo findet man das mehr, als
unter den Deutschen? Freilich hat die infame Nachahmerei viel Unheil unter sie gebracht, aber je philosophischer sie werden, um so
selbständiger.«

Deutlich zeigen sich hier die angeblichen Gegensätze der Zeit als
falsche oder uneigentliche Gegensätze aufgeführt, die im Grunde
nur verschiedene Aspekte des *einen* Zerfalls sind. Ihnen gegenüber
hebt sich der Blick auf das Dritte heraus, das Hölderlins großes
und einziges Anliegen ist: Leben anstelle des gestaltenreichen To-
des. Unverkennbar ist die Beziehung dieser »Litanei« zu wichtigen
Stellen der Strafrede an die Deutschen im zweiten Bande des Hyperion, die sich hiernach, wenn sie überhaupt eines Kommentars bedarf, in ihren Antrieben von selbst erklärt.


Das dichterische Hauptergebnis der Frankfurter Jahre war der
»*Hyperion*«, dessen erster Band zur Ostermesse 1797 bei Cotta
erschien. Die Arbeit an dem Roman wurde sehr bald nach dem Ein-
zug in Frankfurt aufgenommen, und zwar fiel dabei nach dem Zwi-
schenspiel der epischen Ich-Fassungen die Entscheidung endgültig
für die Briefform des Thalia-Fragments.

Schwer und lange hat Hölderlin mit dem Stoffe gerungen, der ja
niemals ein Stoff im Sinne eines objektiven oder fingierten Ganzen

war, sondern eine kaum zu bändigende Weite und Unabgeschlossenheit besaß. Weniger nach außen in die Zeit hinein, als nach innen, in Richtung auf Vertiefung und Ausbau bestand eine Unendlichkeit dieses Stoffes, den die Vorrede umschreibt mit dem Worte: Auflösung der Dissonanzen in einem gewissen Charakter. Das Thalia-Fragment hatte schon mit raschem Schritt den Weg von der friedlosen Zerrissenheit bis zum gläubig-mystischen Versinken im All der *Natur* durchmessen. Dieser Weg ist es, der sich im endgültigen »Hyperion« schließlich nur wiederholt. Aber die Thalia-Fassung hatte dieses Endergebnis bloß in ahnender Vorwegnahme, als Geheimnis und Traum ohne Deutung vortragen können. Die unergründliche Natur war dort eine verschleierte Geliebte geblieben. Der Friedenstrost, der von ihr ausging, hatte kein letztes Genügen geben können. Er hatte die »verwegene Neugier« des Sehen-Wollens nicht zu stillen vermocht, denn er hatte sich noch nicht bewährt vor der scharf andringenden Erkenntnis; er war noch nicht idealistisch durchschaut und noch nicht an den Möglichkeiten eines *handelnden* Verhaltens gemessen worden.

Die Ich-Erzählungen hatten dann, wie wir gesehen haben, manches von dem Fehlenden hinzugefügt. Sie hatten die »Natur« unter den Gesichtspunkt der kritischen Philosophie, den Geist unter den des Fichteschen Idealismus gebracht. Sie hatten das Motiv der neuen Gemeinschaft bewußt aufgenommen und auf die antike Lebenseinheit zurückbezogen. Sie hatten die Gestalt Diotimas mit allgemeiner Bedeutung umkleidet und die »Ewige Schönheit« in einer Weise genannt, die schattenhaft schon an die späteren Identifikationen Schönheit = Ideal = vollendete Menschennatur = reines Sein = Natur heranstreifte.

Der endgültige Hyperion brachte nun darüber hinaus Entscheidendes an Reinigung und Ausbau, entsprechend dem Zuwachs an innerer und äußerer Erfahrung. Die Reinigung betraf vor allem das Verhältnis zur Natur. Der Hyperion ist die Wanderung aus einer zerfallenen Welt in eine neu zusammengeschlossene, deren Einheit unter dem Begriff der gläubig verehrten All-Natur gefaßt war. Die Anfangsbriefe stellen dieses Endergebnis bereits beherrschend heraus und fügen sich so mit den Schlußkapiteln zum Ring. Was dazwischen liegt, ist die Entwicklung des Endergebnisses, in deren Mitte das Auftreten Diotimas als der Bringerin der rettenden Wendung steht. Gegenüber dem Lösungsversuch in den epischen Ichfassungen hat sich die Lösung des endgültigen Hyperion vom Kompro-

miß mit dem Idealismus befreit. Es ist nicht mehr die Rede davon,
daß *wir* der Natur eine Verwandtschaft mit unsrem Geiste *geben*,
sondern *vor* allem Bewußtsein ist das reine, das eigentliche Sein
der Natur vorhanden, und nur aus der gläubigen Beziehung auf
dieses Sein wird unser Denken mit lebensrichtigen Antrieben
und Wertbegriffen gespeist. Der Gegensatz zur idealistischen Anschauung wird so schroff als möglich, ja fast »rächerisch« gefaßt.
Der idealistischen Losung, sich von dem, was uns umgibt, gründlich zu unterscheiden, antwortet die neue Losung: »Eines zu seyn
mit allem, was lebt!« Hatte in Hyperions Jugend die Mahnung
gestanden: »Groß und rein und unbezwinglich sei der Geist des
Menschen in seinen Forderungen, er beuge nie sich der Naturgewalt!« – so wird jetzt gewußt, daß aus bloßer Vernunft nie
Vernünftiges kommen kann, daß die Wissenschaft (die Reflexions-
philosophie) dem Suchenden nur die »reine Freude« des Seins
verdirbt, statt sie ihm zu bestätigen. Endet der Hyperion mit dem
Bekenntnis: »O du, mit deinen Göttern, Natur! Ich hab ihn ausgeträumt, von Menschendingen den Traum und sage, nur du lebst,
und was die Friedenslosen erzwungen, erdacht, es schmilzt, wie
Perlen von Wachs, hinweg von deinen Flammen!« – so ist unter
dem Traum von Menschendingen besonders auch der Traum von
der *stifterischen* Bedeutung menschlicher Wertsetzung, menschlicher
Erkenntnis und menschlichen Handelns verstanden. Die Ableh-
nungsgefühle steigern sich so, daß das Bild entsteht: Vom Baum des
Lebens fallen die Menschen ab wie faule Früchte, und das ist noch
Glück, denn so kehren sie doch wieder heim in des Baumes Wurzel-
bereich.

Im Schlußkapitel von Hyperion I,I wird der Zerfall der ju-
gendlich-einheitlichen Welt geschildert mit Worten, in denen man
Anklänge an den ersten Teil von Fichtes »Bestimmung des Menschen« zu finden glaubt: »O ihr Armen, ... die ihr auch nicht
sprechen mögt von menschlicher Bestimmung, die ihr auch so durch
und durch ergriffen seyd vom Nichts, das über uns waltet, so
gründlich einseht, daß wir geboren werden für Nichts, daß wir lieben ein Nichts, glauben ans Nichts, uns abarbeiten für Nichts, um
mählich überzugehen in's Nichts – was kann ich dafür, daß euch die
Knie brechen, wenn ihr's ernstlich bedenkt? Bin ich doch auch
schon manchmal hingesunken in diesem Gedanken, und habe gerufen, was legst du die Axt mir an die Wurzel, grausamer Geist?
und bin noch da.« Ohne Zweifel hat hier der »grausame Geist«

zu tun mit dem Geiste des zerstörerischen Wissens, der in Fichtes Schrift angeredet wird: »Du bist ein ruchloser Geist: deine Erkenntniß selbst ist Ruchlosigkeit, und stammt aus Ruchlosigkeit, und ich kann es dir nicht danken, daß du mich auf diesen Weg gebracht hast.«

Aber wenn Fichte die kritizistische Weltzerstörung überwindet durch die Bejahung des Triebes zu »absoluter, unabhängiger Selbstthätigkeit«, so geht er einen für Hölderlin ungangbaren Weg. Denn dieser Weg setzt abermals beim Ich an, zwar nicht bei seinem Wissen, doch bei seinem Trieb zum Handeln, beim Willen, beim »Glauben« an eine dem Handlungstrieb angemessene Weltwirklichkeit. Dieses Ich aber samt allem, was in ihm sich findet, ist von Hölderlin in seiner Problematik erfahren. Die kritische Erkenntnis, die den menscheneignen Anteil an Welt und Weltbild vermessen hoch bestimmt, und die Fichtesche Erkenntnis »Zum Handeln bist du da; dein Handeln und allein dein Handeln bestimmt deinen Werth« – beide Wege sind für Hölderlin nicht Wege zur Unschuld des Lebens. Sie führen nicht zur Seinsgewißheit. »Der Gedanke, der die Schmerzen heilen sollte, wird selber krank«, das ist seine tiefe Erfahrung. Was aber das Wollen und Handeln anlangt, so sagt eine Hyperion-Stelle: »Wir sprechen von unsrem Herzen, unserm Planen, als wären sie unser, und es ist doch eine fremde Gewalt, die uns herumwirft und in's Grab legt, wie es ihr gefällt . . . Wir sollen wachsen dahinauf, und dorthinaus die Äste und die Zweige breiten, und Boden und Wetter bringt uns doch, wohin es geht, und wenn der Bliz auf deine Krone fällt, und bis zur Wurzel dich hinunterspaltet, armer Baum! was geht es dich an?«

Der Roman zeigt uns den Helden auf den beiden Wegen, auf dem Weg der »Schulen« und auf dem Weg der Tat, um zu enden: »Ach! wär' ich nie in eure Schulen gegangen« und »O hätt' ich doch nie gehandelt!« Es hieße diese Worte unhölderlinisch verdinglichen, wollte man in ihnen eine doktrinäre Absage an Denken, Wissen und Tat erblicken. Doch gilt es festzuhalten, daß auf der Stufe des Hyperion, also für den Hölderlin in der Mitte seiner zwanziger Jahre, der sich gerade »mit zerrissener Seele« in Susettens Arme gerettet hat, die selige Fülle des Naturseins vornehmlich in ihrer göttlichen Selbstgeltung und in ihrem Gegensatz zu den spezifisch menschlichen Seinsweisen empfunden wird. Alles Recht bei der Natur; alles Unrecht, aller Unfriede und Tod beim Menschen, der Mensch selbst nur in dem Grade lebendig und schön,

als er der Natur verbunden bleibt, in der Weise des Kindes, des
ungestört aufwachsenden Atheners oder der göttlich genügsamen
Diotima. Die Bedürftigkeit des Menschen, die Unbedürftigkeit der
Natur steht im Vordergrund. Die Hingabeseligkeit wallt über, als
gelte es, nach so langen Jahren der Dürre vor allem nun die Beziehung zur unbedingten Lebensfülle und letzten Heimat zu sichern.

Das Handeln Hyperions, seine Teilnahme am griechischen Freiheitskampf gegen die Türken schlägt so fehl wie vorher sein Ringen um Weisheit. Die Soldaten, die unter seinem Kommando für die
Freiheit des Vaterlandes kämpfen, werden nach einem Sieg zu
plündernden Banditen und Mördern; und Hyperion nimmt diese
Erfahrung »unendlich«, als vollkommene Widerlegung jedes Ver-
suchs, um geistige Ziele mit politisch-wirklichen Mitteln zu kämpfen. Ein solcher Kampf steht unter dem Gesetz der Nemesis, der
Rache für die Maßüberschreitung (es sind die Erfahrungen mit der
französischen Revolution, die hier mitsprechen). Als einziger Bereich des erfüllten und ungetrübten Seins bleibt das »einige, ewige,
blühende Leben« des Alls, erfaßt als die unzerstörbare, immerju-
gendliche Schönheit der Welt, in der alle Dissonanzen sich lösen.

Diese Gleichsetzung der frohvollendeten Natur mit dem Ideal der
Schönheit gehört zu den wesentlichen Errungenschaften der Hyperionstufe. Was die Elegie an die Unerkannte als das Ideal der geistigen Welt, was das Thalia-Fragment als die einzig friedebrin-
gende Natur angerufen hatte, was die Elegie Griechenland als die
herrliche Geschlossenheit einer vergangenen Kultur gefeiert hatte,
fand sich zu *einem* Gipfelwert lebendig vereinigt. Dem Gefühl erschien dieser Wert unmittelbar als reine Natur, spontan und wachs-
tümlich, dem ästhetischen Sinn als Schönheit (Harmonie der Teile
und der Kräfte), der strebenden Vernunft als das Eine in sich Unterschiedene, dem religiösen Sinn als eine wahre Welt von Göttermächten, ja als die Eine Gottheit selbst. Das Glück der Kindheit,
die Freude in der Liebe und in der Begeisterung hatten unter diesem Ideal Ort und Heimat, ebenso das Landschaftserlebnis, das bei
Hölderlin frühe schon die Weise einer Verzückung, eines grenzenlosen Hinschmelzens in die Elemente offenbart (vgl. den »seeligen
Tod« im Schlußkapitel des Thalia-Fragments).

Auch Hölderlins Gedanken über die ideale Menschengemeinschaft
finden unter dem Begriff der göttlich-schönen Natur die entscheidende Orientierung. Schon in der Hymne an den Genius Griechenlands
(1790) war die Liebe als gründende Macht der Polis angerufen:

> Im Angesichte der Götter
> Beschloß dein Mund,
> Auf Liebe dein Reich zu gründen.

Liebe war hier im weitesten Sinne genommen: Liebe zwischen Göttern und Menschen, orphische Liebe zwischen Höhe und Abgrund, zwischen dem Menschenherzen und dem ganzen Naturleben, vor allem auch Liebe als Kernkraft der Kunst (»Mäonide! wie du! / So liebte keiner wie du«). Dieser hölderlinische Urgedanke der Liebe lernte in der Hyperionwelt seine gemeinschaftbildende Tragweite erkennen.

Hyperion ist durch Diotimas Liebe unmittelbar zum liebenden Umarmen alles Lebens aufgerufen. Dieses ergreift zunächst die landschaftliche Natur: »Oft kam ich ... von Diotimas Bäumen, wie ein Siegestrunkner, oft mußt' ich eilends weg von ihr, um keinen meiner Gedanken zu verrathen; so tobte die Freude in mir, und der Stolz, der allbegeisternde Glaube, von Diotima geliebt zu seyn. Dann sucht' ich die höchsten Berge mir auf und ihre Lüfte, und wie ein Adler, dem der blutende Fittig geheilt ist, regte mein Geist sich im Freien, und dehnt', als wäre sie sein, über die sichtbare Welt sich aus; wunderbar! es war mir oft, als läuterten sich und schmelzten die Dinge der Erde, wie Gold, in meinem Feuer zusammen, und ein Göttliches würde aus ihnen und mir, so tobte in mir die Freude; und wie ich die Kinder aufhub und an mein schlagendes Herz sie drückte, wie ich die Pflanzen grüßte und die Bäume! Einen Zauber hätt' ich mir wünschen mögen, die scheuen Hirsche und all' die wilden Vögel des Walds, wie ein häuslich Völkchen, um meine freigebigen Hände zu versammeln, so seelig thörigt liebt' ich alles.«

Aber über den Bereich der landschaftlichen Natur greift dieses Umarmen sofort auf die Menschenwelt über. Diotima selbst ist es, die hellsichtig den politischen Grundwillen in Hyperions Lieben erkennt: »Es ist eine bessere Zeit, die suchst du, eine schönere Welt. Nur diese Welt umarmtest du in deinen Freunden, du warst mit ihnen diese Welt.« Diotima ist es auch, die ihm bedeutet, daß es im Grunde doch die Menschheit sei, die er einzig liebe; Diotima ist es, die seinen Geist unmittelbar befähigt, das Werden der alten athenischen Kulturform in nachschaffendem Denken zu erfassen (vgl. das kulturphilosophische Schlußkapitel von Hyperion I). Am tiefsten spricht Hyperion die gemeinschaftstiftende Tragweite der Liebe in dem Wort aus, daß die neue schönere Welt eine »Kopie« von Diotimas Wesen sei: »Könnten wir das schaffen, was du bist!«

Der vorletzte Brief, den Diotima im Roman an Hyperion schreibt,
entwirft ein Bild der neuen Gemeinschaft, wie Diotima es vom Wirken ihres Helden erhoffte: »Nun verließen so leicht sich nicht die
geselligen Menschen; wie der Sand im Sturme der Wildniß irrten
sie untereinander nicht mehr, noch höhnte sich Jugend und Alter,
noch fehlt' ein Gastfreund dem Fremden, und die Vaterlandsge-
nossen sonderten nimmer sich ab und die Liebenden entlaideten alle
sich nimmer; an deinen Quellen, Natur, erfrischten sie sich, ach!
an den heiligen Freuden, die geheimnisvoll aus deiner Tiefe quillen und den Geist erneun, und die Götter erheiterten wieder die
verwelkliche Seele des Menschen; es bewahrten die herzerhaltenden
Götter jedes freundliche Bündniß unter ihnen. Denn du, Hyperion!
hattest deinen Griechen das Auge geheilt, daß sie das Lebendige
sahn, und die in ihnen, wie Feuer im Holze schlief, die Begeisterung
der Natur und ihrer reinen Kinder. Ach! nun nahmen die Menschen die schöne Welt nicht mehr, wie Laien des Künstlers Gedicht,
wenn sie die Worte loben und den Nuzen drin ersehn. Ein zauberisch Beispiel wurdest du, lebendige Natur! den Griechen, und entzündet von der ewigjungen Götterglük war alles Menschenthum,
wie einst, ein Fest; und zu Thaten geleitete, schöner als Kriegsmu-
sik, die jungen Helden Helios' Licht.« Dieses Bild mag uns sagen,
wie Liebe, Natur, Gottheit, Begeisterung, Schönheit auf der Hyperionstufe als Gemeinschaftskräfte gesehen werden, untrennbar
untereinander verknüpft.

Die Erkenntnis dieser Verschwisterung, die geistige Durchdringung
der Gesamtsphäre der waltenden Mächte ist das Kennzeichen der
mit dem Roman einhergehenden Reifung. »Noch ahnd' ich, ohne
zu finden. – Es muß heraus, das große Geheimnis, das mir das Leben giebt oder den Tod«, damit hatte das Thalia-Fragment geschlossen. Aus dem Innern des Hains, aus den Tiefen der Erde und
des Meers hatte ihn damals eine Stimme angerufen: Warum liebst
du, da du im menschlichen Bezirk fremd und ausgestoßen bist, nicht
*mich?* Aber was war es, das da sprach? Er antwortete selbst: Die
unergründliche Natur. Doch verhüllt, undeutbar, eine verschleierte
Geliebte stand sie vor ihm, ähnlich der Isis, dem schauderhaft-stum-
men Rätsel, vor dem der Ägyptier im Staube lag. Mächtige Anziehung, eine Entrückungskraft ohnegleichen ging von ihr aus. Aber er
sah kein Auge unter dem Schleier; seine Erkenntnis fand keine Beziehung zu der stummen Macht. Brachte sie Leben? Brachte sie den Tod?
Im »Hyperion« ist das Geheimnis gelöst zu der Gewißheit: Jene

Stimme ist die Stimme der Natur, und Natur ist die Fülle des Lebens, die ewige Mutter und Erretterin, Natur ist Quelle und Herd
aller Liebe, Natur ist die Wirklichkeit des idealischen Seins, somit
innig eingestimmt zu allem Geist, und sie ist die Schönheit, somit
die Sonne aller Kunst, und sie ist mitten in der Fülle des Geheimnisses die sich verschwenderisch Offenbarende, somit das wahre
Pantheon, in dem sich Gestalt an Gestalt die Götter drängen. Der
»Hyperion« bedeutet Hölderlins ersten großen Durchbruch zu sich
selbst. Er ist eine Heimkehr zu *seiner* Weise des Liebens und Verehrens, des Glaubens und des Leidens; keineswegs eine Überwindung
seiner Problematik, aber Heimkehr zu *seiner* Problematik, zu seiner
Fragestellung, aus der Fremde, in die ihn das Denken der Zeit und
der wertlosblinde Einspruch der nächsten Umgebung verstoßen hatte.
Zu dieser Heimkehr gehört vor allem auch die Wiederherstellung
jenes Elementes, das von Kindheit an, freilich ihm selbst verborgen, seine seelisch-geistige Weltbegegnung bestimmt hatte: seines
*Götterglaubens.*
Um einen Weg zu Hölderlins Götter-Erfahrung zu finden, muß
abgesehen werden von allem, was Bildung oder religionsgeschicht-
liches Wissen zu der Sache anscheinend beizusteuern vermag. Wie
Hölderlins Beziehung zur Antike nicht begründet ist in dem *Wissen* von hellenischer Kultur, sondern in Grundtatsachen seines Lebens und seiner Struktur, die ihn von innen her in eine Schicksalsgemeinschaft mit dem antiken Menschen einsetzt und ihn über Zeiten hinweg zu dessen Waffenbruder und Kriegsgefährten macht –
so leben Hölderlins Götter keineswegs vom Buchwissen um Zeus
und Apollon, sondern sie sind Elemente der ihm eignen Wirklichkeitserfahrung. Sie haben Ideen aufgenommen, aber sie sind nicht
als Verbildlichungen von Ideen entstanden. Daran ändert sich auch
nichts, wenn zum Beispiel die Ode »Natur und Kunst oder Saturn
und Jupiter« deutlich zeigt, daß hier die Götternamen als Namen
für Begriffe stehen; reflektierter, nicht unmittelbarer Mythus. Denn
eben, weil die Götter schon als Wirklichkeiten von Hölderlin erfahren sind, kann der Wissende auch eine reflektierende Haltung zu
ihnen einnehmen, in der Art, wie sie schon in der Philosophie der
Hochantike, erst recht dann im Neuplatonismus bekannt ist. Das
Lebendige geht hier voran, wie überall in Hölderlins Welt; das
verwobene Ganze ist eher als der Teil, der Zusammenhang ist eher
und höher als die besonderen Richtungen.
So haben Hölderlins Götter nichts zu tun mit Phantasiegebilden,

die als Fassungen eines Unendlichkeitserlebnisses auftreten (vgl. Hegels »Eleusis«). Sie sind nichts Uneigentliches, das etwa einem
Eigentlicheren zum Ausdruck zu dienen hat. Nicht an Schillers
Götteranrufungen (die die Götter ausdrücklich als Wesen aus dem
*Fabel*lande entwerten) darf bei Hölderlins Olymp gedacht werden,
und hoch liegt er auch über dem, was das Denken des jungen Schelling zu fassen bekam in der Schrift »Über Mythen, historische Sagen und Philosopheme der ältesten Welt« (1793). Denn da steht
noch überall der Gedanke im Hintergrund, daß die Mythe versinn-
lichte Wahrheit sei. Das »Bild« ist Notbehelf, es ist ein Einstweilen
für den »kindischen Menschen« der Frühzeit, der sich mit seiner
Hilfe die Erscheinungen der Natur oder der Seele zu erklären sucht.
Hölderlin dagegen lebt aus einer Wirklichkeitserfahrung, in deren
Bereich grundsätzlich feststeht, daß das Bild nicht ein Weniger
ist gegenüber der aus ihm abzuziehenden Wahrheit, sondern ein
Mehr. Er weiß, daß im »Gott der Mythe« der große Zusammenhang eigentlicher und unumschriebener gegenwärtig ist als im Gedanken, der ihn niemals völlig erschöpft. Hölderlin hat der falschen
Aufklärung, die sich in seinen Zeitgenossen blindbetastend an den
Mythos heranwagte, die »höhere Aufklärung« entgegenzusetzen,
welche in der antiken Religiosität die »feinern, unendlichern Beziehungen des Lebens« viel eigentlicher und wahrer gefaßt sieht als in
unseren eisernen Begriffen von den verschiedenen sittlichen Pflichten; nämlich gefaßt sieht aus dem Geiste, der die Sphäre dieser Beziehungen beherrscht als ein Geist des unendlicheren Zusammenhangs. »Diesen und nichts anderes meint und muß er (der Mensch)
meinen, wenn er von einer Gottheit redet, und von Herzen und
nicht aus einem dienstbaren Gedächtniß oder aus Profession spricht.
Der Beweis liegt in wenigen Worten. Weder aus sich selbst allein, noch
einzig aus den Gegenständen, die ihn umgeben, kann der Mensch
erfahren, daß mehr als Maschinengang, daß ein Geist, ein Gott ist in
der Welt, aber wohl in einer lebendigeren, über die Nothdurft
erhabnen Beziehung, in der er stehet mit dem, was ihn umgiebt.«
Diese Sätze stehen in einem philosophischen Versuch über die Religion, den Hölderlin wahrscheinlich in der Homburger Zeit niedergeschrieben hat. Er ist eine spät ergehende Rechenschaft über ein
Thema, das ihm aus früher Realerfahrung bekannt war. Es ist jene
Realerfahrung, die wir hier benannt sehen als die lebendigere, über
die rein physische Lebenserfüllung hinausgehende Beziehungsemp-
findung zu dem, was ihn umgibt. Diese ist ihm deutlich als der

Grundstoff aller religiösen »Vorstellungsart«. Religion ist für
Hölderlin, wie das geistige Leben überhaupt, eine *Wiederholung des
wirklichen Lebens,* und es ist die Erkenntnis der genannten Abhandlung, daß diese Wiederholung weder bloß im Gedächtnis, noch
bloß im Gedanken geschehen kann. Hölderlin spricht da mit einer
Klarheit, die das zeitgenössische Denken über Mythologie weit
überwächst, das Grundwesen aller Religion aus: die religiösen Vorstellungen sind das Bekenntnis des menschlichen Bewußtseins zum
wirklichen menschlichen Leben. Sie sind die Annahme und Bejahung des eignen Lebens durch den menschlichen Geist, und diese
Bejahung kann auf keine andere Weise als auf die Weise der Religion total vollzogen werden (Hölderlins Wort für diese Bejahung,
nämlich das Wort »Wiederholung«, drückt den Vorgang mit außerordentlicher Energie aus).
Schließen wir hier gleich einen weiterführenden Gedanken an, der
uns später noch beschäftigen wird. Es ist der Gedanke, daß Lebens-
bejahung durch den menschlichen Geist unausweichlich ein *Akt des
Sprechens* ist. Sie ist *Wort.* Damit ergibt sich, daß das einzige echte
Wort, zu welchem der Mensch fähig und verpflichtet ist, nur in dem
Wort des Bekenntnisses zu seinem eignen Leben gesprochen wird,
also im Worte Gott. Die ungeheure Bedeutung des Sprechens, des
Nennens und Namengebens strahlt auf, die überall in Hölderlins Welt
gefühlt wird als grundlegend für die einsame Größe seiner Dichtung.
Wort ist wiederholtes Leben, Wort ist das Leben noch einmal.
Der »Hyperion« führt nun zum erstenmal dicht an die *Materie*
der Hölderlinischen Göttererfahrung heran. Der Roman nennt
kaum einmal im Ernst die aus der Mythologie bekannten Namen.
Wo er im Ernste spricht, stehen die Worte Sonne, Erde, Äther,
Licht, Luft. Der Roman nimmt deutlich und von vornherein Abstand gegen die Verwendung der griechischen Götternamen, und es
ist leicht einzusehen, daß dies geschieht, weil diese Namen für den
damaligen Hölderlin noch nicht geeignet sind, den Realbestand seiner Göttererfahrung zu bezeichnen. Ja nicht einmal die naturmy-
thischen Anrufungen der Sonne, der Mutter Erde oder der Natur
selbst bieten uns diesen Realkern rein dar. Er enthüllt sich aber mit
voller, unverwechselbarer Körperlichkeit da, wo der Roman von
einfachen, *täglichen Weltbegegnungen* seines Helden berichtet.
Das Zusammentreffen mit Alabanda wird folgendermaßen geschildert: »Wie ein junger Titan schritt der herrliche Fremdling unter
dem Zwergengeschlechte daher, das mit freudiger Scheue an seiner

Schöne sich waidete, seine Höhe maß und seine Stärke, und an dem
glühenden verbrannten Römerkopfe, wie an verbotner Frucht mit
verstohlnem Blike sich labte, und es war jedesmal ein herrlicher
Moment, wann das Auge dieses Menschen, für dessen Blik der freie
Äther zu enge schien, so mit abgelegtem Stolze sucht' und strebte,
bis es sich in meinem Auge fühlte und wir erröthend uns einander
nachsahn und vorüber giengen.« In dieser Schilderung tritt das,
was wir an früherer Stelle den eingeborenen Polytheismus Hölderlins genannt haben, klar hervor. Die Schilderung stattet das Men-
schenbild, das ihr Gegenstand ist, mit einer Eigenmacht aus, mit
einer drangvollen, eigenständigen Lebensüppigkeit, die es zu einer
dämonischen oder besser: numinosen Erscheinung erhebt. Die Gestalt Alabandas wird geltend mit einem Gewicht, das sie von den
Lebensgebilden ringsum abhebt wie das Originelle vom Abgeleiteten. In ihr ist das Leben nicht nur verdichteter zugegen als in den
andern, sondern vor allem unabhängiger und mehr in eigner Verantwortung stehend. Eine seinsmäßige Auszeichnung und Sonder-
stellung wird in ihr sichtbar, nicht nur eine Steigerung der an die
Menschheit ausgeteilten allgemeinen Qualitäten. Die hinzutreten-
den Züge der Schilderung, die freudige Scheu des Zwergengeschlechts, das Labung und Weide seines kargen Daseins mit ver-
stohlenen Blicken von einem Wesen bezieht, welches ihm verbotene
Frucht ist – diese Züge unterstreichen das Fremdartige und das
grundsätzlich Erhöhte der Erscheinung. Kurz, es ist das Bild eines
Halbgottes, welches Hölderlin hier zeichnet. Und gerade, weil es
nur ein Mensch ist, der hier beschrieben wird, hebt sich das Vergötternde, das Polytheistische dieser Schau heraus.

Sehr wichtig ist es, zu erfassen, daß diese vergötternde Schau in tief-
geheimer Beziehung gebunden ist an das Vorhandensein der Strekken des Mangels, ja an das Vorhandensein des Mangels im Schauenden selbst. Die verlangende Scheu des »Zwergengeschlechts«, das
sich verstohlen an den Kräften des Halbgottes nährt, ist demjeni-
gen, der hier den erkennenden Blick auf den Halbgott tut, bekannt.
Er teilt nicht den Neid der Dürftigen, aber er teilt ihre Dürftigkeit,
und es ist, als könne die herrliche Eigenmacht des Halbgottes die erregende Plastik nur gewinnen von einer Leere im Schauenden aus.
Wie das vertraute Licht des Tages nur den blendet, der aus langem
Dunkel kommt, so kann eine Gestalt des erfüllten Lebens diese be-
stürzende, bedrängende Plastik nur gewinnen, wo erfülltes Leben
*nicht* vorausgesetzt ist. In Hölderlins Göttersichtigkeit wirkt die

Unvollzogenheit seiner Person zusammen mit seinem großen Bild oder Wissen von eben der Lebensfülle, die ihm nicht als gesicherte Gabe beschieden war. Er kennt die schreckliche Bedürftigkeit der »ärmlichen Geschöpfe«, das fade Nichts, die Dürre, die Verödung, die Totenruhe und die Todesangst, das Veralten und Vereisen, und zugleich ist er ermächtigt zu dem Gefühl, das die Hymne später ausspricht: »Halbgötter denk' ich jetzt, und kennen muß ich die Theuern, weil oft ihr Leben so die sehnende Brust mir beweget.« Wie Alabanda als Halbgott von Hyperion erschaut ist, so wird im Roman die Wirkung der *Natur* durchgängig als plastischer Akt der Belebung erfahren. Hyperion und Alabanda fahren übers Meer nach Chios, und zur Bezeichnung der beschwingten Stimmung, die der heitere Tag bringt, wird der Ausdruck gewählt: »Mit freudigem Staunen sah einer den andern, ohne ein Wort zu sprechen, aber das Auge sagte, so hab' ich dich nie gesehen! So verherrlicht waren wir von den Kräften der Erde und des Himmels.« Hier meldet sich, mitten im Erlebnis selbst, die vergötternde Schau zum Wort. Es sind gestalthafte Kräfte, die erfahren werden; nicht Kräfte, wie sie der Physiker oder der Physiologe kennt, sondern Kräfte, wie sie der gläubige Dank des Herzens kennt. Ihre Wirkung ist nicht Behagen oder Wohlgefühl, sondern Verherrlichung, das heißt Beschwingung zu einer göttlichen Stufe des Lebensgefühls.

Spricht Hyperion von anderen Naturerscheinungen, so sagt er: »Zuweilen, wenn ein Gewitter über mir hinzieht, und seine göttlichen Kräfte unter die Wälder austheilt und die Saaten ...« oder: »Dem Einflusse des Meeres und der Luft widerstrebt der finstere Sinn umsonst« oder: »O Schwester des Geistes, der feurigmächtig in uns waltet und lebt, heilige Luft! wie schön ist's, daß du, wohin ich wandere, mich geleitest, Allgegenwärtige, Unsterbliche!« Wir werden hier wieder an Hölderlins Ätherverehrung erinnert, an seine besondere Ansprechbarkeit für Luft und Lufthauch, die sich im Roman durch Beiwörter wie Göttliche, die Mütterliche u. a. häufig bekundet; der Hauptabschnitt des Gedichtes »An den Äther« liegt im zweiten Briefe von Hyp. I, 2 in genau entsprechender Paraphrase vor. Selbst in der Stille wird das andere Element gespürt, das mehr als Ding oder Zustand ist: »Hohe geistige Stille umfieng uns«, sagt Hyperion von einer Nachtstunde und deutet damit auf das Numen, das feierlich im Schweigen der Natur gegenwärtig ist, zugleich auf das Geistige im Menschen, welches da die Augen aufschlägt.

So sieht man Hölderlins Aussagen von den Göttern zu allererst begründet in der *Plastik seines Erlebens*, welche ihm Kraft um Kraft abgegrenzt vor Augen stellt und welche das »Belebende« überhaupt scharf umrissen erblickt auf einem schwarzen kosmischen Hintergrund, als ewige, nicht auszustaunende Überraschung. Zugleich wird als Voraussetzung dieser Erlebnisplastik der Mangel in Hölderlins Struktur sichtbar, nämlich die Unfestigkeit seines Ichs. Diese ist gleichbedeutend mit dem Mangel an *kontinuierlicher* Belebtheit. Sie läßt ihn nur von Akt zu Akt das Belebende erfahren, sie ermöglicht ihm nur ein Lebendigsein von Stunde zu Stunde, von Gipfel zu Gipfel. Das Leben steht in ihm nicht auf einer Gewähr, die ihm Dauer und Gewißheit verleiht, sondern es geht ungesichert vom guten zum bösen Augenblick. Es verwirklicht sich jeweils als »Stimmung«, es verändert sich beinahe in der Weise der meteorologischen Erscheinungen. Wohl ist der einzelne Belebungsaugenblick mit einem wunderbaren Nachdruck ausgestattet, der im Roman mehrfach als zauberisch bezeichnet wird. Aber dieser Nachdruck ist gleichsam die Entsprechung zum Mangel der Kontinuität und Gewißheit.

Daher muß man die Echtheit und die Deutlichkeit der Hölderlinischen Göttererfahrung sehen lernen in ihrem Zusammenhang mit der witterungsähnlichen Störbarkeit und Flüchtigkeit seiner Götteraugenblicke, mit seiner Abhängigkeit von der Jahreszeit, von vorüberhuschenden Mienen der Menschen und anderen Schickungen, die alle das Merkmal der Unbeherrschbarkeit an sich tragen. Diese Abhängigkeit, die der Roman und selbstverständlich auch die Briefe Hölderlins vielfach hervorheben, bezeichnet zugleich die nie zu schließende Einbruchstelle des *Schicksals* in diese Welt. Sie bezeichnet den Punkt, wo die gütige, mütterliche Natur sich unvermeidlich dem Menschen gegenüber als die dunkle, undurchdringliche Macht erweist, welcher das Ich wehrlos ausgeliefert ist.

So hat die echte und vollkommen plastische Göttererfahrung Hölderlins ihre Entsprechung in der ebenso plastischen Schicksalserfahrung. Von ihr spricht Hyperions Schicksalslied, von ihr sprechen alle Wendungen des Romans, die das Thema abwandeln: »Beständigkeit haben die Sterne gewählt . . . Wir stellen im *Wechsel* das Vollendete dar.« Der Mensch erlangt in der Göttersphäre als höchstes Bewußtsein ein Bewußtsein von seiner tragischen Unterworfenheit unter eine unerkennbar willkürliche Gewalt. Von ihr bilden Natur und Schicksal zwei verschiedene Aspekte, und gegen sie ist ein Ausdauern des Menschen in seiner Menschenform nur als ein heroisches Dennoch! möglich.

Daher ist mit der göttererfüllten Natur und Schicksalswelt notwendig das *Heldentum* verbunden, die Möglichkeit einer letzten Tapferkeit und der echten Tragödie. Heldentum und Tragödie haben zur Grundlage den unausgetragenen und daher stets von neuem auszutragenden Konflikt zwischen der Welterfahrung des unvollzogenen Bewußtseins und der sie überwachenden Wirklichkeit des Menschen. Das heroische Dennoch! hat ein unveräußerliches Recht; es ist der Appell an die Waffe gegenüber der listigen oder heiligen Überredung zum Tod, die auf den Menschen der frommen Seele und des unvollzogenen Bewußtseins von überallher eindringt. Hölderlin spürt die Heldenkräfte nicht nur im Gemüt des Menschen; der Roman spricht auch vom »heldenmüthigen Sonnenlicht«, weil das Licht ein Dennoch! ist gegenüber der Nacht, welche überall den Hintergrund und die Voraussetzung der Hyperionwelt bildet.

Aber das in dieser Hyperionwelt mögliche Heldentum führt das schreckliche Merkmal mit sich, daß es in seiner Wendung gegen die Götter, wie wir schon sagten, legitim ist. Die griechische Tragödie, sofern sie gegen Götter und Schicksal eine Möglichkeit menschlichen Lebens ermittelt, ist wohl die höchste Erfüllung, zugleich aber auch die vollkommenste Bloßstellung der antiken Welt. In ihrer Mitte steht, wie ein blindes Auge in einem schönen Antlitz, dasselbe grauenhafte Vakuum, welches den Mittelpunkt der sophokleischen Antigone bildet als die Chorstrophe:

> Zu ehren ist von Gottesfurcht
> Etwas. Macht aber, wo es die gilt,
> Die weichet nicht. Dich hat verderbt
> Das zornige Selbsterkennen.

Mitten in einem von Göttergestalten strahlenden Pantheon der gottverlassene Mensch!

Wir gehen noch einmal auf den Punkt der Hölderlinischen Göttererfahrung, wie sie im »Hyperion« sich darstellt, zurück. Hölderlin muß die jeweilige Belebung durch Naturmächte mit dem Wert der Totalerfüllung ausstatten, er muß sie vergöttern, weil die geschöpfliche Verdichtung seine erste Lebensaufgabe ist. Die Verwirklichung nach dem Muster des echten Naturwesens (»Heilige Pflanzenwelt!«) oder anders gesagt: die Überwindung der inneren Spaltung muß ihm das Erste und das Höchste sein. Alles was ihm Verdichtung verheißt, muß er mit endgültigem Dank empfangen; denn so entspricht es seiner persönlichen Lage, so auch dem Zeit-

208

problem, welches darin bestand, daß nach der Hybris des abgelösten Bewußtseins (Kant, Fichte, Idealismus) nun überhaupt einmal wieder die geistige Verbindung mit dem Vitalbereich aufgenommen werde. Die Gefahr Hölderlins ist gleich der Gefahr der Zeit: Aushöhlung des Bewußtseins durch die Verleugnung der Natur. In Hölderlins Vergötterung der Lebens- und Naturmächte geschieht somit ein gewaltiger Fortschritt gegenüber der vorherigen Verfeindung; es geschieht ein Ansatz zu einer Wiederherstellung des vollen Lebens.

Der Ansatz ist so kühn, daß die größten Zeitgenossen seinen Sinn nicht erblicken. Selbst Goethe und Schiller, selbst Herder und die Stiftsfreunde Hegel und Schelling können nicht gewahren, nach welcher Vernunft Hölderlin zum Verkünder und dann zum Opfer der neuen Götter-Einkehr wird. Denn diese Vernunft lag tief geborgen in der »Schönheit« der Hölderlinschen Dichtung, und vor sie stellte sich als undurchdringliche Mauer etwas Offensichtliches an *Versagen:* die Hyperionwelt zeigt jenen Ansatz nicht geglückt, sie zeigt das gefährdete Ich nicht endgültig gerettet. Die Unvollzogenheit des Ichs und damit die Unvollzogenheit des totalen menschlichen Bewußtseins besteht fort, obwohl das ungesicherte Ich die weite, lebensreiche Natur, Himmel, Erde und Licht zu Bundesgenossen gewonnen hat. *Seine* Sicherung glaubte das ungesicherte Ich durch diesen anscheinend allgewaltigen Bund zu erringen; aber es zeigt sich, daß es nur Genossen seiner eignen Problematik gewann. Durch die wunderbare Liebesverbindung mit der Natur erhält diese Problematik ihre echte Weite und Tiefe; Möglichkeiten eines Glückes kommen mit ihr einher, die die wirkliche Erfüllung zu sein *scheinen* und unschätzbar *sind*, weil sie dem Dichter inmitten des Todesfeldes den Raum und die Zeit aussparen für seinen unvergleichlichen Gesang. Aber gegen das Schwinden und Verfallen ist in dieser Götterwelt kein Damm gesetzt.

Der »Hyperion« spricht in zahllosen Bildern aus, daß das götterverbündete Leben mit allen Schwerkräften zum Tode gezogen ist. Die Asyle, die ihm ein Bleiben zu versprechen scheinen (heißen sie nun Weisheit oder Idylle oder Eremitentum oder Tat), gleichen nur den Klippen, über die das Wasser zur Tiefe abstürzt. »Meine Seele wallt mir über von selbst und hält im alten Kreise nicht mehr«, sagt Alabanda im Roman und gibt damit ein inniges Bild dafür, daß ein eigenes Überschäumen gerade der *frommen* Seele hier aus dem irdischen Dasein herausführt. Die Frömmigkeit zu den

Göttern, zu Natur und Schicksal enthält nichts, was das Ich befestigt oder die Seele »faßt«; sie ist im Gegenteil die letzte, entschiedenste Verlockung zum Verfließen. Sie verwirklicht wohl die Seele, aber nur zur Möglichkeit eines echten Untergangs. »Meine Zeit ist aus«, sagt Alabanda, »und was mir übrig bleibt, ist nur ein edles Ende.« Gleichen Sinn hat es, wenn Diotima an Hyperion schreibt: »Oder ist mir meine Seele zu reif geworden in all den Begeisterungen unserer Liebe und hält sie darum mir nun, wie ein übermüthiger Jüngling, in der bescheidenen Heimath nicht mehr? sprich! war es meines Herzens Üppigkeit, die mich entzweite mit dem sterblichen Leben? ist die Natur in mir durch dich, du Herrlicher! zu stolz geworden, um sichs länger gefallen zu lassen auf diesem mittelmäßigen Sterne?«

Es ist bedeutsam, daß hier die Natur als Todesprinzip erscheint – eben die mütterliche, lebensüberreiche, göttliche Natur, die alles Sein ernährt. Der Frömmigkeit Hölderlins erschließt sich schon hier, was er später die »Untreue des Gottes« genannt hat, die dionysische Zweideutigkeit, Doppelzüngigkeit der Naturgottheiten, wie sie dem Abendlande nachmals durch die Forschungen J. J. Bachofens so denkwürdig zu Bewußtsein gebracht worden ist. Die Natur ist das Leben, und im selben Zuge ist sie – für den Menschen – der Tod. Denn sie weiß nichts vom Ich. Sie ist Feuer, und die Menschenseele, die von ihr ergriffen wird, erfährt dies als ein Aufflammen, als ein Entzündetwerden und Brennen (die Symbolik des Feuers ist bei Hölderlin fast ebenso reich entwickelt wie die des Wassers und steht im Dienste derselben Gedanken). Aber von der Natur her gibt es keinen Unterschied zwischen Brennen und Verbrennen. »Hast du sie fliegen gelehrt, warum lehrst du meine Seele nicht auch, dir wiederzukehren? Hast du das ätherliebende Feuer angezündet, warum hütetest du mir es nicht?« fragt Diotima ihren Helden.

Dies ist die entscheidende Frage an die Hyperionwelt; die Frage, ob sie die vestalischen Kräfte enthalte, die *im Ernst* die heilige Verzehrungsmacht des Feuers *hüten*, als echte Kräfte der Keuschheit, der Bescheidung, der Grenzsetzung und des Maßes. Auf diese Frage weiß Hyperion keine Antwort. Denn in seiner Welt gibt es eine solche Antwort nicht. Es gibt in ihr transitorische Zwischenlösungen, aber keine Entscheidungen. Es gibt in ihr wechselnde Zustände der Seele, aber kein völlig realisiertes Ich. Es gibt in ihr *Stimmungen*, aber keine echten Einweisungen für die Seele und keine wahren Widerstände gegen das uferlose Ausströmen des Ichs. Die Stimmungen der göttlich-verzehrenden Ergreifung, die Stimmungen der göttlich-bewahrenden Bescheidung – sie alle sind heilig und können, wie der Roman zeigt, jeweils mit heiligen Sophismen verteidigt werden. Aber mitten in ihrer Heiligkeit sind diese Stimmungen *ohne Ernst*. Mit göttlich-großartiger Leichtfertigkeit wirft sich der Mensch zwischen ihnen umher, wofür Hyperion die erstaunliche Formel findet: »Ich weiß es wohl, wer leicht sich mit der Welt entzweit, versöhnt auch leichter sich mit ihr.« Denn die Entzweiung wie die Versöhnung mit der Welt haben überall da nur den Wert von Stimmungen, wo das Ich nicht realisiert ist und infolgedessen nur mit Göttern um sein Leben handelt. Sie schenken das Leben immer nur als Rausch, als Hingerissenheit, als ein Dahingetragenwerden von der schwellenden Woge.

Von dieser Seite her zeigt die Hyperionwelt noch letzte Zusammenhänge mit der Welt der Tübinger Hymnen. Wie dort, so wird auch in der Hyperionwelt rauschhaft gelebt. Es wird besinnungslos vorübergelebt an der Wirklichkeit der geheimen Not und Gefahr.

Der Roman schließt mit einer trunkenen Selbstüberantwortung an die Natur, unter ausdrücklicher Ausklammerung alles dessen, was in bestimmterem Sinne Menschentum ist. Das bedeutet aber, daß die Frage nach der »ewig einigen Welt«, womit der Jüngling Hyperion begonnen hatte, am Ende ernster, verknüpfter und beladener wieder dasteht. Das wunderbare Bündnis mit der Natur ist gewonnen, der Weg zur »Begeisterung« ist freigelegt. »Aber ein Moment des Besinnens wirft mich herab. Ich denke nach und finde mich, wie ich zuvor war, allein, mit allen Schmerzen der Sterblichkeit, und meines Herzens Asyl, die ewig einige Welt, ist hin; die Natur verschließt die Arme, und ich stehe, wie ein Fremdling, vor ihr, und verstehe sie nicht.« Dies schreibt Hölderlin ganz am Anfang des Romans, im zweiten Briefe des ersten Buches. Aber nach der struktiven Anlage des Ganzen muß es als geschrieben gelten *nach* dem pantheistischen Beseligungserlebnis, welches der Romanschluß schildert. Einerlei, ob Hölderlin dies bedacht hat oder nicht[1], das Dauer-

---

1 Der Konstruktionsplan des Hyperion mit seinem Ineinanderschieben verschiedener Arten von Vergangenheit und Gegenwart zeigt hier wie vielerorts seine Schwierigkeiten, die ein rationales Durchdenken des Gesamtplans fast unmöglich machen. Das einzige echte Geschehen innerhalb der Brieffolge besteht in einer Ortsveränderung des Briefschreibers; die Briefe von I, 1 sind auf dem korinthischen Isthmus geschrieben, die von I, 2 und alle übrigen auf Salamis. Mit dieser Übersiedlung nach Salamis ist auch eine neue geistige Verarbeitung der ganzen früheren Erlebnismasse verbunden. Die zeitliche Schichtung der

lose dieser Naturbeseligung ist im Wesen des Erlebnisses selbst gegeben.

Vom Sommer 1797 an begannen Schatten auf Hölderlins Leben im Gontardschen Hause zu fallen. Im April hatte er der Schwester geschrieben: »Nächste Woche ziehn wir wahrscheinlich in ein Landhaus bei der Stadt, das Herr Gontard gemiethet hat. Das Haus selbst ist treflich gemacht, und man wohnt mitten im Grünen, im Garten unter Wiesen, hat Kastanienbäume um sich herum und Pappeln, und reiche Obstgärten und die herrliche Aussicht aufs Gebirg.« Hatte die Vorfreude auf diesen Umzug (es handelte sich um ein Anwesen des Herrn v. Bassompierre in Oberrad) hier noch sein Gemüt beschwingt, so klang in einem Brief an Neuffer vom 10. Juli ein andrer Ton auf: »Ich möchte bei Dir sitzen, und erst an Deiner Treue wieder recht erwarmen – dann sollt' es wohl von Herzen gehn! – O Freund! ich schweige und schweige, und so häuft sich eine Last auf mir, die mich am Ende fast erdrüken, die wenigstens den Sinn unwiderstehlich mir verfinstern muß. Und das eben ist mein Unheil, daß mein Auge nimmer klar ist, wie sonst. Ich will es Dir gestehn, daß ich glaube, ich sei besonnener gewesen als jetzt, habe richtiger als jetzt geurtheilt von andern und mir in meinem zweiundzwanzigsten Jahre, da ich noch mit Dir lebte, guter Neuffer! O! gieb mir meine Jugend wieder! Ich bin zerrissen von Liebe und Haß!«

Was war vorgegangen? Daß die Grundlage von Hölderlins Glück, die Beziehung zu Susette Gontard, von Anfang an bedroht war, liegt auf der Hand; ebenso, daß diese Bedrohung sich verschärfen mußte im selben Grade, wie das Einverständnis der Seelen, zumal nach der monatelangen gemeinsamen Sommerreise, zu seinen merklicheren Zeichen kam. Hölderlins Briefe aber, zumal auch die späteren Rückblicke auf diese Zeit, reden nicht von einer Eifersucht des

verschiedenen Verarbeitungsstufen wäre also die: 1. das Beseligungserlebnis in der deutschen Frühlingslandschaft, wie es der Romanschluß schildert; 2. die schwankende Seelenverfassung nach der Rückkehr aus Deutschland in die griechische Heimat (Isthmus von Korinth), gekennzeichnet durch häufige Rückfälle in die alte Friedlosigkeit; 3. die neue Seelenstille auf Salamis, ein abermaliges Einschwingen in das Gefühl ewiger Lebensgewähr, das somit an die zeitlich voraufgegangene Seelenverfassung des Romanschlusses wieder anknüpft, ohne Merkmale einer neuen, tieferen Sicherung (Brief 1, 2, 3 von I, 2). Aber es ist wohl müßig, dieser Reihenfolge der Schichtungen weiter nachzugehen. Hölderlin hat sie offensichtlich nicht streng ins Bewußtsein genommen, weil ihm entscheidend nur an der Allgegenwart des über alles »Einst« total verfügenden Bewußtseins gelegen war.

Gatten. Sie stellen drei andre Punkte als das eigentlich Quälende
heraus; die fortwährenden »Demütigungen«, denen er sich ausgesetzt sah; die zerstreuende Unrast seines Frankfurter Daseins, die
seine Arbeit und seinen »Karakter« störte; und die ihm feindliche,
unverständliche Menschenart des Frankfurter Bürgertums.

Die Demütigungen ergaben sich aus dem unvereinbaren Gegensatz
zwischen der Wertwelt Hölderlins und jener andern Welt, die ihm
in Jakob Gontard entgegentrat. Dieser Gegensatz verschärfte sich
in der Auswirkung durch Susettens Parteinahme für den Hofmeister. Eben weil es zwischen beiden nicht um ein Verhältnis der blinden Leidenschaft ging, sondern um den gemeinsamen Besitz einer
höheren Welt, in welcher der bezahlte Hauslehrer königliche und
priesterliche Würden trug, mußten viele Gespräche im Hause an den
Gegensatz heranführen. Eine unerlaubte Intimität hätte sich verstecken lassen. Diese höhere geistige Welt ließ sich nicht verstecken.
Sie mußte in jedem Urteil über Tagesdinge, Menschen und Ereignisse aufleuchten. Sie mußte hervortreten im hochgespannten Seelentum des Hauslehrers und in den Ansprüchen, die er unbewußt
erhob – ein Ärgernis angesichts der offenbaren Fragwürdigkeit im
bürgerlichen Sinne, welche der Erscheinung dieses jungen Mannes
anhaftete, wenn dieser auch ein Schützling Schillers war und von
Goethe empfangen wurde. Jakob Gontard brauchte kein bösartiger
Mensch, er brauchte nur nüchterner Geschäftsmann und Frankfurter
Kind zu sein, um hier ständig zum Widerspruch gereizt zu werden.

Hölderlin geriet so in eine Lage, wo sich, wie er der Mutter im November 1797 schrieb, »immer zwei Parthieen für und gegen mich
bilden, wovon die eine fast mich übermüthig, und die andre sehr oft
niedergeschlagen, trüb und manchmal etwas bitter macht. Das war
die ganzen zwei Jahre über mein beständiges Schicksaal, und mußt'
es seyn, und ich sah es in den ersten Monathen unwidersprechlich
voraus. Das Beste wäre freilich gewesen, sich still und in Entfernung und mit beiden Theilen die Beziehungen so allgemein, als
möglich, zu erhalten. Aber diß geht wohl an, wenn einer sein eignes Haus und keine besonderen Verhältnisse hat, wo man oft in
häufige Beziehungen gerathen *muß*.« Er fand »Kälte und geheime
Unterjochungssucht«, welche ihn »bei aller Vorsicht, deren ich fähig bin, doch immer überspannt und zu unmäßiger Anstrengung
und Bewegung meines inneren Lebens aufreizt« (Brief an den Bruder 2. Nov. 1797). Die spätere Rechenschaft der Mutter gegenüber
(Brief vom 10. Okt. 1798) sagt weiter: »Der unhöfliche Stolz, die

geflissentliche tägliche Herabwürdigung aller Wissenschaft und aller Bildung, die *Äußerungen*, daß die Hofmeister auch Bedienten wären, daß sie nichts besonderes für sich fordern könnten, weil man sie für das *bezahlte*, was sie thäten u.s.w. und manches andre, was man mir, weils eben Ton in Frankfurt ist, so hinwarf – das kränkte mich, so sehr ich suchte, mich darüber wegzusezen, doch immer mehr.«

Als eine Qual sehr ernster Art kam die äußere Unruhe seines Frankfurter Daseins zu diesen Kränkungen hinzu. Wenn er über die »mannigfaltigen Zerstreuungen« klagt, denen er durch sein Verhältnis ausgesetzt sei, wenn er unwirsch und gepeinigt der Mutter berichtet: »Dieses ganze Jahr haben wir beständig Besuche, Feste und Gott weiß! was alles gehabt, wo dann freilich meine Wenigkeit immer am schlimmsten wegkommt, weil der Hofmeister besonders in Frankfurt überall das fünfte Rad am Wagen ist und doch der Schiklichkeit wegen muß dabei seyn« – so sind dies nicht Klagen über eine Unbequemlichkeit, sondern über eine tiefgehende Lebensstörung und Lebensanfeindung. Die äußeren Ablenkungen waren für Hölderlin stets schwer zu ertragen, weil seiner Art das Verweilen, das gründliche Ausschöpfen entsprach. Er arbeitete alle seelischen Gegebenheiten *langsam* auf, er mußte sich verlieren und vergrübeln können, um sich einem Problem gegenüber zu behaupten.[1] Er haftete an Stimmungen. Er war auf vollen Einsatz verwiesen, mußte alles ernst nehmen, mußte alle Regungen voll ausschwingen lassen und konnte keine Provisorien hinstellen. Eine äußere Unruhe, die ihn zwang, über Unerledigtes hinwegzuleben, bedrohte ihn in einem viel tieferen Bereich als dem des Nervensystems. Sie bedrohte ihn in seiner Persönlichkeit, in seiner Ichgestalt. Dies ist es, was er meint, wenn er spricht von den »Augenbliken, wo ich fühlte, in den mannigfaltigen Zerstreuungen, denen ich durch mein Verhältnis ausgesezt bin, sei es fast unmöglich, meinen Karakter zu retten, und meine besseren Kräfte«. Nur von diesem tiefsten Anliegen her ist sein in der Frankfurter Zeit oft ausgesprochenes Sehnen nach »Ruhe« zu verstehen. Es ist das Bedürfnis nach Seinsruhe, nach Erhaltung und Wiederherstellung seines von hintergründigen Gewalten übermächtig beanspruchten Ichs; es ist geradezu ein Kampf um das Bewußtsein, zugleich ein Kampf gegen das, was als das Sinnenlose, das Herz- und Seellose von Jugend an ihm feindlich war.

[1] Brief an die Mutter, April 1799.

Von hier aus mußte ihm das gesellschaftliche Treiben und die Menschenart, die es trug und die ihn in Frankfurt dicht umgab, als das lärmende, prahlende Nichts schlechthin erscheinen. Bezeichnenderweise richtete er seine sprechendsten Schilderungen dieser Menschenart an Bruder und Schwester, weil sie in ihrem schlichten Lebenskreise am weitesten von ihr entfernt waren. Der Schwester schrieb er um Ostern 1798: »Hier z. B. siehst Du, wenig ächte Menschen ausgenommen, lauter ungeheure Karikaturen. Bei den meisten wirkt ihr Reichtum, wie bei den Bauern neuer Wein; denn gerad so läppisch, schwindlich grob und übermüthig sind sie.« Und später wieder, am 4. Juli 1798: »Du bist glüklich, und würdest es noch viel mehr fühlen, wenn Du sähest, wie die Prunkwelt freudelos und trostlos ist, nicht nur für unser einen, sondern auch für solche, die drinn leben und viel daraus zu machen scheinen, indeß geheimer Unmuth, den sie selbst nicht recht verstehen, ihnen an der Seele nagt. Je mehr Rosse der Mensch sich vorausspannt, je mehr der Zimmer sind, in die er sich verschließt, je mehr der Diener sind, die ihn umgeben, je mehr er sich in Gold und Silber stekt, um so tiefer hat er sich ein Grab gegraben, wo er lebendig todt liegt, daß die andern ihn nicht mehr vernehmen und er die andern nicht, troz all des Lärms, den er und andre machen.« Später, in der erwähnten Rechenschaft an die Mutter, spricht er zwar erklärend davon, wie sehr »die reichen Kaufleute in Frankfurt durch die jezigen Zeitumstände erbittert sind, und wie sie jeden, der von ihnen abhängt, diese Erbitterungen entgelten lassen«. Aber dies sagt er mehr zu seiner als zu Gontards Entschuldigung, und den eigentlichen Ausdruck seines Empfindens gegen die Frankfurter Umgebung gibt er in Äußerungen wie der zum Bruder (2. Nov. 1797): »Wer vermag sein Herz in einer schönen Gränze zu halten, wenn die Welt auf ihn mit Fäusten einschlägt? Je angefochtener wir sind vom Nichts, das, wie ein Abgrund, um uns her uns angähnt, oder auch vom tausendfachen Etwas der Gesellschaft und der Thätigkeit der Menschen, das gestaltlos, seel- und lieblos uns verfolgt, zerstreut, um so leidenschaftlicher und heftiger und gewaltsamer muß der *Widerstand* von unserer Seite werden ... Die Noth und Dürftigkeit von außen macht den Überfluß des Herzens Dir zur Dürftigkeit und Noth. Du weißt nicht, wo Du hin mit Deiner Liebe sollst und mußt um Deines Reichtums willen betteln gehn. Wird so nicht unser Reinstes uns verunreinigt durch Schiksaal, und müssen wir nicht in aller Unschuld verderben? O, wer nur dafür eine Hilfe wüßte!«

Dies schrieb Hölderlin zu einem Zeitpunkt, da er, laut dem August-Brief an den Bruder, den ersten Plan zum »Empedokles« schon entworfen hatte. Es ist, als trüge das »Volk« in diesem Drama Züge seiner Frankfurter Erfahrungen. Die Linien, mit denen er im »Grund zum Empedokles« die immer rechnenden und rechtenden, freigeisterischen Agrigentiner zeichnet, haben eine Richtung der Charakteristik, die auf einen solchen Zusammenhang schließen läßt. Zugleich aber weist die eben angeführte Briefstelle darauf hin, daß es auf Hölderlins Seite einen *Widerstand* gegen die Frankfurter Anfeindungen gab. Er verhielt sich ihnen gegenüber keineswegs bloß als der passiv Leidende. Er setzte sich auf seine Weise zur Wehr, mit jenem Zorn und Stolz, der ihm seit Jugendtagen in extremen Lagen zu Gebote stand. Das durch gewisse einseitige Schilderungen entstandene Bild von Hölderlin als dem gedrückten und schließlich davongejagten Hauslehrer entspricht nicht der Wahrheit. Wenn ihn auch die Liebe in der ernstesten Weise band, so blieb seine Natur doch unfähig, sich knechten zu lassen. In einem Brief an die Mutter vom Anfang 1798 spricht er von einem möglichen Abbruch seines Frankfurter Verhältnisses als einer von *ihm* zu ergreifenden Maßregel und fügt hinzu: »Sie können unmöglich wünschen, daß irgend ein Mensch *unter jeder Bedingung* ein Verhältniß beibehalte.« Einem Bekannten schrieb er damals ins Stammbuch jenen Gedanken, den wir in seinen »Aphorismen« lesen: »Vortreffliche Menschen müssen auch wissen, daß sie es sind, und sich wohl unterscheiden von allen, die unter ihnen sind. Eine *zu große* Bescheidenheit hat oft die edelsten Naturen zu Grunde gerichtet, wenn sie ihrer größern oder feinern Gesinnungen sich schämten und meinten, sie müssen der ungezogenen Menge sich gleich stellen. Freilich wird man auf der andern Seite leicht zu stolz und hart, und hält zu viel von sich und von den andern zu wenig. Aber wir haben in uns ein Urbild alles Schönen, dem kein einzelner gleicht. Vor diesem wird der ächt vortrefliche Mensch sich beugen und die Demuth lernen, die er in der Welt verlernt.« Diese Äußerung weist auf die Art, wie Hölderlin sein Selbstgefühl festhielt in einer Lage, in der ihm das Urteil der Nachwelt oft einseitig die Rolle des bloß Leidenden und Unterdrückten zuschrieb. Und freilich ist sie auch darin wahr, daß sie das Leiden nicht verschweigt, welches ihm diese Gegenwehr an sich bedeutete.

So wob sich das Dunkel, das Hölderlins Dasein in Frankfurt zu verdüstern begonnen hatte, aus mancherlei Schatten zusammen; und

zuzeiten empfand er als das schlimmste den Zwang, an seinem Dichtertum vorüberleben zu müssen. Dem Bruder schrieb er am 12. Februar 1798: »Weist Du die Wurzel alles meines Übels? Ich möchte
der Kunst leben, an der mein Herz hängt, und muß mich herumar-
beiten unter den Menschen, daß ich oft so herzlich lebensmüde
bin . . . Nicht wahr, ich bin ein schwacher Held, daß ich die Freiheit,
die mir nöthig ist, mir nicht ertroze. Aber sieh', Lieber, dann leb'
ich wieder im Krieg, und das ist auch der Kunst nicht günstig. Laß
es gut seyn! Ist doch schon mancher untergegangen, der zum Dichter gemacht war, wir leben in dem Dichterklima nicht. Darum ge-
deiht auch unter zehn solcher Pflanzen kaum *eine*. Ich habe unter
meinen kleinen Arbeiten noch keine gemacht, während welcher
nicht irgend ein tiefes Leiden mich störte. Sagst Du, ich soll nicht
achten, was mich leiden macht, so sag' ich Dir, ich müßte einen
Leichtsinn haben, der mich bald um alle Liebe der Menschen brächte,
unter denen ich lebe.«
Zu den seelischen Leiden gesellte sich eine vielgestaltige körperliche »Maladie«. Sie trat manchmal als hartnäckiges Nervenkopf-
weh auf, dann wieder als quälende Unruhe, als Unfähigkeit zu
geistiger Arbeit, als »müßiges und kopfloses« Verdämmern vieler
Stunden. Mehrfach hatte er auch über Schmerzen im Unterleib
(Gallenkolik) zu klagen. Eine weitgehende Abhängigkeit von Jahreszeit, Luftdruck usw. bekundet sich in vielen Bemerkungen über
seinen Gesundheitszustand; ebenso ein enger Zusammenhang seiner
leiblichen Verfassung mit der jeweiligen Gemütslage.
Einstweilen führten die aufgetretenen Mißstimmigkeiten noch nicht
zur Trennung vom Hause Gontard. Vielleicht haben sie beigetragen zu dem mehrfach erwähnten Plan, daß Hölderlin an Ostern
1798 mit dem kleinen Henri zu dessen Vervollkommnung im
Französischen nach Genf gehen solle. Aber er kam nicht zur Ausführung. Am 18. Oktober 1797 erhielt Hölderlin den Besuch des
dreiundzwanzigjährigen Siegfried Schmid, der auf einer »Genie-
reise« vom heimatlichen Friedberg nach Basel begriffen war. In
Hölderlins Dachstube – die Susettens Mutter bis zu ihrem Tode
1793 als Wohnung gedient hatte – vergingen den beiden jungen
Dichtern zwei Stunden eines literarischen Gesprächs, das bei Schmid
den tiefsten Eindruck hinterließ. Ein Brief Schmids aus Basel, Ende
1797, zeigt, was ihn aus Hölderlins kühnem, großartigem Kunstdenken besonders angesprochen hatte: »Was ist über dem ächt-
griechischen, über der goldnen Mittelmäßigkeit? – Die Vollkom-

menheit des innern, nie darzustellenden Ideals? – Oder wollen
wir, unter uns, Vortrefflicheres, Menschlicheres hinstellen als die
Griechen? Das können wir nicht. Wir täuschten uns mit den Versuchen und würden *unmenschlich*. Gleiche, aber doch anders modifi-
zierte Werke werden wir aufstellen und darum wahre Künstler
sein, die für die Ewigkeit hervorbringen. Habe ich Sie richtig verstanden?«

Die Frage, womit diese Briefstelle schließt, deutet darauf hin, daß
Hölderlin vor Schmid jenen Gedanken ausgebreitet haben muß, der
seit langem in ihm angelegt war und der in dem Homburger Aufsatzentwurf »Der Gesichtspunct, aus dem wir das Altertum anzusehen haben« seinen ersten systematischen Ausdruck fand. Es ist der
weittragende Gedanke, daß die Ehrfurcht vor der griechischen
Formleistung und die Verpflichtung auf wahres, original-schöpferi-
sches Künstlertum in lebendiger Synthese zu vereinigen sind. Aus
einem »gemeinschaftlichen, ursprünglichen Grund« steigt bei jedem Volk und in jeder Zeit der Bildungstrieb (= Gestaltungstrieb)
auf, um sich in mehr oder weniger »reiner« Richtung voranzube-
wegen. Scheint uns Spätgeborene die Herrlichkeit des Altertums
zunächst zu erdrücken, so zeigt sich bei näherer Prüfung der große
Vorteil, den unser Wissen vom Altertum uns gewährt: Es bewahrt
unsern Bildungstrieb vor dem Steckenbleiben im Halben und Unwürdigen, dem er sonst verfallen müßte; es gibt ihm ein Bewußtsein
seiner großen Herkunft und Bestimmung.

Es ist die Verknüpfung von Ideal und Leben, was dieser Gedanke
denkt. Er vertritt ein Kunstbewußtsein, das streng die Forderung
der Originalität stellt (weil ohne sie die Kulturen und sogar die
Völker selbst zugrunde gehen), und das zugleich fortfährt, in der
griechischen Form die höchste Annäherung an das Vollkommen-
heitsideal zu verehren. Wohl ist bei den Griechen das bisher Größte
erschienen, aber dieses ist in ihrer Leistung nicht gefangen, nicht
erschöpft. Denn unerschöpft und ewig schöpferisch bleibt jener ge-
meinschaftliche, ursprüngliche Grund von göttlichschöner Natur, aus
dem der griechische Bildungstrieb mit vorbildlich »reiner« Richtung
aufstieg.

Das ist Hölderlins Schritt über Winckelmann hinaus, ein Schritt
in ein neues, erweitertes Bewußtsein, das die Bindung an das Ideal
und die Bindung an die lebendige eigene Geschöpflichkeit gleichermaßen zu umfassen strebt. Auch über das bewußte Kunstdenken
Schillers und Goethes führte dieser Schritt hinaus. Es ist in ihm et-

was gesichtet, das wie eine Verbindung der klassizistischen und der
»romantischen« Tendenzen aussieht – eine Verbindung *vor* dem
eigentlichen Ausbruch der Entzweiung, wenn man nicht, wie es
wohl erlaubt scheint, Hamann, Jean Paul und vor allem Herder
als Vorwegnehmer von wesentlich Romantischem will gelten lassen.
Hat nicht die schiefe Stellung der Weimarer Großen zu Hölderlin
teilweise darin ihren Grund gehabt, daß sie die eindeutige Bindung
an das antike Ideal in ihm gelockert und die antike Form zurückbezogen sehen auf Früheres, Älteres, auf Natur, Leben? Schiller
jedenfalls hatte noch kurz zuvor, am 4. November 1795, an Herder
auf dessen Horen-Beitrag »Idune«[1] geschrieben: »Gibt man Ihnen
die Voraussetzung zu, daß die Poesie aus dem Leben, aus der
Zeit, aus dem Wirklichen hervorgehen, damit eins ausmachen und
darein zurückfließen muß und kann, so haben Sie gewonnen; denn
da ist alsdann nicht zu leugnen, daß die Verwandtschaft dieser nordischen Gebilde mit unserm Germanischen Geiste für jene entscheiden muß. Aber gerade jene Voraussetzung leugne ich. Es läßt sich,
wie ich denke, beweisen, daß unser Denken und Treiben, unser bürgerliches, politisches, religiöses, wissenschaftliches Leben und Wirken wie die Prosa der Poesie entgegengesetzt ist ... Daher weiß ich
für den poetischen Genius kein Heil, als daß er sich aus dem Gebiet
der wirklichen Welt zurückzieht und anstatt jener Koalition, die
ihm gefährlich sein würde, auf die strengste Separation sein Be-
streben richtet. Daher scheint es mir gerade ein Gewinn für ihn zu
sein, daß er seine eigne Welt formiert und durch die griechischen
Mythen der Verwandte eines fernen, fremden und idealischen Zeitalters bleibt, da ihn die Wirklichkeit nur beschmutzen würde.« Ein
solches Wort ist sehr geeignet, die Kühnheit des Hölderlinschen
Denkschrittes, der in der Einsamkeit und *gegen* das Schillersche
Element in Hölderlin selbst gewagt wurde, zu veranschaulichen.
Noch heute, wenn wir diesen Denkschritt nachzudenken versuchen,
bekommen wir die außerordentliche, gefahrvolle Spannung zu fühlen, die er in Hölderlins Bewußtsein verursacht haben muß. Er bestätigt die vorkämpferische und heroische Bedeutung, welche Hölderlin auch auf diesem Sondergebiete besitzt. Er lenkt unmittelbar
in den Weg ein, auf dem Hölderlin zu seiner die Zeit weit über-

---

1 Herder hatte in diesem Aufsatz gefragt, ob einer Nation daran gelegen sein müsse,
eine ihrer eignen Denkart und Sprache entsprossene Mythologie zu haben; er hatte auf
die fragwürdige Rolle der griechischen Mythologie im Norden hingewiesen und für das
kommende Jahrhundert eine Wiederauferstehung des eddischen Mythus vorausgesagt (nach
Richard *Benz*, Die deutsche Romantik, Leipzig 1937).

wachsenden Anschauung des Altertums kam und schließlich zu dem
großen Wort, »daß wir darum nicht aufkommen, weil wir, seit
den Griechen, wieder anfangen, vaterländisch und natürlich, eigentlich originell zu singen« (Brief an Böhlendorf, 2. Dez. 1802).
Um zu dem Briefe von Siegfried Schmid zurückzukehren: wenn
dieser von dem genannten Gedanken Hölderlins in der Tiefe ergriffen wurde, so gilt es, die Gemeinsamkeit der Lebensgrundstimmung
und gewisser führender Ideen ins Auge zu fassen, die zwischen beiden bestand und die sich ohne Zweifel schon bei dem ersten Gespräch in Frankfurt herausgestellt hat. Sie ist zu greifen in dem elegischen Bruchstück, welches Schmid seinem Baseler Briefe beilegte:

Trüb ist und gar zu jämmerlich scheint mir das Leben der Menschen,
  Werf in des Ozeans Fluth drängender Wesen ich mich.
Alles treibt sich so emsig und läuft und rennt aneinander,
  Ach und das emsige Volk, scheidet von Pflanzen es sich?

Dagegen das »höhere Leben«, das der Künstler mit allmächtigem
Geist uns erschafft:

Alles ist Leben, beseelt uns der Gott, unsichtbar, empfundnes.
  Leise Berührungen sind's; aber von heiliger Kraft.
Drum wird's Wenigen nur; denn leise berührt von dem Feinen,
  Das überall die Natur knüpft an den höheren Geist,
Daß es zum Bilden ihn drängt in mächtigem himmlischem Wehen,
  Wird nicht jedem gewährt; Lieblinge fühlen's und thun's.

Ebenso klingt aus Schmids »Frühlingsspaziergang«, der Juli 1797
an Schiller gesandt worden war, ein dem Hölderlinschen Empfinden verwandter Ton:

Drängt nicht alle so mächtig auf einmal, gewaltige Götter,
  Aus der verjüngten Natur, auf das verjüngte Gemüth!
Wohl bewohnen der Göttlichen viele die silbernen Hüttchen
  Blühender Bäume; sie sind's, zittert durch's Silber das Grün;

Faßte den Menschen so frohes Erzittern im Leben des Frühlings,
  Wär' es nicht höhere Macht, was in dem Frühling ihm lebt?
Aber sie drängen zu mächtig, die starken, gewaltigen Götter,
  Wirken sie alle zumal aus der verjüngten Natur.

Es ist hier nicht der Ort, solchen Zeichen verwandten Fühlens und gleichgestimmten Seelentums nachzugehen, die zusammen mit Schmids ehrfürchtiger Bewunderung des »Hyperion« Hölderlins Herz zur Freundschaft gegen den mit Sinclair und andern Homburgern eng verbundenen Friedberger öffneten. Die Bekanntschaft entwickelte sich zu einer echten schönen Herzensbeziehung, die alle Wechselfälle überdauerte. Schmid trat in Zürich 1799 in die österreichische Armee unter Erzherzog Karl ein (Dragoner-Regiment Sachsen-Coburg) und machte die Kämpfe in der Schweiz mit. Im April 1800 erhielt er seinen Abschied und weilte von Juli 1800 ab wieder im heimatlichen Friedberg. Hölderlin war damals nicht mehr in Homburg, aber die briefliche Verbindung war nicht abgerissen, und Schmid war Hölderlin ein so werter Freund geworden, daß er dessen Heimkehr aus dem Kriege mit einem Gedicht zu feiern gedachte. »Willkomm nach dem Kriege / an Siegfried Schmidt« hatte er sich neben andern Titeln für geplante Dichtungen notiert. Die Ausführung dieses Plans ist die Elegie »Stutgard«, darin das Bekenntnis zu dem Freunde:

Habt, o Gütige, Dank für den und alle die Andern,
   die mein Leben, mein Gut unter den Sterblichen sind.

Eine Stelle in dem Gedicht spielt auf einen besonderen Dank an, den Hölderlin dem Freunde schuldet:

(Ich) halt' und habe den Freund und höre das Wort, das
   Einst mir in himmlischer Kunst Leiden der Liebe geheilt.

Man darf glauben, daß dies ein Dank war für den freundschaftlich tröstenden Zuspruch, den Schmids Briefe vor und nach der Trennung von Diotima dem Leidenden gebracht haben. Von anderer Seite her wird Hölderlins Freundschaft für Schmid bezeugt durch die ungedruckte Rezension, die er über dessen 1801 erschienenes Drama »Die Heroine oder Zarter Sinn und Heldenstärke« verfaßt hat. 1806 mußte Schmid wegen einer Gemütszerrüttung in eine Heilanstalt gebracht werden. Aber glücklicher als der Freund kehrte er gesundet ins Leben zurück, trat 1808 wieder in die österreichische Armee ein, wurde 1819 verabschiedet und starb nach vierzigjährigem, mit literarischen Arbeiten ausgefülltem Ruhestand in Wien 1859, im Alter von 84 Jahren.


Unter den dichterischen Arbeiten der letzten Frankfurter Zeit – immer unter der Last unerträglicher Störungen und unter der Drohung des als unvermeidlich erkannten, nur hinausgezögerten Abschieds – stand an erster Stelle die Förderung des Dramas »Der Tod des Empedokles«, dessen detaillierter Plan seit August 1797 zu Papier gebracht war. Daneben lief die Fertigstellung des zweiten Bandes Hyperion und, wenn man einer Angabe des ersten Biographen Chr. Schwab glauben darf, eine erste Beschäftigung mit dem Tragödienplan »König Agis«. Er hängt im Motivischen auffallend eng mit der Schlußwendung der Empedokles-Dichtung zusammen und wurde vermutlich in Homburg 1798 und 1799 weiterbearbeitet. In den lyrischen Werken der letzten Frankfurter Zeit fällt die Knappheit, die oft aphoristische Kürze auf, ein Zeichen für das Ungesicherte des Zustandes. Diesen Grund gibt er selbst an in dem Gedicht »Die Kürze«:

> Warum bist du so kurz! liebst du, wie vormals, denn
>   Nun nicht mehr den Gesang? fandst du, als Jüngling, doch
>     In den Tagen der Hofnung,
>       Wenn du sangest, das Ende nie?
>
> Wie mein Glück ist mein Lied. – Willst du im Abendroth
>   Froh dich baden? Hinweg ist's, und die Erd' ist kalt,
>     Und der Vogel der Nacht schwirrt
>       Unbequem vor das Auge dir.

Eine größere Gruppe dieser kleinen Gedichte gilt Diotima. Sie war bei ihrer zarten Körperverfassung öfters krank; dann wandte sich der Dichter an die heilende Natur mit einem Gebet (Ihre Genesung) oder er warf in vier Zeilen einen Stoßseufzer, eine Beschwichtigung der eigenen Angst hin (Der gute Glaube). Er sah den Widerspruch zwischen ihrem schönen Leben und der kargen frostigen Umwelt und brachte ihr innige Zeilen dar, welche die Geliebte und ihn selbst der höheren, jugendlich liebenden Welt versichern sollten, die ihnen beiden gemeinsam war. Mehrfach greift der Gedanke von da weiter aus und setzt diese Welt als die einzig gültige dem gärenden Chaos der Zeit entgegen. Da wird ihm das höhere Recht der Liebe bewußt, so daß der Angriff auf den Frieden der Liebenden als die schwerste Sünde erscheint (Das Unverzeihliche), oder es wird ihm bewußt, daß Diotimas schönes, idealisches Dasein geradezu diese von zankenden Orkanen durchtobte Welt widerlegt und statt ihrer jene andere Welt fordert, wo die lebendige Schönheit und der

Menschen alte Natur das Zepter führen (»Komm' und besänftige
mir«). Diese ganze Gruppe wurde im Juni 1798 an Neuffer gesandt (»Nehme vorlieb mit den kleinen Gedichtchen«), der sie in
seinem Taschenbuch 1799 veröffentlichte. Die meisten davon ent-
falteten erst in den Erweiterungen, die Hölderlin 1800 an ihnen
vornahm, ihren vollen Reichtum.

Wichtig ist aber vor allem, daß diese schmalen Gebilde die Odenstrophe der Jugend wieder aufnehmen und damit einen Weg betreten,
der sich für die Darstellung der nun bevorstehenden dichterischen
Bewußtseinsinhalte Hölderlins, soweit sie vorwiegend lyrischen
Charakters waren, als höchst förderlich erwies. Die griechische
Odenform scheint diesen Inhalten durch die Mischung von gleitenden und springenden Stellen und durch die metrische Stützung
der besonderen Hölderlinischen Gedankenarbeit innig angemessen
zu sein. Der Wechsel der Gemütsregung, die in Hölderlins Denk-
form begründete Neigung zum Selbsteinwurf und zur disjunktiven
Gliederung finden im Taktwechsel der Odenstrophen deutlich eine
Stütze. Die Reimstrophe hat Hölderlins hymnisches Dahinströmen
getragen; die Odenstrophe entspricht tiefer dem Element des Be-
denkens, der besinnenden Rechenschaft und Reflexion.

Zugleich geschieht in der letzten Frankfurter Zeit aber auch die
Grundlegung der großen hexametrischen Elegienform. Sie dient,
wie schon die Äther-Gruppe gezeigt hat, der ruhigen Ausbreitung
weiter Zusammenhänge, geschauter Bilder von Landschaften, die
sich teils aus äußerer Natur, teils aus Gedankenstoffen zusammen-
bauen. Die Elegie »Die Muße« ist ein wahres Zwischenglied zwischen der Äther-Gruppe 1796 und der Elegienreihe seit 1800.
Namentlich hebt sich in der »Muße« dasjenige, worin sie die Äther-
Gruppe überschreitet, deutlich heraus. Dies ist neben dem unzweifelhaft höheren dichterischen Rang das *erweiterte Bewußtsein* in
der Weltbegegnung, der großzügigere und großmütigere Maßstab
im Annehmen der Erscheinungen und Werte. Zwischen den Extremen (Wüste und Eis) und dem Bereich der Mitte, wo allein men-
schengemäßes Leben ist, hatte der »Wanderer« unterschieden. In
den »Eichbäumen« hatte das Entweder-Oder von Natur- und
Gesellschafts-Dasein zur schmerzlichen Wahl gestanden, im »Äther«
hatte das sehnliche Streben zur alleinbelebenden Himmelsluft sich
nur mühsam gebändigt. Das Gedicht »Die Muße« ersteigt zum
erstenmal den Gipfel eines Landschaftserlebens, das nicht Partei
ergreift, weder unter den verschiedenen Lebensspielen des Natur-

bereichs, noch zwischen Natur- und Menschenwelt. Das Bewußtsein ist zu einer Reife gediehen, vor der diese Ausklammerungen nicht standhalten.

Der gleiche Schritt liegt zwischen der ersten und der späteren Fassung des »Wanderer«. Die erste Fassung hatte das Bild der Wüstennatur heraufgerufen in ihrer verbrannten Erloschenheit:

Schönheit wollt' ich; es gab die Natur mir Scherze zur Antwort,
Schönheit – aber sie gab fast ein Entsezen dafür.

Diese Bitte um Schönheit wird in der Umarbeitung von der Natur anders beantwortet:

Aber du sprachst zu mir: auch hier sind Götter und walten,
Groß ist ihr Maas, doch es mißt gern mit der Spanne der Mensch.

Ebenso am Eispol: Wanderer I läßt die Winternatur auf die Frage, ob denn die Erstarrung im Eise nicht der Tod sei, verstummen; in der Umarbeitung wird die Frage wohl auch gestellt, aber der Frager verweist sie sich von vornherein als »törigt«. Es liegt also zwischen Wanderer I und II der Fortgang von einem engeren, an das Schönheits-Maß gebundenen Naturbegriff zu einem weiteren und wissenderen, der auch die scheinbar leblosen, mißgestalteten Strekken des Naturlebens als zugehörig umgreift.

Die »Muße« hat für dieses geistige Umarmen und Dulden *alles* Lebens das Bild des liebenden Ulmbaumes, den die fruchttragende Rebe umrankt. Zwar geht es im Landschaftsbild dieses Gedichtes nicht um einen Gegensatz zwischen Nord und Süd, aber dafür bewährt sich die erweiterte Kapazität des Bewußtseins an einem andren, sehr ernsten Gegensatz: die freie Landschaft und die in wehrhafte Mauerrüstung gehüllte Stadt, die friedlichen Fluren und die durch kriegerische Zerstörung geschaffenen Ruinen, der Geist der Ruhe und der Geist der Unruhe werden in *einen* Gedanken gefaßt. Nichts wird als wertlos verworfen; die *ganze* Natur und das *ganze* Schicksal stehen vor dem Blick als die unverkürzte Einheit, die es zu ehren, vor der es standzuhalten gilt:

Leben! Leben der Welt! du liegst wie ein heiliger Wald da!
Sprech ich dann, und es nehm' die Axt, wer will, dich zu ebnen,
Glüklich wohn ich in dir ...                    (nach Zinkernagel)

Die ebnende Axt, die sich am freien Wuchs des Lebens vergreift, war noch das Zeichen der eben verlassenen Hyperionstufe gewesen. Denn auf ihr war weder die Natur in ihrem vollen Umfang, noch das Schicksal in seinem ganzen Ernst angenommen worden, ganz zu schweigen von dem eigentlich menschlichen Bereich, zu dessen Einfügung sich Hyperion noch in keiner Weise fähig gezeigt hatte. Die »Muße« leitet unter Hölderlins Dichtungen jene neue Besinnungsstufe ein, auf der mit Ernst um die Hereinnahme der früher »gehaßten und gemiedenen« Wirklichkeitsstrecken gerungen wird – um die Hereinnahme des Wechselns und Werdens zur Dauer und zum Ewigen, der Nacht zum Tag, der Nebentöne zum Hauptton, des Gemeinen zum Reinen. Hyperion hatte sich noch durch seinen Natur- und Schönheitsbegriff in ein Eremitendasein abdrängen lassen. Auf der Besinnungsstufe der »Muße« erscheint die neue Aufgabe, gerade des Menschlichen, des Geschichtlichen, des Elementes »Zeit« mächtig zu werden.

So steht nahe bei dem Gedicht »Die Muße« das großartige Bruchstück »Die Völker schlummerten«, das die fünf Kriegsjahre aus geschichtlicher Einheitsschau überblickt – ein Lied vom Schicksal, das zu Höherem ansetzt, als was je in der Reichweite von »Hyperions Schicksalslied« gelegen hatte. Zum erstenmal wird in einem Hölderlinschen Gedicht die einzigartige Erregungskraft sichtbar, mit der die französische Revolution und die ihr folgenden Kriege auf den Geist des Dichters gewirkt haben. Die jahrelange Schlacht, ein Bild entfesselter Wildheit, ein unaufhörliches Zucken der Blitze in einem einzigen Gewitter – aber eine »Ordnung« liegt als geheimes Gesetz zugrunde, und in den zerstörenden Blitzschlägen »leuchtete das große Leben«.

Fast in der Art einer grundsätzlich-theoretischen Besinnung stellt sich hierzu die Ode an den Gott der Zeit (»Der Zeitgeist«). Sie vollzieht unter Schuld- und Reuebekenntnis eine Absage an die Hyperion-Haltung, für die es nur in der freien Begeisterung und im reinen, stillen Naturleben eine volle Göttergegenwart gegeben hatte. Sie bekundet den Entschluß, die Einsicht »Auch hier sind Götter!« fortan gegenüber den Erschütterungen in der politisch-moralischen Welt zu bewähren. Die Ode an den Zeitgeist ist das Zeichen dafür, daß Hölderlins Weltschau in dieser Epoche eine neue Dimension gewinnt. War sie bis dahin wesentlich räumlich und statisch gewesen, so dehnt sie sich nun in die Tiefen der Zeit. Er betritt den Weg, auf dem seine Dichtung sich immer mehr mit »Geschichte«

füllt, und zwar entspricht die Energie, mit der das Geschichtliche sich geltend macht, genau der Energie, mit der er das Erlebnis der Einheit erfahren hatte und mit der er es im Gedächtnis bewahrte. Anders ausgedrückt: die Ode an den Zeitgeist markiert den Punkt, wo Hölderlins Naturfrömmigkeit mit Ernst in die Verpflichtung zur *Schicksalsfrömmigkeit* hineinwuchs. Das Schicksal zu *ehren,* nicht nur zu dulden; das Wechseln der Stunden als die notgedrungene »Weise des Lebens« zu begreifen, Ebbe und Flut als Seinsgesetz des Götterelements zu lieben, die radikale Geschichtlichkeit des Menschenlebens ans Herz und ins Bewußtsein zu nehmen – dieses Streben zieht sich fortan als ein Grundmotiv durch die Dichtungen und die Briefe.

Ein weiteres Glied in diesem Ring bildet die Ode »Der Mensch«, die das besondere Gesetz des Menschen und seines Strebens zum Gegenstande hat. Der Mensch hat die Erde zur Mutter und den Sonnengott zum Vater; aber indem er so das Obere und das Untere in sich vereinigt, wächst er über die Sphären der beiden Eltern hinaus in eine dritte und höhere:

> Der Göttermutter, der Natur, der
> Allesumfassenden, möcht' er gleichen!

Dieses strebende Ausgreifen in eine andre, weitere Sphäre geschieht in Untreue zur Mutter (»Von seines Ufers duftender Wiese muß / Ins blüthenlose Wasser hinaus der Mensch«) und in Untreue zum Vater (». . . doch gräbt er / Sich Höhlen in den Bergen und späht im Schacht / Von seines Vaters heiterem Lichte fern«). Dadurch belädt sich sein Streben, obwohl es ihm eingeboren und natürlich ist, mit dem Zeichen der Vermessenheit: der Mensch als solcher ist Titane (gleich den Titanen der griechischen Sage, die ebenfalls Söhne des Himmels und der Erde sind). Die Überschreitung des Maßes ist ihm *wesentlich.* Sein Streben geht auf etwas Höheres als auf das kindlich-fromme Genügen am elterlichen Erbe; es ist damit unerlaubt (»Sucht er ein Besseres doch, der Wilde«) und bestraft sich unaufhörlich durch die Verfangenheit im Schicksal (»Doch tiefer und reißender / Ergreift das Schiksaal, allausgleichend / Auch die entzündbare Brust dem Starken«).

Diese Anthropologie bleibt ganz im Bereich antiker Vorstellungen, und zwar trägt sie deutlich einen anti-titanischen Ton. Aber als Versuch, die besondere Stellung des Menschen wenigstens nach wichtigen äußeren Merkmalen plastisch abzugrenzen, seine Untreue gegen Vater und Mutter als gesetzlich zu verstehen, deutet

auch dieses Gedicht hinaus über die Hyperionstufe mit ihrer radikalen Abwertung aller spezifisch menschlichen Unternehmungen.
Denn Hyperion hatte damit geendet, daß der Traum von Menschendingen ausgeträumt sei, daß alles von Menschen Erdachte wie
Wachsperlen zerschmelze vor der Lebensflamme der reinen Natur
und daß die Menschen nur im Untergang wieder einkehren in den
einzig seligen Zusammenhang des Lebens. Wir haben gesehen, wie
diese Ablehnung der Menschendinge im »Hyperion« entstanden
war als Rückschlag gegen die Fichtesche Überbewertung der menschlichen »Selbstthätigkeit«. In gewissem Sinne kann von der Ode
»Der Mensch« gesagt werden, daß sie *vor* den Frankfurter »Hyperion« zurückgeht; das bezeugt auch ihre deutliche Anknüpfung
an die platonisch-gnostische Erosmythe der metrischen Hyperion-
Fassung. Aber daß die Tendenz des Gedichtes in Wahrheit nach
vorwärts geht, in der Richtung auf eine neue, gereinigte Würdigung
des Menschenstrebens, das zeigt ein Brief an den Bruder, der zwar
ein Jahr später geschrieben ist (Homburg 4. Juni 1799), aber das
Thema des Gedichtes (»menschliche Thätigkeit und Natur«) ausdrücklich weiterspinnt.

Es heißt da: »In der That! dieses Weiterstreben, dieses Aufopfern
einer gewissen Gegenwart für ein Ungewisses, ein Anderes, ein Besseres und immer Besseres seh' ich als den ursprünglichen Grund von
allem, was die Menschen um mich her treiben und thun. Warum
leben sie nicht, wie das Wild im Walde, genügsam, beschränkt auf
den Boden, die Nahrung, die ihm zunächst liegt, und mit der es, das
Wild, von Natur zusammenhängt, wie das Kind mit der Brust seiner Mutter? da wäre kein Sorgen, keine Mühe, keine Klage, wenig
Krankheit, wenig Zwist, da gäb' es keine schlummerlosen Nächte
u. s. w. Aber *diß* wäre dem Menschen so unnatürlich, wie dem
Thiere *die* Künste, die er es lehrt. Das Leben zu fördern, den ewigen
Vollendungsgang der Natur zu beschleunigen, – zu vervollkomm-
nen, was er vor sich findet, zu idealisiren, das ist überall der eigen-
tümlichste unterscheidendste Trieb des Menschen, und alle seine
Künste und Geschäffte, und Fehler und Leiden gehen aus jenem
hervor. Warum haben wir Gärten und Felder? Weil der Mensch
es besser haben wollte, als er es vorfand. Warum haben wir Han-
del, Schiffahrt, Städte, Staaten, mit allem ihrem Getümmel, und
Gutem und Schlimmem? Weil der Mensch es besser haben wollte, als
er es vorfand. Warum haben wir Wissenschaft, Kunst, Religion? Weil
der Mensch es besser haben wollte, als er es vorfand. Auch wenn sie

sich untereinander muthwillig aufreiben, es ist, weil ihnen das Gegenwärtige nicht genügt, weil sie es anders haben wollen, und so werfen sie sich früher ins Grab der Natur, beschleunigen den Gang der Welt.

So gehet das Größte und Kleinste, das Beste und Schlimmste der Menschen aus Einer Wurzel hervor, und im Ganzen und Großen ist alles gut und jeder erfüllt auf seine Art, der eine schöner, der andre wilder seine Menschenbestimmung, nemlich die, das Leben der Natur zu vervielfältigen, zu beschleunigen, zu sondern, zu mischen, zu trennen, zu binden.«

In dieser Weise sucht Hölderlins Bewußtsein seit Frankfurt und gerade auf Grund der dortigen Zusammenstöße Herr zu werden über vordem feindliche Elemente der Wirklichkeit. Wir hören aus dem angeführten Gedankengang mancherlei hilfreiche Stimmen der Freunde. Wir hören Heinse, und noch Fichte, wir hören Sinclair und namentlich Hegel, nicht nur mit Grundtönen seines Denkens, sondern mit bestimmten Motiven seines damals enstehenden Entwurfs »Der Geist des Christentums und sein Schicksal«; denn dieses Werk hat zum Kern »jene unvergeßliche Lehre von der Notwendigkeit der Hybris des Einzelnen, gerade auch des Reinstes wollenden Einzelnen, aber auch von der notwendigen »Rache« der Welt, die ihn vernichtet, die aber freilich auch eben dadurch jene Tragik zur Schönheit, jene »Rache« zur tragischen Versöhnung bringt.« (Theodor Haering in »Stiftsköpfe«, Heilbronn, 1938.)

Hölderlin steht am Ende der Frankfurter Jahre vor uns als einer, der in kurzer Zeit denkerisch und dichterisch einen unerwarteten Aufstieg genommen hat. Die Gestalt ist in allen Äußerungen bedeutender als vorher. Das beständige Nebeneinander eines Bewußtseins vom Ganzen und eines Denkens der Distanzen und Teile trägt Spannung in die Aussagen und weitet mächtig das Feld ihrer Gültigkeit. In jeder Einzelaussage werden gleichsam die Randpositionen gefühlt, und selbst Nahes oder Konkretes wird aus kosmisch gültigen Stoffen erbaut. Die Götter sind zugegen, auch wo es um bedingte und in Dinglichkeit warm eingepackte Gegenstände geht.

So scheint der Frankfurter Aphorismus »Das ist das Maas der Begeisterung« nur von der seelischen Ökonomie des Dichters beim Hervorbringen zu handeln. Aber es sind weite Probleme der menschlichen Weltschau, der Persönlichkeitsökonomie überhaupt, die er zugleich erleuchtet. In einem Briefe Schillers, den wir schon kennen, las Hölderlin den Satz: »Bleiben Sie der Sinnenwelt nä-

her, so werden Sie weniger in Gefahr sein, die Nüchternheit in der
Begeisterung zu verlieren.« Er nahm diesen Satz in seine eigne
Sprache herüber und machte aus dem, was ein wertvoller Hinweis
war, eine Gesetztafel, ein Wortmonument, würdig des Steins und
fähig, sich neben Bäumen und Felsen, auf Berggipfeln und in Tempeln zu behaupten: »Da wo die Nüchternheit dich verläßt, da ist
die Gränze deiner Begeisterung.« Diese Gültigkeitssteigerung ist
nicht absichtlich vorgenommen. Sie ist auch nicht nur daraus zu erklären, daß die Worte deutlich in das Metrum der asklepiadeischen
Odenstrophe einschwingen. Sie ergibt sich daraus, daß in die Prägung die mächtigen *Spannungen* einströmen, von denen Hölderlins
Bewußtsein athletisch geweitet ist, am greifbarsten vielleicht mit
der Wendung »Gränze der Begeisterung«. Denn zwei Vorstellungen, die an und für sich auseinanderstreben, werden hier zusammengejocht und geben die geistige Kraft zu fühlen, die das voll-
bringt und zur Schönheit lenkt.

Auch in den übrigen Aphorismen der Frankfurter Zeit (Werke III,
241) erscheint als Hauptmotiv das Schauen des Ganzen und *von
ihm aus* die Annahme und Ortsbestimmung der Teile – wobei unter dem Ganzen stets auch das Wahre, das Reine, das Schöne, unter
dem Teil das Irrige, das augenblicklich Unvollständige, das Barbarische verstanden ist. Dem Gegenstande nach sind es Reflexionen
über Kunst- und Weltverständnis. Aber beide Gebiete bleiben für
Hölderlin immer verbunden durch die Zentralfrage nach den dia-
lektischen Prozessen, in denen die vielverästelte Beziehung zwischen
einem Ganzen und seinen individualisierten Teilen gedacht und
bewirkt werden kann. Es sind erste Unternehmungen in jenem
dreischrittigen Denkstil, der später die großen Gedankengebäude
»Grund zum Empedokles«, »Das Werden im Vergehen« usw.
trägt, freilich in unendlich verfeinerter Ausbildung, die durch immer kompliziertere Verspannungen und subtilere Unterscheidungen in dem an sich unbiegsamen Begriffsmaterial den schwellenden
Formen und gleitenden Übergängen der Wirklichkeit nachjagt.


Gegen Ende September 1798 – wahrscheinlich am 24. oder 25. –
trat das ein, was Hölderlin seit geraumer Zeit als unvermeidlich
vorausgesehen hatte. Er mußte das Haus Gontard verlassen. Über
den unmittelbaren Anlaß und die näheren Umstände gibt es keine
erschöpfenden Nachrichten. Hölderlin selbst stellte der Mutter ge-

genüber (Brief vom 10. Oktober 1798) den Fall so dar: »Ich muß mich endlich entschließen, zu dem schweren Abschied von den guten Kindern, dem ich so lange und der Himmel weiß! mit wie viel Mühe und Sorge ausgewichen war. Auch um meiner Ehre willen fand ich es nicht schön, so leidend, wie mich meine Freunde sahen, noch länger vor ihnen zu erscheinen. Ich erklärte Herrn Gontard, daß es meine künftige Bestimmung erfordere, mich auf eine Zeit in eine unabhängige Lage zu versezen, ich vermied alle weiteren Erklärungen, und wir schieden höflich auseinander.« Der kleine Henri Gontard, sein Zögling, schrieb ihm am 27. September einen Brief, aus dem hervorgeht, daß Hölderlin dem Freunde Hegel gegenüber schon lange vorher die Absicht geäußert hat, seine Stelle aufzugeben. Susette behandelt die Sache in ihrem ersten Brief an Hölderlin nach der Trennung so, daß als Anlaß eine Auseinandersetzung zwischen Gontard und Hölderlin angenommen werden muß: »Man begegnet mir, wie ich vorher sah, sehr höflich, biethet mir alle Tage neue Geschenke, Gefälligkeiten und Lustparthieen an; allein, von dem, der das *Herz* meines Herzens nicht schonte, muß die kleinste Gefälligkeit anzunehmen mir wie Gift seyn, so lange die Empfindlichkeit dieses Herzens dauret ... Schon oft habe ich es bereut, daß ich Dir beym Abschied den Rath gab, auf der Stelle Dich zu entfernen. Noch habe ich nicht begriffen, aus welchem Gefühl ich so dringend Dich bitten mußte. Ich glaube aber, es war die Furcht vor der ganzen Empfindung unserer Liebe, die zu laut in mir wurde bey diesem gewaltigen Riß, und die Gewalt, welche ich fühlte, machte mich gleich zu nachgiebig. Wie manches, dachte ich nachher, hätten wir noch für die Zukunft ausmachen können, hätte nur unser aus einander gehen nicht diese feindselige Farbe angenommen; niemand hätte Dir den Zutritt in unser Haus wehren können.«

Ein ausführlicher Bericht von Carl Jügel schiebt der Haushälterin, »einem hübschen, einer guten Familie angehörenden Mädchen«, eine Nebenrolle in der Schlußentwicklung zu. Sie habe sich Hoffnungen auf Hölderlin gemacht und habe nach deren Enttäuschung ihrer Eifersucht gegen Hölderlin und die Hausfrau Raum gegeben: »Herr Jakob Friedrich wußte es und hatte kein Arg dabei, daß Hölderlin seiner Frau Bücher brachte und ihr öfters das Beste der neuesten Erscheinungen vorlas. Er war gewohnt, jeden Abend seine Partie zu machen, und war zufrieden, seine Frau bis zu seiner Heimkehr angenehm unterhalten zu wissen. Nicht so die Haushäl-

terin, die, ohne Aussichten für sich selbst, das stille Glück zu miß-
gönnen begann, dessen sich Hölderlin im Umgange mit seiner Herrin zu erfreuen hatte. Sie wußte es so einzurichten, daß sie dem
Herrn Jakob Friedrich selbst die Tör öffnen mußte, wenn er am
Abend heimkehrte, und wenn er dann die stereotype Frage: »ist
meine Frau zu Hause?« an sie richtete, so wußte sie ihrer sich häufig wiederholenden Antwort: »Herr Hölderlin liest ihr vor«, nach
und nach eine Betonung zu geben, die endlich in einem Moment üb-
ler Geschäftslaune wie ein zündender Funke wirkte. Mit dem nicht
sowohl Eifersucht, als vielmehr beleidigten Stolz verratenden Ausrufe: »sitzt denn der Mensch beständig bei meiner Frau!« stürzte
er ins Zimmer und auf Hölderlin zu. Ein jäher Zorn übermannte
den jungen, sich schuldlos wissenden Dichter, und es würde zur är-
gerlichsten Szene gekommen sein, hätte nicht ein Blick auf die er-
schrockene Herrin ihm seine ganze Fassung wieder gegeben. Rasch
verließ er das Zimmer, packte seinen Koffer und kehrte noch in derselben Nacht einem Hause und damit Verhältnissen den Rücken,
die ihn um so höher beglückt hatten, je reiner er sich derselben bewußt sein konnte.«

Nimmt man zu alledem noch die weitere Angabe des kleinen Henri
hinzu: »Der Vater fragte bei Tische, wo Du wärst, ich sagte Du
wärst fortgegangen, und Du ließt Dich ihm noch empfehlen«, so
ergibt sich das Bild, daß eine Äußerung des Unmuts von seiten des
Hausherrn erfolgt ist, die Hölderlins Selbstgefühl verletzen mußte,
die aber an sich die Möglichkeit zu einem weniger schroffen Ausein-
andergehen und sogar zur Aufrechterhaltung einer äußeren, gesellschaftlichen Beziehung offen ließ. Dazu stimmt auch Jügels Angabe,
daß Jakob Friedrich seine »Übereilung« sehr bald bereut und sich
zur Wiedergutmachung bereit gezeigt habe; doch es gab dafür keine
Wege mehr.

# Homburg 1798 – 1800

Hölderlin nahm seine Zuflucht zu seinem Freunde Sinclair, und dieser war mit Freuden bereit, alles Erdenkliche für ihn zu tun. Das Nächste war, daß er ihm eine Wohnung in Homburg vermittelte (bei dem Glaser Wagner) und ihm bei der ersten Einrichtung seines neuen Lebens behilflich war. Die weitere und viel höhere Freundeshilfe bestand aber darin, daß er dem zunächst schwer Erschütterten alle Art geistiger Anregung zuführte, die in der belebten kleinen Residenz, im Umkreis eines geistig und menschlich hochstehenden Fürsten (Landgraf Friedrich V.), in einer Gesellschaft von mindestens interessanten Persönlichkeiten zu Gebote stand. Ihnen und dem Hofe war Hölderlin als Verfasser des »Hyperion«, als Mitarbeiter berühmter Zeitschriften, als besonderer Schützling Schillers wohlbekannt, sein Name hatte Geltung, und so bot ihm Homburg zum erstenmal im Leben eine Umwelt, die seinen Wert und sein Streben grundsätzlich anerkannte. Wirtschaftliche Sorgen standen vorerst noch in der Ferne. Er hatte sich 500 Gulden erspart, war mit Kleidern gut versehen und durfte Zeiten stiller, gesammelter Arbeit an seinen Plänen erhoffen mit der Aussicht, dadurch sein Dasein auch wirtschaftlich fester zu unterbauen. Freundlich gesellte sich zu alledem die heitere, liebliche Landschaft. Er wohnte gegen das freie Feld. Wenn er zum Fenster hinausblickte, sah er friedliche Äcker und Gärten, einen Hügel mit einer Gruppe von Eichbäumen; ein Wiesental lag in der Nähe, und es bedurfte keines weiten Ganges, um eine Höhe zu ersteigen, von wo sich das nur drei Wegstunden entfernte Frankfurt den Blicken darbot. Der heilenden Kraft der Landschaft war Hölderlins Herz seit je geöffnet; sie hat auch nach dem Schicksalsschlag in Frankfurt besänftigend auf sein Gemüt gewirkt.

Mit Susette blieb die ganzen anderthalb Jahre hindurch, die Hölderlin in Homburg weilte (September 1798 bis Mai 1800), eine briefliche und persönliche Verbindung bestehen. Von Hölderlins Briefen an Diotima sind nur vier erhalten; dagegen kennen wir alle Briefe, welche Susette in dieser Zeit an Hölderlin geschrieben hat. Danach haben sich die Liebenden seit Dezember 1798 am ersten Donnerstag jedes Monats gesehen, oder sie haben doch Briefe

ausgetauscht, die von Hand zu Hand an der Gartenhecke des Land-
hauses übergeben oder auf die Gasse hinuntergeworfen oder an
verabredeter Stelle niedergelegt wurden. Diese fortdauernde Verbindung, wenn sie auch karg war und unter tausend Ängsten stand,
hat den Liebenden wenigstens eine sofortige endgültige Trennung
erspart. Sie ließ Schatten von Hoffnungen bestehen, die als zärtliche
Gespenster im Halbdunkel dem Schmerz ein tröstendes Wort zuflü-
stern konnten. Susette lebte die Erinnerung tief mit verweilendem
Herzen durch. Sie kramte in seinen hinterlassenen Sachen, seinen
Briefen und Büchern und ehrte mit ihren Tränen das heraufstei-
gende Bild. Später ergaben sich ihr, wenn auch das Leid letzthin
untröstbar blieb, Möglichkeiten eines gestillteren Ertragens. Einmal unternahm sie in dieser Zeit (zwischen 15. und 31. Juli 1799)
eine Reise über Gießen und Kassel nach Jena und Weimar, wobei
Gundel Brentano ihre Begleiterin war. Sie lernte den Maler Tisch-
bein, bei der »alten la Roche«, dann Wieland und Herder kennen
und machte auch mit Sophie Brentano einen Besuch bei Schiller,
ängstlich klopfenden Herzens im Angesicht des Mannes, dem sie
über den Freund ihrer Seele insgeheim so viel näher war, als sie
ahnen lassen durfte.
Darüber und über alle die wechselnden Stimmungen ihres Gemüts,
über die Gedanken, mit denen sie das Geschick ihrer Liebe zu fassen
suchte, geben die Briefe an Hölderlin Bericht. Doch liegt für uns
deren Wert vor allem darin, daß sie bezeugen, wie wahr und um-
fänglich Susette Gontard Hölderlins Bedeutung und die Welt seines
Geistes erkannt hat. Sie, die ihn Jahre hindurch nahe vor Augen gehabt und deutlicher als alle andern auch die Not, die »Bedürftigkeit« seines Wesens erblickt hatte, redet mit ihm in diesen Briefen
aus der vollen schönen Distanz einer Werterkenntnis, die auf festem
Boden steht. »Wenige sind wie Du! und was auch jetzt nicht würckt,
bleibt sicher für künftige Zeiten«, ruft sie ihm zu. Klar zeigt sich,
daß das, was im »Hyperion« Diotima ihrem Helden von seinem
Wesen und seiner großen, das Volk angehenden Bedeutung schreibt,
vollkommen dem entspricht, was Susette in Hölderlin erblickt hat.
Diese Ebenbürtigkeit ihres Herzens und ihrer Seele bekundet sich
namentlich auch da, wo sie ihm sagt: »Bliebe unsere Liebe auch
ewig unbelohnt, so ist sie durch sich selbst in uns, ganz stille, doch
so schön, daß sie uns immer unser liebstes, einziges bleiben soll«
oder: »Du bist unvergänglich in mir! und bleibst, so lang ich blei-
be!« Sie hebt damit den Dauergewinn heraus, den diese Liebe dar-

stellt, auch wenn sie ohne Blick und Kuß, ohne Austausch und Umarmung bleibt; und dies ist genau die Art, wie Hölderlin selbst
sich dem Schmerz der Liebe gestellt und ihn – man darf wohl nicht
sagen: überwunden, aber doch sinnvoll seiner Welt einverleibt hat
als ein neues, *tragendes* Element.

Das Zeugnis dafür ist das Gedicht »Menons Klagen um Diotima«,
mit der Vorstufe, die den Titel »Elegie« trägt, letztere etwa aus
dem Herbst 1799 stammend, erstere etwa Anfang 1800 entstanden.
Der Jammer, der seine Seele aufpflügte, kommt da zum Wort.
Aber sogleich schließt sich an ihn etwas Weiteres. Darin, daß Diotima ihm eine *seiende* Welt bezeugte, die er vorher geahnt, doch
nicht gewußt hatte, ist etwas Dauerndes gewonnen, das nicht mehr
rückgängig zu machen ist. Diotima ist die Gewähr für die unauf-
hebbare, objektive Wirklichkeit eines höheren Lebens, diese Gewißheit steigt mitten aus der Liebesklage empor. Ein Reich der
Dauer war mit ihr vor seinen Augen aufgegangen; darum blieb
Diotima fortan mit allem, was der Kategorie »Wert« und »Dauer«
angehörte, verschlungen.

Nicht durch Zufall, sondern gesetzlich werden daher »Menons
Klagen« zum ersten Gedichte Hölderlins, in dem er ausdrücklich
als *Prophet der Götterwiederkehr* auftritt. Einer der verdienstvoll-
sten Arbeiter an Hölderlins Werk, Franz Zinkernagel, hat gesagt:
»Bald – ja überraschend bald – schwindet das Bild Diotimas aus
des Dichters Gesichtskreis und andre, umfassendere Ideale nehmen
seinen Platz ein: Vaterland – Menschheit – Dichtertum«. Einerlei, wie weit dies zutreffen mag: »Menons Klagen« bezeugen, wie
es in Wahrheit um dieses Verblassen des Diotimabildes steht. Nicht
*aus* Hölderlins Welt, sondern *in* diese verschwindet Diotima. In
die Bilder vom verjüngten Vaterland, vom Aufstieg der abendländischen Menschheit, die er nun heraufzurufen beginnt, ist ihr warmes Leben ausgegossen, innig und wesenhaft ist sie mit ihnen verflochten; darum braucht sie als Gestalt nicht mehr hervorzutreten.
Eben durch das Leid um Diotima vermag er so hoch zu steigen,
daß er nun die Landschaft der übergeordneten Werte weit über-
schaut, wie Gipfel des Hochgebirgs ringsum geschart: »Wer auf sein
Leid tritt, steht höher.«

Hölderlin hat Diotima nie anders geliebt als im Zusammenhang mit
dem ganzen Kosmos des wahren Lebens. Darum ist Diotima nicht
ferne, wo immer das große Leben in Hölderlins Dichtung benannt
wird. Wenn er im »Gesang des Deutschen« (1799) das Vaterland

»mit neuem Namen« grüßt, mit dem Namen Urania – da es dem Abendlande aus Liebeskraft eine neue Gestalt bringen soll – so ist die Frau nicht ferne, die er so oft mit demselben Namen angeredet hat. Wenn er in diesem Gesange Dank verlangt für Deutschlands Frauen, weil sie »der Götterbilder freundlichen Geist bewahrt haben« (weil sie also in Nachtzeiten das Element Frieden, Liebe und Leben gehütet haben, woraus Götter wieder neu entstehen können), so ist Diotima nicht ferne, die ihm das weibliche Wesen überschwenglich und faßbar vorgelebt hat. Im Lobpreis der Liebe als der schöpferischen Grundkraft des deutschen Wesens, in der Feier der unbedürftigen und friedevollen Priesterin Germania, die wehrlos den Völkern ihren rettenden Rat spendet, ist noch Wärme aus Diotimas allgenügsamem, liebendem und priesterlichem Leben. Diotima steht noch spät über dem »reinen und hohen Frohlocken der vaterländischen Gesänge« Hölderlins, nicht als ein Bild der Sehnsucht, das Tränen fordert, sondern als ein Stern, des Daseins überhoben, aber fest eingefügt in die Ordnung der Dauerkräfte und immer gültig.

Von dem innerlichen Schwung dieser Art der Leidensverarbeitung sind gleich Hölderlins erste Homburger Monate erfüllt. Er gibt seinem Denken einen höheren Zug, seiner Besinnung eine durchleuchtetere Nüchternheit und ein umfassenderes Feld. Namentlich seine Briefe gewinnen einen neuen Ton. Sie werden von jetzt an immer häufiger zu jenen gehaltenen, hochgeformten und lebensreichen Kunstwerken, die als besondere Gattung zwischen Hölderlins Dichtung und seinen philosophischen Abhandlungen stehen.

Diesem Typ gehört z. B. jener Brief an Neuffer an (12. November 1789), der wahrscheinlich aus Hölderlins Ringen mit dem Frankfurter Empedoklesplan stammt, und das Problem des »Lebendigen in der Poesie« umwirbt: »Das Lebendige in der Poesie ist jetzt dasjenige, was am meisten meine Gedanken und Sinne beschäftiget. Ich fühle so tief, wie weit ich noch davon bin, es zu treffen, und dennoch ringt meine ganze Seele danach und es ergreift mich oft, daß ich weinen muß, wie ein Kind, wenn ich um und um fühle, wie es meinen Darstellungen an einem und dem andern fehlt, und ich doch aus den poetischen Irren, in denen ich herumwandele, mich nicht herauswinden kann … Es fehlt mir weniger an Kraft, als an Leichtigkeit, weniger an Ideen, als an Nuancen, weniger an einem Hauptton, als an mannigfaltig geordneten Tönen, weniger an

Licht, wie an Schatten, und das alles aus Einem Grunde: ich scheue das Gemeine und Gewöhnliche im wirklichen Leben zu sehr ... und diese Furcht kommt daher, weil ich alles, was von Jugend auf zerstörendes mich traf, empfindlicher als andre aufnahm, und diese Empfindlichkeit scheint darinn ihren Grund zu haben, daß ich im Verhältniß mit den Erfahrungen, die ich machen mußte, nicht fest und unzerstörbar genug organisiert war. Das sehe ich. Kann es mir helfen, daß ich es sehe?«

Hölderlin zeigt hier mit einer neuen Klarheit die Verkettungen seines alten Problems. Das »Lebendige« ist eben jenes Unreine (Stoff, Zeit, Umstände), das er jetzt zu umgreifen sich verpflichtet fühlt, und dieses Kunstproblem erkennt er als identisch mit seinem Lebensproblem, dessen Entstehungspunkt in der frühen Kindheit liegt (»Die Welt hat meinen Geist von früher Jugend an in sich zurückgescheucht, und daran leid' ich noch immer«) und darüber hinaus in der Wesensanlage (organischer Grundmangel). Er gelangt also hier gleichsam *hinter* das, was ihn seither halb verstanden gequält hat. Er findet eine Vereinigungsformel von Kunstfragen und Seinsfragen und bringt sie zusammengejocht vor sein erweitertes und wissenderes Bewußtsein: »Weil ich zerstörbarer bin, als mancher andre, so muß ich um so mehr den Dingen, die auf mich zerstörend wirken, einen Vortheil abzugewinnen suchen, ich muß sie nicht an sich, ich muß sie nur insofern nehmen, als sie meinem wahrsten Leben dienlich sind. Ich muß sie, wo ich sie finde, schon zum voraus als unentbehrlichen Stoff nehmen, ohne den mein Innigstes sich niemals völlig darstellen wird.« Solche Sätze sind kennzeichnend für seinen neuen Stil der Reflexion, kennzeichnend auch für das außerordentliche, bei aller rationalen Klarheit nicht ganz zu enträtselnde Gewicht, das Hölderlin derlei Erwägungen zu geben vermag. Nur so viel zeigt sich schon hier: dieses Gewicht hängt damit zusammen, daß Hölderlin aus realen Seinsnöten und somit gleichsam demiurgisch denkt.

Gerade an dem Tage, nachdem er diesen Brief an Neuffer geschrieben hatte, tat Sinclair für den Freund das Beste, das gerade jetzt geschehen konnte. Er entriß ihn der Grübelei und führte ihn hinaus in die große Welt. Hölderlin reiste mit dem Freunde nach Rastatt, wo Sinclair auf dem seit Dezember 1797 tagenden Kongreß der Mächte die Interessen seines Landgrafen wahrzunehmen hatte. Es ging bei den langwierigen und gespenstisch sinnlosen Verhandlungen um die Ausführung der das Reich betreffenden Friedensbestim-

mungen von Campo Formio (17. Oktober 1797). Der dort begon-
nene Länderschacher setzte sich in Rastatt unter dem Stichwort
»Friede mit dem Reich und Entschädigung der linksrheinisch verkürzten Reichsstände« auf eine Weise fort, die den Übermut Frank-
reichs und den hoffnungslosen Zerfall Deutschlands grell hervortreten ließ. Zudem war der Rastatter Kongreß von vornherein mit
geheimen Zusicherungen Österreichs belastet, die die Verhandlungen fast zur Posse herabwürdigten. Rastatt war eine Epoche im
Ausverkauf des Deutschen Reiches, der nachher mit dem Reichs-
deputationshauptschluß in Regensburg zum Gipfel kam – Etappe
in einem Auflösungsprozeß, der die Glieder zur Selbstentwürdigung
zwang, ehe er ihren Zusammenhalt zerstörte. Hölderlin mag, wenn
er auch nur als Zaungast diesem Schauspiel beiwohnte, insgeheim
manche Analogie zu *seinem* Problem des »Ganzen« und der
»Teile« bemerkt haben. Ein bitteres Briefwort aus der Zeit kurz
nach Rastatt über die deutsche »Gefühllosigkeit für gemeinschaft-
liche Ehre und gemeinschaftliches Eigenthum« geht wohl auf diese
Erfahrungen zurück (Brief an den Bruder 1. Januar 1799).
Zunächst aber brachte der Rastatter Aufenthalt Hölderlin die Bekanntschaft mit einer Reihe von Männern, in denen er nicht nur
Geistesverwandte und Strebensgenossen, sondern auch Freunde ge-
wann. »Der eigentliche Gewinn«, schreibt er dem Bruder am 28.
November 1798, »den mir bis jezt mein hiesiger Aufenthalt gegeben hat, sind einige junge Männer voll Geist und reinen Triebs.
Muhrbeck, ein Pommeraner, der jezt auf Reisen ist, und unter den
Menschen und der Natur seine rastlose Seele zu einem kühnen philosophischen Werke beflügelt, wozu er sich jezt noch Stoff hinwirft;
Horn, preußischer Legationssecretär, ein ächtgebildeter Mensch, mit
tiefem Gefühl und großem Interesse bei feiner Sitte und Jovialität,
ein denkender Kopf bei richtigem Sinn für Schönheit und Kunst;
v. Pommereschen, ein Schwede, ganz liebenswürdige Ruhe, an-
spruchslos, glüklich in sich, mannigfaltig gebildet in Wissenschaften
und Sprachen, männlich stolz bei hoher Gutmütigkeit, Gestalt und
Gesicht in unzerstörter Schönheit; dann auch ein herrlicher Alter,
Kriegsrath Schenk aus Düsseldorf, intimer Freund von Jakobi, ein
reiner, heiterer, edler Karakter, klar und ideenreich; er spricht oft
wie ein Jüngling in lauterer, froher Begeisterung, wenn besonders
von seinem Jakobi die Rede ist, und sieht so freundlich unter uns
junge Leute hinein, daß wir so recht eine durch und durch harmonische Familie machen.«

Welche die geistigen Gegenstände waren, über deren Wichtigkeit und Behandlungsart dieser Kreis sich einig war, läßt sich im einzelnen nicht mehr ausmachen, hat aber auch keine Bedeutung neben der eigentlich gemeinschaftstiftenden Tatsache, daß diese Männer alle von der Zeit gleichsinnig ergriffen waren. Philosophisches und dichterisches Streben belebte sie fast alle. Wenn sie auch, meist als Juristen, in politischer Mission sich hier zusammenfanden – Horn in braunschweigischen, Schenk in bayerischen, Pommereschen in schwedischen Diensten –, so schuf doch das große Verbindungselement der Zeit, das gemeinsame Interesse an der künstlerischen und geistigen Wertwelt, einen alles überragenden Zusammenhalt. Fritz Horn, Friedrich Muhrbeck, Sinclair hatten überdies schon von Jenaer Universitätszeiten her Beziehungen; sie hatten alle Fichte gehört und hatten dem »Bund der freien Männer« nahegestanden.

Für Hölderlin wurde diese Rastatter Begegnung späterhin noch wichtig durch die dauernden Verbindungen und Freundschaften, die sich aus ihr ergaben und die seine Homburger Zeit beleben sollten. Dies betrifft namentlich den Kurländer Casimir Ulrich Boehlendorff, der mit Muhrbeck und Horn befreundet war. Er wurde auch Freund Hölderlins, dessen »Hyperion« er enthusiastisch begrüßte, und an ihn sind (1801 und 1802) zwei der wertvollsten und aufschlußreichsten Briefe gerichtet, die Hölderlin geschrieben hat. Bald nach Rastatt trafen Sinclair und Hölderlin in Homburg wieder mit Muhrbeck und Boehlendorff zusammen, und das gestiftete Kommerzium der Geister spann sich in höchst anregender Weise monatelang fort. Auch Pommereschen versäumte nicht, auf der Heimreise von Rastatt, Ende 1798, in Homburg bei Hölderlin vorzusprechen, freilich nur kurz.

Für Hölderlin bedeuteten die wenigen Wochen in Rastatt Erfrischung und Belebung. In dem dortigen Menschenkreise hat er ohne Zweifel manches von dem verwirklicht gesehen, was ihm als Ideal eines Bundes der Geister seit je vor der Seele gestanden hatte. »Ich habe sehr an Glauben und Muth gewonnen, seit ich von Rastadt zurük bin«, schrieb er von Homburg am 24. Dezember 1798 an Sinclair, den seine Geschäfte noch auf dem Kongreß zurückhielten. Mitten in den Nachwehen der »demüthigenden Vergangenheit«, mitten im Zurückdenken an eine Jugend, die er zum größten Teil »in Gram und Irren verloren« hatte, breitete es sich nun wie eine stille, aber stets mächtiger heraufstrahlende Erkenntnis in

ihm aus. Nie vorher hat er so häufig und so klar wie in den Briefen
um die Wende 1798/99 von den Mängeln seines Naturells, von
seiner Zerstörbarkeit, Friedenslosigkeit und Leidenschaftlichkeit gesprochen. Er kann das jetzt tun, weil er zweierlei klarer gesichtet
hat: seine eigne höhere Form und, gesetzlich damit verbunden, sein
Schicksal. Nie hat er der Mutter gegenüber so frei über sein tieferes Verstehen der Religion gesprochen wie in dem Briefe vom
11. Dezember 1798, wo er ihr zugleich das Liebendste sagt, was ein
Sohn der Mutter sagen kann, in hüllenlosen, ergreifend kindlichen
Sätzen: »O meine Mutter! Es ist etwas zwischen Ihnen und mir,
das unsre Seelen trennt ...«

Es ist, als nehme er in dieser Zeit von Grund aus alle seine Lebensverhältnisse samt dem eignen Wesen von neuem vor, um sie, durch
Leid ernüchtert und in eine höhere Stufe der Besinnung eingeweiht,
auf einen wahreren Boden zu stellen. Zugleich dehnt sich dieses Besinnen auch in die Breite und ergreift das Ganze des Vaterlandes.
Der Mann, der eben noch den Eremiten Hyperion aus seiner Seele
entlassen hatte, gibt sich in einem hochbedeutsamen Brief an den
Bruder (Jahreswende 1798/1799) Rechenschaft über die Elemente
einer künftigen deutschen Nationalerziehung, wie einer, der an
einen schöpferischen Anfang gestellt ist und Bestandsaufnahme mit
Gestaltungsentwurf vereinigt. Lebhaft fühlt sich hier noch der
heutige Betrachter in jene gärende Zeit versetzt, die jeden einzelnen
zwang, im Denken ein künftiges deutsches Volk festzuhalten, ja zu
erschaffen, während alles rings in Schutt und Asche fiel. Die tragische Spannung zwischen diesem Begriff einer deuschen Volkswirk-
lichkeit und den hoffnungslosen deutschen Zuständen von damals
wird sichtbar, eine Spannung, die das redlichste Streben in den
Widersinn stieß, weil sie an hundert Stellen das Böse als das Gute,
das Irreale als das Reale vermummte und umgekehrt, so daß das
Deutsche Reich an seinem Ende schrecklicher und läppischer als je
eine »Welt der Mißgestalt und des Irrtums« darstellte.

Unverkennbar zeichnen sich angesichts dieses Hölderlinschen Programms einer Nationalerziehung geheime Analogien ab zwischen
Hölderlins Ringen um ein persönliches Ich und dem der Zeit auf-
gezwungenen Ringen um ein neues Ich und Ichbewußtsein des deutschen Volkes. Hölderlin ist mit seinem privaten Geschick ein Zeichen und Beispiel des vaterländischen Schicksals, ein Held und Opfer auch in hochpolitischem Sinn. Gerade mit dem, was in unsrer
Darstellung sein Lebensmangel genannt wird, steht er, da er ihn

groß und fromm trägt, metaphysisch und politisch in *wirklicher* Situation. Wir werden davon noch zu sprechen haben.

Für jetzt können wir sagen, daß der Kongreß von Rastatt zu Hölderlins innerem Geschick gehört wie die Philosophie Kants und Fichtes, die er in diesem Brief an den Bruder ebenfalls von höherem Standpunkt aus in die Zeitzusammenhänge eingewoben sieht. Er sagt hier nicht mehr: O wäre ich nie in eure Schulen gegangen! Er weiß nun, daß der blinden deutschen »Häuslichkeit« und Schollenverhaftung kein heilsamerer Einfluß begegnen konnte als der »der neuen Philosophie, die bis zum Extrem auf Allgemeinheit des Interesses dringt, und das unendliche Streben in der Brust des Menschen aufdekt, und wenn sie schon sich zu einseitig an die große Selbstthätigkeit der Menschennatur hält, so ist sie doch, als Philosophie *der Zeit*, die einzig mögliche.«

Es wäre, um dem Inhalt dieses Satzes und weiterhin dem Inhalt dieses ganzen Briefes gerecht zu werden, eine ausführliche Abhandlung nötig. Sie kann hier nicht gegeben werden. Es sei nur noch auf den Schluß des Briefes hingewiesen, der den Ernst und den Umfang des Hölderlinschen Selbsteinsatzes scharf als einen im letzten Ziel *tathaften* Einsatz bestimmt: »Vor allen Dingen wollen wir das große Wort, das homo sum, nihil humani a me alienum puto, mit aller Liebe und allem Ernste aufnehmen; es soll uns nicht leichtsinnig, es soll uns nur wahr gegen uns selbst, und hellsehend und duldsam gegen die Welt machen, aber dann wollen wir uns auch durch kein Geschwäz von Affectation, Übertreibung, Ehrgeiz, Sonderbarkeit etc. hindern lassen, um mit allen Kräften zu ringen, und mit aller Schärfe und Zartheit zuzusehn, wie wir alles Menschliche an uns und andern in immer freieren und innigeren Zusammenhang bringen, es sey in bildlicher Darstellung oder in wirklicher Welt, und *wenn* das Reich der Finsterniß mit *Gewalt* einbrechen will, so werfen wir die Feder unter den Tisch und gehen in Gottes Nahmen dahin, wo die Noth am größten ist, und wir am nöthigsten sind.«

Vielleicht hat Hölderlin, als er dies schrieb, an die Freunde gedacht, die als Soldaten die Schlachten der deutschen Heere mitschlugen, wie Siegfried Schmid und Jakob Zwilling, oder die auf französischer Seite für die große allgemeine Erneuerung zu wirken suchten, wie Franz Wilhelm Jung, Friedrich Emerich und so mancher von den Homburger Revolutionsschwärmern. Seine reine, fromme Natur bewahrte ihn vor beidem und ließ ihn in einem dichterischen

Werk das Bild eines Helden aufstellen, der in gültigerer Weise dahin ging, wo »die Noth am größten und er am nöthigsten war«.
Dieser Held war *Empedokles,* dessen Einsatz die Abhandlung
»Grund zum Empedokles« in folgenden Sätzen bestimmt: »Er
scheint nach allem zum Dichter geboren, scheint also in seiner subjektiven thätigen Natur schon jene ungewöhnliche Tendenz zur Allgemeinheit zu haben, die unter andern Umständen ... zu jener
Vollständigkeit ... des Bewußtseyns wird, womit der Dichter auf
ein *Ganzes* blikt ... Aber diese Anlage sollte nicht in ihrer eigentümlichen Sphäre wirken und bleiben, ... das Schiksaal seiner Zeit,
die gewaltigen Extreme, in denen er erwuchs, forderten nicht Gesang ... auch nicht eigentliche That, die zwar unmittelbar wirkt
und hilft, aber auch einseitiger, und um so mehr, je weniger sie den
ganzen Menschen *exponirt;* es erforderte ein *Opfer,* wo der ganze
Mensch das wirklich und sichtbar wird, worinn das Schiksaal seiner
Zeit sich aufzulösen scheint.«


Der Stoff des Empedokles reißt ihn hin – dies ist das erste Wort
Hölderlins über sein einziges dramatisches Werk, das wir besitzen,
den größten dichterischen Wurf seines Lebens. Seine Quelle für die
Gestalt war in erster Linie das altbekannte Werk des Diogenes
Laertius über »Leben und Meinungen berühmter Philosophen«. Die
verschiedenen Fassungen des Dramas zeigen, daß Hölderlin die Angaben des Diogenes über das Leben des sizilianischen Denkers und
Magiers, Redners, Dichters, Arztes und Politikers (484–424 v.
Chr.) genau beachtet und soviel als möglich eingebaut hat. Zu diesen aus dem Diogenes entnommenen Zügen gehören unter vielen
andern die Heilung der Panthea, die Feierlichkeit der persönlichen
Haltung, die geheimnisvolle Gewalt über das Elementarleben, die
ihm vom Volke Agrigents gezollte göttliche Verehrung, die Ablehnung der ihm angebotenen Königswürde, die Lehre vom endlosen
Wechsel der Lebensformen, die dichterische und rednerische Betätigung, die Gestalt des Freundes Pausanias, die Verbannung und der
Wechsel der Volksgunst, der freiwillige Tod im Krater des Ätna.
Entscheidend mußte Hölderlin ferner angeredet sein von den überlieferten Lehrmeinungen des Empedokles, in denen sich, wie bei
Hölderlin selbst, ein eleatisches und ein heraklitisches Element verknüpfen. Eine tiefe Anschauung ursprünglicher Einigkeit, erschei-
nend im Bilde des von Liebe zusammengehaltenen »Welt-Sphairos«,

des »innigen Alls«, bildet den Ausgangspunkt. Als Prinzip des Trennenden erscheint der Haß (Streit, Zwist), und aus dem jeweiligen Vorherrschen der Liebes- oder Haßtendenzen werden periodische Abläufe, die bald auf den anarchischen Zerfall, bald auf die Wiederkehr der großen Eintracht gerichtet sind.

Aus der Lehre, aus der Gestalt und aus dem Schicksal dieses Mannes vernahm Hölderlin ein durchgängiges Echo auf sein eigenes Denken und Geschick. Er sah bei dem alten Philosophen den Blick auf das *Ganze* und hörte von ihm zugleich das Schlüsselwort für die Teilung. Er sah ihn aber bei diesem gerechten Doppelblick persönlich eingesetzt für die verbindende Liebeskraft, was er dokumentarisch bezeugt fand in dem von Diogenes überlieferten Bruchstück der empedokleischen Sühnelieder (der Bericht des Archonten Mekades über die vermessenen Reden des Empedokles in Fassung II ist recht eigentlich Hölderlins Übertragung jenes Bruchstückes; nicht eine wörtliche Übersetzung des griechischen Textes, sondern eine Herübertragung seines Sinnes ins Deutsche). Weiterhin sah Hölderlin bei dem alten Philosophen diesen Einsatz für die Liebe zum Untergang führen, äußerlich zur Ausstoßung aus dem Staat, innerlich zur Notwendigkeit des Selbstopfers als dem einzigen Weg zur – wir wollen hier sagen: Realisierung dieser Liebe. So stand vor ihm Empedokles als tragischer Held, und zwar als Träger einer Tragik, die er, der Dichter, in seinem eigenen Leben wirksam gesehen hatte. Besonders die Frankfurter Erfahrungen hatten ja Hölderlin die unausweichliche Gebanntheit in diese Tragik endgültig zu Bewußtsein gebracht.

Der »Empedokles« knüpft an die Problematik Hyperions an, und vieles vom hyperionischen Zorn über die dürre Mittelbarkeit des in Schlackenbildungen verhärteten Menschenlebens klingt in den Fassungen I und II nach. Aber Empedokles ist nicht wie Hyperion ein Werdender, sondern ein Gewordener. Er faßt, was Hyperion noch gleichsam staunend erleidet und ungestüm beklagt, als feststehend und gesetzlich. Er steht als Person und Gestalt in seinem Schicksal. Während Hyperion sich noch mit den Vielen verwechseln kann, ist Empedokles von vornherein der Ausnahmemensch, und nicht zufällig tritt seine Gestalt in Hölderlins Welt um dieselbe Zeit auf, in der seine Oden einen Buonaparte, einen Vanini feiern: herausgehobene Einzelmenschen eines besonderen Schicksals, das aber keinen privaten, sondern einen öffentlichen (religiösen, kulturgeschichtlichen und hochpolitischen) Sinn hat.

Die erwähnte Anknüpfung des »Empedokles« an die Problematik
des »Hyperion« tritt besonders deutlich in dem zu Frankfurt entworfenen ersten Plan des Dramas hervor. Diese Problematik stellt
sich als ein grundlegendes, unüberwindliches Entweder-Oder dar.
Der Empedokles des Frankfurter Plans kann nur leben, solange ihm
der große Akkord mit allem Lebendigen als reelle Empfindung
gegenwärtig ist. Sobald er in »besondere Verhältnisse« eingeht,
sobald er sich mit dem Vorhandenen (Wirklichen, Einzelnen) einläßt, geht ihm jene Totalbeziehung verloren. Es gibt für ihn also
nur die Wahl, entweder an das Wirkliche sich zu halten und damit
das Ganze zu verlieren, oder im Gefühl des Ganzen zu leben und
damit allem Einzelnen, Besonderen, Wirklichen fremd zu bleiben.
Beides zugleich zu umfassen, des Unendlichen und des Endlichen
gleichzeitig gewiß und mächtig zu sein, ist ihm unmöglich. Da aber
auf das »Ganze« nicht verzichtet werden kann, gibt es im Felde dieser Spannung nur *eine* Lösung: eine Selbstüberantwortung an das
Ganze, die aus allen Lebensverhältnissen herausführt, die den einzelnen auslöscht und Untergang ist. Diese Selbstüberantwortung an
das Ganze, die Selbstvereinigung mit der unendlichen Natur vollzieht Empedokles, indem er sich in den Ätna stürzt. Es ist ein Tod,
der auf der einen Seite die Lebensunfähigkeit des Helden bestätigt
und auswirkt, auf der andern Seite aber diesem die höchste Lebenserfüllung bringt.

Der Frankfurter Plan sieht eine figurenreiche Fabel vor, an der sich
die kulturflüchtigen und todsüchtigen Affekte des Helden zu entwickeln haben. Aber mitten in der Entrollung des Planes ergibt sich,
daß Empedokles den Entschluß zum Tode schließlich doch nur als
eine Notwendigkeit erkennt, die »aus seinem innersten Wesen folge«.
Es entging Hölderlin nicht, daß die Fabel dadurch hintennach über-
flüssig gemacht wird, daß sie jedenfalls ihren Ernst verliert. Denn
aller Ernst, alles Dramatische war damit in die Seinsstruktur des
Helden zurückverlegt. Hölderlin versuchte daher, in den erhaltenen
Ausführungen (Fassung I und II) *hinter* den Punkt zurückzukommen, wo das »innerste Wesen« des Helden sich feststellt. Er suchte
den Herausfall aus der seligen Lebensallfülle, der dann nur noch
durch den Sühne- und Opfertod zu heilen ist, auf eine persönliche
*Schuld* des Helden zu gründen. Dadurch konnte das Schicksal als
Gestalt den Schauplatz betreten. Dem vorher rein analytischen Ablauf konnte ein schicksalerregendes Element eingefügt werden.

Die erste Fassung des Dramas »Der Tod des Empedokles« bringt

diese Schuld nicht auf die Bühne, setzt sie aber in die unmittelbare
Vorgeschichte, so daß sie die Voraussetzung alles dessen bildet, was
der Zuschauer zu sehen und zu hören bekommt. Es ist der durch
eigne Schuld zerstörte Empedokles, dessen Trauer, dessen Vernichtung zusammen mit der Rückerinnerung an seine vormalige Größe
die Szene beherrscht.

Seine Größe war die eines gewaltigen, geheimnisvoll mit den Mächten des Lebens verbundenen Menschen, dem die Quellen unter der
Erde herzuströmten, wo sein Fuß den Boden trat, und dem nicht
minder das Elementare im Volk gehorchte. Begeisterung, d. h. ständige und immer verjüngte Verknüpfung seines Geistes mit dem Geiste alles Lebens, war sein Element. Heilkräfte gingen durch ihn auf
das Kranke hernieder; denn er verwaltete auf unmittelbare Weise
die Liebesordnung des Alls und strömte daher magisch die totale
Ordnung und Gesundheit aus, vor der alles Gestörte sich zurecht-
rückte.

Aber nun hat dieses klare, mächtige Wesen einen tiefen Fall getan.
Es ist aus der Freude in die Trauer gestürzt, sein Bund mit den
Göttern ist zerrissen. Er selbst hat ihn zerstört dadurch, daß er das,
was ihm die Götter aus Liebe geschenkt hatten (und was daher nur
im kindlichen, unreflektierten Liebesbunde mit ihnen besitzbar und
seiend war), für *eigenwüchsige Begabung* nahm, daß er sich selbst,
sein Wissen und sein Können als den Ursprung alles Segens begriff
und diese frevelhafte Reflexion auf sein Ich eines Tages öffentlich
vor dem Volke aussprach: Ich selbst bin ein Gott. Der Empedokles
des Dramas erläutert diese Sünde:

> Du hast
> Es selbst verschuldet, armer Tantalus!
> Das Heiligtum hast du geschändet, hast
> Mit frechem Stolz den schönen Bund entzweit.
> Elender! Als die Genien der Welt
> Voll Liebe sich in dir vergaßen, dachtest du
> An dich und wähntest, karger Thor, an dich
> Die Gütigen verkauft, daß sie dir
> Die Himmlischen, wie blöde Knechte, dienten!

Und weiter:

> Ich sollt es nicht aussprechen, heilge Natur!
> Jungfräuliche, die dem rohen Sinn entflieht!
> Verachtet hab' ich dich und mich allein

> Zum Herrn gesezt, ein übermüthiger
> Barbar! an eurer Einfalt hielt' ich euch,
> Ihr reinen immerjugendlichen Mächte!
> Die mich mit Freud erzogen, mich mit Wonne
> Genährt. Ich kannt' es ja,
> Das Leben der Natur, wie sollt' es mir
> Noch heilig seyn, wie einst! Die Götter waren
> Mir dienstbar nun geworden, ich allein
> War Gott und sprachs im frechen Stolz heraus.

Der Priester charakterisiert die Schuld noch deutlicher als eine Tantalussünde:

> Es haben ihn die Götter sehr geliebt,
> Doch nicht ist er der Erste, den sie drauf
> Hinab in sinnlose Nacht verstoßen
> Vom Gipfel ihres gütigen Vertrauns
> Weil er des Unterschieds zu sehr vergaß
> Im übergroßen Glük, und sich allein
> Nur fühlte; so ergieng es ihm, er ist
> Mit gränzenloser Öde nun gestraft.

Als Folge dieser Überhebung ist das eingetreten, was das Wort »gränzenlose Öde« meint: das Gefühl der Lebensleere, der Ausgestoßenheit aus dem Liebesbunde der Natur, worein wir Empedokles wie in einen erlebten Tod versunken sehen.

Zum weiteren Verständnis des Motivs aber, der Wortschuld wie ihrer Folgen, werden noch einige Erwägungen nötig sein. Um zunächst vom Standpunkte der Dramengestalt Empedokles aus zu sprechen, so begreift sich die zerstörende Wirkung der Selbsterhebung zum Gotte dadurch, daß Empedokles mit diesem Akte gegen das tiefste Gesetz seines eigenen Lebens verstoßen hat. Kindliche Hingegebenheit an Äther, Licht und Erde in der Jugend, blühende Liebesfreude in der Periode des erwachteren Geistes sind seine Vergangenheit. Fällt in dieses selige Liebesverhältnis, das in seiner Frömmigkeit völlig gereift ist und die Feuerprobe des bewußten Denkens längst bestanden hat, die grelle Torheit der Selbstherausnahme aus dem schönen Bund, so erhellt wohl sogleich das Mörderische dieses Aktes, aber auch seine spröde Unangemessenheit gerade an diesem so konstruierten Charakter. Pausanias fragt:

Was? Um eines Wortes willen?

Wie kannst du so verzagen, kühner Mann? –

und er drückt in dieser Frage einen Zweifel aus, den offenbar Hölderlin selbst an der Durchschlagskraft dieses Motivs gehegt hat. Mit der Erwägung dieses Zweifels, der wohl auch an einen heutigen Leser noch heranstreifen kann, wird eine schwierige Frage berührt. Für sie ist einerseits zu berücksichtigen, daß Hölderlin auf der Suche nach einer Schuld nur eine Gedankensünde wählen konnte, weil nur eine solche die reelle Lebenssubstanz des Helden, sein Liebesverhältnis zu den Göttern, angriff. Bei dieser Suche stieß er auf jenes Wort des empedokleischen Sühneliedes, welches Diogenes Laertius ihm darbot:

Ich aber wandle vor euch als unsterblicher Gott, und erhaben
Über das Sterbliche, werd' ich von allen verehrt, wie gebührlich,
Werde mit Binden geschmückt und mit blühenden Kränzen emp-
fangen;
Komm' ich, begleitet von Männern und Fraun, in blühende Städte,
Ehrt man mich gleich einem Gott, und Tausende folgen mir…

Dies schien Hölderlin brauchbar als Ausdruck einer Hybris, die das menschliche Verhältnis zu den Göttern durchbrach, indem sie in die Eigenmacht des Menschen hereinnahm, was ihm nur unter der Voraussetzung eines demütigen, abständlichen Dankbewußtseins geschenkt sein konnte.

Er unterwarf dabei diese überlieferte Aussage aber einer merkwürdigen Überdeutung. Sein Empedokles bezichtigt sich: »Ich *allein* war Gott, und sprachs in frechem Stolz heraus.« Das geht über den Text des Sühneliedes weit hinaus. »Ich wandle vor euch als unsterblicher Gott« ist etwas durchaus andres als »Ich *allein* bin Gott«. Der antike Philosoph und Magier konnte sich den Göttern zugesellen, ohne damit gegen die Göttersphäre zu freveln. Er sagte damit »Ich bin *auch* ein Gott«, aber er griff die Göttersphäre nicht an. Er handelte nicht gegen sie, sondern er bestätigte sie damit. Er verwirklichte mit einem solchen Anspruch nur, was im »Hyperion« von Hölderlin selbst gesagt war: »Der Mensch ist aber ein Gott, sobald er Mensch ist. Und ist er ein Gott, so ist er schön.« Dies kommt echt aus der antiken Anschauung hervor, welche die Bezeichnung »göttlich« freigebig an Menschen von dämonischer Prägung verschenkt, die Abstammung von Göttern in zahllose Gene-

alogien einfügt und den Helden gerne als Halbgott in die Göttersphäre erhebt. Hölderlin hat dem überlieferten Worte also erst
durch eine Überdeutung den frevelnden, beziehungsbrechenden
Sinn gegeben: er setzte das Wort in das Feld der Spannung Idealismus – Mythus, die seine eigne Naturbeziehung schwer gefährdet
hatte. Der Idealismus eines Fichte, Kant, Schiller ist es in der Tat,
der »sich allein zum Herrn setzt« über die Natur, der die Natur
nicht mehr heilig achten kann, weil er »ihr Leben ja kennt«. Der
idealistischen und weiterhin der intellektualistischen, ehrfurchtslos-
rechnerischen Naturbetrachtung ist es eigen, die Götterkräfte als
dienstbare Knechte anzusehen, die keinen Anspruch auf Ehre haben.

Indem Hölderlin seinen Empedokles diese Art Herrschaftsanmaßung
über die Natur herauskehren ließ, kam er warm an Selbsterlebtes
heran. Er kam heran an die Naturentfremdung der metrischen
Hyperionfassung, und was der blindgeschlagne Empedokles klagt
über den Naturverlust:

> Könnt' ichs noch einmal vor die Seele rufen,
> Daß mir die stumme todesöde Brust
> Von deinen Tönen allen wiederklänge!

– das ist innerlich gleich der Klage nach der Jenaer Zeit:

> Todt ist nun, die mich erzog und stillte,
> Todt ist nur die jugendliche Welt,
> Diese Brust, die einst ein Himmel füllte,
> Todt und dürftig wie ein Stoppelfeld!
>
> (»An die Natur«)

Zugleich kam Hölderlin damit heran an das Vernichtungserlebnis,
das auch außerhalb der idealistischen Beziehungsstörung ihn durchs
Leben geleitete. Er kannte es von früher Jugend an als jene Ebben
der Begeisterung, die ihn trostlos auf dem trockenen Sand der Bedürftigkeit zurückließen. Da eine ruhige Dauerverknüpfung seines
Geistes mit der Lebensfülle nicht bestand, war er auf die Begeisterung angewiesen als auf den Rausch, der ihn in die »goldene Wolke«
hüllte. Da aber Begeisterung – dies gilt für seine ganze Jugend bis
zum Abschied von Frankfurt und der ersten Empedokles-Zeit –
nur als transitorischer Zustand gegeben sein konnte, mußten ihr
immer die Zustände der Geistverlassenheit folgen, das Untertauchen ins fade Nichts, die nichtswürdige Totenruhe und die Todesangst. Die Wortschuld fügte dieses wichtigste Motiv seines eignen
Lebens mit kausalem Schein in das Geschick seines Helden ein.

Sie schlug aber auch zugleich eine Brücke zwischen der Gottverlas-
senheit des Helden und der *Lebensdürre in Volk und Zeit*. Sie setzte
den Helden nicht nur in sein persönliches Schicksal ein, sondern auch
in das Schicksal der zugehörigen Gemeinschaft. Auch in dieser hat
sich der Herausfall aus der strömenden Lebensfülle ereignet. Der
Körper des agrigentinischen Staates ist »krank« geworden in einem
analogen Prozeß der Verwelkung; und ein analoges Verlangen aus
dem »alten Gleiß« heraus nach »Ungewöhnlichem« ist in ihm groß
geworden. Weil auf dem Volke der gleiche Fluch aus gleicher Schuld
liegt, hat Empedokles vor seinem Scheiden dem Volk den gleichen
Rettungsweg zu eröffnen, den er für sich selbst gewählt hat:
> »O *gebt* euch der Natur, eh sie euch *nimmt!*«

Geht völlig heraus aus Form und Überlieferung, werft Gesetze,
Bräuche und heilige Namen ab und überantwortet euch dem unmittelbaren, voraussetzungslosen Lebendigsein! Das heißt in geschichtlicher Wirklichkeit: Revolution! Zerschmelzen im Feuer des
unbedingten Daseins! Der Sprung des Helden in den Ätna ist der
gleiche Schritt, den er als eine radikale Umwälzung dem Volke
anrät, damit sich dessen verborgene Kollektiv-Sünde, die Erstarrung in toter Strukturschlacke, wieder aufhebe.

Diese Analogie, welche sich entzündet an einer dem Helden und
dem Volke gemeinsamen Schuld, ist als das bewegende Moment zu
betrachten, welches dann Hölderlins eigne Stellung zum Empedo-
kles-Stoffe vorangetrieben hat – bis dahin, wo die symbolische
Identität zwischen dem Schicksal des Helden und dem Schicksal
von Volk und Zeit zur Grundlage einer dritten Fassung wurde,
des »Empedokles auf dem Ätna«. In den zwei ersten Fassungen
zeigt sich Empedokles noch weitgehend als ein Gegenspieler des
Volkes angelegt; er ist der Ausnahmemensch, der ein besonderes
Schicksal hat und dem der Widerstand der blinden Masse als etwas
Wert- und Wesenloses dumpf begegnet. Im Helden selbst fehlt noch
durchaus ein klares Bewußtsein, wie er in der Tiefe mit diesem
ärmlichen Chaos zusammenhängen mag. Der Empedokles in der
Verbannung auf dem Ätna ist hingegen von vornherein der *ge-
schichtsmystische Repräsentant* von Volk und Zeit, der – schon im
Szenenentwurf dieser dritten Fassung – vgl. Hell. W. III, S. 199 –
dem ihn anzweifelnden Weisen entgegenhält:
> Was zürnest du der Zeit, die mich gebar,
>
> Dem Element, das mich erzog?

Groß mündet somit hier der Charakter des Empedokles ins Aor-

gische. Von einer individuellen Schuld ist länger nicht mehr die Rede, weil alles Private verklungen ist in das allumfangend-schuldhafte
Irrsal des geschichtlich-menschlichen Lebens. Die persönliche Sünde
des Empedokles muß mit dem fortschreitenden Mächtigwerden des
»Es« in seiner Person verblassen. Sie wird, nachdem sie in der
Entwicklung des Dramas ihren Dienst getan hat, gradweise wieder
aufgelöst, als der Fremdkörper, der sie in *dieser* Welt eben doch
ist.

Schon in der Fassung II ist die Wortschuld der Fassung I nicht mehr
in der anfänglichen Form erhalten. An die Stelle des groben Frevel-
wortes »Ich allein bin Gott« setzt die Fassung II eine außerordentlich vertiefte, sublime *Mittler-Hybris,* eine Maßüberschreitung des
zu weit getriebenen prometheischen Dienens am Menschen. Es ist
nicht mehr die Rede davon, daß Empedokles sich als Gott bezeichnet habe, sondern daß er sich als den allein rettenden Mittler fühle,
welcher zwischen der an sich *stummen* Natur und den Sterblichen
allein das Wort verwalte, die Liebesbotschaft auf- und nieder-
trage. Er greift nicht die Götter an und vergleicht sich mit ihnen
nicht. Aber er fühlt sich als den einzigen, der vom Oben und vom
Unten weiß; als den einzigen, in dem die Liebe zwischen Göttern
und Menschen ein Bewußtsein gewinnt und erlösende Tat wird.
Wenn *er* nicht wäre, bliebe die Fremdheit zwischen Göttern und
Menschen kalt und feindlich stehen; in ihm, dem Mittler, erfüllt
sich erst das Heil.

Dem Priester erscheint als die eigentliche Sünde, daß Empedokles
damit ein Geheimnis frevelhaft preisgab, das nicht enthüllt werden
durfte. Nicht Falsches hat Empedokles verkündigt, aber er hat
etwas, das nur als Geheimnis lebenzeugend war, des Geheimnisses
entkleidet, und wenn der Frevler nun selbst darunter leidet, so
deshalb, weil er mit dieser Enthüllung »den Gott aus sich hinweg-
geschwätzt hat«. Empedokles selbst aber findet sich durch diese
Selbsterhöhung in einer Weise zerstört, die er in leidvoller Selbst-
verhöhnung ausspricht:

> Recht! alles weiß ich, alles kann ich meistern;
> Wie meiner Hände Werk, erkenn ich es
> Durchaus, und lenke, wie ich will,
> Ein Herr der Geister, das Lebendige . . .
> Was wäre denn der Himmel und das Meer
> Und Inseln und Gestirn und was vor Augen
> Den Menschen alles liegt, was wäre es auch

> Diß todte Saitenspiel, gäb' ich ihm Ton
> Und Sprach' und Seele nicht? Was sind
> Die Götter und ihr Geist, wenn ich sie nicht
> Verkündige. Nun! Sage, wer bin ich?

Es gilt sich klarzumachen, daß diese Fassung der Schuld als eines vermessenen Selbstgefühls des Mittlers tief an eine wirkliche Gegebenheit der Hölderlinschen Welt rührt (wie sie ja faktisch der dunkle Schatten ist, der insgeheim jeder antik gearteten Frömmigkeit beigegeben ist). Die Anschauung von der stummen Natur, die zwar göttlich ist, aber wegen ihrer Sprachlosigkeit einen Mittler und Sprecher braucht, zeigt oft bei Hölderlin ihre Spuren; so in der Anschauung der Rhein-Hymne:

> Es haben aber an eigner
> Unsterblichkeit die Götter genug und bedürfen
> Die Himmlischen eines Dings,
> So sinds Heroen und Menschen
> Und Sterbliche sonst. Denn weil
> Die Seeligsten nichts fühlen von selbst,
> Muß wohl, wenn solches zu sagen
> Erlaubt ist, in der Götter Nahmen
> Theilnehmend fühlen ein Andrer,
> Den brauchen sie;

Doch sieht die Rhein-Hymne zugleich eine Möglichkeit vor, daß der Mensch dieses Mittlertum *besonnen* denke und jene letzte Grenze innehalte, welche überschritten ist,

> Wenn einer, wie sie, seyn will und nicht
> Ungleiches dulden, der Schwärmer.

(»Ungleiches« = die Ungleichheit zwischen Menschen und Göttern). Es ist eine zarte und sehr empfindliche Grenze, welche in dieser Welt zwischen Erlaubtem und Unerlaubtem, zwischen frommer und hybrider Eigenmacht des Menschen gesetzt ist, und zu einer Bestimmung dieser Grenze holt denn auch die Fassung II unmittelbar nach jener Selbsterhöhung des Empedokles aus (»Wirken soll der Mensch, / Der Sinnende, soll entfaltend / Das Leben um ihn fördern und / heitern . . .«). Das Bruchstück läßt grade noch erkennen, daß hier in der Grundform des Antigone-Chores »Vieles Gewaltige lebt« die Größe und Gefahr menschlichen Wirkens entfaltet werden sollte; doch zur Ausführung dieser wichtigen Antithese ist es nicht gekommen.

Im »Empedokles auf dem Ätna« fällt dann, wie gesagt, das Motiv

der persönlichen Schuld völlig hinweg. Es bleibt wohl noch eine
Sünde:

> Denn viel hab' ich von Jugend auf gesündiget.
> Die Menschen menschlich nie geliebt, gedient,
> Wie Wasser nur und Feuer blinder dient.
> Darum begegneten auch menschlich mir
> Sie nicht, o darum schändeten sie mir
> Mein Angesicht, und hielten mich, wie dich
> Allduldende Natur!

Aber dies ist wieder, wie anfangs im Frankfurter Plan, eine We-
sens-Schuld; und es ist nicht mehr eine Schuld gegen die Götter,
sondern gegen das Gesetz der Individuation, nähert sich sogar fast
der früheren Schuld im Sinne des Priesters, der dem Helden ja auch
vorzuwerfen hatte, »daß er zu sehr geliebt die Sterblichen«.[1]

---

1 Hier sei daran erinnert, wie die allzu selbstvergessene, allzu dienstbare Liebe zum
Menschengeschlecht im »Gefesselten Prometheus« des Äschylus als Sünde, als Schuld
erscheint. In der Eingangsrede sagt Kratos, Prometheus müsse büßen, auf daß »er sich
lerne beugen vor der Herrschaft / Des Zeus und von der Menschenliebe abzustehn«. Später
wird Prometheus vom Chor gemahnt: »O diene nicht den Menschen über Maß und Ziel /
Und laß dein eigen Elend außer acht!« Gleich darauf sagt der Chor, daß die Strafe den
Prometheus nur deshalb trifft, »weil sonder Furcht vor Zeus / Du nach deinem eignen
Sinn / Ehr' erweisest den Sterblichen / Mehr denn ihm.« Prometheus selbst erklärt: »Ich
hab' erlöst die Sterblichen . . . darum gebeugt von solchem Leiden steh' ich hier . . . weil
ich der Menschheit trug Erbarmen, kann ich nicht / Erbarmen selber finden.« Auch viele
andre Reden in dem äschyleischen Drama ergehen aus dem Tone: Andren hat er geholfen,
sich selber kann er nicht helfen. So stellt sich auch der Untergang des »Mittlers« Prometheus als ein Untergang infolge übermäßiger Liebe zu den Menschen dar. Inmitten der
Feindschaft zwischen Göttern und Menschen wagt er, die Liebe zu leben (1. als Liebe zu
den Menschen, 2. als Liebe zwischen Göttern und Menschen); er gerät so als Opfer ins
Kraftfeld der übermächtigen Zwietracht und »verschuldet« seinen eignen Untergang. Wichtig ist aber, daß bei Äschylus der Haß von den Göttern ausgeht. Die Götter, *selbst
noch unerlöst* und dämonisch, sind den Menschen feind und wollen sie ausrotten; deshalb bedeutet des Prometheus Liebe zu den Menschen ohne weiteres eine Auflehnung
gegen die Götter. Prometheus ist das eigentliche Urbild aller griechischen Tragödienhelden; denn diese halten stets die umfänglichere, aber noch unbekannte Wirklichkeit des
Menschen fest gegen die »Enge« der Olympier und verfallen dennoch am Ende der Eifersucht derselben, weil in der alten Welt der Mensch keinen letzten Halt in der überolym-
pischen Sphäre findet. Aus dem Umstand, daß Hölderlin seinem ganzen Einsatz nach die
Götter nicht als die wahren Gegenspieler des Menschen erkennen konnte, erklärt sich,
daß sein »Tod des Empedokles« bei aller Echtheit der antikischen Seelensubstanz der
griechischen Tragödie fernblieb. Hölderlin war im Gegenteil dafür eingesetzt, die »Ehre
der Götter« wieder herzustellen, weil nach dieser Seite hin sich eine klaffende Lücke
lebenstörend aufgetan hatte. Und dies war freilich ein ebenso großer Auftrag wie der
gegenläufige Auftrag des Äschylus und Sophokles. Während diese geheim auf den Gott
*über* den Olympiern hintreiben — Prometheus sieht das Ende des Zeus und die antike
Götterdämmerung voraus —, ist Hölderlin eingesetzt für die rückwärtigen Verbindungen,
für ein Nachholen aller seit Christus versäumten Opfer. Denn diese sind nötig, damit
sich der Mensch im ganzen Umfang seiner Wirklichkeit und Natur erfülle. Hölderlin

Als Folge der Schuld ergibt sich denn auch nicht ein Zerwürfnis mit den Göttern, sondern ein Zusammenprall mit dem »Gegner«, der in düsterer Größe schattenhaft aufragt, und damit verbunden die Ausstoßung aus dem Lande der Menschen, die seine Liebe so wenig verstanden wie ihre eigene Friedlosigkeit und Lebensdürre. Der Begriff Schuld löst sich auf in dem weiträumigen Zusammenhang des Schicksals und der namenlosen, menschenfremden Nemesis:

> Wer hub es an? Wer brachte den Fluch? von heut
> Ists nicht und nicht von gestern, und die zuerst
> Das Maß verloren, unsre Väter
> Wußten es nicht, und es trieb ihr Geist sie.

(»Der Frieden«, 1799/1800)

Uns geht hier noch die biographische Bedeutsamkeit an, welche diese letzte, gleichsam entschwindende Fassung der Empedoklessünde besitzt. Unverkennbar steht der Selbstvorwurf des zu weit getriebenen, zu selbstvergessenen Dienens in Zusammenhang mit den zahlreichen Selbstbezichtigungen Hölderlins, die sprechen von seinem allgefälligen Herzen, von der allvergessenen Liebe, der törichten Selbstverschwendung aus Unkenntnis oder Verleugnung des eigenen Reichtums. Wir erinnern uns, daß diese Selbstbezichtigungen schon in den frühen Hyperionfassungen führendes Motiv waren. Ebenso war damals schon die Art der zornigen Selbstverteidigung gegen die Masse, wie wir sie bei dem Empedokles der Fassungen I und II finden, gegeben. Wenn Empedokles, in die Enge getrieben wie von den Jägern ein verwundetes Wild, sich mit Grimm und Fluch auf den Lippen gegen die Verfolger umkehrt, so entspricht dies dem Typus der Hölderlinischen Gegenwehr in extremer Lage: »Freilich, wenn es einmal, wie mir däuchte, den letzten Rest meiner verlorenen Existenz galt, wenn mein Stolz sich regte, dann war ich lauter Wirksamkeit, und die Allmacht eines Verzweifelten war in mir« (Thalia-Fragment).

Die Abstufung des Gesamtbewußtseins, die im Laufe der verschiedenen Empedoklesfassungen erfolgt, tritt besonders deutlich im Verhältnis zum Gegenspieler, dem Priester, hervor. In der Fassung I ist er noch dumpfer Vertreter des Mittelbaren, des Toten und Bräuchlichen, das verworfen, ausgestrichen, sogar verflucht werden kann. Es ist dieselbe Haltung wie in der Strafrede Hyperions ge-

---

wird zum Sprecher einer Tendenz zur geschöpflichen Verdichtung, und die Weise, wie er damit der christlichen Wahrheit zugeordnet ist, ergibt sich aus dem Satze: Gratia supponit naturam.

gen die unlebendigen Strecken im deutschen Volksleben. Der Priester wird gehaßt als Mann der leeren Routine, kein mitgehendes
Verständnis kehrt sich seinem Amte zu, in dem er ja nur als ein
»Gewerbe« die Pflege der jenseitigen Beziehungen betreibt. Weil er
nicht in der unmittelbaren Lebendigkeit des Empedokles steht, gilt
er ohne weiteres als Heuchler.

Darüber hebt sich die zweite Fassung mit einem gewaltigen
Schwung hinaus. Auch hier ist der Priester der einzige echte Gegenspieler. Auch hier bleibt er gezeichnet mit dem Mal des letzthin ver-
derblichen Menschen, weil er durchaus eine *geschlossene* Seele ist,
unbekannt mit der Frömmigkeit der sich hingebenden und allem
Leben offenen Seele. Aber geheim kehrt sich ihm eine neue und sehr
erweiterte Teilnahme des Dichters zu. Er wird als der Verstehende
gefaßt, der um die Antriebe in Empedokles ebenbürtig weiß. Die
eigene Tragik des Priesters wird gesehen, dem das flutend Lebendige bekannt ist in seiner verborgenen Allgültigkeit, aber auch in der
Todesgefahr, die es mit sich führt sowohl für das Volk, wie auch
für den ergriffenen Menschen, der durch sein Bestes gerade in den
Widersinn und in lauter schiefe Menschenbeziehungen gestürzt
wird. Hermokrates weiß mit einem gültigen Wissen um die Urgefahr der Verwilderung, der Zerstörung der Menschengestalt, welche der Rückgriff auf die Natur, die Preisgabe des kultisch gefaßten Geheimnisses heranführt.

Hölderlin hat in der Gestalt dieses Priesters den Einwand gegen
seine eigene Seinsart bewunderungswürdig hoch gefaßt. Er hat sich
hier mit einer stillen, strengen Verständlichkeit von außen angesehen, und das Feuer, das in den wissenden, finsteren Reden des Priesters brennt, ist wahre Begeisterung. Hermokrates hält in der Fassung II ungefähr die Partie, welche in Schillers Don Carlos vom
König und dem Großinquisitor vertreten wird.[1] Aber während
Schillers Wissen um diese Gegenspieler mit kalter Gerechtigkeit
von außen her die Gewichte verteilt, wächst Hermokrates aus trei-
bender Keimkraft zum zuvorbestimmten Widersacher auf, der mit
dem Helden *nahezu* unter gleicher Ermächtigung steht. Er ist der
Erweis dafür, daß Hölderlin die konservative Position in ihrem
tiefen, ewigen Rechte kennt – so wie die Gestalt Empedokles erweist, daß er das Vergängliche und Geopferte, das Gefährdete und
Gefährliche des revolutionären Lebenbringers klar begreift. Der

---

[1] Auf den Dostojewskischen »Großinquisitor« braucht hier nicht eigens verwiesen zu
werden.

Vorläufer, der geopferte Erstling der Ernte, die Morgenwolke, die dem Tag vorangeht, das »vorzeitige Resultat des Schiksaals«, das Trugbild, in dem die Versöhnung zwischen Göttern und Menschen scheinbar vollzogen ist und das sich auflösen muß, weil es »durch seinen Tod die kämpfenden Extreme, aus denen es hervorging, schöner versöhnt und vereinigt, als in seinem Leben« – dies sind die Bilder, unter denen hier Hölderlin seinen Empedokles sieht.

Tief ist also das Recht, welches Hermokrates gegen Empedokles vertritt. Nur reicht es nicht bis ans Ende. Es reicht nicht bis dahin, wo begriffen werden muß, daß der *geschichtliche Augenblick* Agrigents das Opfer braucht und nicht den konservativen Routinier; daß er einen Helden braucht, der nicht widerlegt ist durch seine Lebensunfähigkeit, sondern der gerade *durch* seinen Lebensmangel, durch die Unmöglichkeit, die Liebe zwischen Göttern und Menschen gestalthaft zu leben in einem Augenblick, da zwischen ihnen zerreißende Feindschaft herrscht (die eben den, der die *Liebe leben* will, am zuverlässigsten zerreißt) – die uranische Urverbindung in seinem Untergang erhärtet und geradezu aktiv stiftet. Der Priester glaubt zu wissen, daß dieser agrigentinische Augenblick nur einer unter vielen gewesen ist, die immer die konservative Methode gerechtfertigt haben. Empedokles aber weiß durch den Wink, den die Götter ihm mit seiner »Lebensunfähigkeit« gaben, daß dieser Augenblick neu und unvergleichbar den früheren ist. Er weiß, daß er einen neuen Einsatz fordert, den Menschen nicht denken können und den der Priester nicht annehmen darf, weil dieser Einsatz prophetisch und nicht priesterlich ist.

Es bewegen sich durch den Zweikampf Empedokles-Hermokrates wie ferne Schatten die geschichtlichen Probleme der Hölderlinzeit. Man erblickt sie, sobald man sich klargemacht hat, daß die Motive dieser Zeit (die französische Revolution, die napoleonischen Kriege mit ihren fortwährenden Neugestaltungen Europas, die Auflösung des Reiches, das Ringen um deutsches Sein und Bewußtsein, vor allem auch das Ringen um die geistige Wiederherstellung des Menschen nach der idealistischen Aufspaltung) durchweg Erscheinungen der *Zwietracht zwischen den Elementen* sind, des Zwistes zwischen oberen und unteren Mächten, gewachsen in den Zeiten des üppigen Schlummers der Völker und wunderbar in Hölderlins Seele wiederholt als die Entzweiungen im Intimsten seiner Existenz. Sein persönliches Geheimnis ist öffentlich als die Not und das Ringen einer ganzen Zeit. Denn sein persönliches Geheimnis ist das heilige Ver-

fehlen der übergeschichtlichen Festwerdung. Darum wird ein solcher
Mensch, wenn er rein bleibt, radikal geschichtlich; er stellt unmittelbar die Unruhe und den Kampf der Geschichtskräfte dar und
lebt in ihrer Art. Er weiß auch von ihnen das meiste. Er erfährt das
Innigste über die Götter, indem er sie als Geister der reißenden Zeit
erkennt und doch zugleich auch als die Söhne der Natur, des tod-
losen, heiligen Alls.

In der letzten Fassung des Empedoklesstoffes, dem »Empedokles
auf dem Ätna«, geht diese geschichtliche Bedeutung der Empedoklesgestalt völlig klar auf, genauer: es geht jener Heilsplan auf,
nach dem Empedokles ein Mittler zwischen Natur und Menschen-
sphäre wird, ein sakramentaler Mensch, der durch einen Sühne-
und Liebestod die verdorrte Zeit und das zerspaltene Volk wieder
verjüngt. In dem Gespräch zwischen Empedokles und dem Greise
Manes, der wie Tiresias als ein Aufseher über das Schicksal die Szene betritt, wird ausdrücklich die Unterscheidung zwischen einem
bloß privaten Untergang und einem geschichtlich bedeutsamen Erlösertod herausgearbeitet. Es ist die eigentliche Bedeutung der
Manes-Gestalt, daß sie an Empedokles die letzte Erprobung und
Anfechtung heranzutragen hat. Dies geschieht mit der Frage, ob
Empedokles den Selbstmord in Trunkenheit und als einen Tod der
»Unverständigen« an sich vollziehe oder ob er der eine sei, der
neue Retter, dem allein diese »schwarze Sünde«[1] freistehe. Die
Antwortrede des Empedokles ergeht völlig aus dem Sinne, daß sein
Selbstopfer der reine vaterländische Sühnungs- und Rettungstod
ist. Nicht eigene Verfehlung, sondern der objektive anarchische Lebenszerfall im *Volke* ruft ihn zur Sühne, d. h. zur Wiederherstellung der liebenden Eintracht (mhd. suone) zwischen den verfeindeten Mächten. Er begreift sich als den letzten, in welchem das Leben
des Volkes noch ganz mit sich einig ist, und weiß sich gerade dadurch in einer Zeit der Zerreißung zum Opfer geweiht; er muß
untergehen, um durch seinen Untergang die in ihm gegebene Einigkeit ins Allgemeine hinauszuspenden und so das Vaterland wieder
zu verjüngen. Der Mensch, der »seines Landes Untergang so tödlich
fühlt«, ahnt und stiftet zugleich dessen neues Leben.

Es geht bei diesem Opfertod rein um die Ehre der Götter, und *eben
deshalb* um das Vaterland. Die antike Totalbedeutung und der Polis
steigt im Empedoklesdrama wieder auf, ungerufen und unreflek-

---

1 Mit dieser Anschauung, daß Selbstmord Sünde sei, übernimmt Hölderlin die nachantike,
christliche Verwerfung des Selbstmordes.

tiert, wie sie auch sonst in der Welt des gereiften Hölderlin erscheint. Sie meldet sich als ein Stück antiker Lebenswirklichkeit, das in ihm auftreten muß, weil er in die Form des antiken Seins real wieder eingetreten ist. Das Selbstopfer des Empedokles ist durchaus antikes Opfer. Es hält sich, so hoch und so »modern« die Art ist, in der die Weihung erfolgt, völlig in der Sphäre des antiken Opferkultes, der auch im Tieropfer das ursprüngliche Menschenopfer meint. Alle eigentlichen Naturgötter haben einen untilgbaren Hunger nach dem Menschenopfer. Sie können den Menschen in seiner Menschenform gleichsam nur auf Widerruf dulden und fordern von ihm, daß er ihre Duldung dieser Menschenform durch das Menschenopfer abgelte (nicht anders, als wie die Götter des alten Orients sich ihre Duldung der naturwidrigen Einehe durch die rituelle Prostitution der Ehefrau alljährlich einmal abgelten ließen). Selbst die Liebe dieser Götter zu den Menschen ist eine im Wortsinne verzehrende Liebe. Sie machen es dem Menschen, mitten in der Überschüttung mit ihren Gaben, zum höchsten Glück, nicht geboren zu sein oder doch so schnell als möglich dorthin zurückzukehren, woher er kam. Wie alles antike Opfer, so zielt auch das Opfer des Empedokles darauf ab, die Menschenform wieder auf die Formel des ungebrochenen Naturlebens zu bringen; und dies ist in der antiken Welt stets das wichtigste Anliegen, weil der Mensch sich da zu seinem eigenen, vollen Leben noch nicht bekennt und daher ein kultisches System braucht, das ihm das Leben trotz dieses fehlenden Bekenntnisses zu ihm ermöglicht.

Der Opfertod des Empedokles versöhnt das abgefallene Leben der Gemeinschaft wieder mit der in sich einigen Natur. Er ist insofern ein Erlösertod. Aber er erlöst die Menschen nur zu der unerlösten Natur. Er erlöst die Menschen von ihrer Erlösungsbedürftigkeit. Und zwar geschieht sein Heilswerk nur auf *Zeit*, in der Art eines Gewitters; und wie das Gewitter immer wieder nötig wird, wie es keine *dauernde* Heilung der Atmosphäre bewirkt, sondern im Grunde alles beim alten läßt, so ist auch der Erlösertod des Empedokles nur einer unter vielen. Er holt die Menschen nicht heraus aus dem, was in unserem Sprachgebrauch das dunkle, schwere Wort »Sünde« meint; viel eher will er sie darin festigen. Er hilft ihnen, auszuweichen vor der Anerkennung der dumpf geahnten Tatsache, daß ihr eigener Begriff vom Leben noch nicht menschengestaltig ist, d. h. daß er noch nicht die ganze Wirklichkeit des menschlichen Seins umfaßt. Doppelzüngig, treulos sind die Götter, doppelzüngig, doppeldeutig ist die Natur, beide daher der ich-sagenden Einheit der Seele im Grunde feind und fremd.

Es wäre vieles darüber zu sagen, daß Hölderlins Empedoklesdrama die antike Frömmigkeit in gewissem Sinne unmittelbarer vorträgt als die griechische Tragödie selbst, daß es sich zum Oratorium, zur »tragischen Ode« hin formt, weil der reale Trotz, den Ödipus, Antigone, Orest, Ajas in der Verteidigung der Menschenform gegen die Götter aufbieten, hier nirgends ins Blickfeld tritt. Aus ähnlichen Gründen berührt sich das agrigentinische »Volk« in seinem Reden und Handeln auf keine Weise mit dem Chor der antiken Tragödie, obwohl schon die Szenenskizze zur Fassung II von einem »Chor der Agrigentiner« spricht.

Mußte dies in Betracht gezogen werden zur genaueren Bestimmung der Empedokles-Gestalt (namentlich auch zu ihrer Abgrenzung gegen Christus), so bleibt vom biographischen Standpunkte aus eines wichtig: die Verweisung auf die Einigkeit des Menschen mit der Natur, wie sie im Empedokles geschieht, ist Hölderlins geistesgeschichtliche Kerntat, gleichermaßen aufsteigend aus einer persönlichen Seinsnot wie aus einem Bedürfen der Zeit (wobei stets festzuhalten ist, daß Hölderlins Begriff der Natur nichts mit dem entsprechenden Begriff irgendeines Naturalismus zu tun hat). Das dualistisch zerspaltene Menschenwesen, die zerfallenden Einheiten in innerer und äußerer Welt waren dem ausgehenden 18. Jahrhundert das Gegebene. Was mit so großem Ernst als neue »Ehre der Götter« durch Hölderlin herangeführt wurde, überwuchs die vorhandenen Begriffe so sehr, daß es weder vom idealistischen, noch vom religiösen, noch vom naturalistischen, noch vom aufklärerischen oder politisch-revolutionären Denken her zu fassen war. Einigkeit mit der Natur hieß bei Hölderlin-Empedokles zugleich naturhafte Einheit des Menschenwesens in sich selbst, und weiterhin dessen geschöpfliche Verwirklichung in einem neuen Freundschaftsbund zwischen Geist- und Vitalsphäre, in einem Bewußtsein, das die welterhaltende Liebe mit einer selbstvergessenen, kindlichen Strenge zu denken vermochte. Was auch die Zukunft bringen sollte: mit einem neuen, nie erhörten Ernstnehmen der Natur mußte alles Neue beginnen. Die Geistesbewegungen des 19. Jahrhunderts lassen sich durchgehend als Tendenzen aus diesem einen Antrieb auffassen, nicht ohne verschiedene Abirrungen und Verdünnungen des

Begriffs »Natur« vor Augen zu bringen, in Positivismus, Materialismus, Empirismus, Sensualismus, bis zu Nietzsches hohem luzi-
ferischem Naturalismus, der ins Titanische mündet und nach der
gegengeistigen Seite wieder zum Nichts durchbricht. Über allen
diesen Abwandlungen steht Hölderlins Fassung des Themas so un-
angreifbar hoch, daß heute noch nicht von einer vollen Erkenntnis,
geschweige denn von einer tathaften Aufarbeitung seiner Fragestellung gesprochen werden kann. Durch seine unmeßbare Ferne
von allem Konkreten hat der Wurf des Sämanns, der ihn in die
Zeiten hinaus entsandte, eine solche Kraft des Schwunges erhalten,
daß das Korn noch nicht »an das Ende« gekommen ist.

Zu den günstigen äußeren Umständen, die nach dem Abschied von
Frankfurt dem Dichter in seiner schweren Getroffenheit zu Hilfe
kamen, gehörten die sich häufenden Stimmen der literarischen Anerkennung. Zwar war der Widerhall des Hyperion außerhalb des
Kreises der alten und neuen Freunde gering. Die »Neue allgemeine
deutsche Bibliothek« wußte von dem Buche nur zu sagen, es spreche
»eine erhabene, bilderreiche, überirdische Sprache, die hohe, wunderbare, nie gehörte Dinge zu verkünden scheint, aber im Grunde
wenig verkündigt«. Freundlicher erklang es aus der »Oberdeut-
schen allgemeinen Literaturzeitung«: »Es ist alles in einem edlen,
hohen Style gedacht und gefühlt. Tragischer Ernst, große Massen,
kühne Aufflüge der Phantasie sind das ehrwürdige Gepräge einer
in sich gezogenen, mit unparteyischer Härte über das glänzende
Nichts alles menschlichen Treibens richtenden Vernunft, und ein
innerer moralischer Selbstkampf, der nur in der Harmonie der Natur ruhen, und Besänftigung erwarten kann, geben dieser kleinen
aber gedankenreichen Schrift ein nicht gemeines Interesse. Es ist
kein Buch für das gemeine Lesepublikum. Der Verfasser spielt nicht
mit seinen Lesern, er nimmt alle ihre intellektuellen und moralischen Kräfte in Anspruch.«
Um so wärmer lauteten die Urteile der Freunde, abgesehen von
Schiller, der sich niemals über das Werk geäußert hat. Conz widmete dem Buch eine rühmende Würdigung in den »Tübinger gelehrten Anzeigen«, Carl Lohbauer feierte es in einer Ode »An Hyperion«, Heinse erkannte es an, Charlotte von Kalb empfing einen
tiefen Eindruck von ihm. Im Kreise Sinclairs vollends fand es eine
begeisterte Aufnahme. Wenn Boehlendorff im Mai 1799 an seinen

Freund Rudolf Steck schrieb: »Hier hast Du Hölderlins Hyperion,
dort findest Du, was unsere Geister miteinander sprachen – und
was sie wohl noch lang sprechen werden«, so wird sichtbar, wie
Hölderlin hier in seiner repräsentativen, vorkämpferischen Bedeutung empfunden ist. Der Hyperion mußte vielen begabten und
hochgemuten jungen Männern ein Spiegelbild ihrer eignen Hoffnungen und Verzweiflungen sein.

Dies wird anschaulich in der vortrefflichen Charakteristik, die ein
andrer Freund und Studiengenosse Boehlendorffs, Joh. Gg. Rist,
von den Jenaer Stimmungen des Wintersemesters 1795 bis 1796
gegeben hat: »Es war eine gefährliche Zeit für Jünglinge von Geist,
und diese Jahre die gefährlichsten. Heftig aufgeregt und angezogen
von allen Seiten, bewegte sich das Leben zwischen lauter Extremen;
die Richtung fehlte, und wo sie sich feststellen wollte, da griff der
gewaltige äußere Drang der Revolution und des Krieges verstörend
ein. Goethe und Fichte hoben die Geister in einen Brennpunkt des
Lichts und der Wärme, dem die Naturen, welche nicht im Innern
ein starkes Gleichgewicht trugen, nicht widerstehen konnten. Grenzenlose Hoffnungen, die kühnsten Entwürfe rissen die besseren Geister fort.« Derselbe Rist sagte in einer andern Schrift: »Es trat
eine jugendliche, poetisch-ästhetische Begeisterung in die von Gegensätzen bereits aufgewühlte Zeit; – sie wirkte hie und da versöhnend, rettend, oft irreleitend, nicht selten empfängliche, doch
beschränkte Naturen von Grund aus auflösend oder zerrüttend. An
der Stirne trug sie die Lehre: alles Schöne sey gut, und gut nur das
Schöne; in ihrem Kern ein vornehmes Selbstbewußtsein der Gott-
ähnlichkeit. Schillern lesen, galt Vielen für Bildung erwerben, Goethe studieren für ein ernstes Geschäft, Steine und Bäume zeichnen
für ein Studium von Kunst und Natur... Es war eine gewaltige,
eine chaotische Zeit; und wenn nicht die kämpfenden Elemente einander das Gleichgewicht gehalten hätten, so wären die besseren unter der Jugend alle zugrunde gegangen.«[1]

Abgesehen von der Bedeutung, die eine solche Schilderung für die
allgemeine Geisteslage der Hölderlinzeit besitzt, erklärt sie insbesondere die bezeichnete Wirkung des Hyperion auf den Sinclair-
kreis. Denn in dieser Dichtung zeigte sich jene heftige allgemeine
Ergreifung bei Abwesenheit jeder bestimmten, objektgebundenen
Einweisung, jener Zwang zum Chimärischen, jene Heldengesin-

1 Nach Karl *Freye*, »Casimir Ulrich Boehlendorff, der Freund Herbarts und Hölderlins«,
Langensalza 1913.

nung ohne greifbare Heldenziele bis in persönlichste Seinstiefen hinab verfolgt. Was die Zeit alle erleben ließ, erschien hier, freilich nur den Freunden und Schicksalsgenossen deutlich, als innerste Problematik eines plastischen dichterischen Charakters.

Unter den Besprechungen der lyrischen Gedichte Hölderlins ragt die von August Wilhelm Schlegel hervor, 1799 in der Jenaer Literaturzeitung erschienen. Sie galt den vierzehn kleinen Gedichten, die Neuffer in seinem Taschenbuch für Frauenzimmer auf das Jahr 1799 abgedruckt hatte; ein Teil davon war mit dem Decknamen Hillmar gezeichnet, und es beweist Schlegels Scharfblick, daß er gerade auch diese Gedichte hervorhob. »Den sonstigen Inhalt des Almanachs«, schrieb er, »möchten wir fast auf die Beyträge von Hölderlin einschränken ... Die prosaischen Aufsätze sind ganz unbedeutend. Hölderlins wenige Beyträge aber sind voll Geist und Seele und wir setzen gerne zum Belege ein paar davon hierher« (es folgen die Oden »An die Deutschen« und »An die Parzen«). »Diese Zeilen lassen schließen, daß der Verfasser den Gedanken zu einem Gedicht von größerem Umfange mit sich herumträgt, wozu wir ihm von Herzen jede äußere Begünstigung wünschen, da die bisherigen Proben seiner Dichteranlagen und selbst das hier ausgesprochene erhebende Gefühl ein schönes Gelingen hoffen lassen.« Diese Würdigung kann als erste Bekundung des besonderen Verständnisses gelten, das die romantische Schule für Hölderlin bereithielt. Später haben sich namentlich Achim von Arnim, Clemens Brentano und Bettina zu Sprechern dieses bis zu wacher, ehrfürchtiger Bewunderung aufsteigenden Verständnisses gemacht. Die Romantiker waren die ersten, die Hölderlins Seele erkannten, weil diese mit ihrem flutenden Lebendigsein, mit ihrem raschen Erheben, mit ihrer Auslieferung an das sich Wandelnde und ihrem Sinn für den Widerspruch das romantische Seelentum wesensähnlich ansprach, wohingegen das eleatisch-idealistische Element in Hölderlin, seine Richtung auf den im Diesseits erscheinenden Optimalwert die Trennungslinie zwischen Hölderlin und der Romantik bildete.

Hölderlin teilte der Mutter im April 1799 die Besprechung Schlegels mit, um ihr »etwas Hoffnung zu geben, daß meine gegenwärtige Arbeit (Empedokles) eine günstige Aufnahme finden werde«. Es mußte ihm an einer solchen Stärkung des mütterlichen Zutrauens um so mehr gelegen sein, als er sich fortwährend ihrer Vor-

schläge zum Antritt eines geistlichen oder sonstigen Amtes zu er-
wehren hatte. Auch drohte die Erschöpfung seiner Ersparnisse, und
er sah in dem erwähnten Briefe bereits voraus, daß er Ende des
Sommers einen Betrag von hundert Gulden, den ihm die Mutter
angeboten hatte, nötig haben werde – nur als Darlehen, wie er mit
ängstlicher Genauigkeit versicherte. Die Hoffnung, daß ihm der
Empedokles Geld bringen werde, hat er in diesen ersten Homburger Monaten zweifellos gehegt.[1] Vielleicht bildete sie im Verein

1 Auf den Empedokles einerseits, auf Homburg andererseits verweisen die spärlichen und
durch keine Zeile von Hölderlins Hand gestützten Nachrichten über eine Tragödie
»König Agis«, an der Hölderlin in der Homburger Zeit gearbeitet hat. Die wichtigste
Bestätigung dieser Annahme ist ein Brief von Conz an Justinus Kerner vom 9. April
1821. Danach hat Conz dem Redakteur der Zeitschrift für die elegante Welt, Mahlmann,
im Jahre 1809 einen Teil des Hölderlinschen Nachlasses übersandt, worunter sich ein
dramatisches Fragment befand, das den spartanischen König Agis IV. (244–235 v. Chr.)
behandelte. Auch Sinclair erwähnt Hölderlins Beschäftigung mit diesem Stoffe in einem
Brief aus Rastatt vom 8. Februar 1799: »Daß Du nichts von Agis schreibst und daß Du
mir überhaupt nur einmal schreibst, läßt mich ahnen, daß Du stark daran gearbeitet hast,
und daß uns viel Vergnügen bevorsteht, wenn wir das hören, was Du, entfernt von uns,
aber doch manchmal an uns denkend, geschrieben hast.« Mahlmann mußte auf spätere
Anmahnung von Conzens Seite gestehen, daß Hölderlins Papiere infolge Redaktions-
wechsels und andrer Umstände verlorengegangen seien, und es ist somit keine Zeile
dieser Arbeit beglaubigt auf uns gekommen. Trotzdem mag es nicht müßig scheinen, die
besondere Nähe des Agis-Stoffes zu Zeit und Zeitgeist und zu Hölderlins Welt, namentlich dem Hyperion und Empedokles, ins Auge zu fassen. Das Geschick des jugendlichen
Revolutionärs auf dem Königsthrone, von Plutarch so beweglich erzählt, redete lebhaft
zu einer Zeit, die in Friedrich dem Großen, in Joseph II., ja auch in Erscheinungen wie
Bernstorff und seinem Gegenspieler Struensee eindrucksvolle Beispiele des aufgeklärten
Machthabers und des Revolutionärs von oben vor sich hatte. Der Stoff ist im ausgehenden
18. Jahrhundert mehrfach behandelt worden, so von Victor Alfieri (1749–1803), von
Jos. Fr. Laignelot, dessen Agis-Tragödie 1779 in Paris aufgeführt wurde. Auch der Hom-
burger Landgraf, Friedrich V., hatte sich dramatisch an dem Gegenstande versucht. Ein
besonderes Interesse des Homburger Kreises an der Agisgestalt ist weiter dadurch bezeugt,
daß Boehlendorff während seines Hamburger Aufenthaltes in seinem Kleomenes-Drama
»Die Spartaner in Ägypten« eine mit Agis eng verbundene Gestalt behandelt hat. Was
Hölderlin an der Agisgestalt besonders berühren mußte, war das Motiv vaterländischer
Umkehr aus dem Geiste eines königlichen Jünglings, der aus alten Verschlackungen den
Weg zum lebendigen Staate suchte. Die Aufhebung eingewurzelter Schuldenlasten, die
Neuverteilung des gemeinen Eigentums, welche Agis anstrebte unter kühner Darangabe
seines eigenen Vermögens, seine gesamte Richtung gegen soziale Erstarrung, gegen Künstelei und schalen Luxus – sie enthalten in dichter Häufung Züge, die wir von Empedokles (Erneuerungsaufruf) und Hyperion her zu kennen glauben. Selbst bestimmte Einzelmotive des Empedoklesdramas, wie das selbstvergessene Dienen am Volke als Grund
des Untergangs, fehlen nicht; wie denn Plutarch berichtet, daß die Mutter Agesistrata
den erwürgten Agis angeredet habe mit den Worten: »Deine gar zu große Behutsamkeit,
mein Sohn, deine Milde und Menschenliebe hat dich und uns ins Unglück gestürzt.« In
dieselbe Richtung weist Plutarchs Vorbemerkung, die Könige Agis und Kleomenes seien
ebenso wie die beiden Gracchen für das Volk eingetreten und hätten sich dadurch den
Mächtigen, die ihre Vorrechte nicht hergeben wollten, verhaßt gemacht. Der Jüngling
Agis ist gleichsam der Pausanias des Empedoklesdramas auf dem Königsthron; wie der
Gegenspieler Leonidas samt den reaktionären Ephoren ungefähr der Gruppe des Archonten

mit dem Schwinden seiner Barmittel eine Brücke zu dem Plan, der
gegen Juni 1799 in ihm Gestalt gewann: eine Zeitschrift ins Leben
zu rufen und als Herausgeber eine bürgerliche Daseinsgestalt zu
gewinnen. Daß die Hofmeisterei ein schlechter Notbehelf war, hatte er klar genug erkannt. Vor dem Antritt eines Pfarramtes warnte
ihn nach wie vor alles, was er von sich selbst und von den Pflichten
dieses Amtes wußte. Der Zeitschriftenplan bedeutete seinen letzten,
mit vollem Einsatz unternommenen Versuch, im Erwerbsleben Fuß
zu fassen auf eine Weise, die seinem Beruf und Schicksal nicht
stracks widersprach.

Zur Entstehung dieses Zeitschriftenplans wirkten außer dem wirtschaftlichen Beweggrund noch andere Antriebe mit. So das neue,
gefestigte Bewußtsein, daß er der Welt nicht nur als Dichter, sondern auch als Denker über Kunstfragen Hörenswertes zu geben
habe (»neue, wenigstens noch nicht verbrauchte Ansichten«). Weiterhin kommt in Betracht das tägliche, belebte Gespräch mit den
Homburger Freunden, welches das Bewußtsein eines geistigen
Gruppenbesitzes deutlich werden ließ. In den ersten Monaten des
Jahres 1799 waren es hauptsächlich Sinclair und Muhrbeck, mit
denen dieser Austausch stattfand. Hölderlin schrieb seiner Schwester kurz nach Jahresbeginn: »Mein hiesiger Umgang schränkt sich
meist nur auf zwei Freunde ein, die aber durch ihren Geist und
ihre Kenntnisse und Erfahrungen, die sie in Laid und Freude, in
seltenem Grade gemacht haben, so reiche Unterhaltung gewähren,
daß wir uns oft einander aus dem Wege gehen müssen, um unsere
Gespräche nicht zur Hauptsache werden zu lassen und uns den
Kopf nicht zu sehr einzunehmen, weil jeder mehr oder weniger
seinen ganzen Sinn, unzerstreut und unberauscht von andern Ideen
und Interessen, zu seinem Geschäffte braucht.« Im April kam noch
Boehlendorff hinzu und half die Wärme und den geistigen Mut des
Verbundenheitsgefühls bestärken. Das spricht aus einem Briefwort
an den Freund Steck: »Muhrbeck und ich – wir sind uns offt zum
Trost einander, und stärken uns in Glauben und Hofnung ... und
die Paar Menschen, die wir hier besitzen, sind eines Volkes werth.«
Sowohl aus Muhrbecks wie aus Boehlendorffs Homburger Briefen
leuchtet die schwärmerische Verehrung, die beide für Hölderlin
hegten. Besonders Boehlendorffs tief problematische, überschweng-

---

und des Hermokrates entspricht. Das Volk Spartas erscheint mit dem Wechsel seiner
Gunst und mit seinem schiefen Verhältnis zu dem königlichen Wohltäter in ähnlicher
Rolle wie die Agrigentiner gegenüber Empedokles.

liche Natur fand im Wesen und Denken Hölderlins Widerklänge.
Seine Philosophie der Begeisterung (Brief an Steck, 12. Mai 1799)
als des schöpferisch-intuitiven Einheitserlebnisses, das, von der Reflexion bearbeitet, zur Quelle der Religion, Dichtkunst und Philosophie wird, zeigt bis in Einzelwendungen hinein Beziehung zum
Hyperion, besonders zur Frankfurter Vorrede und zum kulturphilosophischen Kapitel des ersten Buches.[1]

Aus dem Mute, wie gesagt, der hier in der Verbundenheit mit
gleichstrebenden Freunden erwuchs, mag Hölderlins von der Not
eingegebener Zeitschriftenplan eine höhere geistige Nahrung gezogen haben. Am 4. Juni 1799 wandte er sich an Neuffer mit der
Bitte, an den Stuttgarter Verleger Steinkopf, der ihm selbst persönlich bekannt war und der mit Neuffer als Herausgeber von dessen Almanach in Verbindung stand, wegen der Verlagsübernahme
heranzutreten. Es sollte eine poetische Monatsschrift werden. Der
Inhalt sollte zur Hälfte aus dichterischen Beiträgen, zur Hälfte aus
Erörterungen zur »Geschichte und Beurtheilung der Kunst« bestehen. Durch die ersten Hefte sollte sich »Der Tod des Empedokles«
ziehen (»mit dem ich bis auf den lezten Act fertig bin«). Über-

---

1 Freilich war Boehlendorff nicht die strenge, gläubige Treue gegeben, mit der Hölderlin
die Schau auf das Eine (Natur, Ideal) festhielt und in den zerreißenden Spannungen
ausharrte, als Dichter positiv und heldenhaft wirksam. Schon im August 1799 verblaßte
ihm das Einheitserlebnis zu einer »Einheit der Ahnung — mehr nicht«, und nihilistische
Stimmungen streifen an ihn heran, wenn ihm der Widerspruch zwischen der alles schon
für erfüllt nehmenden Phantasie und der kahlen Armut der Verwirklichungen grell vors
Auge tritt. Sehr klar ist der Blick, womit Boehlendorff diesen Widerspruch als ein Zeichen
der Zeit erkennt (Brief an Steck, 15. August 1799): »Schrecklich, daß diese Verstimmung
des Innern so ganz Krankheit unsrer Zeit ist, daß ich nur wenige kenne, die frei davon
geblieben — aber viele, die alle Thatkrafft dabei eingebüßt, die nun an nichts, als an
einen leeren Schein sich stützen.« Ohne Zweifel ist mit diesen Worten auch etwas über
Hölderlins Wesen ausgesagt, wer zugleich etwas über die problematischen Naturen, die
gerade in Hölderlins Nähe mehrfach anzutreffen sind: Schmid, Emerich, Boehlendorff,
Zwilling; ein sprechendes Zeichen, daß in den »geistigen« Menschen, also da, wo um ein
Bewußtsein gerungen wird, die bewußtseinstörende Zeit sich jeweils am auffallendsten
darstellen muß (nicht umsonst zeigt sich Hölderlin in den Anmerkungen zum Sophokles
so scharfäugig für das verzweifelte »Nachsuchen nach einem Bewußtsein« im Verhalten
des Ödipus). Aber Boehlendorffs Charakter ist hervorragend dienlich, aus der gärenden
Zeit das Bild Hölderlins rein herauszuheben mit der Größe, die es im treuen Durchdulden
der Mitternächte des Grames gewinnt. Durch diese Treue blieb Hölderlin mitten im Irrsal
doch unbeirrt in der Wahrheit und rettete sein Leben samt dem Leben von Zeit und
Vaterland in den gesetzlichen Gang, der ohne Rest positiv ist. — Im übrigen hat Boehlendorffs Gestalt eine bestimmte weitere Bedeutung, indem sie Verbindungslinien angibt,
die von der erwähnten Zeitproblematik zum romantischen Charakter hinüberführen. So
ist mit seinem Briefwort über die »tiefe Wehmuth«, mit der er trotz seiner Einsicht in
die Unerreichbarkeit des Ziels »am Spiele Theil nimmt«, ein wesentlicher Zug der romantischen Geisteshaltung benannt.

haupt sah Hölderlin vor, daß die Zeitschrift zu einem großen Teil Beiträge aus der eigenen Feder, namentlich auch Gedichte und Abhandlungen, bringen werde. Die Aufsätze sollten behandeln 1) die Dichter in ihren Lebensumständen und in ihrem eigentümlichen Kunstcharakter, 2) einzelne Werke, 3) ästhetische Hauptbegriffe; dazu sollten noch Einzelbesprechungen neuer Werke treten. Bei den Dichtern war vornehmlich an die Alten gedacht (Homer, Sappho, Äschylus, Sophokles, Horaz), ferner an Shakespeare und Rousseau. Für die Werkbetrachtungen (»meistens in Briefform und in lebendiger allgemein interessanter Manier«) waren u. a. die Iliade, der Charakter Achills, der Prometheus des Äschylus, Antigone und Ödipus von Sophokles, verschiedene Dramen von Shakespeare in Aussicht genommen. Die allgemein ästhetischen Aufsätze sollten Sprache, Deklamation, Dichtungsgattungen und »das Schöne überhaupt« behandeln. Als Titel war »Iduna« vorgesehen, in der nordischen Mythe die Göttin der Jugend und der Verjüngung, dazu als Untertitel »Journal für Damen, ästhetischen Inhalts«. Jedes Heft sollte 64 Seiten stark sein. Unter den zu gewinnenden Mitarbeitern nannte Hölderlin Heinse, Heidenreich, Bouterwek, Matthisson, Conz, Schmid, Neuffer.

Hölderlin hat dieses Programm durchaus gewissenhaft erwogen und zusammengebaut. So wichtig ihm die wirtschaftlichen Rücksichten und der Wunsch waren, seine eigenen Arbeiten zum Druck zu bringen, so nahm der Plan doch, da Hölderlin sich bei keiner Sache sparen konnte, die höheren Züge seines Naturells an; besonders den Zug des Wirkens zur gegenseitigen Annäherung der Menschen »ohne Leichtsinn und Synkretismus«, aus dem Hauptgedanken, daß jede einzelne Kraft und Richtung »nur in ihrer Vortrefflichkeit und Reinheit betrachtet werden darf, um einzusehen, daß sie einer andern, wenn die nur auch rein ist, nichts weniger als widerspricht, sondern daß jede schon in sich die freie Forderung zu gegenseitiger Wirksamkeit und zu harmonischem Wechsel enthält« (Brief an Schelling mit der Einladung zur Mitarbeit, Juli 1799). Die philosophischen Abhandlungen, die er in Homburg mit Hinblick auf die Iduna geschrieben hat, namentlich diejenigen über die Religion und über unser Verhältnis zum Altertum, zeigen den Ernst, mit dem er diese Gedanken zu verwirklichen strebte.

Bereits am 13. Juni antwortete Steinkopf zusagend. Er fand den Gedanken der Zeitschrift vortrefflich, äußerte aber Wünsche nach zwei Seiten. Einmal wollte er neben der ästhetischen hauptsächlich

die »humanistische« Richtung betont wissen, also die Linie der sittlichen Bildung, und weiterhin bezeichnete er es als ausschlaggebend
für den Erfolg der Ankündigung, daß klingende Namen unter den
Mitarbeitern aufgeführt würden. Darunter verstand er, laut seines
zweiten Schreibens vom 5. Juli 1799, Schiller, Goethe, Humboldt,
Schlegel, Thümmel, Matthisson, Herder, Pfeffel, Schelling, Sophie
Mereau, Falk, Meisner, Lafontaine: »Ich bitte Sie daher, mein
Bester, deswegen sich keine Mühe verdrießen zu lassen, und wo
man Ihnen nicht bald antwortet, wieder zu schreiben.« Es genügt
fast, diesen kleinen Zug, diese Zumutung flotter, zudringlicher Be-
triebsamkeit ins Auge zu fassen, um zu verstehen, vor welche
fremdartige Aufgabe Hölderlins zarte, scheue Natur hier gestellt
werden sollte. Hatte er doch am selben Tage noch, an dem sein
erster Vorschlag an Neuffer abgegangen war, dem Bruder Karl
geschrieben: »So lang ich keinen Anstoß finde, in meinem Geschäfft,
so gehet es rüstig weg, aber ein kleiner Mißgriff, den ich gleich zu
lebhaft empfinde, um ihn klar anzusehen, treibt mich manchmal in
eine unnöthige Überspannung hinein. Und wie bei meinem Geschäfft, so gehet es mir alten Knaben auch noch im Leben, im Umgange mit den Menschen.«
Mit allem guten Willen begab sich Hölderlin, indem er zugleich
eine Reihe der geplanten eignen Beiträge niederzuschreiben begann, an die saure Arbeit der Werbung, ob ihm »gleich nichts Gutes bei diesem Versuche ahndete«. Am 5. Juli ging ein Brief an
Schiller ab, der die Bitte um Mitarbeit so vortrug, daß die geplante
Zeitschrift vornehmlich als Veröffentlichungsstätte für Hölderlins
eigene Arbeiten erschien. Hölderlin dachte wohl am sichersten
Schillers Ja zu gewinnen, wenn er diesen auf seine persönliche Gön-
nerschaft hin anredete. Mit Sinclairs Freunde Jung verhandelte er
mündlich gelegentlich eines Ausflugs nach Mainz, und Jung sagte
ihm einige Stücke aus seiner Ossianübersetzung zu. An Schelling
wandte er sich ebenfalls im Juli mit einem Briefe, der in dem Be-
streben, dem Philosophen die Sache aus einem höheren Gesichtspunkte zu zeigen, etwas schwerfällig geriet und mehr die Art einer
Abhandlung annahm. Auffallend ist es, wie er sich hier dem aufsteigenden Ruhme des Jugendfreundes gegenüber zu einer Haltung
von abständlicher Ehrerbietung zusammennimmt. Schelling ging
freundlich auf die Bitte ein und versprach Beiträge aus dem Bereich,
der ihn gerade beschäftigte: Vorlesungen über das organische Verhältnis der Geschlechter und über die Philosophie der Kunst. Aber

Schiller, auf den es so entscheidend ankam, lehnte ab. Er tat es mit offenen Worten und sachlich unanfechtbaren Gründen: Zeitmangel, der ihn zwänge, sogar seinen eigenen Musenalmanach dieses Jahr ohne Beiträge zu lassen; Herausgebererfahrungen, die ihn nötigten, den ganzen Idunaplan zu widerraten. Daran schloß er eine Wiederholung seines »alten Rathes«, daß Hölderlin sich »ruhig und unabhängig auf einen bestimmten Kreis des Wirkens concentriren möchte«.

Schillers Ablehnung war für Hölderlin ein schwerer Schlag. Steinkopf versicherte ihm zwar (Brief vom 18. September 1799), daß er sich durch Schillers Fernbleiben nicht abschrecken lasse. Doch hatte er als Verleger und Geschäftsmann inzwischen sonstige Zweifel an Hölderlins Eignung zum Redakteur einer erfolgreichen oder gar populären Zeitschrift bekommen: »Ihr Geschmack, mein Theurer, ist gewiß gemacht, um dem Mann oder Frauenzimmer von Bildung zur wahren Erholung zu dienen, wenn Sie ihn, offenherzig gestanden, ein wenig mehr popularisiren, dies ist es, was mir kürzlich ein Matador im Fach der schönen Wissenschaften bei Gelegenheit Ihres *Hyperions*, auf den wir gelegentlich zu sprechen kamen, mit vielen so gerechten Lobsprüchen von Ihnen sagte.« Und dieser Brief gipfelte in der Anregung, einen Mitherausgeber zu bestellen, der in Stuttgart wohne und somit Hölderlin die Redaktion und den Briefwechsel außerordentlich erleichtern könne (vielleicht Haug) und weiterhin in einer Schlußbemerkung, die den Idunaplan mittelbar als eine noch völlig ungeklärte Sache erscheinen ließ.

Es hätte dieser verlegerischen Zweifel nicht bedurft, um Hölderlin in seinem Vertrauen auf den Plan zu erschüttern. Schon vor Steinkopfs Brief hatte er der Mutter am 3. September Schillers Absage mitgeteilt und dabei dessen Bemerkung, »vielleicht könne er mir etwas vorschlagen, was mehr meinem Wunsche gemäß wäre«, unterstrichen. Offensichtlich hatte diese Bemerkung Hoffnungen in ihm erregt, die seinem Herzen näher waren als die Iduna-Aussichten. In einem Septemberbriefe an Diotima, die immer noch die einzige war, vor der er ganz offen und ohne Rückhalt sprach, führte er bittere Klage, wie ihm sein »sicherer, anspruchsloser Plan« der Iduna durch Steinkopfs Verlangen nach Berühmtheiten gestört und wie er dann von den Angegangenen im Stiche gelassen worden sei: »Nicht nur Männer, deren Verehrer mehr als Freund ich mich nennen konnte, auch Freunde, Theure! auch solche, die nicht ohne wahrhaften Undank mir eine Theilnahme versagen konnten, –

ließen mich bis jezt – ohne Antwort, und ich lebe nun volle acht
Wochen in diesem Harren und Hoffen, wovon gewissermaßen
meine Existenz abhängt ... Schämen sich denn die Menschen meiner
so ganz? Daß diß nicht wohl der Fall vernünftigerweise seyn kann,
zeugt mir doch Dein Urtheil, Edle, und das Urtheil einiger weniger,
die mir auch wahrhaft treu in meiner Angelegenheit sich zugesell-
ten, z. B. Jung in Mainz, dessen Brief ich Dir beilege. Die *Berühmten* nur, deren Theilnahme mir armen Unberühmten zum Schilde
dienen sollte, diese ließen mich stehn, und warum sollten sie nicht?
Jeder, der in der Welt sich einen Nahmen macht, scheint ja dem
ihrigen einen Abbruch zu thun; sie sind dann schon nicht mehr so
einzig und allein die Gözen, kurz, es scheint mir bei ihnen, die ich
mir *ungefähr* als meines gleichen denken darf, ein wenig Hand-
werksneid mitunter zu walten.«
An wen hat Hölderlin mit diesem bösen Worte gedacht? Wohl nicht
an Schiller, auch nicht an Goethe, denn der erste hatte ihm immerhin binnen sieben Wochen geantwortet, und vom zweiten hätte er
nicht als von ungefähr seinesgleichen gesprochen. Auch Conz,
Heinse hatten ihm geantwortet. Dagegen fehlen Antwortbriefe von
Matthisson und andren Zelebritäten der Steinkopfschen und der
eignen Liste, bei denen er sicherlich angefragt hat. Aber wie dem
auch sei: der Versuch, im bürgerlichen Leben Fuß zu fassen, schlug
nicht nur an sich fehl, er brachte Hölderlin auch eine neue bittere
Erfahrung der Gleichgültigkeit der Welt, er vertiefte das alte Gefühl seiner grundlegenden Unangemessenheit an das wirkliche Leben und seiner Vorbestimmung zur Erfolglosigkeit.
Eine gewisse Hilfe im Ertragen dieser Enttäuschungen bot, wie
schon angedeutet, die Hoffnung, durch Schillers Vermittlung einen
andern Wirkungskreis zu finden, vielleicht in Jena oder doch in
Schillers Nähe. Er dachte an Privatvorlesungen in Jena über die
Gegenstände, die er im Iduna-Programm aufgezählt hatte: Charaktere der Kunst und der Künstler, ästhetische Einzelfragen. Er
habe, schrieb er der Mutter am 8. Oktober 1799, »Schillern *auf
seine eigene Veranlassung* geschrieben, daß er mir in seiner Nähe,
wenn es möglich irgend einen kleinen Posten verschaffen möchte,
der mich nicht ganz beschäfftigte, und noch ein kleines Einkommen
zu meinen schriftstellerischen Erwerbnissen zugäbe.« Den hier erwähnten Brief Hölderlins hat Schiller am 20. September 1799 erhalten; das Original ist verloren, ein Konzept liegt unter Hölderlins Papieren. Darin rückt er von dem falschen Stolze ab, der ihn

bisher bewogen habe, Schillers Nähe zu meiden, deutet seine neue,
vertiefte Einsicht in das Wesen des dramatischen Kunstwerks durch
bewundernde Sätze über den Bau der Räuber, des Fiesko und Don
Carlos an und breitet seine Notlage aus: »Sie ist so, daß ich ohne
ziemliche Inconvenienz wohl nicht länger als einige Monathe sie
fortsezen kann.« Daran hat sich im Original dann die bestimmtere
Fassung seiner Bitte geschlossen. Aus einem Briefe des damals schon
in Jena weilenden Muhrbeck geht hervor, daß Hölderlin mit ihm
die geplanten Privatvorlesungen in Jena besprochen hat. Denn
Muhrbeck führt einige Universitätsvorlesungen an, die dem Hölderlinschen Vorhaben gefährlich werden könnten: »Ich möchte meinen Rath, daß Du Dich nach Jena wenden solltest fast zurücknehmen,
da Schelling principes rationes phil. artis angeschlagen, Schlegel
auch mehrere ästhetische Collegia. Du müßtest diesen Winter dem
Versuch opfern. Schlegel wäre Dir sonst nicht im mindesten gefährlich – er liest wie er dichtet, halb Verstand, halb Geist –
ohne Bestimmtheit und ohne Gefühl und Leben.« Ähnlich ab-
ratend lautete auch ein Brief Boehlendorffs vom 24. Oktober
1799.
Auch Susette gegenüber hatte Hölderlin die Absicht geäußert, auf
der Grundlage des Schillerschen Anerbietens sich nach Jena zu wenden. Sie antwortete in einem Brief vom 31. Oktober 1799 mit
einer eindeutigen Warnung: »Ich mögte Dir gerne etwas über
Deine künftige Lage sagen, wenn ich nur in Deine jetzigen Ideen
besser eindringen könnte. Wenn das Schicksaal auf eine ehrenvolle
Art Dich weiter ruft, und es seyn muß, so folge. Doch rathe ich
Dir und warne Dich für eines: Kehre nicht dahin zurück, woher Du
mit zerrißnen Gefühlen in meine Arme Dich gerettet. – – Ich
muß Dir nur gestehen, es hat mich ein wenig erschreckt, daß Du
schreibst, Du wollest in einem gewissen Falle dem Rath und Aus-
spruch von Schiller folgen. Wird er nicht suchen, Dich in seine Nähe
zu bringen? – – Wird dieser schmeichelhafte Ruf Dich nicht verführen? – Wenn es einst so wäre, o! dann gedenke der Liebe! und
ihrer unzähligen Qualen!« Diese dunkle Warnung erläuterte Diotimas nächster Brief: Nicht auf Schiller hatte sich die Warnung bezogen, auch nicht auf Sophie Mereau und auf das Gerede von einer
Liebelei zwischen ihr und Hölderlin; denn davon hatte Susette
»auch nicht die leiseste Ahnung gehabt«. Vielmehr stand hinter
der Warnung der Gedanke an Charlotte von Kalb und an deren
Haus in Weimar: »Alles kömmt eben daher, weil *Weimar* nur

eine halbe Tagereise von *Jena* ist. Ich kam diesen Sommer zufällig
in das Haus einer Dame, welches, zwar *unbewohnt,* der Frau la
Roche mit ihrer Enkelin zum Quartier eingeräumt war; ich
glaube, diese Wohnung kann Dir nicht unbekannt seyn. Nun höhrte
ich vor einiger Zeit vor ganz gewiß, daß Schiller diesen Winter
nach Weimar in dieses Haus ziehen würde. Du könntest doch nicht
umhin, ihn zu besuchen, es könnte Dir wohl nicht angenehm seyn,
und was ich dabey empfinden würde, fühlte ich genung an meinem
hochklopfenden Herzen, als ich zufällig einige Stunden dort zu-
brachte. Damals schrieb ich Dir nicht davon, weil ich Deine Idee
noch nicht merkte, und es nicht zur Sache gehöhrte. Ich glaube jetzt
es Dir und mir selbst schuldig zu seyn, Dir diese Schwachheit zu
entdecken. Ich weiß es wohl: vor dem hohen Ideal der Liebe gelten
solche Schwachheiten nicht und verdienen Verdammung, aber vor
der menschlichen Empfindung der Liebe: *Schonung!* Du verstehst
mich!« Diese Sätze bieten die einzige Andeutung in der Richtung,
daß zwischen Charlotte und Hölderlin Gefühlsbeziehungen bestanden haben, deren Wiederaufleben Diotimas zärtliches Herz
nicht wünschen konnte.

Aber alles, was an Hoffnungen oder Befürchtungen an den Jenaer
Plan sich geheftet haben mochte, ward zunichte durch Schillers
Schweigen. Er beantwortete diesen Brief so wenig wie den späteren und letzten Notruf Hölderlins von 1801. Die Annahme, daß
Schiller mit dem in kein Berufsverhältnis taugenden Schützling
nichts Rechtes mehr anzufangen wußte, liegt nahe. Was jener
letzte Notruf anrührte mit der Wendung, daß Schiller ihn wohl
schon aufgegeben haben müsse, ist vermutlich schon in diesem
Herbst 1799 eingetreten.

Der Gedanke ist verlockend, sich Hölderlin in dem Jena des Win-
ters 1799 vorzustellen, im Bannkreis eines Geisteslebens, in dem
sich die höchste Wirkung der Klassik mit der Blütezeit der Weimarer Romantik begegnete. Wir sehen in dem Menschenkreise, der
dieses Leben trug, Goethe, Schiller und Fichte stehen, daneben Herder, seit 1798 Jean Paul, dann A. W. Schlegel mit seinem wachsenden Einfluß und dem wichtigen Werkzeug seines »Athenäums«,
ferner Clemens Brentano und Ludwig Tieck, vor allem auch Schelling (seit 1798), dem 1800 Hegel folgen sollte. A. W. Schlegel hatte
als erster den Dichter Hölderlin klar erkannt. Wäre er nicht imstande gewesen, seinem Lebensgefühl bei persönlicher Begegnung etwas von der wissenden Ehrerbietung zuzuleiten als eine Hilfe, die

Hölderlins leichtentfliegende Seele im Wirklichen hätte befestigen
können? Hätten die mit Hölderlin generationsmäßig verbundenen
Neuerer nicht deutlicher als die schwäbischen und Homburger
Freunde ihm etwas von der »offnen Gemeine« erfüllen können,
das die Klage geheilt hätte: »Und so bin ich allein?« Hätte sich
mit ihnen das, was in Hölderlin über die Weimarer hinausführte –
das neue Denken über hellenische Kunst, die Ergriffenheit von
der griechischen Orgiastik, die Verknüpfung des Nordisch-Vater-
ländischen mit dem griechischen Ideal – nicht kräftiger, bewußter
entwickeln können, heilbringend für die gesamte Bereinigung unseres Verhältnisses zum Altertum? Würde Tieck, der Wackenroders
Schriften 1797 und 1799 herausgegeben hatte, nicht auch auf den
Verfasser des Hyperion geachtet haben? Würde das Athenäum, das
sich so ausschließlich um Deutung und Würdigung der Griechen bemühte, nicht gerade auch ihm zum kritisch ästhetischen Podium geworden sein, und hätte diese Zeitschrift, die 1800 die Novalisschen
Hymnen an die Nacht veröffentlichte, sich nicht auch mit Liebe dem
im gleichen Jahr entstandenen Elegienkranze Hölderlins aufgetan,
dessen einleitendes Bild der Nacht einem Clemens Brentano das
liebste aller Gedichte war?
Aber das Spiel, das Phantasie vom Standpunkte eines um fast anderthalb Jahrhunderte späteren geistesgeschichtlichen Überblickes
mit solchen Fragen treiben mag, endet, wie billig, in Verzicht und
Bescheidung. Ihm ist gegenüber der Wirklichkeit des historischen
Ablaufs kein eigener und fester Boden gegeben.


Die Enttäuschung aller auf Schiller gesetzten Hoffnungen traf Hölderlin schwer, doch sie traf ihn vorbereiteter als die Rückschläge
nach dem ersten Jenaer Aufenthalt und nach Frankfurt. Er hatte
die Gesetzlichkeit der ihm beschiedenen Enttäuschungen bereits verstehen gelernt. Er konnte sie einordnen und wußte um die Mittel
zu ihrer geistigen Bewältigung. Der Mutter schrieb er am 16. November 1799, schwebend zwischen der Einsicht in sein bürgerliches
Versagen und der ruhigen Gewißheit seines Rechtes: »Ich bin mir
tief bewußt, daß die Sache, der ich lebe, edel, und daß sie heilsam
für die Menschen ist, sobald sie zu einer rechten Äußerung und Ausbildung gebracht ist. Und in dieser Bestimmung und diesem Zweke
leb' ich mit ruhiger Thätigkeit, und wenn ich oft erinnert werde
(wie unvermeidlich ist), daß ich vieleicht billiger geachtet würde

unter den Menschen, wenn ich durch ein honettes Amt im bürgerlichen Leben für sie erkennbar wäre, so trage ich es leicht, weil ichs
verstehe, und finde meine Schadloshaltung in der Freude am Wahren und Schönen, dem ich von Jugend auf im Stillen mich geweiht
habe, und zu dem ich aus den Erfahrungen und Belehrungen des
Lebens nur umso entschlossener zurükgekehrt bin.« Selbst ein Wissen um den endlichen Sieg taucht hier auf in dem Worte, er könne
hoffen, »daß also in keinem Falle mein Daseyn ohne eine Spur auf
Erden bleiben wird«.

Auch in einem Briefe an den immer noch in Paris weilenden Dr.
Ebel kommt die ruhig denkerische Einordnung seiner Enttäuschungen zum Ausdruck. Ebel hatte die Einladung zur Iduna lange Zeit
unbeantwortet gelassen, bedrückt vom »Schmutze der Pariser wirklichen Menschenwelt«, den schlimmen Begleiterscheinungen der Revolution, die er als Augenzeuge miterlebte. Endlich im November
1799 fand er sich geistig wieder frei genug, um Hölderlin – zu
spät – seine Teilnahme für den Iduna-Plan auszusprechen. Hölderlin antwortete mit einem Schreiben, das gerade in der grüblerischen Ruhe der Besinnung erschütternd ist. Er gesteht zu, daß die
bitteren Erfahrungen ihm nach seiner Sinnesart »fast unvermeidlich begegnen mußten«, daß sie aber doch sein Zutrauen »zu allem,
was mir fast vorzüglich Freude und Hofnung gab, zu einem Bilde
des Menschen und seinem Leben und Wesen, so ziemlich erschüttert«
haben. Mit derselben ergreifenden Ruhe nimmt er Ebels Mitteilungen über das Versagen der revolutionären Institutionen auf, denen er, noch im Empedokles, ein so kühnes Vertrauen entgegenge-
bracht hatte: »Ich begreife wohl, wie ein mächtiges Schiksaal, das
gründliche Menschen so herrlich bilden konnte, die schwachen nur
mehr zerreißt, ich begreife es um so mehr, je mehr ich sehe, daß auch
die größten ihre Größe nicht allein ihrer eigenen Natur, sondern
auch der glüklichen Stelle danken, in der sie thätig und lebendig mit
der Zeit sich in Beziehung setzen konnten, aber ich begreife nicht,
wie manche große reine Formen im Einzelnen und Ganzen so wenig
heilen und helfen, und dieß ists vorzüglich, was mich oft so stille und
demüthig vor der allmächtigen alles beherrschenden Noth macht. Ist
diese einmal entschieden und durchgängig wirksamer, als die Wirksamkeit reiner selbstständiger Menschen, dann muß es tragisch und
tödlich enden, mit Mehreren oder Einzelnen, die darinnen leben.«
Was hier an Einsicht in das menschenfremde, tief unzuverlässige
Wesen der »Noth« erscheint (Not, Notwendigkeit ist für Hölder-

lin das Schicksal in seinem starren, feindlichen Gegensatz zum
Menschensinn), geht über die Anschauung der Ode an den Zeitgeist
und des Empedokles hinaus. Es ist der geistige Zuwachs dieser
Homburger Monate, daß sich ihm im eignen wie im geschichtlichen
Leben der Anteil des Schicksals und der Anteil des Menschen klarer
auseinanderstellen. Das führt keineswegs, wie etwa bei Boehlendorff, zur verzichtenden Preisgabe des menschlichen Anteils. Aber
es führt zu einer Reinigung, die der Besinnung am Ende der attischen Tragödie gleicht, und wenn Hölderlin in Homburg den sche-
matischen Ablauf im tragisch-dramatischen Kunstwerk immer echter, gleichsam eingeweihter erblicken lernt, so kommen darin die
eignen Lebenserfahrungen zu Frucht und Ertrag.

In einem Briefentwurf an einen ungenannten Zeitschriftherausge-
ber, der ihn um laufende Besprechungen literarischer Neuerschei-
nungen gebeten hatte, formulierte er den Hergang des griechischen
Trauerspiels: »Der Gott und Mensch scheint Eins, darauf ein Schiksaal, das alle Demuth und allen Stolz des Menschen erregt und am
Ende Verehrung den Himmlischen einerseits und andererseits ein
gereinigtes Gemüth als Menscheneigentum zurükläßt.« Diese Scheidung und Reinigung ist es, die vor allem auch in seinem Verstehen
der eigenen Erfahrungen, mithin im eignen Lebensgefühl seit Homburg hervortritt, und der angeführte Satz hat, übertragen genommen, fast autobiographisches Gewicht. Das *Verstehen* als eine
wahrhafte Rettung des Geistes aus Todesgefahr gewinnt im Laufe
dieser Monate für ihn immer mehr die Bedeutung eines einzigartig
wichtigen Anliegens. Im Verstehen des Lebens, der Geschichte und
des Kunstwerks erblickt er immer mehr ein Daseinserfordernis, eine
dringendste Voraussetzung der Existenz. Daher seine Empfindlichkeit selbst Neuffer gegenüber, wenn dieser gelegentlich abschätzig
über ästhetische Kompendien spricht: »Ich will Dirs nur auch gestehn, daß ich ein wenig mit Dir gezürnt habe, über die ziemlich
leichten Äußerungen, die Du mich diesen Sommer einmal (bei Gelegenheit der Emilie) hören ließest in betreff der Poesie. Verstehe
mich wohl, Lieber! Es war nicht wegen der Emilie, die auch leichtsinnig genug hingeworfen ist, aus Nothwendigkeit und Dienstfertigkeit, es war um der Kunst willen, die Du mir schaltst«
(Brief vom 4. Dezember 1799). Ebenso wendet er sich in einem
Brief an einen jungen Dichter – Magenau wird als Empfänger vermutet – gegen die Unart, das poetische Spiel »wie das Glüks-
spiel zu treiben und im Nahmen des Genius den Würfel hinzuwer-

fen«. Diesem zuchtlosen Verfahren gegenüber, das er weithin im
Schwange sieht, weist er nachdrücklich auf die Notwendigkeit des
genauen Durchdenkens: »Und darum ehr' ich den freien, vorur-
theilslosen, gründlichen Kunstverstand immer mehr, weil ich ihn
für die heilige Ägide halte, die den Genius vor der Vergänglichkeit
bewahrt.« Wir sind hier schon mitten in den Grundgesinnungen,
auf denen die späteren Anmerkungen zu Antigone und Ödipus beruhen.

Bei dem außerordentlichen Gewicht, das wir somit in Homburg das
»Verstehen« gewinnen sehen, müssen uns als wesensechte Zeugnisse
dieser Zeit namentlich auch die damals entstehenden *philosophischen Abhandlungen* bedeutend sein. Der Ernst, mit dem sie das
Geschäft der rationalen Durchdringung verschiedener »Gefüge«
(Seins- und Kunstgefüge) betreiben, ist nur zu erfassen unter Be-
rücksichtigung des metaphysischen Interesses, das dahinter steht.
Die Bedeutung dieser Abhandlungen bleibt keineswegs auf das Feld
ihrer eigentlichen Gegenstände beschränkt. Was sie an Entfaltungen bewußt machen, was sie als Erwerbnisse sichern, bildet in sehr
ernstem Sinne den Stoff der seit 1800 strömenden Elegien- und
Hymnendichtung; und nicht nur den Stoff, sondern auch die
menschliche Haltung, die geistig-sittliche Sicherheit und die gesetzgeberische Festigkeit, woraus ihr langhinhallender Ton sich speist.
Niemals wird es möglich sein, die Größe dieser Dichtungen ebenbürtig nachzudenken, gerade auch in ihren scheinbar rein ästhetischen Werten, wenn man sie nicht als Leistungen einer schlechthin
ungeheuren Besinnung zu fassen weiß.
Das Grundthema dieser Homburger Besinnung klingt vielleicht am
frühesten an in dem Brief an Sinclair vom 24. Dezember 1798, wo
Hölderlin in raschem Schwung von der Klage über die Vergänglichkeit der philosophischen Systeme zu einer positiven Würdigung
des Vergehens und der unentrinnbaren Geschichtlichkeit des Menschen gelangt. Dies führte ihn zu den Folgerungen: »Alles greift
ineinander und leidet, so wie es thätig ist ... Resultat des Subjec-
tiven und Objectiven, des Einzelnen und Ganzen ist jedes Erzeugniß und Product, und eben weil im Product der Antheil, den das
Einzelne am Product hat, niemals völlig unterschieden werden
kann vom Antheil, den das Ganze daran hat, so ist auch daraus
klar, wie innig jedes Einzelne mit dem Ganzen zusammenhängt

und wie die Beide nur Ein lebendiges Ganze ausmachen, das zwar *durch und durch individualisirt ist* und *aus lauter selbständigen,* aber *ebenso innig und ewig verbundenen Theilen* besteht.«
Als Problem des Verhältnisses zwischen dem Ganzen und den Teilen sehen wir in Homburg für Hölderlin dasjenige Problem sich aktualisieren, das seinem Denken »ewig«, d. h. aus Seinsgründen gesetzt ist. Es entwickelt sich aus dieser Fragestellung eine in der Verästelung grundsätzlich schrankenlose Dialektik, eine harmonische unstillbare Unruhe, die in Naturakkorden einherrauscht, voller Vertauschungen und Widerhalle, voll gekreuzter Verschränkungen aller Begriffe. Schwingen die philosophischen Aufsätze öfters in die mystische Sprache ein, so erklärt sich dies dadurch, daß sie denselben Ausgangspunkt haben wie alles mystische Denken: Eine Ganzheits- und Einheitsschau, innerhalb deren das Individuelle (der Teil, das reflektierende Bewußtsein) seinen Platz erhalten muß.
Was das höchste Objekt dieser Hölderlinschen Einheitsschau ist, wurde schon mehrfach angeführt; es ist »das Seyn im einzigen Sinne des Worts« der ungedruckten Hyperionvorrede, die »seelige Einigkeit« mit der Natur, die Schönheit, also der große Gegenstand der intellektualen Anschauung. In der Hyperionzeit standen die schmerzlichen Spannungen zwischen dieser Einheit und dem aus dem Frieden herausgefallenen Menschen-Selbst im Vordergrund. Der Weg zurück zur Natur schien sich allein als der Weg des Heils anzubieten. In der Homburger Zeit hat Hölderlin am Kunstwerk, am Studium der griechischen Tragiker und an seinen Bemühungen um den Empedokles die Möglichkeit begriffen, das Ganze und die Teile als eine gültige Zueinanderordnung zu erfassen, die idealische Einheit mit aller Individuation, mit allem unaufhörlichen Streit und Wechsel zusammenzudenken. Es gelang ihm, die statische Einheit durchgängig mit dem dynamischen Bewirken begrifflich zu verknüpfen. So steht, wie früher schon gesagt wurde, über den Gedankengängen zur Religion der Begriff einer allen Menschen gemeinschaftlichen, höheren Sphäre, der sich ein jeder gleichwohl durch seinen »eignen« Gott zugesellt. Unter dem Gesichtspunkt der höheren Einheit bedeutet Gegensatz nicht Feindschaft, sondern Wirkmittel zur Vereinigung. Unter den Begriffen, die am echtesten zu der Homburger Denkweise gehören, steht an erster Stelle der des »harmonisch Entgegengesetzten«. So fassen auch die ästhetischen Abhandlungen den lyrischen, epischen und tragischen Ge-

dicht-Typus zunächst als Einheit mit dem Sonderwert des Lebendigen. Aber diese Lebenseinheit schließt eine unabsehbare Vielheit
einzelner Komponenten in sich, die sich entfaltet, sobald in den-
kerischer Konstruktion die innige Lebenseinheit ausgesagt werden
soll.

Alle anscheinende Unbeholfenheit der Hölderlinschen Erörterungen erklärt sich daher, daß sein Unternehmen von derselben Art
ist wie die Konstruktion des Kreises als Polygon von unendlich vielen Seiten. Der Begriff, die Sprache gibt an sich den Ausdruck der
spezifischen *Lebens*verknüpfungen durchaus nicht her. Er widerstreitet ihnen, wie die Gerade dem Ausdruck der fließenden Kreis-
linie widerstreitet. Daher müssen die Begriffe sich ständig verfeinern,
vervielfachen und dynamisieren, um der magischen, unendlichen
Beziehungsfülle innerhalb des dichterischen Gefüges zu entsprechen, ohne doch die klare rationale Erfassung jedes Einzelbe-
standteils preiszugeben. Auf diesem Wege sind Hölderlins Abhandlungen über den Unterschied der Dichtungsarten, über die Verfahrungsweise des poetischen Geistes, über das Werden im Vergehen,
über den Grund zum Empedokles so außerordentlich weit gelangt,
daß sie trotz einiger freier Endigungen in ornamentaler Begriffs-
schematik etwas Unüberbietbares an Aufschlußkraft gewonnen
haben.

Als diejenige Kunstform, in der dieses Denken seinen maßgeblichen,
immer neu erregenden und orientierenden Gegenstand findet, zeigt
sich die *Tragödie*. Denn in ihr sind Grundton (Bedeutung) und
Darstellung am entschiedensten getrennt, die Umwege durchlaufen
die exzentrischste Bahn, die Dienste der Einzelglieder verhüllen sich
am meisten, die Einheit tut sich am wenigsten im direkten Worte
kund und leuchtet doch überall durch den Streit als dessen Aus-
gangs- und Zielpunkt. In der Tragödie entfaltet sich am deutlichsten der Unterschied zwischen ursprünglicher Vollkommenheit und
wiedergewonnener Vollkommenheit samt dem Weg, der dazwischen liegt. Das Spiel des Widerspruchs, das Spiel der Entzweiungen und der Verluste zeigt dem, der sie durchschaut, am mächtigsten seinen Sinn.

Man sieht in Hölderlins Homburger Abhandlungen das Hyperion-
problem, den Übergang von der »Organisation der Natur« zu der
»Organisation, die wir uns selbst zu geben im Stande sind«, vielfach aufleuchten. Wie in Hölderlins Leben alles wiederkehrt, wie es
in ihm eine Grundrhythmik gibt in der Bewegung vom Ausgangs-

punkt über den Umschweif zum reinen Wiederfinden des Ausgangs-
punktes, so daß in allen Verlusten nichts verlorengeht, in allen
Lösungen kein Problem abstirbt, so findet auch in den Homburger
Abhandlungen eine Wiederkehr frühester Sorgen, Fragen und Antworten statt, in durchgängig erhöhter und lichterer Art. Fragen des
Ichs und seiner Weltbeziehung, die durch Fichte in Hölderlin
erregt wurden, kommen in dem Aufsatz über die *Verfahrungsweise
des poetischen Geistes* zu einer endlichen, ergreifenden Bescheidung.

Die tiefste und wissendste Auskunft über die Geburt des dichterischen Wortes erteilt die Abhandlung »*Wink für die Darstellung
und Sprache*«, welche erschüttern kann wie eine der späteren großen Dichtungen, weil sie in abstrakten Begriffen das ganze Lied
seines Lebens vorträgt, endigend im Gewinn der eigenen Sprache
als eines Geschenkes der »dritten Vollendung« und der mit ihr verbundenen schöpferischen (nicht mehr auflösenden) Reflexion.

Besonders deutlich zeichnet diese Abhandlung den Weg zur Dichtersprache nach als einen Weg der Menschwerdung vom glücklichen
Naturstande bis zum Stande der reifsten Bildung. Am Anfange
steht eine »noch unreflectirte reine Empfindung des Lebens«. Sie
zerbricht in den »Dissonanzen des innerlichen Reflectirens und
Strebens und Dichtens«, die zur Reifung des Ichs unerläßlich notwendig sind, in denen aber jene reine Lebensempfindung sich vergebens wiederzufinden und zu reproduzieren sucht. Über diese
»Vergeistigungsstufe« geht dann der Mensch empedokleisch hinaus in die »ganze Unendlichkeit«, er wird empfänglich für das totale Leben des Alls und überantwortet sich ihm in einem Vorgang
des Aorgisch-Werdens. Tritt hier nun abermals eine Reflexion ein
(eine Rückbeziehung auf das Selbst, eine Ichwerdung), so stiftet
diese nicht, wie die erste Reflexion, Wirrnis und Dissonanz, sondern
sie erstattet dem Menschen das ganze ursprüngliche Leben zu freier
Verfügung zurück: »Sie giebt dem Herzen alles wieder, was sie
ihm nahm, sie ist belebende Kunst, wie sie zuvor vergeistigende
Kunst war, und mit einem Zauberschlage um den andern ruft sie
das verlorene Leben schöner hervor, bis es wieder so ganz sich fühlt,
wie es sich ursprünglich fühlte.«[1] Nun kann sich der Widerklang
des ersten Lebens rein im Menschen ereignen, ein neues Bewußtsein,

---

[1] Diese ersten Abschnitte des »Winkes für die Darstellung und Sprache« können als
Hölderlins authentische Erläuterung zu den schwieriger gefaßten Entsprechungsabschnitten
des »Grundes zum Empedokles« dienen.

eine neue Welt und damit eine neue Sprache, die erste *eigene* Sprache, sind ihm geschenkt: »Das Product dieser schöpferischen Reflexion ist die Sprache. Indem sich nemlich der Dichter mit dem
reinen Ton seiner ursprünglichen Empfindung in seinem ganzen
innern und äußern Leben begriffen fühlt und sich umsieht in seiner
Welt, ist ihm diese eben so neu und unbekannt, die Summe aller seiner Erfahrungen, seines Wissens, seines Anschauens, seines Gedenkens; Kunst und Natur, wie sie in ihm und außer ihm sich darstellt,
alles ist wie zum erstenmale, eben deßwegen unbegriffen, unbestimmt, in lauter Stoff und Leben aufgelöst, ihm gegenwärtig, und
es ist vorzüglich wichtig, daß er in diesem Augenblicke nichts als gegeben annehme, von nichts positivem ausgehe, daß die Natur und
Kunst, so wie er sie früher gelernt hatte und sieht, nicht eher
*spreche,* ehe *für ihn* eine Sprache da ist, d. h. ehe das jetzt Unbekannte und Ungenannte in seiner Welt eben dadurch für ihn bekannt und nahmhaft wird, daß es mit seiner Stimmung verglichen
und als übereinstimmend erfunden worden ist.«
Hölderlin beschreibt hier, wie wir schon andeuteten, das besondere
neue Bewußtsein seiner Hymnendichtung. Was wir das von
Grund aus Gesetzgeberische, Neuanfangende der seit Homburg in
ihm heraufwachsenden Sprache genannt haben, zeigt seine Wurzel
in der dritten Vollendung durch die zweite, schöpferische Reflexion.
Diese bringt ihm als Dichter den Wiedergewinn einer ganzen, verloren gewesenen Welt; sie steht zugleich in seinem Leben als die
grundsätzlich neue Besinnung der Homburger Zeit, als die bewußte Annahme des eigenen Schicksals.
Aus Reflexion also entspringt die Sprache. Die endgültige, die
*eigene* Sprache – die zugleich die wahrhaft öffentliche, des Privaten entkleidete Sprache ist – kann nur aus der endgültigen Reflexion entspringen, die nach dem Untertauchen im Aorgischen
das höchste Bewußtsein, die höchste Erkenntnis stiftet. Wirkliche
Erkenntnis drängt auf Sprache hin (sie »ahndet die Sprache«, wie
der Aufsatz sagt). Umgekehrt ist in der echten Sprache die *Erinnerung* an jene Erkenntnis festgemacht, die den durch doppelte Reflexion gegangenen Geist »aus dem unendlichen Leben wiederbe-
lebt« hat: »So wie die Erkenntniß die Sprache ahndet, so erinnert
sich die Sprache der Erkenntniß.« Dies ist die Erinnerung, von der
nachmals Hölderlins Hymne an die Dichter spricht, wenn sie von
der Seele des Dichters sagt, daß

> schnellbetroffen sie, Unendlichem
> Bekannt seit langer Zeit, von Erinnerung
> Erbebt, und ihr, von heilgem Stral entzündet,
> Die Frucht in Liebe geboren, der Götter und Menschen Werk
> Der Gesang, damit er von beiden zeuge, glükt.

Das Dichten überhaupt ist bei und für Hölderlin wesentlich Erinnerung, Gedächtnis, d. h. festhaltendes und wiederholendes Bewußtsein, welches die Lebensbeziehungen in wacher, gedenkender Gegenwart bewahrt, darunter namentlich die Beziehung zum ursprünglichen »reinen Leben«. Mit solcher Bedeutung sind die Begriffe Erinnerung, Gedächtnis, Gedenken, Andenken bei ihm fast jedesmal, wo sie auftreten, beladen. Er hat daher ein neu erworbenes Recht, die antike Auffassung von Mnemosyne als der Mutter der Musen wiederaufzunehmen. Er feiert sie später (W. IV, S. 225) als diejenige, die uns in gedächtnislose Fremde Verirrten die Sprache und die eigne Deutung bringt:

> Ein Zeichen sind wir, deutungslos
> Schmerzlos sind wir und haben fast
> Die Sprache in der Fremde verloren –

mit diesen Zeilen fängt die Hymne »Mnemosyne« an. Ist das erinnernde Bewußtsein des Dichters somit der eigentliche Ort, wo das totale Leben mit allen seinen riesigen Zusammenhängen eine gedenkende Gegenwart hat, so bekommt dieses Bewußtsein Ungeheures, schließlich wohl Übermenschliches zu tragen. Es muß am Ende auf ihm liegen »wie auf den Schultern eine Last von Scheitern«, die nicht abgeworfen werden darf. Es muß immer mehr Bürde des Gedenkens hinzukommen.

Was insbesondere die Tragödie anlangt, so wird sie von Hölderlin in dem Aufsatze »*Das untergehende Vaterland . . .*« ganz aus dem Gesichtspunkte der sie bestimmenden Bewußtseins-Einheit gefaßt, als totale Erinnerung, vor der ein vaterländischer Umschwung und Übergang vollständig, mit Anfang und Ende, ausgebreitet liegt. Hölderlin benutzt einen Vergleich der geschichtswirklichen Revolution (einer »wirklichen Auflösung«) mit der vom Tragödiendichter entrollten »idealischen Auflösung«, um das die Tragödie überschwebende Totalbewußtsein in seinem Umgang mit den Einzelmomenten des Ablaufs herauszuarbeiten. Vom wirklichen Geschichtsvorgang läßt er das Gesetz und Verfahren der Tragödie großartig sich abheben als *verstandenes* gegen unwissend *getriebenes* Leben. Im wirklichen Geschichtsvorgang herrschen Angst und

Furcht, Blindheit und tödliches Haften an den Einzelaspekten. Die
dichterische, idealische Auflösung kennt, voller Liebe und Geist,
sowohl den Beginn wie das Ergebnis des Geschehens. Sie kennt die
wahre Bezogenheit aller Einzelpunkte und ist daher »furchtlos«,
bewegt sich unaufhaltsam und kühn, in »präcisem, geradem, freiem
Gang« voran und weiß in jedem Augenblick, auch wo Tod und
Verderben im Vordergrund stehen, um das darin verborgene Leben. Denn sie weiß um das Ganze und um den Sinn. Das Totalbewußtsein der Tragödie verfügt so, »daß jeder Punct in seiner Auflösung und Herstellung mit dem Totalgefühl der Auflösung und
Herstellung unendlich verflochten ist und alles sich in Schmerz und
Freude, in Streit und Frieden, in Bewegung und Ruhe, in Gestalt
und Ungestalt unendlich durchdringt, berührt und angeht und so
ein himmlisches Feuer statt irdischem wirkt«.
In geschichtlicher Wirklichkeit geht die vaterländische Auflösung
vom Sicheren und Bestehenden fort; ein Unendliches, eine gärende,
dumpfe Götterschwüle ergreift die politische Realität und reißt sie
ins Ungewisse dahin. Gerade entgegengesetzt ist der Weg der Tragödie. Sie fängt mit dem gespenstischen Einbruch eines zunächst unbekannten Störungselementes an und führt zu dem bestimmten
neuen Zustand, zu der ihr bekannten neuen Lebensbefestigung. Dies
ist es, was Hölderlin in die Aussage bringt, die wirkliche Auflösung
gehe vom Endlichen zum Unendlichen, die idealische Auflösung
aber vom Unendlichen zum Endlichen. Zwischen Anfang und Ende
aber liegen die mittleren Stationen mit ihrem »eigentümlichen Karakter zwischen Seyn und Nichtseyn«, wo überall »das Mögliche
real und das Wirkliche ideal wird«. Das bedeutet: das Experiment
steht verwirklicht vor Augen, das Wahre aber steht nur vor dem
inneren Sinn als Strebensziel.
Der Aufsatz gipfelt darin, daß er die Hauptabschnitte eines vaterländischen Übergangs als eine Folge von drei Perioden auseinanderlegt. In der ersten, dem Beginn des Umschwungs, herrscht
das »Individuelle über das Unendliche, das Einzelne über das
Ganze« (Übergewicht des bestehenden Alten über die noch unbestimmte Erneuerungskraft, Übergewicht des geschichtlich Struk-
turierten über die allgemeine Lebenskraft). In der zweiten Periode herrscht »das Unendliche über das Individuelle, das Ganze
über das Einzelne« (Übergewicht des stürmischen Erneuerungs-
drangs über die alte politische Zuständlichkeit). In der dritten Periode faßt sich diese unbenannte, schwärmende Lebendigkeit end-

lich als formendes neues Lebensgefühl, das wie ein schaffendes, selbstbewußtes Ich die alten Gestaltungen als gefügigen Stoff zu neuen Bildungen behandelt.[1]

Diese Dreistufung klingt nicht bloß äußerlich mit den Schichtungen im »Wink für die Darstellung und Sprache« überein. Das Ich, das dort durch die zweite, schöpferische Reflexion seine Sprache gewinnt, bedeutet dasselbe wie hier das bewußte neue Lebensgefühl der dritten Periode. Durch fast alle Abhandlungen der Homburger Zeit zieht sich das Motiv der über drei Stufen gehenden Ichgewinnung, und wie eine zusammenfassende Formel steht über den Einzelbetrachtungen der vielleicht schon in Frankfurt niedergeschriebene Satz: »Aus Freude mußt du das Reine überhaupt, die Menschen und andern Wesen verstehen, alles Wesentliche und Bezeichnende auffassen, und alle Verhältnisse nacheinander erkennen, und seine Bestandtheile in ihrem Zusammenhange so lange Dir wiederhohlen, bis wieder die lebendige Anschauung objectiver aus dem Gedanken hervorgeht.« Das Wort »Freude« ist hier Hölderlins Name für das freie, liebende Totalbewußtsein. Ähnlich sagt das Distichon an Sophokles, daß die Tragödie im Stoffe der Trauer das Freudigste ausspricht.

Auch der *»Grund zum Empedokles«* ist im wesentlichen eine Entrollung der zwei Reflexionen und drei Vollendungen, die in den bisher genannten Aufsätzen das Grundmotiv bildeten. Das Thema des Aufsatzes findet sich knapp und vollständig umrissen in den rein theoretischen Prägungen des ersten Abschnittes (W. III. S. 321/2). Es ist daher zum Verständnis der Abhandlung nötig, daß dieser erste Abschnitt vom Leser als erschöpfende Totalskizze des Gedankenganges begriffen wird. Es seien hier daher die entscheidenden Sätze daraus angeführt, mit eingeklammerten Verweisungen auf die entsprechenden Bezeichnungen des Winkes für die Darstellung und Sprache: »Natur und Kunst sind sich im reinen Leben nur harmonisch entgegengesezt« (erste Vollendung, unreflektiert). »Aber dieses Leben ist nur im Gefühle und nicht für die Erkenntniß vorhanden. Soll es erkennbar seyn, so muß es sich dadurch darstellen, daß es im Übermaße der Innigkeit ... sich trennt (erste Reflexion, zweite Vollendung) ... bis durch den Fortgang der

---

[1] Bei der Entfaltung dieser Zwischenphänomene zwischen Sein, Nichtsein und neuem Sein ist mit Händen zu greifen, wie das Erlebnis der französischen Revolution und des Untergangs des Deutschen Reiches Hölderlins Verstehen der Tragödie gefördert, d. h. mit konkreter historischer Anschauung genährt hat.

entgegengesezten Wechselwirkungen die beiden ursprünglich einigen sich wie anfangs begegnen« (zweite Reflexion, dritte Vollendung).

Alles, was nach diesem einleitenden Abschnitte folgt, sind lediglich Erläuterungen einzelner Zwischenstufen und sodann Anwendungen auf den Charakter des Empedokles.

Was wir oben über die Wiederkehr der Hölderlinschen Probleme gesagt haben, findet hier eine deutliche Bewährung. Offensichtlich nämlich weist die Totalskizze dieser Einleitung auf die Vorrede zum Thalia-Bruchstück des Hyperion zurück. Der dortige Zustand der höchsten Einfalt, ruhend auf der bloßen Organisation der Natur, und der Zustand der höchsten Bildung, ruhend auf der Organisation, die wir uns selbst zu geben imstande sind, haben in der Einleitung des »Grundes zum Empedokles« ihre genauen Entsprechungen. Jene Vorrede und diese Einleitung behandeln dasselbe Thema; nur unterscheidet sich die spätere Fassung von der ersten durch außerordentlich vertiefte Erfahrungen über die Stufen des Reifungsvorganges, über die doppelsinnigen Erscheinungen der ersten und zweiten Reflexion.

Biographisch gesehen, ist der »Hyperion« auf der Stufe der ersten, also auflösenden Reflexion entsprungen. Die ersten Fassungen vom »Tod des Empedokles« entsprechen der Stufe der zweiten Reflexion und zugleich der dritten Vollendung. Kein Zweifel, daß die Gestalt des Hyperion eine viel unmittelbarere Selbstbezeugung Hölderlins ist als die Gestalt des Empedokles. Denn diese zeigt schon in den ersten Fassungen jene *Verleugnung* der Person des Dichters sowie seiner biographischen Objektwelt, die die Abhandlung »Allgemeiner Grund« dem Dramatiker zur Pflicht macht. Aber hinter dieser kunstgerechten Verleugnung kommen die biographischen Bezüge der Empedoklesgestalt und der zugehörigen theoretischen Abhandlung desto ergreifender zum Vorschein. Zwar hat Hölderlin als eine wichtige Komponente des agrigentinischen Schicksalsaugenblicks den »glühenden Himmelsstrich und die üppige Sicilianische Natur« benannt. Dies scheint weit abzuliegen von den Schicksalsvoraussetzungen der Hölderlinzeit. Aber die theoretische Abhandlung zeigt, daß nicht diese Einzelheit wichtig ist, sondern nur die Stärke und Ausweglosigkeit, mit der die *Entzweiung zwischen Natur und Kunst* empfunden wird. Es ergibt sich, daß Hölderlin im »Grund zum Empedokles« aufs Innigste von sich selbst gesprochen hat, vom Schicksal seiner Zeit, von *seinem* Einsatz zur Individualisierung und Lösung dieses Schicksals, von seiner Geopfertheit, von seiner Art, die Liebe zwischen Menschen und Element personhaft zu leben und dadurch dem Schicksal selbst, das den Haß zum Regenten der Stunde gesetzt hat, zu verfallen unter Hinüberrettung der Liebe ins Weitere und Spätere. Hölderlin hat das Schicksal Agrigents und die Gestalt des Empedokles nur vom Schicksal seiner Zeit und seines Ichs aus sehen lernen. Die Wesenszüge, die er am Charakter des Helden heraushebt, haben ihre Genauigkeit daher, daß er sie erhöhend den eignen Erfahrungen nachgebildet hat. Das gilt hauptsächlich von jener Vertauschung der Gegensätze im Gemüt des Empedokles, von dem Zuge, daß Empedokles »unterscheidender, denkender, vergleichender, bildender, organisirender und organisirter ist, *wenn er weniger bei sich selber ist* und *in so fern er sich weniger bewußt ist«*, daß er dagegen »ununterschiedener und ununterscheidender, gedankenloser in der Wirkung ... unbildlicher, aorgischer und desorganischer ist, wenn er mehr bei sich selber ist«.

Nicht leicht wird sich dieser klassischen Definition des Unterschieds zwischen dem lebenbewahrenden und dem lebentötenden Bewußtsein aus Hölderlins Schriften etwas Gleichwertiges an die Seite stellen lassen. Es ist der Unterschied zwischen der schöpferischen und der auflösenden Reflexion, die in beiden Fällen eine Wachheit bringt, nur daß diese im ersten Fall mit einem liebenden Blick das herrlich lebensvolle Gesamtgefüge bestätigt, während sie es im zweiten Falle zersetzt, atomisiert und entwirkt. Das negative und das positive Ich stehen hier einander gegenüber. Es erscheint die Grenzlinie zwischen dem kritischen, diskursiven Denken und dem dichterischen Denken der liebedurchwirkten Zusammenhänge, das durchaus ein Denken ist, doch getragen von einem eingemeindeten, nicht vom abseits stehenden Ich. Das Bewußtsein des Dichtersehers oder Dichterpriesters zeigt sich hier bestimmt als ein Bewußtsein des »künstlich rein aorgischen Menschen«, in dem das Unbekannte Person wird, so daß im sterblichen Wort das *Ganze* spricht: »Die Natur erschien mit allen ihren Melodien im Geiste und Munde dieses Mannes und so innig und warm und persönlich, wie wenn sein Herz das ihre wäre und der Geist des Elements in menschlicher Gestalt unter den Sterblichen wohnte.«

Es hat aber auch einen höheren, Hölderlin selbst nur teilweise erschlossenen autobiographischen Bezug, wenn der »Grund zum Empedokles« darlegt, weshalb dem Empedokles nicht in Wirklichkeit das Leben eines Dichters gegönnt war. Dies wäre möglich gewesen

»unter anderen Umständen« oder durch Einsicht und Vermeidung des zu starken Einflusses, den die »ungewöhnliche Tendenz zur Allgemeinheit« ausübte. Aber die Extreme, in denen Empedokles erwuchs, so erläutert Hölderlin weiter, waren zu gewaltig, um sich der Ganzheitskunde des dichterischen Wortes zu fügen. Die liebende Schau, das liebende Wort, d. i. der Gesang, konnten nicht heilen. Ebensowenig konnte die sogenannte »Tat« heilend in den Mittelpunkt der kranken Zeitsituation treffen, denn sie brachte ja niemals das Ganze der empedokleischen Existenz ins Spiel. Die »Tat« wäre von einem solchen Menschen aus fast eine Art Verzicht auf *seinen* Einsatz gewesen; und die Art, wie Hölderlin ein politisches Tätertum des Empedokles ablehnt, hat durchaus Beziehung zu der Art, mit der er seinen eignen tathaften Einsatz (etwa als Soldat nach dem Beispiel eines Siegfried Schmid oder Jakob Zwilling) nur als eine Möglichkeit der Verzweiflung, als einen Ausweg des Verzichtes behandelt. Hierher gehören die in den Briefen oft wiederkehrenden Äußerungen aus dem Tone, daß er, wenn das Reich der Finsternis mit Gewalt einbrechen wolle, in Gottes Namen die Feder unter den Tisch werfen und dorthin gehen werde, wo er am nötigsten sei; die Erfahrungen, die Hyperion mit der politisch-soldatischen Tat gemacht hat, bezeichnen Hölderlins Dauerentscheidung in dieser Sache. Es bleibt also für Empedokles nur derjenige Einsatz übrig, der auf der einen Seite sein ganzes, ungewöhnliches Menschentum ins Spiel bringt und auf der anderen Seite den Bereich des bloßen Wortes in der Richtung auf die Tat überschreitet. Dies ist der Opfertod. Der neue Retter *lebt* die Liebe zwischen den verfeindeten Extremen und löst somit als Person die Schicksalsfrage der Zeit. Da aber die Verfeindung der Extreme so heftig ist, daß im Ernst der liebenden Mittlerperson keine individuelle Existenz möglich ist, muß sie untergehen, aber so, daß sie damit zugleich ins Ganze hinausgeht. Der Untergang des Retters ist die sakramentale Ausspendung der in ihm realisierten Lebensheilung an die Allgemeinheit.

In diesen Ausführungen deutet Hölderlin selbst das ihm zuvorbestimmte Geschick, als Dichter zugleich nationales Opfer zu sein. Von ihm in seinem Verhältnis zu Volk und Zeit gilt streng und wahr, was der »Grund zum Empedokles« sagt: »Je mächtiger das Schiksaal, die Gegensäze von Kunst und Natur waren, um so mehr lag es in ihnen, sich immer mehr zu individualisiren, einen festen Punct, einen Halt zu gewinnen, und eine solche Zeit er-

greift alle Individuen so lange, fordert sie zur Lösung auf, bis sie
eines findet, in dem sich ihr unbekanntes Bedürfnis und ihre geheime
Tendenz sichtbar und erreicht darstellt, von dem aus dann erst die
gefundene Auflösung ins Allgemeine übergehen muß. So individualisirt sich seine Zeit in Empedokles, und je mehr sie sich in ihm individualisirt, je glänzender und wirklicher und sichtbarer in ihm das
Räthsel aufgelöst erscheint, um so nothwendiger wird sein Untergang.«

Es sei zum Abschluß noch einmal daran erinnert, daß diese Opfer-
theorie des »Grundes zum Empedokles« ihre Vorstufe, ja ihre
Wurzel in dem Kerngedanken der Diotimaode »Der Abschied«
hat: Das Herz der Liebenden muß vergehen, um den Haß zwischen Göttern und Menschen mit einem blutigen Opfer zu sühnen.
Ein Unterschied liegt darin, daß diese Ode den Haß, also die Verfeindung der Extreme, als unvordenklich gestiftet behandelt, während der »Grund zum Empedokles« die Verfeindung der Extreme
konkreter nimmt, als einen gleichsam binnengeschichtlichen Schick-
salsaugenblick. Man muß wohl die beiden Auffassungen zusam-
mennehmen, um zu begreifen, wie das »Ewige« in Hölderlins
Seinsbestimmung mit dem wirklichen, konkreten Zeitschicksal sich
bindet.

Von außerordentlicher Bedeutung ist es, daß im »Grund zum
Empedokles« an bestimmter Stelle Material gegeben ist zur Beant-
wortung der Frage, ob sich nach dem Durchlaufen der großen
»exzentrischen Bahn« (Hyperionvorrede), ob sich auf der Stufe der
dritten Vollendung, wo Natur und Kunst sich »wie anfangs begegnen«, ein gesichertes, lebensfestes Ich ergebe. Der »Grund zum Empedokles« sagt zwar in der Einleitung, daß das Erlebnis dieser neuen
Harmonie zum höchsten gehöre, was der Mensch erfahren kann.
Aber die Ausführung stellt wenige Zeilen später fest, daß dieser
Moment, wo höchste Feindseligkeit als höchste Versöhnung umzu-
wirbeln scheint, eben doch *vergänglich* ist: »Die Individualität dieses Moments ist nur ein Erzeugniß des Streits.« Der vereinende
Moment ist gedrungen, sich wie ein Trugbild wieder aufzulösen.
Trotz aller Seligkeit ist die Kraft echter Individuation in diesem
Momente nicht enthalten, die Vereinigung ist mitten in ihrer Gül-
tigkeit ein »glüklicher Betrug«, der in eben dem Grade aufhört, als
er zu innig und einzig war.

Hier ist es nicht Schuld der besonderen, extremen Umstände, auch
nicht Schuld mangelnder Selbstzähmung, daß dem Glücklichsten

die Individualität mißlingt, sondern es ist Gesetz. Der Mächtig-
ste, der Freudigste ist gesetzmäßig der Vergänglichste; ja, jedes
wirklich höchste und letzte Glück im idealen Zusammentreffen von
Natur und Kunst ist wesenhaft gezeichnet durch ein nimis, durch
das Mal eines illegitimen Allzusehr. Unerlaubt, scheinhaft und be-
trüglich ist die Gestalt des Versöhnenden, *weil* sie Gestalt ist, weil
sie eine Einzigkeit behauptet, die den heiligen Lebensgeist wohl ausdrückt, aber auch fesselt. Das Leben einer Welt müßte in dem
höchstgeglückten Individuum absterben, wenn diesem metaphysische Festigkeit zukäme. Das Allgemeine würde sich in einer Einzelheit verlieren, wenn diese Bestand hätte. Sie wäre »größer als
die Eltern«, größer als die Gegensätze, aus denen sie erwuchs, größer als das Es, das Element, das seine geheime Herrlichkeit dem
Individuum schenkte. Darum muß das Umgekehrte stattfinden:
Nicht das Allgemeine darf im Individuum absterben, sondern das
Individuum muß sich im Allgemeinen wieder verlieren.

Es ergibt sich, daß auch die Empedokleswelt noch eine solche ist, die
das Geheimnis des in einer überelementaren Sphäre befestigten Ichs
nicht kennt. Gerade weil hier ein mächtiges Individuum im Mittelpunkt steht, zeigt sich um so klarer, daß diese Welt vom Leben nur
weiß als von einem wunderbaren proteischen Wirbel, als von einer
ewig forttönenden Musik, einem ruhelosen Wandern und Strömen
ins All, ins Meer. Das Individuum ist und bleibt Fremdkörper un-
bekannter Herkunft und unduldbaren Wesens in einer Welt, die
aus lauter ichlosen Kräften zusammengewoben ist. Deshalb braucht
sie ja den Mittler, der zwischen Göttern und Menschen die *Sprache*
stiftet; und eben als der Sprachstifter und Wortträger ist der Mittler größer als das allmächtige, sprachlose Element; und indem er
größer ist als das Element, das ihn gebar, verletzt er gesetzlos dessen heilige Ordnung und kann diese nur durch seinen Untergang
wieder in Kraft setzen. Das bewußte Ich steht unter der Nemesis. Die Erinnyen müssen es immer messen an Maßen, die das Ich
nicht kennen. Sie müssen es daher immer widerlegt finden, sie
müssen es verfolgen, um es heimzuholen »in den alten Frieden«.

Hölderlin geht mit dieser Auffassung des »Grundes zum Empedokles« in gewissem Sinne *vor* den ungeheuren Augenblick zurück, den Äschylus in den »Eumeniden« festgehalten hat. Dort
wurden die alten Gesetzesgöttinnen, die Erinnyen, nachdem der
Fall des Orestes ihre Unfähigkeit zur Beherrschung der Tag- und

Menschenwelt erwiesen hatte, von einem menschlichen Geschworenengericht unter Führung der neuen olympischen Freigeister (Apollon und Athene) in die unterirdische Region am Areshügel verwiesen, um im Dunkel drunten als hochverehrte Natur- und Nachtgeister das vaterländische Leben zu begünstigen. Von Hölderlin kann fast gesagt werden, daß er den Prozeß gegen die Erinnyen im umgekehrten Sinne wiederaufnimmt. In der Ode »Saturn und Jupiter oder Natur und Kunst« sahen wir ihn schon für Kronos eintreten gegen Zeus: »Herab denn! oder schäme des Danks dich nicht!« Denn das Mahnen an diesen Dank ist ihm anvertraut, d. h. das Mahnen an den liebenden Zusammenhang des Neuen mit dem Uralten, des bewußten Geistes mit der Natur. Daß Zeus sich von Kronos erzeugt und mit ihm tief verknüpft fühle, daran muß er erinnern angesichts der haßvollen Gewalttat, die der ordnende Geist fort und fort gegen die Natur verübt. Die Erinnyen werden bei Äschylus zur Ansiedelung im unterirdischen Hause bewogen durch das Versprechen, daß sie dort volle göttliche Ehren genießen sollen. Hölderlins Einrede nach Jahrtausenden ist, daß der Gegner diese Bedingung nicht gehalten hat. Als Zeuge steht Hölderlin in dem neu entrollten Prozeß vor dem Areopag und klagt den versäumten *Dank* ein als die entscheidende Voraussetzung für die Umwandlung der Fluchgöttinnen in die wohlgesinnten Dämonen der Tiefe: »Denn Opfer will der Himmlischen jedes / Wenn aber eines versäumt ward, / Nie hat es Gutes gebracht.« In der Ode »Saturn und Jupiter« sieht Hölderlin die Unterlassung dieses Dankes als Verhängnis schon zwischen dem alten Titanengeschlecht (denn Saturn ist Titane) und den Olympiern stehen; indem dieses Gedicht ausspricht, daß schon zwischen Saturn und Jupiter das Leben entzweireißt, kommt sein Standpunkt dem des »Gefesselten Prometheus« nahe. Aber Hölderlin hält diese besondere mythische Linie nicht fest. Herrschend bleibt bei ihm die Anschauung, daß die Partner des großen Zwiespalts hier die »Götter«, dort die »Menschen« sind, hier die Natur, dort der bewußte Geist. Zwischen ihnen die uralte Liebesbeziehung durch ein umfängliches Nachholen der versäumten Opfer und Danksagungen wiederherzustellen, ist sein Beruf. Die Titanen aber – dies sei hier schon angemerkt – rükken für Hölderlins Betrachtung an den Ort der rebellischen Undankbaren. Sie werden Hölderlins reichstes Bild für die menschliche Eigenmacht, die in gewalttätiger, freigeisterischer Kühnheit da und dort in geistiger und sinnlicher Welt ihr unerlaubtes Mach-

werk errichtet. Mit dem Begriff des Titanischen (vgl. die Entwürfe
und Bruchstücke zum Thema »Die Titanen«, aus früherer Zeit die
Ode »Der Mensch«) zielt Hölderlin nicht gerade auf das grundsätzlich Widergöttliche, sondern auf die falsche, schiefe, räuberische
Ausbeutung der von den Göttern gespendeten Gaben und Antriebe.
Das Falsche und Rohe, das unzeitige Wachstum, das üppige, neidi-
sche Unkraut, die unbeholfene Wildnis, die doch »göttlich scheinen
will«, dies gehört zu den Titanen. Sie repräsentieren das Vielver-
suchende, das Ungenügsame und Grenzüberschreitende der menschlichen Natur, wie es sich erhebt auf der Grundlage frühester anthro-
pologischer Gegebenheiten: der Individuation und des Bewußtseins.
Der Hölderlinsche Titanenmythus umfaßt das ganze Feld menschlicher Hybris von der freigeisterischen, intellektualistischen Weltbetrachtung bis zum »schiefen« geschichtlichen Handeln.

Hölderlins *Homburger Lyrik* durchmißt den Weg zur »Homburger Besinnung« als einen Weg aus schwerem, ersticktem Gram zu
einer neuen Fassung des Gemüts. Es ist der Weg, den wir in der
Liebesklage um Diotima (»Elegie«) total vor uns entrollt sehen;
denn dieses Gedicht ist im Grunde von epischer Art, indem es von
der Erblindung in tiefer privater Trauer über Stufen des zögernden
Auflebens zum Durchbruch in einen neuen Tag führt.
Am Anfang stehen Gedichte wie *»Abendphantasie«*, *»Palinodie«*,
*»Bitte«*, *»Heimath«*, *»Wohl geh' ich täglich«* – Stimmen jener
Monate, in denen der gebeugten Seele nur noch ein armes, enges
Feld des Lebens und kaum Luft zum Atmen gegönnt war. Hier
spricht der »tödtende Schmerz«, dem in voller Wahrheit die Welt
versinkt. Denn ihm ist »das Auge genommen« und das Herz aus
der Brust verloren, der Sinn ist aus dem Geschehen getilgt, und es
wiederholt sich jene Erblindung, von der die Reimhymne an Diotima gesprochen hatte, das Darben mitten im himmlischen Tag, der
Schwund aller gefühlten Bezogenheit auf etwas Objektives. Es wird
hier deutlich, wie sehr für Hölderlin das gesunde Leben identisch
ist mit Weite der *Schau*, erkranktes Leben aber mit der Verhängung
des Blickes. »Abendphantasie« weiß nur noch vom Verglühen der
Jugend etwas zu hoffen, *»Heimath«* und *»Rükkehr in die Heimath«* denken mit dem Herzen eines Gescheiterten und Zerbrochenen an die Heilkraft der allerfrühesten Bindung, durch die zer-
stückelten Zeilen der »Palinodie« geht es wie das Seufzen eines

götterlosen De Profundis; »*Lebenslauf*« nimmt den niedergehenden Bogen des Lebens verzichtend an und wendet sich mit kurzem Abschiedsblick von der Erde fort, ins Freie. Hierher gehört auch das Fragment »*Abschied*« (Wenn ich sterbe mit Schmach) und die Ode »*Der Abschied*«, welche in drei, nur wenig verschiedenen Fassungen vorliegt. Sie spricht wohl von einem Wiedersehen, doch so, daß dieses mehr in ein Wunschland des Jenseits als in einen künftigen irdischen Augenblick verwiesen scheint.

Eine zweite Gruppe von Homburger Gedichten schließt sich zusammen in der Stimmung einer tiefen Schwermut, in die aus weiter Ferne, jedoch schon zugehörig, der Glaube an den Wert und die ewige Lebenskraft wieder hereinragen. Für dieses neue Erwachen von Hoffnung und Vertrauen verwendet Hölderlin (vgl. »*Ermunterung*« und »*Die Liebe*«) mehrfach das Bild des Frühlings, der das verstummte Herz »wie ein kahl Gefild« belebend anweht und »aus weißem Feld grüne Halme sprossen« läßt.

Der eigentliche Ausdruck der stillen Lebenswiederherstellung aber, die wir in diesen Gedichten bekundet sehen, liegt darin, daß sie von einer neuen Möglichkeit des *Gesanges* sprechen. Der Gram hat die Sprache zum Verstummen gebracht. Denn Sprache als Ausdruck der empfundenen, bewußten Sinn- und Liebesbeziehung zum Ganzen kann nur so lange leben, als die Freude lebt – jene Freude, die wohl mit tiefstem Leiden, nicht aber mit der ausdorrenden, isolierenden Nüchternheit der Verzweiflung vereinbar ist. Jetzt hebt die Ode »*Mein Eigentum*« bittende Hände zu den Mächten des Himmels, daß sie dem Dichter den einzigen Besitz segnen möchten, der ihn irdisch ansiedelt, den Gesang, sein »freundliches Asyl«. Die Oden »*Diotima*« (Du schweigst und duldest) und »*Die Liebe*« endigen beide mit einem Wort mächtigen Vertrauens auf den Gesang, »*Dichtermuth*« und »*Ermunterung*« rufen als Selbstmahnungen die ewige Verbrüderung des Dichters mit dem unsterblichen Leben der Welt herauf. So wird im Mute zum Gesang das betrübte Herz wieder wach.

Darüber hinaus aber beziehen sich die hier aufgehenden Hoffnungen zugleich auf den geschichtlichen Augenblick. Sie verschwistern sich in kühner Gleichsetzung mit Hoffnungen der geistigen Weltstunde, mit hochpolitischen vaterländischen Erwartungen. Die eigene Erlösung aus dem »furchtsamen Banne« des Schattenreiches wird von Hölderlin erlebt als gleichlaufend, ja innerlich identisch mit dem allgemeinen Aufgange des Lebens, den er in den kriegeri-

schen Stürmen der Zeit und im kühnen Ausgreifen des deutschen
Geistes geschehen sieht. Wie es überprivat war, was er gemeinsam
mit Diotima gelebt hatte (nämlich die »schöne Welt«, das Zeitalter der Griechen), wie dann der Gram nicht nur der einen geliebten Frau, sondern dem zertrümmerten Kosmos der Schönheit gegolten hatte, so bindet sich nun die eigne Neubelebung mit der
umfassenden kulturellen Wiedergeburt der Zeit. Die Ode »Diotima« sagt:

> Die Himmlischen sind jezt stark,
> Sind schnell. Nimmt denn nicht schon ihr altes
> Freudiges Recht die Natur sich wieder?
>
> Sieh! eh noch unser Hügel, o Liebe, sinkt,
> Geschiehts, und ja! noch siehet mein sterblich Lied
> Den Tag, der, Diotima! nächst den
> Göttern und Helden dich nennt, und dir gleicht.

Ähnlich lautet es in »Ermunterung«:

> O Hoffnung! bald, bald singen die Haine nicht
> Des Lebens Lob allein, denn es kommt die Zeit,
> Daß aus der Menschen Munde sich die
> Seele, die göttliche, neuverkündet.

Unverkennbar ist die Nähe dieser Gedanken zur Schlußwendung
der großen Liebesklage (»Elegie«) und über diese hinaus zu der
strahlenden weiten Schau vaterländischer Erneuerung, die das nie
erschöpfte Thema der bald folgenden Feiergesänge bildet. Die
Homburger Oden zeigen seine erste Anlage. Deutlich spürbar ist
es auch in den Widmungsgedichten an zwei Fürstinnen (»*Der Prinzessin Augusta von Homburg*, den 28. November 1799« und »*An
eine Fürstin von Dessau*«). Die »stürmische Zeit« ragt in die
reinen Feierklänge der beiden Oden herein, der Blick des Dichters
folgt ihren abziehenden Gewittern, und

> Klar, wie die ruhigen Sterne, gehen
> Aus langem Zweifel reine Gestalten auf,
> So dünkt es mir,

eine Hoffnung für die verwilderte Zeit, und im selben Zuge eine
Hoffnung für das aufatmende Herz des Dichters, daß damit auch
*seine* Zeit beginne,

> daß endlich auch
> Mir ein Gesang in deinen Hainen,
> Edle! gedeihe, der deiner werth sei!

Was Hölderlin in diesen beiden Oden gelingt, ist etwas Bewun-
derungswürdiges an plastischer Gedichtgestalt, die, vollendet edel
und ritterlich, aus seelischer Anmut und geistiger Kraft zu makelloser Form aufsteigt und gültig bezeugt, was Hölderlin ganz von innen her mit *Pindar* verbindet. Man sieht die zwei Frauengestalten
wunderbar, geistergleich zwischen der Zeiten Licht und Nacht
schweben, still in ein eignes Glück gehüllt, doch zugleich gültig in
höchsten politischen Bezügen, denen sie durch ihr reines Sein zugeordnet sind. Diese Zuordnung bedeutet genau das gleiche, was Pindars Preisgesänge durch das Aufgebot der Stadtgeschichte, der Ge-
schlechter- und Göttersage zuwege bringen: die Herstellung des
wechselseitigen Verherrlichungs-Zusammenhangs zwischen dem Sie-
ger und dem Vaterland, zwischen der Einzelperson und dem übergreifenden Lebensorganismus. Deshalb geschieht es auch schuldlos
und ist voll göttlicher Anmut, wenn Hölderlin in das Gedicht an
Augusta die zierliche Arabeske einarbeitet, daß er die Ode begonnen habe zu einer Zeit, da es noch Blumen gab, und von dieser
Werkstatt-Intimität sofort weitergeht zum großen Zeitgewitter
und seiner Spende. Hier und in der Rückbeziehung auf das eigene
Dichterschicksal am Schlusse setzt sich pindarische Überlieferung
echt fort. Denn die Grundlage des pindarischen Dichtens ist in Hölderlin neu gegeben: das Wissen um die Einheit des Lebens und um
den Dichter als den verantwortlichen Träger des Gesamtbewußtseins.

Während von diesen Gedichten ein klar sichtbarer Weg zu den Elegien und Hymnen der folgenden Stuttgarter Zeit (seit Mai 1800)
weiterführt, steht eine dritte Gruppe Homburger Oden in einer
eigenartigen Isolierung. Es sind Dichtungen, die eine ruhige Erheiterung aussprechen und in denen ein gegenwärtiges Ich mit gelöster
Gefühlsreinheit des Daseins gewiß ist. Als führend in dieser Gruppe
kann etwa die dreistrophige Ode »*Die Götter*« gelten. Der Gedanke ist verlockend, diese Dichtungen als Zeugnisse des nach den
Mitternächten des Grams neu aufgegangenen Tags anzusehen. Aber
dem widerstreitet etwas. Es fehlt in ihrem Antlitz die Spur des
überwundenen Grames; es fehlt in dem Bewußtsein, das sie darstellen, die Rune der durchlittenen Hades-Erfahrung. Möglicherweise sind einige von ihnen schon in Frankfurt konzipiert; möglicherweise entstammen andre den schmalen Augenblicken eines vorübergehenden Aufatmens, in denen das Bewußtsein »in hoher
Schwäche« die Sorgen weggeworfen hat.

So drückt die Ode »Die Götter«, wie unmittelbar vom Himmel
her, ein Lebensgefühl aus, das zweifellos schon seit Frankfurt möglich geworden ist: eine Rückendeckung des Ichs im Bunde mit
den Göttern. Im Hyperion war die Gleichartigkeit des Naturgrundes mit dem menschlichen Seelengrunde heraufgeschienen. Das Bewußtsein dieser Gleichartigkeit stellt sich in der Ode »Die Götter«
frei als ein befestigendes Element des persönlichen Seins dar. Wir
drückten das an früherer Stelle so aus: Mindestens nimmt fortan die
ganze Natur samt ihren Göttern an der Problematik seines Lebens
teil. Die Götter, nämlich die plastisch erfahrenen und ehrfürchtig
angenommenen Belebungs- und Verknüpfungsmächte, helfen dem
Menschen, sich zu fassen und das Dasein im Sinne der schönen, idealischen Natur zu bestehen. Mit ihrem Beistand, sagt das Gedicht,
hält sich der Schmerz in der Grenze der Schönheit, die ordnungslose Empörung adelt sich zur Tapferkeit. Denn der verknüpfende
*Sinn* und das verpflichtende *Maß* sind heilend gegenwärtig, wo
die Götter Altäre haben. Gelingt es, sie mit kindlichem Sinne zu
lieben, so kann dies den Genius vor dem Verlorengehen in Sorge,
Irrsal, Zorn und Trauer beschirmen; es kann ihn also vor dem
Herausfall aus der einigen Lebensfülle wahren. Die Aussage des
Gedichtes »Die Götter« ist zentral wichtig; sie ist die klassische
Formulierung des Hölderlinschen Glaubens an die Olympier und
gleichsam homerisch-orthodox; die Erfahrung der Todesgötter
klingt nicht an, und ebenso steht der zweideutige Dionysos noch
ferne.

Die kindlich-gläubige Haltung dieser Ode kehrt wieder in dem Gedicht »*Des Morgens*«, auf das wohl mit Fug Goethes Wort von dem
»sanften, in Genügsamkeit sich auflösenden Streben« anzuwenden
wäre; ebenso in der Ode »*Die Launischen*«, die das Verhältnis
zwischen der Mutter Natur und ihren ungebärdigen Kindern, den
Dichtern, in zärtlichen Silberlinien, spielend und klingend, auf
dunklem Grund entwirft. Auch die Ode »*Der Sonnengott*« stimmt
mit ihrer ganz fließenden, schmelzend-elegischen Melodie in diesen
gelösten Ton.

In diesen Zusammenhang sei weiterhin das Odenpaar gerückt, das
dem *Main* und dem *Neckar* gewidmet ist. Denn sie sind aus relativ
unbeschwerter Seele gesungen, ihr Atem geht leicht, und die dunkle
Resonanz, die selbst den Widmungsgedichten an die beiden Fürstinnen nicht fehlt, wird man in ihnen vergebens suchen. Dafür werden rückwärtige Verbindungen um so merklicher. Beide Oden ver-

weben das Bild eines deutschen Stromgaues mit dem aus sehnlicher
Ferne erblickten Bilde griechischer Landschaft. Es bildet sich ein Zusammenhang, in dem die lebendigen Götterkräfte der Heimatnatur
und die als Grabruine von Göttersöhnen geheiligte Erde Griechenlands eine verschwisterte Anrufung haben. Was die Verbindung
zwischen dem Hier und Dort stiftet, wird bezeichnet als Fernweh nach »manchem Land der lebenden Erde« (Der Main) und
nach den »Reizen der Erde« (Der Nekar). Aber indem dieses
Fernweh *liebend* nach Griechenland zieht, zeigt es sich belebt von
jener heiligen Erinnerung, die Hellas als das Land der voreinst verwirklichten Lebensfülle und Göttergegenwart im Gedächtnis hat.
Griechenland, das Land des erschienenen Ideals, steht gegen die deutsche Heimat mit ihrer unmittelbaren Treue und Belebungskraft, wie
sie sich als Wirkung eines Stromgeistes darstellt. Daß der »Main«,
die Vorstufe des »Nekar«, als ein Dankgedicht an den Strom und
seine Schicksalslandschaft entstanden ist (dessen Konzeption vielleicht noch in die Frankfurter Zeit zurückreicht), wird durch die
weitausholende Inversion des Gedichtanfangs verdeckt. Im Grunde
ruht das Gedicht auf den zwei einfachen Tragsäulen: »Wohl manches Land der lebenden Erde möcht' / Ich sehn« und »Doch nimmer
vergeß ich dich, so fern ich wandre, schöner Main!« Zu der Inversion aber kommt es dadurch, daß bei der Schau auf den zu feiernden Main in Hölderlin das für ihn gesetzliche, disjunktive
»Zwar« erwacht; das Nahe und Begrenzte erweckt den Gedanken
des Fernen und Unbegrenzten, und dieser schiebt sich als Inversion
nach vorn, um zum Hintergrund für das Begrenztere zu werden.
Die Zusammenfügung Griechenlands mit Deutschland hat ihre Vor-
stufen im Hyperion und namentlich auch in einigen hexametrischen
Dichtungen an Diotima (»Komm und besänftige mir« und »Götter wandelten einst«). Nach vorwärts aber verknüpft sich der
»Main«, freilich nur wie eine blasse Vorahnung, mit den späteren
Elegien und Hymnen, die eine vom Schicksal verwaltete Zueinanderordnung Griechenlands und Deutschlands feiern: »Brod und
Wein«, »Archipelagus«, »Gesang des Deutschen«, »Germanien«,
ja auch noch »Der Einzige«. Der »Main« denkt an Griechenland
als an das Ruinenfeld, welches es heute ist. Gerade dieser Zug rückt
das Gedicht in die Nähe des »Gesangs des Deutschen« und der
Hymne »Germanien«; er gibt zu erkennen, daß der dort erwachte
Gedanke von der Wanderung des Adlers hier schon schlafend zugegen ist. Gerade die Trümmer, die das Land der Griechen heute

bedecken, weisen auf den bildenden Geist, der hier vormals wirkte. Dieser Geist *kann* nicht als verschwunden gedacht werden, sondern nur als verwandelt hinübergegangen dahin, wo *heute* die aus
Liebe bildende Lebenskraft der Natur ihre Werkstatt hat: Deutschland.

So wenig dieser große Gedanke hier schon klar erwacht ist, so deutlich ist die ihm entsprechende Spannung der Orte zugegen. Bedenkt
man aber, daß den diesseitigen Pol dieser Spannung eben nicht aus-
schließend der Maingau bildet, sondern die heimatliche Lebensgegenwart überhaupt, so mag erklärlich werden, daß Hölderlin die
im »Main« gegebene Verschränkung Griechenland-Deutschland
teilweise wörtlich in der Ode »Der Nekar« wiederholt hat. Wir
dürfen annehmen, daß der »Nekar« sehr bald nach der Übersiedelung von Homburg in die schwäbische Heimat entstanden ist. Der
Anlaß mag ein äußerer gewesen sein; aber auch ein innerer läßt sich
denken; da jedes der Himmlischen Opfer will, ist dem heimgekehrten Dichter das *ältere* Recht des Heimatstromes auf Dank erschienen. *Bildend* begegnete dem Erwachsenen der gastfreundliche Main,
aber *lebenerweckend* dem Kinde der Neckar; also gebührte ihm
wenigstens die gleiche Ehre wie dem andern, in einer Zeit, da dem
Dichter die das Vaterland durchglänzenden Ströme in ihrer schick-
salbildenden, symbolischen und naturdichterischen Bedeutung wichtig geworden waren.


Völlig vereinzelt steht in Hölderlins Schaffen die jambische Brief-
erzählung »*Emilie vor ihrem Brauttag*«. Er sandte sie am 3. Juli
1799 an Neuffer, der sie in seinem Taschenbuch auf das Jahr 1800
abdruckte. Das Gedicht verdankt seine Entstehung lediglich einer
Anregung des Verlegers Steinkopf, der den Herausgeber der geplanten »Iduna« dem Publikum durch eine leichtfaßliche Erzählung im Tagesgeschmack bekannt machen wollte. Hölderlin selbst
hat in Briefen an Neuffer die »Emilie« als eine flüchtige, eilfertige
Arbeit bezeichnet, die er »leichtsinnig genug hingeworfen habe aus
Nothwendigkeit und Dienstfertigkeit«. Dennoch gibt er sie nicht
völlig preis; er bekennt sich wenigstens insofern zu ihr, als er andeutet, daß er nichts darin »ohne allgemeinen poetischen Grund« gesagt habe.

Zu den Überlegungen, die er der »Emilie« gewidmet hat, gehören
die ästhetischen Ausführungen in dem Briefe an Neuffer vom 3. Juli

*1799*. Sie umkreisen, mehr tastend und suchend als wissend, das Gesetz, nach dem die sentimentalen Stoffe (»z. B. die Liebe«) zu behandeln sind. Sie suchen dieses Gesetz zu ergreifen in einer Gegenüberstellung zu den heroischen Stoffen, die allein der Tragödienform angemessen sind. An greifbaren Ergebnissen gewinnt Hölderlin dabei zunächst nur eine Erkenntnis hinsichtlich der Handhabung des »Accidentellen«, d. h. der konkreten Einzelheiten, die da schmücken oder beleben, der Nebentöne und Nebenmotive. Das Trauerspiel muß das Accidentelle verleugnen und muß »ohne irgendeinen Schmuk fast in lauter großen Tönen, wo jeder ein eignes Ganze ist, harmonisch wechselnd fortschreiten«; das sentimentale Gedicht hingegen darf sich des Accidentellen bedienen, vorausgesetzt, daß dies mit »zarter Scheu«, also auf diskrete Weise geschieht. Dieses Ergebnis könnte mager scheinen; aber die Frage des Accidentellen hat für Hölderlin ein besonderes Gewicht, weil ihn seit Beginn der Empedoklesarbeit das Problem der mannigfaltigen Nebentöne, das Problem des Lebendigen, Sinnfälligen und Konkreten im Gedicht lebhaft beschäftigt. Verkleidet sich doch in ihm ein Teil seines Lebensproblems, nämlich die Frage seines Verhältnisses zum Bestimmten, Einzelnen und Wirklichen.

Es ist das eigenartige Schicksal der »Emilie« geworden, daß sie zahlreiche kostbare Einzelbestandteile enthält und dennoch als Ganzes Hölderlins Maß nicht erreicht.

Viele einzelne Verse könnten mit Ehren in einer Hölderlinschen Hymne stehen, ganze Strecken des Gedichts leben aus entscheidenden Spannungen der Hölderlinschen Seele. Daneben muß es uns bedeutend sein, daß viele Einzelmotive auf den »Hyperion« und den »Empedokles« verweisen, daß paraphrasierende, erläuternde, ergänzende Anklänge an Hölderlins Lyrik (wie Menons Klagen, Stimme des Volks, Reimhymne an Diotima usw.) gegeben sind. Auf den »Hyperion« verweist z. B. die Brieform der Erzählung, als spezifisches Mittel zur Gewinnung einer bestimmten Art von Abstand; dann das Freundespaar Eduard-Armenion mit seiner Analogie zu Hyperion-Alabanda; dann der korsikanische Freiheitskampf unter Paoli (1726–1807), der hier den historischen Hintergrund bildet wie im Hyperion der Freiheitskampf der Griechen. Die Heldin des Gedichtes, Emilie, lenkt mit einer ganzen Reihe von Zügen in das Diotimabild des »Hyperion« und in das Pantheabild des »Empedokles« ein. Der »fromme Dank« an den Main und Nekkar verbindet sich sichtbar mit der Haltung der oben behandelten

Oden. Bei der Betrachtung des »Varusthals« (Bad Driburg!) wird
das besondere Geschichtsgefühl Hölderlins mit seinem überpartei-
lichen Enthusiasmus nicht ohne elegische Größe ausgesprochen:

> »Hier unten in dem Thale schlafen sie
> Zusammen,« sprach mein Vater, »lange schon,
> Die Römer mit den Deutschen, und es haben
> Die Freigebornen sich, die stolzen, stillen,
> Im Tode mit den Welteroberern
> Versöhnt, und Großes ist und Größeres
> Zusammen in der Erde Schos gefallen.«

Die hierauf folgenden Zeilen übertragen in bemerkenswerter Weise
den Gedanken des Wechsels zwischen Tag- und Nachtzeiten auf
den germanischen Norden:

> Wo seid ihr, meine Todten all? Es lebt
> Der Menschengenius, der Sprache Gott,
> Der alte Braga noch, und Hertha grünt
> Noch immer ihren Kindern, und Walhalla
> Blauet über uns, der heimatliche Himmel;
> Doch euch, ihr Heldenbilder, find' ich nicht.«

Natürlich kann diese Rückbeziehung auf die nordische Mythe
nicht das Gewicht haben, das bei Hölderlin sonst die Rückbeziehung auf die hellenische Mythe besitzt. Denn mit dieser ist die lebendige, verpflichtende Erinnerung an eine plastisch durchgeformte
alte *Bildungs*welt verbunden, in der die Naturmächte (die Götter)
rein und hoch in ebenbürtiger »Kunst« ausgewirkt waren. Gleichwohl bleibt es beachtenswert, wie Hölderlin die germanische Erd-
mutter Hertha (Nerthus) an dieselbe mythische Stelle setzt, wo
sonst seine »Mutter Erde« steht, und wie er Walhalla als Gleichwort für den griechischen Olymp einführt; und gar in Bragi, dem
Urskalden, ragt etwas von einem alten nordischen Göttertag auf,
das für Hölderlin von ernster Bedeutung war. Denn damit ist auf
die Dichtung des germanischen Altertums verwiesen, in der auf
originelle, also unabgeleitete Weise das Göttlich-Bildende erschienen war.

Aber alle wertvollen oder beziehungsreichen Einzelheiten des Gedichtes können den Grundmangel des Ganzen nicht aufheben. Sie
stehen in einem Zusammenhang, dem der letzte Ernst fehlt, und
die Gewichtlosigkeit des Ganzen hebt auch ihr Eigengewicht auf.
Der Verleger, sagten wir, suchte Hölderlin der zu gewinnenden
Leserschaft der »Iduna« durch die »Emilie« bekannt zu machen.

In Wirklichkeit suchte er ihr, aus begreiflichen Gründen, den wahren Hölderlin durch die »Emilie« zu tarnen. Hölderlin ließ sich auf den Plan ein, aber er konnte nicht hindern, daß seine Natur keusch und unkäuflich abseits blieb und sich weigerte, den Stoff zu ergreifen. Er zwang sich zu sprechen, ohne zu »sprechen«; daher blieb das Ganze unredend, fast stumm. Nicht die von ihm selbst gerügte Flüchtigkeit der Abfassung, sondern die zur Aufgabe gehörende Verleugnung der eignen Seele hat »Emilie« verhindert, als Kunstwerk zu einer vollen Existenz zu kommen; ihre werttragenden Einzelheiten liegen in dem kraftlosen Ganzen wie die marmornen Bildtrümmer Olympias im Sand.

Dasjenige lyrische Gedicht aber, das mit einem gewaltigen Bogen die gesamte Homburger Zeit überwölbt, ist und bleibt die »Elegie«, die Vorstufe von »Menons Klagen um Diotima«. Entstanden etwa im Sommer 1799, setzt sie von frühen Stimmungen der Homburger Zeit an, führt aber zugleich bis zu deren Ende und Ergebnis. Denn sie ist der inneren Führung nach episch geartet. Sie geht einen Weg, dessen Anfang vom Ende verschieden ist. Das Äußere dieser Verschiedenheit ist ohne weiteres zu greifen: der Weg führt aus Mitternächten des Grams zum Aufgang des neuen Tages; aus Blindheit in unbegrenzte Weite der Schau; aus einer Zurückscheuchung in die kargste Enge zum Gewinn einer ganzen Welt. Aber damit ist noch nicht der *Inhalt* des hier sich vollziehenden Geschehens bezeichnet. Dieses besteht im Durchbruch aus dem Schmerz um die geraubte Liebe zu dem eigentlichen, bleibenden Wertkosmos, der in dieser Liebe enthalten, bezeugt und gelebt war. Das Leid um Diotima wird überwunden, aber nicht wie eine Verletzung, die sich schließt und vernarbt, sondern wie eine Bewährungsaufgabe, deren Lösung den Überwinder auf eine höhere Seinsstufe hebt und ihn *verwandelt* zurückläßt. Nicht trotz des Leidens, sondern durch das Leiden geschieht diese Erhöhung. Der Verlust Diotimas hebt plötzlich den dauernden Kern und den umfänglichen Bestand der von ihr repräsentierten wirklichen Welt hervor. Diese ist nicht Ersatz für Diotima, sondern sie ist das Original; und nicht Verzicht, sondern gerade das Festhalten am Gedanken des erfüllten Lebens bahnt zu ihr den Weg. Hinter der Gestalt Diotimas wird in dem Augenblick, da sie verschwindet, die wahre, volle Götterwelt, die schreckende Herrlichkeit, die uferlose Freude sichtbar, die Diotima dem Auge

vorher verdeckt -- nämlich enthaltend, repräsentierend und mit-
teilend verdeckt – hatte. Wir sagten an früherer Stelle, daß Diotima nicht *aus* Hölderlins Welt, sondern *in* sie verschwinde. Dies ist
es, was die »Elegie« schildert, indem sie das Bild der gewesenen
und trotz allem fortlebenden Diotima wirksam werden läßt als
Mahnung zur Tapferkeit, zum unbesieglichen Glauben an die Götter und an die Hoffnungen, an die Werte und an alles Lebens Wiederkehr. Die »Elegie« bewältigt auf der Ebene des Gefühlslebens,
was die Homburger Besinnung auf der Ebene der Erkenntnis bewältigt: die Aufgabe des Wiedergewinns einer verloren gewesenen
Welt. Was dort die schöpferische Reflexion bewirkt hatte, das wirkt
hier der Durchblick in das feste, gesetzliche An-sich der mit Diotima
verbundenen Welt; er stiftet, gleich jener Reflexion, den »aus dem
unendlichen Leben wiederbelebten Geist« (»Wink zur Darstellung
und Sprache«).

Weil dieses geistige Geschehen das Wesentliche im Ablauf der »Elegie« ist, kann Hölderlin kurz danach diesen Ablauf ein zweitesmal
dichterisch fassen, ohne von Diotima zu sprechen. Die Ode »Der
blinde Sänger« wiederholt den ganzen Weg aus der nächtigen Um-
klammerung in den neuen Tag, und dieser bringt »das alte Glük«
wieder, doch rinnt es »geistiger« nieder, d. h. es ist nicht mehr in
einzelnen Geschenken der Natur gegeben, sondern als ganzer, er-
kannter Kosmos der Schönheit, der Freude und des Wertes, der das
Haus der Väter und alles Geliebte einschließt. Verwandelt kehrt aller Besitz zurück. Es ist eine Befreiung, die sich in der »Elegie«
vollzieht; nicht eine Befreiung vom Leid, sondern durch das Leid
eine Befreiung zur ganzen, ernsten Fülle jenes Kosmos der Freude.
Nochmals: dieser Kosmos geht mit Diotimas Verschwinden nicht
unter, sondern er geht erst in seiner eigentlichen Wirklichkeit auf.
Die Liebe ist dadurch, daß sie als Opfer erwürgt wird, nicht widerlegt, sondern sie ist bewährt, bestätigt und sakramental in alle
Wirklichkeit eingebaut (»Die Liebe«). Geht das »sterbliche Glük«
dahin, so macht dies nur den Wunsch frei, von einem »anderen«,
sei es auch schreckenden Glück heimgesucht zu werden (»Bitte«).
So geht es überall durch den Abschied von Diotima ins Größere und
Weitere. Es geht durch den Verlust entschiedener in den Besitz. Für
Diotima treten fortan die Genien des Vaterlandes, der Schönheit
und Kühnheit, der ganze lebendige Olymp verschwistert ein. Dies
schwillt so mächtig an die Seele des Dichters heran, daß es schon in
der »Elegie« den Anschein hat, als sei durch Diotimas Entfernung

ein Damm gebrochen, der bisher die Lebensfülle einuferte. Gewaltig dringt sie jetzt in ihrem Ernst herzu, nicht wild, aber in einem fremderen, volleren Drang, der sich aus elementaren Kräften und in ewigen Maßen bewegt.

Kein Augenblick in Hölderlins Dasein gibt so klar wie die Schlußwendung der »Elegie« die unbedingte Macht und Geltung des objektiven Lebens in Hölderlin zu spüren. Der Verlockung, in der Trauer verzichtend zu versinken, stellt sich eine Kraft entgegen, die deshalb so außerordentlich ist, weil ihr der Widerstand gegen jene Verlockung eine *Sache der Ehre* ist, und zwar der Ehre vor den Göttern. So nahe der Seele Hölderlins von Jugend an der Untergang in der festlichen Lebensfülle gerückt ist, so mächtige Verbote stellen sich entgegen, wo es sich um den Untergang im Verstummen, im Sich-Abfinden mit dem dürren Alltag handelt. Denn dieses wäre ein »Sterben mit Schmach«, es wäre das Versinken im »feigen Grab«; es hätte eine Art von Unduldbarkeit, die schlechterdings nicht zu überbieten ist; sie wäre schimpflich wie Verrat und Felonie, schimpflich also wie eine Tat, die nur ein Knecht begeht und die kein Mann sich verzeihen kann. In der »Elegie« heißt es:

>»Siehe! weinen vor dir und klagen muß ich, wenn schon noch
>Denkend der edleren Zeit, dessen die Seele sich schämt.«

Die Zumutung, das schwunglose Dasein der Zerbrochenen und Resignierten zu führen, wird stolz abgewiesen:

>»Dien' im Orkus, wem es gefällt! wir, welche die stille
>Liebe bildete, wir suchen zu Göttern die Bahn.«

Noch deutlicher spricht sich dieses Zurückweichen vor dem Verzicht als vor etwas Schmachvollem in den Zeilen aus:

>»Soll es werden auch mir, wie den Tausenden, die in den Tagen
>Ihres Frühlings doch auch ahnend und liebend gelebt,
>Aber am hellesten Tag von schnellen Parzen ergriffen,
>Ohne Klage hinab heimlich hinuntergeführt,
>Nun im allzunüchternen Reich, nun wohnen im Schatten,
>Wo bei täuschendem Schein irres Gewimmel sich treibt,
>Wo die langsame Zeit bei Frost und Dürre sie zählen,
>Nur in Seufzern der Mensch noch die Unsterblichen preist?«

Diese Verknüpfung des Lebensgebotes mit dem Ehrgefühl – also mit einem Grundgefühl, das kaum rational ist und Autorität

schlechthin hat – offenbart die Seinsbedeutung, die das *Dichtertum*
für Hölderlin besitzt. Denn der Dichter in ihm ist es, der sich gegen diesen Untergang in der Verdorrung wehrt. Jedes Leben und
jeden Untergang kann diese Seele dulden, nur nicht eine Lage, in
der das Wort erstickt. Weil die Möglichkeit des dichterischen Wortes
seine Existenz selbst ist, stellt sich vor diese Möglichkeit schützend
die Urempfindung der Ehre. Sie verteidigt nicht etwa sein person-
haftes oder gar bürgerliches Ich, denn dieses ist ja in seinem Leben
ständig und grundsätzlich geopfert. Sie verteidigt, was höher ist:
die Begeisterung und den Beruf. »Beruf ist mir's, zu rühmen Hö-
hers«, sagte die Ode an die Prinzessin Augusta. Der Gesang ist sein
»Eigentum«, ranggleich mit Familie, Haus und Herd, und will
Hölderlin dem Freunde Sinclair das Äußerste, das Unmögliche an
Opferbereitschaft bezeugen, so erbietet er sich zur Darangabe seines
Saitenspiels (»An Eduard«). Der Appell des Lebens vermag ihn,
das zeigt die »Elegie«, deshalb selbst im Hades zu erreichen, weil
er diesem Appell als Dichter unbedingt offen ist; so unbedingt, daß
auch der Gram um den schrecklichsten Verlust ihn dagegen nicht
taub machen kann. Als Dichter kann er, ja muß er jeden Verlust
überleben, jeder Verlust muß ihn nur echter in das Leben einsetzen,
und nur Leben hinein zu sterben, ist ihm erlaubt. Der Dichter
als der in das Leben berufsmäßig Eingesetzte hat denn auch den
Zusammenbruch der Hölderlinschen Persönlichkeit überlebt. Gleichsam körperlos bleibt über den Jahrzehnten der zerstörten Persönlichkeit die *Stimme* schweben. Sie ist bis zuletzt wirkliche, legitime
Stimme und treibt in vereinfachter Symbolik bis zuletzt ihr heiliges Gewerbe, die Pracht der Erde und die »Innerheit« der Welt,
das Sinnliche und das Geistige, den Wechsel der Teile und das Bleiben
des Ganzen verbunden auszusagen.

Alles in allem ist die »Elegie« der unmittelbarste, weil in reiner
Gefühlsbewegung erscheinende Ausdruck der Befreiung, die Hölderlin im Laufe des Homburger Aufenthalts erlebte. Frei im Gedanken, frei in der Schau und frei im Gefühl, wurde er nun reif
dafür, daß sich in seiner Dichtung plastisch und mit voller Gegenwart aller zugehörigen Elemente (Erinnerung und Ahnung, Tagzeit und Nachtzeit, Wert und Wirklichkeit, Hellas und Norden,
Natur und Geist) die ihm gewonnene Welt darstellen konnte. Die
urbildliche Welt der Kindheit, die verlorene und tiefbetrauerte,
stieg geheilt wieder herauf, d. h. es vollendete sich das dichterische
Bewußtsein, das über das Ganze und die Teile dieser Welt göttlich

verfügte und eine genetische, um nicht zu sagen demiurgische Einweihung in ihr Geheimnis besaß. In Homburg schon wurden Dichtungen begonnen, die dieses Bewußtsein auf voller Höhe verwalteten
(Archipelagus); aber ausgeführt wurden sie erst nach dem Abschied
von Homburg und der Rückkehr in die Heimat.

Nachdem der Plan, als Herausgeber der »Iduna« wirtschaftlich
selbständig zu werden, sich ebenso zerschlagen hatte wie die auf
Schiller und Jena gesetzten Hoffnungen, mußte Hölderlin seine Zukunft auf andre Weise zu sichern suchen. Zwar war er sich bewußt,
daß Sinclair ihn »nicht gerne gehen läßt«. Ihm selbst bereitete der
Gedanke eines Abschieds von Homburg schweren Kummer, da er die
endgültige Trennung von Susette bedeutete. Aber für die Privatvorlesungen, die ihm als einziges Mittel zur Aufbesserung seiner
schriftstellerischen Einkünfte vor Augen standen, war in Homburg
kein Feld. Dem Freunde Sinclair zur Last zu fallen, verwehrte ihm
sein in solchen Dingen empfindliches Zartgefühl. Er hielt denn auch
die Überlegungen samt dem Briefwechsel, seinen Abschied von Homburg betreffend, vor Sinclair geheim. Diese Überlegungen zielten
schließlich, nach langer Unsicherheit, auf eine Übersiedelung nach
Stuttgart und wurden in teils mündlichen, teils brieflichen Verhandlungen mit Landauer, Neuffer, Steinkopf und den nächsten
Anverwandten gefördert. Aus dem Schiffbruch des Journalplanes
war als einziger Rest die Abmachung mit Steinkopf hervorgegangen, daß das von einem andern herauszugebende Blatt allmonat-
lich einige Bogen Hölderlinischer Beiträge bringen sollte zu einem
Bogenhonorar von einem Karolin; ferner hatte Steinkopf in Aussicht gestellt, von diesen Beiträgen später Buchausgaben herauszu-
bringen gegen ein neuerliches Bogenhonorar von elf Gulden. Hölderlin errechnete sich hieraus eine »sichere« Jahreseinnahme von
vierhundert fl. und hoffte das Fehlende durch Privatvorlesungen in
Stuttgart erwerben zu können. Er sei, schrieb er der Mutter, im
letzten Jahr mit einem Gesamtaufwand von fünfhundert fl. durch-
gekommen, freilich die Ausgaben ungerechnet, die ihm seine Kränklichkeit verursacht hatte.
Die letzten Homburger Monate mit ihren Vorbereitungen zur
Abreise bei langer Ungewißheit über das Ob und Wann derselben
bedeuteten für das leicht störbare Gemüt Hölderlins eine hingedehnte
Qual. Die Briefe aus dieser Zeit geben oft zu erkennen, wie schwer

er um seine innere Ruhe zu ringen hatte, welche Furcht ihm jede
Aussicht auf Ablenkung und verzweigte Beanspruchung erregte.
Zwar schrieb er am 29. Januar 1800 der Mutter, sie solle sich nicht
um seine Gesundheit sorgen: »Ich habe schon seit guter Zeit dieses
kostbare Gut ungestört genossen, und es freut mich um so mehr,
weil ich immer fürchtete, daß der böse krampfhafte Zustand blei-
bend werden möchte.« Aber dieses »seit guter Zeit« wiegt wenig
gegenüber seiner eigenen späteren Ausage, daß 1799 für ihn ein
»böses malades Jahr« gewesen sei. Er mußte in Homburg öfters
den Arzt Dr. Müller zu Rate ziehen, und dieser hatte in einem
später erstatteten Gutachten zu sagen (9. April 1805), »daß ge-
nannter Magister Hölderlin im Jahre 1799 schon, als er sich hier
aufhielt, stark an Hypochondrie litt – damals fragte er mich seines
Übels wegen um Rath – die aber keinen Mitteln wich und mit
welcher er auch wieder von hier wegzog.«
Es unterliegt keinem Zweifel, daß gerade zu der Zeit, die Hölderlin
auf einer bisher unerreichten Höhe der geistigen und dichterischen
Kraft zeigt, der Gemüts- und Körperzustand sich im Sinne ernster,
unzugänglicher Veränderungen verschoben hatte. Man sieht in den
Briefen eine zunehmende Verhaltenheit, die noch nicht Starre genannt werden kann, die aber nicht souverän ist, sondern auf eine
horchende, ängstliche Art beklommen oder in eine schweigende Entfremdung gehoben. Diese Entfremdung gibt dem Märzbrief an
seine Schwester, deren Gatte, Bräunlin, gestorben war, den bezeichnenden Ton; einen entrückten, hohen Ton, wie aus jenseitigem
Raum. »Lebe gerne«, mahnt er die Trauernde, und zeigt in dem
knappen Wort, wie sehr er gelernt hat, das Existieren als eine unter Umständen sehr schwere Aufgabe zu begreifen. Das Diesseits
wird vom Jenseits her gewonnen. Der Trost, den er der Schwester
zu spenden hat, klingt wie eine sehr schlichte, doch vollkommen
echte Paraphrase der Hauptgedanken seiner gleichzeitigen Oden:
»Es ist denen wohl zu gönnen, die von uns gehen zur Ruhe und zu
neuer Jugend; aber auch dieses Leben ist gut, Gott ist auch hier, und
ich glaube, es wird auch hier noch immer besser. Ich möchte Dir
noch so vieles sagen, was von Trost in mir ist; ich habe es so oft
erfahren, wie ein Zuruf, der aus dem Heiligtume unserer Seele
kam, in tiefer Betrübniß uns beglüken, und neues Leben, neue fromme Hoffnung schaffen kann. Eines denke ich besonders oft, daß der
Lebendige, der in uns und um uns ist, von Anbeginn in alle Ewig-
keiten mächtiger als aller Tod ist, und das Gefühl dieser Unsterb-

lichkeit erfreuet mich oft in meinem Nahmen und im Nahmen aller, die da leben, und die gestorben sind, vor unseren Augen. Und so ists mein gewisser Glaube, daß am Ende alles gut ist, und alle Trauer nur der Weg zu wahrer, heiliger Freude ist.«

So echt hier das Wissen um ein Prinzip tiefer Beruhigung spricht, so sehr gilt es, die innere *Anspannung* zu sehen, die das jedesmalige Einschwingen in diese Ruhe kostet. Hölderlins Durchblick zur vollkommen ruhenden Einheit ist groß und wahr, aber er ist ständig angefeindet vom Widerspruch der unfügsamen Einzelheiten, er muß immer gegen diesen Widerspruch *geleistet* werden. Im Verhältnis zur buchstäblichen Umwelt muß ein Mensch, der von Hölderlins Seinsbedingungen aus ins einheitliche Ganze gravitiert, oft »abwesend« und abgelenkt erscheinen, und er muß es auch *sein*, weil er bei jedem Lebensakte zusätzlich beansprucht ist von der geistigen Einordnung des Augenblicklich-Konkreten in den ihm einzig teuren Totalzusammenhang. Ein solcher Mensch erfährt in Lebensaugenblicken, die allen andern gleitend und läßlich vorübergehen, die Grundspannungen des Daseins, und gerade sein heiliges Wissen um ewige Harmonie stürzt ihn in unaufhörlichen Streit. Wir haben dies bei Hölderlin schon kennengelernt als die früh beklagte Schwierigkeit, sich gegen die Umwelt zusammenzufassen, als die Störbarkeit seines Friedens, als die »Langsamkeit« seines Kopfes, der schwerfällig verarbeitet und immer längere Stunden einer scheinbar »müßigen Grübelei« braucht, um dem immer gewaltigeren Anspruch seiner Einheitsschau gewachsen zu bleiben. Es ist eine hochgespannte Existenz, die von Hölderlins Voraussetzungen aus geführt werden muß. Ihr wird die Gefahr zum täglichen Brot, sie kennt ein Heldentum, das selbst Freunde nicht verstehen. Von diesen Voraussetzungen her muß das Bild betrachtet werden, welches Chr. Schwab von dem in die Heimat zurückkehrenden Hölderlin (1800) gibt: »Seine Gemütsstimmung schien gefährlich. Schon sein Äußeres zeugte von der Änderung, die sein Wesen in den vergangenen Jahren erlitten hatte ... man glaubte einen Schatten zu sehen, so sehr hatten die innern Kämpfe und Leiden den einst blühenden Körper angegriffen. Noch auffallender war die Gereiztheit seines Seelenzustandes, ein zufälliges, unschuldiges Wort, das gar keine Beziehung auf ihn hatte, konnte ihn so sehr aufbringen, daß er die Gesellschaft, in der er sich eben befand, verließ und nie zu derselben wiederkehrte.«

Die Abreise nach Stuttgart ging in den letzten Maitagen 1800, möglicherweise sogar erst Anfang Juni, vor sich – ohne Freude, beladen mit Bängnissen vor der Zukunft, getrübt vom sehnlichen Rückblick auf das, was er in Homburg verließ. Eine Überlieferung sagt, daß Sinclair in diesen Tagen abwesend war. Hölderlins letzter Brief aus Homburg (23. Mai 1800 an die Mutter) zeigt, wie er bis zum letzten Augenblick voller Schwanken war. Er gibt der Mutter Anweisungen wegen der Einrichtung seines »Logis in Stutgard«, damit er dieses bei seiner Ankunft gleich beziehen kann. Aber sie soll auf die »Meubles« möglichst wenig Mühe und Unkosten verwenden, weil er sich nicht auf langes Bleiben einrichten will und vielleicht doch bald einen angemessenen Posten im Ausland bekommen könne.

Hinter dieser Angst vor einem längeren Bleiben stand eine dreifache Furcht: zweifellos würde die Mutter ihre ständigen Mahnungen zur Übernahme eines Amtes dringlicher als je fortsetzen; die »Nebengeschäffte«, die er des Erwerbs wegen würde treiben müssen, würden sein Gemüt empfindlich stören; das Stuttgarter Konsistorium würde ihn nach so langer Beurlaubung in eine Pfarrstelle einweisen. Zwar hatte er sich schon im Januar 1800 durch Steinkopf die Erlaubnis erwirken lassen, daß er sich in Stuttgart, sobald es ihm zuträglich erscheine, aufhalten dürfe, ohne zu irgendeiner theologischen Funktion genötigt zu werden. Doch mochte diese Erlaubnis befristet sein oder sonstwie seine Besorgnisse nicht endgültig stillen – Tatsache ist jedenfalls, was vorgreifend bemerkt sei, daß er im September 1800 eine Eingabe an den Herzog machte des Inhalts: nachdem er mit des Herzogs Erlaubnis seit 1794 als Erzieher im Ausland gewesen und wegen fortdauernder Kränklichkeit ins Vaterland zurückgekehrt sei, fühle er sich nun soweit hergestellt und wolle sich bei seinem Freunde Landauer als Erzieher seiner Kinder aufhalten. Hölderlin muß also im Herbst 1800 wiederum Schwierigkeiten von seiten seiner Behörde befürchtet haben; einen Störungsfaktor haben diese Befürchtungen zweifellos während der ganzen Stuttgarter Zeit gebildet.

So sind es Mißgefühle aller Art, in die er sich bei der Abreise von Homburg eingeschnürt sieht. Wie schmerzlich er die Überschneidung einer unwürdigen äußeren Lage mit seinem inneren Wert empfindet, zeigt das Briefwort an die Mutter: »Freilich, wenn ich das Urtheil von Männern und Freunden höre, über mich und meine Sache, so möcht' ich, bei aller Demuth, die mir manches auch misdeuten könnte, doch auch manchmal fragen, warum ich mich in der

bürgerlichen Welt so herumbehelfen müsse? . . . Ich wollte, Sie hätten einmal Ruhe mit mir. Es thut mir weher, als ich sagen mag, daß
ich Ihnen immer Sorge und Mühe machen muß, besonders da Sie das
bischen Ehre, womit mir bis izt in der Welt gelohnt worden ist,
schon wegen unserer Entfernung nicht ganz mit mir theilen, und
also fast unbelohnt bleiben müssen.«

# Stuttgart 1800, Hauptweil und Nürtingen 1801

Glücklicherweise gestalteten sich die ersten Eindrücke, die er von der Heimat empfing, günstiger als seine Erwartungen. Er begrüßte zunächst die Seinigen in Nürtingen und fand in der »Theilnahme und Aufmunterung treuer wohlmeinender Gemüther« Erquickung für sein Herz. Wenige Tage später siedelte er nach Stuttgart über und wurde im Hause des altbewährten Freundes Landauer mit aller Herzlichkeit aufgenommen. Die Liebe und Achtung, die ihm die alten Bekannten entgegenbrachten, bestärkten ihn in der Hoffnung, »hier eine Zeit im Frieden zu leben und ungestörter, als bisher, mein Tagewerk thun zu können«. In dem wohlhabenden Landauerschen Hause bildete sich um ihn ein belebter geselliger Kreis, dem Neuffer und Steinkopf, der Bildhauer Scheffauer, die Dichter Friedrich Haug, L. F. Huber und andere angehörten. Die Erwerbstätigkeit – philosophische Privatstunden für junge Leute, unter denen er die Registratoren Frisch und Gutscher namentlich anführt – entwickelte sich nach Wunsch. Daß seine dichterischen Arbeiten mit einem bis dahin kaum erlebten Schwung und Hochflug vorangingen, bezeugen die Dokumente selbst. Die Ergebnisse der Stuttgarter Monate 1800 und 1801 heben sich über die Maße, die Hölderlin selbst gestiftet hatte, so entschieden hinaus, daß sie bei aller Anknüpfung an Früheres einen jetzt erst auferstandenen und vollerwachten Genius zu offenbaren scheinen. Hölderlin schildert die Ermunterung, die ihm die ersten Stuttgarter Monate brachten, in einem Brief an die Mutter, Juli 1800: »Wenn ich denke, wieviel stärker und gesunder ich mich seit der Veränderung meines Aufenthalts fühle, und wie sich meine jezige Lage täglich angemessener für meine Bestimmung und sicherer zu meinem Auskommen bildet, so fühle ich eine Zufriedenheit und Ruhe, die ich lang entbehrte .. Meine Feierstunden bringe ich in guter wohlmeinender Gesellschaft zu, und mein eigenstes Geschäft gehet, wie es scheint, mir jezt auch leichter und reiner von Herzen.« Ähnlich zuversichtliche Äußerungen tut er dann namentlich wieder im Herbst dieses Jahres, wo er der Schwester schreibt: »Der schöne Herbst bekommt meiner Gesundheit außerordentlich wohl, und ich fühle mich frisch in der Welt, und die neue Hoffnung, noch eine Weile unter

den Menschen das Meinige zu thun, lebt allmälig immer stärker in
mir auf.«

Aber unverkennbar ist, daß zwischen und unter solchen Lichtstellen
die seit Homburg eingetretene, verhängnisvolle Veränderung, die
Unruhe des Gemüts, die Ermüdungs- und Depressionszustände dauernd bestehen bleiben. Die Erschütterung, die er erlitten hat, will
nicht verheilen. »Ich bin durch das böse malade Jahr«, schreibt er
der Schwester im Sommer, »das ich überstanden habe, etwas langsamer in meinem Geschäfte geworden, und muß oft mit einem halb-
müßigen Nachsinnen manche gute Stunde zubringen, darf mich
dann nicht öfter unterbrechen, als es die Noth erfordert, und diese
trat bisher, wegen der Neuheit meiner Lage öfter ein, als es künftig
geschehen wird.« Selbst in dem Trost, den er der Schwester zuspricht, selbst in sachlichen oder sentenziösen Äußerungen seiner
Briefe bleibt unverändert ein Ton innerer Betroffenheit, einer seelischen Umgeformtheit durch geheimnisvolle, entrückende Erfahrung. Es ist vielleicht schwer, dies mit Einzelheiten zu belegen. Aber
wenn er nach einem Besuch bei den »guten Müttern« dankt mit
dem Worte, »solche Ruhetage sind hienieden der Lohn unseres Lebens«, oder wenn er der Schwester schreibt: »Auch Du, Beste! bist,
wie ich höre, wieder vester auf Gottes Boden«, so ist im schlichten
Satz ein Klang von weither, der auf eine außerordentliche Situation des Sprechers deutet.

Wie wenig die neugewonnene Ruhe in die Tiefe geht, bezeugt die
im Herbst schon wieder anhebende Umsuche nach einer Erzieherstelle im Ausland, wozu ihm unter andern Freunden auch Conz in
Ludwigsburg behilflich war; und als Anfang Dezember 1800 eine
neue Hauslehrerstelle bei dem Kaufmann Gonzenbach in Hauptweil (bei St. Gallen) ausgemacht war, begründete er dies der Schwester gegenüber (Brief vom 11. Dezember 1800): »Ich habe in mir
ein so tiefes dringendes Bedürfniß nach Ruhe und Stille – mehr als
Du mir ansehn kannst, und ansehn sollst. Und wenn ich diß in
meiner künftigen Lage finde, so erhalte ich mein Herz meinen unvergeßlichen Verwandten und Freunden nur um so wärmer und
treuer.«

Diese Sätze sagen zunächst, daß ihm die Heimat die erhoffte innere
Ruhe und Stille nicht hat schenken können; und sie sagen weiterhin, daß er von der *Fremde*, wofern sie ihm nur Ruhe gewährt, sogar eine Klärung seines *Verhältnisses zur Heimat* und zu den Seinigen erwartet. Hat er sich vorher aus der Fremde in die Heimat

gerettet, daß »wie in Banden das Herz mir heile«, so will er sich
nun aus der Heimat in die Fremde retten, um aus deren ruhiger
*Distanz* unbeirrteren Herzens die Heimat und die Verwandten lieben zu können. Denn was allzunahe ist, das bestürmt ihn zu sehr
und nimmt seinem Gemüt die Freiheit. Was ihm aber die Freiheit
nimmt, das treibt ihn zur Gegenwehr, zur Selbstabschließung und
Selbstverhärtung; es macht ihn kalt und hebt jede Teilnahme –
gerade auch am Geliebtesten, das allzunahe ist – auf. Da ihm nun
in dieser Selbstvereisung kein Leben möglich ist, gibt es keine andre
Rettung als die Aussiedlung in eine *Ruhestätte der Fremde*, wo er
in empedokleischer Entrückung als ein Unteilnehmender die göttliche Teilnahme an allem leben kann. Dies legt Hölderlin dar, indem er unmittelbar nach den oben angeführten Sätzen fortfährt:
»Ich kann den Gedanken nicht ertragen, daß auch ich, wie mancher
andere, in der kritischen Lebenszeit, wo um unser Inneres her, mehr
noch als in der Jugend, eine betäubende Unruhe sich häuft, daß ich,
um auszukommen, so kalt und allzunüchtern und verschlossen werden soll. Und in der That, ich fühle mich oft, wie Eis, und fühle es
nothwendig, so lange ich keine stillere Ruhestätte habe, wo alles
was mich angeht, mich weniger nah, und eben deßwegen weniger
erschütternd bewegt. Hierinn liegt für mich, und wie ich glaube,
auch für die Meinigen, der Hauptgrund, der mich, wo manches andere auf beiden Seiten gleich war, zu meinem Entschlusse bestimmte.«
Bei näherem Zusehen ergibt sich aus dieser Beweisführung mehr als
bloß eine Begründung eines den Verwandten und Freunden schwer-
verständlichen Schrittes. Es fällt ein Licht auf die ernste Bedeutung, die in Hölderlins biographischer Wirklichkeit das Problem
der Distanz besaß, ein Licht namentlich auch auf den biographischen Bezug, in dem die Selbstherausnahme des Empedokles aus
allen, gerade auch aus *liebenden* Lebensverhältnissen steht (vgl.
»Empedokles auf dem Ätna«, W. III, S. 203ff.). Als letzter Liebender ist dem Helden der treue Pausanias in die hochgelegne Ruhestätte der Bergwildnis gefolgt; und nun wird es zum letzten,
wichtigsten Anliegen des Empedokles, »diesen Allzutreuen« zu entfernen – nicht, weil er ihn schonen und erhalten will, sondern weil
Pausanias ihm die letzte, empfindlichste Störung ist. Ergeht schon
eine sehr ernste Abweisung in dem Worte:

Nur kann ich, Sohn!
Was mir zu nahe kömmt, nicht wohl ertragen –

so mischt sich abschüttelnde Heftigkeit, fast Ekel in die Gebärde der folgenden Sätze:

> Hinweg! ich hab es dir gesagt und sag
> Es dir, es ist nicht schön, daß du dich
> So ungefragt mir an die Seele drängtest,
> An meine Seite stets, als wüßtest (du)
> Nichts anders mehr, mit armer Angst dich hängst.
> Du must es wissen: dir gehör ich nicht
> Und du nicht mir, und deine Pfade sind
> Die meinen nicht; mir blüht es anderswo ...

Das Problem des Verhältnisses gerade zum Liebend-Anhänglichen ist also für Empedokles-Hölderlin gleichgestellt: Auch das Liebende, sofern es nahe kommt und zum Grund eines bestimmten Lebensverhältnisses werden will, ist eine Störung, die den Einsamen in seinem wichtigsten Anliegen beeinträchtigt. Denn jedes bestimmte Lebensverhältnis, das ihn mit Autorität beansprucht, raubt ihm die Möglichkeit, »mit allgegenwärtigem Herzen innig, wie ein Gott, und frei und ausgebreitet, wie ein Gott« im ganzen zu leben und zu lieben. Mit tiefster Richtigkeit sagt Empedokles von einem solchen Menschen, der sich selbst der Liebe nicht irdisch-menschlich *stellt*, sondern ihr wie ein Gott ausweicht: »Ich bin nicht, der ich bin.« Ein solcher Mensch ist im Sein aufgehoben und im Sinne einer »göttlichen« Existenz entwirklicht. Wie Empedokles mit dem Todesentschluß in die Einöde geht, um aus unbedingtem Abstand das ganze Leben, dessen einzelne Wirklichkeiten ihm unbrauchbar sind, göttlich zu überschauen und zu lieben – so geht Hölderlin von der Heimat fort in die Schweiz, um die Heimat sich zu bewahren durch den Abstand, der die tödliche Nähe tilgt und die freie, göttliche Schau herstellt. Der Abstand hindert die Liebe, als Fessel nahe zu sein, und eben dadurch gibt er erst Liebe zu schauen und zu fühlen, zu lieben und zu sagen. Was in aller Liebe wahrhaft wirkt und bleibt, das stiften die Dichter, indem sie über eine Ferne hinweg das heilige Andenken aussprechend verwalten. Das Problem der Distanz fällt bei Hölderlin ohne weiteres zusammen mit dem Problem jenes dichterischen Bewußtseins, das seit Stuttgart immer reiner heraufkommt, alles Leben als Sprache und nur als Sprache mit sich führend, die sich eben deshalb so unerschöpflich einherschüttet, weil sie die unverkürzte Lebensfülle *ist*.[1]

1 Als erster hat Adolf von Grolmann (Fr. Hölderlins Hyperion, Karlsruhe, 1919) das Motiv der Distanz in der biographischen Bedeutung, die es für Hölderlin hat, grundsätzlich und mit vollkommener Klarheit gefaßt.

Die Stuttgarter Monate (Juni 1800 bis Anfang Januar 1801) waren
für Hölderlin nicht nur durch Aussprache und Freundesumgang
belebt, sondern auch durch häufige Besuche bei den ringsum wohnenden Verwandten und Freunden, durch Briefwechsel – von dem
sich wenig erhalten hat – und durch Wanderungen in das schöne
Land, die er auch der Schwester anriet, da er aus eigner Erfahrung
wisse, »wie viel diß hilft«. Von außen her ergab sich viel Bewegung und Unruhe durch häufige Einquartierungen, wie sie die
Kriegshandlungen in Süddeutschland mit sich brachten. Es kam zu
Gefechten bei Engen, bei Möskirch, bei Höchstädt (Juni); danach
zog sich der Krieg die Donau hinunter ins Alpenvorland und ward
im Juli durch einen Waffenstillstand vorläufig beendet.
Was in dieser unruhigen, von außen und innen sorgenvollen Zeit
Landauers Haus und Freundschaft für Hölderlin bedeutete, ist
kaum hoch genug anzuschlagen. Landauer war immer mit Rat und
Tat zur Stelle, wo in kleinen oder großen Dingen geholfen werden
mußte. Er bemühte sich mit allem Eifer, Hölderlin weitere Privatstunden zu verschaffen, er unterstützte ihn unmittelbar mit Geld,
er war die Seele der freundschaftlichen Anstrengungen, die sich
darauf richteten, Hölderlin in der schwäbischen Heimat festzuhalten. »Ich wurde von meinen Freunden fast unbarmherzig bestürmt,
um zu bleiben«, schrieb Hölderlin der Schwester in dem erwähnten
Dezemberbriefe. Landauer war es auch, der in der oben bezeichneten Weise Hilfestellung leistete bei dem Gesuch an den Herzog,
das Hölderlin vor dem Zugriff der Kirchenbehörde sichern sollte.
So setzte Landauer die tätige Freundschaft, die er auch in Frankfurt
und Homburg zu bewähren nicht aufgehört hatte, mit unverdros-
sener Herzhaftigkeit fort; eine Freundschaft, die auf dem Grunde
einer unerschütterlichen Ehrerbietung für Hölderlins Charakter
und Genius ruhte.
Vieles vom Wesen dieses vortrefflichen Mannes und seiner Umwelt
ist in das Reimgedicht »An Landauer« eingegangen, das Hölderlin
zu des Freundes Geburtstag am 11. Dezember 1800 verfaßt hat.
Das wohlhabende Haus, die Weinberge unterm Segen der Sonne,
das mit Umsicht betriebene Geschäft, das helle, freundliche Fami-
lienleben, die Heiterkeit und Echtheit des Gemüts, die ganze irdische Fülle einer Existenz der »goldenen Mitte« werden mit safti-
gen Farben sichtbar. Doch sie sind wie von einem Fremdling aus un-
berührbarer, jenseitiger Ferne erblickt. Was Hölderlin aus eignem
Lebensdunkel in das Bild gibt, dient nur dazu, die Umrisse dieser

Welt noch wärmer hervorzuheben. Die Spannung zwischen dem gefährlichen Ernst des eignen Geschickes und der friedlichen Lebenssicherheit des Freundes vertieft die Wort- und Gefühlsmelodie des Gedichtes zu einer letzten, zauberhaften Schönheit. Ein Stück klares bürgerliches Dasein ist auf einen Hintergrund von Nacht gestellt, doch so, daß der Hintergrund das Bild nicht anfeindet, sondern mit lauter Liebe innig umfaßt. Das Gedicht »An Landauer« nimmt insofern eine einzigartige Stellung in Hölderlins Werk ein, als es sein einziges Gedicht ist, das, gereinigt von allen Spuren Schillerischer Diktion (die Hölderlins Reimdichtungen bis dahin stets mitbestimmt hatte), die ernste, vollgereifte und eigene Hochsprache der Oden im Gesetz der vierzeiligen Reimstrophe darbietet. Beim Vergleich mit der letzten vorangegangenen Reimdichtung, der Hymne an Diotima, zeigt das Gedicht »An Landauer« die tiefgehende seelische Umformung, die sich mittlerweile vollzogen hat, in der Art einer Entrückung, fast einer Heiligung. – Für die Innigkeit des Verhältnisses, das zwischen Hölderlin und Landauer bestand, zeugen auch briefliche Äußerungen. »An Landauern sollst Du den Mann finden, der *meine* Bruderstelle in meiner Abwesenheit vertritt«, schrieb Hölderlin seiner Schwester an Landauers Geburtstag, und später aus der Schweiz richtete er einen Brief an Landauer selbst, in dem er sagte, er könne ja mit Landauer sprechen, »als spräch ich mit mir selbst«. Er dankte ihm für die »goldnen Stunden der Musik«, die er in seinem Hause genossen habe, und sagte in zusammenfassendem Rückblick auf die Stuttgarter Monate: »Der Umgang mit dir und den übrigen Freunden hat mir einen reellen Gewinn gegeben, den ich immer entbehrte und den ich zu gebrauchen suchen werde. Ich habe bei euch erst eine rechte Ruhe gelernt, mit der man sich auf den Grund der Seele bei Menschen verläßt, nachdem man sie an ächten Zeichen kennen gelernt hat. So hält man denn auch vester und treuer am Leben und unter denen, die einen angehen.«

Anfang Dezember 1800 gab Hölderlin dem jungen Emanuel Gonzenbach, dem Sohne des Hauptweiler Kaufmanns Anton Gonzenbach, in Stuttgart die mündliche Zusage, daß er als Erzieher der jüngeren Gonzenbachschen Töchter nach Hauptweil kommen werde. Er verlebte die Weihnachtstage noch bei den Seinen in Nürtingen. Ein Brief, den er von dort aus seinem Bruder Karl schrieb, spricht im leidvollen Schwung der Abschiedsstimmung die hohen gelösten Gedanken aus, mit denen er dem neuen Abschnitte seines

Lebensweges entgegenging. Sie bewegen sich in überpersönlichen
Zusammenhängen und sind Gedanken eines Geistes, dem die Sache
der Gemeinschaft (der Zeit und des Vaterlandes) völlig zur eignen
Sache geworden ist: »Nimm zum Abschiede die stille, aber unaus-
sprechliche Freude meines Herzens in Dein Herz – und laß sie
dauern, bis sie nicht mehr so die einsame Freude von Freund und
Bruder ist – Du fragst mich welche? Diese, theure Seele! daß unsere Zeit nahe ist, daß uns der Friede, der *jetzt* im Werden ist (Friede von Lunéville, 9. Februar 1801), gerade das bringen wird, was
er und nur er bringen konnte … Nicht daß irgend eine Form, irgend eine Meinung und Behauptung siegen wird, diß dünkt mir
nicht die wesentlichste seiner Gaben. Aber daß der Egoismus in
allen seinen Gestalten sich beugen wird unter die heilige Herrschaft
der Liebe und Güte, daß Gemeingeist über alles in allem gehen, und
daß das deutsche Herz in solchem Klima, unter dem Segen *dieses
neuen* Friedens erst recht aufgehn, und geräuschlos, wie die wachsende Natur, seine geheimen weitreichenden Kräfte entfalten wird,
diß mein' ich, diß seh' und glaub' ich, und diß ist's, was vorzüglich
mit Heiterkeit mich in die zweite Hälfte meines Lebens hinaus-
sehn läßt.« Daß eine solche Äußerung nichts zu tun hat mit den
Erwartungen und Berechnungen der Politiker, liegt auf der Hand.
Sie zielt nach Anspruch und Geltung weit über deren Bereich hinaus, entsprechend dem hochgelegenen Ort, von dem aus sie ergeht.
Wie Hölderlin diesen hochgelegenen Ort erreicht hat, welche gewaltige Schau sich ihm dort verantwortlich darbot, das weisen die
dichterischen Ergebnisse der Stuttgarter Monate aus. Sie sind eine
Ernte von einem Reichtum und einem Gehalt, wie sie sich bisher
in Hölderlins Leben noch nicht ereignet hatte. Die Dichtungen und
die Übersetzungen des Jahres 1800 zeigen zum erstenmal, unver-
hüllt und unverwechselbar, die Züge der Hölderlinschen Größe und
den wahren Umfang der von ihm verwalteten Welt.


Im Bereiche dieses Schaffens sehen wir neben der in Homburg be-
gonnenen Pindarübertragung hymnische, elegische und lyrische
Dichtungen stehen, zum Teil schon vor 1800 entworfen oder wei-
terentwickelt aus früheren Kurzfassungen dichterischer Gedanken,
die ihm jetzt erst ihre volle Tragweite zu offenbaren begannen.
Beispiele für das letztere sind die Oden »An die Deutschen« und
»Stimme des Volks«, die mit je zwei vierzeiligen Strophen schon in

Neuffers Taschenbuch auf die Jahre 1799 und 1800 erschienen waren und nun zu weitausgreifenden Gebilden heranwuchsen. Das Verfahren der Ausarbeitung und der Umarbeitung bildet eins der auffälligsten Merkmale des Hölderlinschen Schaffens. Es sei darüber vorerst nur das eine gesagt, daß dieses Verfahren auf zweierlei beruht: erstens auf der Dichtigkeit, mit der in Hölderlins Welt alle Bestandteile mythisch zusammenhängen, so daß jeder Griff das ganze Gefüge zum Erklingen bringt und jedes Einzelmotiv über sich hinausweist zu Nachbar- oder Folgemotiven; zweitens auf dem ständigen Wachstum seines dichterischen Bewußtseins, das dieser Zusammenhänge fortschreitend mächtiger wird. Besonders bei den Umarbeitungen, die uns zahlreiche Oden und Hymnen in doppelter oder dreifacher Fassung vor Augen stellen, tritt diese Ausdehnung und Verinnigung des Bewußtseins als verursachendes Element hervor. Sie bildet stufenweise neue »Sprachen« in Hölderlin, und jede neue Sprache ist ein Ausdruckssystem für neue Einsichten in den Weltzusammenhang, ja geradezu eine neue Mythologie. Daraus folgt die Notwendigkeit, das Altgesagte in die jeweils neue Sprache, oft in der Art einer zwischen die Zeilen geschriebenen Übersetzung, herüberzunehmen.

Als führend für die Bewußtseinsstufe des Schaffens von 1800 kann die große Elegie *»Der Archipelagus«* gelten. Sie entstammt dem Frühling des Jahres und bezeichnet schon in der Fülle ihres Wogengangs, in der Breite ihrer Entfaltung den neuen Geist. Dieser neue Geist ist nicht zu fassen etwa mit dem Begriff eines persönlichen Auflebens nach der Zeit des erstickten Grames. Er ist neue, erweiterte Schau, eine gesetzliche Ergreifung größerer Wirklichkeitsgebiete, mithin ein Bewußtseinsfortschritt. Hölderlin baut im »Archipelagus« diejenige neue Sicht aus, die grundsätzlich mit der Schlußwendung der im Spätherbst 1799 verfaßten »Elegie« (später Menons Klagen um Diotima«) aufgetan war. Dort hatte sich nach dem trauernden Abschiedsgruß an die mit Diotima verwirklichte »schönere Welt« der Blick auf die ewige Welt der Schönheit gerichtet, die nicht vergehen kann, weil sie vom »Unvergänglichen« schlechthin (der Natur, dem »reinen Leben«, der Liebe) gewährleistet ist. Darum ist diese Schau begleitet von Hoffnungen, die sich in die Zukunft richten und von ihr ein neues »Jahr unserer Liebe« erwarten. Andererseits ist die Schau begleitet von Erinnerungen, die zur Vergangenheit gehen und deren schöne Tagzeiten in Hellas als ermutigende Bilder eines künftig wieder Möglichen heraufrufen.

Beides, Hoffnung und Erinnerung, macht die Gegenwart bewohn-
bar und hilft zum Ausharren in ihrem dürftigen Einstweilen. Das
etwa hatte die Schlußwendung der »Elegie« als Beute aus der
durchwanderten Nacht des Grames gerettet und hingestellt.

Diesen Komplex von Hoffnung und Andenken, diese gleichzeitige
Beziehung auf Vergangenes und Künftiges unter dem Bogen einer
geschichtsbewußten Kulturschau und eines glühenden Interesses am
ewig fortgehenden Leben faßt und ordnet der »Archipelagus« zu
einem Gebilde, das Rechenschaft und Bestimmung höchsten Ranges
ist und Hölderlins eigentliche neue Lebensgründung offenbart. In
den Oden an den Main und an den Neckar hatte Hölderlin ein
Reiseverlangen nach dem heutigen Griechenland ausgesprochen
(»und die Wünsche wandern über das Meer zu den Ufern, die mir
vor andern, so ich kenne, gepriesen sind«). Der Archipelagus bedeutet die Phantasieverwirklichung dieser Wanderung und entrollt das
riesige Bild der griechischen Inselsee als einer Parallele zu des Dichters eigenem Geschick: eine Gegenwart leben zu müssen, die einsam
und götterlos ist, in der aber die Erfüllung einstmals da war und
künftig wiederkehren kann, weil ungebrochen in der dürftigen
Zwischenzeit doch die Natur ausdauert. Der Archipelagus ist nicht
ein trauernder, verzichtender Blick auf die entschwundene Herrlichkeit von Hellas (obwohl auch diese Stimmungen in ihn eingebaut
sind); sondern sein Kernpunkt ist die Kunde vom Neuentstehen dieser Herrlichkeit aus der Zertrümmerung durch die Perserkriege.
Von da aus ergeht die Prophezeiung, daß in Hesperien, dem modernen Europa, die Frucht zum zweiten Male reifen werde, aus der
alten ewigen Wurzel Natur.

Die frühere Reimelegie »Griechenland« (an Stäudlin) hatte von
einer hoffnungslos schwermütigen Sehnsucht gelebt: die Blütezeit
des hellenischen Lebens ist dahin, und nie mehr wird sie auferste-
hen. Einen Schritt weiter war der »Hyperion« gelangt. Dort hatte
sich der Held aus der verzehrenden Nachtrauer und aus der Verzweiflung an einer hellenischen Wiedergeburt in das zeitlose All-
Leben gerettet, in die Schönheits- und Liebesfülle der Natur. In
dieser mystisch gearteten Überantwortung an die Natur war aber
zum Schlusse alle bestimmtere Beziehung zu dem, was geschichtlich
einmal als die schreckende Herrlichkeit des Altertums erschienen
war, untergegangen, gleichsam ertrunken. Wohl sagte Hyperion
von Diotima, das Göttliche sei mit ihr einmal irdisch dagewesen,
und es könne darum auch irdisch wiederkehren, da ja nichts wahr-

haft Seiendes verlorengehen könne. Aber was hierin an Hoffnung war, und was an Leben war in der Naturseligkeit des Romanschlusses, das hatte mit geschichtlichem und gestalthaft gelebtem Erdendasein kaum noch etwas zu tun. Es waren Hoffnungen auf eine Art Jenseits. Hyperion rückte sich zum Schlusse noch einmal den Gedanken vor: »Noch besser wär' es freilich, wenn ich leben könnte, leben, in den neuen Tempeln, in der neu versammelten Agora unsres Volks mit großer Lust den großen Kummer stillen.« Doch fügte er alsbald verzichtend hinzu: »Aber davon schweig' ich, denn ich weine nur die Kraft mir vollends aus, wenn ich an Alles denke.« – Wieder einen Schritt weiter war der »Empedokles« gelangt. Der Held vollzog die Selbstopferung und verwirklichte damit seine Abkehr vom irdischen, geschichtlichen Leben. Aber sein Revolutionsaufruf hatte dem Volk (als einem elementarischen Wesen) den Weg zu einer binnengeschichtlichen Erneuerung gewiesen: durch ein Vergessen alles ehemals Erworbenen, durch ein Abwerfen der gesamten alten Struktur und ein völliges Untertauchen im Leben der Natur werden die Voraussetzungen geschaffen, unter denen alles vormals Geliebte und Werttragende verjüngt, gereinigt wiederkehren kann. Eine Wiederkehr also wird im »Empedokles« geglaubt; doch der Held selbst bleibt als der Retter geopfert, und eine Beziehung zwischen dieser agrigentinischen Volkserneuerung und einer Erneuerung der Hölderlinschen Zeit und Mitwelt klingt nicht in bestimmterer Art an.

Im »Archipelagus« wird zum erstenmal eine gesetzliche Beziehung zwischen der vergangenen Blüte von Hellas und einer künftigen, geschichtswirklichen Frucht von Hesperien hergestellt, mit der Natur als Mittel- und Bindeglied. Denkbar schroff wird zwar die alte Unterscheidung zwischen der Herrlichkeit der Antike und den neuen abendländischen Zuständen herausgestellt. Aber der Unterschied erscheint nicht mehr in der Gestalt eines trostlosen Einst und Jetzt. Lebensvoll steht zwischen ihnen die geschichtsbiologische Zuversicht, daß aus dem unverändert gebliebenen Naturgrund, der die hellenische Kultur trug, künftig eine abendländisch-deutsche Blütezeit hervorgehen werde.

Darum ergeht der eröffnende Anruf an den Meergott als an das Naturhaft-Bleibende des hellenischen Daseins. Darum steht im Mittelpunkt des Gedichts der Aufstieg Athens aus der persischen Zerstörung, ein Aufstieg, der wie ein geschichtliches Beispiel zu jenem politischen Verjüngungsaufruf an die Agrigentiner wirkt. Darum

nimmt das Gedicht auch die bittere Kritik Hyperions an den Deutschen nochmals auf, um sie in die neue Zuversicht münden zu lassen:

> Aber länger nicht mehr! schon hör' ich ferne des Festtags
> Chorgesang auf grünem Gebirg und das Echo der Haine...
> Denn voll göttlichen Sinns ist alles Leben geworden,
> Und vollendend, wie sonst, erscheinest du wieder den Kindern
> Überall, o Natur!

Was sich damit in Hölderlins Welt einsenkt, ist das Große, daß er
fortan das Einst und Jetzt, die Götterzeit Athens und die nordische
Gegenwart und Zukunft in *einem* Gedanken denken darf. Die
Früchte, die *wir* zur Reife bringen werden, sind nicht schwache
moderne Analogien zur antiken Größe, sondern echte Abkömm-
linge aus alter Wurzel, und *unser* künftiges Siegesfest wird die
Feier der ganzen hellenischen Vorwelt als Lebenswahrheit in sich
schließen:

> Hin nach Hellas schaue das Volk, und weinend und dankend
> Sänftige sich in Erinnerungen der stolze Triumphtag.

Zeit der einstigen Fülle und jetzige Wartezeit, der gültige Wert und
das geschichtlich naturhafte Sein, das Ewige und die unumgängliche
Vielheit der gebundenen Augenblicke, all dies tritt unter den Bogen
*eines* Zusammenhanges. In der nordischen Gegenwart leben, heißt
nicht mehr, zu einem wilden Exil verflucht sein, in dem sich die Orkane zanken, sondern es heißt, auf dem Wege sein zur Wiederkehr
aller gewesenen Götterfreude.

Dies eröffnet sich dem, der das »Wechseln und Werden« als die
Göttersprache versteht; der also versteht, daß auch die Götter ihre
Zeiten haben und daß ihr göttliches Sein an die verschiedenen geschichtlichen Augenblicke in abgestuften Graden der Fülle und
Dichtigkeit aufgeteilt ist. Es zeigt sich, daß zu dem neuen trost-
reichen Ergebnis insgeheim viele Gedankengänge Hölderlins mit-
gewirkt haben, die ihn zu seiner Geschichtsschau und überhaupt
zu der grundsätzlichen Geschichtlichkeit seines Weltbildes führten.
Geschichtlich hatte er schon die innere Entwicklung seiner Helden
Hyperion und Empedokles verstanden. Als geschichtliche Vorgänge hatte er die Entstehung der Dichtersprache, den Aufbau der
Tragödie entwickelt. Die Ode an den Zeitgeist hatte frühe schon,

noch ohne den Gedanken einer Wiederkehr antiker Kulturgröße, doch deutlich als unumgängliche Pflicht den Entschluß zum Ausdauern in der wilden Gegenwart ausgesprochen. Alles dies kommt ihm jetzt zu Hilfe und schafft die Möglichkeit, seine doppelte Verweisung auf das Leben und auf den Wert in einem Akte zu erfassen und zu leben.

Die bestimmtere Anwendung dieser Errungenschaft auf das Verhältnis zum deutschen Vaterland offenbaren die Oden »*An die Deutschen*« und »*Gesang des Deutschen*«. Auch sie gehen in ihrem Keim auf eine Zeit kurz vor der Übersiedlung nach der Heimat zurück. Aber sie sind so eng mit der erweiterten Schau der Stuttgarter Monate verknüpft, daß sie im Schaffen dieser Zeit den eigentlichen Ansiedlungsort haben.

»An die Deutschen« begegnet uns in einer Vorform (Neuffers Taschenbuch auf das Jahr 1799) als kurzer fragender Ausruf, ob das Schaffen der deutschen Dichter und Denker vielleicht als Ankündigung des großen »Festes«, d. h. der tathaften, politisch-kulturellen Erneuerung, zu betrachten sei. Diese Frage baut das Gedicht zu einer Hoffnung aus, die noch nicht frei von Zweifeln ist, aber doch insgeheim ihre tiefe Berechtigung spürt. Die Ode faßt sich zwischen Verzagen und Vertrauen in einer Selbstbescheidung, die das Leid des ahnungsvollen Vorläufertums als gottverhängtes Schicksal auf sich nimmt; hierin auf weite Strecken übereinstimmend mit der skizzenhaft gebliebenen Ode »Rousseau«.

Weiter über diesen Zweifel dringt die hymnische Ode »Gesang des Deutschen« hinaus. Sie gelangt sehr nahe an die Überzeugung des »Archipelagus« heran: Das geistige Feuer, das die hohe Zeit in Hellas belebte, ist nicht verlorengegangen, die göttliche Seele der Athener ist nicht abgestorben; sie haben sich als lebendige Kräfte herübergerettet in neue Zeit und neues Volk und bringen hier, in Deutschland, ein »neu Gebild« hervor, das in echter Zeugungsnachfolge mit der »Frühlingszeit im Griechenlande« verbunden ist. In diesem Gedicht stehen die feiernden Aussagen über das Deutschtum, die später von der Hymne »Germanien« vertieft und im Geltungsbereich erweitert wurden. Sie gehören zu den herrlichsten Bekundungen deutschen Wesens und beschreiben in gültiger Fassung dessen Geheimnis.

Hölderlins Wort für dieses Geheimnis ist das Wort Liebe. Als Land der Liebe, als heiliges Herz der Völker redet er das Vaterland an, und das neue Gebilde, das in ihm heranwächst, ist »aus Liebe ge-

boren«. Hölderlin sagt damit, daß Deutschland unter den Völkern
die Herzkräfte verwaltet, und unter dem Herzen versteht er das
Zentralorgan des Lebens, das sich im liebenden Durchdringen und
Durchbluten eines Lebensganzen betätigt.[1]

Der Begriff Liebe zeigt hier, wo er als politisch-kulturelle Schöpferkraft aufgerufen ist, den vollen Eigenwert, den er bei Hölderlin
hat. Er hat nichts mit der Caritas zu tun, und er deckt sich nicht mit
der Agape. Er steht in der Nähe des platonischen Eros und der
empedokleischen Philia. Die schaffende, gestaltende Liebe ist mit ihm
gemeint, die Uraniakraft, die das Getrennte verbindet und somit
überall Leben erzeugt und bewahrt. Liebe, wie sie den eigentlichen
Inhalt des deutschen Wesens bildet, hat mit dem zu tun, was eine
oben angeführte Briefstelle Gemeingeist nennt; vor allem auch mit
der Schöpferkraft des Genius, der in hohem Bewußtsein alles Leben umfaßt und ein Ganzes zustande bringt, wo er auch angreift.
Kunstwerk, Gestalt ist für Hölderlin der inneren Substanz nach
ausgewirkte Liebe; darum fügt das Gedicht die zwei Aussagen »Du
Land des hohen ernsteren Genius / Du Land der Liebe!« als wech-
selseitig bedingt und beinahe identisch zusammen. Man sieht also
in Hölderlins Wort von der Liebe als der deutschen Grundkraft all
das zusammengefaßt, was wir sonst kennen als den umgreifenden
Lebenssinn des Deutschen, als seine philosophische Ganzheitsschau

---

1 Die vorläuferische Bedeutung dieser Gedanken erhellt, mit teilweise wörtlichen Uber-
einstimmungen, aus der Ode »Deutschlands Beruf« von Friedrich Leopold von Stolberg,
die im Zusammenhang mit den Ereignissen des Jahres 1813 entstand, ohne Kenntnis des
Hölderlinischen Gedichtes, da dieses erst 1846 zum Drucke kam:

Ja, Herz Europens sollt du, o Deutschland, seyn!
So dein Beruf! Es strömt die Empfindung dir
Aus vollen Adern, kehret strömend
Wieder zu dir in vollen Adern!
Gerecht in Spendung, gönnest du jedem Glied,
Was ihm gegeben; eignest, veredelnd, dir
Das Gute zu von Allen, giebst es
Allen veredelt zurück, unkundig
Des eitlen Neides, weil du, so gut als reich,
In eigner Fülle schaltend, des Heimischen
Mit Liebe pflegst, doch auch des Fremden
Pflegest mit Liebe des weiten Herzens.
Nicht würdig dein, o Mutter Teutonia,
Verkennen deiner Söhne nicht Wenige
Das Eigne; auch unwürdig dein sind
Jene, die fremdes Verdienst verkennen.
Denn Herz Europens sollt du, o Deutschland, seyn,
Gerecht und wahrhaft, sollt in der Rechten hoch
Die Fackel heben, die der Wahrheit
Strahl, und die Gluth des Gefühls verbreitet!

vor allem auch als jene Richtung auf die Einheit des Lebens,
auf die Zueinanderordnung von Geistigem und Leiblichem, die uns
in alter und neuer Zeit als Grundgedanke aller deutschen Gestaltung von der Kunst bis zur Politik anspricht. Die erwähnte Briefstelle schrieb dem deutschen Herzen »geheime weitreichende Kräfte
zu, und mehr als einmal vergleicht Hölderlin diese Kräfte in ihrer
unwiderstehlichen Gewaltlosigkeit mit den Kräften der Natur. Der
»Gesang des Deutschen« bringt das Vaterland zusammen mit der
allduldenden Mutter Erde, in der Hymne »Germanien« erscheint
es als die Tochter der heiligen Erde; auf seinem Boden sind die unbedürftigen Götter gern zu Gast, und Mutter Erde ist für Hölderlin
vielfach ein Gleichwort für Natur oder Liebe.

Es sammeln sich so um den Begriff Deutschtum viele wichtige Wort-
faktoren der Hölderlinschen Welt. Feiernde Namen häufen sich um
das Vaterland, kultische Würden, mit denen er sonst nur die Natur
selber bedenkt. Hier rückt auch von neuem die Jugendhymne »An
den Genius Griechenlands« (1790) ins Licht. Ihn hatte er damals als
»Erstgeborenen der hohen Natur« gegrüßt und hatte von ihm
gesagt: »Du gründest auf Liebe dein Reich«. Was liegt alles darin,
daß er nun diese selbe Lobpreisung auf das deutsche Vaterland
anwendet! Bis in wörtliche Einzelheiten geht die Übereinstimmung.
»Lange säumtest du unter den Göttern / Und dachtest der kommenden Wunder«, hieß es damals von Griechenland, wie es jetzt
von Deutschland heißt: »Noch säumst und schweigst du, sinnest ein
freudig Werk«. Und wie die alte Hymne ausbrach: »Da staunten
die Himmlischen alle«, so sagte die neue Hymne »Germanien« mit
analoger Objekt- und Sinnbeziehung: »Und endlich ward ein Staunen weit im Himmel«. Hölderlin überträgt also um das Jahr 1800
das Höchste, was er 1790 zum Ruhme des hellenischen Genius gedacht hatte, auf den Genius des Vaterlandes; dies bezeugt als stumme Geste noch zwingender als das ausgesprochene Wort, wie innig
er beides nun miteinander verknüpft sah.

In anderer Weise bezeichnet die Hymne an die Dichter (»Wie wenn
am Feiertage . . .«) Hölderlins belebtere Gegenwartsbeziehung, seine
Hoffnungen und seine neue mythische Zusammenschau. Hatte der
»Archipelagus« die ewige Natur als den immer fruchtbaren Wurzelgrund der Kulturblüten gefeiert, hatten die zwei vaterländischen
Oden das deutsche Geistesgeschehen als Versprechen künftiger Ge-
staltungstat begriffen, so zog diese Hymne an die Dichter aus den
politischen Vorgängen der Jahrhundertwende eine bestimmte Hoff-

nung auf das, was Hölderlin besonders nahe anging, auf eine *neue Zeit des Gesanges*. Wie nach einem Gewitter sich in der Landschaft mächtig ein erfrischtes Leben regt, so ist durch Revolutions- und Kriegsgewitter jetzt der Dichtung eine neue Blüte verheißen. Bei beiden Vorgängen ist Natur – »am Himmel oder unter den Pflanzen oder den Völkern« – der die Mitte haltende Begriff und Wert; denn Umsturz und bewaffnetes Völkerringen gehören für Hölderlin vornehmlich zu der Art, wie im geschichtlich-politischen Raum Natur sich geltend macht. Natur aber im eigentlichsten Sinne ist ihm das Gewitter, indem es zwischen »Sonn' des Tags und warmer Erd'« (landschaftlich), andererseits zwischen Göttern und Menschen (geschichtlich) Begegnung, Austausch und Ausgleich stiftet, und zwar in der Weise einer zerstörend-segnenden Katastrophe. Vorher Scheidung der Elemente, bis zur Fremdheit, jetzt Vereinigung und Wiederherstellung der alten Einigkeit, schließlich neues Leben in der nun besänftigenden Gliederung »wie vorher«.

Wir sahen diese Ehre des Gewitters schon an mehreren Stellen der Empedoklesdichtung stehen. Sie klang an im »Hyperion«, und sie begegnet uns als wichtiges Motiv in späten Briefen und Dichtungen. Ausdrücklich sagt Hölderlin in einem Brief an Boehlendorff vom Gewitter (4. Dezember 1801): »Denn unter allem, was ich schauen kann von Gott, ist dieses Zeichen mir das auserkorene geworden.«

Es gilt zu erkennen, daß der Gewittermythus in Hölderlins Gedankenwelt tief und vorlängst angelegt ist. Denn maßgebend für diese Gedankenwelt ist schon frühe die durchgehende dreischrittige Bewegung, die von einer Verfeindung zu rauschhafter Einigkeit (Innigkeit) und dann zu neuer *liebender* Scheidung führt. Dieser Dreischritt ist die mythische Schlüsselfigur in aller Seelen- und Geistesregung Hölderlins. Sie liegt in oft kunstvollem Ausbau seinen philosophischen Abhandlungen zugrunde. Sie bestimmt die theoretische Abhandlung zum »Empedokles« wie den »Wink zur Darstellung und Sprache«, sie lebt in seinen Ausführungen über die Tragödie wie in den späteren Anmerkungen zum Sophokles. Sie ist die äußere und innere Formel vieler Oden und Hymnen, sie erscheint als dialektische Methode an vielen Stellen des Hölderlinschen Denkens.

Das Gewitter ist Mythus aus Hölderlins Grundstruktur, und namentlich hängt er tief zusammen mit dem Motiv des »Allzusehr«, des nimis, des Unmaßes, das, ihm selbst wohlbewußt, in dieser Struktur angelegt war. In dem dreistufigen Ereignis »Gewitter« stehen zwei Erscheinungen dieses Allzusehr, erstens das Allzusehr der Scheidung, zweitens das Allzusehr der Vereinigung; die dritte Phase ist die des Maßes. Genau dies ist Hölderlins Lebensgesetz. Übermaß der Scheidung, Übermaß der Vereinigung und dann als drittes Glied die Besinnung, das sind immer wiederkehrende Motive seines Lebenslaufes. Gewitterhaft ist in diesem der Austrag der Spannungen, der ihn auf vollendet klassische Weise das Maß schauen und im Gesang befestigen läßt, während sein menschliches Selbst geopfert wird. Sein Gesang lebt von dem, was dieses sein Menschenselbst bedroht und schließlich vernichtet.

Hier sind wir wieder bei der Hymne an die Dichter. Denn so auch, analog dem Gesang, lebt das Feuergeschenk des Weines von dem, was als Blitz den Leib der Dionysosgebärerin Semele verzehrte. In diesem Bilde hat Hölderlin vielleicht das Beste über das offenbare Geheimnis seines Lebens gesagt, über die ursächlichen Verknotungen zwischen jenem Allzusehr und seiner Dichtergröße, zwischen seinem Seinsmangel und der Fülle seines Worts, zwischen dem Zeitschicksal und seinem Privatschicksal. Wer kann dies im ganzen Reichtum der Bezüge und der Widerhalle darlegen? Hölderlin drängte es zusammen in der Mythe von der thebanischen Semele. Zeus besuchte sie in Menschengestalt; Semele ließ von Hera ihr Vertrauen vergiften (Motiv der Scheidung); Zeus ward gezwungen, als verzehrender Gewittergott gegenwärtig zu sein (Motiv der Vereinigung), und dem Schoße der Sterbenden ward Dionysos entrafft, der Gott des feuer- und erdbürtigen Weines, in dem nun die Menschen den Blitz gefahrlos trinken können (Motiv der wiederhergestellten, unschädlichen Beziehung). So wie Menschen seitdem den Blitz sich als eine Freude angleichen können, so erfreut sie auch im Liede der Blitzstrahl, den der Sänger ungeschützt mit eigner Hand gefaßt hat. Der Frage, wie es hiernach für den Dichter ein Bleiben im Leben geben könne, begegnet die Antwort: Er kann die Begegnung mit dem Gotte lebend überstehen, wenn er mit reinem Herzen und schuldlosen Händen in sie eintritt, wenn er also die Semelesünde meidet. Dies spricht die Hymne mit den Worten des 24. Psalms aus; es ist bezeichnend für Hölderlins oft tief verschwiegene Art, Aufgenommenes in sich wiederklingen zu lassen, daß die Hymnenverse 56–63 fast als freie Paraphrase der Psalmstelle gelesen werden können: »Wer wird auf des Herrn Berg gehen, und wer wird stehen an seiner heiligen Stätte? Der unschuldige Hände hat und reines Herzens ist ... der wird den Segen des Herrn empfangen.«

Die Hymne an die Dichter erscheint in den Handschriften zunächst
als eine Prosaniederschrift. Diese folgt unmittelbar einer Übersetzung der Eingangsrede des Dionysos aus den »Bakchen« des
Euripides; ohne Zweifel steht beides miteinander in innerem Zusammenhang. Die Sprachbewegung der Hymne ist schon in dieser
Prosaniederschrift unverkennbar jambisch. Aber an verschiedenen
Stellen löst sie sich aus diesem Takt und erhebt sich, plötzlich beflügelt,
in den Bereich einer freien Versgestaltung, die zu den späteren Hymnen in freien Maßen und Strophen hinüberdeutet. Mit diesen ist sie
vor allem auch durch die Größe der inneren Haltung verbunden.
Die Hymne an die Dichter gilt uns daher mit Recht als die Einleitung zu der freistrophigen Dichtung, die seit 1801 sich immer strö-
mender zu entfalten begann.

Das Gewitter steht als zentrale Erscheinung auch in der Ode »Der
blinde Sänger«, die sich 1800 aus der früheren Ode »Bitte« (Ende
1799) erhob nach dem Durchbruch durch das dort noch Verhüllte
und Geahnte. Von der »Erblindung« ist hier in ähnlicher Weise
die Rede wie in der Reimhymne auf Diotima: »Da ich vor des Himmels Tage / Darbend wie ein Blinder stand.« Es gehört zu Hölderlins unzweideutigsten Erfahrungen, daß die Wirklichkeit der
Welt mit Einschluß ihrer sinnfälligen Dinge nur dort Erlebnis
wird, wo der wahrnehmende Mensch selbst sich im Stande der inneren Verwirklichung befindet. In Hölderlins Munde ist das Wort
Blindheit als Ausdruck für die psychisch begründete Lebensferne
kein dichterisches Bild, sondern präzise Erlebnisbezeichnung. So
sprach er vom Verlust Diotimas mit dem Wort »Sie haben mein
Auge mir genommen«, und später klagte die Hymne »Versöhnender...«: »Warum breitet / Ihr mir schon über die Augen eine Nacht,
/ Daß ich die Erde nicht sah, und mühsam / Euch athmen mußt, ihr
himmlischen Lüfte.«

Die Ode »Der blinde Sänger« entwirft ein Bild des götterlosen,
ausgetrockneten und ungelebten Daseins, wie es der Leidgeschlagene
und mit wachem Herzen in die Unterwelt Geratene leben muß. In
dieser Nacht erfährt er dann das Rettende als den Donnergott, der
belebend und zugleich tötend, also nach Gewitterweise, ihm nahekommt, das dürre Gefild seiner Seele mit plötzlichem Lebensan-
schluß überrauscht und so die erloschenen Augen wieder sehend
macht. Das alte Glück kommt wieder, die ganze schöne Jugendwelt
stellt sich wieder her. Doch »geistiger« strömt es aus der Wolke
herab, d. h. es kommt als ein Glück, das nach einem Bewußtseins-

Durchgang wiedergeboren wird. Jetzt erst wird ihm das Allerfrüheste, die Landschaft und das Vaterhaus und Mutter samt Geschwistern und Freunden zu vollem Eigentum geschenkt. Diese Segnung bricht so ungestüm herein, daß sie fast nicht ertragen werden kann. Mit dem Ausruf: »O nimmt, daß ichs ertrage, mir das / Leben, das Göttliche mir vom Herzen!« schließt dieses an Dunkel und Feuerglanz reichste aller Gedichte, die Hölderlin bis dahin geschaffen hatte.

Seine biographische Bedeutung liegt einerseits in der Bekundung dieser Wiedergeburt, andererseits in der Veranschaulichung der Gefahren, die dem Leben Hölderlins das tägliche Brot waren: Gefahr der Verdorrung und Gefahr der Lebensüberschwemmung; in beidem kein Bleiben und Dauern. Nahe streift dieses Gedicht schon an die Gemütslage heran, aus der er über ein Jahr später an Boehlendorff schrieb: »Sonst konnt ich jauchzen über eine neue Wahrheit, eine bessere Ansicht deß, das über uns und um uns ist, jetzt fürcht ich, daß es mir nicht geh am Ende, wie dem alten Tantalus, dem mehr von den Göttern ward, als er verdauen konnte« (Brief vom 4. Dezember 1801). Um so klarer hebt sich aber auch vom Hintergrund dieser Doppelbedrohung das tapfere und großgeistige, wahrlich nicht sieglose Ringen ab, mit dem er die Menschenform festzuhalten strebte, im Hades der traurigen Nüchternheit wie in den Donnerhöhen des blendenden Götterglückes. Wir dürfen in der mythischen Katastrophe, die »Der blinde Sänger« schildert, den eigentlichen Augenblick des Durchbruchs festgehalten sehen, der Hölderlin auf die neue Ebene führte, wo ihm dann für geraume Zeit ein gewisses Sich-Einrichten und Wiedersammeln gegönnt war.

Mit den Friedenshoffnungen, wie sie der Brief an den Bruder ausgesprochen hatte, klingt die Ode »Der Frieden« überein. Sie verknüpft sich mit Gedanken des Frankfurter Fragmentes »Die Völker schlummerten«, das die Kriege der Revolution und Bonapartes in hoher geschichtlicher Schau als Erweckungshilfen gegen das träge Dahindämmern der Völker betrachtet hatte. Wenn aber jenes Fragment nur dazu gelangt war, das jahrelange Kriegsgewitter mit düsterem Enthusiasmus als Segnung zu feiern, so drängt sich in der Ode das Verlangen nach dem endlichen Ergebnis, dem Frieden, in den Vordergrund. Das Bild von der Sintflut, womit das Gedicht beginnt, verhüllt zwar nicht den Blick für die »wilde Ordnung« der Nemesis, die das Völkerringen geheim lenkt. Aber das

Motiv des fortwirkenden Fluches, einer menschlichen Urverfehlung
als des eigentlichen Anlasses der Kämpfe tritt daneben deutlich hervor, und fast in der Weise des Hyperionschlusses wird dem unseli-
gen Völkerzwist das Naturleben mit seiner friedlichen Ordnung
und ruhigen Gesetzlichkeit gegenübergestellt. Diese Gegenüberstellung begründet sich nicht und polemisiert nicht (wie es der Hyperion tat). Sie entfaltet sich in reiner Schönheit als stilles Deuten auf
das Bleibende, Liebende und Geordnete hoch über der Welt der
Kämpfe. Einfach, fast in kindlicher Unschuld tritt Hölderlins frühester, durch alle Wechselfälle seines Geistesschicksals festgehaltener
Gedanke hervor, der Gedanke des »reinen Lebens«, das in der Natur seine ewige Verwirklichung hat. Das reine Leben bildet das
»Maß«, von dem die Ode sagt: »Und die zuerst / Das Maas
verloren, unsre Väter / Wußten es nicht, und es trieb ihr Geist sie.«
Ins Maß wieder einzulenken, ist der Sinn der geschichtlichen Kämpfe, ja der Geschichte überhaupt. Auf die Dialektik, die sich hier ent-
spinnen müßte, geht das Gedicht nicht ein. Ihrer Entfaltung dienen
aber, offen oder unmittelbar, fast alle folgenden Dichtungen Hölderlins bis zum Schluß.

Wieder von einer anderen, der gefährlichen Seite erscheint die Natur in der Ode »*Stimme des Volks*«, in der eine frühere Kurzfas-
sung (Neuffers Taschenbuch auf das Jahr 1800) breiter ausgestaltet
wurde. Den Ausgangspunkt bildet hier die übermächtige Verlok-
kung zum freiwilligen Aufgehen des Menschen und seiner »Kunst«
im All, die Verlockung zur enthusiastischen Selbsthingabe an die
Götter. Der Titel knüpft an die Redewendung »Volksstimme, Got-
tesstimme« an. Das Volk und seine Seelenregung werden als Ele-
mentarkräfte verstanden, die gleich dem Wasser unbeirrt dem Gefälle zum Ozean hin folgen, um dort, in der letzten göttlichen
Lebensfülle, ihre Ruhe zu finden. Hierin erkennt Hölderlin das
Allzusehr der eigenen Heimkehrtendenz wieder, die sein »Bleiben
im Leben« ständig bedroht. Er breitet nun systematisch dieses
Heimverlangen (Die Todeslust) als einen Grundtrieb im Leben der
Natur, des Menschen und der Völker aus, in Verknüpfung mit der
Gegenkraft, die zum Bleiben wirkt. Zwar ist in der Natur der Ge-
horsam zur hinabziehenden Schwerkraft angelegt, das »wunder-
bare Sehnen dem Abgrund zu«. Aber ebenso ist es im Sinne der
Natur, daß der Mensch »mit des Adlers Lust die geschwungnere
Bahn« wandle. Man erkennt wieder die zarte ungewisse Grenze,
die in Hölderlins Welt zwischen der Tendenz zum Tode und der

Tendenz zum Bleiben gezogen ist. Denn beide Tendenzen zeigen
sich hier gleichermaßen geheiligt. Die Götter wie die Natur haben
am Leben des Menschen kein *letztes* Interesse. Mit der Gewalt der
physikalischen Schwerkraft und mit der Gewalt eines »Wunsches«
der Götter ist das bewußte, ichgeformte Leben, »das einmal offnen
Auges auf eignem Pfade wandelt«, in den alten Frieden heimgeru-
fen. In gleicher, vielmehr noch schrofferer Weise hatte der »Empedokles« diese Todestendenz herausgehoben. Es war dort richtig erkannt, daß in einer Welt, in der die Natur und ihre Götter höchste
Instanzen sind, dem Untergang kein wahrer Damm entgegengesetzt
ist. In ihr »achten es die Starken gleich, zu fallen, zu stehn«; sie
»gehen dahin mit Lust und machen zur Schmach es uns, bei Sterblichen zu weilen«; die Natur selbst ist es, die es ihren Helden leicht
werden läßt zu sterben.
In der Ode »Stimme des Volks« kommt nun wohl die Gegenkraft
gegen den heiligen Untergang zu bestimmtem Anklingen. Aber auch
sie gelangt nicht weiter als zu dem Gedanken, daß die Götter den
Menschen »lächelnd« auf den *Um*weg zum Tode treiben, damit
»er lang im Lichte sich freue«; also wie zu einem Spiel, das Kindern gegönnt wird. Das Leben ist und bleibt wesentlich ein Weg
zum Tode; nur als Hemmung, als ausbuchtender Umschweif kann
das Bleiben im Leben gewürdigt werden.
Ernster und gesetzlicher wird die bewahrende Gegenkraft dann
wohl in der späteren Umarbeitung von »Stimme des Volks« im
Jahre 1801 gefaßt. Sie spricht davon, daß der Herrscher uns »mit
richtigem Stachel« auf die Bahn des tapfer zu bestehenden Eigenlebens hinaustreibe. Mächtig wird zwar in dieser letzten Fassung
das Beispiel von der zweimaligen Selbstvernichtung der Stadt Xan-
thos, der Hauptstadt Lykiens am gleichnamigen Strom, hingestellt;
die Bevölkerung bereitete bei den Belagerungen durch den Perser
Harpagos (546 v. Chr.) und durch den Römer Brutus (43 v. Chr.)
sich selbst und der an herrlichen Bauwerken reichen Stadt durch
Feuer den Untergang.[1] Hölderlin verbindet beide Ereignisse so,
daß die Xanthier, die sich gegen Brutus verteidigten, ihren Todesentschluß im Gedenken an das Beispiel der Vorfahren gefaßt hätten. Aber aus der Schlußstrophe erhebt es sich wie eine stille Warnung vor unbedachter Auslegung derartiger Beispiele:

[1] Vgl. dazu Bachofens Abhandlung »Das lykische Volk«, mit der Bemerkung: »Appian
(Bell. civ. 4,80) stellt den beiden erwähnten Verteidigungen noch eine dritte, die gegen
Alexander, als gleich ruhmvoll an die Seite.«

So hatten es die Kinder gehört, und wohl
Sind gut die Sagen, denn ein Gedächtniß sind
Dem Höchsten sie, doch auch bedarf es
Eines, die heiligen auszulegen.

Das rechte Auslegen, gegenüber dem »mit eignem Sinne zornig
Deuten«[1] spielt in der zur Höhe gestiegenen Weisheit Hölderlins
seit 1801 eine wichtige Rolle. Es gehört zur Festmachung der Menschenwelt gegen die entraffende Begeisterung, überhaupt zur rechten, erinnernden Verwaltung der Vergangenheit. Hölderlin konnte
um so eher sich der Bedeutung des rechten Auslegens als eines Amtes des Sängers bewußt werden, als ihm dieses Bewußtsein auch bei
Pindar begegnet war. Auf diesen bezieht sich auch Herders Satz
(Adrastea Band VI, S. 35): »Der Dichter wird uns, oft mit wenigen
Worten ein Ausleger, ein Anwender der Zeiten.«

Mit dem letzten Hinweis ist schon auf Hölderlins Schaffen als
Übersetzer gedeutet, das beträchtliche Strecken der Stuttgarter Zeit
ausgefüllt haben muß. Es betraf die Übertragung der *Siegesgesänge
Pindars* und der *Trauerspiele des Sophokles*, »Ödipus der Tyrann«
und »Antigone«. Eine genaue Datierung dieser Arbeiten und ihrer
einzelnen Abschnitte ist von der Hölderlinforschung noch nicht ermittelt. Als sicher wird angenommen, daß Hölderlin sich schon
1799 in Homburg um Pindar zu bemühen anfing und daß er seine
Übertragung in der ersten Jahreshälfte 1800 wesentlich gefördert
hat. Aber auch in den folgenden Jahren und noch während eines
zweiten Homburger Aufenthaltes dauerte die Beschäftigung mit
Pindar fort. Auch die Übertragungen des »Ödipus« und der »Antigone« wurden vermutlich in Homburg begonnen und in Stuttgart
fortgesetzt. Von ihnen muß im Herbst 1802 eine druckfertige Niederschrift vorgelegen haben, denn um diese Zeit suchte Hölderlin
dafür einen Verleger. Fallen nun die Fragen der Datierung nicht
in den Rahmen unserer Darstellung, so gehen uns die Übersetzungen selber als vollwertige Bestandteile des Hölderlinschen Werkes
an. Sie sind in einem gewichtigeren Sinne, als dies bei den meisten

---

[1] Diese Stelle aus einem Entwurf von 1802, den Hellingrath unter dem Titel »Aus dem
Motivkreis der Titanen« abdruckt (IV, 215), bringe ich in Zusammenhang mit dem Chor-
wort aus der Antigone οὲ δ'αὐτόγνωτος ὤλεο' ὀργά; in Hölderlins Übersetzung:»Dich hat
verderbt / Das zornige Selbsterkennen.«

vergleichsfähigen Fällen gesagt werden kann, Stufen seiner geistigen, sprachlichen und dichterischen Entwicklung.

*Pindar* galt Hölderlin schon in der Jugend als ein Gipfelpunkt
der Dichtung. »Ich möchte beinahe sagen, sein Hymnus seye das
Summum der Dichtkunst«, hieß es in seiner Magisterarbeit über
die Geschichte der schönen Künste unter den Griechen. Das hindert
nicht, daß seinem reifenden Kunstverstand zunächst Homer über
alles teuer ward, daneben die Tragiker, vornehmlich Sophokles. Das
Programm der »Iduna«, wie er es im Juni 1799 an Neuffer mitteilte, sah aus dem Gebiet griechischer Dichtung Aufsätze über Homer, Äschylus, Sophokles und Sappho vor. Steht Pindar nicht in
dieser Reihe, so läßt sich doch denken, daß sich aus dem Journal-
plan eine äußere Anregung zur Beschäftigung mit einem Dichter ergab, der zu seiner eigenen Anlage so viel Beziehung hatte und in
dem sich griechisches Leben und Singen in beispielloser Fülle darstellte. Er begann Pindars Siegesgesänge zu übersetzen und blieb
dieser Arbeit, wie gesagt, bis in späte Zeiten seines wachen Daseins
treu.

Die Übersetzung zeigt eine so bestimmte Eigenart des Prinzips, daß
die Absicht, aus der er sie unternommen hat, nicht leicht einzusehen
ist. Die späteren Sophoklesübertragungen wollen ohne Zweifel Ein-
deutschungen für den allgemeinen Gebrauch gebildeter Menschen
sein. Aber die Pindarübertragung zielt nicht auf eine Eindeutschung
ab, sondern zunächst auf eine Wiederholung des griechischen Textes im deutschen Sprachstoff, unter genauer Beibehaltung der viel-
verschränkten griechischen Wortstellung, ohne Rücksicht auf die
Faßlichkeit für einen deutschen Leser. Das Verfahren macht einen
zunächst durchaus studienhaften Eindruck. Der deutsche Text enthält nicht nur die dem pindarischen Stil an sich eigene Sprödigkeit;
er vermehrt sie durch die fremde Satzfügung und durch die Behelfe,
mit denen Hölderlin die syntaktischen Bezüge der voneinander getrennten Haupt- und Beiwörter, der hinweisenden Fürwörter usw.
ausdrücken muß. Begreifbar ist das eine, daß Hölderlin bei seiner
Kunstauffassung das Bedürfnis fühlen mußte, sehr nah an den ori-
ginalen Sprachkörper Pindars heranzukommen; denn das Leibliche
des Wortes besaß für ihn die entscheidende Wichtigkeit. Hat er dieses Prinzip zunächst zur eigenen Freude durchgeführt? Und hat er
zugleich damit den Zweck verfolgt, sich selber einen Pindartext zu
schaffen, der ihn nicht ständig mit lexikalischen Schwierigkeiten
behelligte? An eine Veröffentlichung scheint er nie gedacht zu ha-

ben. Setzte er gleichwohl seine Arbeit als Dienst an einem mensch-
heitsgültigen Werke fort? Diese Fragen sind nicht geklärt. So bleibt
Hölderlins Pindarübertragung, die außerdem noch mit vielen Fehlern im philologischen Sinne beladen ist, fast unverständlich für
alle, die sie nicht mit dem griechischen Text oder einer Philologenübersetzung beigehend vergleichen.

Aber der Hölderlinische Pindar hat eins, das ihn über alle anderen
Übertragungen weit hinaushebt: den feierlichen Donner im Wort,
das Echo wie von einem säulengetragenen Raum, die ganze Fülle
und Größe einer Welt, in die die Bilder von Göttern und Heroen
dicht geschart hereinragen. Diese Werte haften auf schwer greifbare
Weise an der Wortwahl, am Fall der Sätze. Jedes einzelne Wort ist
wie durch ein Siegel beglaubigt als Prägung eines Lebenszusammen-
hanges, in dem es den großherzigen und weiträumigen Menschen
gab. Bringen andere Übertragungen die logischen und die geschichtlichen Zusammenhänge der Pindarischen Hymne zum Vorschein, so
ist es beim Einblick in Hölderlins Pindartext, als sei er überblaut
und durchflutet von der Luft, von dem gültigen griechischen Himmel des sechsten vorchristlichen Jahrhunderts. Kommt in Hölderlins
Arbeit das Übersetzbare an Pindar zu kurz, so rettet sie dafür das
Unübersetzbare und macht es zur wirkenden Gegenwart. Pindar
hat seine Siegesgesänge im Auftrag und gegen Honorar verfaßt
(»Muse, fürwahr, wenn um Lohn du zu leihen versprachst / Die
gedungene Stimme...« Pyth. XI, 41). Er hat nicht nur eine geniale Begabung dabei eingesetzt, sondern auch ein gepflegtes Können, eine entwickelte Manier und vieles an rationalem, gleichsam
schmückend verwendetem Wissen. Aber was dies alles lebendig trug
und was eine Philologenübersetzung fast unvermeidlich unterschlägt,
war ein gegenwärtiges Griechenland; dieses, das verschwundene und
unwiederholbare, lebt in Hölderlins Worten wieder auf. Sie sind aus
ebenbürtigem hymnischem Bewußtsein geschöpft, sie führen ein ein-
verleibtes Wissen von Göttern und eine Ergriffenheit von ihnen mit
sich. Sie verraten dieses Element so, wie das Auge eines Menschen,
der eben aus dem Dunkel kommt, das Dunkel verrät: auch wenn er
nicht von ihm spricht, so sind doch seine Pupillen noch geweitet.

Für uns ist das Entscheidende, daß Pindar Außerordentliches in
Hölderlins Gesamtentwicklung bedeutet. Pindar half ihm zur Freilegung seines eignen Hymnenstils, zur letzten Entfaltung eines hohen Sänger-Bewußtseins, das dem Dichter als dem priesterlichen
Diener an der Volksgemeinschaft eine fest umgrenzte Würde zu-

sprach. Der freie Vers Hölderlins, die freie strophische Gliederung seiner Hymnen hat sich unter Pindars Ermutigung geformt. Das feierliche, prozessionsartige Nebeneinander von Götteranrufung (Hymnik), Spruchweisheit (Gnomik), Heldenlob (Enkomiastik) und Erzählung, das Pindars Gesänge aufweisen, ist in Hölderlins Dichtungen wiedererstanden – nicht so, als habe er dies übernommen, sondern so, daß er durch Pindar zu *seiner* Dichtergestalt befreit, erlöst wurde. Befreit hat sich an Pindar namentlich Hölderlins liebendes, verantwortliches Eintreten für das Ganze des Vaterlandes und des hesperischen Kulturkreises, also das eigentliche hymnische Bewußtsein mit seiner uneingeschränkten Positivität, das seit Anfang in ihm angelegt war und sich nun in ebenbürtigen Dichtungen darlebt, hier lehrhaft, deutend und warnend, dort in begeistertem Schwung zu hoher Schau gehoben, immer fähig und verlockt zur Abschweifung (weil im Raum der Hymne alles beisammenwohnt wie in einem Saal), und doch aus jeder Abschweifung sich kurz wieder zurückfindend, das Innerlichste hervorhebend und schuldlos mit dem Geschichtlichen und Tathaften verknüpfend.

Mittelbar liegt in dem Gesagten schon ausgesprochen, daß die Beschäftigung mit Pindar Hölderlins *Verhältnis zur Antike* in eigenartiger Weise berühren mußte. Pindars Dichtung rückte ihm die griechische Lebenswirklichkeit in ihrer Schönheit vor Augen als das erfüllte Ideal. Sie verstärkte aber andrerseits die Verweisung auf die nordische und deutsche Gegenwart, indem sie das verantwortliche Eintreten für eine gegenwärtige Zeit und Volksgemeinschaft als Grundlage jedes echten Dichtertums bewußt machte. Sie wirkte also auf eine Unterscheidung zwischen dem griechischen Geist (Genius) und dem griechischen Buchstaben hin, und sie stellte den, der sich zu neuer Verwirklichung griechischer Lebensform und Dichtung berufen fühlte, unter die Mahnung eines »Folgt mir nach und verlaßt mich«. Was uns mit den Griechen verbindet und was uns von ihnen trennt, verdeutlichte sich und schied sich voneinander, nachdem die Pindarübertragung noch einmal ein Allzusehr der Annäherung durchgeführt hatte. Pindar klärte in Hölderlin das Bewußtsein, daß es eine Nachfolge des Altertums nur geben könne in einem Abrücken von seinem Buchstaben oder besser: in einem neuen genetischen Verstehen desselben.

So wirkte die Beschäftigung mit Pindar helfend zur Förderung der neuen Zusammenschau von Griechenland und Hesperien, die sich Hölderlin schon aufgetan hatte; nicht durch ein Glattstellen der ungeheuren Spannung, die hier gegeben war, sondern durch Befeuerung der geistigen Verarbeitung, die den großen Bogen darüber schlug. Dies führte Hölderlin von 1801 ab zu den denkwürdigen Formulierungen, in denen er das Verhältnis von Eigenem und Fremdem, von deutschem Jetzt und griechischem Einst, von Nationellem und Erworbenem erregend neu bestimmte (Briefe an Boehlendorff vom 4. Dezember 1801 und vom 2. Dezember 1802, Brief an Schiller vom 2. Juni 1801, die Briefe an den Verleger Wilmans, die Anmerkungen zu den Dramen des Sophokles). Es sind Formulierungen, die das im »Archipelagus« und in andern Dichtungen der Jahre 1800 und 1801 Erschienene theoretisch befestigen. Sie stehen unter den gewaltigen denkerischen Leistungen Hölderlins an erster Stelle. Obwohl sie zum Teil erst in späterem Zeitpunkt gereift sind, muß doch hier schon auf sie eingegangen werden.

Im Vorwort zum Thaliabruchstück des »Hyperion« hatte Hölderlin von den zwei Idealen unseres Daseins gesprochen, die gegeben sind in der reinen, naturhaften Einfalt und im Zustande der höchsten Bildung. Es trat als seine Anschauung hervor, daß jeder Mensch zum Ausgangspunkte die Einfalt, die natürliche Organisation der Kindheit habe und daß er von da aus einen Weg nehme, der über viele Stationen zur vollendeten Bildung führt, als zu einer Organisation, die wir uns selbst zu geben imstande sind. Die Bahn, die der Mensch auf diesem Bildungswege durchläuft, war als eine »exzentrische Bahn« bezeichnet, somit als ein Bogen und Umschweif. Der Gedanke dieses exzentrischen Bildungsweges ist seitdem nie mehr aus Hölderlins Welt verschwunden. Das Fortgehen vom Ursprung, das sucherische Auswandern ins Andere, vom Angeborenen weg ins Neue und Fremde tritt als Grundmotiv des menschlichen Lebens in Hölderlins Denken immer wieder auf. Die Naturmitgift, die der Mensch erbeigen besitzt, die duftende Wiese, die goldnen Früchte seines Haines (vgl. die Ode »Der Mensch«) gibt er in seinem ungenügsamen Streben preis: »Sucht er ein Besseres doch, der Wilde.« Von dem Motiv dieser Auswanderung, die über das Fremde schließlich nach einer zweiten schöpferischen Reflexion das alte Eigentum in geistiger Rückerstattung wiedergewinnt, sahen wir die philosophischen Erwägungen der Homburger Zeit und ihren Dreischritt getragen. Wir hatten im »Hyperion« den Weg eines Menschen verfolgt, der die Auswanderung in den naturfernen Gedanken

und in die positive politische Tat vollzogen und dann mit der
Heimkehr in den alten, anfänglichen Naturfrieden geendet hatte;
in jenes Naturerbe, das er früh besessen und doch nicht besessen
hatte, das ihm erst im Exil der Tat und des idealistisch-selbstherr-
lichen Geistes neu aufgegangen war.

Wir hatten außerdem in gelegentlichen Hinweisen versucht, dieses
Motiv der Auswanderung in Verbindung mit Hölderlins Daseins-
geheimnis zu bringen; mit jenem Ungenügen, mit jener geheimen
Unvollzogenheit seiner Persönlichkeit, die als sein Lebensmangel,
als das heilig Ungesättigte seines Naturells früh erscheint. (Hier
dürfte, wenn unsre Welt mehr Wissen vom Menschen und mehr
Ehrfurcht hätte, das Wort: das »Pathologische« stehen.) Ihm ist
von da her die Auswanderung vertraut als Streben nach Ergänzung, als begeisterte oder leidvolle Hingerissenheit, als Ent-
selbstung, als Suche nach dem übergreifenden Bewußtsein statt der
versagten Lebenserfüllung im plastischen Sein: »Wir sind nichts;
was wir suchen, ist alles« und ferner »Mir wuchs ja nur darum
kein Arkadien auf, daß das dürftige, das in mir denkt und lebt,
sich ausbreiten sollte, und das Unendliche umfassen«. Hierher gehört weiter die Metaphysik der reichen und doch verarmten Liebe,
die der metrische Hyperion vorträgt, und Hölderlins Angewiesenheit auf Distanz, auf Abstand und Fremde, gerade wo es sich um
Aufrechterhaltung der Heimatbeziehung handelt (vgl. Brief an die
Schwester vom 11. Dezember 1800). Die exzentrische Bahn der Bildung ist im Grunde des Hölderlinischen Seins angelegt. Der Umschweif vom Eigenen über das Fremde zum neu errungenen Eigentum wurde von Hölderlin gelebt, und er wurde dichterisches und
denkerisches Bewußtsein bei ihm. Spät erst, in der harten Schule gei-
stespraktischer Erfahrung gelangte Hölderlin dazu, dieses Bewußtsein auf das *Verhältnis zum Griechentum* anzuwenden.

Den Ausgangspunkt dieses Weges bildet die Griechenverehrung seiner Jugend. Sie war breit verbunden mit der Wertschätzung des
Altertums, die ihn rings umgab und die auf jahrhundertelanger,
vielgestaltiger Überlieferung beruhte. Noch frisch war innerhalb
dieser Überlieferung der mächtige Eindruck der Winckelmannschen
Griechenentdeckung (Goethe: »Winckelmann ward die Schönheit
in den Schriften der Alten zuerst gewahr«), der Herderschen Hin-
weise auf den großen Naturpoeten Homer, des Heinseschen »Ardinghello«, ferner der mannigfachen Rückbeziehung Goethes und
Schillers auf das Altertum.

In Hölderlins Dichtung tritt das Motiv der Griechenliebe etwa seit 1790 bestimmter hervor. Die Tübinger Hymnen füllen sich fortschreitend mit entsprechenden Bezügen und Anrufungen. Bald macht sich aber in Hölderlins Verhältnis zur Antike der elegische Ton geltend, der dem Gedichte »Griechenland« an Stäudlin 1793 das Gepräge gibt. Wie er in seinem eignen Lebensablauf nach Eintritt einer inneren Entzweiung den Abstand zwischen Einst und Jetzt schmerzlich zu spüren bekommen hatte (Ode »Einst und Jetzt«), so wurde ihm um 1793 der Abstand des nordischen Heute von der griechischen Vergangenheit bewußter. Zeugnis dafür ist namentlich das Thaliabruchstück des »Hyperion« vom Jahre 1794. In ihm lebt die Trauer, daß die Herrlichkeit von Hellas dahin ist, wie das goldene Zeitalter.

Zwar hören wir in dem Bruchstück eine Person sagen: »So müssen ... die Ahndungen der Kindheit dahin, um als Wahrheit wieder aufzustehen im Geiste des Mannes. So verblühen die schönen jugendlichen Mythen der Vorwelt, die Dichtungen Homers und seiner Zeiten, die Prophezeiungen und Offenbarungen, aber der Keim, der in ihnen lag, gehet als reife Frucht hervor im Herbste. Die Einfalt und Unschuld der ersten Zeit erstirbt, daß sie wiederkehre in der vollendeten Bildung, und der heilige Friede des Paradieses gehet unter, daß, was nur Gabe der Natur war, wiederaufblühe als errungnes Eigenthum der Menschheit.« Aber Melite, die Vorläuferin Diotimas fügt hinzu: »Doch wird das Vollkommne erst im fernen Lande kommen, im Lande des Wiedersehens und der ewigen Jugend.« Auch in der letzten Hyperionfassung endigt der Rückblick zur schreckenden Herrlichkeit des Altertums in elegischer Nachtrauer, in der nur die fessellose Hingabe an die göttliche Natur eine Art Rettung bietet. Die kleinen Frankfurter Diotimagedichte identifizierten die Welt, die in Hölderlins und Susettens Liebe heraufkam, mit dem erfüllten Leben des Altertums. Hölderlin sah in Susette eine Griechin, eine Athenerin, eine Schwester der Frauen, »die zu Phidias' Zeit herrschten und liebten«. Aber die wirkliche Welt galt ihm als gealtert und hoffnungslos barbarisch; die »schönere Zeit« ist hinunter, aussichtslose Sehnsucht bleibt das Los derjenigen, die von ihr wissen.

Erst in der Homburger »Elegie« kam, wie wir sagten, ein neuer Gedanke herauf. Mit der Trauer um den Verlust Diotimas verbindet sich zum erstenmal, mit fast stürmischem Durchbruch, die bestimmtere Hoffnung auf eine Götterwiederkehr. Auch diese

Hoffnung scheint zwar noch zu schwanken, ob sie die kommende Götterzeit in einem Jenseits oder in einem abenteuerlich-fernen Diesseits denken soll. Aber sie weiß sich jedenfalls gegründet in der Unvergänglichkeit der Natur und der Mächte des reinen Lebens: Liebe, Götterehre, Heldentum, Dichtung.

Von hier bis zu dem Mut, eine neue *geschichtliche* und sogar nahe bevorstehende Verwirklichung des erfüllten Lebens zu erwarten, führte ein Schritt, den Hölderlin gerade auf Grund seines Glaubens an die Natur zu tun gezwungen war. Durch den »Gesang des Deutschen« und durch den »Archipelagus« bewegte sich, wie wir gesehen haben, die Anschauung, daß der schöpferische Genius Griechenlands nicht zugleich mit Staat, Tempeln und Götteraltären untergegangen, sondern als zeugende Kraft zu den Völkern des neuen Nordens weitergewandert ist. Bei ihnen wird sich als neue Wirkung der ewigen Natur (Hymne an die Dichter) in eigener Schöpfung (»Frucht von Hesperien«) wieder eine Tagzeit mit offenbarer Götternennung darstellen.

Damit gewann die Frage, wie uns Heutigen die buchstäbliche griechische Hinterlassenschaft (Kunst, Dichtung, Philosophie, Götterwelt) als Vorbild und Richtschnur helfen könne, für Hölderlin eine neue Bedeutung. Es hatte für ihn eine Zeit gegeben, da er diese Frage in ihrem Ernst noch nicht erkannt und sich die Hereinnahme des griechischen Erbes leichter vorgestellt hatte. Da hatte er daran gedacht, den Tod des Sokrates nach den Idealen des griechischen Dramas zu behandeln, und noch von Homburg aus hatte er dem Herausgeber einer Zeitschrift geschrieben, er wolle in dessen Blatt poetische Werke der Gegenwart besprechen nach ästhetischen Maßstäben, die rein an den Werken der Griechen gewonnen waren. Der Homburger Aufsatzentwurf »Der Gesichtspunct, aus dem wir das Altertum anzusehen haben« hatte die Frage ebenfalls schon angeschnitten. Er hatte einen bei allen Zeiten und Völkern gleichen und gemeinschaftlichen Urgrund hervorgehoben, aus dem alles Gestalten entspringt, und hatte ihn als Bildungstrieb bezeichnet. War damit – was sehr wichtig ist – ein theoretischer Ansatzpunkt für eine eigenschöpferische Kunst Hesperiens festgemacht, so blieb doch das Amt, das dem griechischen Altertum bei der Betätigung eines hesperischen Bildungstriebs zugewiesen wurde, sehr undeutlich. Es entsprach in keiner Weise dem Wert, den Hölderlin der alten Dichtung beimaß, und man kann annehmen, daß deshalb der Entwurf nicht zur Ausführung kam. Viel wesentlicher als diese theoretische Erwägung ist das Material, das die Elegien und Hymnen der Jahre 1800 und 1801 zu der Frage beibringen. Davon wird im einzelnen noch zu reden sein; doch sei hier schon eingesetzt, daß in diesen Dichtungen die Antike wohl als abgeschlossene Vergangenheit mit Christus als ihrem Ende gesehen ist, daß aber der inzwischen eingetretenen Nachtzeit ihr geschichtliches und kulturpsychologisches Recht gegeben wird und daß der bevorstehende neue Göttertag als »Wiederkehr« der alten Götter gefaßt wird, als neuer »Gipfel« in der einheitlich fortgehenden Wellenkurve der Zeit.

Hier ist der Punkt, wo sich dem Auge Hölderlins, unter Förderung durch die eindringliche Beschäftigung mit Pindar und Sophokles und durch sein unablässiges Suchen nach dem Gesetz der alten und neuen Dichtung, der von ihm schon längst bemerkte Unterschied griechischer und hesperischer Seinsbedingungen mit einem bestimmteren Inhalt zu füllen begann. Der einzigartige Ernst seiner Hingabe an das antike Ideal, die Erprüfung der griechischen Kunst am Bedürfnis eines lebendigen und gegenwärtigen Sängertums führten ihn über den Gesichtskreis der zeitgenössischen Griechenverehrung weit hinaus und machten ihm die hier gestellte Seinsfrage wichtig. Leben kann sich nur mit Leben verbinden. »Tödtlich ists und kaum erlaubt, Gestorbene zu weken« (Germanien). Sollen griechische und hesperische Kunst sich vereinigen wie Vorbild und neue Frucht, so muß vor allem nach dem Einklang der beiderseitigen *Seinsvoraussetzungen* gefragt werden. Wer waren die Griechen, woher kamen sie? Wer sind wir Nordländer, und wie ist unser Weg? Was kann vom Griechischen lebendig und organisch in unsre Kultur eingehen? Einen Bildungsweg, eine exzentrische Bahn vom Naturerbe über das Fremde zur Bildungsorganisation gibt es in Hellas wie im Abendland. Stellt sich nun heraus, daß diese Wege ganz verschiedene Ausgangspunkte und Ziele haben: wie ist diese Verschiedenheit zu fassen und wie ist aus ihr das Gemeinsam-Lebendige herauszuheben?

Hölderlin stieß, in völlig einsamer Arbeit und seiner Zeit weit vorauseilend, auf das besondere hesperische Geistesschicksal, wie es sich abhebt vom Griechenschicksal des griechischen Altertums. Den Griechen ist Enthusiasmus und Leidenschaft, das Pathos und das »Feuer vom Himmel« angeboren. Dies bildet ihren Ausgangspunkt. Ihr Bildungsweg führt sie von da zur Besonnenheit, zum Maß, zur Nüchternheit, zur Bestimmtheit der Form und Darstellung. Dies ist ihr Fremdes, ihre kulturgeschichtliche Erbeutung.

Uns Nordländern dagegen ist die Nüchternheit angeboren, die
Bindung und Bändigung, die Ordnung und Sicherheit, die Bestimmtheit der Darstellung. *Wir* gehen daher darauf aus, uns die
Leidenschaft und den enthusiastischen Schwung, die Ergreifbarkeit
durch das Schicksal, die naturhaftere Lebensregung anzueignen. Es
ergibt sich die Überkreuzung, daß den Griechen angeboren ist, was
wir zu erwerben suchen, und daß die Griechen zu erwerben suchten, was bei uns als Naturanlage gegeben ist.

Mit dieser Überkreuzung aber verschlingt sich für Hölderlin alsbald noch eine zweite. Das Angeborene (das Nationelle) wird sich
im lebendigen Bildungsgang der Völker immer als der geringere
Vorzug erweisen; denn ihre Kulturen entwickeln sich ja vornehmlich aus der Kraft ihres tathaften Strebens und zeigen sich daher
stets entscheidend geprägt von dem, was sie sich über ihre Naturanlage hinaus erkämpfen, erarbeiten, ersiegen mußten; in *diesem*
sind sie vortrefflich. So sind die Griechen vortrefflich in allem, was
zum Maß, zur Besonnenheit und zur Bestimmtheit der Darstellung
gehört, gerade weil ihnen dies nicht ursprünglich angeboren war. Mit
Homer haben sie sich recht eigentlich die abendländische Nüchternheit erbeutet und sie zur Krönung ihres von naturhaft-enthusiasti-
schen Wallungen durchstürmten Lebens gewonnen. Sie bedeutet
ihre Meisterleistung, und daraus folgt, daß wir neuen Abendländer
die Griechen nicht in der »homerischen Geistesgegenwart und
Darstellungsgabe« werden übertreffen können, sondern eher in
»schöner Leidenschaft« und im »heiligen Pathos«. Diese letzteren
Elemente sind nämlich in der Grundanlage der Nordländer ursprünglich nicht gegeben; sie mußten und müssen von uns im
Hinausgehen über die uns angeborene Nüchternheit erworben werden, und deshalb werden wir unsre höchsten Leistungen in der Richtung jener schönen Leidenschaft und des »Feuers vom Himmel«
erzielen können.

Die praktische Folgerung, die sich aus dieser doppelten Überkreuzung ergibt, faßt Hölderlin in die Worte (Brief an Boehlendorff, 4. Dezember 1801): »Deßwegen ists auch so gefährlich,
sich die Kunstregeln einzig und allein von griechischer Vortrefflichkeit zu abstrahiren. Ich habe lange daran laborirt und weiß
nun, daß außer dem, was bei den Griechen und uns das höchste
sein muß, nemlich dem lebendigen Verhältniß und Geschik, wir
nicht wohl etwas gleich mit ihnen haben dürfen.« Hier ist im
ersten Satze das Wort »Vortrefflichkeit« zu beachten. Hölderlin

will nicht sagen, daß wir die Griechen überhaupt nicht zum Muster
nehmen dürfen, sondern er warnt davor, sich nur an dasjenige zu
halten, worin die Griechen »vortrefflich« waren, also an griechisches Maß, an ihre Besonnenheit, Nüchternheit, Bestimmtheit
der Darstellung. Denn das ist für sie Erwerbung, daher Feld ihrer
Meisterschaft und ihrer Unübertrefflichkeit. Wohl aber können
sie uns dienen, um unser »Eigenes« – nämlich eben diese Nüchternheit, Bestimmtheit, Klarheit, Präzision – zu »lernen«, d. h.
künstlerisch auszuwirken und zu beherrschen.

Was wir hier ausgeführt haben, gibt zunächst nur das wieder, was
Hölderlin in dem erwähnten Briefe an Boehlendorff vom 4. Dezember 1801 niederschrieb. Boehlendorff hatte ihm seine dramatische Idylle »Fernando oder die Kunstweihe« (Verlag Friedrich
Wilmans, Bremen 1802) zugesandt, und Hölderlin sprach ihm das
Lob aus, er habe an Präzision sehr gewonnen und doch nichts an
Wärme verloren. Diese Feststellung, daß der Freund an Präzision
gewonnen habe, ruft nun die Bemerkung hervor: »Wir lernen
nichts schwerer als das Nationelle frei gebrauchen.« Denn Boehlendorff ist Deutscher, und als Deutschem ist ihm diese Präzision anla-
gegemäß mitgegeben; das freie Verfügen über dieses Erbe ist aber
das Schwerste; somit hat der Freund eine günstige Entwicklung genommen. Der Brief entfaltet sodann weiter den ganzen Gedanken-
komplex, der damit berührt ist:

»Wir lernen nichts schwerer als das Nationelle frei gebrauchen.
Und wie ich glaube, ist gerade die Klarheit der Darstellung uns
ursprünglich so natürlich, wie den Griechen das Feuer vom Himmel.
Eben deßwegen werden diese eher in schöner Leidenschaft, die Du
Dir auch erhalten hast, als in jener homerischen Geistesgegenwart
und Darstellungsgabe zu *übertreffen* sein. – Es klingt paradox.
Aber ich behaupt' es noch einmal, und stelle es Deiner Prüfung und
Deinem Gebrauche frei, das eigentlich Nationelle wird im Fortschritt der Bildung immer der geringere Vorzug werden. Deßwegen
sind die Griechen des heiligen Pathos weniger Meister, weil es ihnen
angeboren war, hingegen sind sie vorzüglich in Darstellungsgabe,
von Homer an, weil dieser außerordentliche Mensch seelenvoll
genug war, um die abendländische *Junonische Nüchternheit* für sein
Apollenreich zu erbeuten, und so wahrhaft das Fremde sich anzueignen. – Bei uns ist's umgekehrt. Deßwegen ists auch so gefährlich, sich die Kunstregeln einzig und allein von griechischer Vortrefflichkeit zu abstrahiren. Ich habe lange daran laborirt und weiß

nun, daß außer dem, was bei den Griechen und uns das höchste sein
muß, nemlich dem lebendigen Verhältniß und Geschik, wir nicht
wohl etwas *gleich* mit ihnen haben dürfen. Aber das Eigene muß
so gut gelernt seyn, wie das Fremde. Deßwegen sind uns die Griechen unentbehrlich. Nur werden wir ihnen gerade in unserm Eigenen, Nationellen nicht nachkommen können, weil, wie gesagt,
der *freie* Gebrauch des *Eigenen* das schwerste ist.«[1]
Einen weiteren Beitrag, eine Vorstufe zu Hölderlins Gedanken über
die Griechen liefert der zeitlich frühere Brief an Schiller vom 2.
Juni 1801. Hölderlin erbittet Schillers Rat und Hilfe bei dem Vorhaben, sich an der Jenaer Universität zu habilitieren. »Ich habe

1 Es sei hier auf die Nachentdeckung dieser Einsichten durch Nietzsche (1886) verwiesen,
nicht nur, weil dadurch Hölderlins Vorläufertum für wichtige Geisteswendungen des 19.
und 20. Jahrhunderts beleuchtet wird, sondern auch deshalb, weil Nietzsches Ausführungen die Gedanken Hölderlins geradezu erläutern. Vorauszuschicken ist, daß Hölderlin
mit dem griechischen Apollonsreich dasjenige meint, was Nietzsche als das Dionysische
bezeichnet, während Hölderlins Begriffe der Junonischen Nüchternheit, der Klarheit und
Darstellungsgabe etwa dem »Apollinischen« Nietzsches entsprechen. Zwei Nietzschestellen
kommen besonders in Betracht, die erste in »Menschliches, Allzumenschliches II« (Taschen-
ausgabe *Kröner*, S. 102), die zweite in »Willen zur Macht« (ebenda, S. 683).
Die erste Stelle lautet: »*Vom erworbenen Charakter der Griechen.* — Wir lassen uns
leicht durch die berühmte griechische Helle, Durchsichtigkeit, Einfachheit und Ordnung,
durch das Kristallhaft-Natürliche und zugleich Kristallhaft-Künstliche griechischer Werke
verführen zu glauben, das sei alles den Griechen geschenkt: sie hätten zum Beispiel gar
nicht anders gekonnt als gut schreiben, wie dies Lichtenberg einmal ausspricht. Aber nichts
ist voreiliger und unhaltbarer. Die Geschichte der Prosa von Gorgias bis Demosthenes
zeigt ein Arbeiten und Ringen aus dem Dunklen, Überladnen, Geschmacklosen heraus zum
Licht hin, daß man an die Mühsal der Heroen erinnert wird, welche die ersten Wege
durch Wald und Sümpfe zu bahnen hatten. Der Dialog der Tragödie ist die eigentliche
*Tat* der Dramatiker, wegen seiner ungemeinen Helle und Bestimmtheit, bei einer Volksanlage, welche im Symbolischen und Andeutenden schwelgte und durch die große chro-
nische Lyrik dazu noch eigens erzogen war: wie es die Tat Homers ist, die Griechen von
dem asiatischen Pomp und dem dumpfen Wesen befreit und die Helle der Architektur, im
großen und einzelnen, errungen hat ... Die Schlichtheit, die Geschmeidigkeit, die
Nüchternheit sind der Volksanlage *angerungen*, nicht mitgegeben — die Gefahr eines
Rückfalls ins Asiatische schwebte immer über den Griechen.« — Die zweite Stelle lautet:
»Diese Gegensätzlichkeit des Dionysischen und Apollinischen innerhalb der griechischen
Seele ist eines der großen Rätsel, von dem ich mich angesichts des griechischen Wesens
angezogen fühlte. Ich bemühte mich im Grunde um nichts als um zu erraten, warum
gerade der griechische Apollinismus aus einem dionysischen Untergrund herauswachsen
mußte: der dionysische Grieche nötig hatte, apollinisch zu werden: das heißt, seinen
Willen zum Ungeheuren, Vielfachen, Ungewissen, Entsetzlichen zu brechen an einem Willen zum Maß, zur Einfachheit, zur Einordnung in Regel und Begriff. Das Maßlose, Wüste,
Asiatische liegt auf seinem Grunde: die Tapferkeit des Griechen besteht in seinem Kampfe
mit seinem Asiatismus: die Schönheit ist ihm nicht geschenkt, so wenig als die Logik, als
die Natürlichkeit der Sitte, — sie ist erobert, gewollt, erkämpft — sie ist sein *Sieg.*« Die
z. T. fast wörtlichen Übereinstimmungen mit Hölderlins Sätzen sind um so bemerkenswerter, als Nietzsche den zitierten Boehlendorff-Brief nicht gekannt haben kann; er
wurde erstmals 1906 im Euphorion Bd. VI veröffentlicht.

mich seit Jahren fast ununterbrochen mit der griechischen Literatur beschäftigt. Da ich einmal daran gekommen war, so war es mir nicht möglich, dieses Studium abzubrechen, bis es mir die Freiheit, die es zu Anfang so leicht nimmt, wiedergegeben hatte, und ich glaube, im Stande zu seyn, Jüngeren, die sich dafür interessiren, besonders damit nüzlich zu werden, daß ich sie vom Dienste des griechischen Buchstabens befreie und ihnen die große Bestimmtheit dieser Schriftsteller als eine Folge ihrer Geistesfülle zu verstehen gebe.« Mit der »Befreiung vom Dienste des griechischen Buchstabens« zielt Hölderlin, wie wir nun schon wissen, auf ein neues, genetisches Verstehen, das sich nicht vordergründig an die griechische Vortrefflichkeit hält, sondern diese als ein erarbeitetes, erkämpftes Ergebnis aus der ihnen angeborenen orgiastischen Lebensfülle begreift.

Bleibt hier die scharfe Unterscheidung zwischen griechischer und hesperischer Seinsanlage noch im Hintergrund, so tritt sie deutlich hervor in den »Anmerkungen zur Antigonä«, etwa zwei Jahre später. Hier, wo es Hölderlin unter andrem darauf ankommt, seine Verbesserungen des griechischen Kunstfehlers, wie er sie in seiner Sophoklesübertragung vorgenommen hat, zu erklären, hält er genau auseinander: Die angeborene Schwäche der Griechen war es, daß sie sich nur schwer »fassen« konnten; deshalb entwickelten sie im ganzen ihrer Kunst als führendes Streben eine Tendenz zur Fassung, zum Maß, zur Bestimmtheit. Dagegen ist dem Nordländer die Schwäche angeboren, daß er ursprünglich die entraffende Begeisterung nicht kennt und nur schwer ein Schicksal trifft; deshalb geht bei uns die Haupttendenz dahin, über die Fassung hinauszugelangen in echtes Schicksal und ins Strömen des naturhaften Lebens. Aus diesem Gegensatz der Haupttendenzen erklärt es sich – so fährt Hölderlin fort –, daß auch der tragische Ausgang bei den Griechen vollkommen plastisch gefaßt wird als sinnfälliger Mord und Tod, während es einer vaterländischen Kunstform mehr entspricht, den tragischen Ausgang als unmittelbare *Ergreifung des Geistes* vom *Geiste* zu gestalten; so, wie Ödipus im Hain von Kolonos lautlos, ohne Krankheit, Schmerz und Seufzer, von den Göttern hinweggenommen wird, allein durch ihren Heimruf.

Schließlich bringt ein Brief vom 20. September 1803 an Wilmans, den Verleger der Hölderlinschen Sophoklesübertragung, noch eine wichtige Namengebung. Hölderlin bezeichnet hier das Nationelle der Griechen als das »Orientalische« und hebt damit den Unterschied von den hesperischen Ausgangspunkten noch einmal klar hervor. Der Zusammenhang mit den Anschauungen Nietzsches (und aller, die die asiatischen Rückverbindungen der griechischen Kultur gewahr wurden) erfährt so eine weitere Betonung.

Um nun auch einen Blick auf Hölderlins *Sophoklesübertragungen* zu werfen, so zeigen sie in der Gestalt, in der sie 1804 bei dem nach Frankfurt übergesiedelten Friedrich Wilmans erschienen sind, ein andres Verfahren als die Pindarübersetzung.[1] Zwar streben sie die äußerste Treue zum griechischen Original an; aber sie nehmen den griechischen Text in deutsche Satzbildung herüber, und die grundlegende Unterscheidung zwischen Griechischem und Hesperischem ist ihnen bewußter zu eigen als der Pindarübersetzung. Da das Griechische in seiner »orientalischen« Herkunft begriffen ist, strebt die Übertragung danach, dieses Herkunft- und Wurzelelement in seiner feurig-wilderen Art stärker durchscheinen zu lassen; stärker als die üblichen Verdeutschungen, stärker als Sophokles selbst. Dieses Streben nach dem Wurzelgrund bestimmt die Wortwahl bis ins Buchstäbliche, indem Hölderlin oft die Wurzelbedeutungen geflissentlich heraushebt; er setzt das schon beim Pindar gehandhabte Verfahren der »Überetymologisierung« (Zuntz) betonter fort. Sophokles, der Hölderlin selbst als ein Höhepunkt griechischer Humanität galt, erfährt so zwar nicht eigentlich eine Zurückführung auf eine wildere Vorzeit, wohl aber wird in Hölderlins Text gleichsam der Weg wiederholt, den die griechische Kultur von einem orgiastisch-leidenschaftlichen Altertum zu Besinnung, Maß und Menschenform gegangen ist. Das selige Schöne, die wunderbare, gestillte Fassung des Geistes, die Winckelmanns geniales Auge wie zum erstenmal den griechischen Werken wieder absah, wird nicht getilgt; aber man sieht Sophokles und mit ihm Griechenland zu dieser Höhe aufsteigen aus einer alten Naturverfangenschaft, die den ungezähmten Menschen und sein ungebändigtes Herz gekannt hatte. Man sieht das höhere, denkende Menschentum vor Augen entstehen.

1 Zur phasenreichen Geschichte der Hölderlinschen Sophoklesübertragung vgl. Günther *Zuntz*, Über Hölderlins Pindar-Übersetzung (Marburg 1928) und besonders Friedrich *Beißner*, Hölderlins Übersetzungen aus dem Griechischen (Stuttgart 1933), wo die jeweiligen Querverbindungen zu Hölderlins eigner Dichtung und die Hölderlinsche Gedankenentwicklung zur Frage »Griechenland und Hesperien« eine ausgezeichnete Darstellung gefunden haben.

Auf der einen Seite sprechen sich die Affekte des Trotzes, der über-
mütigen Anmaßung, auch der Zerknirschung und des trostlosen
Jammers unverhüllter aus. Die Regungen des Zornes, des Grimms
äußern sich greller und werden spürbar als ein Grundelement der
gesamten Tragödienwelt, als die durchgängige begeisterte Ergriffenheit ihrer Menschen, in der sie ihr Leben voll zorniger Eigenmacht
wagen und die Nemesis reizen (wozu bemerkt sei, daß zwischen den
Begriffen Geist oder Genius und Zorn, Grimm auch sonst bei Hölderlin oft eine Beziehung kund wird, als spüre er im Worte »Geist«
noch die altnordische Wurzel geisa == wüten durch; vgl. das nie-
dersächsische Geischt für das hochdeutsche Gischt).
In gleicher Richtung liegt es, daß Hölderlin bestimmte Charakte-
risierungen bei Sophokles schärfer unterstreicht. Ein auffallendes
Beispiel dafür ist der Wächter in der »Antigone«; er wird mit
seinen plumpen Kriegsknechtmanieren, mit seiner schwitzenden Be-
sorgnis, mit seiner breiten Umständlichkeit und seinem durch Angst
erpreßten silbenstecherischen Witz fast zu einer shakespearischen
Figur.
Aber von diesem Element der Entfesselung hebt sich dann in Hölderlins Übertragung das Gegenelement der Besinnung, der Weisung und Bändigung um so deutlicher ab. Es erscheint feierlich be-
schwörend oder still bedenksam in manchen Chorgesängen, es ist
heilig jugendlich zugegen in den Reden Hämons, kindlich verson-
nen in manchem Wort Antigones, und es steht voll seherischen
Grimms in den Sätzen des Tiresias, dieses »Aufsehers über die
Naturmacht«, der recht eigentlich der Sprecher der Nemesis ist.
Vor allem gehört zu diesem Gegenelement all das, was Hölderlin
unternimmt, um mitten in seiner Freilegung des Orientalischen die
sophokleischen Dichtungen »abendländischer Vorstellungsart zu
nähern«. Als ein Hauptmittel zu diesem Zweck wendet er, vornehmlich in der »Antigone«, die Wiedergabe griechischer Götter-
namen durch deutsche Umschreibungen an. Diese Umschreibungen
suchen die in den alten Gottheiten erscheinenden kosmischen Seins-
mächte dem deutschen Leser kenntlich zu machen. Zeus wird mit
Vater der Erde oder Vater der Zeit wiedergegeben, Ares mit
Schlachtgeist, Eros mit Friedensgeist, Aphrodite mit Göttliche
Schönheit, Nymphe mit Wasser. Für Bakchos steht gelegentlich
Freudengott, für Hades Hölle, für Persephone »zornig-mitleidiges
Licht« (da sie Lichtkraft der Unterwelt ist, als welche sie auch in den
eleusinischen Mysterien erschien). Ebenso werden die Bezeichnun-

gen theos und daimon oft durch Worte wie Geist, Geister aus dem
jenseitigen Lande, Naturgewaltige usw. wiedergegeben. Es kommt
hier auf die Einzelheiten nicht weiter an; die Beispiele zeigen jedenfalls, wie Hölderlin bestrebt war, das mit den alten Götternamen
Benannte für das moderne Verständnis zu erschließen durch eine
Wiedergabe, die es als gegenwärtig und ewig wirksam erscheinen
ließ und die uns an die Betrachtungsweise der alten und neuen
Astrologie erinnern mag. Ihm ging es darum, »die Mythe überall
beweisbar zu gestalten«, das Immerwirkende der Götterkräfte zu
Bewußtsein zu bringen. Während er sonst in der Übersetzung des
griechischen Textes den Abstand deutlich machte, der uns vom
orientalischen Grund des Griechentums trennt, strebte er bei den
Götternamen die fortdauernde Gültigkeit der griechischen Götterschau hervorzuheben.[1]

In einigen Fällen wirkt sich dieses Streben auch in Hölderlins Behandlung des Textes aus, nämlich so, daß er bewußt den Ausdruck
der griechischen Vorlage ändert oder knappe interpretierende Zu-
sätze einfügt – nicht um seine Verdeutschung geläufiger zu machen, sondern um *seine* Welt- und Naturansicht, *seine* Mythologie
zur Geltung zu bringen. Ein Beispiel für eine solche, aus höheren,
sachlichen Gründen vorgenommene Änderung wird von ihm selbst
in den Anmerkungen zur »Antigone« erläutert. Er läßt Hämon
zum Vater sagen: »... hältst du nicht heilig Gottes Nahmen« anstatt, wie es der griechische Text verlangen würde »... trittst du
mit Füßen die Ehren der Götter«. Er begründet dies mit der Bemerkung: »Es war wohl nöthig, hier den heiligen Ausdruck zu ändern, da er in der Mitte bedeutend ist, als Ernst und selbstständiges
Wort, an dem sich alles übrige objectiviret und verklärt.« Diese
Begründung zeigt in ergreifender Weise, wie Hölderlin nicht nur
aus dichterisch-ästhetischem Gefühl, sondern als priesterlich ver-
antwortlicher Mensch seine Übersetzungsarbeit verwaltet.[2]

1 Eine genaue Entsprechung zu diesem Verfahren bildet die Umbenennung einiger Oden,
wie sie Hölderlin bei deren zweiter und dritter Fassung vorgenommen hat. »Der gefesselte
Strom« heißt in der Umarbeitung »Ganymed«, weil Hölderlin das Hinauswandern des
Stromes zum Ozean als Heimgang des begrenzten Einzellebens in die göttliche Lebens-
fülle fühlbar machen will, wofür Ganymeds Entraffung zum Göttervater das mythische
Bild ist; so wird »Der blinde Sänger« in der zweiten Fassung zu »Chiron«, die Ode
»Der Winter« erhält den Titel »Vulkan«. In beiden Verfahren geht es um die gegenseitige
Annäherung von Mythus und Naturwirklichkeit, um den Erweis ihrer Zusammengehörig-
keit.
2 Den Grundsatz dieser Veränderungen bezeichnet Hölderlins Brief an den Verleger der
Übersetzungen, Wilmans, vom 28. September 1803: »Ich hoffe, die griechische Kunst, die
uns fremd ist durch Nationalkonvenienz und Fehler, mit denen sie sich immer herum-

Aus solchen Übersetzungsprinzipien ist unter den Händen des
Dichters Hölderlin ein deutscher Sophokles hervorgegangen, der
auf der einen Seite die fremde Erhabenheit, die ernste Größe des
Originals, auf der andern Seite eine hohe Gegenwärtigkeit und
zeitlose Erschlossenheit besitzt. Trotz vieler Unklarheiten – die
oft auch aus rein philologischen Irrtümern hervorgehen – tun sie
wahrhaft die von Göttern bedrängte Welt des alten Tragikers auf.
Die düsteren Gründe der Antike öffnen sich, die Götter sind im
Ernst zugegen, und das Bewußtsein des Menschen liefert ihnen im
Ernst die Kämpfe, durch die sich menschlicher und göttlicher Bereich voneinander abheben, neu geschieden und neu versöhnt. »Und
näher wieder leben sie als vormals.«[1]

beholfen hat, dadurch lebendiger, als gewöhnlich dem Publikum darzustellen, daß ich das
Orientalische, das sie verläugnet hat, mehr heraushebe, und ihren Kunstfehler, wo er
vorkommt, verbessere.« Es ist darüber gestritten worden, ob Hölderlin hier den Gedanken gewagt haben könne, daß die griechische Kunst sich mit Fehlern herumbeholfen habe
und daß er in der Übersetzung diesen Kunstfehler verbessern wolle. Der Satz läßt aber
nach dem handschriftlichen Bestand des Originalbriefes keine andre Deutung zu, und er
entspricht auch, wie wir gesehen haben, dem wirklichen Verfahren des Übersetzers Hölderlin. Unter dem griechischen Kunstfehler versteht Hölderlin die Verleugnung des leiden-
schaftlichen Naturgrundes durch die griechische »Bildung« oder »Kunst«; der Satz klingt
also von ferne mit der Gedankenfolge der Ode »Saturn und Jupiter oder Natur und
Kunst« überein. — In Hölderlins letztem Brief an Wilmans (2. April 1804) wird der oben
angeführte Grundsatz der Übertragungen wiederholt: »Ich glaube durchaus gegen die
exzentrische Begeisterung geschrieben zu haben und so die griechische Einfalt erreicht;
ich hoffe auch ferner auf diesem Prinzipium zu bleiben, auch wenn ich das, was dem
Dichter verboten ist, kühner exponiren sollte, gegen die exzentrische Begeisterung.« Hier
wird das, was der erste Brief als Verleugnung des Orientalischen und als Kunstfehler
bezeichnet hatte, die exzentrische Begeisterung genannt; denn exzentrisch ist das, was den
Menschen von seiner Naturanlage, von seiner Einfalt in geschwungener Bahn der Bildung
fortführt (vgl. Vorwort zum Thaliabruchstück des Hyperion: »Die exzentrische Bahn,
die der Mensch ... von einem Punkte (der mehr oder weniger reinen Einfalt) zum
andern ... durchläuft).« Dem Dichter (Sophokles) ist ein Rückgreifen auf die Einfalt
verboten, denn er muß ja den Bildungs- oder Kunststandpunkt seiner Zeit und seines
Vaterlandes verantwortlich vertreten; der Übersetzer aber darf diesen Rückgriff wagen,
da er im Dienst andrer Kulturzusammenhänge steht, und er darf diesen Rückgriff zur
Einfalt selbst gegen den Dichter »kühn exponiren«.

1 Als Johann Heinrich Voß die Übersetzung Schiller und Goethe vorlas, wußte sich,
nach Vossens Mitteilung, Schiller vor Lachen kaum zu fassen. Schiller war der griechischen Sprache nicht mächtig, und seine Ferne von Hölderlins Auffassungen bezeugt sich
hinlänglich schon darin, daß er beim Übersetzen der »Iphigenie in Aulis« des Euripides
die Chorlieder in gereimten Strophen wiedergab. Im tieferen Grunde beruht die Absperrung Schillers gegen Hölderlins Sophokles darauf, daß Schiller an eben jenem griechischen Buchstaben haften blieb, über den Hölderlin hinausführen wollte. Dem Blick Hölderlins erschloß sich etwas vom griechischen Sein, ihm gab er sich hin; er faßte es genetisch
und erlöste damit auch die griechische Kunst aus der musealen Tempelferne. Schiller in
seiner grundsätzlich tathaften Natur verharrte dabei, die griechische »Vortrefflichkeit«
dem Bildungsidealismus dienstbar zu machen. Es ging bei ihm um den Freiheitskampf
des Geistes, bei Hölderlin um einen Sieg des Lebens.

Wir haben hier nicht die Aufgabe, die auf diesen Seiten behandelten theoretischen Aussagen Hölderlins über das Verhältnis von
Griechenland und Hesperien umfassend zu würdigen. Dazu wäre
eine geschichtliche Darstellung des deutschen Griechenverständnisses
seit Beginn des 18. Jahrhunderts kaum zu entbehren. Außerdem ist
eine solche Aufgabe sehr erschwert dadurch, daß Hölderlin seine
Auffassungen nicht abschließend formuliert hat, sondern daß sie
bis zuletzt im Flusse geblieben sind. Dies mag man sich z. B. angesichts der Ausführungen des Boehlendorffbriefes vor Augen halten.
Sie müssen bei aller erregenden Eigenart der Ergebnisse Kritik
herausfordern durch die allzu formalistische Weise, in der sie Griechenland und Hesperien einander gegenüberstellen. So wahr die
Erbeutung des Fremden als ein kulturgeschichtliches Grundmotiv
gesehen ist, so überspitzt erscheinen die Formulierungen, daß im
Fortgange der Bildung das Nationelle immer der geringere Vorzug
sein werde, oder daß wir die Griechen eher im heiligen Pathos als in
Darstellungsgabe würden übertreffen können. Aber diese und andere Fragwürdigkeiten verschwinden gegenüber dem Wesentlichen,
das Hölderlins Griechenerkenntnis mit sich bringt: die Durchbrechung des Klassizismus in seinem eigensten Bereich (insofern aller
Klassizismus sich vorwiegend an den griechischen Buchstaben hält)
und die Entdeckung der nationalen Eigengesetzlichkeit aller Kunst.
Hölderlin hat wohl die Auswanderung ins Fremde als unentbehrlich erkannt, damit die Freiheit im Gebrauche des Eigenen gewonnen werde. Aber er hat als einzig gerechtes Ziel des exzentrischen
Bildungsweges die vollendete Heimkehr, die *Wiedereinstimmung
ins Nationale* angesehen. Ein Entwurf der Spätzeit erklärt den politischen Verfall Griechenlands aus der allzu weit getriebenen Hingabe an die Kunst – also aus eben dem »Kunstfehler«, den er im
Sophokles zu verbessern fand:

> Nemlich sie wollten stiften
> Ein Reich der Kunst. Dabei ward aber
> Das Vaterländische von ihnen
> Versäumet und erbärmlich gieng
> Das Griechenland, das schönste, zu Grunde.

Die Auswanderung ins Fremde ist die Abstandnahme, die das Eigene erst innig zum Eigentum macht. Schwer ist die Mutter zu gewinnen, sagt die Hymne »Die Wanderung«; schwer ist der freie
Gebrauch des Eigenen zu erlernen, sagt der Bochlendorffbrief;
»Verbotene Frucht, wie der Lorbeer, ist aber / Am meisten das

Vaterland. Die aber kost' / Ein jeder zulezt«, sagt ein Fragment
aus später Zeit. Ein tiefes Wort spricht in diesem Zusammenhang
auch die (von Friedrich Beißner zuerst gedruckte) Variante zu den
Versen 152–156 von »Brod und Wein«:

>                                           nemlich zu Hauß ist der Geist
> Nicht im Anfang, nicht an der Quell. Ihn zehret die Heimath.
> Kolonie liebt, und tapfer Vergessen der Geist.
> Unsere Blumen erfreun und die Schatten unserer Wälder
> Den Verschmachteten. Fast wär der Beseeler verbrandt.

Es zehrt am Anfang die Heimat den Geist im gleichen Sinne, wie
Empedokles sich von allen *bestimmten* Verhältnissen bedrückt fühlt
oder wie Hölderlin selbst in der schwäbischen Heimat zu nah, zu
erschütternd bewegt wird von dem, was ihn angeht. Der Geist
braucht Freiheit und Auswanderung, um zunächst in sich zu erstar-
ken; dann erst kann er der Heimat und alles Eigentums als ein
Verwandelter wahrhaft mächtig werden.[1]
Alles dies sind Einzelzüge jener inneren Entwicklung Hölderlins,
die ihn in exzentrischer Bahn vom Eigenen über Kolonie und tapferes Vergessen (vgl. Empedokles: »Vergeßt es kühn«) zum Eigenen
heimführte. Sie bildete als privates Geschick die politische und
geistesgeschichtliche Entwicklung der Zeit vor: den Weg vom weltbürgerlichen Ausgreifen zur Bindung an das Vaterland.

---

[1] Zugleich ist aber die von Beißner entdeckte Variante eine Erläuterung der vorausgehen-
den Verse 149–152 von »Brod und Wein«:
> Was der Alten Gesang von Kindern Gottes geweissagt,
>     Siehe! wir sind es, wir; Frucht von Hesperien ists!
> Wunderbar und genau ists als an Menschen erfüllet,
>     Glaube, wer es geprüft!
Diese Behauptung, daß in uns Abendländern der Geist der Antike gleichsam wie in einer
Kolonie zu neuer Frucht komme, erklärt die Variante damit, daß jener Geist in unserem
Norden die »Kühlung« gesucht und gefunden habe, die ihm nötig war, um nicht unter
des südlichen Elements Gewalt zu verbrennen. So ist ja auch, wie die späte Hymne »Der
Ister« sagt, Herkules vor Zeiten vom »heißen Isthmos« zu den Wäldern der Donau
gewandert, um sich »Schatten zu suchen«. »Fast wär der Beseeler verbrandt« bezieht sich
auf den geschichtlichen Untergang Griechenlands, der fast auch das geistige Lebensprinzip
der Antike mitverschlungen hätte; und es bezieht sich weiter auf das Schicksal des Diony-
sosknaben, der fast im Brand der Kadmosburg zugrunde gegangen wäre, wenn ihn nicht
Zeus durch einen Busch grüner, im Königssaale aufschießender Ranken vor dem Verbrennen geschützt hätte (vgl. Euripides, »Die Bakchen«).

Zunächst stand Hölderlin auf seinem Lebenswege noch Mehreres an Auswanderungen, und zwar konkreter Art, bevor. Anfang Januar 1801 kündigte er Anton Gonzenbach seine demnächstige Ankunft in Hauptweil an. Die Reise dauerte über eine Woche. Bis Tübingen wurde er von den Freunden geleitet, dann setzte er den Weg zu Fuß fort bis Sigmaringen und gelangte von da zu Wagen in zwölf Stunden an den Bodensee, wo er sich nach Konstanz übersetzen ließ. Von Konstanz brachte ihn eine fünfstündige Wanderung am 14. Januar nach Hauptweil. Er fand in dem wohlhabenden Hause nach guter schweizerischer Bürgerart die freundlichste Aufnahme. »Besonders ist mir der Vater vom Hauße ein ehrwürdiger Mann, der für seinen Stand besonders viel gelernt, und viel erlebt zu haben scheint, und doch eine Einfalt beibehalten hat, die mich äußerst interessirt« (Brief an die Mutter, 24. Januar 1801). Er wohnte schön und frei. Zu anregenden Spaziergängen war rings Gelegenheit; eine nahe Anhöhe bot den herrlichsten Blick auf die nächsten Hochgipfel der Alpen. »Diß (der bevorstehende Frieden) und die große Natur in diesen Gegenden erhebt und befriediget meine Seele wunderbar. Du würdest auch so betroffen, wie ich, vor diesen glänzenden ewigen Gebirgen stehn, und wenn der Gott der Macht einen Thron auf der Erde, so ist es über diesen herrlichen Gipfeln. Ich kann nur dastehn, wie ein Kind, und staunen und stille mich freuen, wenn ich draußen bin, auf dem nächsten Hügel, und wie vom Äther herab die Höhen alle näher und näher niedersteigen bis in dieses freundliche Thal, das überall an seinen Seiten mit den immergrünen Tannenwäldchen umkränzt, und in der Tiefe mit Seen und Bächen durchströmt ist, und da wohne ich, in einem Garten, wo unter meinem Fenster Weiden und Pappeln an einem klaren Wasser stehen, das mir gar wohl gefällt des Nachts mit seinem Rauschen, wenn alles still ist, und ich vor dem heiteren Sternenhimmel dichte und sinne.«

Ähnlich bekundet die starken landschaftlichen Eindrücke ein etwas späterer Brief an Landauer: »Vor den Alpen, die in der Entfernung von einigen Stunden hieherum sind, stehe ich immer noch betroffen, ich habe wirklich einen solchen Eindruck nie erfahren, sie sind wie eine wunderbare Sage aus der Heldenjugend unserer Mutter Erde und mahnen an das alte bildende Chaos, indeß sie niedersehen in ihrer Ruhe, und über ihrem Schnee in hellerem Blau die Sonne und die Sterne bei Tag und Nacht erglänzen.«

Bemerkenswert ist aber in diesem Briefe besonders ein Ausdruck

der Heimfindung zu seinem Selbst; sie kann als ein privates Gegen-
stück zu der besprochenen theoretischen Neubesinnung auf das
Nationale gelten. Hölderlin schreibt:

»Theurer Freund! ich habe mich lange mit Täuschungen getragen,
die andern und mir zur Last und vor dem Herrn des Lebens und vor
meinem Schuzgeist eine Schande gewesen sind. Ich meinte immer,
um in Frieden mit der Welt zu leben, um die Menschen zu lieben und
die heilige Natur mit wahren Augen anzusehen, müsse ich mich
beugen, und, um andern etwas zu seyn, die eigene Freiheit verlieren.
Ich fühle es endlich, nur in ganzer Kraft ist ganze Liebe; es hat mich
überrascht in Augenbliken, wo ich völlig rein und frei mich wieder
umsah. Je sicherer der Mensch in sich und je gesammelter in seinem
besten Leben er ist, und je leichter er sich aus untergeordneten Stimmungen in die Eigentliche wieder zurükschwingt, um so heller und
umfassender muß auch sein Auge seyn, und Herz haben wird er für
alles, was ihm leicht und schwer und groß und lieb ist in der Welt.«

Diese Gesinnungen brachten im Zusammenhang mit den großen
Naturbildern der Seele Hölderlins einen Schwung, eine neue Freiheit. Zeugnis dafür ist namentlich ein Brief an den Bruder, der sich
wie eine wirkliche Herzensergießung liest und den alten Liebesbund
zwischen den beiden aus strömendem Gefühl neu zu errichten unternimmt. Aber zugleich zeigt gerade dieser Brief, daß bei allem
seelischen Schwung unverändert eine Entfremdung von der Weise
des Alltagslebens, eine ständige, ablenkende Beanspruchung durch
die geheime geistige Problematik bestehen blieb. Hölderlin hatte
seine Welt reich und hoch ausgebaut. Aber sein Geist mußte dieses
Gebäude gleichsam in jedem Augenblicke selbst tragen. Er mußte
im Gedächtnis, im Bewußtsein und im Gefühl ihre Elemente gegenwärtig und verfügbar halten; es gab für ihn von innen her kein
echtes Ausruhen. Zwar bezeichnete der Brief die »bösen Zweifel«
als gelöst, die ihn geängstigt hätten mit der Frage, was mehr gelte,
das Lebendigstewige oder das Zeitliche; zwar berief er sich auf
Gott als auf das »vorzüglich Einige und Einigende« in allem; aber
er sagte zugleich von diesem Wesen, daß es »an sich kein Ich« sei,
und er gab damit ein Zeichen, daß er selbst der Atlas blieb, der die
Welt und diesen Gott dazu ständig zu tragen, ständig zu erschaffen
hatte. Er muß immer der Gott sein, der die Liebesbindung dieser
Welt in ihren unabsehbaren Verschränkungen gewährleistet, und
zugleich der einzelne Mensch, der begrenzt durch die konkreten
Anforderungen seines Tages geht.

Wir müssen an diese Belastungen denken, um zu verstehen, daß bei
aller Gunst der Verhältnisse seine Tätigkeit in Hauptweil nur von
kurzer Dauer war. Wir wissen nichts von dem äußeren Eindruck,
den er auf seine Hausgenossen machte. War aber schon ein Jahr
zuvor den Stuttgarter Freunden an ihm eine gefährliche Gemütsstimmung, eine unberechenbare Gereiztheit und gelegentliche Ver-
störung bemerkbar geworden, so mußten diese Züge unter Fremden
noch stärker hervortreten und auffallen. Hatte er doch selbst dem
Freunde Landauer von Hauptweil aus geschrieben: »Überhaupt
ists seit ein paar Wochen ein wenig bunt in meinem Kopfe.« Knapp
drei Monate nach seinem Eintritt kam es zur Auflösung des Verhältnisses. Anton Gonzenbach kündigte es am 11. April 1801
schriftlich in der rücksichtsvollsten Form. Welchen Vorwand er
nahm, zeigen die ersten Sätze dieses Schreibens: »Sie werden Sich
erinnern, mein Hochgeschätzter Herr und Freund, daß sowohl mein
Sohn, als auch ich, Ihnen von zwey jungen Knaben aus meiner
Familie gesprochen, welche zu mir kommen sollten, und die eigentlich der Haubt Gegenstand meines Erziehungs-Plans waren. – Da
sich nun, durch unvorhergesehene Zufälle, die größte Wahrschein-
lichkeit zeigt, daß diese Knaben eine andere Bestimmung haben
werden, und allso dardurch das Haubtsächlichste meiner Absichten
wegfällt, so werden Sie mir nicht übeldeuten, wenn ich, um Sie in
keine nachtheilige Verlegenheit zu sezen, Sie hiermit in Zeiten davon benachrichtige, und höflichst ersuche sich nach diesen Umständen gefälligst zu richten, und Ihre Maßregeln darnach zu nehmen;
das heißt, mit Ihrer besten Bequemlichkeit, indem mein einziger
Wunsch ist, daß Sie sich dabey gänzlich nach Ihrer Convenienz in
allen Rücksichten richten.« Dieselbe freundliche Gesinnung bekundete auch das Zeugnis, welches Gonzenbach am 13. April Hölderlin
ausstellte und das dieser, wohl im Gedanken an die geistliche Behörde in Stuttgart, erbeten hatte. Noch im April trat er die Heimreise an und nahm in Nürtingen bei der Mutter Wohnung

Zu Hause begannen wieder die alten Sorgen, namentlich die Angst
vor einer Berufung durch das Konsistorium und die Suche nach
irgendeiner Auskunft. In der Bedrängnis durch diese Sorgen tat
Hölderlin abermals, wie schon im Spätsommer 1799, einen Bitt-
gang zu Schiller. Er schrieb ihm am 2. Juni 1801 den schon erwähnten Brief, der von der Absicht sprach, in Jena Vorlesungen über

griechische Dichtung zu halten. Er müsse sonst in einigen Wochen
als Vikar zu einem Landprediger gehen. »Es ist nicht, als ob ich
nicht auch dieser Sphäre ihren möglichen Werth und ihre Freude
gönnte. Aber ich sehe, daß die Beschäfftigung und ganze Manier,
die einmal zur Bedingung geworden ist in dieser Lage, doch zu sehr
mit meiner Äußerungsart kontrastirt, als daß ich über diesem Wi-
derspruche nicht am Ende alle Mitteilungsgabe verlieren müßte.«
Dieser Vorlesungsplan und ein schon von der Schweiz aus ange-
bahnter Versuch, mit Cotta wegen der Herausgabe eines Gedicht-
bandes ins reine zu kommen, dürfen wohl als Hölderlins letzte
Anläufe gelten, sich für seine eigentliche Bestimmung zu retten.
Zwischen den Zeilen liest man das tiefe Leiden, sinnlos einem fremden, geringen Dienst, den tausend Beliebige ebensogut versehen
konnten, geopfert zu sein. Das Selbstbewußtsein, das aus dem Brief
an Landauer sprach, regt sich auch hier; wie hätte er ihm bei dem
königlichen Wege seines Geistes entgehen können? Aber es wird
auch sichtbar als der Stachel, der die Pein der Lage verschärfte.
Schiller hat diesen Hilferuf empfangen, aber nicht beantwortet.
Er mochte spüren, daß dem Bittenden auf diese Weise nicht zu
helfen war, und andere Wege zu ersinnen, fehlte ihm der Antrieb,
da er Hölderlins Welt und Weg längst nicht mehr verstand.


Unberührt von diesem äußeren Druck, ein denkwürdiges Beispiel
von der Gewalt und Eigengesetzlichkeit des geistigen Lebens, geht
aber Hölderlins Dichtung in diesen Monaten ihren Weg weiter.
Nicht nur seine Dichtung, sondern vor allem das, was bei ihm stets
mit der Dichtung verbunden war: die Arbeit an einer ganzen Welt,
die er allein sah, schuf und verantwortete im inneren Anschluß an
das Allerwirklichste und Objektivste. Das alte Reich, das deutsche
Kaisertum neigte sich in jenen Jahren dem Ende zu. 1806 erlosch
der Schattenrest seines politischen Daseins. Aber in geistiger Anschauung kann es scheinen, als sei die Reichsseele, das großherzige
imperiale Denken und liebende Gestalten des deutschen Herzens
dadurch in derselben Weise frei geworden, wie Hölderlin die Flammen, die das alte Griechenland belebt hatten, »entbunden« sah,
nicht zum leeren Verfliegen, sondern zum Übergang in eine neue
Wirkweise. Wenn irgendwo die unvergängliche Seele des sterbenden
Reiches der Deutschen im Todesaugenblick eine neue Verleibung erfahren hat, so geschah dies in Hölderlins Gesang. Er zeigt sich an

der Jahrhundertwende geschwellt von einem Atem, der nicht nur
der Atem einer einzelnen Menschenbrust war. Es wirkte Größeres
in ihm, Kräfte von weither, aus Volks- und Zeittiefe. Die Götter
leben immer; aber Hölderlins Dichtung seit 1800 ist nicht allein zu
erklären als Wort von den ewigen Göttern. Sie lebt aus einem bestimmten, zeitgebundenen Schicksal; in ihr ist die geschichtliche
Auflösung des Vaterlandes und das Feuer seiner freigesetzten Seele
mit ihrem Drang nach kultureller Wirklichkeit gegenwärtig. Je
mehr die Auflösung fortschreitet, je mehr sich draußen im Politischen die Seelenkräfte und die alten Strukturstoffe voneinander
scheiden, desto mächtiger kommt in dieser Dichtung der Prozeß
neuer geistiger Welt- und Reichsbildung in Gang.[1]

Dies bestimmt das Ausgreifen der neuen Gesänge, die nach Hauptweil in dichter Reihe entstanden. Wie sie auch ihren Ausgangspunkt
und ihre Anrede wählen, sie münden stets in große Ganzheiten, in
Vaterland, Götterehre und hesperisches Schicksal. Die Alpenwelt
und der noch in Hauptweil erlebte Friedensschluß erscheinen als
neue greifbare Motive. Die glücklichen Gefühle der Heimkehr
durchwärmen das neue geistige Erfassen der Heimat und des Vaterlandes.

Deutlich gibt dies die Elegie »Heimkunft« (An die Verwandten)
zu erkennen. Sie ist wie auf der Reise oder in den ersten Stunden
des Zuhauseseins gedichtet, noch bei der Schau auf die Alpengipfel
verweilend und dann das schöne Geschehen der Heimkehr wie ein
Wandelbild entrollend. Hier ist der durchgehende Ton von lyrischer
Art. Aber die Elemente, aus denen diese Lyrik sich zubereitet,
stammen aus einer geistig erbauten Welt des Mythus, und in ihr ist
das ganze Leben beisammen: die Ehrfurcht vor der mächtig bildenden Natur, der Dank für die sorgende Güte des Gottes, dann die
Freude am endlichen Abschluß des Krieges, die Hoffnung auf eine
neue Zeit der Liebe, des Gesanges und der offenbaren Götterehre.
Man muß diese Heimkunft mit der andern im Frühjahr 1800 vergleichen, die Hölderlin in den Oden »Die Heimath« und »Rükkehr in die Heimath« besungen hat. Dort war es die Heimkehr
eines Zerbrochenen, der sich ins Vaterhaus als in eine letzte Zuflucht
rettete, kaum noch mit der Hoffnung auf ein Genesen. Knapp ein
Jahr später ist die Heimkehr ein Fest, und das Gedicht, das sie

---

[1] Vgl. hierzu Hölderlins Einführung des politischen Blickpunktes bei der Betrachtung
der Antigone: »Es sind auch solche ernstliche Bemerkungen nothwendig zum Verständnisse
der griechischen, wie aller aechten Kunstwerke« (Anmerkungen zur Antigonä).

feiert, ist zugleich die Feier eines geistigen Heimatgewinnes, dem
eine ernstere Fremde, als sie in Meilen sich ausdrückt, vorausging.
Das Wort des »Archipelagus«, daß nun alles Leben voll göttlichen
Sinnes geworden sei, bewährt sich hier dem Vaterland gegenüber
in vollkommener Realität, und wahrhaft bringt der Flüchtling die
alten Götter, mit denen er einst hinausging und die Ferne durch-
wanderte, »erfahrner zurück« (»Der Wanderer II«). Die eigenmächtigen Wünsche sind nun wirklich verstummt (»Rükkehr in die
Heimath«), aber nicht in gramvollem Verzicht, sondern in einer
freudigen Fülle neu gewonnener Lebensgegenwart. Sieht man genauer auf die einleitende Schilderung der Alpenlandschaft, so ergibt
sich, daß ihm niemals vorher ein derart inniges Anschauen der Natur in der Verknüpfung des sinnfälligen mit dem numinosen Element gelungen war, niemals auch ein so unmittelbares, sicheres
Herübernehmen dieser Schau ins Wort. Was von seiner Pindarübertragung zu sagen war, gilt auch hier: die geringste Einzelheit
trägt die Marke eines von Göttern durchwalteten Kosmos. In einem
Vers wie »Langsam eilt und kämpft das freudigschauernde Chaos«
stehen in einer Zahl von sieben Worten sechs prägnante Vorstellungen und drei oder vier mythisch befrachtete Kontraste, die unverwechselbar auf die bestimmte Hölderlinsche Welt deuten (langsam
– eilt, freudig – schauernd, dazu die Gegensätze Kampf und
Freude, Freude und Chaos). Das *Wirkende* in Natur und Zeit ist
wie aus demiurgischer Einweihung erfaßt. Wie viele Gedichte mag
es in deutscher Sprache geben, die so durchgängig wie dieses auf das
Tätigkeitswort gestellt sind und mit hundert tätigen Gelenken und
Organen die liebenden, endlosen Verklammerungen und das selig
schaffende Ringen in einer vom klaren Gotte des Äthers zusam-
mengedachten Welt zu Ehren bringen? Besondere Bedeutung
kommt dem Abschnitte zu, in dem Hölderlin sein Wissen von dem
gradweisen und stufenweisen Wirken der Götter ausspricht. Sie leben ewig, aber ihr Wirken hat seine Phasen, sie sind einmal dichter,
einmal verhüllter und ungreifbarer zugegen. Sie kennen das Zögern und das schonende Zurückhalten, langsam ist ihr Walten wie
das der Natur, und in ihm gleicht nicht eine Periode der andern.
Götterfülle und Götterbergung müssen einander folgen, und im
Wissen um diese Phasen zeigt sich auf ergreifende Weise die Art,
wie Hölderlin das Lebendigstewige und das Zeitliche in ihrer Verknüpfung zu denken gelernt hat.
Als Zeugnis der Heimkehr in die unverlierbare Gegenwart des

Lebens bildet »Heimkunft« die rechte Einleitung zur Dichtung
des Jahres 1801, vor allem zu der Elegiengruppe »Stutgard«, »Brod
und Wein«, »Der Gang aufs Land«. Ihnen allen ist gemeinsam
das freudige Haben, Betasten und Rühmen der heimatlich-vater-
ländischen Wirklichkeit und ihrer Götter. Diese Wirklichkeit ist
»plötzlich« da, wie aus dem Negativen ins Positive umgestülpt.
Es ist dieselbe Welt wie zur Zeit der Klagen um Diotima, dasselbe
deutsche Leben wie in der nationalen Strafrede des Hyperion; nur
daß dem Betrachter das Herz in der Brust verwandelt wurde (vgl.
»Der blinde Sänger«). In der Leere vorher drohte der Atem zu
stocken; jetzt ist fast die Fülle gefährlich.

»Stutgard« trug, als es 1807 zum erstenmal in Seckendorfs Musenalmanach gedruckt wurde, die Überschrift »Die Herbstfeier«;
dieser Titel drückt etwas aus, was wohl das Gedicht im besonderen,
aber zugleich die gesamte Gruppe kennzeichnet: das Bacchantische.
Der Geist des Weines ist darin spürbar als ein Element der Vergegenwärtigung, des Zusammenzuges alles Getrennten in den erfüllten Augenblick. Wieder wie in »Heimkunft« ist es ein Bilderzug. Die Einzelheiten reihen sich auf am Faden einer gedachten
Durchwanderung der Heimat in Gesellschaft des Freundes Siegfried
Schmid, an den das Gedicht als Einladung gerichtet ist; er hatte sich
Hölderlin während der Hauptweiler Zeit durch einen Brief in Erinnerung gebracht. Es geschieht die Entrollung einer Landschaft der
»mächtigen Freude«, die nach einem dürren Sommer durch Regen
wieder erfrischt wird und einen üppigen Herbst im Segen des
Weins und aller Früchte erlebt.

Führend ist wieder das Ereignis des inneren und äußeren Heimatgewinnes. Nicht nur alle Gliederung des Landes mit Bergen und
Äckern und dem gestaltenden Neckarstrom wird von dieser mächtigen Freude umfaßt, sondern auch die Vergangenheit mit ihren
Helden und Schicksalen, vor allem die über dem Vaterland waltenden Götter und die lebendige Gemeinschaft der in Freude und
Dank vereinigten Menschen. Es ist die Landschaft jenes hymnischen
Bewußtseins, von dem oben die Rede war; eine Landschaft, in der
jedes einzelne seine mythische Würde hat und nicht Einzelheit im
negativen Sinne ist, sondern Einzelheit als stiftender Beitrag zum
Ganzen. Man sieht Hölderlins Lebensgefühl in seliger Bewegung
alle Bestandteile dieses Ganzen anrufen und mit dem Wort der
Freude grüßen. Dieses Ganze ist ja seinem Wesen nach nichts als
Liebe, endlose freudige Verknüpfung. Nur als Liebender hat der

einzelne daran teil. Darum sind Liebe, positives Leben, Freude und
Nennung der Götter inwendig dasselbe, nämlich ausgewirkter Gemeingeist. In der Strenge genommen kann es im erfüllten Dasein
etwas ernstlich Vereinzeltes nicht geben; es wird vom Leben selbst
mit der himmlischsten aller Gefahren bedrängt.

Nichts bezeugt deutlicher Hölderlins innere Belebtheit in dieser
Zeit, als die große umarmende Gebärde, mit der die sämtlichen
Elegien nach sichtbarer Menschengemeinschaft rufen, nicht als nach
einer Annehmlichkeit, sondern als nach dem unentbehrlichen, letzten Bewährungs- und Erfüllungszeichen. Die Ode »Der blinde
Sänger« hatte geschlossen mit der Bitte: Freunde, laßt meine Freude auch die eure sein, helft mir das göttliche Leben, das mein Herz
bedrückt, tragen. Im selben Sinne heißt es jetzt:

> Engel des Vaterlands! o ihr, vor denen das Auge,
> Sei's auch stark und das Knie bricht dem vereinzelten Mann,
> Daß er halten sich muß an die Freund' und bitten die Theuern
> Daß sie tragen mit ihm all die beglückende Last ...

Dies sagt derselbe Hölderlin, der von Hauptweil aus an Landauer
geschrieben hatte, daß er durch seine Natur zum Einsamsein bestimmt sei: »Sage mir, ists Segen oder Fluch, diß Einsamseyn, zu
dem ich durch meine Natur bestimmt, und je zwekmäßiger ich in
jener Rüksicht, um mich selbst herauszufinden, die Lage zu wählen
glaube, nur immer unwiderstehlicher zurükgedrängt bin!« Wir greifen in diesem anscheinenden Widerspruch das Problem der Gemeinschaft, wie es für Hölderlin gestellt war. Wo sich die Menschen als
negative Individuen gesellen, wie es im Alltag die Regel ist, da muß
Hölderlin sich in die Einsamkeit retten, um seine Beziehung zum
Ganzen zu erhalten. Wo sie aber unter einem »gemeinsamen Gott«
liebend und freudig zum Ganzen stimmen, da wird die echte Gemeinschaft wahr, die Hölderlin lebenslang gesucht hat, und der
traurige Traum der Einsamkeit verschwindet.

> Des Gottes freundliche Gaaben
> Die wir theilen, sie sind zwischen den Liebenden nur.
> Anderes nicht – o kommt! o macht es wahr! denn allein ja
> Bin ich und niemand nimmt mir von der Stirne den Traum?
> Kommt und reicht, ihr Lieben, die Hand! das möge genug seyn,
> Aber die größere Lust sparen dem Enkel wir auf.

- denn (so ist zu ergänzen) erst dem späteren Geschlecht wird als objektivierte Gestaltenwelt geschenkt sein, was wir Beginnenden durch ein erstes Stiften der Gemeinschaft jetzt begründen.

Zu den krönenden Ergebnissen dieser Schaffenszeit – der strömendsten, die Hölderlin bis dahin erlebt hatte – gehört die große Elegie »Brod und Wein«, die er dem verehrten Meister Wilhelm Heinse gewidmet hat. In der ersten Fassung trug sie den Namen »Der Weingott«, und was oben von dem bacchantischen Zug der ganzen Elegieenreihe gesagt wurde, bewährt sich an dieser Dichtung besonders deutlich.

Im Durchdauern der Periode des »Einstweilen«, der »zaudernden Weile«, als die Hölderlin seine Gegenwart verstehen gelernt hat, wird die Gabe des Weines geltend als ein Halt, als eine Lebenserfüllung, die dem einsam Hoffenden göttlich gegönnt ist, eine Erinnerung an die vormalige Götterzeit, eine ermutigende Gewähr ihrer Wiederkehr. Das Gedicht tritt voll in die Situation der Zwischenzeit ein und hält sie mit kräftigem Gegenwartsgefühl fest, ohne die in ihr gegebenen Spannungen zu unterschlagen. Dieses Gegenwartsgefühl bestimmt sich schon durch die plastische Ausgangssituation, eine abendliche Gesellung von Geistesfreunden bei vollem Pokal und zu kühnerem Leben, wo frohlockender Wahnsinn in heiliger Nacht plötzlich die Sänger ergreift, daß sie sicheren Herzens von vergangenen und künftigen Göttern zu sprechen beginnen. Leicht ließ sich die Gestalt Heinses zur Teilhabe an einem solchen Geschehen heranrufen. Ihm war Hölderlins Dichtung und namentlich seine Beziehung zu Griechenland vielfach verpflichtet,[1] und die genußfreudige Lebenskraft des Mannes verband sich so entschieden mit echter Geistigkeit, daß die symbolisch-mythische Schau der Elegie sich vor seinem gedachten Bilde frei entfalten konnte. An der Stelle der Nachtschilderung, mit der das Gedicht beginnt, sollte vielleicht ursprünglich nur der Einleitungsgedanke stehen: der Tag ist verrauscht, nun kann der Geist frei hinausgehen

---

[1] Dazu seien zwei Einzelheiten nachgetragen. Hölderlins Gedanke vom üppigen Schlummer der Völker, aus dem sie durch Kampf geweckt werden müssen (»Der Frieden«, Fragment »Die Völker schlummerten«), begegnet sich mit der Rechtfertigung des Kampfes am Schlusse des »Ardinghello«: »Ruh' und Friede ist ein herrlicher Stand, zu genießen und sich zu sammeln, aber der Mensch, ohne gereizt zu werden, träge, versinkt dabei in Untätigkeit. Besser, daß immer etwas da ist, das ihn aus seinem Schlummer weckt.« Ferner bemerkt Heinse, nachdem er von der kämpferischen Grundnatur der Griechen gesprochen hat: »Kunst und mildere Sitten sind nur Ausbildung und machen weder Kern noch eigentlichen Genuß aus« – womit von ferne die Unterscheidungen des Boehlendorff-Briefes schon anklingen.

und die »Seinen« aufsuchen, die nicht mehr im Sonnenlichte zu
finden sind. Aber selbstvergessen hat der Dichter das Bild der Nacht
mit tief in die Wirklichkeit greifenden Zügen ausgebaut, und so
entstand diese erste Strophe, von der Clemens Brentano 1816 sagte, sie sei ihm das liebste Gedicht, das er kenne, und er habe es
»viel hundertmal seit zwölf Jahren gelesen«. In der mythischen
Erlebnisweise, zu der Hölderlin gereift ist, weitet sich nun alsbald
diese äußere Nacht zum Bilde der Zwischenzeit, der geschichtlichen
Nachtzeit, die seit dem antiken Göttertag unsren Kulturkreis be-
deckt, und dieses Bild belebt sich im hymnischen Bewußtsein des
Dichters mit einer wunderbaren Bedeutungs-Vielheit.
Wohl ist die Gegenwart »Nacht« im Sinne des »Blinden Sängers«,
also eine Zeit des unholden Traumes, in der die Götter sich verbor-
borgen halten und vom Menschen weder mit brennender Anrufung
noch mit freudig-sinnfälligen Kultur-Gebilden geehrt werden. Aber
sie ist auch Nacht im Sinne einer Ruhe- und Schonungszeit, im
Sinne der geschichtsrichtigen Pause, denn »nur zu Zeiten erträgt
göttliche Fülle der Mensch«. Sie ist Nacht im Sinne einer Zeit des
stilleren Wachstums und der geheimen Vorbereitung; sie verwaltet
Kräfte der wohltätigen Stauung und der Stärkung; sie hat eine
»Gunst« für uns, auch wenn kein Weiser sie sogleich recht zu deuten weiß. Und schließlich zeigt sich, daß auch sie nicht völlig von
Göttern entblößt ist: sie gönnt als Vorwegnahme und Ersatz des
noch verweigerten Gutes die Zwischenerfüllung der heiligen Trunkenheit. Hölderlin will damit gewiß nicht die Plattheit aussprechen,
daß Rausch über die Armut der Zwischenzeit hinwegtrage; er will
sagen, daß die Lebenserfüllungen der Zwischenzeiten auf die mythische Form der bacchischen Ergriffenheit zu beziehen seien: das
Leben dauert fort, obwohl es noch nicht Tag ist. Das Heiligtrun-
kene liegt besonders auch im Wesen des Gesanges; sind doch die
»Dichter in dürftiger Zeit« den Priestern des Weingottes vergleichbar, die voreinst auch »in heiliger Nacht« mit dem Gotte
Dionysos vom Osten kamen, um »mit heiligem Weine vom Schlafe
die Völker zu wecken« (Schlaf bedeutet, wie wir nun schon wissen,
den Zustand der schicksallosen Trägheit und Lebensdürre, aus welchem der Wein das Feuer der Leidenschaft und der Begeisterung
weckt; vgl. zur Beziehung zwischen Dionysos und den Dichtern die
Ode »An unsre großen Dichter«).
Nachdem das Gedicht so die Situation der Nachtzeit bestimmt und
ihr eine geschichtliche Legimität zugesprochen hat, geht es mit be-

freitem Blick zum griechischen Göttertag hinüber. Dessen Herrlichkeit wird wohl von der Armut der Gegenwart scharf abgehoben,
aber nicht in gramvollem Verzicht, sondern so, daß ein Wissen
von den Gezeiten der Götter sich versöhnend hineinwebt. Aus dem
Vergleich mit der stufenweisen Verwirklichung alter Theophanien
ergibt sich der Trost: auch die gegenwärtige Zeit der Götterbergung ist nicht ein Ende, sie ist, wie die Hymne »An die Deutschen«
sagte, das Schweigen im Volke, das dem Feste vorausgeht. Gerade
in der Schilderung der Zwielichtperiode, die als Morgendämmerung
gesetzmäßig einen Göttertag einleitet, entfaltet Hölderlins Götter-
wissen einen wahren Zauber der Hell-Dunkel-Malerei (Strophe 5).
Denn damit ist seine persönliche Lage am treffendsten berührt, die
Lage dessen, »der einsam singt« als Vorwegnehmer des Volks-
chores (»Mutter Erde«), die Situation des Irrenden und leidvoll
Hoffenden (»An die Deutschen«), des Vorläufers, der weissagend
den kommenden Göttern vorauseilt (»Rousseau«). Wesentlich gehört zum Charakter dieser Zwielichtzeiten, daß in ihnen die Götter
unempfunden, unbekannt oder, wie die Hymne an die Dichter
sagte, in Knechtsgestalt wirken, daß die heiligen Namen fehlen
und überhaupt die »Rede« ausbleibt. In bestimmterer Weise wird
hier der angeredete Freund herangezogen mit der Anspielung
an die Formel »Eins und Alles«, jenes alten Verhüllungsnamens
für die Göttermächte, der auch für Heinse zentrale Bedeutung
hatte.
Klar arbeitet sich in »Brod und Wein« der bei Hölderlin längst
angelegte Systemgedanke heraus, daß erfüllte Kultur gleichbedeutend ist mit dem »Nennen« der Götter, d. h. mit dem bewußten,
dankenden Bekenntnis zu den Seinsmächten und mit der tätigen
Auswirkung dieses Bekenntnisses im ganzen Bereich menschlicher
Lebensgestaltung. Nicht, daß die Götter als Naturkräfte da sind,
begründet Kultur. Diese besteht nur da, wo Städte, Tempel, Volks-
ordnungen sich als wahrer Ausdruck der Göttererkenntnis errichten,
als verantwortliche Schöpfung, die in der »Gegenwart der Himmlischen« vollbracht wird. Nicht nebenher oder mittelbar oder zufällig darf dieser Ausdruck entstehen, sondern er muß als wache,
bewußte Rechenschaft vor den Göttern schöpferisch geleistet sein:
   Wirklich und wahrhaft muß alles verkünden ihr Lob.
   Nichts darf schauen das Licht, was nicht den Hohen gefället,
   Vor den Äther gebührt müßigversuchendes nicht.
Erfüllte Kultur ist also nach Hölderlins Auffassung wesentlich

Bewußtsein, das das gesamte Leben als einen plastischen Dank
an die Götter ausformt. Das Wort, und zwar das liebende, also
dichterische Wort, ist ihr maßstäbliches Werk und Zeichen; denn
in ihm vollzieht sich als in einem Urfall das Bekenntnis des Geistes
zum geliebten Leben. Die götterverlassenen Zeiten sind zugleich
auch stumme Zeiten; sie kennen weder das »Gespräch« zwischen
Göttern und Menschen noch die Rede der Menschen untereinander.

Bedeutsam ist es, daß Hölderlin in dieser Hymne sein Pantheon um
jene Gestalt bereichert, mit der zum letztenmal der Himmel, die
Sterblichen sichtbar ergreifend, zur Erde herabwirkte: Christus. Er
ist der »stille Genius«, der himmlisch tröstend am Ende des antiken Göttertages erschien und mit dem Hinweis auf seinen eigenen
Tod das Hereinbrechen der langen Nacht verkündete. Er ist auch
gemeint in Strophe 6, wo es heißt: »Oder er kam auch selbst und
nahm des Menschen Gestalt an / Und vollendet und schloß tröstend das himmlische Fest.«

In christlichen Bezirk führt dann auch die Strophe 8 hinein, indem
sie als Göttergaben, an denen wir uns in der Zwischenzeit menschlich freuen und unsere Hoffnung auf den kommenden Tag nähren
könnten, das Brot und den Wein nennt, die stofflichen Substrate des
christlichen Abendmahls. Die Hymne »Versöhnender ...«, ebenfalls vom Jahre 1801 und mit »Brod und Wein« streckenweise verknüpft, führt in vergleichbarem Zusammenhang andere Elemente
an:

> Des Göttlichen aber empfiengen wir
> Doch viel. Es war die Flamm uns
> In die Hände gegeben und Boden und Meersfluth.

Und so ist eigentlich das ganze fortgehende Naturleben ein Ge-
schenk der Götter an die Nachtzeiten. In »Brod und Wein« war
zunächst vielleicht nur an den Wein als an die charakteristische
Ausstattung der Nachtzeit gedacht; das läßt sich aus dem Ende
des Gedichtes schließen, das ausschließlich dem Dionysos als dem
Vorläufergott und Statthaltergott im immergrünen Kranz von
Fichte und Efeu gewidmet ist. Aber wie schon das Abschiedsmahl
des Empedokles aus Brot und Wein bestanden hatte (»daß ich des
Halmes Frucht / Noch einmal koste und die Kraft der Rebe«), so
gesellte sich hier zum Wein das Brot, zum Trank die Speise – beide
auch darin besondere Zeichen der Götter, daß das Brot von Erde
*und* Licht zeugt, der Wein die Gefahr *und* die Freude vermählt. So

haben diese Gaben eine Würde von altersher, und sie nehmen gerne
die Würde hinzu, die ihnen die Eucharistie gegeben hat.

Mit dieser mehrfachen Beziehung auf Christliches hebt Hölderlins
bewußtere Auseinandersetzung mit Christus an. Sie erscheint hier
auf ihrer ersten Stufe. Christus ist noch ganz vom heidnischen
Altertum her gesehen, ein Gott neben anderen Göttern. Er ist nicht
der Beginn einer neuen Zeit, sondern Abschluß einer alten. Die
Herkunft Christi aus dem Bereich oberhalb der olympischen Sphäre ist auf keine Weise in Ansatz gebracht. Wir sehen diese olympische Sphäre noch völlig dicht Hölderlins Welt überwölben und
schließen, ein System also der vergöttlichten kosmischen Gewalten,
das freilich von unbenannter Transzendenz geheim durchleuchtet
und geheiligt ist.

In bezug auf Hölderlins religiöse Gesamthaltung in dieser Zeit
ist es bemerkenswert, daß »Brod und Wein« in einer bestimmteren
Weise von einem obersten Gott, vom Höchsten, vom Vater Äther
spricht, ähnlich wie auch »Heimkunft« von dem ätherischen Gotte
sprach, der oberhalb des Firnlichtes stille allein wohnt, der Lebens-
spender. Das polytheistische Erleben Hölderlins ist, wie wir mehrfach sagten, durchaus echt. Er erfährt jeweils mit ehrfürchtiger Berührtheit den Gott einer Stunde, einer Menschenbeziehung, eines
Geschehens. Aber er erfährt auch den Zusammenhang dieser einzelnen Götterbekundungen, das geheimnisvoll Einige und Einigende,
und diesem, das er früher vorzugsweise die Natur genannt hatte,
streben die jetzt gehäufteren Bezeichnungen nach, die wir erwähnt
haben. Sie sind im Grunde Abwandlungen des Vaternamens, Zeugnisse eines Strebens, die Gottheit als etwas väterlich Waltendes zu
erfassen. Damit verbindet sich die Aufnahme der Bezeichnung
»Engel« für die Numina einer begrenzteren Bedeutung, Engel des
Vaterlands(»Heimkunft«), Engel des Tages(»Dichterberuf«)anstatt
Zeitgeist oder Gott der Zeit. Doch bleiben im ganzen die Felder
aller Bezeichnungen für das Numinose unbestimmt, und die Namen
werden weniger aus einem festen, religiös gliedernden Bewußtsein
als aus der besonderen jeweiligen Art der religiösen Berührtheit
gesetzt. Das kindlich gläubige Vertrauen zum Ganzen wählt den
Namen Vater oder Der Höchste usw., die Ergriffenheit von einer
aktiveren Einzelgewalt spricht von dem Genius, dem Gotte, dem
Engel.

Das Hauptthema von »Brod und Wein«, die Frage der Zwischenzeit und der Lebensbehauptung in ihr, schlingt sich in zahlreichen

Abwandlungen nun durch die Hymnendichtung des Jahres 1801. Sie bringt die Vollendung des freien Verses und der freien Strophe, die Hölderlin mit der Hymne an die Dichter zum erstenmal nach dem Gewinn seiner eignen Sprache (vgl. »Wink zur Darstellung und Sprache«) tastend ergriffen hatte. Der Sinn dieses Durchbruchs aus der zählbaren metrischen Bindung ins Freie ist von daher zu fassen, daß Hölderlins hymnisches Bewußtsein eingeweiht wurde in das *Metrum der Welt.* Hölderlin ging, als sein dichterisches Wort ganymedisch in den Ozean des freien Sprechens mündete, keineswegs in eine fessellose Ungebundenheit. Er überantwortete seinen Vers vielmehr den geschöpflichen Maßen. Er verließ die abzählbare Sprachbewegung, um andern, höheren Gesetzen folgen zu können. Er trat damit nicht unter leichtere, sondern unter strengere Normen, nur daß diese Normen nicht von der Vernunft vorsorgend gefaßt waren, sondern sich selbsttätig jeweils ereigneten – so, wie sich das strenge Maß in der Bewegung eines Ährenfeldes oder der Meerwogen jeweils neu ereignet, bestimmt von Stärke und Richtung der Windströmungen, von der Länge der schwingenden Körper und so fort. Hölderlins freie Rhythmen sind etwas sehr Sicheres und höchst Empfindliches an Form; aber diese Form ist wachstümlicher Art. Ihr Maß ist nicht von außen auferlegt, sondern es stammt aus einem inneren Keim an Lebensdrang. Sie ist Form aus einem totalen und zugleich vollkommen gläubigen Bewußtsein. Hölderlin konnte die unantastbare Schönheit dieser freien Rhythmen schaffen, weil er zwei Voraussetzungen erfüllte: er war der totalen Lebensfülle, die allein mit ihrem ständigen Zustrom diese Art Gestaltung tragen konnte, durch unbedingte Offenheit und liebende Allmacht der Seele sicher; er war andererseits der Sprache so mächtig, daß er sie vollkommen als Ausdruck dieser Ergreifung verwenden konnte. Hölderlins freie Rhythmen haben im deutschen Schrifttum kein vergleichbares Beispiel. Am nächsten stehen bei ihnen die entsprechenden Dichtungen von Goethe, doch wird sich jederzeit beim vergleichenden Abhören der unendlich weitere geistige Raum des Hölderlinischen Rhythmus herausstellen.

Die Hymne der »*Mutter Erde*« bewegt sich mehrstimmig um das Thema des Ausharrens in der Zwischenzeit. Sie knüpft besonders an das Los des Dichters an, der in diesem Einstweilen »einsam singt«, anstatt des Gemeindegesanges, der allein dem »heiligen Vater« eine wahre (positive und wirkende) Gegenwart unter den

Menschen verleihen könnte. Der natürlichen Polyphonie, die dieses Thema besitzt, entspricht die Aufteilung der Aussagen an drei Brüder, nach Art eines Oratoriums. Die Dreigliederung, deren mythische Bedeutung für Hölderlin wir schon kennen, ist somit im ganzen durchgeführt, und sie kehrt auch innerhalb des Textes jeder Einzelstimme wieder; drei zehnzeilige Strophen sind jeder von ihnen zugeteilt, nur daß der Part der Stimme Tello unvollendet geblieben ist. Die erste hymnisch-prophetische Stimme (Ottmar) setzt mächtig ein mit dem Hinausdeuten zum künftigen Chor des Volks, der die Herrlichkeit des Höchsten ebenbürtig aussprechen wird. Die zweite Stimme (Hom) gedenkt in mehr elegischem Ton des Schicksals dessen, der als einsamer Sänger in die müßige Zwischenzeit ausgesetzt ist, und stellt die harte, nüchterne Wirklichkeit dieser Zwischenzeit mit männlicher Trauer vor den Blick. Die dritte Stimme (Tello) enthüllt in heroischer Art das höhere Gesetz im Gesamtablauf der Tag- und Nachtzeiten und gewinnt daraus das feste Herz, im Einstweilen auszuharren, gleich dem Hirten, der am grünen Abhang der Berge seine Wohnung hat und die schöne Schau auf die ihm unbetretbaren Gipfel. Wir werden den beiden Bildern, die Hölderlin von der kulturgeschichtlichen Tag- und Nachtfolge und vom Wohnen am »Abhang« gibt, in der Hymne »Patmos« noch einmal begegnen. Deshalb sei schon hier auf ihre Bedeutung hingewiesen. In »Patmos« heißt es Vers 8: »da gehäuft sind rings die Gipfel der Zeit«, und gemeint sind damit die kulturellen Gipfelzeiten in der Geschichte der Menschheit, die für das hymnische Bewußtsein in der Tat zum Greifen nahe beieinander liegen, obschon sie durch Jahrhunderte getrennt sind. Diese Bedeutung des Begriffs Gipfel ist bezeugt durch die Wendung in »Mutter Erde«: »Und die Zeiten des Schaffenden sind / Wie Gebirg, das hochaufwoogend / Von Meer zu Meer / Hinziehet über die Erde.« Weiterhin spricht »Patmos« Vers 119f. von dem Wohnen in der Zwischenzeit als von einem Wohnen am Abhang eines solchen Gipfels: »Und es grünen / Tief an den Bergen auch lebendige Bilder.« Die gleiche Anschauung liegt dem Schlusse von »Mutter Erde« zugrunde: »In heiligem Schatten aber, / Am grünen Abhang wohnet / Der Hirt und schauet die Gipfel.«

Dem hymnischen Bewußtsein Hölderlins, nachdem es einmal den Weg zur totalen Ergreifung aller stiftenden Elemente des Abend-

landes betreten hat, ist zur Pflicht gemacht, nicht nur das Gesetz
der Gipfel- und Talzeiten zu erfassen, sondern auch alles, was unter
der Kategorie des Räumlichen zum abendländischen Schicksal gehört. Die Beziehung Europas zu Asien war Hölderlin längst geläufig. Er kannte sie besonders in Gestalt der Dionysoslegende, die
den Gott mit der doppelten Geburt vom Indus her über Arabien
und Kleinasien nach dem heimatlichen Theben ziehen läßt – auch
er ein Auswanderer und Heimatfinder. Um 1801 scheint Hölderlin
von weiteren wissenschaftlichen Bearbeitungen ostwestlicher Zusammenhänge berührt worden zu sein. Jedenfalls gewann Asien
und der Osten überhaupt eine wachsende Bedeutung für den Ausbau seines hymnischen Bewußtseins, das überall nach Zusammenhängen und Werdestufen, nach Urgründen und Abwandlungen
forschen mußte. Wir haben bereits vorweggenommen, wie er bei
den Griechen Ende 1801 die orientalisch-naturhafte Grundlage herauszuheben begann. Die Hymnen »Am Quell der Donau«, »Die
Wanderung«, »Germanien«, später »Patmos« und »Der Ister« lassen
in verschiedener Weise das Thema der Ostwestbeziehung anklingen, mehrfach verbunden mit dem Gedanken der Ostwestwande-
rung der Kultur, unterm Bilde des Adlers als des erweckenden Göt-
terboten.

»*Am Quell der Donau*« entwickelt nicht, wie die spätere Rheinhymne, ein Stromleben als Heldenschicksal, sondern die Donau
mit ihrem nach Osten gerichteten Lauf wird zeichenhaft eingesetzt
für die alt-neue Verknüpfung zwischen Abendland und Morgen-
land; zum letzteren werden dabei ausdrücklich Griechenland und
Jonien, Arabien, der Kaukasus und Asien mit seinen »Patriarchen
und Propheten« gezählt. Einfach und groß entfaltet sich der Gedanke an die asiatische Herkunft der europäischen Kultur, genauer:
des »Wortes«, der menschenbildenden Stimme, also des Faktors
erregender Begeisterung, die nacheinander die griechische und römische Kultur aufsprießen ließ und dann ins Nordland hereinwirkte.
Es tritt als Hölderlins Meinung hervor, daß das Nordland in seinen Anfängen (Völkerwanderungszeit) den Ruf dieser menschenbildenden Stimme nicht wahrhaft verstanden und aufgenommen
habe:

> Da faßt' ein Staunen die Seele
> Der Getroffenen all und Nacht
> War über den Augen der Besten.

Weder was die Griechen als Dichtung, noch was Christus als Lehre
hinterlassen hatte, konnte von Hesperien geisteswach angeeignet
werden, denn ein Schlaf hielt die starken, jungen Völker gefangen.
Nur einige waren und sind es in Nordland, die »wachten« und
den Ruf aus Osten vernahmen als den Ruf der alten, götterträchti-
gen Natur. In diesen wenigen Wachenden, die allein, unerkannt in
ihrem Volke lebten und leben – das Gedicht betritt damit den
Boden der Gegenwart und zeigt als seinen Standort den des in
einer Nachtzeit vereinsamten Dichters –, ist denn auch die wache
Erinnerung an die »Fröhlichen am Isthmos«, an die Starken Asiens
gegenwärtig und hilft ihnen, das Einstweilen zu durchdauern. Ja,
diese Wachenden bringen sogar dem, was den Begeisterungen der
alten Kulturen zugrunde lag, als erste den eigentlichen Namen:

> Aber wenn ihr
> Und diß ist zu sagen,
> Ihr Alten all, nicht sagtet, woher?
> Wir nennen Dich, heiliggenöthiget, nennen,
> Natur! Dich wir, und neu, wie dem Bad entsteigt
> Dir alles Göttlichgeborne.

Die Treue, mit der diese Spätgeborenen am Gedächtnis der alten,
verbrüderten »Schiksaalssöhne« haften, hält deren Erbe, die Waffen des Worts, lebendig; und zugleich rettet sie fortwährend die in
der Nachtzeit Vereinsamten selbst vorm Untergang, indem sie
ihrem Leben die Kräfte der Vergangenheit zuleitet. Ein »unaufhörlich Lieben« verbindet beide, eine Innigkeit der Beziehung, die
dem einsamen Dichter fast zehrend fühlbar wird:

> Wenn ihr aber einen zu sehr liebt
> Er ruht nicht, bis er euer einer geworden.
> Darum, ihr Gütigen! umgebet mich leicht,
> Damit ich bleiben möge, denn noch ist manches zu singen.

Dieses übermächtige, sehnliche Gefühl für die entschwundenen
Brüder treibt den Dichter völlig ins Empfinden; es läßt ihn den
Gesang wie ein Liebeslied mit Tränen beschließen, die die letzten
Zeilen mit Pindarischer Unmittelbarkeit und Hölderlinischer Her-
zensschönheit eingestehen. Wenige Stellen in Hölderlins Dichtung
bringen die Not seiner Einsamkeit und die furchtbare Ferne, in der
er nach einem Halt für sein Leben suchen mußte, so ergreifend zur
Anschauung wie diese.

Immer voller und verbundener rauschen die Motivakkorde in den
anschließenden Dichtungen auf. Was wir von dem echoreichen

Großraum der Hölderlinischen Hymnenwelt sagten, bewährt sich
sinnfällig in jedem Einzelwerk aus dieser Reihe. Der führende Gedanke wechselt, ebenso das erregende Motiv. Was aber bleibt, ist
die symphonische Fügung, der Zusammenklang der Motive zu einem
welthaltigen Gesang, in dem sie sich nach musikalischer Logik grup-
pieren.

Das tiefwirkende Erlebnis »Christus und Friede« bildet den Ausgangspunkt der unbetitelten Hymne mit der Anfangszeile *»Versöhnender, der du nimmer geglaubt«*. Vielleicht gab der Friedensschluß von Lunéville den Anlaß, vielleicht aber auch ein inneres
Versöhnungserlebnis oder eine verschwiegene unverhoffte Begegnung mit Christus dem Friedebringer. Kein Zweifel, daß schon die
ersten Anreden (Versöhnender, Unsterblicher) sich an Christus wenden, sollten sie auch zugleich den Frieden meinen, von dem Hölderlin so großes erwartete, und ihn mit Christus als dem Prinzip aller
Friedensstiftung in eins setzen. Das Gedicht stellt sich im ganzen
als ein Werben um den Heiland dar; es bezeichnet die sehnliche
Bemühung Hölderlins, die Gestalt Christi für sein Pantheon zu
gewinnen, ihn in sein hymnisches Bewußtsein, in den von ihm verwalteten Lebens- und Gedächtniszusammenhang hereinzuziehen.
Das Werben um Christus ist hier viel dringlicher und viel breiter
unterbaut als in den besprochenen Stellen von »Brod und Wein«.
Die Hymne ist Entwurf geblieben, der gemeinte Text schwer erkennbar, von Bearbeitungen dicht überwuchert. Auch der gesicherte
Text setzt der rationalen Erfasssung durch mythische Vieldeutigkeit
Widerstände entgegen.

Nach der Anrede, welche eine selige Erschütterung durch das Frie-
denserlebnis durchschwingt, steigt die Erinnerung an sonntägliche
Friedensstunden der Jugend herauf, die geweiht und getragen waren von Elementen des christlichen Gottesdienstes:

> Fern rauschte der Gemeinde schauerlicher Gesang,
> Wo heiligem Wein gleich, die geheimeren Sprüche
> Gealtert aber gewaltiger einst, aus Gottes
> Gewittern im Sommer gewachsen
> Die Sorgen doch mir stillten
> Und die Zweifel . . .

Hölderlins Frühbegegnung mit der christlichen Religion zeichnet
sich mit wichtigen Zügen ab. Dem Gemüte des Kindes und des
Jünglings hatte das biblische Wort den Seelenfrieden gegeben, und
der Mann weiß in den »geheimeren Sprüchen« der christlichen

Lehre nun bewußt das Göttliche zu ehren. Sie sind gealtert, sie stehen nicht mehr in der Frische und jugendlichen Lebensgewalt, die
sie einst besaßen, als sie aus Gottes unmittelbarem Herabwirken
zur Erde (Gewitter) erwuchsen. Konnten sie dem jugendlichen Geiste trotzdem den Trost des Friedens bringen, so verband sich mit
ihnen doch auch etwas, das gegen Hölderlins tiefstes Lebensbedürf-
nis gerichtet war: jene trübselige Naturfeindschaft, die von den
geistlichen Erziehern und vom Elternhaus an den Knaben herangetragen wurde:

> Denn kaum geboren, warum breitetet
> Ihr mir schon über die Augen eine Nacht,
> Daß ich die Erde nicht sah, und mühsam
> Euch athmen mußt, ihr himmlischen Lüfte.

Das Mißtrauen gegen alles, was Natur hieß, hatte die zeitgebundene Frömmigkeit seiner Jugendwelt so entschieden bestimmt, daß
er sein Heiligstes, sein kindliches Vertrauen zur Schöpfung, davon
angefeindet sah; und vieles von dem Zorn der Empedoklesdichtung
gegen den Priester geht, wie wir dort sagten, auf diese Jugenderfahrungen zurück. Jetzt aber, nach der Eroberung der hymnischen
Schau über das abendländische Schicksal und nach der Entfachung
seines allverantwortlichen Heimholungsstrebens kann er diese Leiden und Widerstände als göttlich verordnet erkennen: »Zuvor-
bestimmt wars.« Er vergleicht sie mit den Gebirgen, die nach Gottes Willen den zornig einherbrausenden Strömen die Bahn hemmen.
Denn ohne diese Hemmung würden sie -- man denke an all das,
was Hölderlin nun vom lebensparenden Sinn der Umschweife, der
Widerstände weiß – zu rasch ins All zurück die kürzeste Bahn
ergreifen (Stimme des Volks; zugleich Hauptmotiv der Rheinhymne). So gewinnen nachträglich auch die Leiden im Zusammenstoß der christlichen Lehre mit der eingeborenen Naturfrömmigkeit
einen versöhnenden Sinn, und weit über alte Versperrungen hinweg
wird das sehnliche Verlangen nach der unmittelbaren, ewigen Wirklichkeit »Christus« wach. Er soll teilnehmen an dem Versöhnungs-
feste, das der Dichter sich am Abend bereitet – nicht an irgendeinem Abend, sondern am Abend als der heiligen Stunde, da in der
Stille rings der Geist des Ganzen lebendig ist (vgl. »Brod und
Wein«), und zugleich am Abend als dem »Abend der Zeit«, der
Weltstunde der großen Rückschau und der wunderbaren Heimkehr aller Himmlischen in wirkende Gegenwart. In dieser Weltstunde müssen die Unterschiede zwischen den Göttern verschwin-

den, und jeder von ihnen muß sich zu seinem Sinn, zur Sohnschaft
unter dem einen liebenden Vater, erlösen. Hölderlin wußte seit je
um die Pflicht der Lebenden, in Erntetagen »die Schatten auszu-
sühnen«. So gilt es auch am großen Abend der Zeit, den Versöhner
selbst mit uns und mit den anderen Hohen zu versöhnen:

>Darum, o Göttlicher! sei gegenwärtig,
>Und schöner, wie sonst, o sei,
>Versöhnender! nun versöhnt, daß wir des Abends
>Mit den Freunden dich nennen, und singen
>Von den Hohen, und neben dir noch andere seien.

Daran schließt sich der eigenartige, aber von Hölderlins Voraussetzungen her wohlverständliche Gedanke, daß jetzt erst, da mit
dem Abend der Zeit eine tiefere Friedensbereitschaft als je angebahnt ist, Christus zu wahrer und dauernder Gegenwärtigkeit heraufgerufen werden kann. Denn in seinem Erdenleben durfte er
nicht »ausreden«, er kam nur wie ein Blitz vom Himmel herab,
wohltätig umschattet vom treuen Gewölk der ihn umgebenden
Jünger, und rasch wieder vergehend. Im Gedanken an dieses rasche
Vergehen des Heilands entwickelt die Hymne, ähnlich wie »Brod
und Wein«, die bestimmte geschichtliche Weise, in der die Herein-
wirkungen des Himmels in die Erdenwelt erfolgen. Sie müssen
blitzartig und rasch vergänglich sein, weil der Mensch »göttliche
Fülle nur zu Zeiten erträgt«. Damit gewinnt die Hymne die Möglichkeit, Christus *neben* die alten Göttererscheinungen zu ordnen.
Dies kann jetzt streitlos geschehen; denn »jetzt da wir kennen den
Vater«, ist das Gemeinsame, das sie alle friedlich verbindet, klar-
geworden. Christus selbst gönnt fortan »uns, den Söhnen der liebenden Erde, / Daß wir, so viel herangewachsen / Der Feste
sind, sie alle feiern und nicht / Die Götter zählen, Einer ist immer
für alle«.
Ein Prosaentwurf zu einer Neufassung verdeutlicht die Meinung
der Hymne in breitgegriffenen Akkorden noch einmal:

>»Ein Chor nun sind wir. Drum soll alles Himmlische was ge-
>nannt war, eine Zahl geschlossen, heilig, ausgehn rein aus unse-
>rem Munde. Denn sieh! es ist der Abend der Zeit, die Stunde
>wo die Wanderer lenken zu der Ruhstatt. Es kehrt bald Ein
>Gott um den anderen ein. Daß aber ihr geliebtestes auch, an
>dem sie alle hängen, nicht fehle, Und Eines alle in dir, sie all,
>sein, und alle Sterblichen seien, die wir kennen bis hieher.

Darum sei gegenwärtig, Jüngling, keiner, wie du, gilt statt der
übrigen alle. Darum haben die, denen du es gegeben, die Sprachen alle geredet, und du selber hast es gesagt, daß in Wahrheit wir auf Höhen und geistig auch anbeten werden in Tempeln. Seelig warst du damals aber seeliger jetzt, wenn wir des
Abends mit den Freunden dich nennen und singen von den
Höhen und rings um dich die Deinigen alle sind. Abgelegt nun
ist die Hülle. Bald wird auch noch anderes klar seyn, und wir
fürchten es nicht.«

Der Eintritt Christi in das Bewußtsein des Zeitabends wird also zugleich bedeuten, daß damit erst die wahre, endgültige Rezeption
des Christlichen stattfindet, gereinigt von dem Mißtrauen gegen
die Natur, verwaltet von einer Menschheit, die »auf Höhen und
geistig auch anbeten wird in Tempeln«. Diese neue Menschheit
wird sich also zur Natur ebenso wie zum Geiste bekennen, beides
im Aufblick zum Einen Vater.

Das Ziel, das Hölderlin damit gesichtet hat, besitzt eine hohe geschichtliche Legitimität. Er fühlte voraus, daß eine Zeit bevorstand,
in der zwischen den naturhaften und den geistigen Elementen (zwischen Sein und Bewußtsein, Leben und Geist) das alte, ausschlie-
ßende Entweder-Oder sich aufheben und die wechselseitige Zuordnung gelebt werden wird. Der Mensch der Gegenwart kann
von diesem Ziel deutlicher, vielleicht auch erfahrener sprechen, weil
wir durch das ganze 19. Jahrhundert hin, im Positivismus und
Materialismus, später bei Nietzsche, in der modernen Tiefenpsy-
chologie und Lebensphilosophie, die Unternehmungen verfolgen
konnten, einen neuen, breiteren Ansatz für das Naturelement in
unsrer Welt zu finden. Das Denken der Gegenwart zeigt sich noch
immer weitgehend bestimmt von dem Streben, dieses Naturelement
in die wissenschaftliche Forschung, in das religiöse Bewußtsein, in
die praktische und politische Lebensgestaltung neu einzubauen. Der
Schritt, der sich hier vollzieht, kann füglich ein Jahrtausendschritt
heißen, wenn man auf die lange Periode des aus der Naturbindung
herausgetretenen Menschengeistes zurückblickt, in der die Spannung
Geist-Natur als unversöhnlicher Zwist ausgelegt werden mußte.
Hölderlin hat das Bevorstehen dieses Jahrtausendschrittes weit vor
allen andern gesehen, und was ihn dazu befähigte, war der heilige
Mangel seiner Struktur, der bei ihm zu weltbauender Liebe, zum hymnischen Totalbewußtsein und zum gesetzgebenden Gesang führte.

Sein schweres Ringen um die Hereinnahme Christi hat in dieser
Ergriffenheit vom Kommenden seinen Grund. Es entspricht der
Art und dem Ort seiner Einweisung in das Schicksal, daß er zunächst für den kommenden Äon der Versöhnung nur das Zeichen
fand: gleichrangige Nebeneinanderordnung Christi mit den verbrüderten Göttern, unter dem Vater in der Höhe. Dies schien der
gesichteten Liebeszukunft, dem gleichzeitigen Anbeten auf Höhen
und in Tempeln, angemessen.

Daß er mit dieser »Einebnung« Christi ins Feld einer Bedrängnis
geriet – nämlich ins Feld des mit Christus unabtrennbar verbundenen Verbotes: Du sollst keine anderen Götter neben mir haben
– wurde ihm hier noch nicht bewußt. Es war der festliche Augenblick einer Versöhnung, und diesem Liebesfeste gab er sich mit Herz
und Geist hin. In der Liebe, die ihn Christus in den Abend der Zeit
hereinladen ließ, irrte er nicht. Aber wie er in seiner Meinung von
Christus irrte, verdient hier eine Klarstellung, die möglichst innerhalb seines eigenen Mythus erfolgen möge.

In der Darstellung, die die Hymne »Versöhnender . . .« von dem
Wirken Gottes auf die Menschenwelt gibt, scheint überall die bekannte Hölderlinsche Auffassung durch, daß Gott an sich etwas
Verzehrendes ist, das die menschliche Ordnung gefährlich erschüttert. Es hat die Art des Feuers, des Blitzes. Es ist von den Menschen
»schwer zu fassen«. Insbesondere ist es vom Einzelmenschen nur
unter Todesgefahr zu ergreifen, und nur in Gemeinschaft mit anderen kann er es ertragen und bestehen (vgl. »Die Titanen«: »Gut
ist es, an andern sich / Zu halten. Denn keiner trägt das Leben
allein«; dazu die zahlreichen andern, zum Teil schon angeführten
Stellen). Deswegen rührt der Gott stets nur für kurze Augenblicke
den Menschenbezirk an. Er ist sparsam mit seiner Gabe. Hielte er
nicht aus eigenem Wissen und Lieben mit seinem Reichtum zurück,
so hätte sein Feuer (das im Herde, also in sorglich menschlicher
Fassung, ein »Seegen« ist) längst alle gestaltete Ordnung des Menschenlandes zerstört.

Ist somit die Menschenwelt auf die schonende Selbstbergung Gottes angewiesen, so droht ihr andrerseits die Gefahr, bei allzu langer
Entlassung aus der Gottesnähe »übermütig« zu werden. Der Mensch
vergißt dann des Himmels, er verliert sich in ein unerlaubtes Selbst-
vergnügen, er stürzt in den Wahn der Autonomie. An diesem Punkte meldet sich die andre Art des Weltzerfalls, die Verdorrung. Sie
geht mit liebloser Einschließung alles Einzelnen in sich selbst ein-

her, sie führt zum Untergang in der Atomisierung. Dann sendet
der Vater eine neue Offenbarung seiner Liebe herab. Er bringt die
Starre durch das Feuer der Begeisterung zum Schmelzen, und das
geschah zuletzt durch Christus, der das »Liebendste« war, das der
Vater hatte.

Es gilt, diesen Gedanken von neuem zu entnehmen, daß für Hölderlin die Beziehung der Himmlischen zum Menschenland ewig
im Schwanken, im Hin- und Widerfälligen bleibt. Die Selbstmit-
teilung Gottes an die Menschen erfolgt stets nur »auf Zeit«. Das
Menschenleben bleibt bis in seine verborgensten Bezüge total im
Raum der Geschichte gefangen; es kann sich nie anders als in wechselnden Katastrophen der Gottesflut und Gottesebbe bewegen. Darin
spiegelt sich das innere Schicksal Hölderlins mythisch ab, nämlich die Problematik seines, der letzten befestigenden Dauer er-
mangelnden Ichs. Hölderlin kennt den Begriff des starken Menschen (vgl. die »Starken zu höchsten Freuden« in »Brod und Wein«;
die »starkausdauernde Seele« in »Der Rhein«), und dieser Begriff
der Stärke bezieht sich bei ihm auf das Ausharren inmitten der
zerreißenden Spannungen, denen er gerade durch seine Götterfröm-
migkeit ausgesetzt war. Zweifellos ist mit diesem Begriff der Stärke
das Zentralgeheimnis des menschlichen Ichs berührt. Aber wir hören
Hölderlin niemals die Frage stellen, die sich hier erhebt: Worauf
beruht diese Stärke? Woraus wird sie gespeist? Zu einer Zeit konnte
er wohl sagen: die Götter halten den Menschen in seinem bestimmten Leben fest. Aber die immer wiederholte Bitte, daß ihm ein
Bleiben in seinem Leben gegönnt sein möge, und sein immer bestimmter ausgebildetes Wissen von den Göttern als den gerade vor
sich hinbrausenden Seinsmächten geben zu erkennen, daß jene Fragen in der Welt der Götter keine Antwort finden. Die Götterkräfte
reichen nicht an den verborgenen Ort jener Stärke; sie sind im Gegenteil die Kräfte, die diese Stärke ständig auf die Probe stellen.
An den Ort dieser Stärke könnte nur eine Gotteskraft rühren, die
ein Wissen hätte von dem den Naturbereich überschreitenden Ich.

Daher rührt, befestigend und begründend, an den Ort dieser Stär-
ke nur die Kraft Christi, unvertauschbar und einmalig; nicht eine
Wirkung auf »Zeit«, sondern dauernd das einzelne Leben mit
Gott verknüpfend, es erlösend. Die Begeisterungen, wie Hölderlins
Göttermächte sie spenden, können als wechselnd gedacht werden.
Aber das bewußte Ich kann sich beim nachantiken Menschen nur
als dauerndes, als dauernd von Gott angenommenes Ich verstehen.

Das Hölderlinsche Problem, Christus am Abend der Zeit mit den
Göttern zu versöhnen, war ein echtes Problem in Ansehung der
Liebe, die es hervortrieb in prophetischer Ergriffenheit von der
Zukunft. Aber nicht durch Gleichstellung Christi mit den Göttern
war es zu lösen, sondern nur durch die der Wahrheit entsprechende
Auseinanderstellung, von der aus eine neue liebende Zueinanderordnung zu bewerkstelligen war. Indem Hölderlin die Einmalig-
keit und Endgültigkeit der Erscheinung Christi verleugnet, muß
er gerade hier, wo er mit sehnsüchtiger Liebe nach ihm greift, ihn
verfehlen. Deshalb hörte die Wesenheit Christus nicht auf, Hölderlins Geist zu bedrängen; im folgenden Jahre setzte sich das Ringen
in den Hymnen »Der Einzige« und »Patmos« fort.

Inzwischen ging Hölderlins liebende Einbeziehung des Vaterlandes
und der nächtigen Zwischenzeit in die große Gesamtschau mit
kraftvollem Schritt voran. Die Zeugnisse sind die Hymnen »Die
Wanderung«, »Der Rhein« und »Germanien«. Die erste schlägt
eine neue Brücke zwischen Deutschland und dem alten Hellas auf
Grund der geschichtlichen Vermutung, daß aus Urzeiten ein deutscher Blutsanteil am griechischen Volkstum bestehe. Die zweite stellt
im Blick auf den Rheinstrom das hesperische Schicksal als ein heroisches und schließlich »wohlbeschiedenes« Schicksal unter den Hori-
zont des großen »Abends der Zeit«. Germanien endlich ehrt das
deutsche Vaterland ganz bestimmt als den Ort der heute gültigen
Vergegenwärtigung des Göttlichen; Germania ist die neue Tochter
der heiligen Erde und somit, nach den Legitimitätsnormen der Hölderlinischen Mächtewelt, selbst von göttlicher Weisheit. Gemeinsam
ist den drei Hymnen, daß der Blick zuerst nach dem alten Griechenland geht als zur Voraussetzung und zum Bezugspunkt der
Rede.
»Die Wanderung« faßt, wie angedeutet, in ganz pindarischer Weise die deutsche Anknüpfung an die griechische Kultur als Wieder-
aufnahme einer uralten Verwandtschaftsbeziehung. Eine Vermutung der Geschichtsforschung, ein rein wissensmäßiges Element wird
wie in ernsthaftem Spiel in die hesperisch-hellenische Auseinandersetzung eingeführt. Vor Zeiten, sagt jene Vermutung, ist ein schwäbischer Stamm donauabwärts gezogen und am Schwarzen Meere
mit einem dort wohnenden Volke zusammengetroffen. Aus der Ver-
schmelzung beider ging das alte Griechenvolk hervor, das sich dann

mit seinen wandernden Stämmen über Jonien und die Inseln, über
Attika und Peloponnes verbreitete. So ist in der griechischen Kultur ein heimatlicher Bestandteil, und jenes Bruderverhältnis, von
dessen Innigkeit die Hymne »Am Quell der Donau« gesprochen
hatte, ist auch in vitalen Tiefen begründet. Ja die Hymne greift
auch andre Zusammenhänge solcher konkreten Art liebend auf.
Beim Pfirsich- und Kirschbaum, die auf schwäbischer Flur Früchte
tragen, denkt sie an die kleinasiatische Urheimat dieser Bäume, und
auch durch die Zugvögel und durch den gemeinsamen Sternhimmel
fühlt sie sich sinnfällig an das Land des Homer erinnert; Schillers
Wort von der Sonne Homers, die auch uns lächelt, klingt abgewan-
delt an.

Unter Berufung auf die alte Blutsverwandtschaft kommt das Gedicht zu seinem Anliegen: Nicht als Heimatflüchtiger, nicht beladen
mit Schwermut und heiliger Trauer (vgl. »Am Quell der Donau«,
»Germanien«) sucht der Dichter die fernen Lieben auf, sondern er
will nur die Grazien Griechenlands einladen, nach Deutschland zu
kommen. Dies ist die Form, in der Hölderlin hier seine Hoffnung
auf eine hesperische Wiedergeburt griechischer Schönheit ausspricht.
Er richtet die Einladung nicht an die hohen Götter selbst, er richtet
sie an die holden dienenden Genien der Anmut, die in aller Kunst-
und Naturschönheit das Element des eigentlichen Reizes verwalten,
das Element der seelischen Berührung, womit sie im griechischen
Mythus zu Repräsentantinnen der verfeinerten Menschenseele überhaupt wurden. Ihr Wirken und ihre Würde sind von ausgesprochen
weiblicher Art; entgegengesetzt ist ihnen nicht die Götterlosigkeit,
auch nicht die Kunstlosigkeit, sondern das Wilde, das Ungezähmte.
Die Charitinnen haben weniger mit dem Schöpferischen zu tun als
mit dem Element Kultur, weniger mit dem Großartigen als mit
dem Liebenswürdigen. In gewissem Sinne könnte gesagt werden,
daß diese Einladung an die Huldgöttinnen den sonstigen Gesichts-
punkten, unter denen Hölderlin die griechischen Götter nach Hesperien lädt, nicht ohne weiteres entspricht; denn Aufstürmung,
Erregung, schicksalhaftes Leben, nicht Zähmung sollen sie dem
Norden bringen. Aber wir Nordländer sind eben, wenn wir auch
»Allzugedultige« sind, doch »Wilde« geblieben, und wenn die dienenden Grazien uns nicht Aufstürmung bringen können, so haben
wir doch Aufschließung der Seelen und Schmelzung der Starre von
ihnen zu gewärtigen durch milder atmende Lüfte und liebende
Strahlen der Morgensonne. Von der objektiven und subjektiven

Bezogenheit her bleibt der ganze Gesang im Felde einer liebenswürdigen, leichteren Heiterkeit, und er ist in der spielenden, schüch-
tern-lächelnden Art jenem Ödipus-Chorlied (IV. Akt, Ende der 1.
Szene) vergleichbar, das inmitten düsterer Zusammenhänge silbern
wie Freude aufklingt.

Von der Hymne »*Der Rhein*« wird nicht ohne Grund vermutet,
daß ihre Entstehung durch einen Besuch des obersten Rheinlaufs
während Hölderlins Aufenthalt in der Schweiz mitveranlaßt sei.
Die Bilder von tief eingeschnittenen Schluchten, wo im Abgrund
das wilde Leben eines ungezähmten Gewässers braust, sind von
unmittelbarer Anschauung genährt. Diese Anschauung ist im selben
Zuge sinnlicher und mythischer Art. Sie führt vom starken Natur-
bilde in weite Provinzen der Bedeutung und läßt diesen Gesang
vom Rhein zum zweiten Schicksalsliede Hölderlins werden, hoch
über dem Schicksalslied, das Hyperion gesungen hatte. Denn in
diesem neuen Liede sind die Schicksalswiderstände, denen die Klage
des älteren Liedes gegolten hatte, als die unentbehrliche zweite
Komponente des echten Heldenlebens erkannt und gefeiert.

Die Hymne erregt sich aus den Widerständen und aus dem Bruch
im Jugendleben des Rheinstroms. Der Rhein, als Elementarwesen
ein freigeborener Göttersohn, d. h. geboren zur Freiheit und zum
hemmungslos eigenmächtigen Leben, erfährt in früher Jugend den
Widerstand, der sich dem »Wunsche des Herzens« entgegenstellt.
Als Wunsch des Rheinstroms wird vom Dichter das Streben nach
dem Osten erschaut, wie es sich im Oberlauf des Flusses deutlich
abzeichnet, bis die Berge ihm bei Chur die nördliche, bei Rheineck
die nordwestliche Richtung aufzwingen. Die Ortsrichtung wird als
ein Streben gedeutet, das »nach Asia« oder, wie »Die Wanderung«
sagte, ins schwäbische Land führen sollte. Aber das Schicksal versagt
diesem Streben die Erfüllung. Es weigert die Richtung nach Osten
und macht das Leben des Rheinstroms so zum Bilde eines in den
Nordraum gebannten, eines hesperischen Geschicks.

Es gilt nun vor allem zu erfassen, daß der Dichter in dem elementarischen Streben des jugendlichen Rheinlaufs alles das anschaut,
was er sonst schon ergriffen hatte als den einlinigen, mächtig grad-
ausgehenden Lebensdrang der Naturgeschöpfe, als jene »kürzeste
Bahn« ins All zurück, die das Sterbliche nur zu gern einschlägt, als
die übergewaltige, ganymedische Anziehung der Seele durch die
himmlischen Höhen. Dieser blinde, selbstvergessene, berauschte Lebensdrang ist am meisten den reinentsprungenen Wesen einverleibt,

die am nächsten bei der Natur stehen. Je elementarer ein Leben ist, desto weniger ist ihm das Zügelnde beigegeben, die Besinnung oder der bergende, bewahrende Instinkt:

> Die Blindesten aber
> Sind Göttersöhne. Denn es kennet der Mensch
> Sein Haus und dem Thier ward, wo
> Es bauen solle, doch jenen ist
> Der Fehl, daß sie nicht wissen wohin,
> In die unerfahrne Seele gegeben.

Je herrlicher die Ausstattung mit Natur, desto größer die Gefahr des enthusiastischen Untergangs.

Aber an die Stelle der fehlenden Möglichkeit der Selbstzähmung tritt nun der Widerstand des Schicksals, die Not und die Zucht. Genau wie in der Ode »Stimme des Volks« erscheinen die Hemmungen, die sich dem Hinabtosen zur Tiefe entgegenstellen, als Wirkung der Gottheit, die ihren Söhnen das Leben sparen will. Der harte Zwang und die trotzige Gegenwehr gelten dem Dichter als die Esse, in der die wilde Heldenkraft zur lauteren Form geschmiedet wird. Aus der Hammer- und Feuerarbeit dieser Esse geht die Elementargewalt verwandelt hervor, wie der heldische Mensch aus den Gewittern der antiken Tragödie. Der Rhein, wie er nach dem Verlassen der Berge breit durch die deutschen Ebenen glänzt, lernt sich zu begnügen, und nicht nur dies: er lernt genau das, was die drangvolle Sehnsucht seiner Jugend war, im pflegenden Dienst (»im guten Geschäffte«) erfüllt zu wissen. Er baut in der Ebene das Land, er gründet Städte und nährt in ihnen liebe Kinder. Er ist nun der »Vater Rhein«, nachdem er der »Jüngling« einer von Empörung und Verzweiflung erfüllten Jugend gewesen war.

Das Bild des Stromlaufs ist damit sinnvoll durchgeführt und in einen Gedankenrahmen gefaßt, der eine Rechtfertigung des Schicksals als eines segensreichen und dem Gesetze des Betroffenen selbst förderlichen Widerstandes enthält.

Aber mit der Gegenüberstellung des Reinentsprungenen und der an ihm geübten Schicksalszucht sind höhere Gesetzlichkeiten berührt, die eine besondere Behandlung verlangen. Mit plötzlicher Wendung geht der Blick von der »Humanisierung« des Rheinstroms hinüber zu der Frage, wie sich im *menschlichen* Leben die Treue zum freien Ursprung und der Gehorsam zum quereingreifenden Schicksal gegeneinander verhalten. Diese Frage löst sich aus dem bisherigen Bildbereich des Stromlaufs heraus, aber die Überleitung wird ihm

noch entnommen. Es kommt nämlich an dem erreichten Punkte alles
darauf an, daß erkannt werde, daß jene freie Heldenjugend in der
neuen Periode des dienenden und pflegenden Vatertums keineswegs
verleugnet ist. Der Eintritt ins Bauen und Schaffen geht nicht gegen
den hohen Ursprung. Die Zucht und der Zwang, denen das Elementare und die götterberührte Heldenseele unterworfen werden,
dürfen nicht als Austilgung der angeborenen Freiheit geübt und
auch nicht als solche getragen werden. Die Hemmungen des Schicksals sind »Liebesbande«, und nur als solche sind sie legitim. Wo sie
stattdessen zu Stricken, zu Ketten gemacht werden, wo sie vom
Zorn der Unbedachten zur Unterjochung der alten freien Natur
mißbraucht werden, da wird Urfalsches getan und geduldet. Die
Folge muß dann sein, daß gerade das Reinentsprungene im Bewußtsein der angeborenen Würde zum Trotze gereizt wird und mit der
falschen auch alle wohltätige Bindung (Satzung, Wohnung und
Sitte) durchbricht. Es entsteht das Titanentum. Im Titanentum
verleugnet das Reinentsprungene nicht nur das Schicksal und die
Götter, sondern es verleugnet auch die eigene Bestimmung (das
eigene Recht). Es wirft sich in zorniger Eigenmacht selbst zur Gottheit auf und verfehlt damit alle Möglichkeit des Lebens. Was die
Götter brauchen, sind nicht angemaßte Genossen ihrer Unsterb-
lichkeitsform, sondern Menschen; heldenhafte und geringere, aber
Menschen, die bescheiden, d. h. ihrer Bescheidenheit bewußt und sie
erfüllend, das Los der Sterblichen annehmen und das große Leben
der Götter nicht durch unerlaubte, todbringende Nachahmung, sondern durch die spezifisch menschlichen Akte des Fühlens, Denkens,
Verehrens, auch des Singens und Bildens irdisch gegenwärtig
machen. Titanen hören nicht und sprechen nicht. Menschen aber
geben auf den Gott Antwort wie auf eine Frage, in der die Antwort, der Frömmigkeit vernehmbar, schon mitgestiftet ist. Wenn
die Götter den Menschen anrühren, so wollen sie von ihm den
distanzierten menschlichen Dienst des dankenden und aussprechen-
den Wortes, in dem allein sie sich, »wahr unter den Lebenden wiederfinden«. (»Der Mutter Erde«.) Nur der Mensch, der ihnen dies
leistet, kommt zu einem Schicksal, das das Element der Bescheidenheit plastisch in sich enthält, und ein solches Schicksal ist ausgezeichnet durch das besondere Merkmal, daß in ihm die Kämpfe und
Leiden der Jugend nicht verleugnet, sondern verwandelt gegenwärtig sind; in seiner Ruhe lebt der volle Zusammenhang mit dem reinen, hohen Ursprung:

Drum wohl ihm, welcher fand
Ein wohlbeschiedenes Schiksaal,
Wo noch der Wanderungen
Und süß der Leiden Erinnerung
Aufrauscht am sichern Gestade,

. . . . . . . . . .

Dann ruht er, seeligbescheiden,
Denn alles, was er gewollt,
Das Himmlische, von selber umfängt
Es unbezwungen, lächelnd
Jezt, da er ruhet, den Kühnen.

Diese letzten fünf Zeilen der Strophe 9 beziehen das Ergebnis des
in Kämpfen und Leiden recht gelebten Heldentums wieder auf das
Bild des gestillten Vaters Rhein zurück. Der Zugriff des Schicksals
enthüllt sich in seinem lebensreichen Sinn. Den Helden zerbricht er
nicht; er tilgt auch nicht die Treue zum reinen Ursprung; sondern
er bringt diese Treue zur Bewährung, indem diese nun die reinen
Lebensmächte dienend und helfend in das bedürftige Dasein der
Menschheit einbaut.

Diese lebensreiche Ruhe des gestillten Rheinstromes wird nun zum
Bilde der hohen, schauenden Seelenfülle, die dem begnadeten Dich-
termenschen mühelos geschenkt ist, als eine Gabe der mütterlichen
Natur. Der Gesang wendet sich damit an Rousseau, der »aus heiliger Fülle« die Sprache des reinen Lebens sprechen konnte, töricht-
göttlich und gesetzlos. Auch Hölderlin kennt dieses Glück der Ein-
gesetztheit in die Fülle. Er kennt es sogar als eine »Last der Freude«,
die schreckt und bedrückt. Der Augenblick der schönsten Vergegenwärtigung der Himmlischen, auf den sein ganzes Dasein hingelebt
war, überwächst beinahe seine Tragkraft, und dies ist für Hölderlin
eine so bestimmte persönliche Erfahrung, daß er sie einsetzt, gerade
um die Herrlichkeit, die atemreiche Ruhe der Seele im »Abend der
Zeit« mit desto volleren Zügen zur Anschauung zu bringen. Das
Bild dieses Abends, in dem nicht nur die ringende Seele, sondern
auch das objektive Schicksal einen Augenblick der Ruhe, des Ausgleichs findet, beherrscht weithin den Schluß der Hymne. Es zeigt
sich, daß dem Gedicht diese Endsituation als eine den Dichter am
allernächsten berührende von vornherein im Sinne lag. Dreimal
führt die Hymne auf die Abendstunde, die schöne Frucht durch-
kämpfter Leiden, hin (in der 6., 9. und 11.–13. Strophe), aber erst
bei der dritten Wiederkehr malt Hölderlin diese mythisch-geschicht-

lich-biographische Erntestunde mit dem ganzen Zauber tieftoniger, choralartiger Farben aus. Sie ist das Brautfest der Liebe zwischen Menschen und Göttern, sie hat süßen Schlaf für die Streiter, Heimat für die Heimatlosen, Versöhnung für allen Zwist; sie verwandelt alle, nur die Liebenden nicht, denn nach dem Gesetz der Liebenden ist die große Abendstunde gebildet, ihnen allein ist sie nicht fremd.

Wir stehen vor dem mächtigsten Zeugnis des Glück- und Erfüllungserlebnisses, das Hölderlin um die Jahrhundertwende geschenkt wurde. Die Hymne »Versöhnender« hatte schon bestimmt von diesem Erlebnis gesprochen. Aber die Schlußpartien der Rheinhymne stellen sich zu dem dort Gesagten wie das Gemälde zur Skizze. Was er durch konkrete Lebensleiden, durch grüblerische Besinnungsaktionen, durch liebendes Ausgreifen seines hymnisch bejahenden Bewußtseins geistig errungen hatte, ward in diesen Monaten des Jahres 1801 lebenbestimmendes *Gefühl*. Einige Jahre zuvor hatte er Diotima zugerufen:

> Sieh! eh noch unser Hügel, o Liebe, sinkt,
>> Geschiehts, und ja! noch siehet mein sterblich Lied
>> Den Tag, der, Diotima! nächst den
>> Göttern und Helden dich nennt, und dir gleicht.

Diese Verkündigung ist es, die sich nun in der Feier der großen Erntestunde bewährt. Zwar nennt diese Feier den Namen der Geliebten nicht; aber indem sie den Abend der Zeit als Erfüllung des Gesetzes der Liebe begrüßt, führt sie den Namen Diotimas in innigster Bindung mit sich.

Tragisch kennzeichnend für Hölderlins Welt ist aber wieder die Frage, die sich am Schlusse der Rheinhymne erhebt: wie kann dieser wunderbare Versöhnungsaugenblick vom Menschen festgehalten werden? Er ist als wirkender Götteraugenblick vergänglich wie alles Himmlische. Er senkt sich nicht als festes Element in die Struktur des Menschen ein. Sind auch die Götter ewigen Lebens voll, so erfährt der Mensch dieses Leben doch bloß als die Augenblicke der Begeisterung oder des Ausgleichs. Nur ein Organ ist ihm gegeben, das eine Art dauernder Aneignung des höchsten Gutes leistet, das Gedächtnis:

> Die ewigen Götter sind
> Voll Lebens allzeit; bis in den Tod
> Kann aber ein Mensch auch
> Im Gedächtniß doch das Beste behalten.

Wir haben schon an früherer Stelle von der schwerwiegenden Bedeutung gesprochen, die bei Hölderlin das Gedächtnis, die Erinnerung besitzt; Erinnerung nicht an Einzelheiten, sondern an den
Totalzusammenhang, an die Liebesaugenblicke, in denen die endlose Liebesverknüpfung des Ganzen sich verwirklicht und gefühlt
darstellte. Auf dem Gedächtnis, auf dem Bewußtsein, das aus allem
Schein der Zersplitterung das Ganze stündlich wieder schaut und
erzeugt, ruht die schöne Welt; auf dem Menschen also und auf
seinem jederzeit wachen Sich-Durchdenken zum Ganzen. Das höchste Glück, wenn es ihm begegnet, kann er nur erfahren als eine
»Last der Freude«, als einen »Himmel, den er mit den liebenden
Armen sich auf die Schultern gehäufft«. Nicht er ruht in dieser
Freude, sondern sie ruht auf ihm.

Von hier aus setzt schließlich die Widmung des Gedichtes an, die
in der letzten Strophe steht. Der angeredete Freund wird gerühmt
als einer, der aus allen Verhüllungen den lächelnden Gott zu erkennen vermag; er zählt also zu denen, die im Gedächtnis das Beste
behalten haben. Die Widmung war ursprünglich Heinse zugedacht,
wurde aber später an Sinclair gerichtet. Ob diese Änderung mit
Heinses Tod (22. Juni 1803) zusammenhängt, steht nicht fest. Nur
läßt sich erkennen, daß die Strophe 15 (vielleicht auch 14) die Zeichen einer späteren Zeit als 1801 trägt. Wendungen wie die, daß
am Tage das Lächeln des Gottes hitzig-fieberhaft und das Lebendige
erstarrt, angekettet scheint, während bei Nacht alle Dinge ordnungslos sich verwirren, entsprechen der von Fremdgefühlen durch-
hauchten Empfindungsweise der späteren Jahre.

Die Hymne »Germanien« nimmt auf der Stufe des freien Verses
die Gedankenfolge des »Gesanges des Deutschen« noch einmal auf:
Wanderung des Genius vom alten Hellas zum deutschen Vaterland, Deutschland als das Land der schaffenden Liebe und des kommenden Göttertages. Aber eben diese Ähnlichkeit des Ablaufs läßt
die unvergleichliche Erweiterung und Vertiefung der Schau, die
mythische Durchheilung des Wissens und Sprechens, den außerordentlichen Machtgewinn des Lebensgefühls spüren, die sich zwischen den beiden Gedichten vollzogen haben.

»Germanien« ist der höchste Feiergesang zur Ehre des deutschen
Vaterlandes, den wir besitzen. Die Hymne ruft die alten Götter
Griechenlands an; aber in der Art, wie dies geschieht, ist schon die
Nähe des Boehlendorffbriefes mit seiner Unterscheidung zwischen
Hellas und dem neuen Europa zu spüren. Sie klingt in der Weise

an, daß hier bestimmter als je der Bruch zwischen der Antike und
Hesperien betont wird, der Untergang der alten Götter, die Unmöglichkeit, die Entflohenen als buchstäblich angleichbare Wesenheiten ins hesperische Leben hereinzunehmen:

> Denn euer schönes Angesicht zu sehen,
> Als wärs, wie sonst, ich fürcht' es, tödtlich ists
> Und kaum erlaubt, Gestorbene zu weken.

So ringt der Eingang der Hymne mit neuer Anstrengung um die
richtige Formel: die Götter*bilder*, also die bestimmten geschichtlichen Ausprägungen, die die Götterkräfte auf griechischem Boden
erfuhren, darf der Sänger nicht mehr rufen. Sie *hatten* ihre Zeiten,
und an dieser Tatsache ist weder durch Leugnen noch durch Flehen
etwas zu ändern. Die griechische Weise der Göttererfahrung ist
nicht wiederholbar, ein geradliniges Fortwirken des alten Olymp
in die Gegenwart darf nicht gedacht, nicht geträumt werden. Denn
dies würde einen erneuerten, eigengesetzlichen Lebensorganismus
mit spezifisch Totem verknüpfen und dadurch zerstören.

Aber dieses Todverfallene an der alten Götterwelt wird nur deshalb so scharf zum Bewußtsein gebracht, damit das Fortwirkend-
Lebendige an ihr desto reiner ergriffen werden kann. Dürfen die alten Götterbilder (-namen, -dienste, -altäre) nicht mehr in unsren
Tag gezogen werden, so gilt es doch, die lebendigen Geistkräfte, die
die alten Bilder belebten, in allen drangvollen Hoffnungen des
neuen Abendlandes wirksam zu sehen. »Germanien« ist Hölderlins entschiedenste Absage, nicht an die Antike, wohl aber an die
klassizistische Auffassung derselben. Zum bildlichen Anhalt des
ewig Lebendigen in der Antike wird ihm dabei der Begriff des
»Vaters«. Der Vater (die »Macht der Höhe«, auch pluralistisch
gefaßt als die Himmlischen) repräsentiert innerhalb der radikalen
Geschichtlichkeit, der Hölderlin auch die Göttererscheinungen unterworfen sieht, das Bleibende.

Dies alles ist, wie wir aus »Archipelagus«, »Brod und Wein«, »Gesang
des Deutschen«, »Versöhnender« und vielen anderen Dichtungen
wissen, nicht grundlegend neu. Doch neu ist die Bewaffnung dieser
Gedanken mit dem geschärften Bewußtsein der geschichtlichen Unterbrechung im großen Bilderzug. Sie mußte hier erfolgen, weil die
Hymne in vollem, letztem Ernst Germaniens Reich und götter-
geweihte Wirklichkeit zu bestimmen gedachte. Gereinigt von allem,
was klassizistisches Als-ob ist, kann nun Germaniens *Wichtigkeit
vor Gott* herausgehoben werden, genauer: die göttliche Legitimität

der neuen Lebensform, die sich aus deutschem Geiste jetzt zu erheben beginnt, als reifste Frucht der Zeit. Unmittelbar vom Äther herab, nicht mehr aus einem gewußten und überlieferten Olymp, senkt sich das »treue Bild« in diese neue Lebensform ein.

Rückwärts deutet diese Leistung Germaniens »bis in den Orient«, d. h. sie erfolgt innerhalb des großen ostwestlichen Kulturraumes und der in ihm gegebenen zeitlichen Kulturfolge (Indien, Griechenland, Rom, Deutschland), die jetzt mit allen ihren Wandlungen überschaubar geworden ist. Sie erfolgt weiterhin auf Grund einer uralten Erwählung, die jetzt geschichtlich aktuell wird und die Germanien schon von Anfang an zur Priesterin, zur stillsten Tochter Gottes gemacht hat. Hölderlin zeichnet in mythischer Sprache ein ergreifend schönes und wahres Bild vom deutschen Wesen: Germania ist das »Kind«, das gern in tiefer Einfalt schweigt; ihr Herz ist alliebend, d. h. in eigner Liebesfülle das Liebesgeheimnis der Welt tragend und bewahrend; Germania ist, gleich der Mutter Erde, friedevoll, unschuldig leidend, ahnend, duldend, ein arglos frommes Leben, groß an Glauben. Diese innere Gründung auf eine liebende Gläubigkeit ließ Deutschland schweigend ausharren unter den Stürmen der französischen Revolution (»jüngst da ein Sturm / Todtdrohend über ihrem Haupt ertönte«), denn es ahnte eine bessere Art der europäischen Lebenserneuerung voraus, die es selbst zu bewirken hatte. Die unvordenkliche Erwählung Germaniens aber hat sich in früher Zeit schon durch die Gabe des dichterischen Wortes bekundet, die der Götterbote der noch in Wäldern Träumenden beim Untergang des antiken Göttertages verliehen hatte.

Wenn nun, in einem Jetzt, das Hölderlin sehr bestimmt als seine Gegenwart faßt, der erwählende Anruf ergeht, so heißt dies für Germanien: Heraustreten aus dem Traum in wache Verantwortung, Offenbarung des Geheimnisses durch bewußte Fassung der Götterkräfte ins benennende Wort, in bildhaft-plastische Erscheinung (»Nenne, was vor Augen dir ist«); nicht so, daß das Geheimnis versehrt oder entheiligt wird, sondern so, daß seine Kraft in der Umschreibung durch Gestalt sich nach außen kehrt, als eine neue, schönere Menschengesellung, Kunst und Sitte, als Selbstverwirklichung von deutschem Volk und Staat, die eine rettende Bedeutung für den ganzen Kulturkreis hat. Es muß eine Auswirkung des Geheimnisses sein, die das Geheimnis zugleich unangetastet bestehen läßt.

> Dreifach umschreibe du es,
> Doch ungesprochen auch, wie es da ist,
> Unschuldige, muß es bleiben.

Dieses deutsche Nennen hat insbesondere ein Nennen der Natur zu sein als der ewig jungen Quelle aller lebengestaltenden Begeisterung: »O nenne Tochter du der heiligen Erd! / Einmal die Mutter.« Nicht nur die Stummheit der nachantiken Jahrhunderte wird durch diese deutsche Namengebung gebrochen, sondern auch jenes Schweigen von weither, das selbst im alten Asien, in Hellas und Rom nicht gelöst wurde: Wenn die Alten alle den Urquell nicht nannten, so besteht für uns eine heilige Nötigung, dies jetzt zu tun und der Natur endlich ihre Ehre zu geben. Sobald im deutschen Sprechen die Natur mit kultischem Namen genannt wird, erwacht alles Vergangengöttliche unter uns wieder zum Leben. Der Wassersturz am Fels, das Gewitter überm Wald werden wieder als göttliche Lebenszeichen erkannt. Die Einsetzung der Natur in ihre alte Ehre wird der Herzpunkt der von Deutschland heraufgeführten Lebensgestalt sein. Die unbedürftigen Naturmächte werden in ihr eine lebendige Gegenwart haben, und weit über die Grenzen wird Germania priesterlich walten mit einer Machtfülle, die so wenig der Waffen bedarf und doch so unwiderstehlich ist, wie die der Natur.

Deutlicher als in Hölderlins sonstigen Verkündungen eines kommenden Tags der Deutschen klingt hier das Bewußtsein einer *Deutschen Sendung* auf; ein Zusammenhang also mit einem wichtigen Motiv der nationalen Geistesgeschichte, das zu verschiedenen Zeiten in verschiedenen Abwandlungen hervorgetreten ist. Zu Hölderlins Zeit lag schon in den staatlichen deutschen Zuständen ein Anlaß, daß das nationale Selbstgefühl sich vorwiegend innerlich und prophetisch faßte. Da die unzulängliche politische Wirklichkeit sichtbar in Widerspruch zu Wesen und Wert des deutschen Volkes stand, mußte von der Zukunft eine entsprechendere politische Verkörperung und nationale Ichbildung erhofft werden. Dies führte im Zusammenhang mit dem weltweiten Ausgreifen der deutschen Philosophie und Dichtung zu den hochgespannten, oft chiliastischen Fassungen deutscher Zukunftshoffnung, an denen die damalige Zeit reich ist. Hier ist an Schillers Hymnenentwurf »Deutsche Größe« (1797) zu erinnern. »Der Deutsche ist erwählt von dem Weltgeist, während des Zeitkampfs an dem ew'gen Bau der Menschenbildung zu arbeiten, ... nicht im Augenblick zu glänzen und seine Rolle zu spielen, sondern den großen Prozeß der Zeit zu gewinnen. Jedes Volk hat seinen Tag in der Geschichte, doch der Tag des Deutschen ist die Ernte der ganzen Zeit.« Beim Lesen dieser Schillerschen Sätze ergibt sich klar, daß sie vom gleichen Geiste belebt sind wie Hölderlins Rede von der priesterlich-göttlichen Jungfrau Germania, an deren Feiertagen die Könige und die Völker ringsum mit rettender Weisung beraten werden.

Von dieser Feier des Vaterlandes her stellt sich nun auch etwas ins Rechte, an dem wir nicht vorübergehen können. Es ist jene bittere Kritik, die Hölderlin im »Hyperion« an den Deutschen geübt hat. Sie hat dem Dichter in späteren Zeiten eines erfahreneren National-gefühls manchen Tadel eingetragen, und schon unter den Zeitgenossen war es der Mainzer Dichterfreund Friedrich Emerich aus Wetzlar, der am 4. März 1800 an Hölderlin schrieb, der zweite Teil des Romans habe ihn entzückt, aber das Urteil über die Deutschen habe ihn empört. Emerich hatte für diese Stellungnahme einen guten Grund. Er hatte als schwärmerischer Parteigänger der Revolution 1796 Dienste in der französischen Armee genommen. Er hatte hier, wie später bei der französischen Gemeindeverwaltung in Mainz, eine schwere Enttäuschung seiner Hoffnungen erlebt: Betrug, Aus-beutung, Unterjochung bis zum Helotentum. Emerich übte, nach-dem er im Herbst 1801 freiwillig dem französischen Dienst ab-gesagt hatte, als Journalist scharfe Kritik an der Mißwirtschaft in Mainz, ward von den Behörden verfolgt und schließlich als ein geistig völlig Zerbrochener im April 1802 ausgewiesen. Er starb im Wahnsinn zu Würzburg am 17. November 1802, im Alter von neunundzwanzig Jahren.[1] Emerich sah somit die deutschen Dinge von außen, vor dem Hintergrund seiner bitteren Erfahrungen mit dem Fremden; sein Schicksal ist eine Skizze des Schicksals einer ganzen deutschen Generation, die erst der französischen Revolution zujubelte und dann den deutschen Freiheitskampf gegen die fran-zösische Unterdrückung durchfocht. Hölderlin aber behandelte die deutschen Dinge in seiner Strafrede durchaus von innen her, auf dem Hintergrund seiner Liebe zum deutschen Wesen, der tiefsten und innigsten, die je im Herzen eines Dichters lebte. Er verteidigte in jener Rüge den deutschen Genius gegen den Verrat und Abfall, der sich in der jammervollen deutschen Wirklichkeit jener Tage darstellte. Er übte das Recht jedes Propheten: das Volk aus seinen

[1] Diese Angaben nach dem Aufsatze von Christian Waas »Friedrich Emerich aus Wetzlar« im Wetzlarer Anzeiger vom 23. Dezember 1939.

Irrungen zu seinem wahren Wesen zu rufen. Die Strafrede im
»Hyperion« ist nur die negative Verkündigung der deutschen
Wesensgröße. Das erhellt am klarsten aus der Gegenüberstellung:
Verleugnung der Natur ist der Kernpunkt der Rüge im »Hype-
rion«; innigste Naturnähe des deutschen Wesens ist der Kernpunkt
der Verherrlichung des Vaterlandes, wie er sie seit 1800 vorträgt.
Von der Strafrede des Hyperion gilt, was Hölderlin in dem Epi-
gramm »Der zürnende Dichter« gesagt hat:

> Fürchtet den Dichter nicht, wenn er edel zürnet, sein Buchstab
> Tödtet, aber es macht Geister lebendig der Geist.[1]

# Bordeaux 1802, Nürtingen 1802 bis 1804

Während Hölderlins Geist in dieser Weise das Vaterland und zugleich das Gesetz des nachantiken Abendlandes ergriff, während er Taten vollbrachte, deren Bedeutung kaum hoch genug anzuschlagen ist, blieb ihm die Möglichkeit, in der Heimat seiner Bestimmung zu leben, nach wie vor verweigert. Die Bemühungen der Freunde um eine neue Hauslehrerstelle führten gegen Herbst des Jahres 1801 zu einem Ergebnis. Landauer konnte Hölderlin am 22. August melden, daß Professor Doktor Ströhlin, der seit einiger Zeit mit dem Weinhändler und hamburgischen Konsul Daniel Christoph Meyer in Bordeaux verhandelte, günstigen Bescheid erhalten habe; Hölderlin würde als Hauslehrer in Meyers Familie ein Jahresgehalt von fünfzig Louisd'or beziehen, außerdem seien ihm fünfundzwanzig Louisd'or als Reisegeld zugesichert. In den Vorverhandlungen hatte auch der Plan, daß Hölderlin in Bordeaux den protestantischen Gottesdienst versehen sollte, eine Rolle gespielt, und Hölderlin hatte sich dagegen ablehnend verhalten. Der erwähnte Brief Landauers konnte mitteilen, daß Hölderlin in Bordeaux »vor der Hand von Predigen dispensiert« sein werde. Daß dies aber nur eine einstweilige Regelung war, bezeugt Hölderlin selbst durch die Äußerung an Boehlendorff (4. Dezember 1801), er werde nächste Woche als Hauslehrer und Privatprediger nach Bordeaux gehen. Eben dieser Brief wirft ein Licht auf die Stimmung, in der Hölderlin die letzten Reisevorbereitungen traf: »Und nun leb wohl, mein Theurer, bis auf weiteres. Ich bin jezt voll Abschied. Ich habe lange nicht geweint. Aber es hat mich bittere Thränen gekostet, da ich mich entschloß, mein Vaterland noch jezt zu verlassen, vielleicht auf immer. Denn was hab' ich lieberes auf der Welt? Aber sie können mich nicht brauchen. Deutsch will und muß ich übrigens bleiben, und wenn mich die Herzens- und die Nahrungsnoth nach Otaheiti triebe.«[1]

---

1 Anspielung auf den Plan, der im Verfolg Heinsescher Anregungen und auf Grund der Berichte Georg Forsters im Jahre 1777 zwischen Gerstenberg, Matthias Claudius, Overbeck und anderen Europamüden verhandelt worden war, auf der »glückseligen Insel« Otaheiti ein naturnahes Dichterparadies zu errichten. Der Plan blieb unausgeführt, ward aber längere Zeit ernsthaft betrieben, und selbst Männer wie Klopstock, F. L. Stolberg, Voß hatten sich ihm angeschlossen.

Hölderlin beabsichtigte zunächst über Straßburg und Paris zu reisen. Aber in Straßburg, wo er am 15. Dezember eintraf, ergaben sich Paßschwierigkeiten, die ihn mehrere Tage festhielten, und es wurde ihm von der Behörde geraten, den Weg über Lyon und die Auvergne zu nehmen. Am 28. Januar 1802 kam er nach einer beschwerlichen Reise in Bordeaux an. Ein Brief, den er gleich am Ankunftstage der Mutter schrieb, gibt zu erkennen, wie stark die äußeren und inneren Erschütterungen der letzten Wochen auf ihn eingewirkt hatten. Er habe so viel erfahren, daß er kaum noch davon reden könne. Er gebraucht den Ausdruck: »Ich bin nun durch und durch gehärtet und geweiht.« Er scheint damit ein neuerliches Überschreiten einer Grenze anzudeuten, einen Eintritt in Unwiderrufliches, der ihm eine festere, aber auch starrere Haltung bringt. In ihr ist Angst vor dem eignen Empfinden, und dies bekundet sich auch in dem Briefe, den er am Karfreitag 1802 an die Mutter schrieb, nachdem er die Nachricht vom Tod der geliebten Großmutter erhalten hatte. Er entschuldigt sich, daß er angesichts dieses Verlustes »mehr die nothwendige Fassung, als das Laid ausdrüke, das die Liebe in unsren Herzen fühlt«. Er begründet dies: »Ich meines Orts muß mein so lange nun geprüftes Gemüth bewahren und halten, und die zärtlichen guten Worte, die, wie Sie wissen, mir zu leicht vom Munde gehen, ich muß sie sparen für jezt, ich darf nicht Sie und mich noch mehr dadurch bewegen.« Was er dann der Mutter zum Trost zu sagen hat, faßt er absichtlich kühl und distanziert; äußerlich streift die sententiöse, erwogene und prüfende Art des Ausdrucks sogar an goethesche Wendungen in solchen Fällen. Aber dahinter steht eine tiefe Erschütterung, und die schwere, angstvolle Anstrengung, die ihn diese Fassung kostet, ist deutlich zu spüren.
In Bordeaux fand er die beste Aufnahme. Der Weinhändler und Konsul besaß ein stattliches, säulengeschmücktes Haus an einem heiteren Grünplatz im Zuge einer belebten Allee. Hölderlins Zimmer hatte den Blick auf Platz und Straße: »Fast wohn' ich zu herrlich. Ich wäre froh an sicherer Einfalt.« Der Konsul selbst hatte nur ein Kind, eine neunjährige Tochter; doch scheinen Hölderlin noch andere Kinder deutscher Familien anvertraut worden zu sein, da er von den Zöglingen schreibt, die ihn umgeben. Nicht die geringste Einzelheit von seinem Leben und seiner Arbeit in Bordeaux ist durch Zeugnisse überliefert. Nur aus seinen späteren Gedichten und Briefen kann einiges von seiner Begegnung mit südfranzösischer Landschaft und ihren Menschen erschlossen werden.

Der meerbreite Ausgang des Stromes zum Ozean, das Leben des Hafens, manche Einzelheiten der Uferlandschaft mit der südländischen Vegetation wurden ihm zu nachhaltigen Eindrücken. Er hat die »Gegenden, die an die Vendée grenzen«, gesehen (also Angoumois, Poitou), aber das kann ebensogut während des Aufenthaltes in Bordeaux, wie nachher auf der Heimreise geschehen sein, wenn ihn diese die Charente hinauf über Poitiers, Tours, Blois, Orléans nach Paris geführt haben sollte.

Im ganzen war aber zweifellos seine Fähigkeit, Äußeres aufzunehmen und zunächst als Äußeres gelten zu lassen, in dieser Zeit bereits eingeschränkt. Es hatte sich schon angebahnt, was dann immer mehr hervortrat: der subjektive Anteil seiner Weltbegegnung hatte sich weit in den Vordergrund geschoben, die Rückbeziehung des Wahrgenommenen auf eigene Probleme und Wertreihen war zum Wichtigsten geworden; denn sie lag am meisten im Interesse jenes höheren Bewußtseins, auf das alles ankam. Der Anspruch dieses Bewußtseins hatte sich ursprünglich auf eine gleichzeitige Erfassung der Einzelheiten und des Geist-Ganzen gerichtet. Diesem Anspruch hatte Hölderlins Bewußtsein in den hohen Schöpfungen seit dem Archipelagus genügen können, mit athletischer Anstrengung und unter Bedingungen von unvorstellbarer Schwere. Gegen Herbst 1801 muß eine Störung in dieser Bewußtseinsfunktion eingetreten sein. Ein Zudrang fremder und zunächst nicht zähmbarer Elemente muß stattgefunden haben, d. h. die Bewältigungsfähigkeit des Geistes muß eine Minderung erlitten haben, die ihn zwang, gewisse Strecken der inneren oder äußeren Erfahrung als fremde, daher »unheimliche« Einsprengungen stehen zu lassen oder vorbeugend gewisse Ausklammerungen vorzunehmen. Der oft erwähnte Boehlendorffbrief mit der Angabe, ihm sei mehr von den Göttern geworden, als er verdauen konnte, mag als das erste Zeichen dieses Schlages gelten; als Geschlagenheit von Apollo benannte Hölderlin ein Jahr später die Ergreifung seiner Seele durch die Gleichzeitigkeit von gewaltigem Element und menschlichem Eingeschränktsein, wie er sie im südlichen Frankreich erfahren hatte. Es stellte sich in der Folge für Hölderlin das Problem des Bewußtseins so, daß jene Gleichzeitigkeit des »In allem und über allem« (Vorrede zum Thaliafragment) fortschreitend schwerer zu leisten war und daß jene teilweisen Absperrungen, die ihm als hygienische Behelfe schon seit langem bekannt waren,[1] merklicher hervor-

---

[1] Vgl. die früheren Ausführungen zur Bedeutung der Distanz in seinem Leben.

traten. Die Subjektivität seiner späteren Weltbegegnung, die gelegentliche Gefühlsstarre und die sonstigen Versteifungen sind Hilfsmittel zur Bewahrung der Ich-Einheit, Abschirmungen gegen die
Gefahr der Überfremdung des Gemüts, die von mangelhafter Ein-
arbeitung des Vielfältigen droht. Die Logik dieser Hilfsmittel ist
richtig, sie entspricht genau den gegebenen (krankhaften) Voraussetzungen.

Hölderlins Tätigkeit in Bordeaux dauerte nur ein Vierteljahr, genau so lange wie die im Hause Gonzenbach. Unter welchen Umständen die Auflösung des Verhältnisses erfolgte, wissen wir nicht.
Sein Gemütszustand reicht schon zur Erklärung hin; vielleicht wurde das Ansinnen, als Prediger zu amtieren, zum unmittelbaren
Anlaß. Seine Familie blieb seit jenem Karfreitagsbriefe ohne Nachricht von ihm. Mit einem Paß, der das Ausfertigungsdatum des
9. Mai 1802 trug, verließ er Bordeaux, nachdem er vorher noch
sein Gepäck zur Heimbeförderung aufgegeben hatte. Am 6. Juni
kam er durch Straßburg und traf anfangs Juli in Nürtingen ein.
Über den Weg, den er auf der Heimreise von Bordeaux genommen hat, besteht heute noch keine Klarheit. Sie hat zwei Monate
gedauert. Die Entfernung von Bordeaux nach Straßburg, rund 1000
Kilometer, hat Hölderlin in weniger als vier Wochen zurückgelegt;
für die Strecke von Straßburg nach Nürtingen, 150 Kilometer, hat
er mehr als vier Wochen gebraucht. Wie ist dieser Unterschied zu
erklären? Abzuweisen ist von vornherein die durch Schwab schon
aufgekommene Legende, daß er Frankreich zu Fuß durchwandert
habe; es besteht kein Grund zu der Annahme, daß er nicht die Post
ganz oder teilweise benutzt habe. Für die Tatsache, daß er durch
Paris gekommen ist, spricht die Erwähnung der »Antiquen in Paris«
in einem späteren Brief an Leo von Seckendorf (12. März 1804).
Daß ihm aber aus der Riesenstadt, die von früher Jugend an seine
Gedanken beschäftigt hatte, sonst keinerlei Eindruck geblieben ist,
darf selbst unter der Voraussetzung des ausgebrochenen Wahnsinns
als schwer erklärlich gelten, zumal verflogene Erinnerungen an die
Landschaft der Charente usw. mehrfach in späteren Dichtungen
auftauchen.

Auf Hölderlins Rückreise durch Frankreich bezieht sich Moritz
Hartmanns Erzählung »Eine Vermuthung«, die 1861 in der Stuttgarter »Freya« erschien. Hartmann behauptet, diese Erzählung
wiederhole einen Bericht, den er 1852 von einer Madame de S . . . y
erhalten habe. Er bezog sich auf einen wahnsinnigen Deutschen,

der fünfzig Jahre zuvor, also 1802, zwei Tage lang auf dem Land-
sitz der Familie in Blois zu Gaste gewesen sei. Die romanhafte
Ausstattung dieser Erzählung entspricht wohl dem sentimentalen
Bilde, unter dem der unglückliche Poet und heimatlose Griechen-
schwärmer Hölderlin im Kreise Hartmanns berühmt war. Aber die
zahlreichen Unwahrscheinlichkeiten der an sich gut geschriebenen
Erzählung machen das Ganze äußerst unglaubhaft, zumal in Ansehung der Verfasserpersönlichkeit, deren Arbeiten auch sonst eine
geschickte Nachempfindung, eine eitle Vielgewandtheit und jour-
nalistische Geltungssucht zu erkennen geben.[1]

Anfangs Juli 1802, wie gesagt, langte Hölderlin in Nürtingen an.
Die Umstände, unter denen er seinen Angehörigen zu Gesicht kam,
waren für diese denkbar entsetzlich. J. Kocher berichtet in seiner
Geschichte der Stadt Nürtingen: »Auf der Neckarbrücke begegne-
ten ihm unerwartet seine Mutter und Schwester. Sie waren starr vor
Schrecken über den schaurigen Eindruck von dem an Geist und Leib
heruntergekommenen Sohn und Bruder.« Sein Biograph Schwab
schildert die Heimkehr so: »Seit Ostern hatte seine Familie keine
Nachrichten mehr von dem Dichter. Aus dieser Ungewißheit wurde
sie auf eine schmerzliche Weise gerissen, als Anfang Juli desselben
Jahres Hölderlin plötzlich im mütterlichen Hause eintraf, dessen
Bewohner er in seiner Raserei alle vor die Thüre hinaus jagte. Er
erschien mit verwirrten Mienen und tobenden Gebärden, im Zustande des verzweifeltsten Irrsinnes und in einem Aufzuge, der die
Aussage, daß er unterwegs beraubt worden sei, zu bestätigen schien.
Unerwartet schnell hatte er im Juni seine Stelle zu Bordeaux ver-
lassen, Frankreich ... in den heißesten Sommertagen von einer
Grenze zur andern zu Fuß durchreißt, sich flüchtig seinen Freunden

---

1 Vgl. die Einwände, die Pierre Bertaux in seinem Buch »Hölderlin«, Essai de biographie
intérieure (Paris, librairie Hachette, 1936) erhebt. Die Liste der Unwahrscheinlichkeiten
wäre leicht zu verlängern. Der wahnsinnige Deutsche äußerte, das Ich, das er vor zehn
Jahren war, sei unsterblich gewesen, das jetzige nicht mehr. Wie käme Hölderlin dazu,
von dem, was er um 1792 war, vor Diotima, »Empedokles« und den Hymnen, in so
hohem Ton zu sprechen? Wie paßt das unbeholfene Französisch des irrenden Wanderers
zu seiner Bereitwilligkeit, sich alsbald in schwungvollen Ausführungen über einen neuplatonischen, fast theosophisch aufgefaßten Olymp zu ergehen – und zu Hölderlins noto-
rischer Verschlossenheit gegen Fremde? Wie stimmt die barsche Kontrastierung der Deutschen gegen die Griechen zu dem Hölderlinschen Wissen um Hesperiens Gesetz und
Berufung? Bezeichnend ist auch, was fehlt. Wie alle Erfindungen nach bekannten Anhalts-
punkten bringt auch diese Erzählung kein einziges Detail, das greifbar und neu wäre.

in Stuttgart ... gezeigt und war so in die Heimat gekommen.
Matthisson schilderte noch einmal in späteren Jahren den schaurigen
Eindruck, den die zerstörte Gestalt des Fremdlings auf ihn machte,
der mit hohlem Tone einsylbig sich als ›Hölderlin‹ ihm ankündigte.«

Den in so jammervollem Zustande Heimgekehrten erwartete die
Nachricht vom schwersten Schicksalsschlage, der ihn treffen konnte.
Er fand einen Brief Sinclairs vor, den dieser am 30. Juni nach
Bordeaux gerichtet hatte und der mittlerweile in die Heimat nach-
gesandt worden war. Dieser Brief meldete den Tod Susettens: »Am
22. dieses Monats ist die G. gestorben an den Röteln, am 10. Tage
ihrer Krankheit. Ihre Kinder hatten sie mit ihr und überstanden sie
glücklich. Sie hatte den verflossenen Winter einen gefährlichen Husten gehabt, der ihre Lunge schwächte. Sie ist sich bis zuletzt gleich
geblieben. Ihr Tod war wie ihr Leben.« Sinclair war sich klar
über den Eindruck, den diese Nachricht auf den Freund machen
mußte, und fügte alsbald einen Vorschlag hinzu, der seine brüder-
liche Treue in hellem Lichte zeigt: »Seit du mich verlassen hast,
hat mich mancherlei Schicksal betroffen. Ich bin ruhiger und kälter
geworden und ich kann Dir versprechen, daß Du an der Brust Deines Freundes ausruhen kannst. Du kennst alle meine Fehler, ich
hoffe, keiner soll mehr eine Mißhelligkeit zwischen uns hervorbringen. Ich lade Dich also ein, zu mir zu kommen und bei mir
zu bleiben ... Jetzt kann ich 200 fl. jährlich füglich entbehren, die
kann ich Dir geben, und freie Wohnung und was dazu gehört.«

Der Ausführung dieses Vorschlags stand vorerst die trostlose Verfassung Hölderlins entgegen. Zustände des Tobens wechselten mit
Tagen tiefer Niedergeschlagenheit ab. Er fing wohl bald wieder an,
sich zu beschäftigen, und sein Neffe Friedrich Breunlin (geboren
1797) erzählte nachmals, daß er mit seiner älteren Schwester Hein-
rike eine Zeitlang Privatstunden vom Onkel gehabt, daß jedoch
der Unterricht aufgehört habe, als Hölderlin in seiner Geistes-
gestörtheit einmal beide Schüler zum Fenster hinauswerfen wollte
und sie sich nur durch die Flucht retten konnten. Ein Nürtinger
Schulmann, damals noch selbst Schüler, wußte sich in späteren Jahren zu erinnern, daß man Hölderlin bei bedrohlichen Stimmungen
oft durch Vorlesen von Homerabschnitten beruhigen konnte. Die
Stuttgarter Freunde nahmen den innigsten Anteil an seinem Geschick und suchten auf jede ihnen mögliche Weise zu seiner Heilung
beizutragen.

Aber erst gegen Herbst 1802 trat eine dauerndere Beruhigung ein. Die Anfälle der Raserei wurden allmählich seltener. Sogleich war Sinclairs Freundschaft wieder zur Stelle, um etwas zur weiteren Herstellung des Erkrankten zu unternehmen. Er holte den Freund im September ab und nahm ihn zu dem Reichstag nach Regensburg mit, wo er als Bevollmächtigter seines Landgrafen die Interessen Homburgs zu vertreten hatte. Sinclair mochte dabei an die günstige Wirkung denken, die Hölderlins Aufenthalt auf dem Rastatter Kongreß geübt hatte. Der Landgraf selbst trug zur Ermöglichung dieser Reise bei, und Hölderlin empfand dies so dankbar, daß er sogleich nach der Heimkehr ein großes Gedicht begann, das er dem Fürsten zu widmen gedachte. Es ist die Hymne »Patmos«, die weitausholende Zusammenfassung des abendländischen Schicksals in seiner Rückbeziehung auf Christus, endend in der bestimmten prophetischen Schau auf die jetzt beginnende neue Tagzeit.

»Auf die Reise nach Regensburg«, schrieb die Mutter am 20. Dezember 1802 an Sinclair, »befand er sich einige Zeit in ruhiger Fassung.« Auch Sinclairs Eindruck war es, daß der Freund nie größere Geistes- und Seelenkraft gezeigt habe als während des Regensburger Aufenthaltes. Der einzige erhaltene Brief Hölderlins aus dem Spätjahr 1802 (an Boehlendorff 2. Dezember) ist ganz danach angetan, diesen Eindruck zu bestätigen. Hölderlin gibt dem Freunde einen zusammengedrängten Bericht über seine Eindrücke aus Frankreich und über seine gegenwärtige innere Lage. Es zeigt sich, daß er die Landschaft und die Menschen weitgehend in der Rückbeziehung auf die Antike und auf *seine* Griechenschau gesehen hat. Das Erlebnis des Südens wurde ihm, ähnlich wie Goethe, zu einem Mittel der Erkenntnis altgriechischen Menschentums. Die Subjektivität der Gesichtspunkte hindert nicht, daß sich in diesem Briefe bei knappster Fassung Reiches und Gültiges an typischer Südlandbegegnung des Nordländers entfaltet. Die Sprache des »Grundes zum Empedokles« klingt bedeutsam an, die Unterscheidungen des ersten Boehlendorffbriefes erfahren eine aufschlußreiche Anwendung.

Wir hoben schon hervor, daß ihn in dieser südlichen Welt die sichtbare Spannung zwischen dem mächtigeren Naturelement und der gefaßten, in Hütten befriedeten Eingeschränktheit des Menschenlebens tief ergriffen hat; denn er sah sich dadurch ständig an das eigne, ungelöste Grundproblem gemahnt. Die kriegerisch-männliche Art, die er in dem Volksschlag nahe der Vendée bemerkte, wie-

derholte ihm diesen Gegensatz noch einmal. Aus der Selbstverteidigung gegen die Gewalt des Elements (Sonne) sah er da »das Athletische des südlichen Menschen« hervorgehen, und er bezog dies
weiter auf die Griechen, deren heroischer Körper ein Ergebnis des
Ringens ihrer »Weisheit« mit ihrer »Natur« ist;[1] wobei daran
gedacht werden muß, daß »Weisheit« bei Hölderlin fast stets den
Faktor der behütenden, Fassung gebenden Verständigkeit bezeichnet. Im gleichen Sinne sagen die »Anmerkungen zur Antigonä«, die
hier in der Nähe stehen, daß die griechische »Athletentugend« der
ursprünglichen, hemmungslos-zärtlichen Ergreifbarkeit der Griechen angerungen ist, als geleistete Fassung; das bewähren gerade
auch die Helden der Iliade, obschon jene Ergreifbarkeit bei ihnen
oft in paradoxer Weise noch zutage tritt. Die Griechen – so fährt
der Brief an Boehlendorff fort – gingen über ihre feurige Naturanlage hinaus, indem sie Popularität, d. h. Zugänglichkeit für
Fremdes, in sich entwickelten. Das befähigte sie, »fremde Naturen
anzunehmen und sich ihnen mitzuteilen«, oder, wie der erste Boehlendorffbrief gesagt hatte, »die abendländische Junonische Nüchternheit für ihr Apollonsreich zu erbeuten«. Reflexionskraft hat
der griechischen Zärtlichkeit den heroischen Körper angezüchtet,
und aus diesem Vorgang hat sich die besondere Individualität des
griechischen Volkes gebildet.

Der dritte Abschnitt des Briefes gedenkt des Anblicks der Antiken,
den ihm die Reise gebracht hat, und er beschreibt seinen Eindruck
unter dem Leitgedanken: Hervorgang von Gestalt und Individualität aus höchstentfalteter Bewegung. Die antiken Bildwerke haben
ihm die Griechen verständlich gemacht, und sie haben ihm darüber
hinaus gezeigt, daß es das Höchste der Kunst überhaupt ist, »auch
in höchster Bewegung und Phänomenalisierung der Begriffe und
alles ernstlich Gemeinten dennoch alles stehend und für sich selbst«
zu erhalten. Hier schattet zum drittenmal die Spannung zwischen
ursprünglicher Bewegtheit (Ergriffenheit, Elementargewalt) und
errungener plastisch-körperlicher Gestalt dem Briefschreiber ins Be-

---

[1] Zu dem Hinweis des Briefes auf »die Regel, womit sie den übermüthigen Genius vor
des Elements Gewalt behüteten« vergleiche man im »Grund zum Empedokles« die Ausführungen über die Agrigentiner, die »durch einen natürlichen Instinkt getrieben wurden,
sich gegen den zu mächtigen, zu tiefen, zu freundlichen Einfluß des Elements vor Selbst-
vergessenheit und gänzlicher Entäußerung zu bewahren«. Der Einfluß des Elements ist
als physisches Feuer (Sonne) und zugleich als psychisches Feuer (Geist, Begeisterung) zu
verstehen. Der Gedanke der Selbstverteidigung des Menschen gegen das Element, das ja
von Götterrang ist, bildet einen zentralen Bestandteil von Hölderlins Religion.

wußtsein. Wie die Griechen durch »Kunst« zu ihrem individuellen Charakter kamen, so ist Kunst überhaupt der Gewinn des Individuums »Gebilde«, das etwas »für sich« ist, obwohl es zugleich vieles Einzelne als Bewegtes und deutlich Anklingendes in sich enthält.

Schließlich kommt der Brief auf des Schreibers gegenwärtige Lage, sein neues Leben in der Heimat, deren Natur ihn »um so mächtiger ergreift, je mehr ich sie studire«. Alsbald hebt er aus dem Leben dieser heimatlichen Natur das Gewitter heraus, nicht weil es die eindrucksvollste Erscheinung ist, sondern als sinnfällige, zeichenschwere Gestalt, in der widerstreitende Dinge (Gefahr und Segen, Erde und Himmel) bildhaft gebunden sind. Er sieht das Gewitter also unter demselben Gesichtspunkt (»in eben dieser Ansicht«) wie vorher die französische Landschaft und die antiken Kunstwerke. So ist diese »Ansicht« viermal in dem Briefe zur Geltung gekommen, ein Beweis für die Lebenswichtigkeit, die das darin durchgehende Problem für Hölderlin hatte. Daneben faßt er die übrigen »Karaktere« der Landschaft auf, Wald und Strom, Insel und Berge um Nürtingen, Pfad und Brücke, Acker und Rebenhang: sämtliche »heiligen Orte der Erde«, d. h. alle mythisch bedeutsamen Landschaftsmotive sieht er um sein Haus gruppiert, in ihrem Sinn und Zusammenhang geklärt durch das »philosophische Licht um mein Fenster«, d. h. durch das großgeistige Betrachten und Deuten, das ihm seit Jahren vertraut ist und das ihm nun alle Zeit- und Raumferne zur Hand gibt als ein Endresultat und eine Mahnung, »daß ich behalten möge, wie ich gekommen bin, bis hieher!« Ein Gegenwartsgefühl tritt stark hervor, wunderbar schwebend zwischen der Empfindung eines Landens am sicheren Gestade, wo noch der Wanderungen Erinnerung süß anrauscht, und einer geheimen Ermattung, die der Last der Freude nicht mehr gewachsen ist und die Vielheit der Bezüge nicht mehr mit wachem Bewußtsein verwalten kann. Diese Ermattung bleibt hier freilich noch im Hintergrund. Man fühlt sie nur als eine leise Schwermut hinter dem tapferen und legitimen Satze, der den großen Gewinn des neuen Gegenwartsgefühls angibt: »Mein Lieber! ich denke, daß wir die Dichter bis auf unsere Zeit nicht commentiren werden, sondern daß die Sangart überhaupt wird einen andern Karakter nehmen, und daß wir darum nicht aufkommen, weil wir, seit den Griechen, wieder anfangen, vaterländisch und natürlich, eigentlich originell zu singen.«

In einem solchen Satz zeigt sich, wie mit dem vollkommenen Mächtigwerden über alle Beziehungen des Jetzt zum Einst, des Hier zum Überall eine Verdichtung der Seele eingetreten ist; sie weiß sich endlich voll in den gegenwärtigen Augenblick eingesetzt ohne Sehnen, ohne Störung. Ein Ansatz zu wahrer Originalität und Natürlichkeit der Äußerung ist gewonnen, etwas Neues an Selbstgewißheit und Unschuld. Wenn Hölderlin hier sagt, der Sänger werde nun nicht mehr die Dichtung der Vergangenheit kommentieren, so liegt darin die Meinung, daß der Sänger sich nicht mehr durch positive oder negative Auseinandersetzung mit den Früheren den Standpunkt der eigenen Leistung zu *schaffen* brauche. Es bedarf nicht mehr des Schülerblickes auf antike Vortrefflichkeit, nicht mehr des Hinweises auf den Zusammenhang zwischen altem Göttertag und neuer Zeit des Gesangs, auch nicht mehr der Bitte, daß die Götter den einsam Singenden schonen möchten. Statt dessen spricht Hölderlin die Überzeugung aus, daß unschuldig und unreflektiert, »neu wie dem Bad entstiegen«, das gültige Dichterwort möglich sei. »Die Sangart überhaupt wird einen andern Karakter nehmen«, sie wird sich aller Abhängigkeit vom Einst entschlagen; und freilich wird sie in ihrer Verselbständigung dem Begreifen der Mitwelt so sehr entrückt sein, daß diese, noch verhaftet den alten Mustern und der ganzen erdrückenden Bildungswelt, dem neuen Gesang, wie ihn Hölderlin wagt, die Anerkennung zunächst verweigern muß.

Dies sind die Gedanken, die um das Jahresende 1802 durch Hölderlins Nürtinger Einsamkeit gehen. Sie sind in geradlinigem Fortgang, in gesetzlichem Ausbau jenes hymnischen Bewußtseins errungen, das von Anfang an auf den Gewinn einer prägnanten Gegenwart gerichtet war; einer Gegenwart eigenen Rechts, die dem Sänger ein gültiges persönliches Dasein, dem Vaterland eine echte, geschichtliche Unmittelbarkeit vor Gott, dem Dichterwort eine volle, schöpferische Möglichkeit der Namengebung zu bringen hatte.

Zum Einbringen der großen Ernte am krönenden Abend der Zeit diente ihm in dieser Periode auch ein eigentümlicher, wissenschaftlich rationaler Geiseseinsatz, ein neuartiges Hervorkehren des verstandesmäßigen Zugriffs. Er studiert die heimatliche Landschaft nach ihrem Bau und ihren Motiven. Er gibt sich und dem Verleger genaueste Rechenschaft über die Typographie des ersten Bandes seiner Sophoklesübersetzung. Er untersucht Einzelfragen der Bildwirkung anläßlich eines Sammelwerkes rheinischer Landschaften. Er widmet sich mit neuem Blick gewissen Strecken der mittelalterlichen Geschichte und gewissen Fragen des Zusammenhangs zwischen Kultur und Erdgestaltung; dies alles bildet einen großen, neuen Interessenkreis, den ein späterer Brief an Seckendorf (12. Juli 1804) mit den Sätzen umschreibt: »Die Fabel, poetische Ansicht der Geschichte und Architektonik des Himmels beschäftiget mich gegenwärtig vorzüglich, besonders das Nationelle, sofern es von dem Griechischen verschieden ist. Die verschiedenen Schiksaale der Heroen, Ritter und Fürsten, wie sie dem Schiksaal dienen, oder zweifelhafter sich in diesem verhalten, hab' ich im Allgemeinen gefaßt.« Besonders wichtige Zeugnisse dieses anwendenden, auswertenden Vernunfteinsatzes erscheinen später in den Kommentaren zu den Pindarfragmenten und namentlich in seinen Anmerkungen zum Sophokles, die in ihren Einleitungen ausdrücklich darauf ausgehen, die Dramen des alten Dichters auch auf ihr kalkulables Gesetz, also auf ihr berechenbares und lehrbares, handwerksmäßiges und technisches Gerüst zu untersuchen.

Wohl ist in diesem Verstandeseinsatze dasselbe Streben nach Besinnung und Rechenschaft zu erkennen, das sich in den philosophischen Aufsätzen geäußert hatte. Aber war es früher mehr ein Streben auf ein Ganzes *hin,* so ist es jetzt mehr ein Forschen von einem Ganzen *her.* Es gibt sich als magischer Intellektualismus, als Verstandesanwendung vor einem kosmischen Hintergrund, der dabei nicht aufhört, eben diesen Intellekt zu bedrängen. Der in den mythischen Großzusammenhang Eingeweihte sucht sich auch des verstandesmäßigen Zusammenhaltes seiner Welt zu versichern. Aber die mühsame Anspannung wird fortschreitend spürbarer. Wir werden später sehen, wie sich die Relationen zwischen der Einzelheit und dem Ganzen verhärten, wie die Fähigkeit, dem Einzelnen seinen festen Ort zuzuweisen, zurückgeht, und wie dies am Ende dazu führt, daß in letzten Gedichtentwürfen sinnfällige Details vorbrechen, ohne ihre Einweisung deutlich zu machen.


Die letzten großen Hymnen des Jahres 1802, »*Der Einzige*« und »*Patmos*«, suchen die fühlbarste Lücke zu schließen, die in jenem Großzusammenhang noch bestand. Sie ringen um die Aufnahme der Christusgestalt, in Verfolg des Programms, das die Hymne »Versöhnender ...« angelegt hatte: der Vater wohnt in der Höhe; mit Aussendungen seiner Liebe wirkt er in den Bereich der Geschichte

herab; darum stehen diese Aussendungen nebeneinander, sie gehören zusammen und müssen sich untereinander vertragen. Aber die
Christusgestalt setzt, wie wir schon sagten, dieser Einreihung neben
die anderen Götter einen Widerstand entgegen. Diesen Widerstand
*erfährt der Dichter in der eigenen Brust, als die Unmöglichkeit,*
*die Liebe zu Christus so frei zu leben wie die Liebe zu den anderen*
*Göttern.*

Das zeigt die Hymne »*Der Einzige*«. Obwohl der Dichter weiß,
daß Christus der Bruder des Herakles und des Dionysos ist, hindert
ihn eine Scham, dem Heiland die »weltlichen Männer« zu vergleichen. Er glaubt in seinem Wissen das Schema der Einordnung
Christi zu besitzen, aber in der Wirklichkeit des Gefühls läßt sie
sich nicht vollziehen. Er mag sich noch so deutlich vor Augen halten, daß der Vater Christi derselbe ist, der auch vorzeiten die alten
Götter als jeweiliges Bild Gottes unter die Menschen entsandt hat;
er will nicht einsam in seiner Höhe herrschen, sondern sich den
Menschen geben durch Mittlergottheiten, die, treppenweise nieder-
steigend als eine Stufenfolge von Emanationen, die Verbindung
bilden. Aber wenn der Dichter nun von dieser Voraussetzung aus
die alten Götter nach des Hauses Kleinod, nach Christus, fragt, so
verbergen sie ihn; und wenn er Christus selbst nach den verbrüderten Göttern fragt, so stellt er sich nicht in ihre Reihe. Hölderlin
geht in keiner Weise auf die Frage ein, was dieses beiderseitige
Verbergen und Sich-Entziehen für einen Grund habe. Er spricht
nur aus, daß seine Seele deswegen »voll Trauer« sei; denn er spürt,
daß die Himmlischen selbst ihm zürnen, weil er nicht ihnen allen
zugleich dienen kann. Dies fühlt er als seine »eigene Schuld«. Er
vermag weder Christus um der Götter willen noch die Götter um
Christi willen preiszugeben; und so endet der Gesang, ähnlich wie
»Am Quell der Donau«, im scheinbar privatesten Feld, im Bekenntnis eines persönlichen Versagens: »Nie treff' ich, wie ich wünsche, das Maas.«

Der Schluß erklärt dieses persönliche Versagen, das doch die entschiedenste objektive Bedeutung hat, durch die Befangenheit des
Dichters in der Trübe der Welt. Er vergleicht das Schicksal des
Dichters mit dem Schicksal Christi selbst. Wie dessen reines Gott-
wesen in die Menschengestalt gebunden war, »ein gefangener Aar«,
so sind auch die dem reinen Geist allein verpflichteten Dichter
im Weltleben gefangen: »Die Dichter müssen auch / Die
geistigen, weltlich sein.« Der Begriff »weltlich« hat hier, wie

die Parallele mit Christus zeigt, nicht den Sinn, den er im christlichen Sprachgebrauch besitzt. Er deutet nicht auf eine sündige
Verhaftung an die Welt, sondern auf die mit dem Leben selbst
gesetzte Eingeschlossenheit in dessen Bedingungen und verkürzte
Optik.

Viel näher wagt sich eine spätere Fassung der Hymne »Der Einzige« an die hier ungelöst gebliebene Frage heran, wie es in Wahrheit um die Beziehung zwischen Christus und den andern Göttersöhnen bestellt sei. Diese spätere Fassung entstammt einer Zeit, in
der die Gesamtschau wohl noch besteht, doch sich in immer weiter
verselbständigter Symbolik und immer stärker monologischer
Wortsetzung ausspricht. Es ist eine Periode, in der die »Anmerkungen zur Antigonä« schon niedergeschrieben sind, und ein Gedanke
aus ihnen scheint in der Unterscheidung zwischen der freiwaltenden
Gotteskraft und dem eingesetzten Gottesbild in dieser Spätfassung
anzuklingen. Christus wird unter den ersteren Begriff verwiesen,
Herkules und Dionysos unter den anderen. Doch eben von dieser
Beziehung her glaubt der Dichter von neuem die Zueinanderordnung der drei unter der gemeinsamen Bezeichnung »Heroen« aussprechen zu dürfen: »Herrlich grünet / Ein Kleeblatt. Schade
wär' es, dürfte von solchen / Nicht sagen unser einer, daß es /
Heroen sind.« Hat Christus auch mehr die freie, liebende Art des
Himmels, wogegen die andern mehr von der Art der sterblichen
Männer sind, so gilt doch immerdar, daß die Welt eine Einheit ist
(»daß, alltag, ganz ist die Welt«), in der Oberes und Unteres
zusammenhängt. Himmlische und Lebende sind in ihr durch wahren
Zusammenhang verbunden, wenn es auch oft scheint, als ob der eine
zum anderen nicht tauge. Herakles als heldenhafter Ordner der
wilden Natur, Dionysos als enthusiastisch versöhnender Gemeingeist, Christus als Bringer eines Elementes, durch das sich die irdische Gegenwart der Himmlischen erst vollendet – in dieser Weise
gehören die alten Göttersöhne mit dem letzten zusammen:

Wie Fürsten ist Herkules. Gemeingeist Bacchus. Christus aber ist
Das Ende. Wohl ist der noch andre Natur; erfüllet aber
Was noch an Gegenwart
Der Himmlischen gefehlet an den andern.

In den beiden ersten erscheint Gott unmittelbar als »Natur von
außen« – so erläutert weiter eine noch spätere Überarbeitung der

Fassung II – Christus aber gehört zur mittelbaren Erscheinung
Gottes »in heiligen Schriften«. Was hier gemeint ist, erklärt sich
bei einem Blick auf die Anmerkungen zur Antigone. In deren drit-
tem Abschnitt wird der unmittelbare Gott der antiken Tragödie,
der rauschhaft mit dem ergriffenen Menschen verschmilzt und ihn
dann treulos verläßt, unterschieden von dem »Gott eines Apostels«.
Denn dieser ist »mittelbarer«; er ist »höchster Verstand in höchstem Geiste«. Das heißt: in der Gottesverkündigung des Neuen
Testamentes bleibt bei höchster Gottesergriffenheit (»in höchstem
Geiste«) das Bewahrend-Verständige erhalten, jenes Element der
eigentlichen Menschlichkeit und der Behütung, das die Welt verhindert, »von der Erde hinwegzujauchzen« (Der Einzige II), da doch
»immer ins Ungebundene gehet eine Sehnsucht« (Fragment »Reif
sind...«). An die Gegenwart dieses Verständigen ist, gegenüber
der Untreue des antiken Gottes, die »Treue Gottes« geknüpft
(Bruchstück Griechenland II, Band VI, 20). In der neutestament-
lichen Verkündigung trägt Gott nicht die Züge des gefährlich hin-
reißenden Elements, das dann nur noch durch verräterische Preisgabe des Menschen die rechte Ordnung herstellen kann; sondern
der Mensch bleibt hier bei wachem, verständigem Bewußtsein seiner
Grenzen. Die Verkündigung ruft ihn ausdrücklich zur Nüchternheit und faßt die christliche Imitatio Dei von vornherein so, daß
sie jene Grenzen und somit die Gewähr des menschenförmig zu bestehenden Lebens in sich schließt.
Aber diese in späteren Bearbeitungen der Hymne aufleuchtenden
Gedanken dürfen nicht vergessen machen, daß die erste Fassung
in der Frage der Einreihung Christi nicht über die Hymne »Versöhnender...« hinausgelangt ist. Sie hat im Gegenteil die Hereinnahme Christi in die Ernte, die dort offen schien, wieder in ihrer
Fragwürdigkeit hervorgekehrt.
Ein drittesmal wird daher die Aufgabe angefaßt in dem Gedicht,
das Hölderlin dem Landgrafen von Homburg gewidmet und an
dem er lange Wochen im Spätjahr 1802 gearbeitet hat. Die Wid-
mungen sind bei Hölderlin stets sehr bestimmt ins Bewußtsein genommen. Die Widmungsgedichte sind ihrer inneren Führung nach
wirkliche Anreden und halten sich an die angeredete Person wahrhaft gebunden. Hölderlin konnte in »Brod und Wein«, der Feier
des Statthaltergottes Dionysos, den Freund Heinse mit seiner bacchantischen Natur anreden; in »Stutgard«, wo es um die Sänger-
brüderschaft ging, den ihm verbundenen Dichterfreund Siegfried

Schmid; in »Heimkunft« die Verwandten, weil hier der geistige
Heimatgewinn das Thema war. In »Patmos« weiß er sich einem
Manne gegenüber, dem das Bestehende, namentlich auch die gegebene Religion, viel gilt. So nimmt das Gedicht, das auch im einzelnen manchen Einfluß neutestamentlicher Texte zeigt, die besondere Beziehung auf Christus an. Dies stimmt so sehr zum eigensten
Anliegen des Sängers, daß sich hier die größte Offenbarung seiner
mythischen Einheitsschau, die eigentliche Besiegelung des hymnischen Riesenwerkes gestaltet. Vieles ist darin gesagt, vieles ins Bild
stumm hineingeschwiegen. Geschichtliches und Prophetisches, äußere
und innere Bedeutung der Begriffe, Anspielungen, eigne Umdeutun-
gen, mythische und rationale Worthandhabung verschlingen sich zu
einem Reichtum an Akkorden, der in Hölderlins Werk kaum ein
Beispiel hat. »Patmos« ist das zeitlich letzte Gedicht Hölderlins,
das aus vollkommenem Verfügen über seine Welt und seine Mittel
geformt ist, durchsichtig, groß und einfach.

Das Thema von »Patmos« liegt am nächsten beim Thema der
Hymne »Versöhnender«, und auch im Gedankengang besteht die
entschiedenste Berührung. Es geht um die Frage der Nachtzeit und
um die Frage des kommenden Erfüllungstages. Das Gedicht ist bei
aller Weite des Ausgreifens klar erfaßbar von seiner Mitte aus, die
es mit einem einzigen Satz deutlich angibt. Dieser Satz lautet in
der ersten Niederschrift:

> Wenn nemlich höher gehet himmlischer
> Triumphgang, wird genennet, der Sonne gleich
> Von Starken, der frohlockende Sohn des Höchsten.
> Dann ist, wie jetzt, die Zeit des Gesangs.

Hier ist gesagt, daß wir jetzt in einem Geschehen mächtigerer Gel-
tendwerdung der Götterkräfte stehen, was dazu führen wird, daß
wir Christus zugleich mit dem Sonnengotte verehren werden; und
dies wird eine neue Zeit des Gesanges einleiten. Die Bedenken, die
in der Hymne »Der Einzige« den Dichter bedrängt hatten, sind
geschwunden. Es erfolgt wieder die Anknüpfung an den Schluß
von »Versöhnender«: Wir dürfen alle Feste feiern und brauchen
die Götter nicht zu zählen; so sei auch du, Göttlicher (Christus),
gleich dem Sonnengotte gegrüßt, dein Leben und Wirken sei endlich
von uns Menschen des großen Abends angenommen, und diese
Ehre möge dir fortan bleiben und nie wieder vergehen. – Diese
Schlußwendung der Hymne »Versöhnender« bildet auch den Gipfel
von »Patmos«. Das wesentliche Zeichen der nahen Erfüllungszeit

wird es sein, daß ihre Menschen mit wachem Danke die Elementar-
gewalten *und* die geistigere, in Christus erschienene Liebesgewalt
anerkennen. Sie werden »auf Höhen und in Tempeln anbeten«,
Natur und Geist werden sich für sie nach einem Jahrtausend der
Scheidung zu einem neuen Bunde zusammenfinden.

Wir haben an früherer Stelle darauf hingewiesen, daß alles Fragen,
Streben und Leiden Hölderlins auf diese in geschichtlicher und innerer Welt zu bewirkende Versöhnung hingewandt war. Hier lag
seine persönliche Problematik, hier lag die Problematik seiner politischen Umwelt, und mit beidem war das große Anliegen einer
abendländischen Kultur, eines originellen vaterländischen Gesanges
verbunden. Hatten frühere Gesänge Hölderlins (»Archipelagus«,
»Brod und Wein«, »Germanien«, »Gesang des Deutschen«) als das
wesentliche Zeichen der bevorstehenden Tagzeit die Auferstehung
der Götter aus der neu erwachten Natur angegeben, so geht »Patmos« den einen Schritt weiter, daß es ausdrücklich die *Mitaufnahme
Christi* neben den alten Göttern als unerläßlich in den Vordergrund
stellt. Setzt die Hymne wie fast alle großen Gedichte Hölderlins mit einer Auswanderung nach dem Osten ein, so geschieht
dies hier zu dem bestimmten Zwecke, aus dem götterreichen Raume
Vorderasiens die Gestalt Christi heimzuholen, in wachem Wissen
»seine Tage zu grüßen«, sein Leben und seinen Ort innerhalb des
Zeitenlaufes zu deuten. *Alle* Götter müssen fortan ihre Ehre unter
uns haben, freiwillig, damit nicht das wieder eintritt, was der
Schluß von Patmos und ein wichtiger Abschnitt der Madonnen-
hymne aussprechen, daß nämlich die Götter mit *Gewalt* ihre Ehre
von uns einfordern als von blinden Knechten.

Die Eingangssituation ist wieder die der Vereinsamung des Sängers
in der Nachtzeit. Die Seinigen sind nicht greifbar um ihn. Er sieht
sie wohl nahe vor Augen, wohnend auf den Zeitgipfeln der Vergangenheit, aber diese Nähe ist nur eine Nähe der wissenden Liebe,
nicht der wirklichen Gegenwart. So bittet er den Gott um ein Mittel der Reise zu den »Liebsten«, zu den Menschen und Kräften
der hohen geschichtlichen Augenblicke. Die Entrückung führt übers
Meer an »Asias Thore«, in jene Landschaft um Sardes, Ephesus,
Smyrna, die »Der Einzige« als oft von ihm besucht genannt hatte
und die ihm jetzt doch ungewohnt ist, weil er hier nicht zur griechischen Antike gelenkt ist, sondern zu etwas anderem, das in Asien
neben den alten Göttern wohnt. Patmos, die kleine Felseninsel süd-
westlich von Samos, ruft ihn nach dem geheimen Gesetz dieser Aus-

fahrt als Bekanntes an; denn dort hat der Jünger Johannes, in einer Felsgrotte hausend, die Bücher seiner Offenbarung empfangen.

Damit ist Christus, der Zielpunkt der Wanderung, erreicht, und was die Hymne nun entwickelt, ist die schematische Geschichte der Nachtzeit, die nach dem Tode Christi begann und »jetzt« mit dem Wiederaufleben seiner Ehre innerhalb der Ehre aller Götter endigen soll. In »Brod und Wein« war Christus der »stille Genius« gewesen, der als letzte Sohnkraft erschienen war und den alten Göttertag beschlossen hatte. Genau diese Anschauung nimmt die Hymne auf. Christus ist der letzte Gott in der Reihe der alten Götter gewesen, nicht größer als sie, nicht wesensverschieden von ihnen; wohl das »Liebendste«, das der Vater hatte, aber ranggleich der Sonnenkraft und den anderen Aussendungen der Höhe. Dies muß festgehalten werden. Die Christusauffassung von »Patmos« geht in ihrem begrifflichen Bestand mit keinem Zuge über den antiken Götterbegriff hinaus. Sie sieht Christus in keinem anderen Verhältnis zum Vater als die Götter der Antike, und sie darf das nicht einmal, da ja die Gleichsetzung Christi mit den alten Göttern von Hölderlins Voraussetzungen aus der einzige Weg war, um den neuen Liebesbund zwischen Natur und Geist mythisch zu befestigen. Insbesondere weist die Hymne auf die Verwandtschaft Christi mit Dionysos. Christus ist ihr der »Freudigste«, er erheitert das Zürnen der Welt; so hatte die Hymne »Der Einzige« von Dionysos gesagt, daß er freudigen Dienst stiftete und den Grimm bezähmte der Völker.

Von Christi Wesen und Wirken aus bestimmt nun die Hymne das Wesen der Nachtzeit. Christus war die letzte Verwirklichung der unmittelbaren Gottheit, ihre letzte Erscheinung, die mit Augen gefaßt werden konnte. Nach ihm begann die Zeit der mittelbaren Gottheit, die Zeit der Gottesbergung, wo alles ins Gedachte ging. Statt daß es vorher eine »Freude der Augen« gegeben hatte, blieb jetzt nur noch die Freude, »zu wohnen in liebender Nacht und zu halten / Einfältigen Sinns / Abgründe der Weisheit.«[1] Nicht mehr Angesicht in Angesicht durften die Jünger Christi zusammenwohnen. Sie verloren nicht nur ihn, sondern auch die Verbindung untereinander, da sie als Missionare in die Welt zerstreut wurden. Die sichtbare, konkrete Gemeinschaft löst sich auf, an die Stelle der

---

[1] Vgl. Apostelgeschichte 2, 47: »... und lobten Gott mit Freuden und einfältigem Herzen.«

Agora trat die Diaspora, die Nacht des unansichtigen und damit naturferneren Daseins brach herein.

Diese Nacht- und Zwischenzeit aber hat der Dichter des »Archipelagus« und der andern großen Gesänge nun längst in ihrer tieferen Bedeutung verstehen gelernt. Sie ist der stillere Abschnitt in einem unaufhörlich fortgehenden Werk. Ihre anscheinende Leere ist nichts als die Strecke, die der von der Schaufel geworfene Weizen bis zum Niederfallen durchmißt; die Spreu sondert sich ab, ans Ende kommt das gereinigte Korn. So sind die Einbußen, welche die Zwischenzeit mit sich führt, »nicht Übel, nicht ein Schaden« vor den Augen dessen, der die Zusammenhänge erkennt. Selbst die schwerste Einbuße, das »Verhallen des lebendigen Lautes der Rede«, also das Aufhören des die Götter feiernden Gesanges, kann von ihm ertragen werden in dem Wissen, daß der Höchste nicht zu jeder Zeit das Ganze will. Auch die Zeiten der Stummheit (Stummheit des Gottes und Stummheit des Dichters) gehören zum Ratschluß des Höchsten. Darum müssen sie geachtet werden, und es ist unfromme Gewalttat, wenn einer die nächtige Pause nicht ausdauert und das Versagte zu erzwingen sucht. Ich, sagt an diesem Punkte der Dichter, hätte wohl die Mittel, die Gestalt Christi dichterisch heraufzurufen, sie in unsere Gegenwart zu stellen und so die Ankunft der neuen Tagzeit zu beschleunigen. Aber das hieße Übermut begehen; es würde die Rache der Götter herausfordern und sie nötigen, als zürnende Mächte sichtbar zu werden.[1] So gütig sie sind, so sehr hassen sie das Falsche (das unzeitige Wachstum, den vorgreifenden Titanismus), und das bestraft sich dadurch, daß dann das Menschenleben in seinen höheren Bezügen tief gestört wird (»Es gilt dann Menschliches unter Menschen nicht mehr«; im Vorentwurf noch weiter: »und unverständlich wird und geszlos vor Augen der Sterblichen ihr eigenes Leben«). Das vom Schicksal angebahnte Werk geht ohnehin seinen Gang von selbst, und gegen-

---

[1] Hölderlin gestaltet diesen Gedanken als Selbsteinwurf:

> Wenn aber einer spornte sich selbst,
> Und traurig redend unterwegs, wenn ich wehrlos wäre,
> Mich überfiele, daß ich staunt'
> Und den Freiesten nachahmen möchte der Knecht —
> Im Zorne sichtbar sah ich einmal kommen
> Des Himmels Herrn.

Die letztere Wendung erklärt sich aus dem handschriftlichen Vorentwurf (Bd. IV, 368). Der vorhergehende Satz ist im Gesamtsinne wohl deutlich, aber in den syntaktischen und logischen Einzelbeziehungen undurchsichtig. Der Wortlaut deutet unverkennbar auf Luk. 24, 17 (Gang nach Emmaus): »Er sprach aber zu ihnen: Was sind das für Reden, die ihr zwischen euch handelt unterwegs, und seid traurig?«

wärtig nähert es sich eilend seinem Ende, nämlich dem Ergebnis, das der anfangs zitierte Kernsatz ausspricht. Die Zeit ist reif. Die äußeren und die inneren Erlebnisse, die Erfahrungen der Revolution, des Krieges und der eigenen Geistesarbeit wirken vor dem Bewußtsein des Dichters zusammen zu der Überzeugung, daß starke Menschen der kommenden Zeit das ganze Erbe des Abendlandes antreten werden. Sie werden über die alten Trennungen hinauswachsen, sie werden in der Ehrfurcht vor *allen* Altären bekunden, daß alles Leben nun voll göttlichen Sinnes geworden ist, vollkommen geistig, vollkommen weltlich.

Ohne weiteres bedeutet dies, wie gesagt, die neue Möglichkeit des Gesangs. Sie wird in der Hymne bezeichnet durch das Bild des einsatzgebenden Taktstockes, des niederwinkenden Stabs des Gesanges. Wir wissen, welche Bedeutung dem Gesang innerhalb des Hölderlinschen Weltbildes zukommt. Er ist die eigentliche Fassung, die eigentlich menschliche Einbürgerung der Lebensmächte, und er hat damit eine nach allen Seiten hin lebenschaffende Gewalt. Er erweckt die in der Seele Reingebliebenen aus dem toten Schattendasein, das den Menschen in der Nachtzeit beschieden war.[1] Er bewirkt die große Erweckung milder als eine direktere, unverhülltere Aussage, die die Sinne der Harrenden zu scharf träfe, wie scheue Augen das helle Licht. Der Gesang wird hier, wie in der Hymne an die Dichter, als Verhüllung eines an sich Unerträglichen (des Blitzes) gefaßt; die Schonungsbedürftigkeit des Menschen wird ähnlich betont wie sonst oft (»Zu hell kommet, zu blendend das Glük«, »Brod und Wein«, und viele andere Stellen). Weitherzig liebend öffnet sich die Hymne hier der Möglichkeit, daß viele langsam und mittelbar zum Tageslichte der neuen Erkenntnisse durchfinden, daß sie nicht den Blitz selbst auffassen, sondern die durstigen Augen an Übertragungen des Lichtes, am »goldenen Rauche«, an stilleuchtender Kraft aus heiliger Schrift üben werden.

Diese letztere Wendung nimmt die Hymne gerade mit Hinblick auf die nun in der Widmung anzuredende Person des Landgrafen. Hölderlin kannte in ihm nicht nur einen Menschen des gütigsten Herzens und des edelsten Geistes, sondern auch der festen Treue

---

[1] Zur Deutung der hier folgenden Worte »Denn nichts ist gemein«, die man bisher als »Nichts ist gemeinsam« verstanden hat, sei die Beachtung zweier neutestamentlicher Stellen empfohlen, Apostelgeschichte 10, V. 15 und 28, und Römerbrief 14, 14. Hiernach könnte »Nichts ist gemein« den Sinn haben »Nichts ist unrein«, d. h. nichts ist an sich verworfen und unrettbar.

zu den bestehenden Grundlagen des deutschen Lebens. Es hilft geradezu den Schluß der Hymne besser verstehen, wenn man sich eine
Wesensäußerung des Landgrafen vor Augen hält, wie sie z. B. in
einem 1794 geschriebenen Abschiedsbrief an den homburgischen
Hofrat und Freiheitsschwärmer Jung enthalten ist: »Sie sprachen
von Veränderung in meinem Charakter. Ich kann es mir nicht
anders auslegen als durch dieses Gleichnis: Wir sind zwei Männer,
die am Ufer standen. Ich blieb. Sie schifften sich ein und glaubten
nun im Vorbeifahren, daß das Schiff stillstehe und das Ufer sich
bewege. Das Ufer, worauf ich stand, worauf ich bis zu meinem
letzten Atemzug stehen will, an welches ich mich bei den jetzigen
Zeiten täglich fester anklammere, ist: christliche Religion, Vaterlandsliebe, Pflicht meines Standes und deutsche Redlichkeit. Zwar
hatte ich anfangs, durch meinen Enthusiasmus für edle, griechische
und schweizerische Freiheit gereizt, durch wohlklingende Reden
und falsche Nachrichten getäuscht, einige Lust, mich auch ein-
zuschiffen; allein durch die Unähnlichkeit mit diesen Menschen
zurückgeführt, durch allmähliche Kenntnis der Umstände, der
Menschen, der Zwecke, durch Greuel, Unmenschlichkeiten zurückge-
schreckt, schauderte ich noch zur rechten Zeit vorm scheußlichen
Abgrund zurück, bedaurte und warnte die ehrlichen und betroge-
nen Leute, die ich leider fortschwimmen sah.« (Zitiert nach Christian Waas, Franz Wilhelm Jung und die Homburger Revolutionsschwärmer 1792–94.)
Auf die Person dieses Mannes leitet die Widmung über mit dem
Worte:

> Und wenn die Himmlischen jezt,
> So wie ich glaube, mich lieben,
> Wie viel mehr dich,
> Denn Eines weiß ich,
> Daß nemlich der Wille
> Des ewigen Vaters viel
> Dir gilt.

Die Widmung nimmt also zur Anknüpfung die ruhige, männliche
Frömmigkeit des Landgrafen, in deren Mitte ein tapferes, christliches Gottvertrauen stand. Und sie betont, daß Christus, der heute
noch Lebendige, eine fortwaltende Gotteskraft ist, unter der sich
der gerechte Anschluß an das Leben der kommenden Tagzeit erreichen läßt. Durch Gott den Vater ist Christus mit den alten Heroen koordiniert, vom Vater stammen die Göttersöhne alle *und* die

heiligen Schriften; die ganze Weltgeschichte ist nur eine in die Zeit
erstreckte Entfaltung seines hochväterlichen Wirkens, das der Dichter längst unter dem Zeichen des Blitzes hat ehren lernen. Daß in
allen diesen »Thaten der Erde« der Wille des oberen Vaters vollzogen wird, und zwar als ein lückenloser Zusammenhang, unterstreicht die Hymne durch den Satz: »Er ist aber dabei. Denn seine
Werke sind / Ihm alle bewußt von jeher«, der in seinem zweiten
Teil ein neutestamentliches Zitat ist (vgl. Apg. 15, 18: »Gott sind
alle seine Werke bewußt von der Welt her«).

Die Hymne kann somit unter fortgehender Berufung auf den Vater, der über allen Götterkräften waltet, die künftige Menschheit
mahnen, daß sie wieder alle Götter ehren lerne und so in die ganze
Fülle ihres Lebens eintrete. Unparteiisch erhebt sie die Forderung:
»Denn Opfer will der Himmlischen jedes, / Wenn aber eines versäumt ward, / Nie hat es Gutes gebracht.« Es könnte scheinen,
als sei diese Forderung irgendwie tendenziös betont, also etwa zugunsten der alten Naturgötter. Aber das ist nicht der Fall; sie ist im
Ernst unparteiisch, sie geht einher mit der Meinung, daß bis jetzt
weder die Naturmächte noch Christus eine wahre und wissende
Verehrung unter uns gefunden haben. Wohl haben wir – so sagt
der Dichter im Sinne eines Zwar-Satzes – jüngst der Mutter Erde
und dem Sonnenlichte gedient, d. h. wir haben in den Stürmen der
Revolution und der Kriegsjahre aus den Kräften der Natur und
aus der Ergriffenheit vom geschichtlichen Zeitgott gehandelt.[1] Doch
dieser Dienst ist »unwissend« geschehen, d. h. ohne ein volles Bewußtsein und ohne ein klares Wissen um den Willen des Vaters in
der Höhe. Diesem Willen wird nur ein Handeln gerecht, das nicht
umstürzend, gewalttätig verfährt, sondern pfleglich auf dem Überlieferten aufbaut. Das politisch und religiös »Bestehende« darf
nicht zerstört, es muß förderlich im Sinne der kommenden großen
Lebensernte gedeutet werden. Mit dieser Schlußwendung stimmt
die Hymne in das konservative und doch zeiterschlossene Denken
des edlen Fürsten ein, dem sie gewidmet ist; aufs innigste aber auch
in den Geist des versöhnenden Abends der Zeit, in dem alles Getrennte sich zusammenfinden soll. Biographisch ist insbesondere
wichtig, daß Hölderlin hier mit voller Klarheit von jeder buchstäb-

[1] Daß unter »Sonnenlicht« hier der Zeitgeist, Zeitgott verstanden ist, ergibt sich klar
daraus, daß statt »Sonnenlicht« in der ersten Niederschrift »Tagesgott« steht. Das Wort
»Tag« als Bezeichnung für die geschichtlichen Augenblicksmächte braucht Hölderlin auch
sonst; vgl. das Bruchstück »Dem Fürsten« (W. IV, 260): »Fast hatte der Tag von deinem
Herzen / Mein Churfürst! mich / Hinweggeschwazt.«

lichen Verhaftung an die revolutionären Methoden der Zeit ab-
rückt. Innerlich hatte sich diese Ablösung schon längst vollzogen,
und bei manchen Gelegenheiten hatte Hölderlin dies auch bezeugt.
Hier spricht er sie als Hauptthema eines in voller hymnischer Verantwortung sprechenden Gedichtes aus.

Die Hymne »Patmos« trägt, um dies nochmals zu sagen, kein
andres Christusbild vor als die vorangehenden Dichtungen. Sie
nimmt Christus sehr ernst in seiner Bedeutung als Erfüller und
Vollender der alten Gottesoffenbarungen, als Bringer jenes himmlischen Liebeselementes, das an der vollen Erdengegenwart der
Gottheit noch »gefehlt« hat. Christus ist angeschaut mit einer
Verehrung, die sogar geneigt scheint, ihm einen Vorrang vor den
andern Göttermächten zuzusprechen. Er ist das Geliebteste und das
Liebendste, er ist des Hauses Kleinod. In ihm sind alle Himmlischen
Eines, und kein Gott gilt so wie Er für die übrigen alle. Das ist sehr
viel. Und doch ist es nicht die Ehre, die Christus gebührt. Die Anschauung der Hymne »Versöhnender«, daß nach Christus einstmals wieder ein Neues beginnen kann »und suchen, was du ver-
schwiegest«, besteht ungebrochen fort. Der Raum des Olymps
oder eines neuplatonischen Empyreums ist nicht überschritten.

Es müßte, um die hier sich erhebenden Fragen zu klären, in eine
umfassende Kritik Hölderlinscher Grundbegriffe eingetreten werden. Es müßte über deren Raum hinausgegangen werden in den
Raum der Wirklichkeit. Es müßte u. a. der weltgeschichtliche Prozeß aufgerollt werden, der das System der olympischen Götter aus
eigenen Todeskräften zerfallen ließ, der die lückenlose, plastische
Diesseitigkeit für den Europäer unlebbar machte, wie sich dies mit
bedeutsamen Zügen schon im antiken Pessimismus und in der antiken Ablehnung der Götterreligion ankündigte. Das würde vielleicht dazu führen, daß man Hölderlins säkularisierende Christusauffassung geistesgeschichtlich eingereiht fände, sei es in seine Zeit,
sei es in einen durch manche Zeiten hingehenden Zusammenhang.

Aber wir würden dadurch zugleich weggeführt werden von dem,
worin Hölderlin ausgewiesen und eine ermächtigte Stimme ist, und
selbst von dem, worin er christlich ist und dem christlichen Bereich
angehört. Über den letzteren Punkt sei hier nur das eine gesagt,
daß Hölderlin als eine bedingungslos offene Seele den äußeren und
inneren Wirklichkeiten erschlossen blieb. Er bereitete nicht durch
einen Akt der beutemachenden Reflexion ein System zu, das sich
gegen den Zuspruch Gottes verhärtete. Seine Götterwelt bedeutete

nicht eine Stufe auf dem Wege des Abfalls, sondern eine Stufe auf dem Weg der Wiederbegegnung. Hölderlin hat sich, sooft sich auch mythische Ordnungen der ihm erschienenen Numina befestigen wollten, durch den Zuspruch der Wirklichkeit immer wieder über solche Ordnungen hinausführen lassen. Sein Mythus erwies seine Echtheit gerade durch die unstillbare, flutende Unruhe. Er kam nirgends zu einer Fassung, bei der ein Beharren möglich war. Äther, Licht und Erde gehen durch mehrere Gedichte als eine Götterdreiheit, die sich waltend befestigen zu wollen scheint. Von einem gewissen Zeitpunkt an kommen die Todesgötter und Dionysos hinzu, die Engel des Vaterlandes, der Zeitgeist, der Donnerer und der Meergott. Die Mutter Erde verwebt sich bald mit der Natur überhaupt, bald wird sie selbständig als das Numen der hegenden Liebe, als Muttergöttin, die selbst zur Gestalt der Madonna Beziehung aufnimmt und sich fast wie Gäa dem »Vater« als dem Uranus entgegen- und zur Seite stellt (vgl. Bruchstück 4, W. V, 238). Die Götter vereinigen bald in sich selbst das Gefährlich-Entraffende und das Grenzgebende (»Stimme des Volks«), bald sind sie mehr die Bewahrer, die dem todbringenden Naturlauf entgegenwirken (Ode »Die Götter«, der Grenzgott Zeus in den Anmerkungen zum Sophokles). Der gesetzte Gott und der gesetzlos erkannte Gott werden in ihrem verzehrenden Kontrast erblickt. Die Götter sind Söhne der Natur, bald in dem Sinne, daß sie Teilkräfte von ihr darstellen, bald in dem Sinne, daß sie sich aus ihr herausheben als Helfer zu einem menschengestaltigen Leben. Der Vater (der Höchste, der Götter Gott) fließt bald mit den Göttern zusammen zur Götterwolke, bald hält er sich in geheimnisvoller Höhe, auf andrer Seinsebene, von wo aus er die Götterkräfte zum Einsatz bringt. Neben der Götterwelt stehen die Instanzen der Natur und des Schicksals in einer Abgehobenheit, die mit ihren fließenden Grenzen oft schwer deutbar ist. Der Erfahrung der »guten Götter«, die den Menschen im Leben erhalten, tritt die Erfahrung des treulosen Tragödiengottes zur Seite und die noch viel weiter führende Erfahrung, daß der Mensch sich mitten in lauter Gottgetriebenheit des Lebens plötzlich an einem Punkte findet, wo er das schlechthin Höchste, das eigentliche Wunder, nämlich das »vesteste Bleiben vor der sich wandelnden Zeit«, nur aus eigner Kraft noch leisten kann. Denn keiner der Götter reicht mehr an diesen Punkt heran. Der Mensch steht da in seinem »heroischen Eremitenleben« als ein Wesen, um das die Götterkräfte wie heilige Raubtiere streiten.

Von der Tiefe her gehört zu dieser Erfahrung alles, was Hölderlin seit dem »Empedokles« und der Rheinhymne über die Angewiesenheit der Götter auf den Menschen gesagt hat. Sie, die Hohen,
kommen nicht ohne den Menschen aus. Ja, das Leben der Welt
kommt nicht aus, findet keinen Halt, wenn nicht »das Menschliche«
ihm den Halt gibt.[1] Der Mensch, der selbst des Haltes bedarf,
erscheint in einer ganzen Reihe später Aussagen Hölderlins als diejenige Macht, die in letzter Zersetzung der Wirklichkeit noch Rettung bedeutet, und er muß dann sich, die Welt und die Götter
tragen. Die Götter sind das Belebende, aber sie sind nicht das Leben. Sie sind Seinsgewalten, aber nicht die Waltenden.
In seiner Ruhelosigkeit erweist der Mythus Hölderlins seine Echtheit. Und er erweist weiterhin dadurch, wie jeder echte Mythus,
seine Beziehung zur Wirklichkeit, sein Deuten auf eine Wahrheit
jenseits des mythischen Bereichs.
Das andre aber, worin sich Hölderlin über der Ebene seiner faßbaren Meinungen als gottunmittelbar, als ausgewiesen und ermächtigt bewährt, ist vor uns hingestellt als das *Geheimnis seiner Kunst.*
Wir haben an früherer Stelle darauf hingewiesen, wie verschieden
die jeweils faßbaren Denkinhalte in Hölderlins theoretischen Aufsätzen und in seinen Dichtungen erscheinen. Die Denkarbeit der
Aufsätze gleicht der Arbeit eines Webers, der erst die einfachen
Elemente zeigt und dann aus ihrer Geschiedenheit durch Kunst
und Verknüpfung ein Ganzes macht. Geht man von den Erörterungen zu den Dichtungen hinüber, so ist es wie das Heraustreten aus
der Werkstatt unter flutende, wolkenhohe Himmel, ins Wehen erquickender Lüfte, mitten in die prunkvolle Regung der Elemente.
Es ist ohne Zweifel derselbe Geist wie in der denkerischen Werkstatt. Aber der Geist ist in den Dichtungen unmittelbar als Leben
gegenwärtig. Es gelingt dem einzelnen Menschen manchmal, die
Landschaft als objektivierten Geist zu erfahren, als verdinglichte
Liebe und Seele. Dieses große Geschehen ist in Hölderlins Dichtungen gesetzlich festgemacht. Sie sind Landschaften von Vorstellungen und Begriffen, Landschaften von Wortklängen und Seelen-
regungen, und mit alledem sind sie reiner Geist, verwandeltes pneu-

---

1 Vgl. Spätfassung von Patmos, W. IV, 385: »Denn wenn verzweifeln und gehalten nicht
mehr / Von Menschen, schattenlos die Pfade trauern und die Bäume . . .« Ferner Spätfassung »Der Einzige«, W. IV, 233: »Nemlich immer jauchzet die Welt / Hinweg von
dieser Erde, daß sie die / Entblösset; wo das Menschliche sie nicht hält.« Ferner Mnemosyne, W. IV, 225: »Nicht vermögen / Die Himmlischen alles. Nemlich es reichen / Die
Sterblichen eh' in den Abgrund.«

matisches Feuer, das im gestaltenreichen Gefüge wallt und die Hülle
hie und da durchblitzt.

Wir brauchen die Arbeit der Überlegung, um das Gefüge Hölderlinscher Dichtungen rational zu erfassen. Denn es teilt seinen großen
Sinn nur dann mit, es kommt in der Fülle seiner Töne nur dann
zum Erklingen, wenn diese Arbeit der einzelnen Ergreifungen geleistet wurde. Diese Arbeit geht aber nur dann recht, wenn sie im
Gedächtnis behält, daß das Hölderlinsche Gedicht etwas qualitativ
Anderes und Höheres ist als die Summe der Faßbarkeiten, in denen
es sich als in seinem Mittel bewegt. Hölderlins Hymnen *sind* das
Leben, von dem sie sprechen. Sie erinnern die Brust des Menschen
an den weiten Atem, in dem sie sich heben sollte. Sie erinnern das
menschliche Herz an seinen eingeborenen Adel, sie mahnen die
Seele, daß sie zu Hohem gerufen ist, zur Freiheit, zu einem groß-
mütigen Glanz und Schwung des Lebens. Sie geben dem Deutschen
sein Schicksal zu fühlen, seinen Genius und sein Land mit den
Strömen, Ebenen und Felsenhöhen, mit den Quellen und Waldtie-
fen. Hölderlins Dichtungen sind Aufrufe zur geschichtlichen Tapferkeit, sie haben selbst in der Klage einen tyrtäischen Geist. Sie
weisen aufs offene Meer, sie sind angelegt, die geheimsten Vorbe-
halte des Sich-Sparens aufzulösen und den Mut zu wecken, der den
voll verwirklichten Menschen zum Einsatz bringt, nicht nur mit
seiner Fähigkeit zum Wagnis, sondern auch mit seiner Fähigkeit,
durch tiefstes Leiden zu lernen oder in ungeahnt Fremdes hinaus-
getragen zu werden:

> Denn Alles fassen muß
> Ein Halbgott oder
> Ein Mensch, dem Leiden nach,
> Indem er höret, allein oder selber
> Verwandelt wird, fernahnend die Rosse des Herrn.

Mit dem Gedanken der vom Schicksal verordneten »Zeiten«, der
in »Patmos« noch einmal deutlich anklingt, hängt ein Hölderlinscher Gedanken- und Bilderkreis zusammen, der die Überschreitung der Zeiten und weiterhin die menschliche Hybris überhaupt
unter dem führenden Begriff des Titanentums zu fassen sucht. Um
die Zeit von »Patmos«, wohl vorher, hat Hölderlin in verschiedenen Entwürfen sich um ein Gedicht »*Die Titanen*« bemüht.
In der von Göttern durchherrschten Welt ist es die schwerste Auf-

gabe, das Maß zu halten. Der Begriff des Maßes gewinnt in ihr
eine außerordentliche Bedeutung, gerade weil er in einer solchen
Welt am wenigsten gesichert ist. Der Mensch ist in ihr zum Wagnis
aufgerufen; er *muß* das Ungeheure versuchen, da er immer nur im
realen kämpferischen Einsatz seine Wirklichkeit feststellen kann.
Aber in der bedingungslosen Entfesselung dieser Eigenmacht droht
die Gefahr der Wildheit, d. h. die Gefahr, daß die Eigenmacht den
Begriff der Grenze verliert und die Götter überhaupt verwirft.
Dank und Ehrfurcht werden da ins Ich zurückgenommen, und
dieses setzt sich als eine anfängliche Instanz eigenen Rechtes. Der
freche Verstand, das eilfertige Zugreifen und Beutemachen wuchert
aus, das gewalttätige »Machen« überhaupt greift um sich, sei es
das des Dichters, der die gesetzte Frist des Schweigens nicht ausdauern will, sei es das der geschichtlichen Leidenschaften, die ihr
Gären schon für Berufung und Erfüllung halten. Die französische
Revolution und ihr Weiterwirken in Deutschland ragen als ein
Beispiel der chaotischen, schlecht gedeuteten Zeitergriffenheit in
den Entwurf »Die Titanen« herein.

Das Titanentum, das mit allem nur sich selber meint, hat zum Ort
den »ungebundenen Abgrund«, den Bezirk der Götterferne. Die
Bewohner dieses Bezirks sind »allesmerkend«; wenn sie auch in
ihrer Selbstherrlichkeit den Göttern die Ehre verweigern, so sind
sie doch immer bereit, eine von den Göttern zubereitete Zeitregung
für sich auszunutzen. Sie machen daraus ihren Wildwuchs von
anscheinend gottgestiftetem Leben, sie sind die Fälscher, die unter illegitimer Ausbeutung der Zeiterregungen ihr Gemächte in
die Welt setzen. Aber wenn es »an die Scheitel dem Vater gehet«, erfolgt seine Rache: »Wunderbar im Zorne kommet er
drauf«.

Gesetzliches und ungesetzliches Wachstum stehen in dem Gedicht
einander gegenüber. Himmlisches Bauen und titanisches Pfuschen
werden kontrastiert. Als Helfer der Götter erscheint der Mensch,
einmal als der geistig Gerufene, dem das Feuer der Begeisterung in
der Brust oder als Pfingstflamme auf der Stirne brennt, dann als der
heroische Werkmann nach Art des Herakles, endlich als der Dichter, der die rechte Deutung verwaltet. Im Bilde des Titanentums
aber hat Hölderlin, wie schon an andrem Orte gesagt, vieles von
der Unfrömmigkeit des Menschen zusammengefaßt: den Übermut
seines Wollens, seinen Rechengeist und sein »Nichtdenken des Unbekannten« (vgl. die Charakteristik der Agrigentiner im »Grund

zum Empedokles«), dann auch alle Ungeduld, alles Schiefe und
Halbrichtige, das als Unkraut aufschießt in Zeiten des Überganges,
wo die vom Lebenspender in scherzendem Überfluß ausgestreuten
Wachstumskräfte dem räuberischen Mißbrauch offenliegen.
Hölderlin hat mit entschiedener Geisteskraft in dem Entwurf den
Ort des Titanentums umschrieben, und er hat damit angesetzt zu
einer Arbeit, die den Ausbau seiner mythischen Welt an einem der
wichtigsten Punkte gefördert hätte. Aber die Schwierigkeit, das
Titanische gerecht zu bestimmen in einer Welt, die es geradezu
*forderte und zugleich als höchste Sünde verwarf*, mag die Ausführung verhindert haben.
Eines Hinweises ist jedoch diejenige Stelle des Entwurfs wert, die
noch einmal das Amt des Dichters hervorhebt:

> Viel offenbaret der Gott.
> Denn lang schon wirken
> Die Wolken hinab
> Und es wurzelt vielesbereitend heilige Wildniß.
> Heiß ist der Reichtum. Denn es fehlet
> An Gesang, der löset den Geist.
> Verzehren würd' er
> Und wäre gegen sich selbst,
> Denn nimmer duldet
> Die Gefangenschaft das himmlische Feuer.

In Zwischenzeiten wirkt der Gott mit Ahnungen, mit undeutlichen
Gewalten und Antrieben ins Menschenland herein, und es breitet
sich als Vorstufe der kommenden Tagzeit eine heilige Wildnis von
noch ungefaßtem Leben aus. In ihr drängt sich die Göttergabe
(der Geist) hitzig, fast zerstörerisch zusammen; denn es fehlt noch
diejenige Tat, die dem gefangenen Geistfeuer allein die legitime
Auswirkung und Lösung geben kann: der Gesang. Der Geist, da er
Feuer ist, kann nicht gefangen bleiben; er müßte die Stoffe und sich
selbst verzehren, käme ihm nicht die Kraft des Dichters zu Hilfe,
die das Feuer ins Gebilde aufnimmt und ihm so eine unschädlich-
segensvolle Auswirkung ermöglicht.
Wir stehen also hier vor derselben Aussage über den Dichter, die
schon den Hauptinhalt der Hymne »Wie wenn am Feiertage«
gebildet hatte. Sie zeigt hier deutlich ihre Verbindung mit dem Gedanken von der Menschenhilfe, deren die Götter bedürfen. Im
zweiten Abschnitt des Entwurfs (W. IV, 215 »Aus dem Motivkreis der Titanen«) wird die Hilfe des Dichters wieder als das rech-

te Deuten bezeichnet, wie am Schlusse von »Patmos«. Der Dichter
verwaltet mit Hören, Sprechen und Deuten das Bewußtsein der
*Gemeinschaft.*

Man sieht bei Hölderlin das *Priestertum des Dichters* neu hervorgehen, wie es bei den Griechen und im alten Norden namentlich bei
den westlichen Kulturen bestand; es bildet sich in Hölderlins Welt
wieder frisch aus der Wurzel, weil in ihr die Voraussetzung des
Sänger-Priesters, die mythische Religiosität und die in aller Äußerung doch »stumme« Gottheit, wieder echt gegeben ist.


Wenn auch im Laufe der Jahre 1802 und 1803 die Beruhigung in
Hölderlins Zustand Fortschritte machte, so schloß er sich gegen die
Außenwelt nach wie vor völlig ab. Auch zu den Stuttgarter Freunden nahm er keine Beziehung auf, was namentlich Landauers treues
Herz sehr betrübte. »Was machst Du?«, schrieb ihm Landauer am
8. Februar 1803; »Wahrscheinlich arbeitest Du den ganzen Tag
und die halbe Nacht, daß Du so gar keine Kunde von Dir giebst,
mich so gar nicht mehr besuchst. Ich gestehe Dir, Freund, es thut
mir offt schmerzlich wehe, wenn ich daran denke, daß Deine Freunde Dir nichts mehr zu seyn scheinen, weil Du es nicht für der Mühe
werth hältst, Dich um Sie zu erkundigen.«

In der Tat widmete sich Hölderlin damals in angestrengter Arbeit
teils seinen neuen Dichtungen, teils den Neufassungen der alten und
den Sophoklesübersetzungen. Sinclair wiederholte im Juni 1803
die Einladung nach Homburg und wurde namentlich auch tätig in
der Vermittlung zwischen Hölderlin und dem Verleger Wilmans
hinsichtlich des Drucks der Sophoklesübertragung. Hölderlin hatte
sich erst Hoffnung gemacht, daß Schelling, der ihn im Sommer 1803
besucht hatte, die Übertragungen beim Weimarer Theater anbringen könne. Schelling dürfte aber wenig Aktivität in dieser Richtung
entfaltet haben, wie sich aus seinem Brief an Hegel (11. Juli 1803)
schließen läßt: »Der traurigste Anblick, den ich während meines
hiesigen Aufenthaltes gehabt habe, war der von Hölderlin ... Seit
dieser fatalen Reise (Bordeaux) ist er am Geist ganz zerrüttet, und
obgleich noch einiger Arbeiten, z. B. des Übersetzens aus dem Griechischen bis zu einem gewissen Punkte fähig, doch übrigens in einer
vollkommenen Geistesabwesenheit. Sein Anblick war für mich erschütternd; er vernachlässigt sein Äußeres bis zum Ekelhaften und
hat, da seine Reden weniger auf Verrückung hindeuten, ganz die

äußeren Manieren derer, die in diesem Zustande sind, angenommen.« Um so größer war Hölderlins Freude, als durch Sinclairs Vermittlung das Erscheinen der beiden Sophoklesdramen bei Wilmans sichergestellt war. Die Mutter sagte Sinclair ihren Dank in einem Briefe, der auch zeigt, wie Hölderlin die gute Kunde aufnahm: »Der gute Erfolg von der gnädigen Vorsorge Euer Hochwohlgeborn ist besonders aus dem Grund wohltätig vor meinen l. unglücklichen Sohn, weil er schon seit geraumer Zeit das erste Werk ist, das das Glück hatte, zum Drucken angenommen zu werden, welches auf seine traur. Gemüths Stimmung sehr wirkte ... Er war über das schöne Offert vor das Werk äußerst vergnügt, weil es noch sehr ungewiß wäre, ob, und wie H. Professor Schelling es hätte anbringen können.«

Hölderlin ließ sich die Fertigstellung des Sophoklesmanuskriptes sehr angelegen sein. Er unterzog im Herbst 1803 die »Antigonä« einer nochmaligen Bearbeitung. »Sie verzeihen«, schrieb er Wilmans am 8. Dezember 1803, »daß ich mit dem Manuscripte der Sophocleischen Tragödien gezögert habe. Ich wollte, da ich die Sache freier übersehen konnte, in der Übersezung und den Bemerkungen noch einiges ändern. Die Sprache in der Antigonä schien mir nicht lebendig genug. Die Anmerkungen drückten meine Überzeugung von griechischer Kunst auch den Sinn der Stücke nicht hinlänglich aus. Indessen thun sie mir noch nicht genug. Eine Einleitung zu den Tragödien des Sophokles will ich Ihnen, besonders ausgearbeitet, wenn diß Ihnen gefällig ist, das nächste halbe Jahr oder sonst in schicklicher Zeit zuschiken.«

Die hier erwähnte besondere Einleitung zum Sophokles ist nie geschrieben worden. Wie vieles der Nachwelt damit vorenthalten blieb, kann aus den »Anmerkungen«, die Hölderlin dem »Ödipus« und der »Antigone« mitgab, geschlossen werden. Denn in diesen Anmerkungen, die demnach gegen Jahresende 1803 ihre Schlußfassung erhalten haben, zeigt sich Hölderlins Wissen um die griechische Tragödie und um die Eigengesetzlichkeiten griechischer und deutscher Dichtung auf dem höchsten Punkte. Es ist niemals etwas Eingeweihteres über diese Dinge gesagt worden als hier. Hölderlins Ausführungen sind aus einem Geiste entsprungen, der aus dem Raum der Tragödie selbst, aus eigner tragischer Ergriffenheit durch die Mächte, zu sprechen vermochte. Die »Anmerkungen« erhalten ihren einzigartigen Rang dadurch, daß Hölderlin mitten in dieser Ergriffenheit den nüchternsten, genauesten Ausdruck festhielt.

Es wäre ein aussichtsloses Unterfangen, die »Anmerkungen« hier
nach ihrer ganzen Tragweite und Bedeutung aufweisen zu wollen.
Sie sind schon in den Voraussetzungen so weit von einer gewohnten
Verhandlungsweise solcher Gegenstände entfernt, daß nur in mono-
graphischer Bemühung eine gemeinsame Verständigungsgrundlage
geschaffen werden könnte. Wir begnügen uns damit, das Wenige
herauszuheben, das sich unter den gegebenen Bedingungen fassen
läßt.

Die *Anmerkungen zum* »*Ödipus*« *und zur* »*Antigone*« sind als
parallele Gedankengänge gestaltet; nur fügen die letzteren eine
erweiternde Betrachtung über den Unterschied zwischen griechischer
und vaterländischer Dichtung hinzu und verbinden damit eine Betrachtung der politischen und geschichtlichen Einbettung dichterischer Werke überhaupt. In beiden Abhandlungen bildet den Kern
der Gedanke, daß die Tragödie von einem rauschhaft-grenzenlosen
Einswerden des Helden mit der Gottheit ihren Ausgang nimmt.
»Die Naturmacht und des Menschen Innerstes wird im Zorn Eins«
(Ödipus); der Gott ist unmittelbar zugegen, mit dem Menschen völlig verschmolzen durch »unendliche Begeisterung« (Antigone). Im
»Ödipus« ist dieses Einswerden von Mensch und Naturmacht
gegeben in dem Schicksal, in das der Held durch das trügerische
Orakel verstrickt wurde, vor allem aber durch den Zorn, mit dem
er an den heraufwölkenden Rätseln seiner Existenz reißt und zerrt.
Im Grimm des »Allessuchenden«, »Allesdeutenden«, der sich seines
Gemütes bemächtigt hat, gräbt und wühlt er in den Geheimnissen
der Vergangenheit, bis er das eigene Verderben aus ihnen heraus-
gewühlt hat. In der »Antigone« ist jenes Einswerden gegeben
durch den wilden Einsatz der Heldin für die Pflichterfüllung am
toten Bruder. Sie folgt dem göttlichen Gebot so, daß sie ihr Leben
mit der Auftragserfüllung ohne Rückhalt identifiziert.

Was die Tragödie nun entwickelt, ist die in ganz tathaften, sogar
mechanischen Griffen und Schlägen erfolgende Scheidung jenes
Einswerdens, die ebenso radikal ist, wie dieses radikal und unendlich gewesen war. Diese Scheidung macht den Inhalt der tragischen
*Darstellung* aus. Sie vollzieht sich in realem Streit zwischen festen,
klar umgrenzten Faktoren. Die Tragödie ist als ganzes ein Körper,
dem die Handelnden und der Chor als Organe dienen, und das
eigentliche Wort, das sie zu sagen hat, erscheint nicht als plastische
Formel (»unausgesprochen«), sondern es liegt im Zusammenhang
des Ganzen, es geschieht als das Schicksal, das sich im ganzen ab-

spielt. In diesen Bemerkungen Hölderlins über die Organik der Tragödie und über die Mittelbarkeit des Tragödienwortes zeigen sich deutliche Zusammenhänge mit den früheren ästhetischen Betrachtungen, namentlich mit dem »Grund zum Empedokles«.

Worin aber die »Anmerkungen« über alle Reflexionen der früheren Zeit hinausgehen, das ist die bestimmte Erfahrung mit den Göttern, die mittlerweile in Hölderlins eigenem Leben stattgefunden hat. Sie läßt sich genauer bezeichnen als die persönliche Erfahrung des verzehrenden Blitzes, des den Menschen schlagenden Apollo; als Erfahrung von dem vollen Ernste, mit dem der Mensch und der Gott geschieden sind, als persönliche Versengtheit vom Feueratem des unmittelbaren Gottes. Die Unangemessenheit des Menschen an das Maß der Gottheit erscheint in den Anmerkungen mit einer neuen Schärfe des Ausdrucks. Die menschliche Verlassenheit in der Überantwortung an die Götter, das menschliche Heldentum im Ausharren vor dem Verrat der Himmlischen haben eine ernstere, schrecklichere Bedeutung. Niemals hat Hölderlin das Geheimnis der Antike so kühn und unmittelbar benannt wie in dem Worte von der Untreue der Götter. Sie offenbart sich da, wo der gottergriffene Mensch wahrnehmen muß, daß der ihn dahinreißende Gott ihn als Menschen nicht meint und nicht kennt. Er ist nur hinbrausende Gewalt, die den von ihr ergriffenen Menschen »tragisch seiner Lebenssphäre, dem Mittelpunkte seines innern Lebens in eine andre Welt entrückt und in die exzentrische Sphäre der Todten reißt«. Die Un-Menschlichkeit der alten Götter, ihr reines, astrologisches Gewaltwesen traten ihm deutlicher als früher vor Augen. Die oben berührte Späterkenntnis, daß die Welt mit allen ihren Göttern verloren ist, wo »das Menschliche sie nicht hält«, kam angesichts der sophokleischen Tragödie zu ihrem ersten, ganz klaren Ausdruck. Daher kreisen die Anmerkungen in einzigartig belehrender Weise um die Art, wie die Helden ihre Menschenform in der Auslieferung an »Undenkbares«, das nicht die Menschenform hat, festzuhalten suchen.

Der Gesichtspunkt der Schuld spielt in den Anmerkungen nirgends eine Rolle. Schuld ist nur gegeben als das schuldlose Allzusehr, mit dem der Mensch sich auf den Gott einläßt; und wenn dies Schuld ist, dann liegt sie ebenso auf der Seite des Gottes als das schuldlose Allzusehr, mit dem er, der ja nur Kraft ist, den Menschen ergreift. Beide Arten des Allzusehr sind aber in der antiken Welt unvermeidlich, denn sie sind ihr Leben selbst, ihre Grundlage und Substanz; das Allschuldige, das Allunselige der antiken Welt wird sichtbar. Hölderlin hebt es nicht mit diesen Worten hervor. Aber er lenkt darauf hin, indem er als höchstes religiöses Moment der Tragödie die göttliche Untreue anführt. Die Zerschmetterung des Menschen durch den verräterischen Gott ist in der Tragödie das höchste Ereignis, weil es die Himmlischen in einer sonst müßigen Zeit auf die unzweideutigste Weise in Erinnerung bringt. Die Prägung »göttliche Untreue« bezieht den anfänglichen Erfolg des Helden *und* seinen nachherigen Untergang auf ein und dieselbe waltende Macht. Der ergreifende Gott und der verderbende Gott ist der gleiche. Er ist der »Geist der Zeit und Natur«, der erst den Menschen berauscht und aufstürmt, dann aber schonungslos als reißender Zeitgeist erscheint, »als Geist der ewig lebenden ungeschriebenen Wildniß und der Todtenwelt«.

Hier kehrt sich das Todeselement im Wesen der Götter auf andre Weise hervor, als dies im Epedoklesdrama oder in Hölderlins früherer Odendichtung geschah. Der Tod erscheint hier nicht als enthusiastischer Untergang in der Fülle, als ein leichter Wechsel in der ewig forttönenden Lebensmelodie, sondern er hat Züge des Unheimlichen, des Grausamen, Züge der Hinterlist und der Wildheit. Das heißt: Hölderlin hat das Ungastliche dieser Götterverfallenheit bestimmter erfahren. Er weiß Genaueres von dem zweideutigen »Lächeln des Herrschers« und von dem Rechte menschlicher Gegenwehr. Er weiß den Kampf gegen die Götter, wie er den Kern der antiken Tragödie bildet, höher zu würdigen, und indem er so näher an den antiken Pessimismus herankommt, empfängt sein Wissen vom Altertum eine weitere Besiegelung. Seine Anmerkungen geben die Wandlungen in der Seele des Helden als Versuche zur Bewahrung des unter vernichtende Bedingungen gestellten Menschenbewußtseins zu fühlen; und er lenkt damit seine Erklärung tatsächlich in die entscheidende Richtung.

Eine besondere Höhe erreichen seine Ausführungen da, wo von Antigones vorletztem Wechselgespräch und von dem darauffolgenden Chorgesang die Rede ist (III. Akt, 2. Szene; IV. Akt, 1. Szene):

> Ich habe gehört, der Wüste gleich sey worden
> Die Lebensreiche, Phrygische,
> Von Tantalos im Schoose gezogen, an Sipylos Gipfel;
> Hökricht sey worden die und wie eins Epheuketten
> Anthut, in langsamen Fels
> Zusammengezogen.

Hölderlin bezeichnet das, was Antigone in dieser Rede tut, als den höchsten Zug an ihrem Wesen. Er findet in Antigones Selbstvergleichung mit der zum Fels erstarrten Niobe einen erhabenen Spott, eine Äußerung heiligen Wahnsinns, die einen »Superlativ von menschlichem Geist und heroischer Virtuosität« bezeugt. Denn er sieht diesen Wahnsinn hervorgehen aus jenem »großen Behelf der geheimarbeitenden Seele, daß sie auf dem höchsten Bewußtseyn dem Bewußtseyn ausweicht, und ehe sie wirklich der gegenwärtige Gott ergreift, mit kühnem oft sogar blasphemischem Wort diesem begegnet und so die heilige lebende Möglichkeit des Geistes erhält«.[1] Verleugnung des Bewußtseins also, um das Bewußtsein festzuhalten; Ausweichen vor dem Bewußtsein, um eine letzte Möglichkeit geistigen Lebens zu retten – dies ist die Haltung Antigones, wenn sie sich im höchsten Bewußtsein »immer mit Gegenständen vergleicht, die kein Bewußtseyn haben, aber in ihrem Schiksaal des Bewußtseyns Form annehmen«. In der Lage Antigones wird der Mensch »wüst«. Die ursprüngliche freie Naturkraft in ihm hat sich zu besinnungslos dem Lebensdrang überlassen und schäumt ihn unter des Elements Gewalt so völlig aus, daß die Menschenform vergeht: »So einer ist ein wüst gewordenes Land, das in ursprünglicher üppiger Fruchtbarkeit die Wirkungen des Sonnenlichts zu sehr verstärket, und darum dürre wird.« Antigone ist also repräsentativ für jene Menschenart, die bei hoher ursprünglicher Genialität den »übermüthigen Genius nicht vor des Elements Gewalt zu behüten weiß« (Brief an Boehlendorff vom 2. Dezember 1802). Statt dem Element (d. h. von außen der Sonnenkraft, von innen dem Götterdrang oder der Begeisterung) den bewahrenden Verstand entgegenzusetzen, gibt sie sich ihm ohne Rückhalt hin und trifft so das Schicksal der phrygischen Niobe. Diese »ist dann auch recht eigentlich das Bild des frühen Genius«, d. h. des aus Naturgabe gewaltig lebenden Menschen, den das Verständige noch nicht vor dem Allzusehr warnt.

Hölderlin knüpft hier deutlich wieder an die einleitenden Gedan-

[1] Vielleicht klingen hier in Hölderlins Gedächtnis die berühmten Worte Winckelmanns nach, die ebenfalls auf Niobe Bezug nehmen. Er sagt von den alten Plastiken: »In Betrübnis und Unmut sind sie ein Bild des Meers, dessen Tiefe stille ist, wenn die Fläche anfängt unruhig zu werden; auch im empfindlichsten Schmerz erscheint Niobe noch als die Heldin, welche der Latona nicht weichen wollte. Denn die Seele kann in einen Zustand gesetzt werden, wo sie, von der Größe des Leidens, welches sie nicht fassen kann, übertäubt, der Unempfindlichkeit nahekommt. Die alten Künstler haben hier, wie ihre Dichter, ihre Personen gleichsam außer der Handlung, die Schrecken oder Wehklagen erwecken müßte, gezeigt, auch um die Würdigkeit der Menschen in Fassung der Seele vorzustellen.«

ken des Grundes zum Empedokles an. Antigone, die auf dem Höhepunkt des Bewußtseins dem Bewußtsein ausweicht, ist ein Fall jenes
Aorgischwerdens des Organischen, das da eintritt, wo das Organische im zweiten Durchgang »seine Ichheit, sein besonderes Daseyn,
das zum Extreme geworden war, ... ablegt«. Dieses Aorgischwer-
den des Menschen »in heroischeren Verhältnissen und Gemüths-
bewegungen« ist, wie gesagt, letzte Gegenwehr gegen den Untergang in den Wirbeln der reißenden Zeit. Es ist das letzte »vesteste
Bleiben vor der wandelnden Zeit«, das der von dem treulosen
Gotte verlassene Mensch sich ermöglicht. In diesem »heroischen
Eremitenleben« steht er nur auf sich selbst, und scheint es auch eine
Preisgabe des Bewußtseins zu enthalten, so ist in Wahrheit hier
der Mensch bei höchster Gegenwart des Geistes. Er ist allen Illusionen enthoben und hat die totale Schau, grausam belehrt über Götter und Menschen, voll eingesetzt in die harte, kalte Wahrheit seines Schicksals.

Im Feststellen dieser Endsituation, wo Antigone völlig auf sich
selbst zurückgeworfen ist und in der von Göttern durchwirkten
Welt wie eine Gestalt aus dem Jenseits aufragt, prometheisch lebend aus einem Grunde, den die Götter nicht kennen, hat Hölderlin sein höchstes Wort über die antike Tragödie gesprochen. Der
Kampf des griechischen Tragödienhelden war ihm deutlich geworden durch den eigenen Kampf um sein Leben, das er von Göttern
bedroht hatte sehen lernen. Dem Ton, mit dem er hier von dem
Ringen des Ödipus und der Antigone um ein Bewußtsein spricht,
ist die eigene Erfahrung von dem »ewig menschenfeindlichen Naturgang«, von dem »Streben aus dieser Welt in die andre« einverleibt. Wie die Griechen im Kampfe gegen das göttliche Element
durch Reflexionskraft ihre irdische Festigkeit errangen (Brief an
Boehlendorff 1802), so geht es in der griechischen Tragödie stets um
den realen Kampf der im Menschen gesetzten Wirklichkeit gegen
die Wirklichkeit der Götter. Denn jene überwächst diese; die griechische Tragödie ist vom äschyleischen »Prometheus« an der Pro-
test dagegen, daß der europäische Mensch seine viel weiter hinaus-
zielende Berufung in einem System der vergöttlichten Naturmächte
vergesse und begrabe.

Mit tiefstem Recht stellt Hölderlin dann den letzten Reden der
Antigone den darauffolgenden Chorgesang als genaue Entsprechung zur Seite. Was Antigone, vor einem menschenfremden Schicksal zum »Es« neutralisiert, in heiligem Wahnsinn vorträgt, drückt

das Chorlied »Der Leib auch Danaes« in kalter Unparteilichkeit und als reinste Allgemeinerkenntnis aus. Feierlich-großartig entrollt der Chor wie eine Folge von Fresken drei Schicksale (Danae, der Edonenkönig Lykurgos, die Boreade Kleopatra), welche die Macht des Verhängnisses zeigen und Fügung ins Unabänderliche anraten. Die Schau dieses Chorliedes ist von herrlicher Plastik, begeistert von einem Gefühl, das man in moderner Sprache wohl Verzweiflung nennen müßte, das aber in dem starken Menschentum der Antike kalte Unparteilichkeit wird. Die Beziehung zu Antigones heiligem Wahnsinn ist damit gegeben, daß hier wie dort Verzicht auf Bewußtsein im Augenblick des höchsten Bewußtseins vorliegt.

Unparteiisch nämlich stellt der Chor den großen, in der Antike ungelösten und daher für sie einzigartig bezeichnenden Konflikt zwischen der »gesetzlosen« Erkenntnis der höchsten Gottheit und dem Sich-Beugen vor dem »gesetzten« Gotte heraus. Die eine Haltung spezifisch menschlich, die andre spezifisch politisch; die eine geistig, die andre plastisch; die eine hesperisch, die andre antikisch; die eine prophetisch, die andre priesterlich-königlich; die eine mehr der Antigone, die andre mehr dem Kreon zugehörig. Nicht als Konflikt, sondern als Nebeneinander von gleichen Faktoren trägt das Chorlied dies vor; und große Aufschlußkraft besitzt Hölderlins Hinweis, daß zwischen Antigone und Kreon Parität besteht, daß also, weiter gedeutet, in dieser antiken Welt nicht etwa das Gewissen (das gesetzlose Erkennen des Geistes des Höchsten) den entscheidenden Bestimmungsgrund bildet, sondern daß eine Entscheidung in ihr nicht getroffen ist, daß sie stets nur vom Menschen auf eigene Verantwortung und Gefahr getroffen werden kann. Im »Rasenden Ajas« und im »König Ödipus« – so ergänzt Hölderlin den Hinweis – ist die Entgegensetzung von andrer, nämlich qualitativer Art. Denn Ajas steht gegen Odysseus wie das Griechisch-Nationelle gegen das Griechisch-Erworbene (Bildung, Reflexion und Ödipus steht gegen seine Diener wie der Freigeist gegen die getreue Einfalt und griechische Originalnatur.

Im Eingehen auf die Art, wie sich in der »Antigone« die Entwirrung des ungeheuren Einswerdens von Gott und Mensch vollzieht, gelangt Hölderlin nun zu einer Abgrenzung zwischen griechischer und hesperischer Tragik. Wir haben sie bereits erwähnt, weil sie mit der ganzen Hölderlinschen Gedankenentwicklung dieser Jahre unlöslich zusammenhängt. Den Kern der Unterscheidung

bildet die Gegensätzlichkeit der griechischen und der hesperischen
Ausgangspunkte und der aus ihnen hervorgehenden Kulturtenden-
zen; also das Material des ersten Boehlendorffbriefes. Die Griechen
streben aus der hemmungslosen Ergreifbarkeit (Naturunterworfen-
heit) zur Individualität, zur Plastik, zum Konkreten. Wir Abendländer streben aus gebundener Nüchternheit zur Begeisterung, zur
geistig-schicksalhaften Ergreifbarkeit. Die griechische Tragödie
folgt der griechischen Kulturtendenz, indem sie ihre Abläufe vollkommen plastisch und sinnlich faßt; sie will überall aus der »Geistesfülle« zur Bestimmtheit kommen (vgl. die Ausführungen des
Briefes an Schiller, 2. Juni 1801). Der Untergang des Helden geschieht daher in plastischer, von Händen bewirkter Mordtat. Der
hesperischen Weltansicht dagegen entspricht es, daß in ihrer Dichtung aus dem Gebundenen, Besonnenen und Konkreten ins Geistige gegangen wird. So bewaffnet diese Dichtung beim Untergange
des Helden nicht eine Feindeshand mit dem Stahl, sondern sie
führt ihn zum Tode in der Begeisterung, wie »Empedokles«, wie
»Ödipus auf Kolonos«. Sie löst das irdische Leben des Helden
vom Geiste, von der Seele her auf.
In beiden Fällen ist zwar das Wort der Tragödie »faktisches Wort«,
d. h. es faßt das, was die Dichtung sagen will, nicht lyrisch oder
hymnisch zusammen, sondern bewegt sich in realen Akten und
Zwisten, wie das Schicksal selbst. Aber in der griechischen Tragödie
ist dieses faktische Wort tödlich, es *ist* leiblicher Tod. In vaterländischer Dichtung ist es tötend, d. h. Tod wirkend über den Geist.
Denkt man diese Gedanken weiter, so ist die Folgerung kaum abzuweisen, daß Hölderlin insgeheim um diese Zeit einer hesperischen
Tragödie zweifelhaft gegenübersteht. Jedenfalls enthalten sie etwas, das auf die Konkretheit des Tragödienzwistes auflösend wirken muß und das der vaterländischen Dichtung mehr den Weg zur
Hymne freizugeben scheint. Es war nicht umsonst, daß wir in Hölderlins eigenem Drama, dem »Empedokles«, das Bemühen um die
realen Gegensätze und um das tödlichfaktische Wort mißlingen und
das Ganze sich mehr zum Oratorium neigen sahen. In den »Anmerkungen zur Antigone« drängt die Betrachtung aus dem Raume der
antiken Dichtung hinaus zur Frage der Dichtung überhaupt, zur
Frage des heute wie immer möglichen Sängertums, die dem auf
Wirklichkeit verpflichteten Dichtergeiste Hölderlins selbst im Kommentieren eines alten Tragikers das Hauptanliegen blieb. Die Homburger Abhandlung hatte den »Gesichtspunct, aus dem wir das

Altertum anzusehen haben«, unzweideutig als einen pragmatischen
Gesichtspunkt bestimmt. Das bewährte er hier im Wirklichkeitsfall,
unschuldig und unreflektiert. In den Schlußabschnitten der »Anmerkungen zur Antigone« bezieht er Sophokles auf den heutigen
Leser und dessen Welt. Er kommt zu Abgrenzungen und neuen
Verknüpfungen, ähnlich wie im Feld der religiösen Mythe: durch
ein beispielloses Ernstnehmen der Antike wird er in den Stand gesetzt, das Vergangene an ihr zu erkennen und das Fortdauernd-
Gültige an ihr neu zu bestimmen.

Die Schlußpartien der »Anmerkungen zur Antigone« charakterisieren das Drama zunächst noch nach der Art des Hergangs, nach
der Gruppierung der Hauptpersonen und nach der Vernunftform,
d.h. nach der zuständlichen Realisierung des objektiven Geistes, nach
der Staats- und Kulturform, innerhalb deren das Geschehen stattfindet. Hölderlin bezeichnet die Art des Hergangs als vaterländischen Aufruhr und bestimmt diesen in weitgehendem Anschluß an
den zweiten und dritten Abschnitt des Homburger Aufsatzes »Das
Werden im Vergehen«. Die Gruppierung der Personen vergleicht
er mit einem Kampfspiele von Läufern (die ja gleichen Start
haben) und erläutert damit das, was er am Ende des Abschnittes 2
über die Parität zwischen Antigone und Kreon gesagt hatte. Die
zugrunde liegende »Vernunftform« bestimmt er als republika-
nisch, eben deshalb, weil zwischen Kreon und Antigone, dem Förm-
lichen und dem Gegenförmlichen, »das Gleichgewicht zu gleich
gehalten ist«.

Mit allen seinen Merkmalen aber erweist sich das Antigonedrama
als tief zusammenhängend mit der Zeit und den Zuständen, in
denen Sophokles lebte. Hölderlin unterstreicht die bei ihm längst
vorbereitete Erkenntnis, daß alle echten Kunstwerke mit den zugehörigen Lebenswirklichkeiten in Verbindung stehen, daß sie auf
eine politisch-kulturelle Umwelt verweisen und in dieser ihren
Grund haben, wie sie auch nur von ihr aus verstanden werden
können. Ist daher Sophokles' Dichtung dazu tauglich, uns jene
Zeit, und überhaupt den Geist der Staaten und der Welt *verstehen*
zu lehren, so ergibt sich zugleich, daß für uns, die wir ein gegenwärtiges Dasein leben wollen, »die vaterländischen Formen unserer Dichter, wo solche sind, dennoch vorzuziehen sind«. Denn
nur die vaterländische Dichtung vermag das zu leisten, worauf es
in aller Kunst letzthin ankommt: den Geist der Zeit und des Volkes festzuhalten und ihn lebendiges Gefühl werden zu lassen. In

dieser Schlußwendung bewährt sich abermals Hölderlins Hinausgehen über das klassizistische Griechenverständnis der Zeit, sein
Hineinreichen in ein neues Zusammendenken von Altertum und
vaterländischer Gegenwart.

In motivischer und wohl auch zeitlicher Nähe zu den »Anmerkungen« stehen die neuen *Pindarfragmente*, die Hölderlin übersetzt und auf eine eigene, sehr persönliche Weise kommentiert hat
(W. IV und VI). Diese Übersetzungen folgen durchaus dem Verfahren der großen Pindarverdeutschung Hölderlins. Die Bemerkungen, die er ihnen beigefügt hat, sind jedoch nicht Erläuterungen
der Pindarischen Texte, sondern Ausdeutungen. Sie wollen nicht,
wie die Anmerkungen zum Sophokles, erklärende Hilfen für den
Leser sein, sondern sie wollen eigenes Gedankengut Hölderlins am
symbolisch genommenen Bildervorrat Pindars ausbreiten. Das Verfahren dieser Kommentare ergibt sich aus Hölderlins generellem
Streben, zwischen altem Mythus und ewigem Sinn Brücken zu
schlagen. Wie er in einem »Gefesselten Strom« den Mythus Ganymed auffand, wie er umgekehrt im Mythus »Zeus« den Sinn »Vater der Erde« aufwies, so deutet er hier den mythischen Vorstel-
lungsbestand der Pindarischen Texte auf einen bleibenden, rational
faßbaren Sinn. An diesem Verfahren ist nichts rätselhaft oder frag-
würdig; es entspricht der bekannten Methode, die in alter und
neuer Zeit an Märchen und Sagen, an kollektiven oder privateren
Zeichensetzungen geübt worden ist.

Das zeigt sich klar schon am ersten Fragment, das Hölderlin »Die
Asyle« betitelt hat. Der Name der Titanide Themis, der Göttin
der gesetzlichen Ordnung, wird in dem an sich rein mythischen
Bericht Pindars nach seiner Wurzelbedeutung ($\tau\iota\vartheta\eta\mu\iota$) und nach
seiner mythischen Funktion zur Geltung gebracht und dann, dem
Text entlang, mit Folgerungen ausgestattet, die das Hauptthema
»Wie der Mensch sich sezt«, d. h. zur Ruhe kommt, ausbauen.

Dieses Thema von den Ruhestätten bildet nun zugleich das durch-
gehende Motiv sämtlicher neun Kommentare. Sie erweisen sich als
eine Gruppe, die in sich zusammenhängt und die zugleich mit einem
Hölderlinischen Hauptanliegen der damaligen Zeit verbunden ist.
Dieses Anliegen ist die Frage nach dem *Bleiben* des Menschen im
Leben, nach seinem Ort, nach der Sicherung, die ihn gegen den
Gott abgrenzt, nach den inneren und äußeren Bewahrungskräften.
Als solche Bewahrungskräfte ziehen diese Kommentare in Betracht:
1. Gesetz und Recht (Fragment 1, 5, 7); 2. das »Verständige« als

Weisheit oder weltläufige Klugheit (Fragment 3, 4, 9); 3. das reine
Leben, wie es entweder in schuldloser Natur oder in schuldloser
Sitte ruht (Fragment 6 und 8).

Etwas abseits hält sich der Kommentar zum Fragment 2, »Das
Belebende«, wo Hölderlin die Erzählung von den sich berauschen-
den Kentauren dazu benutzt, um seine Gedanken über das erdge-
schichtliche und kulturgeschichtliche Amt der Ströme zu entwickeln.
Die Kentauren werden als Repräsentanten der Ströme gedeutet, die Wirkung der Ströme wird in der fast wissenschaftlichen
Art dargelegt, die wir bald darauf sogar in Hölderlins Dichtung
(»Der Ister«) Platz greifen sehen; und dies alles wird mit dem
gesteigerten Analogiensinn jener Jahre aus dem Pindartext wie
aus einem hermetischen Bilderbuch herausgelesen.

Es drängen sich in diesen Kommentaren zahlreiche bekannte
Grundgedanken Hölderlins so dicht zusammen, daß eine genaue
Erläuterung fast die ganze Welt des Dichters vor Augen bringen
würde. Besonders sichtbar werden Beziehungen zum Schlusse von
»Patmos«, zum Gedanken des Bestehenden und seiner guten Deutung, ferner zu den Sophoklesanmerkungen, sofern sie von den
politischen und geschichtlichen Zusammenhängen der Kunstwerke
sprechen.

Hier sei das, was zu den Kommentaren zu sagen ist, in freier Zusammenfassung kurz dargelegt.

Die erste Gruppe (Die Asyle, Von der Ruhe, Das Höchste) kreist,
wie gesagt, um Gesetz, Recht und gestiftete Ordnung; und zwar
ist darunter die Ordnung im Heiligen (Kirche), das Staatsgesetz
und alle anererbte Satzung verstanden; das »Bestehende« also,
von dem in Hölderlins Dichtung vieltönig verlautet: »Gut sind
Sazungen«, bis zu dem späten »Gut ist, das gesezt ist«. Hölderlin
hatte die Not des ungesicherten, dem göttlichen Zugriff preisgege-
benen Daseins erfahren; Apollo hatte ihn geschlagen. Er begreift
daher hier das Gesetz nicht nur in seinen Segnungen überhaupt,
sondern geradezu als Produkt der von früheren Menschengeschlech-
tern erfahrenen Nöte, als festgemachten Schicksalscharakter eines
Vaterlandes. Der Mensch, getrieben von seinem Verlangen nach
dem Vollkommenen (Hauptmotiv des Hyperion) fand auf Erden
und im Himmel keine Ruhe. Ordnungslos schwollen menschlicher
und göttlicher Bereich ineinander über, bis sich dann der Mensch
fassen lernte und in der zuständlichen Vernunftform, wie sie in der
fruchtbaren Muße einer tragischen Zeit sich bildete, zur Ruhe kam.

Die Gesetze sind die Mittel, das einem Volk eigene Schicksal ungestört festzuhalten, den Volksgenius also und sein Verhältnis zu den Seinsmächten schützend zu objektivieren. Die Gesetze sind das »heilige Licht der großmännlichen Ruhe«, sie entspringen der Reflexionskraft, die sich gegen des Elements Gewalt abgrenzt. Als Mittel der Fassung sind sie die »strenge Mittelbarkeit«, die zwischen der Menschenwelt und der Göttersphäre Maß und Grenze stiftet, so daß beide in geordneter, gegenseitiger Beziehung bleiben. Denn – so führt Fragment 7, Das Höchste, aus – völlige, grenzenlose Ungebundenheit ist für den Menschen so unmöglich wie für den Gott. Beide brauchen die Grenze, sie brauchen die »Zucht« als die Gestalt, in der Mensch und Gott wohl geschieden, aber aufeinander bezogen zusammenhängen. Dies leistet die Kunst, und darauf beruht die politische und nationale Bedeutung der Dichtung, die die Anmerkungen zum Sophokles unterstrichen hatten. Aber noch strenger als die Kunst hält das Gesetz, mit Einschluß der kultischen Ordnung, das lebendige, konstitutive Verhältnis zwischen Volksgenius und Gottheit fest; wobei Gottheit als Natur und als Zeit in Betracht kommt.

Die zweite Gruppe (Untreue der Weisheit, Von der Wahrheit, Das Unendliche) bewegt sich in dem Felde zwischen Wahrheit und Lüge, zwischen Recht und Täuschung. Sie kreist um die Bewahrungsmacht der Weisheit oder Klugheit, wobei zu bemerken ist, daß Klugheit bei Hölderlin immer den Ton »Besonnenheit« hat, namentlich im Sinne einer weltläufigen, an sich haltenden Reflexion. »Untreue der Weisheit« führt aus, wie mitten in den Wechselfällen des Weltlebens ein trefflich geschulter Verstand seinen Weg zu gehen vermag: er lobe gutwillig das jeweils Gegenwärtige, er wisse zu verschiedenen Zeiten verschieden zu denken, so bleibt er gerade durch solche »Untreue« im Buchstäblichen und Nebensächlichen sich selber in tieferem Sinne treu. Hölderlin erblickt also in der Anweisung des Pindartextes eine Hinlenkung auf das tiefere Sinnverstehen, eine Warnung vor doktrinärem Verhalten. Zu einer solchen Schärfung des Verstandes ist aber gerade auch die »einsame Schule« geeignet, das Sich-Bilden in behüteter, geistbelebender Stille, das der Klugheit die »Seele« eines wahrhaften Verstehens gibt.

Im Fragment 4, Von der Wahrheit, handelt es sich um die Beobachtung, daß der reine, jugendliche Begriff von der Wahrheit in praktischer Wirklichkeit Verwirrungen ausgesetzt ist, weil und sofern ihm eben jene höhere Kunst des Verstehens, die in Fragment

3 hervorgehoben war, nicht zur Seite steht. Ähnlich im Problem
ist das Fragment 9, Das Unendliche, das den entsprechenden Pindartext mit seinem Schwanken zwischen dem rechtmäßigen und
dem unrechtmäßigen Mittel als einen »Scherz des Weisen« betrachtet. Hölderlin deutet, daß Pindar sagen wolle, er getraue sich
nicht, den Widerstreit zwischen rechtmäßigem und unrechtmäßigem
Verhalten theoretisch zu entscheiden, da es jeweils auf den Gesamt-
zusammenhang ankomme.

Die dritte Gruppe (Vom Delphin, Das Alter) behandelt die dritte
Art, wie das Leben einen Halt haben kann, nämlich als in Natur-
form bleibendes oder in treuer, schlichter Rechtlichkeit dahinge-
hendes Dasein, dem die Hoffnung einen weiter hinausreichenden
Raum verleiht.

So knüpfen sich, wie Ranken von Blumen, an Pindars kurze Texte
Hölderlins Gedanken, hier ernster, dort spielender, im ganzen eine
heitere, sommerliche Welt. Am wichtigsten sind uns diese Kommentare mit der Achtsamkeit, die sie dem politischen und dem geselligen Lebensbereich zuwenden. Sie ergänzen auf erwünschte Weise, was die Anmerkungen zum Sophokles anrühren. Sie zeigen
Hölderlins *Denken über den Staat* und seine Ordnung auf bedeutend höherer Stufe, als es in gelegentlichen Äußerungen des »Hyperion« oder der Briefe erschienen war. Sie geben über Hölderlins
reiferen Denkstil einen zusätzlichen Aufschluß.


Im Januar 1804 konnte die Mutter dem Freunde Sinclair zwar
melden, daß Hölderlin keine Anfälle von Heftigkeit mehr habe,
daß aber sein Zustand nach wie vor ungebessert sei; namentlich
habe er jetzt weniger ganz freie Stunden als in der Anfangszeit
nach der Rückkehr.

Auf eine Reihe solcher freier Stunden weisen Gedichte wie »*Andenken*« zurück, ebenso die »*Nachtgesänge*«, die nachmals in Wilmans
Taschenbuch auf das Jahr 1805 erschienen. Sie bezeugen ein Vorwalten der *lyrischen Gemütsstimmung* in der Zeit nach Patmos;
eine Periode des Haltmachens im währenden Augenblick. Es geschieht ein Ausruhen, in dem Ermattung spürbar wird, aber auch
zugleich die legitime Feier einer Ernte- und Abendstunde, einer
Gipfel- und Wendestunde. Nach rückwärts verbindet sich dieses
Lyrischwerden unterm Bogen der hymnischen Hochspannung mit
jener Schlußwendung der Rheinhymne: Es hat sich so viel Last der

Freude auf die Schultern des Sehers gehäuft, daß ihm oft das Beste
scheint,

> Fast ganz vergessen da,
> Wo der Stral nicht brennt,
> Im Schatten des Walds
> Am Bielersee in frischer Grüne zu seyn,
> Und sorglosarm an Tönen,
> Anfängern gleich, bei Nachtigallen zu lernen.

In solcher Lage zieht sich der vieles umfassende Geist punkthaft
zusammen. Er tritt, unzweifelhaft müde und zugleich unzweifelhaft erntend, in den fühlenden Augenblick ein und lernt das einfache Leben des lyrischen Subjekts. Die Hauptelemente des Schlus-
ses der Rheinhymne sind sogar greifbar in einem Gedichte dieser
Zeit (»*Reif sind, in Feuer getaucht*«) zugegen. Was dort die himmlische Last der Freude war, erscheint hier als das Viele, das behalten
werden muß, »wie auf den Schultern eine Last von Scheitern«.
Es ist das Behalten im Gedächtnis, im allverantwortlichen Bewußtsein; und in der Überlastung durch dieses Behalten begibt sich das
aus den »Anmerkungen« bekannte Ausweichen vor dem Bewußtsein gerade da, wo höchste Bewußtheit vorliegt:

> Vorwärts aber und rückwärts wollen wir
> Nicht sehn. Uns wiegen lassen, wie
> Auf schwankem Kahne der See.

Hölderlins lyrische Stimmung vom Jahre 1803 ist als diese wie-
gende Bewegung auf langsamer Woge treffend charakterisiert. Sie
ist Schau und Ermattung, Dämmern und verschwiegenes Wissen.
Sie ist kaum ein Verzicht auf Bewußtsein, aber sie ist Wachheit,
die sich schlafend stellt und von da wirklichen Schlaf in die Augen
bekommt. Die den Kahn hebende und neigende Welle ist ja Ele-
mentarregung; sie ist die Natur selbst, die im An- und Abschwellen
denkende Zwiesprache mit sich selber hält und das Sein genauso
taktiert, wie es der Dichter in den hymnischen Gesängen tat: Die
Woge scheint die Leistung des Bewußtseins zu übernehmen; sie
»denkt« sich selbst; sie denkt auch den Dichter . . .
Zugleich erweist sich aber auch, daß die lyrische Stimmung dieser
Zeit keine Gegenposition gegen das hymnische Singen bedeutet,
sondern gesetzlich aus ihm herausblüht. Das lyrische Gedicht, wie
es Hölderlin um 1803 pflegt, ist aus dem hymnischen Gesang ab-
gezweigt, es spricht oft seine freie Sprache; und dies läßt sich an
dem Gedicht »*Hälfte des Lebens*« sogar als dinglicher Sachverhalt

dartun. Denn dieses Gedicht steht mit einer geplanten Fortführung
der Hymne »Wie wenn am Feiertage« in deutlichem, auch handschriftlich bezeugtem Zusammenhang. Dort war am Schlusse gesagt, daß das Menschenherz, wenn es rein bleibt, die Erschütterung
durch die gefahrvoll-segnende Götterfülle lebend zu überstehen
vermag. Daran sollte sich ein banger Selbsteinwurf schließen, des
Sinnes: »Aber wenn von selbstgeschlagener Wunde das Herz mir
blutet und tiefverloren der Frieden ist und frei bescheidenes Genügen, wenn nicht Liebe, sondern Unruhe und Mangel mich unschick-
lich zum Überflusse des Göttertisches treibt – dann wehe mir!«
Die Furcht kommt in der zweiten Strophe von »Hälfte des Lebens«
zum erschütternden Ausdruck. Das Gedicht geht vielleicht im Keim
noch auf die Homburger Trauerzeit zurück (»Menons Klagen um
Diotima«); es entwickelt sich aber, gleichsam in die Materie der
Dichterhymne eingehüllt wie Dionysos ins Hüftfleisch des Zeus,
dunkel weiter und wird erst in der Verwirklichung jener Gefahr
zum selbständigen lyrischen Geschöpf.

Zur Bedeutung des Gedichtes, das in landschaftliche Bilder von
Fruchtbarkeit und Winter gebettet ist, nur dies, daß der Winter mit
seiner Kälte und Kargheit für jenes nicht mehr reine und jugendliche, sondern vergrämte und gottferne Herz steht, das dem göttlichen Naturleben nicht mehr gewachsen ist. Und ferner: in son-
nengesegneter Zeit ist das Hauptbedürfnis die »Kühlung«; im See
kühlt sich das sonnenheiße Uferland und das liebesheiße Haupt
der Schwäne. Aber im Winter ist die Voraussetzung der kalte Lebensmangel, und für diesen gibt es keine Abhilfe. Die Winter- und
Hades-Situation war auch schon in »Menons Klagen« ausgesprochen. Aber sie war dort eingebaut als Ausgangsort eines Wieder-
aufstiegs zum belebenden Sonnenlicht. Hier dagegen bildet sie den
Abschluß; und so deutet das Gedicht stumm auf etwas Arges hinaus,
mitten in seiner Schönheit, von der mit Recht gesagt worden ist,
daß sie der Art nach in der deutschen Lyrik fast ohne Beispiel sei.
Die Hälfte des Lebens, von der aus hier gesprochen wird, zeigt sich
als eine Mitte, die schon von geheimen Schauern des Endes ange-
weht ist.

»Andenken«, ebenfalls dem Jahre 1803 angehörend, aber offenbar den besten unter jenen »ganz freien Stunden« entsprungen,
gilt dem erinnernden Rückblick auf den Frühling in Bordeaux. Das
Gedicht hebt sich wie eine selige Insel aus jenen Monaten hervor.
Die Gedächtnisbilder von Stadt, Landschaft und Menschen erschei-

nen in einer durchklärten Heiterkeit. Eine ruhige, hohe Schau faßt
sie ganz abständlich und objektiv, nirgends wölken Trübungen aus
persönlichem Empfindungsbereich heran. Der Aufbau hat eine ge-
lassene, überlegene Kraft, der lyrische Stoff wird mit hymnischen
Mitteln gemeistert. In wunderbarer Steigerung erreicht das Fühlen,
zugleich mit den mündungsverbundenen Strömen, den meerbreiten
Ausgang in den unbedingten Raum und schwingt sich von da mit
kräftig-leichter Wendung in die Sphäre der geistigen Dauer: »Was
bleibet aber, stiften die Dichter.«
Über dem Ganzen liegt eine Stimmung, wie wenn ein Ossian des
Südens sänge. Ebenso schön wie im Geburtstagsgedicht »An Landauer« erscheint hier das pindarische Teilnehmen an fremden Ge-
schicken aus der Ermächtigung, die allein dem Dichter gegeben ist.
»Andenken« betrifft Menschen, die Hölderlin nichts angehen; eben
deshalb hebt sich hier die Nähe des Dichters zu *jedem* Leben heraus.
Aus der entschiedensten Verwiesenheit auf das Allgemeinste ergibt
sich für den Sänger das innigste Verhältnis zu jedem Besonderen.
Sie, die Sänger des Volks, sind gerne bei Lebenden, wo sich vieles
gesellt, sagte die Ode »Dichtermuth«; sie sind freudig und jedem
hold, jedem offen; sie singen jedem den eignen Gott. Die Stellung
des Sängers hat sich für Hölderlin wieder mit jenem priesterlichen
Sinn gefüllt, den das Amt des Dichters bei Pindar, das Amt des
Barden und Skalden in nordischer Vorzeit gehabt hatte. Zu diesem
Amt gehört das Namengeben, die Benennung des Gottes, das Deuten der alten Sagen und des Bestehenden, das Verwalten des gemeinschaftlichen Gedächtnisses und Bewußtseins, das Aussprechen
der weltbildenden Liebe und das Erheben irdischer Dinge ins Reich
der Dauer. Seinem Sprechen sind die »undichtrischen« Sprachen
entgegengesetzt, von denen das vielleicht zeitlich nahestehende
Bruchstück »Das Nächste Beste« redet, im Gedenken an die wilde,
haßvolle Zeit von Umsturz und Krieg:

Der Nachtgeist

Der himmelstürmende, der hat unser Land
Beschwäzet, mit Sprachen viel, undichtrischen, und
Den Schutt gewälzet
Bis diese Stunde.

Die undichterischen Sprachen sind zugleich, wie handschriftliche
Varianten sagen, unendliche, unfriedliche und unbändige Sprachen;
sie wollen nicht »Bestehendes gut deuten« (»Patmos«), sondern
zerrütten; und so ist die Dichtersprache, weil sie aus Liebe kommt,

auch die einzige politisch schöpferische Sprache, sie ist Urfall des
eigentlich menschenförmigen Gestaltens.

Die Reihe der Nachtgesänge erwähnt Hölderlin in seinem Briefe
an den Verleger Wilmans vom Dezember 1803: »Ich bin eben an
der Durchsicht einiger Nachtgesänge für Ihren Allmanach.« Es sind
jene Oden und freien Rhythmen, die in Wilmans Taschenbuch 1805
gedruckt wurden: »Chiron«, »Thränen«, »An die Hoffnung«, »Vulkan«, »Blödigkeit«, »Ganymed«, »Hälfte des Lebens«, »Lebensalter«, »Der Winkel von Hahrdt«. Die Mehrzahl davon sind Umarbeitungen älterer Stücke, die nun von Hölderlin, wie an andrer
Stelle gesagt, in die Sprache seiner neuen Weltansicht herüberge-
nommen wurden.

Zum äußeren Zeichen der neuen Erkenntnisse werden schon die
Titeländerungen, die die Gedichtinhalte mit dem antiken Mythus
verknüpfen. Der im Frühjahr die Eisdecke zerbrechende »Gefesselte Strom« ist nun »Ganymed«; der in die Nacht verstoßene »Blinde Sänger« wird mit dem am Pfeilgift krankenden Kentauren
»Chiron« gleichgesetzt; die im »Winter« sich naturfern durch
Feuerswärme behauptende Eigenmacht des Menschen wird als Kraft
des »Vulkan« gedeutet. Was erst mythisch angeschaute Natur war,
erkennt sich neu als die alte Mythe von einst; Gewesenes und Ewiges blicken sich mit Freundesaugen an und werden sich wechsel-
seitig zur Gewähr, in gleicher Weise, wie die alten und die neuen
Götter. »Wir bringen die Zeiten untereinander«, lautet eine Bemerkung Hölderlins zu Bruchstück 28 (W. IV, S. 404), und er bezeichnet damit seine Methode, von einem weiten Totalverstehen
aus den hesperischen Orbis und den Orbis der Alten neu zu trennen
zwecks neuer Zusammenfügung.

Für das sprachliche Verfahren der Umdichtungen ist charakteri-
stisch, daß sie überall vom blühenderen, empfindsameren Worte der
Erstfassung zum härteren, trockneren und nüchterneren Wort
übergehen. Was erst Metapher war, wird sinnlich und dinglich. Der
Ausdruck erfährt eine durchgängige Vereigentlichung. Dies alles
sind Zeichen dafür, daß aus Hölderlins Götterbeziehung alle senti-
mentalisch-abständlichen Züge getilgt sind, daß sie eine stille,
schreckliche Naivität und Wirklichkeit gewonnen hat. Es wird daher mehr auf das treffende als auf das schwungvolle Wort gesehen.
Die nun faktische Ergriffenheit vom Gotte drängt das im äußeren
Sinne »Poetische« zurück und läßt das Berichtmäßige, die charak-
terisierende Genauigkeit mehr hervortreten.

Vor allem mischt sich mehrfach in die Wortwahl auch inhaltlich
Neues ein, der erfahrenere, belehrtere Hölderlinische Mythus. Da·
für nur ein Beispiel. Die Schlußstrophe des »Gefesselten Stroms«
hatte das Hinauswandern des aus Eisfesseln befreiten Stromes ins
Meer, die Heimkehr des in individuelle Schranken gebannten Lebens zur Fülle des Vaters vor Augen gestellt:

>             Er aber wandelt hin zu Unsterblichen;
>             Denn nirgend darf er bleiben, als wo
>             Ihn in die Arme der Vater aufnimmt.

Die entsprechende Schlußstrophe von »Ganymed« weiß ebenfalls,
daß das Hinauswandern des Stromes – der zugleich die gottstre-
bige Elementarkraft der Menschenseele vertritt – in die vertraute
Fülle der Gottnatur heimführt: »Himmlisch Gespräch ist sein nun.«
Aber sie betont diese Heimkehr mit zwei negativen Begleitvor-
stellungen, die der alten Fassung fehlten:

>             Irr gieng er nun; denn allzugut sind
>             Genien.

Sie nennt die Heimkehr einen Irrgang, einen Gang in die Irre, weil
er mit einem Verlust des personhaften Daseins verbunden ist; und
sie erklärt diesen Irrgang damit, daß die Geniuskräfte – Naturgeschöpfe, Halbgötter, große Menschen – allzugehorsam sind,
allzuliebend, oder, wie es in »Stimme des Volks« geheißen hatte,
»allzubereit, den Wunsch der Götter zu erfüllen«. Das Wissen
um die Todesgefahr in der göttlichen Anziehung kommt also zum
Wort. Dieses Wissen ist für den Hölderlin von 1803 wohl durchaus kein neues Wissen; aber in dem Nachdruck, mit dem es hier
fast gewaltsam in einen bereits geprägten Zusammenhang eindringt, meldet sich die neue, besondere Wichtigkeit, die der Dichter
ihm zuweisen muß.

Auch in der Ode »*Thränen*« – ein Dokument jener tiefgreifenden
Rührungen, in denen wir die Seele Hölderlins in der Spätzeit öfters
zerschmelzen sehen (vgl. »Am Quell der Donau«) – gibt es dieses
Allzusehr des menschlichen Gehorchens vor dem göttlichen Anruf.
Sie sagt, mit dem Blick auf die antike Wunderwelt der Schönheit:
»Denn allzudankbar haben die Heiligen / Gedienet dort in Tagen
der Schönheit und / Die zorngen Helden.« Und die Folge war der
Untergang, dem Griechenland verfiel. Die Rückbeziehung auf das
Altertum zeigt in diesem Gedicht eine erschütternde Empfindung
des Abstands, des unwiederbringlichen Verlorenseins der alten
Schönheit. Die Einlagerung in den jetzigen Augenblick hat der

Dichter wohl vollzogen; wir haben gesehen, wie sie sich als Frucht aus einem langen Bemühen, Einstiges und Gegenwärtiges zusammenzudenken, ergeben hatte. Aber wir haben auch das Bewußtsein, das die lebendige Verknüpfung in immer wiederholtem Aktus zu tragen hatte, ermatten sehen. Das Eintreten ins Jetzt wird nicht mehr nur als die Fülle der Beziehung erfahren, sondern zuzeiten auch als eine Vereinsamung im »Moment«, gleich dem zum Gipfel gelangten griechischen Tragödienhelden. Sie wird erfahren als die Gefahr, daß das Andenken an die fernen »Liebsten« (»Patmos«) in dem von der Gegenwart blockierten Geiste verdämmert: »Himmlische Liebe! zärtliche! Wenn ich dein / Vergäße.« Mit diesem drohenden Vergessen meint Hölderlin nicht ein Aus-dem-Sinn-Verlieren, sondern ein Schwinden der Fähigkeit, Altertum und Gegenwart mit lebendiger Wachheit gleichzeitig im Geiste zu haben. Er spürt die Möglichkeit heranreifen, daß er diese Gleichzeitigkeit einmal nicht mehr würde denken können, daß sie ihm unter den Händen zerfiele.

Noch deutlicher spricht sich die Empfindung des Abstands vom griechischen Einst in dem Gedichte *Lebensalter* aus; noch deutlicher grenzt sich eine fast trockene Empfindung der Gegenwart ab; und noch deutlicher steht zwischen beiden Welten eine geisterhafte Leere:

> und fremd
> Erscheinen und gestorben mir
> Der Seeligen Geister.

Mit der verschärften Empfindung des Dahinseins verbindet sich in dieser Zeit ein Bedürfnis Hölderlins, den Untergang Griechenlands zu »erklären«, und zwar zu erklären als eine Folge des selbstvergessenen Allzusehr. Die Ode »Thränen« begründet diesen Untergang mit dem allzudankbaren Dienen der sich hingebenden Liebe. In »Lebensalter« erscheint er als Folge einer allgemeinen Grenzüberschreitung:

> Euch hat die Kronen,
> Dieweil ihr über die Gränze
> Der Othmenden seid gegangen,
> Von Himmlischen der Rauchdampf und
> Hinweg das Feuer genommen.[1]

---

[1] Man glaubt hier abermals eine biblische Reminiszenz zu erkennen: »Und ich will Wunder tun oben im Himmel und Zeichen unten auf Erden: Blut und Feuer und Rauchdampf« (Apg. 2, 19, Zitat nach Joel).

Es ist, als wolle Hölderlin durch solche »Erklärung« des griechischen Verfalls die Abstandsempfindung rechtfertigen – oder
als habe die Abstandsempfindung erst seinen Blick so befreit, daß
er das früh geschaute Todeslos der Antike, das Für-kurze-Zeit-Ge-
borensein des Achill, nun nüchtern bestimmen kann.

Jedenfalls, wie gesagt, beginnt in dieser Zeit die Doppelverpflich-
tung auf das Heute und das Einst ihren lebensvollen Einheitskern
einzubüßen. Er verflüchtigt sich, und die Einzelfaktoren schieben
sich in abwechselnder Verselbständigung nach vorn. Bei genauem
Horchen auf den Ton, der in »Lebensalter« die Schilderung der
Gegenwart-Situation überschwebt – »Jezt aber siz' ich unter Wolken (deren / Ein jedes eine Ruh' hat eigen), unter / Wohleingerich-
teten Eichen, auf / Der Heide des Rehs« – zeigt sich schon ein
Anklang an die Gedichte der Wahnsinnszeit. Er liegt weniger in
der Wortgestalt als in der kühlen, entspannten Abgelöstheit, in
der idyllischen Ruhe, die heilig und schrecklich von magischer Gegenwart umfangen ist.

In derselben Spannung wie »Lebensalter« und »Reif sind, in Feuer
getaucht«, also in der Spannung zwischen Antike und Jetzt, steht
der Gedichtentwurf »*Mnemosyne*«, der seiner Haltung nach auf
1803 deutet. Es ist ein Gesang zu Ehren der »Erinnerung«, und
die besondere Art seiner Spannung wird klar, wenn man die mit
Vers 20 beginnende Gegenwartschilderung betrachtet:

> Sonnenschein
> Am Boden sehen wir und trokenen Staub
> Und heimatlich die Schatten der Wälder und es blühet
> An Dächern der Rauch, bei alter Krone
> Der Thürme friedsam . .

Diese und die weiteren Einzelheiten des Jetzt brechen so sinnlich
vor, wie sie nur bei einem fremden, befremdeten Umsehen nach
plötzlichem Erwachen erscheinen können. Es ist kein logischer Bruch
in der Art, wie sie auftreten. Denn der vorangehende Satz »Lang
ist die Zeit, es ereignet sich aber das Wahre« hat sie richtig vor-
bereitet durch den Gedanken: Es ist *ein* Zusammenhang im Geschehen, aber lang durch die Zeit hin dehnt sich seine Entfaltung,
es muß nur das Wie der Sinn-Verknüpfung (»Was ist diß?« in
»Patmos« und »Mnemosyne«) erfaßt werden. Doch das Friedlich-
Heimatliche der Gegenwart hat in »Mnemosyne« eine in ihrer
Nüchternheit verzauberte Realität, die Hingegebenheit an das

Detail des Jetzt macht einen neuen Grad der Schwierigkeit, sich ihm zu entreißen, fühlbar. Es war schon immer eine Eigenheit Hölderlins, daß er schwer von einem Gemütsinhalt auf einen andern kommen konnte. Sie wird jetzt immer mehr zur Gefangenheit, zu einer Art Starre. Und so geschieht in »Mnemosyne« auch die Überleitung zum Thema Erinnerung (an Griechenland) eigenartig konkret, nämlich in Anknüpfung an das Wegkreuz, »das gesetzt ist unterwegs einmal Gestorbenen«. Fast katalogartig, mit pindarischer Majestät, erfolgt dann die Aufzählung der gestorbenen Heroen, mit dem nachher abgeänderten großen Schlusse:

> und es starben
> Noch andere viel. Mit eigener Hand
> Viel Traurige, wilden Muths, doch göttlich
> Gezwungen zulezt, die anderen aber
> Im Geschike stehend, im Feld. Unwillig nemlich
> Sind Himmlische, wenn einer nicht die Seele schonend sich
> Zusammengenommen, aber er muß doch; dem
> Gleich fehlet die Trauer.

Es ist der Fehl der Trauer, daß sie unter dem göttlichen Zugriff nicht die Seele zusammenrafft, sondern sich in den Tod dahinwirft; dies wollen die Himmlischen selbst nicht, aber wer so untergeht, handelt eben doch unter göttlichem Zwang. Dies sind Fälle, in denen, wie der Text des Gedichtes sagt, eine Götterkraft uns zu gierig dahingerissen hat:

> Denn furchtbar gehet
> Es ungestalt, wenn Eines uns
> Zu gierig genommen.

In solcher gefährlicher Lage weiß der Dichter seine Zeit und sich selbst. Und die Bedrohung des Gedächtnisses, der freien Rückverbindung zum vergangenen Großen, ist der Keim und Ausgangspunkt dieses der Göttin des Gedächtnisses geweihten Gesanges. Ihn spricht eine handschriftliche Variante aus:

> Wenn nemlich ein Streit ist über Menschen
> Am Himmel, und gewaltiger
> Gestirne gehn, blind ist die Treue dann.

Zwar ist gerade dann, wenn eine stürmische Entscheidungszeit gegeben ist, die Treue Noth (»Reif sind . . .«), die vieles im Gedächtnis behält. Aber im stürmisch Ungewissen, im schwer Deutbaren der Zeit hat sie keine sichere Weisung, wie und woran sich dieses

Behalten bewähren soll. In »Patmos« hatte es noch von einer solchen Zeit geheißen:

>    Wenn nemlich höher gehet himmlischer
>    Triumphgang, wird genennet, der Sonne gleich
>    Von Starken der frohlokende Sohn des Höchsten.

Jetzt ist die Aussage zurückhaltender. Der Dichter weiß nur noch dies: Treue ist Noth, und jenes Sich-Lassen, das gehorsam im Augenblick sich hält, vom Element selbst gewiegt, und getragen von einer letzten Gewißheit, die »Mnemosyne« mit den Worten bezeichnet:

>                    Zweifellos
>    Ist aber der Höchste. Der kann täglich
>    Es ändern.

Mit dem Gedanken an den Höchsten, der hier deutlicher als je eine Instanz *über* den Göttern bildet, steht es in Zusammenhang, daß Hölderlin 1803 und 1804 die Adlermythe nochmals mit Nachdruck aufnimmt; denn der Adler ist Bote (»Engel«) des Vaters im eigentlichsten Sinne, Träger seiner Verkündigung und selbst von pneumatischem Wesen. Als solcher ist der Adler ein Helfer der Dichter, damit deren blinde Treue Weisung erhält und sie nicht auf eigenes zorniges Deuten beschränkt bleiben (Aus dem Motivkreis der Titanen).

Auf der andern Seite belebt sich um 1803 und 1804 dasjenige Denken, das im Sinne des Patmosschlusses das »Bestehende« umkreist, also das Heimatliche, Deutsche, Christliche, im weiteren Sinne das Hesperische überhaupt. Wir kennen bereits aus Hölderlins Brief an Seckendorf vom 12. März 1804 das geistige Programm jener Jahre, umfassend die Fabel (das Mythische), die poetische Ansicht der Geschichte, die Architektonik des Himmels (Licht über der Landschaft, Schatten und Wolken), besonders das Vaterländische in seinem Unterschied vom Griechischen. Der letzte und vorletzte Programmpunkt benennen diejenige Gattung von Inhalten, die wir hier vornehmlich im Auge haben. Die Beschäftigung mit ihnen ergibt wohl keine ausgeführten Gesänge mehr. Aber sie findet ihren Niederschlag in bedeutenden Fragmenten und Entwürfen, namentlich auch in verstreuten Bemerkungen, die sich im handschriftlichen Material finden. Zu den hier erwähnten Bruchstücken zählen u. a. *»Das Nächste Beste«*, *»Deutscher Gesang«*, *»Dem Fürsten«*, *»Ihr sichergebaueten Alpen«*. Sie zeigen das Streben, aus einem umgrenzteren Begriffe der hesperisch-deutschen Eigengesetzlichkeit den Wert

und Sinn *unsrer* Gegebenheiten festzustellen, seien es Dinge der
Landschaft, seien es Namen und Mächte unsrer Geschichte. Es geht
in ernst erneuerter Weise um die »süße Heimath«, von der ihn der
Zeitgeist fast hinweggeschwatzt hätte, wie vom Herzen seines Lan-
desherrn, und feierlich steht über diesem Streben das Wort:

> Denn es haben
> Wenn einer der Sonne nicht traut
> Und von der Vaterlandserde
> Das Rauschen nicht liebt
> Unheimisch diesen die Todesgötter.

(Bruchstück »Dem Fürsten«)

Es schatten durch diese Stellungnahme – die mit seinem Abrücken
von den revolutionären Zeitregungen verbunden ist – jene größeren Veränderungen hin, die damals und später so viele Deutsche aus
dem weltbürgerlichen Denken zum vaterländischen Denken hin-
überführten, durch eine verwirrende Vielheit von Übergängen.
Görres und Fichte, die Brüder Schlegel und andre Romantiker,
Adam Müller, Gentz, Arndt, Hegel, Schelling – um einigermaßen
innerhalb der Generation Hölderlins zu bleiben – haben diese
Entwicklung geteilt. Sie haben das Bekenntnis zum deutschen Ei-
gensein, die Reflexion auf das nationale Selbst mit verschiedener
Begründung vollzogen. Dieser Schritt hat bei Männern wie Fichte,
Arndt, Görres die größere politische Energie, aber bei Hölderlin
ist er am meisten persönlich erlittenes und durchkämpftes Schicksal,
er besitzt religiöse Tragweite. Hölderlin schließt jenen Brief an
Seckendorf mit den Sätzen: »Das Studium des Vaterlandes, seiner
Verhältnisse und Stände ist unendlich und verjüngt, daß uns die
gute Zeit nicht leer von Geiste werde und wir uns wieder selber
finden mögen. Ich denke einfältige und stille Tage, die kommen
mögen. Beunruhigen uns die Feinde des Vaterlandes, so ist ein
Muth gespart, der uns vertheidigen wird gegen das andre, das nicht
ganz zu uns gehört.«

An diesem Studium des Vaterlandes nahm Hölderlin, wie gesagt,
durch eine neue Würdigung der deutschen und der damit verbun-
denen hesperischen Vergangenheit teil. Er schrieb sich Namen der
Geschichte als Stichworte für künftige Gesänge auf: Friedrich mit
der gebissenen Wange, Eisenach, Barbarossa, Conradin, Luther,
Ugolino, Eugen, Mahomed, Rinald, Peter der Große, Heinrich IV.,
Demetrius Poliorcetes und andre. Dazu vermerkte er begründend:
»Wir bringen die Zeiten untereinander«, d. h. wir stellen das zeit-

lich Geschiedenste nebeneinander, denn unter dem Programmpunkt
»poetische Ansicht der Geschichte« sind diese Namen als historische
Typen gleichwichtig, sie sind »alle als Verhältnisse bezeichnend«.
Eine Geschichtsphilosophie, vom Dichter gefaßt, meldet sich als
Anspruch und Auftrag an. In ihr hätte zu gipfeln gehabt, was mit
Hölderlins Erkenntnis vom geschichtlichen Wesen der menschlichen
Dinge, mit seinem Begriff des Schicksals vorlängst angesponnen
war.

Es ist Ungeheures, was sich damit als neue Last auf das schon ermat-
tete Bewußtsein herabsenkte: der ganze Ablauf der Geschichte seit
dem Untergang Griechenlands will in jeder Einzelposition neu, d. h.
aus der Schau des »Abends der Zeit«, bestimmt und gedeutet
werden. Nicht nur die Hinzunahme Christi zu Herkules und Bacchus muß erfolgen, sondern auch ein schöpferisches Neuverstehen
aller »Nahmen seit Christus«. Denn diese

Fallen, wie Irrtum

Auf das Herz und tödtend, wenn nicht einer

Erwäget, was sie sind und begreift.

Die Schau Hölderlins kann, das spürt er hier in der letzten Stunde,
nichts Überliefertes in der alten Wertung stehenlassen. Nicht eine
Revolution von außen ist gefordert, sondern ein riesiges Umden-
ken, damit die Göttlichkeit des Lebens in jeder Position zur Geltung komme. Es ist ein neuer Bezugspunkt der Werte gewonnen;
ihm müssen alle Dinge zugekehrt werden, ihm muß ein neues Begreifen entspringen, eine nie erhörte Mächtigkeit des göttersichti-
gen Menschengeistes über die ihm gegebene Welt. Das Wort, das die
Parzen von Anfang an über Hölderlins Leben gesetzt haben, die
strenge Verweisung seines heiligen Lebensmangels auf das Bewußtsein, auf die an Stelle des Lebens tretende »Sprache« und Besinnung, trifft ihn gegen Abschluß seines geisteswachen Daseins noch
einmal mit vollem Ernst. Er vernimmt es in seiner Größe, aber
auch in seiner Schwere: »Daß aber / Der Muth nicht selber mich
ausseze«, sagt die Spätbearbeitung von »Patmos«, der die oben
angeführten Zeilen über die Namen seit Christus entstammen.

In die Reihe der dem gegenwärtigen Hesperien geltenden Dichtungen gehört schließlich die unvollendete Hymne *»Der Ister«*.
Handschriftlich verbunden mit »Andenken«, muß sie wohl dem
Jahre 1803 zugewiesen werden; doch enthält sie im Gegensatz zu
diesem Gedicht trockene, monologische Stellen, und die Fortbewe-
gung vollzieht sich manchmal auf stockende, unbeholfene Art. Da-

für ist die Gedankenfolge von keiner Dunkelheit gestört, abgesehen von dem schwer deutbaren Satze Vers 4 bis 6. Zusammenhänge bestehen namentlich mit der Adlermythe, mit dem Pindarfragment »Das Belebende«, weiterhin mit »Patmos« und »Wanderung«.

Die Hymne »Der Ister« kehrt die Richtung der »Wanderung« gleichsam um. Ging es dort um eine Reise donauabwärts, um die Grazien Griechenlands nach Germanien einzuladen, so sieht man hier ein hymnisches »Wir« den bekannten Weg des Adlers vom Indus her über Hellas nehmen und im Vaterland ankommen, an den Ufern der Donau. Der eröffnende Ruf »Jezt komme, Feuer!« bestimmt den Augenblick: Jetzt ist die Zeit, da der Geist auf seiner Ost-West-Wanderung in Deutschland einkehren will; und diese Einkehr verlegt der Dichter in seine engere Heimat, an den Oberlauf der Donau, in Erinnerung an die siedlungstiftende Urfunktion der Ströme:

> Denn Ströme machen urbar
> Das Land. Wenn nemlich Kräuter wachsen
> Und an denselben gehn
> Im Sommer zu trinken die Thiere,
> So gehn auch Menschen daran.

Genau wie in »Wanderung« wird das gegenwärtige Geschehen auf eine ältere Verknüpfung zurückbezogen. Der Oberlauf der Donau ist eine Landschaft voll Wald und kühlem Schatten; aber eben dies hat schon vor Zeiten einmal den Repräsentanten des vom feurigen Element belebten Griechengenius, den Helden Herkules, zur Donau gelockt,

> Da der, sich Schatten zu suchen
> Vom heißen Isthmos kam.

Diese Donaureise des Herkules hat also denselben Sinn, wie die Erbeutung der abendländischen Junonischen Nüchternheit für das Apollonsreich der Griechen.

> Denn voll Muthes waren
> Daselbst sie, es bedarf aber, der Geister wegen,
> Der Kühlung auch.

Der »Muth«, die Erfülltheit vom feurigen Element, gehört ja zum Angeborenen der Griechen. Aber nur wo Kühlung, Nüchternheit hinzukommt, lebt der Geist. So gibt es eine gesetzliche Beziehung zwischen Feuer und Kühle, zwischen Hellas und dem Norden.

Gesetzlich ist es denn auch, daß das himmlische Feuer nun über die

Gebiete der Donau hereingerufen wird. Denn die dem Norden
wesentliche Kühle erscheint hier als ein Allzusehr der Mäßigung
und Dämpfung. Der Fluß geht so langsam, daß an der ruhigen
Flut kaum zu sehen ist, ob sie von Westen oder von Osten kommt.
Friedlich geht die junge Donau gerade an den Bergen entlang,
während der Rhein heldenmäßig seitwärts durchs Gebirge gebrochen
ist. Die Donau ist fast zu zahm, um dem hohen Beruf der Ströme
gerecht zu werden. Denn diese sind die »sprechende« Erscheinung
der Landschaft; sie sind ihr »zur Sprache«, wie schon die Hymne
»Germanien« vom Vaterland gesagt hatte: »doch Fülle der goldenen Worte sandtest du auch / Glükseelige! mit den Strömen und
sie quillen unerschöpflich / In die Gegenden all.« Die Ströme sind
Grundfälle der Göttermitteilung und der Göttergesellung, wirkliche
Worte der Natur und »Gedanken« des Höchsten, der ohne sie
nicht von seinen Höhen ins Menschenland herunterkäme.
Aber die Donau ist »allzugedultig«. Indem der Sänger auf diese
Rüge zurückkommt und bei ihr verweilt, scheint er gewisse Volks-
eigenschaften der schwäbisch-deutschen Heimat als maßgebend für
den kühlen, »träge geborenen« Norden einzusetzen. Mit dem Allzugeduldigen ist auf der einen Seite wohl Ruhe und kerniges Wesen
benannt, aber auf der andern Seite auch Schwerfälligkeit, Unfrei-
heit, Gehemmtheit. Ist doch die Donau schon in der Jugend »be-
trübt« (oder »zufrieden«, wie die erste Niederschrift sagt), im Gegensatz zur Jugend des Rheins, der »da hoch schon die Pracht treibt
und Füllen gleich in den Zaum knirscht«. Damit eben leistet der
Rhein den Dienst, der den Strömen obliegt.

> Es brauchet aber Stiche der Fels
> Und Furchen die Erd',
> Unwirthbar wär es, ohne Weile –

sagt die Hymne und kommt damit zum dritten Male auf die Rolle
der Stromläufe im »Urbarmachen des Landes« zurück, stets im
Zusammenhang mit den Gedanken des Pindarfragmentes »Das
Belebende«.
Der Punkt, den die Ister-Hymne damit erreicht, fällt mit dem
Schlußpunkte der Ode »Stimme des Volks« zusammen. Auch dort
waren die Ströme mit dem Volk in Verbindung gebracht, beides
Elementarmächte, die den Göttern gehorsam ein frommes, selbst-
vergessenes Dasein leben. Aber dem Lobpreis dieser Frömmigkeit,
die zum Untergang in der heiligen Selbstverschwendung führt,
hatte sich der Gedanke an das Bewahrende entgegengestellt, das

in heroischer Gegenwehr sein Eigenleben festhält; und die Ode
hatte geschlossen mit der doppelten Gipfelung:

>    Drum weil sie fromm ist, ehr' ich den Himmlischen
>      Zu lieb des Volkes Stimme, die ruhige,
>        Doch um der Götter und der Menschen
>          Willen, sie ruhe zu gern nicht immer!

Die Ister-Hymne bricht analog ab mit der verschwiegenen Rüge
der allzugeduldigen Ruhe des Nordlandstromes. Sie hätte wohl,
wenn sie fortgesetzt worden wäre, zu einer Wendung der Art geführt, daß das im Anfang angerufene Feuer nochmals im Raum
der Dichtung erschienen wäre, oder daß sich sonst eine Einbeziehung des Nordisch-Nationellen, des Hesperisch-Schicksallosen (vgl.
»Anmerkungen zur Antigone«) in den Mythus des einbrechenden
Göttertags ergeben hätte. Beim Vergleich mit dem früheren Donau-
gesang (»Am Quell der Donau«) ergibt sich, daß »Der Ister« nicht
entfernt das jugendlich gelenkige Hin und Wieder des Gefühls zwischen weit auseinanderliegenden Polen hat wie der ältere Gesang.
Doch steht er fester, plastischer in der abendländischen Gegebenheit; die Sehnsucht, die zärtlichen Widerhalle sind hinweggenommen; mit der durchwegs härteren Sprache bezeugt »Ister« die neue
Nüchternheit der faktischeren Göttererfahrung.

# Homburg 1804–1806

Sinclair hielt trotz aller Offenheit, mit der die Mutter ihn fort-
laufend über den Zustand des Sohnes unterrichtete, fest an dem
Plane, Hölderlin nach Homburg zu ziehen. Er fand zur Ausführung einen Weg, der Hölderlins Empfindlichkeit in Gelddingen
Rechnung trug. Er veranlaßte den Landgrafen, Hölderlin zum
homburgischen Hofbibliothekar zu ernennen, und trug aus eigenen
Mitteln die Besoldung, indem er eine ihm selbst gewährte Gehalts-
erhöhung von jährlich 200 Gulden auf Hölderlin überschreiben
ließ.
Mitte Juni 1804 reiste er nach Nürtingen und holte den Freund
ab. Auf dem Hin- und Rückwege besuchte er in Würzburg Schelling, der somit Gelegenheit hatte, Hölderlins jetzigen Zustand mit
dem vorjährigen zu vergleichen. Er schrieb darüber unterm 14. Juli
an Hegel: »Derselbe ist in einem bessern Zustand als im vorigen
Jahr, doch noch immer in merklicher Zerrüttung. Seinen verkom-
menen geistigen Zustand drückt die Übersetzung des Sophocles
ganz aus.« Die Mutter schrieb dem abgereisten Sinclair sofort einen
Brief mit allerlei Bitten, die Hölderlins Pflege betrafen; denn sie
hatte ihm in Nürtingen nicht alles sagen können, weil Hölderlin
immer in der Nähe war. Sie bat, daß man Hölderlin »einen Comod und in dem Comod ein kleines geschlossenes trühle oder Catul
zu seinem Geld« zur Verfügung stellen möge, weil er sonst alles
offen herumliegen lasse. Auch in bezug auf Körperpflege und Reinlichkeit der Kleidung bat sie um Überwachung; und Sorge macht
ihr auch Hölderlins Gewohnheit, »daß er bey seinen Spaciergängen
sich so vergißt und so gern erst in der Nacht nach Hause komt«.
Vorher schon waren die Übersetzungen der Sophoklesdramen erschienen. Wilmans hatte zwölf Freiexemplare am 14. April 1804
an Hölderlin abgesandt, und dieser hatte sich die Personen notiert,
denen er das Werk persönlich schicken wollte. In der Liste finden
sich die Namen Goethe, Matthisson, Seckendorf, Haug, Schelling,
Sinclair, Heinse (der schon ein Jahr vorher, am 22. Juni 1803,
gestorben war); dagegen fehlt, wohl nicht ohne Absicht, der Name
Schillers.
In Homburg wurde dem Dichter der freundlichste Empfang zuteil.

Sinclairs begeisterte Freundschaft hatte in dieser Richtung vorgesorgt, dem Landgrafen war er durch die Patmoshymne, die dieser mit Dank und Freude entgegengenommen hatte, nachdrücklich empfohlen. Hölderlin wohnte zuerst bei einem französischen Uhrmacher namens Calame in der Dorotheenstraße. Zu seinem Umgange gehörte der Hofrat Gerning, Beamter in landgräflichen Diensten, nebenher Dichter. Er ist in unsrem Zusammenhang nur deshalb wichtig, weil seine Briefe und Tagebücher, die einen eitlen, boshaften Charakter zeigen, mit mehreren Bemerkungen auf Hölderlin und Sinclair zu sprechen kommen. Er redet darin von Hölderlin als einem »armen Schlucker« und erwähnt in einem Brief an Knebel vom Juli 1805: »Hölderlin, der immer halbverrückt ist, zackert auch am Pindar.« Damit ist für Hölderlins geistige und dichterische Tätigkeit in Homburg eine Einzelheit gesichert. Sinclair bemühte sich, seine optimistische Auffassung von Hölderlins Zustand festzuhalten, obwohl ihm schon die ersten Wochen des Zusammenlebens Bedenken erregt haben mögen. Er hielt, wie er der Mutter am 6. August 1804 schrieb, das, was Gemütsverwirrung bei dem Freunde schien, für »eine aus wohl überdachtem Grunde angenommene Äußerungsart«.

Wenige Monate nach Hölderlins Übersiedelung nach Homburg erfuhr das Zusammenleben der Freunde eine empfindliche Störung. Sinclair wurde durch eine heimtückische Denunziation in einen gefährlichen politischen Prozeß verwickelt. Der Denunziant war der homburgische Hofkommissar und Lotteriedirektor Wetzlar-Blankenstein, ein getaufter Jude, bei dessen Übertritt Sinclair selbst Taufpate gewesen war. Anfänglich hatten zwischen beiden gute Beziehungen bestanden. Nachdem Sinclair aber den Mann als einen gewissenlosen, auch persönlich anrüchigen Geschäftemacher kennengelernt hatte, veranlaßte er pflichtgemäß die Aufhebung der von ihm betriebenen Lotterie. Daraufhin brachte der Geschädigte bei der württembergischen Regierung die Anzeige ein, Sinclair habe gegen den württembergischen Kurfürsten und dessen Minister Wintzingerode eine Verschwörung angezettelt mit dem Ziel, beide ums Leben zu bringen und ganz Süddeutschland zu revolutionieren. Wetzlar stützte sich dabei namentlich auf eine hitzige Äußerung, die der für Freiheit begeisterte Sinclair 1804 in Stuttgart getan haben sollte. Er verwob Tatsachen mit Vermutungen und wußte durch verdrehende Deutung an sich harmloser Einzelheiten der Denunziation einen gefährlichen Schein zu geben.

Als Häupter der Verschwörung nannte er neben Sinclair einige von
dessen Freunden, so Leo von Seckendorf in Stuttgart, Hofrat Jung
in Mainz. Der Denunziant, dessen Briefe »ein Denkmal frechster
Schurkerei sind«[1], erreichte sein Ziel. Württemberg forderte im
Februar 1805 Sinclairs Auslieferung. Der Landgraf glaubte diesem
Ansinnen entsprechen zu müssen, obwohl er von Sinclairs Unschuld
überzeugt war, und dieser kam nach Stuttgart in Haft. Die Untersuchung ergab die Haltlosigkeit der Beschuldigung; gleichwohl dauerte es fast fünf Monate, bis Sinclair wieder freigegeben wurde.
Die Sache hatte ein langes Nachspiel und endete erst 1807 mit
einer öffentlichen Ehrenerklärung zu Sinclairs Gunsten.
Der Denunziant hatte kein Bedenken getragen, auch Hölderlin in
die Angelegenheit hineinzuziehen. Er führte an, dieser habe Sinclairs Umtriebe gekannt, aber nicht gebilligt: »Seit einer kurzen
Zeit ist dieser Hölderlin fast wahnsinnig geworden und schimpft
stark auf Sinclair und die Jakobiner und ruft in einem fort: ›ich
will kein Jakobiner seyn. Vive le roi!‹« Es besteht vielleicht kein
Grund, zu bezweifeln, daß Hölderlin, krank und durch das Schicksal des Freundes aufgeregt, solche Äußerungen getan haben könnte. Dem Inhalte nach stimmen sie mit seinem damaligen Denken
überein, und der Gegensatz zwischen Sinclairs parteimäßig-aktivi-
stischer und Hölderlins seherischer Geschichtsteilnahme hatte mehr
als einmal »Mißhelligkeit« in der Freundschaft hervorgerufen.
Doch mindert dies nicht die Niedertracht im Verfahren des Denun-
zianten. Es geschah im Zusammenhang mit dieser Anzeige, daß
Hölderlin von dem Arzte Dr. Müller im Auftrag der Regierung
auf seinen Geisteszustand untersucht wurde. Dieser erstattete am
9. April 1805 jenen Bericht, den wir an früherer Stelle schon kurz
erwähnt haben. In ihm hieß es: »Von der Zeit an (seit Hölderlins
Weggang vom Homburg 1800) hörte ich nichts mehr von ihm bis im
vergangenen Sommer, wo er wieder hierher kam, und mir gesagt
wurde: ›Hölderlin ist wieder hier, allein wahnsinnig.‹ Seiner
alten hypochondrie eingedenk fand ich die Sage nicht sehr auffallend, wollte mich aber doch von der Wirklichkeit derselben überzeugen und suchte ihn zu sprechen. Wie erschrak ich aber, als ich
den armen Menschen so sehr zerrüttet fand, kein vernünftiges Wort
war mit ihm zu sprechen, und er ohnausgesetzt in der heftigsten
Bewegung. Meine Besuche wiederholte ich einigemal, fand den

---

1 Käthe *Hengsberger,* »Isaak von Sinclair, der Freund Hölderlins«, Berlin 1920; diesem
Werke ist unsre Darstellung des Prozesses entnommen.

Kranken aber jedesmal schlimmer und seine Reden unverständlicher, und nun ist er soweit, daß sein Wahnsinn in Raserey übergegangen ist und daß man sein Reden, das halb deutsch, halb griechisch, halb lateinisch zu lauten scheint, schlechterdings nicht mehr versteht.«

So begann Sinclairs Traum von einem Zusammenleben, in dem der Freund den Frieden fände, der ihm nötig sei, zu zerrinnen. Die Monate seiner Gefangenschaft haben ohne Zweifel Hölderlins Krankheit ungünstig beeinflußt. Da die Familie Calame sich durch die gehäufteren Erregungsanfälle beschwert fand, ward ihm bei einem in Homburg wohnenden Schwaben, dem Sattlermeister Lattner, ein neues Unterkommen besorgt, im Hause Haingasse 8. Auch nach der Befreiung konnte sich Sinclair dem Freunde nicht so widmen, wie es seiner Liebe entsprochen hätte, da er als Gesandter seines Hofes vielfach in Berlin und anderwärts zu tun hatte. Oft kam Sinclair 1805 und 1806 nach Offenbach ins Haus der Sophie von Laroche, die dort als Gattin des Hofrats v. Lichtenfels lebte. Möglich, doch bestritten ist es, daß Sinclair dort Sophiens Enkelin, die damals zwanzigjährige Bettina Brentano, kennengelernt hat. Sie hat in dem Buche »Die Günderode« (1840) auf ihre schwärmerisch-hastige, alles genial hinschüttende Weise ihre Verehrung für Hölderlin ausgesprochen. Sie bekundet darin einen Blick für den Genius, der zwar weiblich geartet ist und Hölderlins Wesen romantisiert, aber dafür Wesentliches wahrnimmt. So sieht sie das Opfer, das mit Hölderlin dargebracht ist. Sie sieht den »persönlichen Umgang« Hölderlins mit der Sprache, seinen Liebesbund mit ihr. Sie begreift, daß die Sprache der Sophoklesübertragungen »jedes Leiden, jeden Gewaltausdruck in ihr Organ aufgenommen« hat. Bettina konnte wohl von sich sagen, sie verstehe alles in den »Anmerkungen« (die sie frei und in den meisten Einzelheiten schief paraphrasiert hat), wenn ihr auch vieles fremd darin sei. Denn ihre Seele gab Antwort in tieferen Regionen des Geistes als bloß im Begriff. Bettinens Verhältnis zu Hölderlin, wie es in der »Günderode« zum Ausdruck kam, war mitbestimmt von der ehrfürchtigen Bewunderung, die ihr Bruder Clemens Brentano, ihr Gatte Achim von Arnim und mit ihnen andere Romantiker, Friedrich Schlegel, Tieck, Görres, dem Dichter seit etwa 1805 entgegenbrachten. Es zeigte sich, daß August Wilhelm Schlegel, da er als erster, ohne die Grundlage einer persönlichen Bekanntschaft und aus reinem freien Kunstverstande für Hölderlins Dichtungen in Neuffers Taschenbuch

1799 eintrat, insgeheim für einen großen Menschenkreis gesprochen hatte, ja für eine ganze Bewegung. Nicht nur die ältere Romantik mit ihren starken klassischen Rückverbindungen, sondern auch die jüngere erkannte in Hölderlins Dichtung einen Urfall der legitimen Sprache – mit welcher Erkenntnis Hölderlins Ehre steht und fällt.

Es zeichnet das Hölderlinverhältnis der romantischen Dichter aus, daß sie – und das gilt auch für die wenig scheidende und unterscheidende Bettina – bei ihrem Sinn für das den Menschen Übergreifende auch das Schicksal Hölderlins tief zu würdigen wußten. Für den klassischen und nachklassischen Idealismus bildet das Erliegen des Bewußtseins, wie es auch sei, einen Einwand gegen den zu Fall Gekommenen. Bei den romantischen Dichtern wurde Raum für die Anschauung, daß es einen Bereich der Urzwiste gibt, die objektive Realität haben und deren Austrag ein uns angehendes Geschehen ist. Görres schrieb 1805 in der Aurora, der durch die Erbärmlichkeit der Zeit Gefangene werde in Hyperion einen Bruder grüßen: »Erstaunt wird er seine Vergangenheit in ihm umarmen; sein verflossenes Leben, das er längst erstorben glaubte, wird wunderbar feierlich ihm entgegentreten und alle Gefühle, die er verweht und zerstoben und verblichen glaubte, ihm wiederbringen.«

Der Hinübergang ins Reale, den diese Äußerung vollzieht, wird dem Wesen des Hölderlinschen Schaffens tief gerecht. Es ist bis auf den heutigen Tag die Aufgabe, gerade angesichts des wahnsinnig werdenden Hölderlin, den wir um 1805/06 vor Augen haben, in der psychiatrischen Feststellung des schizophrenen Krankheitsvorganges ein Problem nicht gelöst, sondern erst benannt und gestellt zu wissen. Hölderlins Krankheit, nachdem sie da ist, geht erfahrungsgemäß ihre Bahn. Aber hinter dieser Ebene, die lauter Zwang darbietet, dehnt sich ein Bezirk, wo in mythischer Freiheit Kraft gegen Kraft steht, wo es Heldenkampf und Heldentod gibt. Daß mit der Diagnose Schizophrenie über Hölderlin nichts »Erklärendes« gesagt ist, liegt auf der Hand; es gibt zahllose Fälle von Schizophrenie, aber nur einen Dichter des »Empedokles«. Worin dieser sich von allen Leidensgenossen unterscheidet, das ist der objektive Heroismus seines Wesens, das den Kampf der Mächte in reiner Erscheinung hervortreten ließ. Man sieht in den Seelen Wahnsinniger seit alter Zeit Elementargeister ihr Spiel treiben; denn die Gewalt, die die Dämonen abhält oder unterwirft, ist bei

ihnen nicht auf dem Plan; Wahnsinnige sind unverteidigte und
überfremdete Seelen. Jene Elementargeister aber sind in Hölderlins
Seele nicht die geduckten Kobolde, von denen Wöluspa und Hexen-
hammer sprechen. Sie sind Götter. Hölderlins Untergang hat mitten
in dem Zwang seines Hergangs die volle Freiheit des antiken Tra-
gödientodes, d. h. er ist der Wirklichkeit näher als viele Wirklichkeit. Und Hölderlins dichterisches Wort bleibt bis zuletzt, wie wir
sehen werden, unter dem Himmel der unbedingten Spannung, die
das flachere, eingeebnete Bewußtsein noch klar erfaßt. Im letzten
Gedichte der Wahnsinnszeit, »Die Aussicht«, ist das Problem seiner
höchsten Zeit noch erhalten und deutlich ausgesprochen. Die Zeilen
(die wir mit einigen Unterstreichungen und Satzzeichen versehen,
um die alten Gegensätze herauszuheben):

Daß die *Natur* ergänzt das Bild der *Zeiten*,

Daß *die* verweilt, *sie* schnell vorübergleiten,

Ist aus Vollkommenheit; des Himmels Höhe glänzet

Den Menschen dann, wie Bäume Blüth' umkränzet –

stellen das Bleibende und Ganze dem Vorübergehenden und Teil-
haften gegenüber und schauen in der Verwobenheit beider die Totalität an, deren sinnliches Zeichen der alles überglänzende Himmel
ist.

Am 12. Juli 1806 wurde die Landgrafschaft Hessen-Homburg mit
Gründung des Rheinbundes zugunsten Hessen-Darmstadts mediati-
siert. Damit entfiel nun auch die materielle Möglichkeit, Hölderlin
in Homburg zu halten, nachdem die Entwicklung seiner Krankheit
die Lage schon an sich unhaltbar gemacht hatte. Sinclair teilte dies
der Mutter am 3. August 1806 mit: »Die Veränderungen, die sich
leider! mit den Verhältnissen des Herrn Landgrafen zugetragen
haben, die Ihnen auch schon bekannt sein werden, nöthigen den
Herrn Landgrafen zu Einschränkungen, und werden auch meine
hiesige Anwesenheit wenigstens zum Theil aufheben. Es ist daher
nicht mehr möglich, daß mein unglücklicher Freund, dessen Wahnsinn eine sehr hohe Stufe erreicht hat, länger eine Besoldung be-
ziehe, und ich bin beauftragt Sie zu ersuchen, ihn dahier abhohlen
zu lassen. Seine Irrungen haben den Pöbel dahier so sehr gegen ihn
aufgebracht, daß bei meiner Abwesenheit die ärgsten Mishandlun-
gen seiner Person zu befürchten ständen, daß seine längere Freiheit
selbst dem Publikum gefährlich werden könnte, und, da keine sol-

che Anstalten im hiesigen Lande sind, es die öffentliche Vorsorge erfordert, ihn von hier zu entfernen.«
Sinclair ließ es nicht zu einem Abholen des Freundes durch die Familie kommen. Er geleitete ihn selbst nach der Heimat, indem er vorgab, daß in Tübingen Bücher für die landgräfliche Bibliothek einzukaufen seien. Dort brachte er ihn in der Autenriethschen Klinik unter, und Hölderlin fügte sich dem freiwillig, nachdem man ihm versichert hatte, es geschehe »auf höheren Befehl«.


Was Hölderlin in Homburg gearbeitet, womit er sich beschäftigt hat, ist nicht erschöpfend klargestellt. Wir sagten schon, daß zwischen Nürtingen und Homburg nicht immer genau geschieden werden kann. Was die Zuweisung der Homburger Arbeiten auf die einzelnen Jahre (1804–1806) anlangt, so fehlen auch hierfür die verläßlichen Anhaltspunkte. Wie Stilkriterien im einzelnen versagen können, zeigt die Ode »Wenn aus der Ferne, da wir geschieden sind«. Hölderlin hat sie als von Diotima an ihn selber gerichtet fingiert, im Gedanken an ihre Briefe und vormaligen Gespräche, als wolle er das Dichterische in Diotimas Seele durch geheime Hilfsstellung zum eigenschöpferischen Ertönen bringen. Die Ode mutet, trotz einer leisen, durchgehenden Gehemmtheit, wie ein Gedicht aus guten Jahren an. Doch erweist sie sich auf Grund des handschriftlichen Befundes als ein Erzeugnis der kranken Zeit. Ähnliches gilt von den letzten Hyperion-Bruchstücken (Hell. W. VI, S. 28), die Hölderlin auf den gleichen Bogen wie diese Ode geschrieben hat. Dem Ausdruck nach könnten sie ohne Bedenken in die Nähe des zweiten Boehlendorff-Briefes, also etwa ans Ende 1802 oder an den Anfang 1803, gesetzt werden, während sie, wie aus dem Gesagten hervorgeht, wesentlich später entstanden sein müssen. Zunächst ist jedoch von den *Entwurfmassen* zu sprechen, die sich unter Hölderlins Hand in Homburg angesammelt haben und in denen ein Streben fortbesteht, den freien Hymnenstil festzuhalten (Hell. W. VI, 13–27; Zinkernagel W. V. S. 182 ff.). Die Zerrüttung ist überall sichtbar, die Entwürfe entstehen schon als Ruinen; eine irgendwie feste Textgestalt ist infolge der überwuchernden Varianten nicht gesichert. Diese Stücke haben wohl in der Anlage noch die Spur des Organischen, d. h. sie sind im entkräfteten Bewußtsein als Ganzheiten gesichtet, erfahren aber schon im Entstehen eine Verschiebung der Akzente. Nebenempfindungen und Nebenvorstellungen drängen sich so häufig in den Vordergrund, daß die Gestalt wie unter Schlinggewächs stellenweise verschwindet. Das Verfahren entzügelt sich in der Richtung eines mehr koordinierenden Impressionismus. Die Nebenelemente sind teils dinglicher Art, wie die zahlreichen geographischen Einzelheiten; sie melden sich an mit dem Recht, das sie einst, im hymnischen Bewußtsein früherer Jahre, besaßen, aber sie weisen ihre Legitimation nicht mehr vor. Zum Teil sind es Metaphern, die dem Empfindungsbereich entnommen werden und auf Querverbindungen zwischen Denken und Sensibilität beruhen, denen der Leser oft nicht folgen kann.

Dabei bleibt aber etwas Vertrautes voll erhalten: die Thematik. Erkennbar sind diese Entwürfe von den alten Grundgedanken bewegt. Der Mythus durchrauscht sie, und da Mythus zwar ruhelos, aber in sich gesetzlich ist, sieht man in den ruinösen Gebilden überall Gesetzliches durchschimmern. Man sieht die Gedichtelemente in gesetzlichen Takten schwingen, die Gegensätze sich in vertrauter Weise zueinander und auseinander neigen. Der Anbruch des neuen Zeitentages, die Pflicht der erinnernden Bewahrung, der Wechsel zwischen Gottesbergung und Gottesenthüllung, der schicksalvolle Augenblick, da »höher geht himmlischer Triumphgang«, dann das Sehnen ins Ungebundene, die ihm entgegenwirkenden Kräfte des Verstandes, der hesperische Orbis mit seinen Helden und heiligen Orten, dies sind Motive, die in verschiedenen Verschränkungen anklingen. Hölderlins dichterisches Bewußtsein behält bis zum Schlusse, selbst über die Homburger Zeit hinaus, die Fähigkeit, ein Ganzes als Ganzes zu konzipieren; doch sieht man dieses Ganze in den Homburger Entwürfen nur, wenn man aus weitem Abstand vom Buchstäblichen darüber hinblickt, ähnlich wie in einer Ackerflur vormalige Mauerzüge nur vom Flugzeug aus sichtbar werden. Es ist nichts verlorengegangen, außer der diskursiven Mächtigkeit über die Einzelheiten. Die Sicht ist geblieben, doch versagt der Ausdruck oft gerade an den Punkten, wo die Gelenke des Zusammenhanges liegen. Die Arbeit des Geistes nimmt ihren Fortgang; man darf die paradoxe Aussage wagen, daß in der Denkarbeit selbst sich ein Zug voller Gesundheit erhält und daß das Krankhafte nur in den Kurzschlüssen zwischen Denken und Empfindung, in der Monologie des Ausdrucks liegt.

Die Umrisse, die bei jener Vogelschau sichtbar werden, sind ernster Beachtung wert und weisen fast immer über bereits geleistete Prägungen hinaus. So der Entwurf »Viel thuet die gute Stunde«,

welcher der Sorge um das Vaterland beim Anbruch des neuen Lebens gewidmet ist (Zinkernagel W. V, S. 182). Der Gedankengang
hat mit dem aus früherer Zeit stammenden Bruchstück »Sonst nemlich, Vater Zeus« (Hellingrath W. IV, S. 247) zu tun, wo das
Gefahrdrohende der Umkehr betont war. Der Entwurf »Griechenland« (Zinkernagel W. V, S. 193) rührt das Einwohnen der Gottheit im Ganzen des historischen Geschehens bedeutsam an. Man erkennt als Hauptanliegen eine Aussage über das Amt des Dichters,
dessen deutender Gesang in undurchsichtigen Wendezeiten nötig
ist, um die Einigkeit des Ganzen festzuhalten. Und wie dann das
wilde Zeitgeschehen unter Mitwirkung des Dichters sich faßt und
zu friedlicher Ansiedlung im gegenwärtigen Augenblick führt, entwickelt der Entwurf mit dem schönen Bogenschlag:

> Zu Zeiten aber
> Wenn ausgehn will die alte Bildung, thun auch
> Die Kräfte der Seele sich zusammen,
> Daß lieber auf Erden
> Die Seele wohnt und irgend ein Geist
> Gemeinschaftlich sich zu Menschen gesellet.
> Süß ists dann, unter hohen Schatten der Bäume
> Und Hügeln zu wohnen, sonnigen, wo der Weg
> Gehet zur Kirche.

Das Motiv der Götterbergung erscheint im selben Zusammenhang
vorher als die Verhüllung der Gottheit im Alltäglichen, in Luft
und Zeit, d. h. in Natur und vordergründigem Geschehen:

> Alltag aber wunderbar (zu lieb den Menschen)
> Gott an hat ein Gewand.
> Und Erdenkräften verberget sich sein Angesicht
> Und deket die Liebe mit Kunst.
> Und Luft und Zeit dekt
> Den Schröklichen, wenn zu sehr den
> Eins liebet mit Gebeten oder
> Die Seele.

Eine besondere Bedeutung kommt dem Entwurf »Der Vatikan«
zu; denn in ihm wird das Streben nach einer Einbeziehung des in
seinem römischen Prunk gesehenen Katholizismus in die große Zei-
tenwende sichtbar. Vielleicht kann aus der Frage

> Ach! kennet ihr nicht mehr
> Den Jüngling in der Wüste, der von Honig
> Und Heuschreken sich nährt

ein Einwand gegen die äußere römische Kirchengestalt herausgelesen werden, zumal wenn man die spätere Wendung »Karg wohnt jener«, auf die Mönche vom St. Gotthard bezogen, damit verbinden will. Der Einwand ist aber im wesentlichen erinnernd, an Ursprung mahnend, wobei unter Ursprung nicht nur die Schlichtheit christlicher Anfänge, sondern auch der Zusammenhang des Urchristentums mit Griechenland gemeint ist. Der Name Patmos taucht auf, und mit ihm das Bild des unter türkischer Herrschaft schmachtenden Morea, in dessen verfallenen Griechenstädten die Eule trauert. Aber diese Ruinen samt dem Kranich des Archipelagus, der mit seiner majestätischen, keuschen Gestalt ein Zeichen des Naturlebens auf hellenischem Boden ist, haben eine fortwirkende Bedeutung: »Aber / Die erhalten den Sinn«. Sie bewahren den Sinn des göttlichen Wirkens auf, so, wie im »Gesang des Deutschen« von den deutschen Frauen gesagt war: »Sie haben uns der Götterbilder freundlichen *Geist* bewahrt.« In geschichtlicher Wirklichkeit zwar entbrennt oft zwischen Mächten, die nach Sinn und Herkunft verschwistert sind, die Zwietracht: »Oft aber wie ein Brand / Entstehet Sprachenverwirrung.« Sie ist eingetreten zwischen Griechenland und dem, was Johannes der Täufer und der Apostel repräsentiert, und der Dichter selbst hat sie erfahren als das Schwanken zwischen Christus und den alten Göttern. Sie dauert, bis wieder eine Zeit der Aussöhnung kommt. Und Hölderlin führt die jetzt bevorstehende Aussöhnung zwischen dem Antik-Naturhaften und dem Christlichen ein im Bilde einer Abendstunde, die das »Brautlied des Himmels« bringt. Es sind die bekannten Begriffe des »Abends der Zeit« und des Brautfestes zwischen Göttern und Menschen, die hier aus den Hymnen »Versöhnender . . .« und »Der Rhein« aufklingen. Bekannt ist auch das Schlußbild, in dem Hölderlin die geschehene Versöhnung vor Augen stellt: der steinerne Dom, das abschließende Werk Gottes, das in weitherziger Fügung alles bisher Getrennte richtig zusammenordnet. Wir erkennen in diesem Dom das Haus jener »Neuen Kirche«, von der der Jüngling mit den Stiftsfreunden und dem Bruder geträumt und auf die der Gesprächsentwurf »Communismus der Geister« hinausgeblickt hatte. Spät kommt so auch Hölderlins frühestes Bild der vorgeahnten Versöhnungszeit zu einem in schweren Jahren zubereiteten Inhalt.

Solche Rückbeziehungen – um dies hier einzuschalten – stehen zahlreich in Hölderlins geistigem Leben. Sie folgen aus dem Gesetz,

wonach er angetreten. »So durchlauf' ich des Lebens / Bogen und
kehre, woher ich kam«, sagt eine Ode vom Ende des ersten Homburger Aufenthaltes. In einem höheren Sinne schließen sich in Hölderlins Entwicklung die Linien immer zu Ringen. Bei jeder neuen
Wendung seines Weges gelangt er in Landschaften, die er schon
einmal durchschritten hatte. Die Einzelmotive seines Denkens gelei-
ten ihn vom Anfang bis zum Ende; jedes von ihnen kommt zu
gesetzter Zeit mit neuem Wert wieder herauf. Als habe er in frühester Jugend schon alles ihm Zustehende gewußt, so weisen seine
späteren Entdeckungen und Erfahrungen auf frühere Ahnungen
zurück. Die Ode an Rousseau sagt:

> Und wunderbar, als hätte von Anbeginn
>   Des Menschen Geist das Werden und Wirken all,
>     Die alte Weise des Lebens schon erfahren,
>   So kennt er im ersten Zeichen Vollendetes schon . . .

und, fügen wir hinzu: so bringt jede Erfahrung das alte Wissen zum
Erweis. Wir haben gesehen, daß Susette Gontard das Diotima*bild*
in Hölderlins Seele schon vorfand, als sie in sein Leben eintrat. Wir
haben gesehen, daß das Bild des aus Liebe schaffenden Vaterlands-
genius schon feststand (als Bild des alten Hellas), als Deutschland
für Hölderlin unverdrängbar wirklich wurde. »Wohl, ich wußt' es
zuvor«, steht nicht nur über seiner Erfahrung der geopferten Liebe,
sondern über jeder Erfahrung in seiner mythischen Welt.

Dieses Vorherwissen, diese immer erneute Bestätigung des Früh-
wissens haben ihren Grund darin, daß der Mythus der reine Mensch
selbst *ist*, sein Geist, sein Ahnen und Träumen, sein Leben und seine
Triebe. Der Mythus hat im reinen Menschen ein vollendetes Wissen von sich selbst; er kommt in hundert Verwandlungen auf sich
selbst zurück. Das Bewußtsein eines solchen Menschen schreitet fort,
aber die Faktoren bleiben konstant; daher Hölderlins Möglichkeit
des Umdichtens seiner Gesänge in die mit den Bewußtseinsreifungen
sich bildenden neuen Sprachen. Mythisch aber wird der Mensch da,
wo in einer reinen Seele der alte Götterkampf zwischen Geist und
Natur entbrennt und entscheidender Inhalt eines Lebens bleibt.
Hölderlin ward mythischer Mensch durch den heiligen Lebensmangel, *der ihn in den Streit stellte und ihn vom Chaos bis zum
Gesetzgeber und Erhalter Zeus*, von der gütigen bis zur verzehrenden Gottheit alles erfahren ließ, was vorlängst mit dem Menschen
an sich gesetzt ist.

Hier ist nun auch der Ort, wo jener letzten *Hyperion-Bruchstücke* zu gedenken ist, die sich in Hölderlins hinterlassenen Papieren gefunden haben. Sie werden von der Forschung in die spätere Wahnsinnszeit gesetzt. Aber sie schließen sich derart sinnvoll an die Zeugnisse der letzten Homburger Jahre an, daß sie im Zusammenhang mit ihnen betrachtet werden müssen. Die Stimme, die in ihnen spricht, kommt vom andern Ufer, ähnlich der Stimme, die in dem Gedichte »Lebensalter« sprach. Dieses andre Ufer ist ein Jenseits; aber nicht ein Jenseits des Irdischen, sondern ein Jenseits der vorigen Kämpfe, und zu seinen Merkmalen gehört gerade ein Heimischwerden im magisch durchleuchteten Diesseits. Mit den hymnischen Versuchen der sogenannten Vatikan-Stufe läßt die geistige Hochspannung nach, der Bogen des Gedankens flacht sich ab. Aber ehe die weiteren Erloschenheitszustände eintreten, durchmißt der Leidende eine Strecke der Ruhe. Sie ist bezeugt in diesen Bruchstücken zum »Hyperion«, auf die man Sinclairs Äußerung beziehen kann, »Hölderlins Plan mit dem Buche sey gewesen, in einem noch ungeschriebenen dritten Theile zu zeigen, wie das Christenthum am Ende aller irdischen Leiden und Freuden uns mit der Welt versöhnt und einigt, H. habe aber, ich weiß nicht warum, diesen Plan späterhin nicht durchgeführt« (Brief von E. W. Diest an Kerner, 4. Juli 1821).

Was zunächst ins Auge springt, ist die Verwandtschaft der hier vorwaltenden Stimmung mit derjenigen, die sich seit Ende 1801 bei Hölderlin herausbildete und sich 1802 und 1803 deutlicher abzeichnete. Sie knüpfte an die Schicksalsfrömmigkeit des Briefes an Landauer an, die mit Aufgabe des Sträubens zu einem vertieften Fühlen des Selbst und seines Eigengesetzes gelangt war (Frühling 1801): »Theurer Freund! ich habe mich lange mit Täuschungen getragen, die andern und mir zur Last und vor dem Herrn des Lebens und vor meinem Schutzgeist eine Schande gewesen sind. Ich meinte immer, um in Frieden mit der Welt zu leben, um die Menschen zu lieben und die heilige Natur mit wahren Augen anzusehen, müsse ich mich beugen, und, um andern etwas zu seyn, die eigene Freiheit verlieren. Ich fühle es endlich, nur in ganzer Kraft ist ganze Liebe; es hat mich überrascht in Augenbliken, wo ich völlig rein und frei mich wieder umsah.« Am Ende des Jahres 1801 konnte Hölderlin an Boehlendorff schreiben: »O Freund! Die Welt liegt heller vor mir, als sonst, und ernster da! es gefällt mir, wie es zugeht, es gefällt mir, wie wenn im Sommer der alte heilige Vater

mit gelassener Hand aus röthlichen Wolken seegnende Blize schüt-
telt.« Er stimmt also dem inneren und äußeren Geschehen zu wie
dem Gewitter, d. h. er sieht im inneren und äußeren Geschehen das
Wirken der Gottheit, das im selben Akte gefährdet und begnadet.
Zurückgekehrt von Bordeaux, nimmt er im zweiten Briefe an Boehlendorff das Bild des Gewitters als der »Gestalt« der Gottheit wieder auf und schildert seine neue Lage, wobei die schauende Ruhe
im »philosophischen Licht um mein Fenster« zum Ausdruck kommt,
gipfelnd in dem Wunsche, »daß ich behalten möge, wie ich gekommen bin, bis hieher«.

Dies alles – Rückblick und volle Gegenwart, das Gefühl eines
neuen Abschnittes, die Gewißheit neuer Erkenntnis in der Entrük-
kung aus dem Bereich der Kämpfe und in der Einwanderung aus
dem Abseits in ein für göttlichen Sinn transparentes Diesseits –
klingt in den letzten der genannten Hyperion-Bruchstücke deutlich
an: »Ich bin jezt in einer Gewohnheit, aus der ich mein Leben
richtiger verstehe, ich wundere mich nicht, daß ich aus der Einsamkeit heraus bin, und lieber in der Offenheit der Schöpfung und in
einem thätigen, nicht sehr miskennbaren, und gewissenhaften Leben
lebe. Ich nehme überhaupt die Welt ganz anders. Ich erstaune, wie
das mit mir gekommen.« Es fehlt auch nicht an der Zusammenfassung: »Ich sehe die Bahnen mit Vergnügen an, auf welchen wir
uns befinden«, und das Jenseits der Kämpfe bezeugt sich in den
Worten: »Himmlische Gottheit! wie war es ehemals unter uns, da
ich dir verschiedene nicht unbedeutende Schlachten, und häufige Siege abgewann.«

Von diesem Jenseits, dem magisch befriedeten Diesseits, geht der
Blick rückwärts zu den besseren Stunden der früheren Lebensperiode, und Hölderlin sieht nun, daß ihm damals schon das reine, gute
Leben angeboten war, das er nur noch nicht zu ergreifen gewußt
hatte: »Ich kenne die bessern Stunden noch, deren reinen und guten und vergnüglichen Geist ich miskannte, daß ich das Angesicht
der Menschen falschnahm, und unrichtige Worte aus dem Innern
hohlte.« Mit dieser »Beichte« verbindet sich ein Ausdruck des gefun-
denen Ausgleichs, der in dieser ruhigen und wohl auch unheimlichen
Klarheit kaum von einem früheren Ausdruck erreicht wurde. Der
Ausgleich ruht auf der Unvergänglichkeit der Natur und ihrer
»Heiligthümer«, der ewigen Sonne, der Wolken und der günstigen
Lüfte. Sie waren nicht nur in der glücklichen Jugend wirksam, sie
sind ebensogut Bürgschaft und Gewähr der Gegenwart. Und so

zeigt sich endlich auch das Verhältnis zwischen dem Ewigen und dem Augenblick, das bange schmerzende Problem, unter friedlichem Aspekt: »Das *Unvergängliche* der Natur, worinn ich *zeitlich* lebe« – so schließt sich die polare Spannung zur währenden Einheit und gelangt, gleichsam im Schutze der Erkrankung, zum legitimen Ziel der ihretwegen durchlittenen Kämpfe.

Hat ihm dieser Ausgleich zu der Möglichkeit verholfen, die Menschen richtiger aufzufassen und in ihrer Welt ein stilles Feld schlichter Tätigkeit abzugrenzen, so ist doch das alte Verlangen nach der »Ruhestätte« nicht getilgt. Hölderlin-Hyperion ist zwar »aus der Einsamkeit heraus«, d. h. die innere Unfähigkeit zum Leben mit den Menschen ist überwunden, eine Versöhnung mit der Weise der Welt hat stattgefunden. Wäre er nun gleichwohl »öfters gerner auf einsameren Gebirgen, die hinter uns liegen, in den angenehmen Gegenden von Thebe, Macedonien und Attika ... unter schattigen Bäumen der entlegenen Ithaka ... in den stillen Orten im Innern der Inseln, oder in heiligen Klöstern, oder mit Menschen, in Kirchen« – so ist das nicht mehr enttäuschte, verachtende Weltflucht, auch nicht mehr der Wunsch nach der todnahen Ruhestätte auf dem Ätna, sondern es ist das Verlangen nach der lebensvollen Einsamkeit, die ohne Angst und Zorn ist und ein Leben ruhiger, gottgeweihter Andacht gewährt. »So ruft mich ein Gott zur Ruhe, wegen ziemlicher Gottlosigkeit, die ich unter den Menschen finde, und so erzwungen, vieleicht von einer höheren Macht scheint sogar mir die jezige Thätigkeit, in der ich lebe.«

Das Thema von Hyperion, dem Eremiten in Griechenland, ist hier also neu angeschlagen, aber reiner und höher als im Roman. Es handelt sich um ein Einsiedlertum aus Fülle, als Ausdruck der Versöhnung, die »in himmlischen Lüften die Gnade der Gottheit erscheinen« sieht. Wir haben in diesen Bruchstücken nicht müßige Spiele des Geistes mit altvertrauten Motiven vor uns. Vielmehr sehen wir, wenn auch nur in schmaler Andeutung, die Erwerbnisse der Patmosstufe auf das Problem Hyperion angewandt. Wir sehen die Hyperiongestalt noch einmal mit Verantwortung aufgegriffen. Wir sehen den Roman in die Richtung eines neuen Abschlusses gewendet, den das vormalige »Nächstens mehr« verheißen und vielleicht geahnt hatte.

Aus der Erwähnung der Klöster und der Kirche, aber gewiß auch aus Hölderlins gesamtem Spätverhalten zur Frage der geltenden Religion mag Sinclair, sofern er von den Bruchstücken überhaupt

wußte, seine Vermutung geschöpft haben, daß der geplante dritte
Teil des Romans eine Wendung ins Christliche hätte erhalten sollen. Gewiß ist der Gegenstand auch in Homburg zwischen den
Freunden besprochen worden. Wir dürfen zu der Sache manche
späten Äußerungen Hölderlins heranziehen, die mindestens erkennen lassen, daß er immer entschiedener das Christliche auf seine
Vereinbarkeit mit seiner persönlichen Frömmigkeit ansah, nicht auf
seine Geschiedenheit von ihr. Eine jener Bemerkungen lautet:

> Nicht will ich
> Die Bilder dir stürmen
> Und das Sakrament
> Heilig behalten, das hält unsre Seele
> Zusammen, die uns gönnet Gott.
> ...... das Lebenslicht,
> Das gesellige,
> Bis an unser End.

Und ferner, mit streitbarer Wendung:

> Was kann man aber von Fürsten denken
> Wenn man vom Nachtmahl
> So wenig hält
> Daß man Sünden
> Fünf Jahre oder sieben
> Nachträgt.

Es ist nicht zu erkennen, gegen wen sich dieser Satz richtet; nur
wird klar, daß er die zum würdigen Empfang des Abendmahls
gehörige Pflicht des Verzeihens in christlicher Weise ernst nimmt:
Wer diese Pflicht nicht ehrt, kann auch kein treuer Untertan sein.
In beiden Bemerkungen ist auf das Abendmahl gezielt; aber die
erste zeigt, in welcher Bedeutung hier die christliche Feier gefaßt
ist. Es ist die »gemeinsame Seele«, die das Abendmahl als tat-
haftes Bekenntnis zur allverbindenden Liebe unter uns stiftet. Seele
überhaupt ist bei Hölderlin das allverbundene, das alloffene und
liebende Leben. Christus, das »Liebendste«, das der Vater hatte,
hat diese Seele neu unter Menschen belebt, das Abendmahl ist ihre
wiederholbare Befestigung; vielmehr *eine* der möglichen Befestigun-
gen, nicht die einzige.

Sinclairs Wort von der Wendung ins Christliche darf nicht über-
deutet werden, weder in Beziehung auf die geplante Fortsetzung
des »Hyperion«, noch mit Beziehung auf Hölderlins spätere Stellung zum Christentum überhaupt. Es darf nicht so gedeutet wer-

den, als habe sich für Hölderlin der Inhalt der christlichen Verkün-
dung zum Schlusse genauer, christlicher bestimmt. Am nächsten
war Hölderlin einer solchen Wendung, als er, von Apollon geschlagen, Antigones Leiden unter dem »gesetzten« Gotte der Antike
und die furchtbare, sinnzerstörende Götterverlassenheit des aus dem
Gottesgeiste »gesetzlos« handelnden Menschen erblickte. Da er
aber die Treue zu dem, was ihm die Götter bedeuteten, nicht verleugnen konnte, wich er – um es psychologisch-mythisch zu sagen
– in den Wahnsinn aus und vollendete den Weihespruch, der früh
über ihn ergangen war. Objektiv genommen, ist aber der Wahnsinn nicht bloß ein Ausweichen, sondern auch eine Antwort.

Haben die späten Hyperion-Bruchstücke einen rein elegischen Charakter unter der Losung »So ruft mich ein Gott zur Ruhe«, so
liegt der Gesang *In lieblicher Bläue* wohl auch im elegischen
Ton, doch nicht ohne Anklänge an die tragische Ode früherer Zeit.
Denn dieser Gesang entfaltet noch einmal den alten Widerspruch
und steht voll im Felde des Leidens an ihm. Waiblinger hat das
Gedicht 1823 in seinem Roman von dem wahnsinnigen Dichter
»Phaeton« gedruckt, und zwar als Prosastück mit der Bemerkung,
er teile diese Blätter aus den Papieren seines Romanhelden mit; im
Original seien sie abgeteilt, wie Verse, nach pindarischer Weise.
Verschiedene Einzelheiten können vermuten lassen, daß Waiblinger
Einschiebsel vorgenommen habe. Aber im ganzen ist der Gesang
zweifellos von Hölderlins Hand, ein spätes Zeugnis des fortgehenden Kampfes mit der Gottheit und eng zusammenhängend mit
den Fragmenten »*Was ist Gott?*« und »*Was ist des Menschen
Leben*« (Hellingrath Werke Bd. VI).
In diesen Fragmenten geht es um die Frage der Faßbarkeit Gottes.
Er ist unbekannt in seinem An-Sich, aber wir bekommen dennoch
viele seiner »Eigenschaften« zu fassen aus seinem Erscheinen in
der Natur, und insofern ist er uns offenbar. Wir »setzen« ihn als Bild,
als den gesetzten Gott der »Anmerkungen«, menschengleich: »Wie
unter den Himmeln wandeln die Irdischen alle, sezen / Wir diesen.«
Des Menschen Leben selbst ist ein Bild der Gottheit, d. h. der Mensch
*lebt* die unbekannte Gottheit und stellt sie gleichsam irdisch dar;
und indem Hölderlin dies sagt, bleibt er nicht im Bereich einer antiken Gottverleihung, sondern er zielt hinüber zu dem Menschen des
Schöpfungsberichtes, der zum »Bilde Gottes« geschaffen wurde.

Die Frage aber, wann und inwiefern der Mensch ein Bild der Gottheit heißen dürfe, wird zum erregenden Keim des Gesanges »*In
lieblicher Bläue*«. Er führt mitten in die Spannung zwischen dem
reinen Naturleben und dem Menschenleben, er ist für diese Spannung transparent mit jedem Zuge, und man kann sogar von einer
geistigen Mächtigkeit über das Problem sprechen. Eine durchgängige
Bezogenheit jeder Einzelwendung auf das Problem leuchtet auf
und der Zusammenhang erschließt sich dem Leser um so eher, je
treuer und gläubiger er sich an Hölderlins Wort hält.

Hölderlins Antwort auf jene Frage lautet: Der Mensch ist insoferne
das Bild der Gottheit, er ist insoferne in ihr wesend und ihr vergleichbar, als er im *reinen Leben* steht:

> So lange die Freundlichkeit noch am Herzen, die Reine,
> dauert, misset nicht unglüklich der Mensch sich mit der
> Gottheit.

Ist das Leben auch »lauter Mühe«, so darf der Mensch doch zur
Gottheit »aufschauen, und sagen: so will ich auch seyn«. Dieses
Motiv des reinen Lebens, in dem der Mensch frei und jugendlich,
wie ein Geschöpf der Natur, ohne Bruch und Widerspruch mit
den Göttern lebt, zieht sich mit einer ganzen Reihe von Bildern
durch das Gedicht. Die Blume, das Bächlein, das »rollet so klar«,
die Tauben, die Kometen, die »blühen an Feuer und sind wie Kinder an Reinheit« – sie alle sind Bilder des ungebrochenen, des
»ganzen« Daseins: »Ein heiteres Leben seh' ich in den Gestalten
mich umblühen der Schöpfung.« Hier ist an alles zu denken, was
Hölderlin in früherer Zeit von vielen verschiedenen Bezugspunkten
aus zum Preise des reinen Herzens, des Reinentsprungenen, des
liebenden, bescheidenen, genügsamen Lebens, der festbleibenden
und ohne Titanismus sich erhaltenden Menschengestalt gesagt hatte.
Eine deutliche Anknüpfung an die düstere Schlußwendung der
Hymne an die Dichter (Vorentwurf) wird bemerkbar. Dort hatte
es geheißen: »Aber weh mir! wenn von selbstgeschlagener Wunde
das Herz mir blutet, und tiefverloren der Frieden ist und freibe-
scheidenes Genügen...« Entsprechend wird in dem späten Gesange nun der Herausfall aus der Götterfülle benannt mit den
Worten: »Denn zu bluten an Gestalt und Herz und ganz nicht
mehr zu seyn, gefällt das Gott?« In beiden Fällen ist das Verblu-
ten als Bild gesetzt für die Verarmung und Entleerung, die dem
Leben außerhalb der Götterfülle droht; sie führt zum Verlust der
»Gestalt« als der ichgeformten Persönlichkeit, zur Verödung des

»Herzens« als des inwendigen Persönlichkeitskernes. Das große Anliegen des Hölderlinischen Lebens: »Die Seele aber ... muß rein bleiben«, d. h. die Seele muß im ungebrochenen, positiven Leben bleiben, kommt zum Ausdruck.

Hier meldet sich nun die alte Mahnung, daß die Menschenseele das ihr aufgetragene reine Leben nur bewahren kann, indem sie es im *menschlichen Maße* lebt. Wir sahen in »Stimme des Volks« und anderwärts die Frömmigkeit selbst zur Gefahr werden, indem sie den Menschen aus seiner Gestalt hinaus ins unmittelbar Göttliche, in den heiligen Untergang entraffte. Wir sahen, wie sich immer betonter bei Hölderlin die Vorstellung bildete, daß der Mensch dem ewig menschenfeindlichen Naturgang einen Halt geben müsse, weil ohne ihn die Welt immer von dieser Erde hinwegjauchzt, unter dem Antrieb des Dionysos-Jakchos, des »jauchzenden Herrn«. Nun heißt es auch hier in dem späten Gesang, daß der Mensch nur da rein und ein Bild der Gottheit ist, wo er in »der Menschen Maas« lebt, wo er der Gottheit den »dichterischen« Dienst leistet, den wir kennen als das rechte Deuten und als die Stiftung des Maßes. Denn ohne den Menschen gibt es dieses Maß nicht.

Giebt es auf Erden ein Maas? Es giebt keines. Nemlich es hemmen den Donnergang nie die Welten des Schöpfers. Das bedeutet: Die Gottheit ist an sich maßlos, sie geht ewig über die Gestalten fort. Der Donnergang des Schöpfers macht bei keiner der geschaffenen Welten halt, der Triumphgang der Himmlischen, der Vollendungsgang des Lebens strebt über jede hinaus, wie schon Empedokles den Schüler gemahnt hatte:

Schläft und hält
Der heilge Lebensgeist denn irgendwo,
Daß du ihn binden möchtest, du, den Reinen?
Es ängstiget der Immerfreudige
Dir niemals in Gefängnissen sich ab
Und zaudert hoffnungslos auf seiner Stelle!
Frägst du, wohin? die Wonnen einer Welt
Muß er durchwandern und er endet nicht.

Da somit die Gottheit maßlos ist mit der Maßlosigkeit der am Menschen nicht interessierten Natur, stiftet allein der Mensch das Maß aus seinem »dichterischen« Wissen und Vermögen und errichtet so der Gottheit Bild. Er kann dies, solange das reine Leben in ihm dauert.

Die andre Seite der menschlichen Möglichkeit ist aber jenes Zerfallen mit der Gottheit und der tragische Kampf mit ihr; der Kampf, in dem der Held sich seines Lebens gegen den treulosen Gott wehrt und in dem das höchste Leiden wirklich wird. »Nemlich wie Hercules mit Gott zu streiten, das ist Leiden.« Als Bild eines solchen Kämpfenden und Leidenden steht dem Dichter die Ödipusgestalt vor Augen. Wenn das Gedicht sagt, der König Ödipus habe vielleicht ein Auge zuviel, so scheint es, als ob Hölderlin mit dem »Auge zuviel« das allzu trotzige Streben des Ödipus nach einem Klarsehen, nach einem Bewußtsein bezeichnen wolle; wie er ja auch in den Anmerkungen zu dem Drama dieses Allessuchende, Alleswissenwollende des Ödipus beherrschend hervorgehoben hatte. Denn mit diesem Allessuchenden ist der Bereich des reinen, des unreflektierten Lebens durchbrochen (und natürlich zielt das »Auge zuviel« nebenher auf die Selbstblendung des Ödipus). In dem trauernden Blick auf den Sohn des Laios, den »armen Fremdling in Griechenland« (weil er das heitere, götterverbündete Leben von Hellas nicht mitleben kann) schließt der Gesang.

In der Rückschau von dieser Gedankenentwicklung aus klärt sich nun auch die Anfangspartie des Gedichtes. Sie hat zur Anknüpfung das Bild einer Kirche, die unterm lebendigen Himmel in lauter Natur steht und mit ihrer säulengetragenen Vorhalle eine freundschaftliche Beziehung zur Natur aufnimmt; ihre Tore »haben die Ähnlichkeit von Bäumen des Walds«. Aber im Innern der Kirche waltet eine völlig andere Macht; nicht die Einstimmung in die Natur, sondern die Verschiedenheit von ihr kommt zum Ausdruck: »Innen aus Verschiedenem entsteht ein ernster Geist.« Er prägt sich aus in Gemälden und Skulpturen, die voller Einfalt, aber auch voll Heiligkeit die Himmlischen schildern. Von der heiteren Reinheit dieser Gestalten (Tugend und Freude) setzt dann die Frage nach dem Menschen als dem Bild und Ebenbild der Gottheit an, die das Gedicht entscheidend bewegt. Wir haben in ihm den letzten Gesang Hölderlins, der in geistiger Fassung den alten heiligen Zwiespalt ausspricht. Denn künftig bindet sich das bleibende Problem immer mehr in die Gegebenheiten der Landschaft und des Kreislaufes der Jahreszeiten.

# Tübingen 1806–1843

In der Autenriethschen Klinik blieb Hölderlin nur knapp ein Jahr. Die Behandlung dort führte keine Besserung, eher eine Verschlimmerung seines Leidens herbei. Einige Zeit hindurch war er der besonderen Beobachtung und Behandlung des jungen Justinus Kerner überwiesen, der seit 1804 an der Tübinger Universität Medizin studierte. Kerner hat Hölderlins Gestalt in seine 1811 erschienene Briefdichtung »Reiseschatten von dem Schattenspieler Lux« aufgenommen als den wahnsinnigen Dichter Holder. Die kauzige Art, in der dies geschah, war wohl von Kerner nicht respektlos gemeint, erregte aber in Hölderlins Freundeskreis teilweise heftigen Widerspruch.

Es war ein Glück für Hölderlin, daß bald eine Art der Pflege gefunden werden konnte, die ihm ein eigeneres Leben ermöglichte und ihm zusätzliche Schädigungen ersparte. Im Sommer 1807 kam er in die Obhut des Schreinermeisters Zimmer und erhielt in dessen Haus, das auf den Grundmauern des alten Zwingers erbaut war, ein »Erkerlogis« in dem Turm, der seitdem als Hölderlinturm bekannt ist. Der Blick ging von den Fenstern über den Neckar frei hinaus auf ein freundliches Wiesengelände und auf die Berge der Schwäbischen Alb. Der Meister war ein wohlhabender Mann von viel natürlichem Verstand und Gefühl; auch besaß er Bildung genug, um die Dichter der Zeit und selbst philosophische Werke (Kant, Fichte, Schelling) zu lesen. Um die Pflege des Kranken kümmerte sich namentlich die Tochter Lotte; Hölderlin bekundete ihr und der ganzen Familie Dank und Anhänglichkeit, denn er wußte die freundliche Veränderung wohl zu schätzen, die mit der Übersiedlung in das Haus eingetreten war.

Über Hölderlins Leben in der Umnachtung, über sein Gebaren und seine Eigenheiten ist von Zeitgenossen vielfach berichtet worden. Denn manche Freunde suchten ihn an guten Tagen auf und führten ihm auch Fremde zu, denen es aus mehr oder minder ernsthaften Gründen interessant war, den wahnsinnigen Dichter zu sehen. Im ganzen stimmen diese Berichte durch Jahrzehnte hindurch überein, woraus zu entnehmen ist, daß Hölderlins Befinden sich nach der Übersiedlung zum Meister Zimmer nicht mehr entscheidend verändert hat. Am Anfang waren die Erregungszustände häufiger und von körperlicher Ermattung gefolgt. Später wurden sie seltener, die körperliche Gesundheit kräftigte sich, während sich geistig eine langsam zunehmende Abstumpfung zeigte. Zimmers Pflege hatte jedenfalls das große Verdienst, daß alles, was an Zufriedenheit und Ruhe dem Dichter noch zuteil werden konnte, seinen hingedehnten Lebensausgang verklärte. Er konnte frei im Hause und vor dem Hause umhergehen, bekam statt des zinnernen Löffels, mit dem er sich in der Klinik hatte behelfen müssen, ein anständiges Eßbesteck, wurde von Zimmer öfters mit hinaus ins Freie genommen und konnte sich nach eigener Wahl beschäftigen. Er unterhielt sich viel mit Musik und Gesang, spielte Flöte und Klavier, schrieb Verse und – auf Zimmers häufige Anmahnung – Briefe an die Mutter, von denen sich achtundfünfzig erhalten haben. Von allen Besuchern wurde vermerkt, daß er größten Wert darauf legte, mit seinem Bibliothekartitel angeredet zu werden, und daß er selbst die Besucher mit hochgegriffenen Titulaturen wie Ihro Durchlaucht, Ihro Gnaden, Exzellenz, Königliche Hoheit, Eure Heiligkeit usw. empfing. Verschiedene Freunde hatten den wohl nicht fehlgehenden Eindruck, daß er damit Distanz herstellen und sich selbst in seiner Abgrenzung erhalten wollte. Die Fähigkeit zu einer geordneten Unterhaltung, selbst auf kurze Zeitdauer, besaß er nicht mehr. Er verlor sich beim Reden alsbald in einen unverständlichen Wortschwall, der deutsch, französisch und anderes untereinander mischte, entzog sich auch oft dem Gespräch durch stereotype Ablehnungsformeln, etwa »Wie Ihro Gnaden befehlen« oder »Eure Majestät, das darf ich nicht beantworten«. Ausdrücke aufgebauschter Höflichkeit und zeremoniöses Benehmen wandte er auch bei nächsten Bekannten an. Sich selbst nannte er in späteren Jahren oft Buonarotti oder Scardanelli und unterzeichnete so auch manche seiner Gedichte. Wenn er allein war, sprach er viel mit sich selbst, las auch oft mit überschwenglicher pathetischer Stimme Stellen aus seinen eigenen Büchern vor. An seiner äußeren Erscheinung fielen den meisten Besuchern konvulsivische Zuckungen auf, die sein Gesicht durchliefen, verschraubte Blicke, Verzerrungen des Mundes. Meister Zimmer hatte oft seine Lenksamkeit zu rühmen.

Die ausführlichste Schilderung des kranken Hölderlin hat Wilhelm Waiblinger gegeben, der den Dichter schon als achtzehnjähriger Primaner 1822 besuchte und ihn dann während seiner Tübinger Studienzeit (1823–1826) sehr häufig sah. Das geschah teils im

Zimmerschen Hause, teils in einem Gartenhaus auf dem Österberg, das Waiblinger bewohnte. Aus dieser langen und nahen Berührung entstand der Aufsatz, den Waiblinger nachmals zu Rom kurz vor seinem Tode (17. Januar 1830) niederschrieb. Er kam 1831 zum Druck unter dem Titel »Friedrich Hölderlins Leben, Dichtung und Wahnsinn«. Waiblinger hat sich von allen, die Hölderlin in den Jahrzehnten der Krankheit nahekamen, bei weitem am innigsten in dessen Seele eingefühlt und gewisse Weisen ihrer Äußerung einleuchtend auf das psychologische und selbst logische Woher zurückverfolgt.

Dem Aufsatze sei zunächst einiges über Hölderlins Lebensweise entnommen: »Sein Tag ist äußerst einfach. Des Morgens, besonders zur Sommerszeit, wo er überhaupt viel unruhiger und gequälter ist, erhebt er sich vor oder mit der Sonne und verläßt sogleich das Haus, um im Zwinger spazieren zu gehen. Dieser Spaziergang währt meist vier bis fünf Stunden, so daß er müde wird. Gern unterhält er sich damit, daß er ein Schnupftuch in die Hand nimmt und auf die Zaunpfähle damit zuschlägt oder das Gras ausrauft. Was er findet, und sollte es nur ein Stück Eisen oder ein Leder sein, das steckt er ein und nimmt es mit. Dabei spricht er immer mit sich selbst, fragt sich und antwortet sich, bald mit ja, bald mit nein, häufig mit beidem; denn er verneint gern.

Alsdann geht er ins Haus und schreitet dort umher. Man bringt ihm sein Essen aufs Zimmer, und er speist mit großem Appetit, liebt auch den Wein und würde so lange trinken, als man ihm gäbe. Ist er mit dem Essen zu Ende, so kann er keinen Augenblick länger das Geschirr in seinem Zimmer leiden, und er stellt es sogleich vor die Türschwelle auf den Boden. Er will durchaus nur drin haben, was sein ist; alles andere wird auf der Stelle vor die Tür gelegt. Der übrige Teil des Tages verfließt in Selbstgesprächen und Auf- und Abgehen in seinem Zimmerchen.

Womit er tagelang sich beschäftigen kann, das ist sein Hyperion. Hundertmal, wenn ich zu ihm kam, hörte ich ihn schon außen mit lauter Stimme deklamieren. Sein Pathos ist groß, und Hyperion liegt beinahe immer aufgeschlagen da; er las mir oft daraus vor. Hatte er eine Stelle weg, so fing er an mit heftigem Gebärdenspiel zu rufen: ›O schön, schön, Eure Majestät!‹ – dann las er wieder, dann konnte er plötzlich hinzusetzen: ›Sehen Sie, gnädiger Herr, ein Komma!‹ Er las mir auch oft aus anderen Büchern vor, die ich ihm in die Hand gab. Er verstand aber nichts, weil er zu zerstreut ist und nicht einmal einen eignen Gedanken, geschweige einen fremden verfolgen kann. Jedoch lobte er seiner gewöhnlichen Artigkeit zufolge das Buch immer über die Maßen.«

Hölderlins Besuche in der erwähnten Wohnung Waiblingers schildert ein anderer Abschnitt: »Womit ich ihn am meisten vergnügte, das war ein hübsches Gartenhaus, das ich auf dem Österberge bewohnte, dasselbe, worin Wieland die Erstlinge seiner Muse niederschrieb. Hier hat man Aussicht über grüne, freundliche Täler, die am Schloßberg emporgelagerte Stadt, die Krümmung des Neckars, viele lachende Dörfer und die Kette der Alb. Es wird nun mehr als fünf Jahre, daß ich hier einen angenehmen Sommer verlebte, mitten im Grün, bei so erquickender Aussicht, beinahe ganz im Freien ... Hier aber war es, wo ich Hölderlin jede Woche einmal hinaufführte. Oben angelangt, und ins Zimmer eintretend, verneigte er sich jedesmal, indem er sich meiner Gunst und Gewogenheit aufs angelegentlichste empfahl. Höflichkeitsfloskeln bringt er allenthalben an, und es ist wirklich oft, als ob er damit geflissentlich jedermann recht fern von sich halten wollte ...

Hölderlin öffnete sich das Fenster, setzte sich in seine Nähe und fing an in recht verständigen Worten die Aussicht zu loben. Ich bemerkte es überhaupt, daß es besser mit ihm stand, wenn er im Freien war. Er sprach weniger mit sich selbst, und dies ist mir ein vollkommener Beweiß, daß er klarer wurde, denn ich habe mich überzeugt, daß jenes unablässige Selbstgespräch nichts anderes als eine Folge der Unstätheit seines Denkens und der Ohnmacht ist, einen Gegenstand festzuhalten. Davon hernach. Ich versorgte ihn mit Schnupf- und Rauchtabak, an welchem er eine große Freude hatte. Mit einer Prise konnte ich ihn ganz erheitern, und wenn ich ihm nun gar eine Pfeife füllte und ihm Feuer machte, so lobte er den Tabak und die Maschine aufs lebhafteste und war vollkommen zufrieden. Er hörte auf zu sprechen, und wie er sich nun so am besten fühlte, und es nicht gut war, ihn zu stören, so ließ ich ihn, indem ich etwas las.«

Aber zum Wichtigsten der Waiblingerschen Schilderung gehören jene Stellen, wo Waiblinger geistige Vorgänge in Hölderlin psychologisch aufzuhellen versuchte. Er sieht hier Zusammenhänge und Behelfe in einer Schau, die sich in gewissem Sinne schon auf frühere Zustände und Äußerungen Hölderlins anwenden läßt:

»Hölderlin ist unfähig geworden, einen Gedanken festzuhalten, ihn klar zu machen, ihn zu verfolgen, einen andern ihm analogen anzuknüpfen und so in regelmäßiger Reihenfolge durch Mittelglieder auch das Entfernte zu verbinden ... Es fällt ihm etwas ein, sei es eine Erinnerung, sei es vielleicht eine Bemerkung, die ihm ein Gegenstand der Außenwelt erweckt, er fängt an, zu denken. Aber nun mangelt ihm alle Ruhe, alles Stete und Feste, um zu erfassen, was nur wie im Dunst in ihm werden wollte. Er sollte ausbilden, und es fehlt die Kraft, auch nur einen Begriff in seine Merkmale zu zerlegen ... Sagt er z. B. zu sich selbst: die Menschen sind glücklich, so mangelt es ihm an Halt und Klarheit, um sich zu fragen, warum und wie; er fühlt eine dumpfe widerstrebende Empfindung in sich, er widerruft und sagt: Die Menschen sind unglücklich, ohne sich darum zu bekümmern, warum und wie sie es sind. Diesen unglückseligen Widerstreit, der seine Gedanken schon im Werden zernichtet, konnte ich unzählige Male bemerken, weil er gewöhnlich laut denkt. Geriet er auch wirklich so weit mit dem Festhalten eines Begriffs oder einer Idee, so schwindelte ihm sogleich der Kopf, er verwirrte sich nur desto stärker, es zuckte eine konvulsivische Bewegung durch seine Stirne, er schüttelte mit dem Haupt und rief: »Nein! nein!« Und um sich aus diesem Schwindel, der ihn allzusehr beunruhigte, herauszuretten, verfiel er nun alsobald in ein Delirium und sagte Worte ohne Sinn und Bedeutung, gleichsam als ob sein Geist, allzu angestrengt durch jene zu lange Funktion des Denkens, sich erholen sollte, während der Mund Worte aussprach, bei denen jener nichts zu tun hatte. Dies wird ferner auch klar aus seinen Papieren. Es ist ihm noch gegeben, einen Satz hinzuschreiben, der etwa das Thema sein soll, das er ausführen will. Dieser Satz ist klar und richtig, wiewohl er meist doch nur eine Erinnerung ist. Allein, wenn er ihn durchführen, ausarbeiten, entwickeln soll, so daß es darauf ankommt, zu zeigen, wieweit er imstande sei, jene noch gebliebene Erinnerung durchzudenken und den neu ergriffenen Gedanken gleichsam wieder zu erzeugen, so fehlt es ihm sogleich; statt *eines* Fadens, der das Vielfache verknüpfen sollte, gehen ihrer so viele durcheinander und verlieren sich mithin in einem wüsten Gespinst, wie in einer Spinnenwebe. Er wird sogleich matt; er kommt von einem aufs andere und spricht nun endlich mit derselben Mühseligkeit seine Worte aus, mit der ein im Denken und Schreiben noch ungeübtes Kind sich anstrengt, um sich schriftlich zu erklären. Nun aber sind ihm, wie wir eben sagten, noch eine Menge sublimer metaphysischer Gedanken im Kopf, es ist ihm ferner noch ein gewisser Sinn für poetischen Anstand, für originellen Ausdruck geblieben, und er äußert sich sofort dunkel und höchst abenteuerlich, gleich unfähig, seine dunstigen, aufgestiegenen Geistesblasen festzuhalten oder jenen Erinnerungen eine neue Wendung oder eine klare Konsistenz zu geben, als auf der andern Seite bemüht, durch eine noch in seiner Macht gebliebene, ungewöhnliche Form und Ausdrucksweise, wie mit Absicht seine Verlegenheit zu verdecken.« Waiblinger hat hier, wie er selbst hinzufügt, nicht die Gedichte der eigentlichen Wahnsinnszeit, sondern sogar schon solche Gedichte im Auge, die in der 1826 erschienenen, von Uhland und Schwab besorgten Ausgabe standen. Es bedarf kaum des Hinweises, daß sich Waiblinger hierin gründlich irrte; und er mag wohl vornehmlich durch die zum Teil verstümmelte Textgestalt, in der die Sammlung mehrere Gedichte wiedergab, zu seiner abwegigen Betrachtung gelangt sein. Wohl aber zeigt sie einen Sinn, wenn man sie auf die Entwürfe der Vatikangruppe und auf andere späte Handschriften bezieht, die Waiblinger in Händen gehabt hat.

Mit seinen eignen früheren Arbeiten blieb Hölderlin, wie aus den Mitteilungen Waiblingers und andrer Personen hervorgeht, geistig noch bewußt verbunden. Er behielt sogar noch längere Zeit ein Gefühl für sein Autorenrecht. So schrieb Conz 1809 an August Mahlmann, damals Herausgeber der »Zeitung für die elegante Welt«: »Seiner Geistesverwirrung ungeachtet hat er immer noch die Grille, daß er von einer eigenen Ausgabe seiner Werke spricht, und wo er hört, daß etwas von ihm gedruckt worden sey, ohne sein Vorwissen, wie z. B. Leo von Seckendorf und ich glaube auch die Verfasser der Einsiedlerzeitung manches, was sie aus den Händen seiner auswärtigen Freunde erhielten, unglücklicherweise gerade aus der Periode, wo er schon über dem gegenwärtigen unglücklichen Zustande brütete – recht als ob sie in den Resultaten des beginnenden Irrsinns die höchste Begeisterung und Weihe des Dichters witterten – wo er dies hörte, ist er stets sehr ungehalten darüber und schreit über unbefugte Eingriffe in eigene Rechte.« Sonst aber ließ sich Hölderlin nur ungern an wichtigere Dinge aus seinem früheren Leben, etwa an Frankfurt und Diotima, erinnern. »Kommt er darauf«, schreibt Waiblinger, »so wird er entsetzlich unruhig, er tobt, er schreit, er geht nächtelang umher, er wird unsinniger als gewöhnlich und läßt nicht eher nach, bis seine allzu geschwächte physische Natur ihre Erhaltungsrechte ausübt.«

In die Landschaft und in den Kreislauf der Jahreszeiten, sagten wir, sind die Vorstellungen der *letzten Gedichte* gebunden, die Hölderlin geschrieben hat. Die Natur, die ihn mit ihren numinosen, den Geist vielfältig anregenden Gewalten durchs Dasein geleitet hatte, wurde ihm am Ende zum immer aufgeschlagenen Bilderbuch, in welches der ganze geistige Gewinn seines Lebens eingeflossen war und aus dem er sich mit jedem Griff wieder herausheben ließ. Die Gedichte der Wahnsinnszeit sind wirklicher Ausklang. Sie stehen nicht *neben* seinem Werk, sondern sie haben zu ihm ein legitimes Folgeverhältnis. Sie bilden in schlichterem, trocknerem Stoff, mit den formelhaften Mitteln von Kinderzeichnungen, die ehemals ungeheuren Spannungen nach, die sich jetzt zu abgeflachter Ruhe gefunden haben.

Diese Gedichte weisen sich nicht mehr selbständig aus, d. h. sie sind nicht ohne die Kenntnis des früheren Werkes zu verstehen. Aber was in ihnen verklingt, verlangt noch Ehre. Sie sprechen von Ruhe; und diese Ruhe ist eben die Ruhe jenseits der Kämpfe, die Hölderlin immer gesucht hatte. Sie sprechen vom »hohen Geist«; und dies ist, auf die verkürzten Maße der ermatteten Seele gebracht, eben der im ganzen waltende, gegenwärtige Geist, der als das Eine die Vielfalt überschwebt. Sie sprechen von Wechsel und Wiederkehr der Jahreszeiten, und sie rühren damit an das Grundproblem des Hölderlinischen Lebens, an die Frage, wie das ungeschiedene Vollkommene sich in Unterscheidungen darstellt. Es gibt noch im Wechsel das *Weilende*, den Ruheaugenblick, von dem aus das wissende Auge die Schönheit des Ganzen in totaler Anschauung ergreift:

> Der Frühlingshimmel weilt mit seinem Frieden,
> Daß ungestört der Mensch des Lebens Reiz betrachtet,
> Und auf Vollkommenheit des Lebens achtet.          (W. VI, 50)

Um 1800 war ihm das Gewitter zum auserkorenen Zeichen der Himmlischen geworden. Diese zeichenhafte Bedeutung der Naturerscheinungen hat sich nun gleichmäßig auf alle Bilder der Landschaft ausgedehnt. Die Natur ist an jedem Punkt die Gewähr für jenes Geistige, auf das es allein ankommt. Sie ist in einem ernsteren Sinn völlig symbolisch geworden und kann den Menschengeist immer retten:

> Oft scheint die Innerheit der Welt umwölkt, verschlossen,
> Des Menschen Sinn von Zweifeln voll, verdrossen,
> Die prächtige Natur erheitert seine Tage
> Und ferne steht des Zweifels dunkle Frage.

Mit der breiten, geistig durchleuchteten Geltung, die der Natur eingeräumt ist, verbindet sich ein Blick für die spirituelle Würdigkeit
anderer irdischer Dinge. Man kann an Hegelsche Bemerkungen über
die geistige Bedeutung des Besitzes denken, auch an Ötingers Wort,
daß »Leiblichkeit das Ende der Wege Gottes« sei, wenn man in
dem Gedicht »Der Ruhm« die außerordentliche Strophe liest:

> Der Erde Freuden, Freundlichkeit und Güter
> Der Garten, Baum, der Weinberg mit dem Hüter,
> Sie scheinen mir ein Wiederglanz des Himmels,
> Gewähret von dem Geist den Söhnen des Gewimmels.

In ähnlicher Würdigung hatte schon früher in dem Geburtstagsgedicht an Landauer der Besitz an Gütern gestanden, als Zeichen
der »goldnen Mitte«, in der der befriedete, irdisch angesiedelte
Mensch wohnt zwischen den Extremen der begeisterten Entraffung
und der schwunglosen Verdorrung. Jetzt ist dieselbe Aussage noch
eigentlicher und hat ein magisches Gewicht. Der irdische Besitz ist
Zeichen des geistig Dauernden. Er befestigt als Göttergeschenk auf
der pfadlosen Erde das ohne Halt sich umtreibende Leben der
Menschen, die Söhne des Gewimmels bleiben, bis die Gottheit das
Feste stiftet; der Rang des Ausdrucks »Söhne des Gewimmels« erscheint noch deutlicher, wenn man den Anklang an den biblischen
Ausdruck »Kinder des Getümmels« beachtet. Es leuchtet ein, daß
sich diese Würdigung des Besitzes insgeheim mit allem verbindet,
was Hölderlin in früheren Jahren zum Preise der städtebauenden
Kultur, überhaupt des begrenzten, des ausdrücklichen und wohnenden Lebens gesagt hatte; insbesondere ist auch der Geist der Pindarfragmente gegenwärtig.

Mitten in der Krankheit zeigt sich mit der geistig durchleuchteten
Bildhaftigkeit der Natur und mit dieser vollen Geltung des Irdisch-
Gegenwärtigen eine Stufe erreicht, die sich gesetzlich in Hölderlins
Weg einfügt, und zwar, so paradox dies erscheinen mag, als ein
wirklicher *Fortschritt*. Die Stimme ruft nur noch aus der Tiefe
einer Verschüttung; aber was sie ausspricht, ist Einlagerung in einen
Frieden, in dem geistiger und irdischer Wert sich vollkommen
durchdringen. Geht man auf die reduzierte Sprache der Wahnsinnsgedichte ein, so gewahrt man hinter dem armen Klang der Reime
oft etwas Sublimes an Heiterkeit, besonders in den Winterbildern.
Worte wie frei, herrlich, glänzend, sanft, prächtig, hold, häufen
sich nicht nur äußerlich, sondern was sie sagen, lebt auch wahrhaft
in der Schau, die nur ganz vereinzelt durch eigentliche Ödworte ge-

trübt ist. Der Friede, der herausleuchtet, ist legitimer Friede, und gerade das Gedicht »Die Zufriedenheit« offenbart, wie innig noch in später Zeit der Gedanke das Woher dieses Friedens in gegliederter Erwägung zu fassen strebt. Dieses Gedicht läßt sich fast ohne Rest, unter den Voraussetzungen der Krankheit, analysieren als ein Gedankengang, der in der Weise der Hymnen Kontrastierungen und Zusammenfassungen heranführt. Das Ganze und das Einzelne, die Mühe des tätigen Bestrebens und die Freude im Erkennen des ganzen Seins, der Kampf um die geistige Besinnung erscheinen in ihrer Zuordnung. Das Höchste, der eigentliche Gewinn ist da, wo das Leben sich mit dem Besinnen verbindet. Der Gott, der die Natur als alltägliche, gewöhnliche Gabe darbietet, will auch, daß man froh unter Menschen lebt; er hat seine Erscheinung in der gelösten Freudigkeit, die lacht und scherzt. Auch aller Kampf der Helden kommt aus der Ahnung eines hohen Ziels, das ihnen im Sein der Natur und in schönen Überresten (der Antike) vor Augen steht. Diesem hohen Ziel dienen die kühnen und verwegenen Taten, die das Leben immer wieder ermuntern, erfrischen. Doch ist den Kämpfern der Dichter zugesellt; während sie nach Mühen und Veränderung streben, wagt er sein Leben für das »Empfinden« und für das Aussprechen des Ganzen.

Dies diene zur Andeutung, in welcher Weise die Erkenntnisse der wachen Zeit bis zuletzt in Hölderlin weiterleben. Der kranke Geist hat die Einmündung in das während Leben erfahren dürfen. Konnte er es nicht mehr in gemeinverbindlicher Sprache sagen, so ist es doch Erfüllung. Denn auch ein wahnsinniger Mensch ist noch ein Mensch. Er kann leiden und stille sein; es lebt in ihm die Seele fort. Hölderlin hat den Gesichtspunkt, unter dem seine Wahnsinnsgedichte zu lesen sind, vielleicht selbst bezeichnet mit den Worten über Antigones Wechselgespräch mit dem Chor: wo heiliger Wahnsinn spricht, ist die Äußerung »mehr Seele als Sprache«.

Bei den Briefen aus der Wahnsinnszeit steht, was den Ausdruck anlangt, ein Zeremoniell der an sich haltenden Gefaßtheit im Vordergrund. Es ist dem Zeremoniell verwandt, das Menschen in extremer Lage üben mögen. Der Art nach ist diese überbetonte »Fassung« bei Hölderlin durchaus kein fremdes Element. Hatte er doch sein Leben lang um das Festbleiben ringen müssen und schon beim Tode der Großmutter von Bordeaux aus die oben einmal angeführten Sätze geschrieben: »Verkennen Sie mich nicht, wenn ich über den Verlust unserer nun seeligen Großmutter mehr die noth-

wendige Fassung, als das Leid ausdrüke, das die Liebe in unseren
Herzen fühlt ... Ich meines Orts muß mein so lange nun geprüftes
Gemüth bewahren und halten, und die zärtlichen guten Worte, die,
wie Sie wissen, mir zu leicht vom Munde gehen, ich muß sie sparen
für jezt, ich darf nicht Sie und mich noch mehr dadurch bewegen.«
Dieses Ansichhalten setzt sich in den Wahnsinnsbriefen geradlinig
fort und führt auch der Mutter gegenüber zu immer wiederkehrenden Erstarrungsformeln der kindlichen Liebe und Ergebenheit. Was
früher nur ein Unterdrücken der Aussage gewesen war, wird immer
mehr eine Absperrung gegen das Gefühl selbst, und die Gebanntheit in die unablässige Beschäftigung mit sich selber führt zusammen
mit der Gefühlssperre zu der immer stärkeren Versteifung des Zere-
moniells. Einmal erklärt er die Knappheit seiner Briefe geradezu
mit der inneren Beanspruchung durch das Besinnen seines Verhältnisses zu eben der Mutter, an die er schreibt: »Daß ich Sie so wenig
unterhalten kann, rühret daher, weil ich mich so viel mit den Be-
sinnungen (Besinnung der Gesinnungen) beschäfftige, die ich Ihnen
schuldig bin.«
Ergreifend ist in den Briefen der häufig wiederkehrende Gedanke,
daß es keine überflüssige Beschäftigung sei, durch Briefe dem Ne-
benmenschen gute Gesinnungen zu bezeugen. Die Art, wie er diesen
Gedanken vorführt, zeigt deutlich einen Zusammenhang mit früheren Worten über die Wichtigkeit des brieflichen und mündlichen
Sprechens, des Ausdrucks und der Äußerung unter befreundeten
Seelen. Er weiß, daß er jetzt der Mutter nichts anderes mehr tun
kann, als sie immer wieder mit Worten seines Dankes und seiner
Liebe zu versichern. Aber ist dies auch nichts Greifbares, so ist es
doch als »Äußerung der Empfänglichkeit« auf seelischer Ebene
reell und dem Tathaften gleichwertig. Im Brief 33 schreibt er der
Mutter: »So erfreulich die Gegenwart, so ist doch das Zeichen der
Seele, das nicht lebendige, eine Wohlthat für den Menschen. So
wenig sich eine Vorzüglichkeit der Seele, wie Güte, oder herzliche
Mittheilung, oder tugendhafte Ermahnung oft scheint vergelten zu
lassen, so ist auch Äußerung der Empfänglichkeit doch etwas in
das Leben und seine Erscheinung. Nicht nur die gleich starke Mitteilung, auch Äußerung und Empfindung ist eine Gestalt des Moralischen, und Theil des Geistes und Erscheinungswelt. Wie Leib und
Seele, so ist auch die Seele und ihre Äußerung. Nemlich der Mensch
soll sich äußern (,) aus Verdienst etwas Gutes thun (,) gute Handlungen ausüben, aber der Mensch soll nicht nur auf die Wirklichkeit,

er soll auch auf die Seele wirken. Die moralische Welt, die das Ab-
stracte mit sich führt, scheint dieses zu erklären.«

Er macht auf diese Weise den Raum frei für eine faktische, gleichsam dingliche Geltung seines immer wiederholten Dankes an die
Mutter, gerade in der Stereotypie der Formeln. Er bekräftigt dies
in dem Brief 23, dem wahrscheinlich eine Mahnung der Mutter,
nicht stets dasselbe zu schreiben, vorausgegangen ist: »Das Wiederhohlen von dem, was man geschrieben hat, ist nicht immer eine unnöthige Beschaffenheit (statt: Beschäftigung). Es ist in dem, wovon
die Rede ist, gegründet, daß, wenn man sich zum Guten ermahnt,
und sich etwas Ernstliches sagt, es nicht sehr übel genommen wird,
wenn man eben dasselbe sagt, und nicht immer etwas vorbringt,
das nicht gewöhnlich ist.« Es wäre falsch, dies bloß als Ausrede
des Kranken, der seine Hemmungen fühlt, zu nehmen. Die Wur-
zeln der Anschauung, daß beim ernstlichen Sprechen innerhalb eines
Lebensverhältnisses die Wiederholung nicht sinnlos ist, liegen tief
in Hölderlins Sein und Welt. Denn mit dieser ist das Wissen verbunden, daß es in Urverhältnissen, wie etwa dem zwischen Liebenden oder zwischen Mensch und Gott, nicht auf Neuheit des Ausdrucks ankommt, da ja die Wiederholung immer eine Wiederholung
des *Belebenden* und somit wie tägliche Nahrung täglich neu ist. In
Hölderlins mythischer Welt ist das ernstliche Wort auch in der
Wiederholung sakramental.


Hölderlins Verschwinden im Abseits des Krankenzimmers erregte
nur bei den schwäbischen Freunden eine tiefere Teilnahme. Arnim
und Brentano hatten zu diesem Zeitpunkte noch keine nähere
Kenntnis von seinem Schaffen. Der weiteren literarischen Mitwelt
war er eine undeutliche Gestalt geblieben, so sehr, daß er in verschiedenen Rezensionen zwischen 1808 und 1826 teils als ein junger
Anfänger, teils als schon Gestorbener genannt wurde. Eine Erscheinung aus Hölderlins früherem Leben taucht um diese Zeit auf
mit einem Wort tiefer, wissender Anteilnahme: Charlotte von
Kalb. Sie schrieb am 28. Januar 1806 an Jean Paul: »Ich las vor
einigen Tagen die Briefe von Hölderlin wieder, die drei, so ich mir
bewahrte. Einst gab ich sie Ihnen zu lesen, Sie haben sie nicht geachtet, wie ich meine. Dieser Mann ist jetzo wütend wahnsinnig;
dennoch hat sein Geist eine Höhe erstiegen, die nur ein *Seher*, ein
von Gott belebter haben kann – ich könnte viel von ihm sagen.

Der Mann kann es noch weniger ertragen, als das Weib, wenn er
seines gleichen um sein Thun nicht findet, aber ein jedes wird arm
und ist beklagenswert in der Öde und Leere. Ein Chaos wartet auf
die Liebe des Geistes.«

Arnim und Brentano wurden durch die in Leo von Seckendorfs
Musenalmanachen 1807 und 1808 veröffentlichen Gedichte zuerst
auf Hölderlin hingelenkt und wirkten seitdem, wie schon gesagt,
auf mannigfache Weise für seinen Ruhm. Sie brachten in ihrer
»Zeitung für Einsiedler« Stücke aus Hölderlins Hymnen, sie wiesen Brieffreunde auf den Dichter hin und verbreiteten seine Dichtungen handschriftlich in einem größeren Personenkreis. Wie hoch
Brentano Hölderlin stellte, zeigt sein Brief an Philipp Otto Runge
(21. Januar 1810), wo er Hölderlins Schöpfungen zu dem Ergreifendsten der europäischen Poesie zählt: »Niemals ist vielleicht hohe
betrachtende Trauer so herrlich ausgesprochen worden. Manchmal
wird dieser Genius dunkel und versinkt in den bitteren Brunnen
seines Herzens; meistens aber glänzet sein apokalyptischer Stern
Wermut wunderbar rührend über das weite Meer seiner Empfindung.« Fünf Jahre später bezeichnete Brentano Hölderlin im Gespräch mit Gustav Schwab als »sein höchstes Ideal«. Von seiner
besonderen Vorliebe für die »Nacht«, die Anfangsstrophe von
»Brod und Wein«, war bereits die Rede; seinem Märchen »Gockel,
Hinkel und Gackeleia« fügte er die sechs Schlußzeilen der Strophe
als Textbestandteil ein.

1822 kam es zu dem erwähnten Neudruck des »Hyperion«, dem
die breitere literarische Öffentlichkeit wenig Beachtung schenkte.
Wie es bis 1826 um Hölderlins Geltung stand, hat Friedrich Seebaß
in einem seiner zahlreichen Beiträge zur Hölderlinforschung gekennzeichnet: »Weder in den damaligen Ästhetiken und der Lite-
raturgeschichte wird Hölderlins Name genannt, noch druckt man in
Anthologieen Proben seiner herrlichen Lyrik – er war im voll-
kommensten Sinne literarisch tot« (Zeitschrift für Bücherfreunde,
1922). Doch fällt wahrscheinlich in jene Zeit, also Anfang der
zwanziger Jahre, das Wort der Dichterin Karoline v. Woltmann,
der Gattin des Historikers Karl v. Woltmann: »Hölderlin wird
aufsteigen am literarischen Himmel wie ein Stern, wenn Deutschland Dichter von seiner Großartigkeit der Begriffe und Einfachheit
vertragen kann.«

Inzwischen liefen aber schon seit 1820 Bemühungen um eine erste
Sammlung und Herausgabe von Hölderlins Gedichten. Die Anre-

gung dazu gaben nicht, wie zu erwarten gewesen wäre, die schwäbischen Freunde, sondern zwei Berliner Persönlichkeiten. Dies waren Johannes Schulze, vertrauter Freund Sinclairs[1] und Herausgeber der Werke Winckelmanns, und der ihm verwandte Leutnant E. W. Diest, dem Hölderlin namentlich durch den »Hyperion« teuer geworden war. Diest schlug Cotta durch einen Brief vom 29. August 1820 die Herausgabe von Hölderlins gesammelten Gedichten vor und begab sich nach Cottas Zusage an die Heranholung der verstreuten Drucke und Niederschriften. Durch Arnim wurde er an Kerner gewiesen, Kerner unterrichtete Uhland und zog Karl Gock und Neuffer heran, besonders auch Conz, der manches aus den Papieren Hölderlins durch Mutter und Schwester an sich gebracht hatte, »zum Theil freilich dämonisches Zeug aus dem siebenten Himmel der idealistischen Lyrik«. Auf diese Weise wurde bald an der Sammlung ein größerer Personenkreis beteiligt, darunter auch Fouqué und Haug. Schließlich nahmen, nach Diests frühem Tod im Zweikampf, die Dinge ihren Lauf so, daß die über vier Jahre sich hinziehende Schlußbearbeitung der Sammlung ausschließlich von Uhland und Gustav Schwab besorgt wurde. Uhland namentlich war es, der die endgültige Auswahl und Anordnung feststellte. Daß er vor der Aufnahme von »Patmos«, »Chiron« usw. – wie er in einem Brief an Cotta schrieb – zurückscheute, um »Hölderlins Poesie beim ersten Erscheinen seiner gesammelten Gedichte in ihrer vollen und gesunden Kraft« darzustellen, kann als gerechtfertigt gelten. Er hat Mängel in dieser Hinsicht dadurch wettgemacht, daß er auch die Jugendgedichte und die Tübinger Hymnen sehr zurückdrängte und die mittlere Periode rangentsprechend hervorhob. Das Buch erschien zur Michaelismesse 1826. Karl Gock machte dem Bruder davon briefliche Mitteilung; Hölderlin nahm den Band in seine kleine Bücherei, aber er zeigte sich von dem

---

[1] Sinclair war inzwischen am 29. April 1815 in Wien gestorben. Die Ereignisse von 1813 hatten dem Schwärmer für die französische Revolution gleich so vielen Deutschen von ähnlichen Ausgangspunkten eine andere Richtung gegeben und ihn zu vaterländischem Einsatz auf den Plan gerufen. Er hatte als Hauptmann im österreichischen Generalstab den Feldzug in Frankreich, der mit Napoleons Niederwerfung endete, mitgemacht und ging im Herbst 1814 nach Wien, um dort bei dem Kongreß für seinen Fürsten tätig zu werden. Nach Napoleons Rückkehr von Elba war er im Begriff, wieder mit dem Homburgischen Erbprinzen ins Feld zu ziehen, als er von seiner Ernennung zum österreichischen Major überrascht wurde. In einem Kleidergeschäft, das er zur Vervollständigung seiner Ausrüstung aufgesucht hatte, befiel ihn ein Unwohlsein, und er starb kurz danach. Da er keine Papiere bei sich trug, konnte seine Persönlichkeit erst nach zwei Tagen festgestellt werden.

Ereignis wenig berührt. Was würde es ihm bedeutet haben, wenn es einige Jahre früher gekommen wäre!

Dieser Gedichtband half dem Schaffen Hölderlins zu einer erweiterten Publizität, und er wurde vor allem zum Anlaß der bedeutenden und tiefdringenden Ausführungen, mit denen Achim von Arnim im Berliner Konversationsblatt 1828 den in unabgeteilter Prosafassung gegebenen Druck der Patmos-Hymne begleitete. Hölderlins Name wurde mehr und mehr genannt; sein unglückliches Schicksal und die Sagen um dessen Begründung erregten Teilnahme, er rückte in die Reihe der »verkannten« deutschen Dichter ein und wurde als weiteres Exemplar der Tragik geführt, die das Los eines deutschen Genies beschattet, neben Günther, Lenz, Bürger, Kleist, Lenau und andern. Die Zeit seiner wahren Wirkung sollte noch lange nicht kommen.

Hölderlin starb am 7. Juni 1843. Er hatte ein leichtes, nahezu kampfloses Ende. Ein Krankenlager ging nicht voraus, nur ein Husten, dem weiter keine Beachtung geschenkt wurde, weil er öfters solche Unpäßlichkeit gehabt und leicht überstanden hatte. Sein nachmaliger Biograph Christoph Schwab besuchte ihn in den ersten Junitagen und fand ihn wie gewöhnlich. »Kurze Zeit darauf fühlte er sich plötzlich des Abends sehr unwohl, ging, um sich zu erleichtern, zum offenen Fenster und sah lange in die schöne Mondnacht hinaus, was ihn etwas zu beruhigen schien, indessen nahm seine Mattigkeit zu und er legte sich ins Bett. Hier fühlte er bald den Tod herannahen, faltete die Hände und betete, man hörte ihn nur wenige Worte sprechen und darunter nichts, was auf ein Erwachen seines Geistes schließen ließ. Er starb morgens um vier Uhr, noch ehe der Arzt herbeigekommen war.« Lotte Zimmer teilte dem Halbbruder das Ereignis brieflich mit und schrieb: »Ich nehme mir die Ehre Ihnen die sehr traurige Botschaft zu ertheilen von dem sanften Hinscheiden Ihres geliebten Herrn Bruders. Seit einigen Tagen hatte er einen Chartharr und wir bemerkten eine besondere Schwäche an Ihn wo ich dann zu Professor Gmelin ging und Er eine Arznei bekam – spielte diesen Abend noch und aß in unserm Zimmer zu Nacht und ging Er ins Bett mußte aber wieder aufstehen und sagte zu mir Er könne vor Bangigkeit nicht im Bett bleiben. Nun sprach ich ihm doch zu und ging nicht von der Seite. Er nahm kurz einige Minuten noch Arznei, es wurde ihm aber immer banger ... und verschied Er aber so sanft ohne noch einen besonderen Todeskampf zu bekommen. Meine Mutter war auch bey Ihm, an das Sterben dachte freilich kein Mensch von uns. Die Bestürzung ist nun so groß, daß mirs übers Weinen hinaus ist, und dennoch dem lieben Vater im Himmel tausendmal danken muß, daß Er kein Lager hatte, und unter tausend Menschen wenige so sanft sterben, wie Ihr geliebter Bruder starb.« Als unmittelbare Todesursache ergab sich Brustwassersucht, die sich infolge einer schweren Herzarterienverkalkung eingestellt hatte.[1]

»Diejenigen, welche gewöhnlich um den Unglücklichen gewesen waren«, schrieb Schwab am Schlusse seiner Lebensschilderung, »weinten um ihn, wie um einen Bruder; aber, wenn man das gebrechliche Alter seiner guten Pflegemutter betrachtete, die nur noch eins ihrer Kinder bey sich hatte, so schien es eine gütige Fügung, daß er ihnen entrissen worden war, ehe die Umstände eine Veränderung seiner Lage notwendig machten. Ein voller Lorbeerkranz schmückte das Haupt des Todten. Seiner Leiche folgten trotz eingetretenen Unwetters außer den Verwandten viele Studierende und andere Professoren. Der Verfasser dieser Biographie sprach einige Worte am Grabe. Als der Sarg niedergelassen war, erhellte sich der trübe Himmel und die Sonne goß ihre freundlichsten Strahlen über das offene Grab. Es war ein Fest der Befreiung, das die Natur mit uns feierte.«

---

1 Weiteres aus dem Sektionsbefund: »Das Gehirn war sehr vollkommen und schön gebaut auch ganz gesund, aber eine Höhle in demselben, die Ventriculus septi pellucidi war durch Wasser sehr erweitert und die Wandungen desselben ganz verdickt und fest geworden.« In diesem Umstand glaubte der Arzt, Professor Gmelin, die Ursache der vierzigjährigen Geisteskrankheit zu erkennen.

# Schlußbemerkungen

Eine Darstellung des Hölderlinschen Lebens kann das posthume Nachspiel, das bei allen geistigen Führerpersönlichkeiten bedeutsam ist, nicht ganz übergehen. Es weist ein Jahrhundert der grundsätzlichen Obskurität auf, der dann eine Zeit der grundsätzlichen Geltung gefolgt ist. Zur Gesetzlichkeit dieser Abfolge ist einiges zu sagen.

Hölderlin ist, wie sein Empedokles, ein Fall, wo ein schicksalverhängtes Lebensungenügen der Zeit in einer großen Persönlichkeit biographische Wirklichkeit wird und sich so eine Lösung erarbeitet. Die Not der Gemeinschaft wird Lebensnot eines großen Individuums und gelangt in diesem zum Bewußtsein und zum Ausdruck, sie erzeugt geistesgeschichtliche Tendenz.

Die Not der Gemeinschaft, der Hölderlins Leben als Paradigma, als heilbringendes Opfer und als rettende Weisung zugeordnet war, stellte sich in vierfacher Erscheinung dar. Sie war gegeben als die aus der kritisch-idealistischen Philosophie erwachsene Problematik, als das Klaffen zwischen Bewußtsein und Leben, Denken und Sein, zwischen Geist und Natur, zwischen Ich und Welt; somit als Kampf um die Einheit des Menschen unter den Fragestellungen der Zeitphilosophie. Sie war zweitens gegeben als die geschichtliche Problematik Deutschlands, d. h. als die Lebensnot des deutschen Volkes, das in der Einklemmung zwischen den Positionen der politischen Leiblichkeit und dem Lebensdrang des Nationalgeistes um sein Volks-Ich einen beispiellosen Kampf zu kämpfen hatte: Problematik einer unerfüllten Zeit mit dem Zerfall des alten Reiches, wo das Falsche, nämlich der freigesetzte Teil, politisch wirklich war als partikulare Staatlichkeit, das Wirklichste aber, nämlich das Zentrale, das Reich chimärisch. Sie war drittens gegeben als die Einklemmung zwischen der Idee der Freiheit (Revolution) und der Idee der Bindung an Bestehendes, eine Einklemmung, die die Geister zwischen Hoffnungen und Enttäuschungen hin und her warf. Sie war viertens gegeben als die Aporie in der doppelten Verweisung auf das griechische Altertum und auf die nordisch-deutsche Gegenwart.

Diese faktisch vorhandenen, in der Umwelt unbewältigten Spannungen wurden in Hölderlin Wesen und Schicksal, somit biographische Gestalt. Sie wurden nicht nur erduldet, wie etwa in Boehlendorff, Emerich, Schmid, sondern verantwortlich und seinsmäßig ausgetragen. Sie wurden bei ihm erst Charakter, dann Schicksal, dann Bewußtsein und Gesang. Sie glichen sich nicht in ihm aus, so daß ihm ein irdisch festes, voll bewährtes Leben möglich geworden wäre. Aber sie *erschienen* in ihm mit ganzem Ernst, gerade weil sie nicht in einem plastischen Leben unansichtlich gebunden waren. Er sang das Leben, das in andern gesanglos gelebt wird.

Hölderlins Obskurität bestand, solange die Zeit das bewußte Leiden an ihrer Lebensnot noch nicht gelernt hatte. Seine Erscheinung wurde erst verdeckt durch die Menschengestalt der deutschen Klassik, die der Schwung des gewonnenen Freiheitskampfes und der endlich siegreich errichteten Humanität mit neuen Gefühlen der Daseinsfestigkeit gesättigt hatte. Weiterhin verdeckte ihn das stolze Lebensgefühl der idealistischen Philosophie, das humoristische Element der Romantik, die in der Weise ihrer Ironie das Leben zu bestehen wußte. Aus den positivistischen und materialistischen Geistesströmungen, aus der Beanspruchung durch politische Zeiterregungen ergaben sich weitere Behelfe, durch die sich die Zeit dem Bekenntnis zu ihrer Not entzog, bis in den Tagen Nietzsches diese Behelfe aufgebraucht waren und das Problem Hölderlins, die Frage nach der menschlichen Lebenseinheit, wieder auftrat. Sie erschien in Gestalt eines neuen Klaffens zwischen Sein und Bewußtsein.

Ohne Zweifel bezeichnet Nietzsche innerhalb der Geschichte der Geltung Hölderlins die Krisis. In Nietzsche wurde der Zerfall der Lebenseinheit nach langer Zeit wieder unverstellt gespürt, weil er durch keine Täuschungen oder Behelfe mehr verdeckt war. Die Auswanderung des Menschengeistes aus der Lebensbindung und die dadurch eingetretene Lebensverdorrung lagen so offen vor Nietzsches Auge, daß es für ihn kein Ausweichen vor dieser Not mehr gab. Der Naturverlust, die Spaltung zwischen Denken und Sein, die Auflösung der innerseelischen Zusammenhänge, die tödliche Freisetzung des Bewußtseins unter der Nachwirkung des Kritizismus – dies alles ward von Nietzsche als persönliche Störung erfahren, und in der Umwelt stand es sichtbar da als die Schopenhauerische Weltablehnung, als Strindbergs Kampf gegen die Mächte, als die lebensmüden Stimmungen des fin du siècle. Nietzsche setzte deshalb seine Lösung »nach unten« an, in der Richtung auf die Natur. Er wies als Weg zur neuen Vereinheitlichung des Menschen die Freisetzung der Natur, die Thronerhebung der geistfreien Lebensmächte, da er das Geistige als den unversöhnlichen Feind der Lebenswerte erfahren zu haben glaubte. »Der theoretische Mensch« ist Nietzsches frühester Name für den Lebensfeind, Sokrates, Plato, Parmenides; und erst im Verfolg dieser Spur kam er zu seiner Position gegen die sittlichen Werte und gegen das Christentum.

Es erübrigt sich hier, zu entwickeln, wie Nietzsche auf diesem Wege – da die Natur nicht gegen das Denken und nicht gegen Gott in ihrer menschengültigen Wirklichkeit zu erhalten ist – nur desto entschiedener in den Naturverlust stürzte und bei dem endigte, was von Anfang sein geheimes Ziel war: beim abgefallenen Geiste, bei der Vergöttlichung des aus der Schöpfung herausgetretenen und in sein eigenes Nichts gebannten Menschen. Die außerordentliche geistesgeschichtliche Bedeutung Nietzsches wird dadurch nicht aufgehoben. Sie liegt darin, daß er das Problem der Vereinheitlichung des Menschen gültig erblickte und als ein Hauptelement ihrer künftigen Bewirkung ein neues Naturverhältnis erkannte. Und sie lag weiterhin in der Durchbrechung aller Mittelbarkeit, aller bürgerlichen Sicherung. Denn mit Nietzsche trat das deutsche und europäische Bewußtsein wieder in den unbedingten Raum. Es erblickte wieder ewige Randpositionen und trat unmittelbar unter kosmische Spannungen. Es lernte wieder Gefahr achten und Schicksal sehen. Es lernte Ursituationen kennen, die ihm in vielen Jahrzehnten des abgeleiteten, aus zweiter Hand gelebten Lebens fremd geworden waren. Nicht als ob Nietzsche dies alles bewirkt hätte; aber es kam mit ihm und in ihm einher, er war der früheste Sprecher und erkannte schon ein Ende, wo andren noch freies Feld zu liegen schien.

Die geistigen Veränderungen, die so durch den Namen Nietzsche bezeichnet sind, haben nun auch die Voraussetzungen für eine neue Geltung Hölderlins, vielmehr für eine erste volle Erkenntnis seines Ranges geschaffen. Bis zur Krisis stand Hölderlin, wie gesagt, in grundsätzlicher Verborgenheit. Wenn in diesen Jahrzehnten auch Bedeutendes und Wissendes über ihn gesagt worden ist (Alexander Jung, Eberz, Petzold), so behauptete sich doch im Vordergrund die empfundene Unangemessenheit der Hölderlinischen Grundregungen zum Geiste der Zeit. Was wir mit dem neutralen Ausdrucke »Verstehen« bezeichnen – Verstehen, wie es der Leistung eines

Dichters von der Mit- oder Nachwelt zuteil wird – ist in Wirklichkeit ein Bedürfen, ein Spüren der Schicksalsgemeinschaft, ein Empfinden seinsmäßiger Verbundenheit. Dadurch wird erst der Sinn für den anscheinend so unabhängigen ästhetischen Wert jener Leistung erschlossen.

Es könnte unbegreiflich scheinen, daß mehrere deutsche Generationen, wenn sie schon Hölderlins Geist nicht ahnten, nicht wenigstens die *Schönheit* eines Gedichtes wie Archipelagus oder Brod und Wein allgemein wahrgenommen haben. Aber im Verhältnis der Zeiten zueinander erweist sich der ästhetische Wert nicht als ein zuverlässiges Verknüpfungsmittel. Denn er ist in der Geistesgeschichte nicht autonom, und selbst der Begriff des Schönen zeigt sich abhängig vom Ethischen. Was sich der ethischen Grundrichtung eines Zeitalters nicht fügt, wird von diesem nicht leicht als ästhetischer Wert empfunden. So ist die Absperrung der Zeitalter gegeneinander in tieferen Unduldbarkeiten begründet, und nicht Verkennung ist der Begriff, der eine solche Absperrung trifft, sondern eher der einer Abwehr und Selbstverteidigung. Diese können solange vorhalten, bis im Umschwung der Zeiten wieder eine Schicksalsgenossenschaft mit dem Verkannten eintritt und ein Verstehen herbeiführt. Ist dieses einmal geleistet, so erfolgt etwas Weiteres: es geschieht die Aufnahme des einstmals Verkannten in das dauernde Bewußtsein der Nation, und in diesem ist dann – wenigstens in vielen Fällen – ein Bleiben und Bestehen gesichert.

Nicht alsbald mit Nietzsche, sondern erst in seiner Auswirkung, vor allem in der fortschreitenden objektiven Entwicklung der Lage hat sich jene Schicksalsgenossenschaft herausgebildet, die seit etwa 1900 ein neues Verhältnis der Deutschen zu Hölderlin ermöglichte. Was Nietzsches individuelle Erfahrung gewesen war, ward allgemeiner gültig. Das Sicherheitsgefühl in einem abgeleiteten, gefahrlosen Leben baute sich ab. Das auf Bildung, Wissen, große Geistestradition gestützte Bewußtsein verlor das gute Gewissen. Das unerschütterte Ich, das einen umhegten Raum mit festen, klaren Elementen gestaltet hatte, wurde seiner selbst ungewiß. In den Wissenschaften meldeten sich statt der bisher einzig beachteten »Tagseite« der Dinge die Nachtseiten zu einer neuen Bewertung an. In jenen Binnenraum drangen Bezüge ein, die in seiner Organisation verdeckt und unterschlagen worden waren. Das Künstliche in jeder Form, das Rechnen und Berechnen hatte das Feld beherrscht; die uneigentlichste Art der Menschenverbindung, das Gesellschaftliche,

hatte alle Beziehungen überwuchert. Jetzt wurde das Unzulängliche daran gespürt; die Wände des Raumes zeigten Risse, durch
die Weltraumdunkel hereinsah. Das äußere Gedeihen ward noch
nicht durch Mangelerscheinungen gestört. Aber im geistigen Bereich
ward da und dort Gefahr und Umschwung vorgeahnt, ward Über-
druß an gestriger Sicherheit empfunden, Mut zu einem neuen Gesetz, Ausgreifen zu einem neuen Ergriffenwerden.

Möge dies genügen, um die Vergleichbarkeit dieser Lage mit dem
Schicksalsstande zu Hölderlins Zeit anzudeuten – da ja »das Unendliche, wie der Geist der Staaten und der Welt, ohnehin nicht
anders als aus linkischem Gesichtspunkt kann gefaßt werden«
(»Anmerkungen zur Antigonä«). Hölderlin, der im Kampf ums
eigne Leben gegen seine dürre Zeit gekämpft, der die doppelte
Lebensferne des selbstherrlichen Ichs der kritizistischen Philosophie
und der in religiös gestützter Naturscheu festgefahrenen Bürgerlich-
keit durchschritten und überwunden hatte, fand das Ohr einer Zeit,
die von Gewalten jenseits des Berechenbaren mindestens angerührt
war und geistige Lebensgefahr, Pathos des heroischen Ringens mit
dem Schicksal wenigstens in Vorbegriffen kennengelernt hatte. Die
Gemeinsamkeit der Erschütterung stiftete Hölderlins Vernehmlich-
keit; das Heraufdrohen der Gründe, das Hereinscheinen des unbedingten Himmels, das Zerfallen der Trennwände zwischen Mensch
und Kosmos. Die Sprache, die von großem Atem getragen war und
die nicht ein einzelner als verantwortungsloses Individuum, sondern
ein einzelner als beauftragter Sprecher der Gemeinschaft sprach,
konnte von dieser Zeit wieder verstanden werden. Gab es auch nur
den einen Stefan George, der sie damals wieder zu sprechen unternahm, so ward doch der Gemeinschaftscharakter des echten Wortes von dieser Zeit grundsätzlich wieder geahnt.

Auf dieser Grundlage konnte Hölderlin seinem Volke zum zwei-
tenmal erscheinen, diesmal in der Wahrheit seiner Gestalt, nicht
fälschlich zurückbezogen auf vorklassische Geisteshaltung, nicht
mißdeutet als lebensferner Schwärmer und Träumer. Er konnte
seinem Volke deutlich werden als größter hymnischer Sänger deutscher Zunge, als ungemischte Verkörperung der dichterischen Existenz, in der sich die Ämter des Deuters und des Sehers, des Priesters
und des Gesetzsprechers, des Mittlers und des Opfers vereinigen.

Eine bestimmtere materiale Zuordnung Hölderlins zu dieser Zeit
liegt aber in dem, was bei ihm als die Verkündigung der neuen
Ehre der Götter erschien, genauer: als die Verkündigung des Abends

der Zeit, der alle Götter in die ihnen zukommende Ehre einsetzt. Hölderlin verstand dies, wie wir gesehen haben, als eine Wende von weither. Er verstand den Ernteabend als eine Zäsur zwischen Jahrtausenden, als eine Weltstunde, in der sich das Abendland zum erstenmal auf die ganze Fülle des ihm gegönnten Lebens zu besinnen hatte, auf die alten Naturgötter und zugleich auf Christus. Der Abend der Zeit hat zum eigentlichen Inhalt die Versöhnung der Götter, die Errichtung des endgültigen abendlichen Pantheons, in welchem alle heiligen Lebensmächte, die geistigen und die weltlichen, der gläubigen Verehrung dargeboten sind.

Nach dem Gesetz seiner Struktur und seines Schicksals griff Hölderlin diese Versöhnung von der Seite der alten Götter an, also von der Seite der Natur. Denn seine Ausgangserfahrung war, daß das Abendland der Natur die geschuldete Ehre in Jahrhunderten der naturfremden, schicksallosen Verständigkeit verweigert hatte. Deshalb ordnete er die Ehren

> Dir, o Madonna und
> Dem Sohne, aber den anderen auch
> Damit nicht, als von Knechten,
> Mit Gewalt das ihre nehmen
> Die Götter.

Damit stellte sich sein Wort einstimmend zu einer Zeit, die sich in Nietzsche zu einem Jahrtausendschritt in der Richtung auf den Sonderwert »Leben« gerufen fühlte und auf vielen Wegen das Bekenntnis zu den Lebens- und Schicksalsmächten, zur Ordnung der Natur vorantrug.

Die Reinheit aber, mit der Hölderlin die Versöhnung der Götter, die Aufhebung jeder Feindschaft zwischen allen Sohnes- und Botenkräften des Höchsten sah und aussprach, hebt ihn aus aller Zeitbindung heraus und setzt ihn unter die Dichter der unbedingten Liebe. Er sprach an jedem Punkt aus dem Liebesgrunde, sein Wort war der Substanz nach nirgends etwas andres als Quellenwort. Heimkehr und Heimholung, Wiederkehr und Wiederbringung, nicht Aussonderung und systematische Abschließung, bezeichnen sein Werk. Mit seiner Liebe reichte er noch über seine geistige Erfahrung hinaus, und das stumme Zeichen »Christi Versöhnung mit den Göttern« ist jenseits der Frage nach der Richtigkeit des begrifflichen Ansatzes voll Sinn und Wahrheit.

Wir haben gesehen, daß die Träger der romantischen Bewegung, vor allem die Heidelberger, der erste Personenkreis waren, in welchem Hölderlins Dichtung eine grundsätzliche, bis zur Verehrung gehende Anerkennung fand. Er erfuhr Aufnahme in den romantischen Parnaß. Arnim brachte ihn als den Dichter der Patmoshymne mit Novalis zusammen; Brentano setzte seine Oden in rangmäßige Beziehung zu Calderons »Standhaftem Prinzen«, zu Boccaccios »Fiametta« und zu dem alten Epos »Tristan und Isolde«. Beiden ist es wichtig, Hölderlin als den großen *elegischen* Sänger hervorzuheben, als den Dichter der hohen betrachtenden Trauer. Aber für die Frage, wie Hölderlin objektiv auf die romantische Bewegung bezogen sei, ist damit noch nichts gewonnen. Persönliche Berührung oder schulmäßige Verbindung zwischen Hölderlin und den romantischen Dichtern fehlen gänzlich. Von den Persönlichkeiten in Hölderlins Nähe reicht allenfalls Boehlendorff mit seinen lyrischen und dramatischen Dichtungen in den romantischen Bezirk.

An Elementen, die Hölderlin mit den romantischen Dichtern gemeinsam zu haben scheint, ist kein Mangel. Sein Begriff des »Lebens«, in welchem der Geist der Unruhe und der Geist der Ruhe verschwistert wirken, steht dem gleichnamigen Begriffe der Romantiker nahe. Hölderlin ist ein Mensch nicht der parteinehmenden, sondern der synthetischen Entscheidungsform, d. h. der Entscheidung für das »Leben«, in dessen Es die Gegensätze als in einem höheren Dritten sich aufheben. Er ist eingesetzt für das allseitig Lebendige, für Einschmelzung jeder Schlacke, für Jugend und Verjüngung, für endlosen Austausch. Dem durch alle Gestaltungen hinwandernden Lebensgeist weiß er sich geweiht, gleich den Romantikern. Mit ihnen teilt Hölderlin auch den Mangel eines zuverlässigen Ansatzpunktes für das lebensfeste Individuum. Höchste Instanz ist für ihn wie für jene das als organisch gefühlte Ganze, zu dem das Individuelle in einer nur gelegentlich-meteorologisch beseitigten Spannung steht. Er teilt mit ihnen aber auch die Tendenz gegen die für das All-Leben nicht mehr transparente Strukturablagerung, den Einsatz für die strömende Gegenwärtigkeit des Göttlichen in jeder Seinsgestalt.

Was Hölderlin aber von den Romantikern scheidet, erscheint vornehmlich in seiner Treue zum Leiden, in dem unerschütterlichen Ernst, mit dem er sich dem Schicksal stellt, in der unverbrüchlichgläubigen Richtung auf ein Objektives, das es zu erfassen und zu ehren gilt. Es gibt bei Hölderlin keine Thronerhebung des welthaltigen und sich in allem bespiegelnden Subjekts oder der souveränen Phantasie. Die Romantik überwölbt die Spannung zwischen dem Unerfüllten und dem Vollkommenen durch Sehnsucht und Ironie; dabei wird ihr die Sehnsucht zu einem bergenden, bewohnbaren Lebensort und die Ironie zu einem allfertigen Mittel des gnostischen Ausweichens wie der unverbindlichen Verbindung, wodurch sich das Ich unter unaufhörlichem Maskenwechsel salviert. Bei Hölderlin schwindet nie die Frömmigkeit, die sich kindlich und ohne List aussetzt. Es schwindet nie der Glaube an einen objektiven, geordneten Kosmos und an das denkende Schauen als das Mittel seiner Ergreifung. Hölderlin weist dem Dichter einen hohen Rang zu, von dem auch die Romantik weiß. Aber niemals ist der Dichter bei ihm der autonome *Herr der Deutung*, sondern er bleibt in der Deutung gebunden an eine Instanz, über die er nicht verfügt. Dem romantischen Spielen mit den Formen steht Hölderlins strenge, genaue, mit letztem Verantwortungsgefühl verwaltete Form gegenüber, die ein unverbrüchliches Streben zum *treffenden*, also ehrfürchtig auf ein Urbild bezogenen Wort im Leibe hat. Das Vertrauen auf gerade Erkenntnis, das bescheidene Zurücktreten des Subjekts vor Wert und Gesetz sind die Züge, die Hölderlin am entschiedensten von den Romantikern abheben. Aus jenem Ernst des Sich-Stellens, der das Ausweichen verschmäht, wächst der großartige, durchdringend reine Wirklichkeitsgehalt der Hölderlinschen Dichtung, dem die romantische Dichtung nichts Vergleichbares an die Seite zu setzen hat.

Hölderlin gehört wesenhaft zum klassischen Entwicklungszuge der deutschen Dichtung. Klassik steht und fällt mit der Mächtigkeit des schauenden Geistes, der sich im Menschen zuverlässig auf eine objektive Ordnung der Welt bezogen weiß. Diesen Anspruch des Geistes hat Hölderlin niemals preisgegeben. Er ging unter wie der Held der antiken Tragödie, als es zwischen den streitenden Göttern keinen Standort mehr für diesen Geist gab, und noch im Untergang bezeugte er durch seine Treue die Mächte, die im Objektiven wirken. Die Klassik öffnet sich bei Hölderlin spontan wieder dem Zudrang der orphischen Elemente, die tief und notwendig mit ihr verbunden sind.

Hölderlin steht in der deutschen Klassik als eine Gestalt eigenen Rechtes, in seinem Wege nur zu verstehen von dem klassischen Ausgangspunkte her, der durch sein Jüngerverhältnis zu Schiller, durch sein Festhalten der Antike als des Höchstwertes, durch seine

eigne strenge Form bekundet ist. Sein Weg führt ihn zu Erkennt-
nissen, in denen sich die *buchstäbliche* Anwendbarkeit antiker Normen aufhebt und großartig Raum geschaffen wird für den Eigenwert des deutschen Lebens. Die Klassik selbst findet in Hölderlin
zur freien Anerkennung des Nordens durch. Es schlägt sich hier zwischen Antike und neuem Nordland eine Verbindung, die einzigartig
ist in ihrer genetischen Freiwilligkeit und in ihrer geschichtsechten
Tiefe. Durch sie tritt Hölderlin in Beziehung zu wichtigen Ergebnissen der Romantik. Ohne in irgendeinem aufweisbaren Sinne von
den bestimmten Antrieben der Romantik berührt zu sein, krönt
sich sein Leben mit Einsichten und Weisungen, die den Erwerbun-
gen der Romantik nahekommen und deren großen Auftrag in der
deutschen Geistesgeschichte bestätigen.

# Register

## A. Dichtungen Hölderlins

## B. Personen

Stellen, an denen Personen nur aufzählungsmäßig oder als Briefempfänger genannt sind, wurden mit Auswahl verzeichnet.

# Literaturbericht

Zitiert wurde, wo nicht anders angegeben, nach der ersten Gestalt der Hellingrathschen Ausgabe der Werke und Briefe: *Hölderlin, Sämtliche Werke*, Historisch-kritische Ausgabe, begonnen durch Norbert v. Hellingrath, fortgeführt durch Friedrich Seebaß und Ludwig v. Pigenot. München 1913–1916, Berlin 1922–1923. 6 Bände.

Weitere Werkausgaben:

*Friedrich Hölderlin, Sämtliche Werke und Briefe* in 5 Bänden. Kritisch-historische Ausgabe von Franz Zinkernagel. Leipzig 1914–1926.

*Friedrich Hölderlin, Gesammelte Werke*, herausgegeben von Wilhelm Böhm. Eugen Diederichs, Jena.

*Friedrich Hölderlins Werke*, herausgegeben von Karl Justus Obenauer. Tempel-Verlag, Leipzig. 3 Bände.

*Hölderlins Werke*, herausgegeben von Hans Brandenburg. Bibliographisches Institut, Leipzig. 2 Bände.

*Hölderlin, Werke*. Insel-Verlag, Leipzig. 1 Band auf Dünndruckpapier.

*Hölderlins Gesammelte Briefe*. Insel-Verlag, Leipzig. 1 Band auf Dünndruckpapier.

Aus der Literatur über Hölderlin:

(Die im Text zitierten Schriften sind mit einem * gekennzeichnet. In der Darstellung wurde die zweibändige Lebensschilderung von Wilhelm Böhm und das biographische Material der Hellingrathschen Werkausgabe vielfach genutzt.)

* *Friedrich Beißner, Hölderlins Übersetzungen a. d. Griechischen.* Stuttgart 1933.

* *Pierre Bertaux, Hölderlin.* Essai de biographie intérieure. Paris 1936.

* *Walter Betzendörfer, Hölderlins Studienjahre im Tübinger Stift.* Heilbronn 1922.

* *Paul Böckmann, Hölderlin und seine Götter.* München 1935.

*Wilhelm Böhm, Hölderlin.* 2 Bände. Halle 1928–1930.

* *Karl Freye, Casimir Ulrich Boehlendorff, der Freund Herbarts und Hölderlins.* Langensalza 1913.

* *Adolf v. Grolmann, Friedrich Hölderlins Hyperion;* stilkritische Studien zu dem Problem der Entwicklung dichterischer Ausdrucksformen. München 1919.

*Romano Guardini, Hölderlin;* Weltbild und Frömmigkeit. Leipzig 1939.

*Norbert v. Hellingrath, Pindarübertragungen von Hölderlin;* Prolegomena zu einer Erstausgabe. Jena 1911.

*Norbert v. Hellingrath, Hölderlin.* Zwei Vorträge: Hölderlin und die Deutschen – Hölderlins Wahnsinn. München 1921.

\* *Käthe Hengsberger, Isaak v. Sinclair, der Freund Hölderlins.* Berlin 1920.

*Kurt Hildebrandt, Hölderlin. Der Philosoph und der Dichter.* Stuttgart 1940.

\* *Friedrich Seebaß, Zur Entstehungsgeschichte der ersten Sammlung von Hölderlins Gedichten.* Münchener Diss. 1918.

\* *Christian Waas, Siegfried Schmid, der Freund Hölderlins.* Darmstadt 1928.

\* *Christian Waas, Franz Wilhelm Jung und die Homburger Revolutionsschwärmer* (in: Festschrift Heinrich Jacobi). Bad Homburg v. d. Höhe 1936.

*Eugen Gottlob Winkler, Der späte Hölderlin* (in: Gestalten und Probleme). Leipzig 1937.

\* *Günther Zuntz, Über Hölderlins Pindarübersetzung,* Marburg 1928.

Bibliographische Darstellungen:

*Friedrich Seebaß, Hölderlinbibliographie.* München 1922.

*Friedrich Seebaß, Neue Hölderlinliteratur.* Germ.-Rom. Mtsschr. 1931.

*Adolf v. Grolmann, Die gegenwärtige Lage der Hölderlinliteratur.* Dtsch. Vierteljahrsschrift 1926.

*Adolf v. Grolmann, Das Hölderlinbild der Gegenwart.* Jahrbuch d. Fr. Dtsch. Hochstifts 1929.

*Paul Böckmann, Die neuere Hölderlinliteratur.* Ztschr. f. dtsch. Bildung 1932.

*J. Hoffmeister, Die Hölderlinliteratur 1926–1933.* Dtsch. Vierteljahrsschrift 1934.

Das ovale Miniaturbildnis Susettens (im Besitze von Curt Schmidt-Polex, Frankfurt a. M.) hat auf der Rückseite die spätere handschriftliche Angabe: Susette Gontard, geb. Borkenstein, gemalt von Margaretha Soemmerring geb. Grunelius 1798 Hölderlins Diotima.

# Inhaltsübersicht